A

New York im Jahr 2001. Große Ziele hatten sich die drei Freunde einst gesetzt. Jetzt sind sie um die dreißig und müssen feststellen, dass sie ihren Erwartungen nicht gerecht geworden sind. Marina ist ohne festen Job, ihre Freundin Danielle hat zwar eine feste Stelle, weiß aber nichts mit ihr anzufangen, und Julius gelingt es mehr schlecht als recht, seinen aufwändigen Lebensstil mit dem Schreiben von Literaturkritiken zu finanzieren. Ein jeder für sich versuchen sie, das moralische und ideelle Vakuum, in dem sie leben, zu füllen, und nicht einmal der intellektuelle Übervater der Generation – Marinas Vater, der Journalist Murray Thwaite – ahnt, was ihnen allen droht. Da taucht aus der Provinz Marinas Cousin Bootie auf und seine Ambitionen stellen sie alle gefährlich bloß, kurz bevor der 11. September die ganze Welt verändert.

»Diskret im Stoff, dezent im Stil, sicher im Tempo, traumhaft beim Anschlag, erfindungsreich im Aufbau.«
Neue Zürcher Zeitung

Claire Messud, geboren 1966, wuchs in den Vereinigten Staaten, Kanada und Australien auf. Sie studierte an der Yale University sowie an der Cambridge University. Ihr Großstadtroman *Des Kaisers Kinder* war ein weltweiter Erfolg. Sie unterrichtet Kreatives Schreiben an verschiedenen amerikanischen Colleges und ist mit dem britischen Literaturkritiker James Wood verheiratet; das Paar hat zwei Kinder und lebt in Washington, D.C. und in Somerville, Massachusetts. Bei Hoffmann und Campe erschien von Claire Messud zuletzt *Das brennende Mädchen* (2018).

Claire Messud

DES KAISERS KINDER

Roman

Aus dem amerikanischen Englisch
von Sabine Hübner

Atlantik

Die Originalausgabe erschien 2006 unter dem Titel
The Emperor's Children bei Alfred A. Knopf, New York.

*Atlantik Bücher erscheinen im
Hoffmann und Campe Verlag, Hamburg.*

1. Auflage 2019
Copyright © 2006 by Claire Messud. All rights reserved
Für die deutschsprachige Ausgabe
Copyright © 2019 by Hoffmann und Campe Verlag, Hamburg
www.hoca.de   www.atlantik-verlag.de
Umschlaggestaltung: Sarah Hensmann © Hoffmann und Campe
Umschlagabbildung: netsign33/Shutterstock
Satz: Dörlemann Satz, Lemförde
Druck und Bindung: C.H. Beck, Nördlingen
Printed in Germany
ISBN 978-3-455-00558-5

HOFFMANN
UND CAMPE

Ein Unternehmen der
GANSKE VERLAGSGRUPPE

Für Livia und Lucian,
die alles verändert haben;
und, wie immer, für J.W.

Der General – man spürte, er sprach mit Sach-
verständnis – betonte stets: Wenn es einem gelänge,
den persönlichen Mythos angemessen zu bewahren,
habe man im Leben so ziemlich das Wichtigste erreicht.
Entscheidend sei nicht, was die Leute tatsächlich erlebten, sondern was sie *glaubten*, erlebt zu haben.

ANTHONY POWELL,
Books Do Furnish a Room

MÄRZ

KAPITEL EINS

Unser Chefkoch ist in London
eine Berühmtheit

»Willkommen, ihr Süßen! Sie sind bestimmt Danielle?« Lucy Leverett, zierlich, geschmeidig und mit riesigen Kajalaugen, erinnerte zwar an eine Babyrobbe, sprach aber mit eindrucksvoll rauchiger Stimme. Ihre Fächerohrringe klirrten, als sie sich vorbeugte, um ihre Gäste zu küssen, Danielle eingeschlossen, und obwohl sie die Zigarette, die in einer Perlmuttspitze steckte, auf Armeslänge von sich weghielt, trieb der Rauch Danielle Tränen in die Augen.

Sie wischte sie nicht ab, aus Angst, ihr Make-up zu zerstören. Nachdem sie vor dem trüben Spiegel in Moiras und Johns Bad eine halbe Stunde damit zugebracht hatte, ihre Schönheitsfehler anzustarren und energisch zuzuschminken – die bläulich geschwollenen Tränensäcke unter den müden, ovalen Augen, die seltsam geröteten Nasenflügel, die hohe Stirn, von der sich die Haut schälte –, hatte sie nicht die Absicht, fremden Leuten den Zerfallsprozess unter der Farbschicht zu enthüllen.

»Rein mit euch, ihr Süßen, rein mit euch!« Lucy folgte den dreien und manövrierte sie in Richtung der Gäste. Das Wohnzimmer der Leveretts war dunkelviolett gestrichen – aubergine nannte man das hier – und die Fenster waren mit Samtvorhängen drapiert. Von der Decke hing ein monströser schmiedeeiserner Leuchter herab, der aussah, als habe man ihn aus einer mittelalterlichen Burg entwendet. Drei Männer lehnten am Erkerfenster und starrten auf die Straße hinaus, während sie sich unterhielten. Ihre Rotweingläser funkelten im Widerschein des Abendlichts. Auf einem langen, kissenübersäten Sofa, das eine ganze Wand einnahm, hatten sich vier Frauen ausgestreckt wie Odalisken in einem Harem. Zwei von ihnen hatten sich an den entgegengesetzten Enden des Diwans niedergelassen, die Beine untergeschlagen, die Arme um die Kissen geschlungen, während zwischen ihnen, auf dem Schoß der dritten Frau, der Kopf der vierten ruhte; sie wisperte mit geschlossenen Augen lächelnd zur Zimmerdecke hinauf, während ihr die Freundin über das dichte Haar strich. Danielle nahm die ganze Szene etwas verschwommen wahr, als sei sie in einen fremden Traum hineingeraten. Hier in Sydney, so weit weg von zu Hause, beschlich sie dieses Gefühl immer wieder: Sie hätte es zwar nicht direkt als irreal bezeichnet, aber *ihre* Realität war es bestimmt nicht.

»Rog? Rog, mehr Wein!«, rief Lucy ins Innere des Hauses, wandte sich wieder ihren Gästen zu und legte Danielle in einer vereinnahmenden Geste die Hand auf den Oberarm. »Rot oder weiß? Wahrscheinlich hat er auch Rosé, wenn Ihnen danach ist. Ich für meinen Teil ertrage das Zeug nicht – ist mir zu sehr Westcoast.« Sie grinste; und aus den Krähenfüßen, die dabei um ihre Augen entstanden, schloss Danielle, dass sie wohl um die vierzig sein musste.

Zwei Männer traten, mit Flaschen in der Hand, aus dem Halbdunkel des kerzenerleuchteten Esszimmers, beide waren schlank, beide wirkten auf den ersten Blick etwas geistesabwesend. Danielle vermutete, dass es sich bei dem imposanten Mann, der vorausging – er trug ein lavendelbaues Hemd, und die hohe, glatte Stirn über den Augen mit den hängenden Lidern ließ sie an Nabokov denken –, um ihren Gastgeber handelte. Sie streckte die Hand aus. »Ich bin Danielle.« Seine Finger waren gepflegt, seine Handfläche fühlte sich kühl an.

»Aha«, sagte er.

Der andere Mann, mindestens zehn Jahre älter, mit Spitzbart und leicht vorstehenden Zähnen, meldete sich hinter seiner Schulter hervor zu Wort. »Ich bin Roger«, sagte er. »Freut mich, Sie kennen zu lernen. Machen Sie sich nichts draus, Ludo spielt gern den Unnahbaren.«

»Ludovic Seeley«, stellte Lucy vor. »Danielle –«

»Minkoff.«

»Die Freundin von Moira und John. Aus New York.«

»New York«, wiederholte Ludovic Seeley. »Da ziehe ich nächsten Monat hin.«

»Rot oder weiß?«, fragte Roger, dessen offenes Hemd eine gebräunte, von grauen Haaren spärlich bedeckte Brust enthüllte. Er trug ein dünnes Goldkettchen.

»Rot, bitte.«

»Gute Wahl«, sagte Seeley leise. Er musterte sie von oben bis unten – sie spürte es mehr, als dass sie es sah; sein Blick unter den hängenden Lidern wirkte völlig reglos. Danielle hoffte, dass ihr Make-up nicht verschmiert war.

Sie spürte es sofort. Ausgerechnet hier, in dieser seltsamen, unbedeutenden Enklave, hatte sie einen Vertrauten entdeckt. Sie fragte sich, ob auch er es empfand: dass es sich hier um etwas Bedeutsames handelte. Ludovic Seeley: Sie wusste nicht, wer er war, und doch hatte sie das Gefühl, ihn zu kennen oder sogar auf ihn gewartet zu haben. Es lag nicht nur an seiner äußeren Erscheinung, der großen, katzenhaft geschmeidigen Gestalt, die ihn gleichzeitig lässig und beherrscht wirken ließ, ganz so, als ob er mit der Illusion von Lässigkeit nur spiele. Es lag auch nicht am Timbre seiner Stimme – tief und doch nicht sonderlich sonor, der australische Tonfall so vage, dass er fast britisch klang. Es musste, dachte sie, an seinem Gesichtsausdruck liegen: Er wusste es. Sie hätte allerdings nicht sagen können, was er wusste. Da waren die Augen, von überraschend tiefem, goldgeflecktem Grau, deren leicht abwärts verlaufende Falten ihm einen traurigen und zugleich amüsierten Anschein gaben, und die sonderbare kleine Furche, die sich schon beim kleinsten Lächeln in seine rechte Wange grub. Seine dicht am Kopf anliegenden Ohren verliehen ihm etwas Ordentliches; das dunkle Haar, so kurz geschoren, dass der Schädel bläulich durchschimmerte, unterstrich sowohl seinen spöttischen Ausdruck als auch seine Beherrschtheit. Die Haut war blass, fast so blass wie die Danielles, und seine Nase bildete eine feine, scharfe Knorpelgerade. Sein Gesicht, ein Charakterkopf, erinnerte sie an ein Porträt aus dem neunzehnten Jahrhundert, von Sargent vielleicht, die reine Verkörperung boshafter Klugheit, weltläufiger Eleganz, aristokratischer Vornehmheit. Und doch, der Schnitt seines Hemdes, die Konturen des Oberkörpers, die anmutigen, aber nicht unmännlichen Bewegungen der schlanken Finger (und ja, der Handrücken war leicht, aber doch eindeutig behaart – sie blieb dabei: Sie fand es attraktiv. Ein Mann sollte nicht unbehaart sein) verliehen ihm ausgesprochene Präsenz. Vielleicht wusste er einfach, was er wollte.

»Kommen Sie, Schätzchen.« Lucy nahm sie am Ellbogen. »Jetzt stellen wir Sie dem Rest der Clique vor.«

Dies, das Dinner bei den Leveretts, war Danielles letzter Abend in Sydney vor ihrer Heimreise. Am nächsten Morgen würde sie ins Flugzeug steigen und schlafen, sich nach gestern zurückschlafen oder, von morgen aus gesehen, nach heute, in New York. Sie war eine Woche lang weg gewesen, um mit Hilfe ihrer Freundin Moira für ein Fernsehprojekt zu recherchieren. Gedreht würde, wenn überhaupt, erst in ein paar Monaten, ein Feature über die Beziehung zwischen den Aborigines und ihrer Regierung, über die formalen Entschuldigungen und die Wiedergutmachungsversuche der letzten Jahre. Der Witz dabei war, Wege möglicher Entschädigung für Afroamerikaner – ein prominenter Professor veröffentlichte gerade ein Buch darüber – aus australischer Perspektive zu erforschen. Nicht einmal Danielle selbst war klar, ob das funktionieren würde. Was interessierten den amerikanischen Zuschauer denn schon die Aboriginies? Waren die Situationen überhaupt vergleichbar? Die Woche war voll hektischer Termine gewesen – das exaltierte Getöse ihrer Branche, die vorgetäuschte Gewissheit, wo es eigentlich keine gab. Moira glaubte fest daran, dass es klappen konnte, klappen *musste;* doch Danielle war nicht überzeugt.

Von Sydney nach New York war es ein weiter Weg. Eine Woche lang hatte sich Danielle, im angenehmen Schwebezustand der Entfremdung, der Vorstellung von einem ganz anderen Leben hingegeben – schließlich war Moira erst vor zwei Jahren von New York nach Sydney gezogen – und damit auch einer anderen Zukunft. Sie erwog selten, woanders zu leben; so wie vermutlich die meisten Leute aus einer gewissen Skepsis heraus niemals erwogen, in New York zu leben. Aus dem Fenster ihres Schlafzimmers bei ihren Freunden, in dem filigranen Reihenhaus mit dem Blechdach, das am Ende einer zwielichtigen Straße in Balmain lag, konnte sie das Wasser sehen. Weder den großzügigen Bogen des Hafens mit seiner gewölbten Brücke, noch das Opernhaus, das an die Flügel einer aufgeplusterten Möwe erinnerte, sondern jenseits des Parks einen stillen Streifen Blau, manchmal vom Kielwasser der Fähren gekräuselt, die in der frühen Abendsonne blinkten.

Herbstanfang in Sydney, zu Hause war es noch bitterkalt. In den Jacarandabäumen Schwärme kleiner, schreiend bunter Vögel, die fröhlich lärmten. Sehr früh am Morgen hatte sie vor einem im dämmrigen Licht gräulich wirkenden Busch im Garten ein enormes, vom Tau funkelndes, fein gesponnenes Spinnennetz entdeckt, an dessen Rand eine riesige haarige Spinne balancierte. Hier gab es noch Natur in der Stadt. Es war eine andere Welt. Sie hatte sich ausgemalt, die 747 ohne sie davonfliegen zu lassen und ein neues Leben zu beginnen.

Aber nicht wirklich. Sie war New Yorkerin. Für Danielle Minkoff gab es nur New York. Dort arbeitete sie, dort waren ihre Freunde – sogar ihre Kommilitonen von der Brown University vor zehn Jahren waren noch da –, und sie hatte sich in der komfortablen Kakophonie des Village eingerichtet. Von ihrem Studio aus, in dem verblichenen Backsteingebäude in der Sixth Avenue Ecke Twelfth Street, blickte sie wie eine Kapitänin im Schiffsbug über Lower Manhattan. So schlecht und bedrängt sie sich auch manchmal fühlte, sosehr sie sich im Meer aus Asphalt und Eisen manchmal nach Abwechslung sehnte, nach einem Moment der Stille in der Flut des Geschwätzes, sowenig konnte sie sich vorstellen, dies alles aufzugeben. Manchmal sagte sie im Scherz zu ihrer Mutter –

die ebenso wie sie in Columbus, Ohio, aufgewachsen war und nun in Florida lebte –, man werde sie einmal mit den Füßen voran hinaustragen müssen. New York war einzigartig. Und Australien im Vergleich dazu, nun ja: Oz.

Dieses letzte Abendessen in Sydney war ein rein gesellschaftlicher Event. Es schien denkbar, dass in der Wohngegend der Leveretts immer noch der eine oder andere, nicht bürgerlich gewordene Aborigine herumlungerte, grauhaarig, mit trübem Blick, vor dem Pub am Ende der Straße: Leute, die, ein Bier in der Hand, die Entschuldigung der Regierung nicht akzeptiert hatten und nicht sesshaft wurden. Vielleicht aber auch nicht, vielleicht stellte Danielle sich diese Gegend, ihre Bewohner, auch nur so vor, wie sie früher einmal gewesen waren: denn ein zweiter Blick auf die BMWs und Audis, die den Rinnstein säumten, ließ darauf schließen, dass sich das neue Sydney (wie das neue New York) hier bereits vehement auf dem Vormarsch befand.

Moira war befreundet mit Lucy Leverett, die eine kleine, aber einflussreiche Galerie in The Rocks besaß, spezialisiert auf die Kunst der Aborigines. Ihr Mann, Roger, war Romancier. Als John vor dem großen viktorianischen Reihenhaus der Leveretts parkte, hatte Moira erklärt: »Lucy ist fantastisch. Sie hat eine Menge für die hiesige Kunstszene getan. Und wenn du Aborigine-Künstler kennen lernen willst, um sie für den Film zu interviewen, ist sie genau die Richtige.«

»Und er?«

»Tja« – John hatte kläglich das Gesicht verzogen –, »seine Romane sind nicht so besonders –«

»Aber wir mögen ihn«, schloss Moira energisch.

»Ich gebe zu, sein Weingeschmack ist erlesen.«

»Roger ist reizend«, beharrte Moira. »Das mit seinen Büchern stimmt, aber er ist sehr einflussreich hier in Sydney. Er könnte dir wirklich behilflich sein.«

»Roger Leverett?« Danielle dachte kurz nach. »Hab nie von ihm gehört.«

»Überrascht mich nicht.«

»Wie in ›Unser Chefkoch ist in London eine Berühmtheit‹.«

»Wie bitte?«

»Im East Village gibt es ein schmuddeliges chinesisches Restaurant mit einem handgeschriebenen Schild im Fenster – auch das Fenster ist dreckig –, auf dem steht: ›Unser Chefkoch ist in London eine Berühmtheit‹. Jedenfalls nicht in New York oder sonst wo außerhalb von London.«

»Und in London selbst wahrscheinlich auch nicht, was?«, hatte John gesagt, als sie sich der Haustür der Leveretts näherten.

»Roger Leverett ist in Sydney aber *wirklich* eine Berühmtheit, Liebling, egal was du sagst.«

Beim Abendessen – Garnelen und Wachteleier mit Tintenfischnudeln, gefolgt von Emu, der fast wie Steak schmeckte und den sie nur mühsam hinunterwürgte – saß Danielle zwischen Roger und einem schönen asiatischen Jungen – Ito? Iko? –, er war der Freund eines älteren Architekten namens Gary am anderen Ende des Tischs. Ludovic Seeley saß neben Moira. Den Arm lässig, vertraulich, über ihre Rückenlehne gelegt, hatte er die Angewohnheit, sich vorzubeugen, wenn er mit ihr sprach, ganz so, als seien die Dinge, die er ihr sagte, nur für sie allein bestimmt. Danielle musste unwillkürlich immer wieder zu ihm hinübersehen, doch er erwiderte ihren Blick kein einziges Mal, bis das Passionsfruchtsorbet vor ihnen stand. Als er endlich zu ihr herüberschaute, wirkten seine eindrucksvollen Augen wieder amüsiert und wichen den ihren nicht aus. Sie war es, die den Blick senkte, auf dem Stuhl hin und her rutschte und plötzlich Interesse an Ito/ Ikos jüngster Reise nach Tahiti heuchelte.

Jetzt erschien ihr der Abend wie eine raffinierte Theaterinszenierung, deren einziger Zweck darin bestand, dass sie Ludovic Seeley kennen lernte. Dass irgendjemand so für Lucy, Roger, Gary oder Ito/Iko empfinden konnte wie Danielle für ihre Freunde in New York, schien ihr kaum vorstellbar: für sie waren diese Leute Schauspieler. Nur Ludovic, mit seinem vertraulichen Geflüster und seinem unverwandten Blick, war sehr real. Was immer das hieß. Die Realität, vielmehr, dass man ihr ins Gesicht sah, war Danielles großes Credo; doch wenn sie ganz ehrlich war, glaubte sie hin und wieder auch ein bisschen an Magie.

Roger neben ihr war heiter und beflissen. Danielle hatte überwiegend das Gefühl, ihr Gastgeber sei ein Narziss, berauscht vom Klang seiner eigenen Stimme, von seinen eigenen Witzen und von seiner Pfeife, mit der er zwischen den einzelnen Gängen herumspielte, wenn er nicht gerade an ihr sog. Er schenkte großzügig Wein nach, mehr ihr und sich selbst als den weiter entfernt sitzenden Gästen, und wurde mit jedem Glas redseliger.

»Waren Sie in McLaren Vale? Diesmal nicht? Wann fliegen Sie zurück? Ach so, na ja. Versprechen Sie mir, dass Sie nächstes Jahr die Weinroute machen! Und vor der Küste gibt es tolle Stellen zum Tauchen. Schon mal getaucht? Nein, schon klar, das könnte Ihnen Angst einjagen. Ich bin früher viel getaucht, aber man kann in sehr brenzlige Situationen kommen, wirklich sehr brenzlige Situationen. Vor etwa zwanzig Jahren – ich war nicht älter als Sie jetzt – wie alt sind Sie? Dreißig? Mädchen, man sieht's Ihnen wirklich nicht an. So zarte Haut. Das müssen diese tollen jüdischen Gene sein – Sie sind doch Jüdin, nicht wahr? Also jedenfalls, das Reef. Ich war mit ein paar Kumpels tauchen, das war noch vor Lucy, die würde mir das heute bestimmt nicht mehr erlauben. Ich hab da noch in der Nähe von Brisbane gewohnt, hatte gerade meinen zweiten Roman beendet – *Revelation Road*, kennen Sie vermutlich nicht? Nein, na ja, macht nichts. War damals ein großer Erfolg. Und dieser Ausflug zum Reef sollte die Belohnung sein, für gute Arbeit, der Verleger in Sydney war total aus dem Häuschen, ganz wild auf das Manuskript, aber ich hab gesagt, du kannst mich mal, George, ich hab jetzt erst mal das Recht zu feiern, bevor ich zurückkomme, man lebt schließlich nur einmal, stimmt's? Wo war ich stehengeblieben? Das Reef, ja. Ich war zum ersten Mal dort draußen, per Helikopter natürlich – mein erster Flug in einem Heli, kaum zu glauben –, und wir waren zu viert ...«

Mit jedem Schluck Claret erschien ihr Rogers munterer Redeschwall unergründlicher, und Danielle entschloss sich zu einem Dauerlächeln – ganz ungekünstelt: Sie amüsierte sich und es kostete sie nicht die geringste Mühe. Sie lächelte, während sie die Tintenfischnudeln schlürfte und die mit langen Fühlern bewehrten Garnelen zerlegte. Ihr kam es vor, als lächle sie sogar beim Zerkauen des ziemlich zähen Emufilets, dessen dicke Scheiben sie aus dem blutig roten Polenta-Bett fischte. Sie lächelte, während sie zu Ludovic Seeley hinübersah, der ihren Blick nicht erwiderte, und sie lächelte nacheinander Moira, Lucy und John an. Als Roger aufstand, um das Dessert zu holen – »Ich bin für den Wein zuständig, meine Liebe, und fürs Tischabräumen. Ich hole Nachschub, wenn was fehlt. Und ich mache das göttlichste Risotto, das Sie je gegessen haben, aber nicht heute Abend, nicht heute Abend« –, wandte Danielle sich Ito/Iko zu und erfuhr, dass er zweiundzwanzig war und Lehrling in einem Modehaus; dass er Gary seit acht Monaten kannte und dass sie neulich einen supertollen Urlaub in Tahiti erlebt hätten. »So Gauguin, und so sexy. Ich meine, die Bewohner dieser Insel sind so sexy, zum *Niederknien.*«

»Wurde da nicht Captain Cook ermordet?«, fragte Danielle und fühlte sich sehr kultiviert, als sie den Namen des Gründers erwähnte.

»Nein, Schätzchen, das war auf Hawaii. Törnt einen wieder ganz anders an. Ganz anders.« Ito/Iko lächelte strahlend und bauschte sein Haar auf, das Danielles Meinung nach bläulich getönt war und im Kerzenlicht schimmerte. »Sie sind noch nicht lange hier, stimmt's? *Jeder* hier weiß, dass es Hawaii war. Das weiß ja sogar ich, und ich bin mit sechzehn von der Schule geflogen.«

Nach dem Essen zog die Gesellschaft ins Wohnzimmer um, und Ito/Iko kuschelte sich unter Garys Arm wie ein Küken unter den Flügel der Henne. Danielle stellte dankbar ihr

Weinglas auf den Tisch und trank Wasser, während sich das Summen des Trubels und der allgemeinen Unterhaltung wie ein angenehmer Nebel um sie legten. Ein Schreck durchfuhr sie – ein Gefühl von Lebendigkeit –, als Ludovic Seeley sich in den Lehnstuhl zu ihrer Rechten setzte.

»Was führt Sie nach New York?«, fragte sie.

Er beugte sich vor, wie er es auch bei Moira getan hatte: Vertraulichkeit oder zumindest der Eindruck davon, war eindeutig seine Masche. Aber er berührte sie nicht. Leuchtend hob sich sein Ärmelaufschlag vom pflaumenblauen Samt der Armlehne ab. »Die Revolution«, sagte er.

»Wie bitte?«

»Ich werde die Revolution schüren.«

Sie blinzelte, trank einen Schluck und wartete still eine Erklärung ab. Sie wollte nicht plump, ironieresistent, amerikanisch auf ihn wirken.

»Im Ernst? Im Ernst werde ich eine Zeitschrift herausgeben.«

»Was für eine Zeitschrift?«

»*The Monitor.*«

Sie schüttelte den Kopf.

»Natürlich haben Sie noch nichts davon gehört – ich bin noch nicht so weit. Die Zeitschrift gibt es noch nicht.«

»Eine echte Herausforderung.«

»Merton steht hinter mir. Ich mag Herausforderungen.« Danielle nahm es einfach zur Kenntnis. Augustus Merton, der australische Mogul. Damit beschäftigt, Europa, Asien, Nordamerika aufzukaufen. Alle englischsprachigen, konservativen Blätter. Der Feind.

Plötzlich stand, zart und winzig, Lucy vor ihnen und brachte Kaffee. »Er hat das schon mal gemacht, Danielle. Man muss Angst vor unserem Ludo haben. Er hält hier in der Stadt sämtliche Politiker und Journalisten auf Trab, *The True Voice* – haben Sie das gesehen?«

»Oh. Moira hat mir davon erzählt. Das heißt, sie hat mir von Ihnen erzählt.«

»Wir sind so gut wie nie einer Meinung«, sagte Lucy mit versöhnlichem Lächeln zu Seeley und legte ihre zarte Hand mit den schwarz lackierten Fingernägeln auf seine lavendelblaue Schulter. »Aber, mein Gott, dieser Junge bringt mich zum Lachen.«

Er neigte leicht den Kopf. »Ein echtes Kompliment. Und der erste Schritt auf dem Weg zur Revolution.«

»Und jetzt wollen Sie es mit New York aufnehmen?«

Danielles Skepsis ärgerte ihn offenbar. »Ja«, sagte er entschieden und fixierte sie aus seinen grauen, nun ganz geöffneten Augen, diesmal ohne jedes Amüsement. »Genau das habe ich vor.«

Auf der Heimfahrt saß Danielle auf dem Rücksitz, die meiste Zeit mit geschlossenen Augen. Sie öffnete sie immer mal wieder, um einen Blick auf die Stadt zu erhaschen, die schwefelgelben Lichter auf dem Asphalt und den marineblauen Himmel. »Roger ist ja wirklich ziemlich gesprächig«, sagte sie.

»Hat er dir von seinen Romanen erzählt? Dich mit sperrigen Plots zu Tode gelangweilt?«, frage Moira.

»Nein, es ging ums Tauchen. Und um die Weinroute. Aber immer noch besser als dieser junge Asiate.«

»Garys neuer Freund? Der sah doch niedlich aus.«

»Niedlich?«, spottete John. »Niedlich?«

»Er war niedlich. Doch, wirklich. Aber nicht besonders interessant.«

Es herrschte Stille, und Danielle hätte sich zu gern nach Seeley erkundigt, wollte aber nicht zeigen, dass er sie interessierte. Aus der trüben Unschärfe des Abends stach Seeley als Einziger deutlich konturiert heraus.

»Hast du dich am Schluss noch mit Ludo unterhalten?«, fragte Moira.

»Ach, jetzt heißt er schon *Ludo*?«, meinte John. »Meine Güte, wie versnobt.«

»Ist er wirklich so eine große Nummer?« Danielle hoffte,

dass ihre Stimme neutral klang. »Ich fand ihn irgendwie ein bisschen unheimlich.«

»Er zieht übrigens nach New York«, sagte Moira. »Man hat ihn engagiert, um eine Zeitschrift herauszubringen – sein Vorgänger wurde gefeuert, vielleicht hast du es gelesen. Merton fand seine Visionen falsch – Billings? Billington? Buxton, glaube ich. Ein Riesenskandal. Jetzt wirkt Seeley natürlich wie der Auserwählte, den man vom anderen Ende der Welt geholt hat. Er fliegt sehr bald.«

»Nächsten Monat«, sagte Danielle. »Ich habe ihm meine E-Mail-Adresse gegeben. Er wird sie vermutlich nicht brauchen, aber falls er mal nicht weiterweiß. Ich wollte einfach nur hilfsbereit sein.«

»Das ist gut«, sagte John. »Seeley und nicht weiterwissen! Das würde ich gern erleben.«

»Glaubt ihr, er schafft es?«, fragte Danielle.

»*Er* glaubt es auf jeden Fall«, erwiderte Moira. »Vielmehr, er weiß es. Aber er lässt nicht viel raus, deshalb ist schwer zu sagen, was er eigentlich plant. Und schwer zu sagen, ob er auf etwas zuläuft oder vor etwas davon. Er hat hier dermaßen Furore gemacht, in den letzten, na, sagen wir fünf Jahren – mein Gott, *wie* alt ist er? Dreiunddreißig? Fünfunddreißig? Ein Kind! –, und er hat viele Freunde –«

»Und viele Feinde«, sagte John.

»Und wahrscheinlich gibt es hier für ihn keine Herausforderungen mehr, das ist alles. Aber dafür eine Menge Ärger. Mit dieser Art von Rückendeckung – meine Güte, *Merton* will ihn! – meint er vermutlich, er kann erst New York erobern und dann die ganze Welt!«

»Wie Kim Jong Il? Oder Saddam Hussein?«, sagte John.

»Vielleicht wird es nicht ganz so leicht, wie er denkt«, sagte Danielle, die fand, dass sie für diese Unmengen Rotwein noch erstaunlich schlagfertig war. »Vielleicht auch nur ein Fall von ›Unser Chefkoch ist in London eine Berühmtheit‹.«

»Durchaus möglich«, sagte John, sichtlich zufrieden bei diesem Gedanken. »Durchaus möglich.«

KAPITEL ZWEI
Bootie, der Professor

»Bootie?«, schrie Judy Tubb hinauf. Sie stand im Morgenrock am Fuß der Treppe, vom trüben Perlmuttlicht überflutet, das vom Schnee draußen reflektiert wurde. »Bootie, kommst du gefälligst runter und hilfst mir mal, uns freizuschaufeln?«

Da alles still blieb, setzte sie den Fuß auf die knarrende Stufe, die Hand auf dem glänzend polierten Knauf des Treppengeländers, und stapfte hinauf, so laut es ging. »Bootie? Hast du mich gehört?«

Eine Tür ging auf, ihr Sohn schlurfte auf den düsteren Treppenabsatz hinaus und schob blinzelnd seine Brille die Nase hinauf. Zerknittert umschloss der altmodische braune Flanellpyjama seinen weichen, massigen Leib, und Booties Hauptsorge schien darin zu bestehen, seinen dicken bleichen Bauch vor den Blicken der Mutter zu verbergen: Er umklammerte die Pyjamakordel, zog die Hose hoch und entblößte so stattdessen seine seltsam schlanken Fußknöchel und seine langen haarigen Zehen.

»Hast du die ganze Zeit geschlafen, seit dem Frühstück?« Judy sprach in scharfem Ton, empfand jedoch plötzlich überschwängliche Zärtlichkeit für ihren schlaftrunkenen Jungen, der schwankend vor ihr stand, fast 1,80 groß. »Bootie? Frederick? Schläfst du noch?«

»Hab gelesen, Ma. Im Bett gelesen.«

»In der Einfahrt liegt ein halber Meter Schnee, und es kommt immer noch mehr runter!«

»Ich weiß.«

»Wir sollten hinausgehen können, oder?«

»Schule fällt aus. Du musst doch nirgendwohin.«

»Dass ich nicht unterrichten muss, heißt nicht, dass ich nicht irgendwo hinmuss. Und was ist mit dir?«

Frederick schob eine Faust hinter seine Brille und rieb sein linkes Auge.

»Du wolltest dich nach einem Job umschauen, oder? Wenn du im Bett rumliegst, findest du bestimmt keinen.«

»Draußen ist ein Schneesturm. Alles hat zu, nicht nur die Schule. Man kann heute nirgends hin, und man kriegt heute auch keinen Job.« Mit seiner massigen Gestalt wirkte er auf einmal stark, ja: stur. »Außerdem, wenn ich lese, tu ich ja auch was. Das ist auch Arbeit. Nur weil es nicht bezahlt wird, heißt das ja nicht, dass es keine Arbeit ist.«

»Fang bitte nicht wieder damit an.«

»Frag Onkel Murray. Liest der vielleicht nicht den ganzen Tag?«

»Ich weiß nicht, womit dein Onkel seine Zeit verbringt, Bootie, aber ich möchte dich daran erinnern, dass er gut dafür bezahlt wird. Sehr gut sogar. Und ich weiß, dass er in deinem Alter auf dem College war und einen Job hatte. Vielleicht sogar zwei Jobs. Pawpaw und Nana konnten es sich nämlich nicht leisten, dass –«

»Ich weiß, Ma. Ich weiß. Ich les mein Kapitel zu Ende. Und dann, wenn's nicht mehr schneit, schaufle ich die Einfahrt frei.«

»Auch *wenn* es noch schneit, Bootie. Seit sieben Uhr heute Morgen kam hier schon zweimal der Schneepflug vorbei.«

»Nenn mich nicht Bootie«, sagte er, während er sich wieder in sein Zimmer zurückzog. »So heiße ich nicht.«

Judy Tubb und ihr Sohn lebten in einem geräumigen, aber langsam zerfallenden viktorianischen Haus im Ostteil von Watertown, an der Straße nach Lowville, inmitten ähnlich weitläufiger, ähnlich baufälliger Gebäude. Manche hatte man in Apartments aufgeteilt, und eines, am Ende der Straße, stand verlassen da, die eleganten Fenster mit Brettern vernagelt, die Veranda zusammengebrochen; aber in Watertown schien das ganz normal. Das Haus der Tubbs war immer noch eine gute Adresse, ein herrliches Haus auf einem herrlichen quadratischen Grundstück im vornehmen Teil der Stadt, noch ebenso respektabel wie damals vor zwanzig Jahren, als Bert und Judy mit ihrer kleinen Tochter Sarah hierhergezogen waren und Bootie noch nicht mal unterwegs gewesen war.

Eine Meile von diesem Haus entfernt war Judy zur Welt gekommen. Sie hatte ihr ganzes Leben in dieser Stadt verbracht, bis auf die Collegezeit und eine mehrjährige Lehrtätigkeit in Syracuse. In Watertown war sie so sehr zu Hause, dass ihr die schäbigen Ladenfronten und schiefen Veranden gar nicht mehr auffielen (wenn sie ihr überhaupt je aufgefallen waren). Die imposante Innenstadt, einst bekannt als Garland City, deren Steingebäude und zentrale Piazza in hochherrschaftlichem Stil erbaut worden waren, wirkte auf sie nur selten desolat: Wenn sie auf dem Weg zur Highschool oder zum *Price Chopper* durch die Innenstadt fuhr, hatte sie meist das tröstliche Gefühl vollkommener Vertrautheit. Ebenso erging es ihr mit ihrer Wohngegend, ihrem Haus: Sie hing daran, einfach deshalb, weil sie zu ihr gehörten.

Das Haus besaß steile Eingangsstufen und eine kleine betonierte Terrasse. Sie wurde von einem schmalen Balkon überdacht, auf den man vom Flur im ersten Stock aus gelangte. Die Tubbs hatten Anfang der achtziger Jahre eine Aluminiumverschalung anbringen lassen – weiß, schlicht –, aber sie war schäbig geworden, mit Moos und Schmutz gesprenkelt, an manchen Stellen ein- oder ausgebeult, Ersteres durch herabgestürzte Dachrinnen, Letzteres durch fleißige Eichhörnchen oder Vögel, die sich zwischen Verschalung und Außenwand eingenistet hatten. Die verbleibenden Holzleisten, ursprünglich grün gestrichen, waren rissig, überall blätterte die Farbe ab. Der Schnee bedeckte die schmachvollsten Makel des Gebäudes (einschließlich der verrottenden Backsteinummauerung am Fundament) und zeichnete seine Umrisse weich, so dass das spitz zulaufende Dach – einst aus Schiefer, jetzt aus schlecht geklammerter Asphaltdachpappe – sich mit solidem Selbstvertrauen in den bewölkten Himmel zu recken schien.

Innen war das Haus der Tubbs immer noch elegant – bis auf Booties Zimmer vielleicht, ein Bezirk, auf den Judy keinen Anspruch erhob. Jahrelang war an den Zimmern nichts mehr gemacht worden – seitdem Bert vor vier Jahren an Pankreaskrebs gestorben war, hatte sie nicht einmal gewagt, die Wände zu tünchen – und vielleicht war das der Grund, dass sie so düster und bedrückend wirkten; aber sie hielt das Haus sauber, polierte das Holz, wachste das Linoleum, putzte sogar (wenigstens im Sommer, wenn die Stürme vorbei waren) die Fenster. Gegen die hartnäckigen Schimmelflecken an den Kellerwänden ließ sich wenig machen (wahrscheinlich lag es an der Aluminiumverschalung, die jahrelang verhindert hatte, dass das Haus atmen konnte), ebenso machtlos war Judy gegen einen Flecken auf dem blauen Linoleumboden hinter der Toilette. Im Großen und Ganzen aber schien alles in recht gutem Zustand zu sein, die alten Schränke und die Böden mit den breiten Holzdielen, ja selbst das kleine Buntglasfenster mit den rot-blauen Rauten über der Eingangstür, das, wie sie wusste – Bert, dem es Vergnügen bereitete, solche Dinge zu recherchieren, hatte das herausgefunden –, vor langer Zeit, um die Jahrhundertwende, aus einem Sears-Katalog bestellt worden war.

Sie liebte ihr Haus, vor allem (aber nicht nur), weil es so viel Geschichte in sich barg, und ganz besonders lag ihr das obere Stockwerk am Herzen – das prächtige Schlafzimmer zur Straße hin, das sie mit ihrem geliebten Mann geteilt hatte, und in dem er, hätte man ihn nicht ins Krankenhaus gebracht, gestorben wäre; den großen Flur mit dem Balkon und den glänzenden Geländern; selbst der ausgeblichene, rosarot geblümte, schwach nach Staub duftende Läufer, der ihr so vertraut war, dass sie, ohne hinzusehen, seine zernagten Ecken, fadenscheinigen Stellen und hartnäckigen Flecken vor Augen hatte. Als sie aus dieser Eingangshalle in ihr geliebtes Schlafzimmer ging, voller Sorge um ihren mürrischen Sohn (es ist das Alter, sagte sie sich immer wieder, seines und das der Zeit) hatte sie das Gefühl, ins Licht zu treten: Die beiden hohen Fenster warfen ihr schattenloses Licht auf die Familienfotos auf der Kommode und ließen die Zweigmustertapete schillern. Selbst ihre gestern abgestreiften Strümpfe, die noch die Form ihrer kräftigen Beine bewahrten, schienen, scharf konturiert im Licht, zu leuchten. Ihre Hände, ihr Haar, eine ergraute Wolke, hatten aus der Küche den Kaffeeduft heraufgetragen, und aus den Lüftungsschlitzen in Höhe ihrer Knöchel wehte warme Luft über den Boden. Trotz Bootie, ja, trotz, fühlte sie sich glücklich, zumindest in diesem Moment: Sie war noch nicht einmal zu alt, den Schnee zu lieben.

Judy Tubb machte ihr Bett – ordentlich strich sie das Laken glatt, klaubte die grauen Haare vom Kopfkissen, zog das Betttuch und die senffarbene Wolldecke straff und schlug sie an den Seiten ein. Lange mühte sie sich damit ab, dass der Überwurf, unter dem sich die runden Kopfkissen wölbten, an beiden Seiten gleich lang herunterhing. Sie machte sich nichts aus Steppdecken, dünn und ungewohnt: Sie mochte das Gewicht eines Federbetts und die Arbeit, die man damit hatte. Im Bad in der Halle – das viktorianische Gebäude hatte nur dieses eine Bad, trotz seiner vier Schlafzimmer – duschte sie sich, trocknete sich ab, zog sich um und verließ es in ihrem roten Lieblings-Turtleneckpullover und der avocadogrünen Angorajacke, die sie letzten Winter gestrickt hatte. Eigentlich hatte sie die Jacke für ihre Nichte Marina gestrickt – Gott allein wusste, warum, denn sie standen sich nicht besonders nahe; aber sie strickte nun mal gerne und hatte für ihre Tochter und ihre Enkel bereits ein Dutzend Pullis gemacht. Allerdings wurde die Jacke nicht rechtzeitig zu Weihnachten fertig, und als sie das Geschenk sah, das Marina ihr geschickt hatte – einen karmesinroten Samtschal mit aufgenähten Blumen und seidenen Fransen, wie das Schultertuch einer viktorianischen Dame –, da hatte sie *gewusst*, dass die Jacke nicht das Richtige war. Und so hatte sie ihr stattdessen einen Geschenkgutschein geschickt und die Jacke behalten. Im Übrigen konnte sie den Schal in Watertown, New York, nirgends tragen – schon gar nicht in der Highschool, wo sie Erst- und Zweitklässler in Geographie unterrichtete – weshalb sie ihn, in Papier gewickelt, ganz hinten in ihrer Frisierkommode verstaut hatte. Das Komische war, dass sie die Jacke liebte wie ein kostbares Geschenk und sie manchmal als Geschenk *von Marina* betrachtete, was um ein paar Ecken herum ja tatsächlich zutraf und zur Folge hatte, dass sie dem Mädchen nun etwas freundlicher gesinnt war.

Als sie sich in ihren Parka einwickelte, ihre Bean Boots anzog, die rosa Wolltoque aufsetzte (auch eine ihrer Handarbeiten, mit einem hübschen Streifenmuster und einer Bommel obendrauf), ihre Hände in dicke Fäustlinge steckte und die Aluminiumschaufel von der Veranda nahm, dachte sie wieder sorgenvoll an Bootie dort oben, so kindlich in seinem Pyjama. Sie würde ihn nicht noch einmal bitten, ihr beim Schneeschaufeln zu helfen – das rhythmische Scharren und Schleifen war von seinem Fenster aus schließlich nicht zu überhören –, aber sie hoffte, entgegen aller Wahrscheinlichkeit, er würde doch noch freiwillig herunterkommen. Andererseits würde dies natürlich bedeuten, dass er wieder nicht gebadet hatte. Sie wies ihn zwar nur ungern darauf hin (wer wollte schon eine dieser ewig zankenden, krittelnden Mütter sein?), aber sie konnte sich nicht erinnern, in der letzten Woche auch nur ein einziges Mal gehört zu haben, wie das Badewasser einlief. Er duschte sich nie, sondern badete lieber, allerdings selten; und wenn, lag er stundenlang im abkühlenden Wasser und las dabei eins seiner grässlichen Bücher.

Judy Tubb kümmerte sich erst einmal um den Schnee in der Einfahrt, und obwohl die köstliche Kälte der Schaufel durch ihre Fäustlinge drang, obwohl der beißende Frost ihre Wangen rötete, obwohl ihr Rücken fast unmittelbar wohlig zu schmerzen begann, verflüchtigte sich ihre gute Laune, als sie wieder an ihren Jungen dachte. Ihr Augapfel. Ihr Ein und Alles. Was war jetzt? März, jetzt war März, fast schon Ostern. Und Bootie hatte schon vor einem Jahr seinen Schulabschluss gemacht, als Klassenbester. Damals hätte sie sich nie träumen lassen, dass er heute immer noch hier sein, dass er wieder zurück sein würde; als er im September nach Oswego gegangen war, hatte sie gedacht, jetzt beginne sein Leben in der großen weiten Welt. Er konnte Gott weiß was erreichen. Und wenn Bert noch am Leben gewesen wäre, hätte er nun gesehen, dass sein Jüngster das Versprechen einlöste, dass die Sparerei (Bert war Buchhalter gewesen und hatte klugerweise jeden Cent dreimal herumgedreht) einen *Sinn* gehabt hatte. Bootie würde es zu etwas bringen. Kummer hatte ihnen nur Sarah bereitet, schwanger mit neunzehn, verheiratet mit zwanzig, aber jetzt besaß sie einen guten Job bei der Bausparkasse und drei flachsblonde, äußerst lebhafte Kinder, und ihr Tom hatte sich als guter Ehemann erwiesen und sich mit seinen Jobs gut arrangiert: Im Sommer organisierte er von der Alexandria Bay aus Bootsfahrten zu den Thousand Islands, und im Winter arbeitete er als Schneepflugfahrer. Verdammt noch mal, eher würde Tom von der Bay heruntergefahren kommen und ihre Einfahrt freischaufeln, als dass sich ihr Junge dazu aufraffte, ihr zu helfen. Tom war ein guter Schwiegersohn, auch wenn sie früher einmal auf eine bessere Partie für Sarah gehofft hatte.

Bootie jedoch: Er wolle Politiker werden, hatte er gesagt, oder Journalist wie sein Onkel, vielleicht auch Universitätsprofessor. So hatten ihn die Kids in der Highschool genannt: der Professor. Er war ein pummeliger, bebrillter Junge gewesen, aber immer respektiert, sogar bewundert, auf eine seltsame Art und Weise. Er hatte die Abschlussrede halten dürfen. Und dann kam er an Weihnachten nach Hause, mit noch mal zwanzig, dreißig Pfund mehr auf den Rippen und einer Handvoll fehlender Scheine und sagte, das College sei Scheiße, zumindest sei Oswego Scheiße, seine Lehrer seien Idioten und er wolle auf keinen Fall zurück. Sie vermutete, dass ihm ein Mädchen, irgendein Mädchen, das Herz gebrochen oder ihn bloßgestellt hatte – er tat sich nicht leicht mit Mädchen, war zu schüchtern –, oder es lag an seinen Zimmergenossen, zwei beschränkten Muskelprotzen, deren Hirn in Bier schwamm; aber Bootie erzählte nichts, jedenfalls nicht ihr. Und seit Weihnachten war er immer in seinem Zimmer gewesen, hatte gelesen oder Gott weiß was am Computer getrieben (Pornographie? Das wäre okay gewesen, sie hätte es verstanden, in seinem Alter, aber zur Ablenkung, nicht als Obsession; sie hätte es einfach nur gern gewusst), oder in der

Stadt in der prächtigen, mit Säulen versehenen Bibliothek, wo es immer zu warm war und immer komisch roch und wo er, ehrlich gesagt, Bücher von auswärts bestellen musste, um etwas Vernünftigeres als kunterbunte Kitschromane oder die Encyclopædia Britannica zu kriegen. Und hatte er sich um einen Job gekümmert? Kein einziges Mal bis letzten Monat, als sie ihm ein Ultimatum gestellt und gesagt hatte, wenn er nicht wieder aufs College gehe, müsse er irgendwie Geld für die Miete verdienen; deshalb zog er jetzt beim Frühstück eine Riesenshow mit den Kleinanzeigen ab, kringelte Stellenangebote ein, etwa als Fabrikarbeiter oder als Koch in einem Selbstbedienungsrestaurant, und machte den Vorschlag – das war das einzige Mal, dass er in diesen Tagen lachte –, er könne bei Loudoun's Ford & Truck Gebrauchtwagen verkaufen oder sich in Annie's Diner als Kellner verdingen.

Und plötzlich stand er auf der Veranda, ohne Handschuhe, ohne Mütze, eine Skijacke über dem Pyjama, und schwang die zweite Schaufel, die rostige alte, wie eine Waffe, und seine Brillengläser beschlugen in seinem dampfenden Atem.

»Hör auf jetzt, Ma!«, rief er. »Es reicht. Hab schon kapiert. Ich mache den Rest.« Und er begann so ungewohnt energisch die Schneemassen wegzuschaufeln, dass feiner Schneestaub aufstob, ein zweiter Schneesturm in der Einfahrt, und sie stand ein Weilchen da, starrte auf die seltsame Erscheinung mit der schneeverkrusteten Pyjamahose und den zerzausten dunklen, flockenglitzernden Locken, und – sie leistete insgeheim Abbitte dafür, konnte aber nicht anders – stellte sich vor, wie jetzt die Nachbarn durch die Vorhänge herüberstarrten und rätselten, was da wohl schiefgelaufen war, dass sich dieser blitzgescheite junge Tubb vom Wunderkind zum Wirrkopf verwandelt hatte; und wortlos reichte sie ihm ihre neue, schöne Schaufel, nahm die ramponierte alte an sich und stapfte auf die Veranda zurück, stampfte den Schnee von den Stiefeln, und ihre Wangen brannten vor Kälte und Scham, aber er sollte, er durfte es nicht sehen, und so ging sie ins Haus und hörte die Fliegentür hinter sich zufallen.

KAPITEL DREI

Fußreflexzonenmassage

Weil Julius nervte, hatte Marina ihn gebeten, ihr die Füße zu massieren. Ihre Fußsohlen waren voll quälender knubbliger Knoten, die, wie ihr einmal eine indische Bekannte erklärt hatte, mit der Wirbelsäule korrespondierten; oder war es der Darm? –, und eine Massage schien gut geeignet, ihren Ärger zu lindern. Julius hörte zwar nicht auf zu reden – während er ihren Fuß hin und her bog, sagte er irgendetwas über *Krieg und Frieden* und dass er nie wisse, ob er in seinem Leben ein Pierre oder lieber eine Natascha sein wolle, der isolierte, grüblerische Einzelgänger oder lieber der muntere extrovertierte Paradiesvogel; oder vielmehr, dass er nie wusste, ob er Pierre oder Natascha *war*, was in seinem Fall beides möglich gewesen wäre –, aber sie brauchte so nicht mehr auf die gleiche Weise zuzuhören und wurde augenblicklich von Empfindungen überflutet, die von den Extremitäten her nach oben strömten und den Vordergrund ihres Bewusstseins ausfüllten.

Sie war selber schuld: Nach zwei Wochen allein im Haus ihrer Eltern am Rand von Stockbridge – jede Nacht war sie bis in die frühen Morgenstunden auf gewesen, hatte in das seltsam unruhige Dunkel gestarrt, sich dann ins Ehebett der Eltern gelegt, ein Obstmesser unterm Kopfkissen und, an Abenden, an denen Rehe oder Bären oder was auch immer im Wald hinterm Haus die Zweige brachen, einen Stuhl unter die Klinke der Schlafzimmertür geklemmt, vermutlich vergebens – war Marina zu dem Schluss gekommen, dass sie Gesellschaft brauchte.

Das Haus, fünfzehn Autominuten entfernt vom Ort mit seinem Wirtshaus, einem Gebäude mit einer Säulenfront, seinen spießigen Läden und den Touristenströmen rund ums Jahr, lag am Ende einer gewundenen Kieseinfahrt zwischen Bäumen auf einer Lichtung. Die Bäume, vorwiegend Nadelhölzer, begrenzten finster die eine Seite des Hauses und ließen auf der anderen einen ungleichmäßigen Rasenkreis frei; Marinas Mutter, Annabel, hatte ihn mit Randbeeten umfasst, Blumenzwiebeln und winterharte Stecklinge gepflanzt, leckere Snacks für die Tiere des Waldes, die zu faul waren, den ganzen Winter über nach Futter zu suchen. Am Ende des Gartens befand sich ein Gartenhaus, eine mit Rankengittern, Fliegenfenstern und einem Kuppeldach versehene Laube, in der sich Marina im Sommer gern mit einem Buch räkelte; die jedoch im Winter, dunkel, öde und verlassen, oder, wie etwa heute, mit vom Schnee verklebten Fliegenfenstern und kahlen Rankengittern, eher an den Unterstand eines Jägers oder den Hinterhalt eines Heckenschützen erinnerte und erschreckend gute Sicht auf das Haus bot.

Das Haus selbst war ein pseudokoloniales modernes Bauwerk, nacherbaut im alten Stil, soweit das eben möglich war. Massig, zweistöckig, schimmerte es in künstlichem Ochsenblutrot; eine Veranda und vier Bleiglasfenster – ordentlich mit Fensterläden und Tüllgardinen versehen – wiesen beidseitig im oberen und unteren Stockwerk zur Kieseinfahrt hin, die vor dem Haus endete. Auf der Rückseite jedoch ließ das Haus jeglichen historischen Anspruch missen und besaß, was Marina, wenn sie dort allein war, besonders Angst einjagte, Terrassentüren und hohe, große, kahle Fenster von erschreckender Durchlässigkeit, die auf das Kuppeldach des Heckenschützen und den finsteren Wald hinausgingen. Wenn sie sich nach Einbruch der Dunkelheit ein Spiegelei briet, vor dem Fernseher saß oder sich kritisch im Badezimmerspiegel beäugte, war Marina sich stets quälend bewusst, dass man sie vielleicht nicht wirklich beobachtete, aber beobachten *konnte*. Daher übernachtete sie im Schlafzimmer ihrer Eltern: Es war zur Einfahrt hin gelegen.

Im Laufe der Zeit spürte sie, dass ihre Furcht eher wuchs als nachließ, wenn sie sich vorstellte, wie der imaginäre Stalker – ihr war durchaus bewusst, dass er nur in ihrer Fantasie existierte – sich ihre Gewohnheiten einprägen, ja sogar erkunden konnte, wo sie schlief (obwohl sie komplizierte Täuschungsmanöver ersann, indem sie in ungenutzten Räumen das Licht brennen ließ; jedes Mal ein anderes Bad benutzte; und sich manchmal im Dunkeln wusch, Saft einschenkte oder Getreideflocken in den Teller schüttete, um größtmögliche Verwirrung zu stiften). Und eines Tages, als Marina gegen Mittag erwachte, nachdem sie wieder einmal sinnloser- und anstrengenderweise fast bis zum Morgengrauen wach geblieben war, kam sie, nicht in Panik, aber mit absoluter Gewissheit, zu dem Schluss, dass sie keinesfalls länger allein bleiben konnte. Oder vielmehr, dass sie gerade noch so lange durchhalten konnte, wie nötig war, bis jemand zu ihr gelangte, etwa wie ein Wüstenwanderer, der mit der sicheren Aussicht auf Hilfe ausnahmsweise noch einen weiteren Tag ohne Wasser durchsteht.

Und so hatte sie Julius herbeizitiert. Danielle war weit weg, auf der anderen Seite der Welt, und die wenigsten ihrer arbeitenden Freunde hatten die Zeit, einen Wagen zu mieten und spontan nach Massachusetts zu fahren. Natürlich konnte auch Julius keinen Wagen mieten, denn er besaß keinen Führerschein, aber als Freiberufler konnte er seine Arbeit mitbringen, und Marina hatte ihm (voreilig, wie sie nun fand, nachdem er drei Tage bei ihr war) angeboten, ihn vom Bahnhof Albany abzuholen, der über eine Stunde entfernt lag. Dies hieß natürlich, dass zwar sie allein über den Zeitpunkt seiner Rückfahrt bestimmte, gleichzeitig aber keinerlei Einfluss darauf hatte: Ohne sie kam er nicht von hier weg, aber gerade diese Abhängigkeit sorgte dafür, dass sie ihn nicht bitten konnte zurückzufahren, ja nicht einmal eine Andeutung machen durfte, ohne zu riskieren, dass sie ihn kränkte (der liebe Julius war ein wenig sensibel); und jetzt wusste sie nicht genau, was sie mehr fürchtete: die dumpfe Stille des Hauses, wenn sie wie ein bleiches Gespenst durch die Zimmer wanderte, oder Julius' Geplapper, das selbst in den leerstehenden Räumen nachzuhallen schien wie ein elektronisches Dauersummen, so dass Marina, schon wenn sie in der dunklen Morgendämmerung erwachte, spüren konnte, dass sie nicht allein war.

Und jetzt hatte es geschneit: Nachts und den ganzen Morgen über war Schnee gefallen, hatte die Landschaft verhüllt und das Licht gedämpft. Eingeschneit hätte sie sich auch alleine sicher gefühlt (welcher Wahnsinnige käme schon auf die Idee, einen Überfall zu planen, wenn die Spur, die unvermeidlichen Fußabdrücke, direkt zu seiner Festnahme führte?), aber wie sich die Zeit vertreiben? Also hatte sie Ella Fitzgerald aufgelegt und Julius gefragt, ob es ihm schrecklich viel ausmachen würde, ihr eine Fußreflexzonenmassage zu geben.

Als sie ihn sah, wie er so dasaß, im Schneidersitz im Schatten am Ende des Sofas, ihren Fuß in seinem Schoß, das weiße Schneelicht wie einen Heiligenschein um den Kopf, empfand sie Mitleid mit Julius. Sein Pierre/Natascha-Gefasel hing damit zusammen, dass er mal wieder Pech in der Liebe gehabt hatte; wieder einmal ein Typ, dem Julius' schillernde Leidenschaftlichkeit anfangs offenbar gefallen, der sein Froschgesicht als schön bezeichnet hatte (seine Glupschaugen schimmerten sogar im Dunkeln) und der sich dann doch, nach demütigend kurzer Zeit, von ihm abgewandt, gegen ihn gewandt, ihn verhöhnt hatte: Er sei ein hoffnungsloser Fall und seine Liebe erdrückend. Julius trug einen pinkfarbenen Kaschmirpullover und ein seidenes Halstuch, selbst hier in Stockbridge, und hatte sein schwarzes vogelflaumartiges Haar mit Gel gestylt. Seine Ohren standen ab, wie vor Empörung über diesen jüngsten Verrat, und immer wieder fuhr er sich mit der Zunge über die Lippen, ein ebenso hartnäckiger wie unbewusster Tick.

»Ich hab's dir schon mal gesagt, du brauchst einen älteren Mann«, unterbrach ihn Marina, nicht ganz sicher, wo ihr Freund in seinem Monolog gerade angelangt war. »Einen viel älteren Mann. Der weiß, wo er steht im Leben.«

»Aber das meine ich ja.« Julius leckte sich über die Lippen. »Eric *war* älter. Nicht furchtbar viel älter, aber achtunddreißig, alt genug, um zu wissen, was er will. Mich wollte er jedenfalls nicht.«

»Vielleicht hast du ihn zu sehr bedrängt?«

Er zischte. »Phh, ich bitte dich! Ich habe bestimmt nicht versucht, gleich bei ihm einzuziehen oder so was.«

»Aber wie lange kanntet ihr euch schon? Einen Monat? Weniger?«

»Drei Wochen.«

»Als ich Al drei Wochen kannte, waren wir noch kein Paar. Er hat sich immer noch mit anderen Frauen getroffen, und ich hab zumindest so getan, als würde ich mich mit anderen Typen treffen.«

»Damals warst du vierundzwanzig.«

»Aber bloß weil wir jetzt dreißig sind – hallo! Du bist ein *Mann*! Bei dir tickt keine biologische Uhr.«

»Außerdem, was hat's dir gebracht?«

Marina zog ihren Fuß weg und richtete sich auf. »Wir waren fünf Jahre lang zusammen. Wir haben zusammen*gelebt*! Es hat funktioniert.«

»So lange, bis es dann nicht mehr funktionierte.«

»So lange, ja.« Marina schniefte. »Aber es war nicht – das heißt ja nicht –«

»Ich weiß. Aber ich glaube, du bist nicht in der Position, mir gute Ratschläge zu geben.«

Marina stand auf und schaltete im Wohnzimmer die großen Lampen aus gehämmertem Kupfer an, die den gesamten Raum plötzlich in ein Farbbad tauchten, verschiedene Rosa- und Orangetöne, Terracotta, das gebrannte Umbra des Sofas – ihre Mutter hatte alles so hergerichtet, um eine mediterrane Atmosphäre zu erzielen, und tatsächlich wirkte der Raum dadurch wärmer und der Garten entsprechend unwirtlich. Im ausgelaugten grauen Dunkel draußen erkannte sie den Schatten des schneebedeckten Gartenhauses, dessen Umrisse jetzt – zugegeben, weil Julius da war – nur verlassen wirkten, nicht bedrohlich. »So habe ich das nicht gemeint«, räumte Julius ein. »Ich weiß nicht. Die Situation ist eigentlich nicht vergleichbar.«

»Eben!« Bis letzten August hatte Marina mit Al zusammengelebt – Fat Al, wie ihre Freunde ihn nannten, weil er einen

Wanst vor sich hertrug, der ihr damals angeblich gefiel –, aber schließlich hatten sie sich getrennt; offiziell, weil Marina für sich sein wollte, um »ihr Leben auf die Reihe zu kriegen«, aber in Wirklichkeit, weil Al keine Lust mehr hatte, für sie zu sorgen (oder vielmehr, so lautete Danielles Vermutung, weil ihm dadurch, dass Marina diese Tatsache ständig neurotisch thematisierte, die Lust vergangen war), und weil er, was schwerer wog, mit einer anderen im Bett gewesen war, einer Kollegin bei Morgan Stanley, und dies wohl nicht nur einmal. Marina protestierte Danielle gegenüber (und demonstrativ *nicht* Julius gegenüber, der sich, falls er Bescheid wusste, nichts anmerken ließ), es habe sie nicht gedemütigt, dass er mit einer anderen schlief, sondern dass die Auserwählte so dumm war. Und dass er überhaupt dazu fähig gewesen sei, hatte Marina gesagt, zeige, dass *sie* sich die ganze Zeit geirrt habe, all ihre Freunde jedoch, die so lange taktvoll geschwiegen hatten, im Recht gewesen seien.

Diese Trennung, einerseits unerwartet, andererseits absolut unausweichlich, hatte Marinas Weltbild stark verändert. Manchmal fühlte sie sich wie ein Wechselbalg, als habe eine ganz neue Person die Identität Marina Thwaites angenommen – oder eher jemand, der von außen als ganz neue Person wahrgenommen wurde, während sie unter der Oberfläche unverändert blieb. Ungefähr so, wie bei einem Küchenschrank, den man mit einem neuen Furnier versieht, indem man einfach eine neue Plastik- oder Sperrholzverkleidung auf die alte Schranktür klebte, ohne die Mehl- und Zuckervorratsdosen oder die Schachtel mit den durchweichten Cornflakes ausräumen zu müssen.

Die Wahrheit war: Nach der Trennung von Fat Al (der, was fürchterlich schmerzte, nicht einmal *versucht* hatte, sie zu halten) hatte sich Marina ziemlich schwergetan und tat es immer noch. Nachdem ihr Leben bisher in ruhigeren Bahnen verlaufen war als das ihrer Freundinnen und Freunde – von denen mit fünfundzwanzig Jahren, als sie und Al sich schon ein Doppelbett anschafften, noch keiner ans Heiraten gedacht hatte –, war sie jetzt plötzlich die von allen am wenigsten Verwurzelte. Sie hatte weder eine eigene Wohnung noch das Geld, sich eine zu mieten, und so war sie letzten November, kurz vor ihrem dreißigsten Geburtstag, nachdem sie reihum auf fremden Sofas genächtigt hatte, wieder zu Hause eingezogen, in ihr Kinderzimmer in der Upper West Side. Und als sei dies nicht schon demütigend genug, musste sie sich von ihren Eltern auch noch finanziell unterstützen lassen, um überhaupt leben zu können.

Obwohl sie keinen richtigen Job hatte, war Marina nicht faul. Sie war lediglich ineffizient, jedenfalls behauptete das ihr Vater, der berühmte Murray Thwaite, Meister der Effizienz. Ungefähr am Anfang ihrer Zeit mit Fat Al, einer Zeit, die schon fast in der Steinzeit lag, hatte sich Marina auf ein Buchprojekt eingelassen. Sie war noch jung und Praktikantin bei der *Vogue* gewesen. Als gefeierte New Yorker Schönheit (das war doch sicher nicht ohne Bedeutung? Marina hätte dies nach außen hin zwar vehement bestritten; aber doch hatte sie, wie Danielle sich mehrfach Julius gegenüber beklagt hatte, keine Ahnung, wie es denn wäre, *nicht* schön zu sein: »Manchmal würde ich am liebsten zu ihr sagen: ›Stell dir vor, du betrittst einen Raum und keiner hört auf zu reden, keiner dreht sich nach dir um! Stell dir mal vor, es gäbe niemanden mehr, der dir umsonst die Haare schneidet oder dein Gepäck schleppt! Was dann?‹«) und abgöttisch geliebte Tochter ihres berühmten Vaters, eine Ausnahmeerscheinung, war sie von einem einflussreichen Verleger zum Lunch eingeladen worden, ein Mann im Alter ihres Vaters, ein früherer Freund der Familie, der sich im ›San Domenico‹ nur zu gern an der Seite dieser Schönheit gezeigt hatte – mit einem Abschluss an der Brown University, wohlgemerkt! also nicht nur hübsche Fassade und nichts dahinter –, der sie gedrängt hatte, seinem Verlag ein Projekt vorzuschlagen. Nach über einem Monat, einer kleinen Ewigkeit, während der sie ständig befürchtet hatte, das Angebot könne noch zurückgezogen werden, hatte Marina ihm eine Idee für ein Buchprojekt vorgelegt, das von Kindermode handeln sollte und – dies war der Clou des Ganzen – davon, welch vielschichtige, profunde kulturelle Wahrheiten – die Gesamtheit unserer *Sitten* – sich von der Entscheidung einer Gesellschaft ableiten ließen, die kleine Lulu in eine Rüschenbluse und Klein-Stacey in paillettenbesetzte Hotpants zu stecken. Damals hatte das Projekt natürlich mehr Gewicht gehabt; aber das lag Jahre zurück, und inzwischen hatte Marina, die, zumindest teilweise, ein anderer (oder »neu furnierter«) Mensch geworden war, eigentlich kein Interesse mehr an ihrem Buch und fand ihre These nicht mehr besonders spannend; sie konnte sich nicht einmal mehr erinnern, sie je spannend gefunden zu haben, und so schlug sie sich letztlich nur deshalb weiter damit herum, weil sie schon vor langer Zeit den gesamten Vorschuss verpulvert hatte und den Rest des Honorars erst zu Gesicht bekommen würde, wenn sie ein taugliches Manuskript ablieferte.

Für manche Leute hätte dies die Sache sicherlich beschleunigt; Marina jedoch wollte ihren Namen – immerhin war dies ihr *erstes* Buch und sie die Tochter ihres Vaters – nur auf ein Werk setzen, das sie mit Stolz erfüllte, obwohl sie bereits bezweifelte, ob man auf diese Leistung überhaupt stolz sein konnte. Sowohl die Trennung als auch das anschließende Nomadendasein hatten das Ganze erheblich verzögert, und wenn sie ehrlich war, auch die Rückkehr nach Hause. Ihr Lektor – im Laufe der Jahre schon der dritte; ein sommersprossiger Junge, garantiert jünger als sie, mit Pausbacken, Himmelfahrtsnase und dem schnöseligen Namen Scott – drängte seit ein paar Monaten zur Abgabe und hatte mit einer allerletzten Frist gedroht. Jetzt befürchtete Marina, dass der Verlag das Geld zurückfordern werde, wenn sie nicht endlich ein Manuskript ablieferte (solche Dinge passierten tatsächlich, sie hatte es im Bekanntenkreis erlebt), ein erkleckliches Sümmchen, das sich inzwischen in Luft aufgelöst hatte. Auf den Ratschlag ihrer Mutter hin (denn ihr Vater, für den Arbeit und Geselligkeit nicht zu trennen waren, empfand die Einsamkeit in Stockbridge, ohne Kinder oder Gäste, als ein Gräuel) hatte sich Marina in die ländliche Stille zurück-gezogen, um zum »Endspurt« anzusetzen, wie jemand das genannt hatte – nicht sie; sie wusste, dass das illusorisch war.

Es war jetzt Mitte März, und sie hatte sich verpflichtet, nicht vor Mai zurückzukehren, aber wenn sie gefragt worden wäre, hätte sie zugegeben, dass sie eigentlich gar nicht so lange dort bleiben wollte. Es war genau wie mit Fat Al: Hätte man sie gefragt, ob sie mit diesem Mann bis ans Ende ihres Lebens zusammenbleiben wolle, so hätte sie sofort gesagt, nein, er genüge ihr nicht. Und genau so täuschte sie eigentlich nur vor, in dem Haus in Stockbridge zu arbeiten – was umso seltsamer war, als es bis vor kurzem gar keinen Zeugen gegeben hatte, dem es etwas vorzutäuschen galt. Und jetzt, wo Julius da war, verwickelte Marina sich in eine weitere Täuschung, an die sie beinah selber glaubte – nämlich die Täuschung, nicht länger an dem Buch arbeiten zu können, weil ihre ach so produktive Klausurphase unterbrochen worden war. Einerseits wünschte sie sich, Julius würde gehen, andererseits, natürlich aus Angst vor der Stille und der noch nicht vollbrachten, nicht zu voll-bringenden Arbeit, wünschte sie sich, dass er blieb. Außerdem war er ein sehr guter Koch.

»In Anbetracht des Schnees«, sagte er soeben, um sein Gerede von vorhin wiedergutzumachen, in dem beängstigend fröhlich beleuchteten Wohnzimmer, während seine langen Finger über den rostfarbenen Chenillestoff der Sofalehne glitten, »und in Anbetracht des supertristen Wetters sollten wir uns heute Abend etwas Gutes zum Essen gönnen, findest du nicht?«

»Gebackene Bohnen auf Toast?« Sie war immer noch ver-ärgert.

»Ich dachte da eigentlich eher an ein Käsesoufflee, mein Schatz. Mit Röstkartoffeln an einem Klecks gedämpftem Spi-nat. Nervennahrung. Und falls du dann immer noch Hunger hast, mache ich dir eine Zabaione, wenn du mir versprichst, dass du dich beim Rühren mit mir unterhältst.«

»Da sind so viele Eier drin, Jules.« Sie zierte sich nur zum Schein: Zabaione war ihr Lieblingsdessert.

»So alt sind wir noch nicht«, sagte Julius. »Aufs Cholesterin können wir nächstes Jahr achten.«

KAPITEL VIER
Julius Clarke

Was Julius Clarke anbetraf, so entsprach er nicht dem, was man vielleicht erwartet hätte. Er stammte weder aus New York noch aus Kalifornien oder Washington – weder State noch District –, ja, nicht einmal aus Oregon. Trotz seines schwer einzuordnenden britischen Akzents kam er weder aus Großbritannien noch überhaupt aus Europa. Er stammte aus Danville, Michigan, einer Kleinstadt in der Nähe von Detroit. Selbst von seinen Freunden wussten das nur jene, die ihn bereits in seinem ersten College-Jahr gekannt hatten, als im Jahrbuch der Erstsemester neben jedem Foto peinlicherweise der Herkunftsort vermerkt gewesen war, samt Heimatadresse. Er hatte hart daran gearbeitet, die Spuren der Vergangenheit zu tilgen – daher das Halstuch, der rosa Kaschmirpulli (wenn auch an den Ellbogen ziemlich durchgescheuert), die flötende Stimme –, doch hatte offenbar irgendwann jeder einmal auf die eine oder andere Weise seinen Vater, Franklin Clarke, kennen gelernt, und der sah so aus, wie Julius früher ausgesehen hatte, und niemand hielt es für möglich, dass da eine verwandtschaftliche Beziehung bestand.

Frank Clarke, ein großer, schwerfälliger Mann mit quadratigem Schädel und feisten Hängebacken, war als Green Beret in Vietnam gewesen, wo er Thu kennen gelernt hatte, Julius' Mutter, der der Junge nachschlug. Nach dem Krieg waren Frank und Thu nach Danville gezogen, wo Frank an der Highschool Geschichte unterrichtete und das Basketballteam trainierte, während Thu, deren Englisch zwar charmant klang, aber nie zur Perfektion gelangte, von zu Hause aus als Näherin und Damenschneiderin arbeitete. Julius war der einzige Sohn, das zweite von insgesamt drei Kindern, allesamt dunkel, großäugig und zart wie die Mutter, so dass Frank, mit seiner dröhnenden Stimme und klobigen Gestalt, zwischen seinen Lieben wirkte wie Gulliver in Lilliput. Trotz anderweitiger Erwartungen in Danville – Julius war schon als Kind tuntig gewesen und in der Grundschule als Memme verspottet worden –, liebte der robuste Frank seinen Jungen ebenso abgöttisch wie seine auf konventionellere Weise erfolgreichen Töchter und besuchte Julius in New York, so oft es ihm sein Terminplan und seine agoraphobische Ehefrau erlaubten. Seine Besuche sorgten stets für die vielfältigsten und wunderbarsten Misstöne: etwa, wenn Frank in Julius' vollgestopftem und dunklem Apartment im Lehnstuhl saß und über den Kritiken seines Sohnes brütete, während seine massigen Schenkel in den Baumwollhosen wie zwei zusätzliche Möbelstücke ins Zimmer ragten; oder wenn Vater und Sohn in Julius' Stammlokal im East Village saßen, und der ernste Frank in seiner navyblauen Windjacke, die Baseballkappe neben sich auf der Polsterbank, auf alle Welt – das musste Julius klar sein, auch wenn sein Vater nichts davon ahnte – wie ein spießiger Freier wirkte, ein verheirateter Sugardaddy, der sich nebenbei einen Lustknaben hielt. Und selbst wenn es Frank bewusst gewesen wäre, dass die Stammgäste des Lokals in der Avenue A ihr Zusammensein derart interpretieren könnten, schien es ihm egal zu sein: Er ging liebevoll mit seinem Sohn um, zupfte an dessen Kleidern herum, verwuschelte ihm das Haar, augenscheinlich maßlos stolz auf Julius' Leistungen, und überglücklich, dass sein Sohn eindeutig ein New Yorker war – obwohl er selbst hundertprozentig nach Danville gehörte und sich dort wohl fühlte. (Überflüssig zu erwähnen, dass niemand jemals Thus Bekanntschaft gemacht hatte; bis auf einen Freund, der nach dem College quer durchs Land gefahren und einen wohlkalkulierten Abstecher nach Michigan gemacht hatte. Er war dann aber an der Westküste geblieben und hatte nur noch glaubwürdig vermeldet, Thu könne fantastisch kochen, sowohl vietnamesische als auch westliche Gerichte, ein Fakt, den Julius' Freunde auch aus dem Kochtalent ihres Sohnes hätten ableiten können.)

Was also waren die Errungenschaften, auf die sein Vater so stolz war? Natürlich bestand Anlass zur Sorge, dass es deren nicht viele waren und diese auch noch weniger wurden. Julius, im College für seine scharfe Zunge bekannt, war mit der jugendlichen Überzeugung nach New York gekommen – oder vielmehr in die Redaktionsräume der *Village Voice* geschlendert –, dass ihn Attitüde weiterbringen werde. Und lange Zeit hatte dies tatsächlich funktioniert: In der New Yorker Literaturszene war Julius bekannt, bei Partys machte man Neulinge auf ihn aufmerksam. Seine vernichtenden, aber eleganten Buchrezensionen wurden oft zitiert; seine nicht so vernichtenden, aber immer noch eleganten Film- und Fernsehkritiken seltener; dennoch: Sein Leben zwischen seinem zwanzigsten und dreißigsten Geburtstag war von Exzessen und Unbekümmertheiten bestimmt, die eines Oscar Wilde würdig gewesen wären, und allein dies mochte wohl schon als Errungenschaft gelten: ein modernes Enfant terrible. Doch Julius' Unbekümmertheit war natürlich nur ein Schleier über seinen endlosen, ermüdenden Neurosen, die Marina und Danielle sehr wohl kannten. Was Intimität oder gar Sex anbetraf, war er ein Versager (es bestand kein Mangel an Partnern; aber sie waren jedes Mal rasch wieder von der Bildfläche verschwunden). Er war ständig pleite, daher auch der schäbige Kaschmirpullover, doch legte er großen Wert darauf, dass sich seine Not nicht herumsprach: »Wir sind in New York, Leute. Wer hier kein Geld hat, gilt nichts und ist ein Bettler.« Dass sowieso alle Bescheid wussten, schien ihm nicht in den Sinn zu kommen. Ihm war klar, dass er mit seinen dreißig Jahren für die Rolle des charmanten Taugenichts allmählich zu alt wurde, dass er sich möglicherweise anstrengen musste, um nicht zu vergehen wie ein Hauch lauwarmer Luft: Vom charmanten Taugenichts zum notleidenden, lästigen Versager war es nur ein kleiner, allzu kleiner Schritt. Seine Freunde hatten ihm geraten, einen Job anzunehmen – als Redakteur oder sogar als Kolumnist, um ein festes Einkommen zu haben –, aber Julius lehnte ab mit der Begründung, er halte ein geregeltes Arbeitsleben für spießig. Danielle und Marina hatten hinter seinem Rücken schon oft über seine Lebensführung gesprochen – unter vier Augen, wobei sie ihn, seiner hervorquellenden Augen und der platten, etwas weichlichen Nase wegen, manchmal La Grenouille nannten; diesen Spitznamen hatten sie ihm vor Jahren mal verpasst, aber sofort wieder darauf verzichtet, weil Julius sich darüber so aufgeregt hatte. Sie konnten sich einfach nicht vorstellen, was ihren Freund so in Anspruch nahm: Er besaß weder Kabelfernsehen noch Geld zum Ausgeben. Gelegentlichen, scheinbar ungewollten Andeutungen entnahmen sie jedoch, dass er jeden Tag stundenlang im Internet surfte und sich mit Pornographie und Dirty Talk beschäftigte; den Rest der Zeit traf er sich mit seinen virtuellen Brieffreunden. Er bekomme genug Sex für sie alle zusammen, scherzte Marina oft – sie fragte sich, ob er sich bei seinem Besuch in Stockbridge womöglich vorkam wie ein Alkoholiker in einem Land voller Abstinenzler – und nur ganz selten, zum Beispiel mit diesem treulosen Eric, für den er so schwärmte, wollte Julius mehr und strebte eine Art Beziehung an. Alle drei Freunde hatten den Eindruck, dass Julius im Laufe der Jahre mit sämtlichen New Yorker Schwulen seiner Generation Sex gehabt hatte – safe, wohlgemerkt; falls Marina und Danielle seinen Versicherungen Glauben schenken konnten – ganz so, wie man ein Netz knüpft, Masche um Masche, bis man schließlich jeden kennt und über ein tragfähigeres berufliches Netzwerk und bessere Connections verfügt als andere. Danielle hatte sogar – im Scherz natürlich – gemeint, vielleicht sei eben *dies* sein nachhaltiges Bemühen, seine Leistung.

Julius jedoch hielt dies, wie so vieles, keineswegs für einen Scherz, denn er führte in seinen Komödien lieber selbst Regie. Mehr als seinen Freunden ging es Julius um Macht. Es war kein zielgerichtetes Streben, es ging ihm nicht um eine bestimmte *Art* von Macht, nur um die nackte Tatsache der Macht an sich. Politische, soziale, finanzielle Macht – alles außer vielleicht moralische Macht, die Marina so wichtig war, ihn jedoch keinen Deut interessierte. Er hätte sich mit Donald Trump, Gwyneth Paltrow oder Donatella Versace ebenso gern zum Essen getroffen wie zum Beispiel mit Marinas Vater, Murray Thwaite; und an Murray Thwaite wiederum interessierte ihn nur dessen Fähigkeit, die öffentliche Meinung zu formen; wie diese Meinung jedoch aussah, war Julius nicht wichtig. Julius beherrschte die Kunst des Verführens, an sich schon eine verführerische Fähigkeit: Er verfügte über sie, benutzte sie, hatte Erfolg damit. So wünschte er sich eigentlich sein ganzes Leben. Unreif, ein Spielball seines Ehrgeizes, wusste Julius, dass er bald, sehr bald etwas finden musste, das diesen Ehrgeiz lohnte; andernfalls riskierte er einen Zustand hoffnungsloser Verbitterung, aus dem es kein Zurück mehr gab.

Ganz bewusst war er, großmütigerweise, nach Stockbridge gekommen, in dieses einsame Haus zwischen Rotwild und wer weiß was sonst noch für wildem Getier (er hatte in seiner Kindheit in Michigan reichlich Erfahrung mit wildlebenden Tieren gesammelt und verspürte jetzt, wo er durch und durch Großstädter war, keinerlei Sehnsucht mehr danach, ebenso wenig, wie er sich nach Kälte oder nassen Schuhen sehnte), um seiner lieben Freundin Beistand zu gewähren. Er brüstete sich gern damit, wenn er zusätzliche Mühen auf sich nahm – eine Eigenschaft, die Danielle und Marina schon immer kritisiert hatten. Und in diesem Fall, da Marina mit ihrem Manuskript kämpfte und Beistand und Ablenkung brauchte, betrachtete er die Reise hierher (diese endlose Zugfahrt in einem Waggon, der schwach, aber penetrant nach Urin gestunken hatte) als altruistische Pflicht. Andererseits: Da Erics Zurückweisung vergangene Woche ihn zutiefst verletzt hatte, begrüßte er die Aussicht, in Ruhe seine Wunden lecken zu können. Außerdem fütterte ihn Marina durch – und wenn er selber kochte, gab es sogar etwas Gutes –, während er selbst nur tiefgefrorenes Schnittbrot und ein Glas Oliven im Haus hatte und nicht einmal genügend Geld besaß, um auf dem Wochenmarkt einzukaufen. Marina, so naiv, oder so blind (manchmal wusste er nicht, welches von beidem), Marina, die in Saus und Braus lebte und sich für verarmt hielt, nur weil sie bei ihren Eltern wohnte –, Marina nervte ihn ebenso wie er sie. Das schien ihr aber zu entgehen, genau wie der Umstand, dass er sich oft auf die Zunge beißen musste (als ob ihre Beziehung mit dem dicken Al ihr das geringste Recht gäbe, ihm in Herzensdingen Ratschläge zu erteilen!) oder dass es ihn Mühe kostete, freundlich zu tun. Im Grunde lief alles auf eine bestimmte Anspruchshaltung hinaus. Marina fand, es stehe ihr alles zu, und so fragte sie sich nie ernsthaft, ob auch sie selbst genug zu bieten habe. Er hingegen, Julius, stellte sich diese Frage ständig, beantwortete sie stets mit ja und wunderte sich, dass der Rest der Welt dies nicht erkannte. Er würde es ihnen allen zeigen müssen – dazu war er entschlossener denn je, aus einer flammenden Überzeugung heraus. Nur war er inzwischen schon dreißig, und die Frage lautete: *wie*?

KAPITEL FÜNF
Poesie bewirkt nichts

Das Kratzen, das Murray Thwaite gegen Ende des Seminars in seinem Hals verspürte, signalisierte das Bedürfnis nach einer Zigarette und einem Drink. Vor den Fenstern des Seminarraums war es dunkel geworden, und die Schüler hingen trotz des strengen Neonlichts würdelos schlaff und schlapp zusammengesackt in ihren Plastikstühlen. Dafür, dass sie Studenten waren, hatten sie ziemlich lange durchgehalten, seinem Augenzeugenbericht über die Antikriegsbewegung der späten sechziger und frühen siebziger Jahre angeregt, ja enthusiastisch gelauscht – genauer gesagt, sie hatten ungläubig und wie elektrisiert gewirkt, als sie sich vorzustellen versuchten, wie der Innenhof dieser vertrauten Institution, direkt hier vor den Fenstern, von aufmüpfigen Demonstranten nur so gewimmelt hatte, und mitten unter ihnen, langhaarig, Murray –, aber jetzt, nach drei Stunden, waren sie ausgelaugt, freuten sich heißhungrig auf das Abendessen in der Mensa, die muffige Wärme ihrer WGs und das sorglose Geplapper (worüber redeten diese Kids?) ihrer Kommilitonen.

Nach einem Blick auf die Wanduhr und weil er sah, dass seinen Schäflein fast die Augen zufielen – vielleicht sogar, weil er bemerkte, wie drängend Thwaites Räuspern klang –, erklärte Thwaites Freund und Gastgeber, Eli Triplett, die Diskussion elegant für beendet. »Ihr habt ja keine Ahnung, ihr Lieben«, schloss er mit seinem tiefen Manchester-Bass, »was für ein Glücksfall das für euch war. Ein herzliches Dankeschön an Murray Thwaite, der sich die Zeit genommen hat, hierherzukommen.« Es wurde applaudiert, herzlich, dachte Thwaite und neigte vornehm den großen silbergrauen Kopf. »Denkt dran, wir treffen uns nächste Woche um sieben im Multimedia-Center, zum Film.«

»Was läuft da nochmal?«, fragte ein mürrischer Typ in Latzhosen, der während des Vortrags ständig an seinem Ziegenbart herumgespielt hatte. Auf Thwaite wirkte dies, als kaue er mit den Zähnen darauf herum, und er fühlte sich tatsächlich an einen Ziegenbock erinnert.

»Costa-Gavras. *Vermisst*. Als nächstes geht's um die Südamerika-Verstrickung unserer Regierung, Adam. Wieder ganz neue Gräueltaten.«

»*Unsere* Regierung, Eli?«, murmelte Thwaite, während die Studenten in ihre coolen Jacken und Mäntel schlüpften. »Du überraschst mich. Hast du einen Treueschwur abgelegt, von dem ich nichts weiß?«

Triplett lachte. »Sie nehmen es mir übel, die Kommunisten, wenn ich behaupte, ich sei nicht betroffen. Du weißt ja, es ist ein großer Unterschied, ob man die eigene Familie kritisiert oder die von jemand anderem.«

»Dann belügst du sie also im Grunde einfach alle?« Thwaite, immer noch sitzend, hob tadelnd eine Augenbraue.

Ein Mädchen, das an der Ecke des Tischs lauerte, kicherte vernehmlich.

»Roanne. Murry Thwaite, Roanne Levine. Eine unserer Besten.«

Murray Thwaite erhob sich zu seiner vollen Größe von einsneunzig und streckte der jungen Frau, mädchenhaft schmächtig, mit einem von üppigen schwarzen Locken verschatteten Gesicht, die Hand hin. »Danke für Ihre Frage zu Lowell«, sagte er. »Welch eine Wohltat, einem jungen Menschen zu begegnen, der weiß, dass vor langer, langer Zeit Poesie einmal *tatsächlich* etwas bewirkt hat.«

Roanne kicherte erneut. Als sie ihr Haar hinters Ohr strich, kamen ein rundes, glattes Gesicht und ein großer Mund zum Vorschein. »Auden, stimmt's? Ich habe nämlich zwei Hauptfächer, Englisch und Geschichte.«

»Die überschneiden sich mehr, als man denkt.« Thwaite wandte sich wieder Eli zu, registrierte aber aus dem Augenwinkel, dass das Mädchen immer noch dastand. Sie war recht hübsch und hatte seiner Vorlesung bis zuletzt aufmerksam gelauscht. »Also, wo ist nun die Kneipe, von der du gesprochen hast?«

»Nur ein paar Blocks entfernt. Nicht sehr weit.«

»Professor – ich meine, Mr. Thwaite?«

Die Zigarette schon in der Hand, wenn auch noch nicht angezündet (inzwischen kannte er die nervenden Vorschriften für öffentliche Gebäude, die dort ähnlich drakonisch durchgesetzt wurden wie auf Flugzeugtoiletten), ging Thwaite zur Tür und warf Miss Levine über die Schulter einen aufmunternden Blick zu.

»Ich wollte nur – ich hätte ein paar Fragen – für die Studentenzeitung – ein Porträt?« Sie war hartnäckig und schüchtern zugleich, eine Mischung, die ihm gut gefiel.

»Also auch angehende Journalistin?«

Roanne Levine lachte erneut. Möglich, dass einem das

Gekicher mit der Zeit auf die Nerven ging; doch Thwaite war, wie er selbst zugab, ein neugieriger Mensch. Und sie wirkte hübsch. »Begleiten Sie uns auf einen Drink?«

Eli räusperte sich.

»Ich weiß nicht – Professor Triplett? Ich möchte nicht – nur ganz kurz, wenn Sie nichts dagegen haben? Oder ein anderes Mal, wenn es besser passt?«

Leicht verärgert über Eli – gab es da vielleicht auch Vorschriften, wie beim Rauchen? Aber er war hier ja nicht mal Dozent; also konnte es ihm egal sein – sagte Thwaite: »Nein, jetzt passt es gut. Schlafen können wir, wenn wir tot sind.«

Es handelte sich um ein altmodisches irisches Pub mit klebrigen Tischen und Stühlen aus Holz und einem klebrigen Zementboden. Der Raum war schlecht beleuchtet und bezog sein Licht vor allem durch das Neonschild im Fenster. Auf allen Tischen standen Aschenbecher, umgeben von Bierdeckeln mit Shamrocks darauf. Thwaite und Eli bestellten Scotch und Wasser, während sich Roanne, nach kurzem Zögern, einen White Russian bestellte.

»Eher eine Hauptmahlzeit als ein Getränk, meine Liebe«, bemerkte Thwaite.

»Ich weiß, ich weiß, aber hier schmeckt er am besten. Den trinke ich immer hier.«

»Dann ist es absolut okay, dass Sie ihn auch diesmal bestellen. Man muss sich selbst treu bleiben, sage ich immer.«

Es trat eine etwas peinliche Stille ein. Thwaite spürte, dass Eli absichtlich schwieg, weil er hoffte, das Mädchen werde sich fehl am Platze fühlen und gehen. Stattdessen zog sie jedoch völlig unbeeindruckt ein Notizbuch aus dem Rucksack und blätterte mit gespielter Geschäftigkeit darin herum. »Ich habe mir ein paar Fragen aufgeschrieben«, sagte sie. »Ich hoffe, das ist okay?«

Es stellte sich heraus, dass die Fragen sehr persönlich waren, was, vielleicht erwünschtermaßen, zur Folge hatte, dass Thwaite sich das Mädchen genauer ansah und weniger auf ihre Worte achtete; erst recht nicht auf seine eigenen

Antworten. Er redete sehr gern – zu Triplett hatte er vor der Vorlesung gesagt, er *lehre* sehr gern –, doch über sich selbst zu reden langweilte ihn. Er bemerkte, dass sie, während sie schrieb, ihren Pulloverärmel halb über die linke Hand zog und festhielt. Ihre Beine steckten in hohen schwarzen Stiefeln und waren unter dem Tisch nicht nur gekreuzt, sondern regelrecht ineinander verflochten. Und hinter ihrem Haarvorhang hervor sah sie ihn an wie ein Reh oder ein Häschen. Mit jeder Frage kam sie ihm jünger vor, bezaubernd naiv, gleichzeitig aber ernsthaft, was er anziehend fand. Er bemerkte – jetzt jedenfalls war kein Zweifel mehr möglich –, dass sie ihn anziehend fand, und zwar nicht unbedingt auf die väterliche Art und Weise. Sie bestellten noch eine Runde und näherten sich der heiklen Frage, ob sie eine dritte bestellen sollten, als Eli, der immer nervöser geworden war, sich aufgrund seiner Position genötigt sah, direkt einzugreifen.

»Ich wette, das würde für eine ganze Biographie ausreichen, Roanne«, sagte er und schob seinen Stuhl vom Tisch zurück. »Ich kümmere mich jetzt um die Rechnung, und vielleicht kommen Sie hier inzwischen zum Schluss. Mr. Thwaite hat nicht den ganzen Abend Zeit. Und Sie haben doch sicherlich auch noch etwas anderes vor.«

»Machen Sie sich nichts draus«, sagte Thwaite, als Eli weggegangen war. »Er will Sie nur beschützen.«

»Ich hätte schon noch ein paar Fragen gehabt, nicht viele, aber« – »Wissen Sie was?«, unterbrach er sie. »Geben Sie mir doch einfach Ihre Nummer, ich rufe Sie später an.« Er wartete auf eine Reaktion, aber es kam keine. »Oder morgen, und dann erledigen wir den Rest.«

Sie notierte alles mit ihrer eckigen Handschrift und riss das Blatt heraus. »Vielen herzlichen Dank«, hauchte sie. »Das war toll.«

Natürlich würde er sie weder anrufen, noch würde sie das sonderlich bedauern. Aber so gab er ihr wenigstens das Gefühl, dass eine persönliche Beziehung zustande gekommen sei und dass sie ihn beeindruckt habe, was sie sich sicherlich wünschte.

Er steckte den Zettel in seine ausgebeulte Manteltasche, in der er Taxirechnungen und Streichholzbriefchen sammelte und derlei Zettel. Man konnte nie wissen. Wenn nicht heute Abend, dann rief er vielleicht ein andermal an. Entscheidend war nur, sich die Möglichkeit offenzuhalten.

Roanne Levine winkte ihrem Professor zu und schlüpfte in die matschige Nacht hinaus – das bisschen Schnee war geschmolzen, die Gehwege glänzten nass – und Thwaite erklärte sich einverstanden, mit Eli – und vielleicht noch ein paar anderen Leuten? Eli hatte sein Handy dabei – ein Bistro in der Nähe anzusteuern, in der Amsterdam Avenue.

Als Murray heimkam, weit nach eins, hatte Annabel nur die Tischlampe im Flur brennen lassen. Er konnte sich einen Moment lang nicht daran erinnern, ob seine Tochter da war oder nicht, wusste aber ganz sicher, dass seine Frau, die er nicht angerufen hatte, sich ärgern würde, wenn er sie weckte, weshalb er auf Zehenspitzen über den Perserteppich schlich. Woran es lag – an der Gangart, der Dunkelheit oder den Unmengen Scotch und Burgunder, die er in sich hineingeschüttet hatte –, hätte er später nicht mehr zu sagen vermocht, jedenfalls bemerkte er die Lache mit Erbrochenem erst, als sie sich mit einem matschigen Geräusch unter seinem rechten Schuh verteilte.

»Scheiße«, zischte er. »Scheiße, scheiße, scheiße!« Das war, er wusste es, wieder die Katze gewesen: die Päpstin, die spindeldürre, siebzehn Jahre alte Abessinierkatze, von jeher hochmütig und unnahbar und jetzt, offen gesagt, klapprig und abstoßend. Marina hatte sie als junges Mädchen geschenkt bekommen, damals, als sie sich nach einem Pony oder Hund sehnte, und Thwaite fand immer noch, dass Marina für das Tier verantwortlich war. Obwohl sie ja – jetzt fiel es ihm wieder ein – den ganzen Monat in Stockbridge verbrachte. Er war nicht zuständig für Katzenkotze und würde es auch niemals sein. Mit Hilfe seines linken Schuhs entledigte er sich des rechten und bückte sich dann vorsichtig, um den linken mit der Hand abzustreifen. Während er weiter durch den Flur schlich, blieben die besudelten Schuhe zurück, Seite an Seite, erschrocken, als sei ihr Besitzer gerade einer spontanen Selbstverbrennung zum Opfer gefallen.

KAPITEL SECHS

Die Päpstin ist krank

Als Danielle bereits seit einer Woche wieder im Lande war, lang genug, um aus dem Nebel des Jetlag aufzutauchen und lang genug, um zu erfahren – sie hatte es ja bereits geahnt –, dass aus dem australischen Projekt (in das sie schon so viel Arbeit investiert hatte) nun doch nichts wurde, rief sie bei den Thwaites an, um nach Marinas Telefonnummer im Landhaus zu fragen. Eigentlich hatte sie vage damit gerechnet, dass Annabel abnehmen würde (die als Rechtsanwältin in einer karitativen Einrichtung arbeitete und während der Woche meist unterwegs war, manchmal aber, wie durch ein Wunder, doch zu Hause), oder, sehr viel wahrscheinlicher, Aurora, die Haushälterin. Murray Thwaite, der Danielle, selbst nach so vielen Jahren, immer noch einschüchterte, hatte einen eigenen Anschluss in seinem Arbeitszimmer und ging nie ans Haustelefon. Doch diesmal nahm Marina selber ab; ihre sanfte, etwas zaghafte Stimme klang schlaftrunken.

»Habe ich dich geweckt? Es ist schon nach elf.«

»Mmm.«

»Wieso bist du schon zurück?«

Marina berichtete von Julius' Besuch und dem heftigen Schneesturm und wie unbehaglich und eingeengt sie sich beide in dem Haus gefühlt hätten und dass sie Julius deshalb angeboten habe, ihn in die Stadt zurückzubringen. »Eigentlich wollte ich gleich wieder zurückfahren«, sagte sie, »aber ich hatte das Gefühl, mich hier um einen Haufen Dinge kümmern zu müssen, verstehst du?«

»Um was zum Beispiel?«

»Na ja – Nachrichten, E-Mails –«

»Aber du hattest doch dort deinen Computer dabei, oder?«

»Schon, aber – ach, ich weiß nicht. Mein Dad brauchte jemanden, der ihm bei ein paar Recherchen zur Hand geht, und dann musste er neulich abends zu einem großen Dinner und hat mich gefragt, ob ich ihn begleite, deshalb bin ich dageblieben ...« Marina begleitete ihren Vater häufig zu öffentlichen Anlässen. Annabel ging fast nie mit, und manchmal wurde Marina irrtümlich für Murrays attraktive junge Beutefrau gehalten.

Danielle fand es nicht gut, dass ihre Freundin ihrem Vater so kritiklos ergeben war, aber es hatte keinen Zweck, sie darauf hinzuweisen. Man erreichte höchstens, dass Marina sauer wurde. Es handelte sich um eines der wenigen Themen, auf die sie richtig gehässig reagieren konnte – einmal hatte sie sogar gesagt: »Wenn dein Vater nicht zufällig in Columbus in der Baubranche wäre und von deinem Leben null Ahnung hätte, *dann* könntest du vielleicht mitreden.« Wonach sie fast einen Monat lang nicht mehr miteinander gesprochen hatten, bis Marina anrief und sich entschuldigte. Jedenfalls war Danielles Vater Unternehmer und kein einfacher Handwerker. Und bloß weil er sich mehr für praktische Dinge interessierte als für die Art von Nabelschau, die alle New Yorker (einschließlich Danielle) leidenschaftlich gern betrieben, war er noch lange keine Witzfigur. Sicher, Danielles Vater hatte seine Ecken und Kanten, aber eine Lachnummer war er nicht. In ihrer Stimme schwang Ärger mit, als sie fragte: »Wie kommst du mit dem Buch voran?«

Marina seufzte. »Gut. Doch, ja, gut. Wie war Australien?«

»Toll. Anstrengend. Und zwecklos.« Danielle erzählte Marina von Moira und John – Marina mochte Moira nicht besonders, was, wie Danielle vermutete, mit dem Umstand zusammenhing, dass Danielle zu ihr aufsah – und von ihrem hübschen Haus am Meer. Danielle berichtete von ihren Treffen mit diversen Aborigineführern und dem Minister für multikulturelle Angelegenheiten und erzählte, was sie über die schreckliche Geschichte der Rassenbeziehungen erfahren hatte. Dann berichtete sie ihrer Freundin, dass ihr Chef, Nicky, ihr bei einem Meeting nach ihrer Rückkehr mitgeteilt hatte, man habe sich gegen sie entschieden und werde stattdessen ein von Alex vorgeschlagenes Projekt ins Programm nehmen, nämlich eine Sendung über arbeitslose Mütter, die von Sozialhilfe leben. »Er fand meine Story nicht ›aktuell‹ genug.«

»Oje, Danny. Tut mir leid.«

»Mein Gott, drüben in Australien *ist* sie aktuell! Und in ein paar Monaten kommt hier Jones' Buch heraus – du weißt schon, der Typ, von dem ich dir erzählt hab, der hier auf Wiedergutmachung klagt.«

»Besteht eine Chance, dass dein Chef seine Meinung noch ändert?«

»Kaum. Es geht um die Finanzierung. Vermutlich ist das der wahre Grund – die Kosten, ein Team rüberzuschicken und alle unterzubringen. Aber das hat er natürlich nicht zugegeben.«

»Und jetzt?«

»Jetzt muss ich wieder von vorn anfangen. Vielleicht mache ich etwas über diese satirischen Zeitschriften, die den Markt momentan überschwemmen, und ihre Rolle bei der Meinungsbildung. Darüber, dass sich die Grenzen zwischen rechter und linker Politik in purer Protesthaltung auflösen. Leute, die nicht *für* irgendetwas, sondern schlicht gegen alles sind.«

»Gibt's so eine Schwemme tatsächlich?«

»Nun ja, *The Onion* ist jetzt hier, und dann gibt's den *New York Observer*, und *McSweeney's*, und im Spätjahr erscheint hier eine neue Zeitung, herausgegeben von diesem Typen, den ich drüben in Australien kennen gelernt habe.«

»Wenn du meinst.«

»Ich will zeigen, dass das irgendwie an Russland vor hundert Jahren erinnert, die Nihilisten, verstehst du? Wie bei Dostojewski und Turgenjew.«

»Davon werden deine Vorgesetzten ja begeistert sein.«

»Ich meine es ernst. Damals dachten alle, das seien bloß irgendwelche Außenseiter, die ein bisschen rummotzen, und plötzlich gab's eine Revolution.«

»Na, ich weiß nicht. Eine Revolution in Amerika?«

»Das meine ich nicht. Natürlich glaube ich nicht, dass wir hier in zwanzig Jahren ein marxistisches Regime haben werden. Aber es wäre doch interessant, herauszufinden, was sie sich so vorstellen, und was sie ihrer Meinung nach erreichen wollen.«

»Dass die Leute lachen, oder nicht?«

»Vielleicht. Ist nur so eine Idee bis jetzt.«

»Hast du Lust rüberzukommen und irgendwo einen Kaffee zu trinken?«

»Ich bin im Büro.« Danielles Büro befand sich in der Lafayette Street Nähe Bleecker Street, mitten in Downtown. Marina schien ständig zu vergessen, dass Danielle einen Job hatte und den Leuten, die sie bezahlten, zeigen musste, dass sie arbeitete.

»Okay, dann Abendessen?«

»Wo?«

»Ich bin pleite. Mein Geld ist für neue Stiefel draufgegangen – die mussten einfach sein, aber Ausgehen ist jetzt nicht mehr drin. Wir könnten doch hier essen.«

»Mit deinen Eltern?«

»Ich weiß nicht mal, ob die heute Abend da sind. Vielleicht sind wir zu dritt, du, ich und die Päpstin.«

»Geht's ihr gut zur Zeit?«

»Eigentlich nicht. Sie hat sich leider ein paarmal übergeben. Aber keine Angst, sie kotzt dir schon nicht auf den Schoß. Wie wär's mit sieben Uhr?«

Die Thwaites wohnten am oberen Ende des Central Park West, in einem Gebäude, das zwar, vor allem wenn man aus Ohio kam, sehr vornehm wirkte, aber in der Gegend bei weitem nicht das eleganteste war. Die Lobby zum Beispiel war eigentlich nur ein breiter Korridor. An der Wand standen zwei graubraune Ohrensessel, dazwischen prangte auf einem Glastisch ein kunstvolles, aber hässliches Seidenblumen-Arrangement. Das Licht im Korridor leuchtete grünlich-trüb wie in einer öffentlichen Toilette, so dass die reliefartigen Figuren, die in pseudoägyptischer Manier über die pinkfarbenen Wandkacheln bis zum Aufzug schritten, kaum zu erkennen waren. Auf dem schwarzweißen Parkettboden, der einfach nicht ins Bild passte, erzeugten auch die weichsten Slipper ein unheimlich hallendes Geräusch. Und der Aufzug selbst – ausgestattet mit getäfelten Wänden, Messingbeschlägen und einem winzigen roten Samthocker, vermutlich als Komfort für den Fahrstuhlführer – schien wieder einer anderen, gleichfalls längst vergangenen Epoche zu entstammen.

Hatte man diesen missglückten öffentlichen Bereich – womöglich der seltene Versuch eines New Yorkers, sich in Understatement zu üben? – hinter sich gelassen, dann stellte die Wohnung der Thwaites, die Danielle schon seit über einem Jahrzehnt kannte, einen wundervollen, luxuriösen Zufluchtsort dar. Der Aufzug öffnete sich direkt in den geräumigen Flur, was Danielle nach wie vor als feudalen Luxus empfand, und von dort aus erblickte man zu allen Seiten elegante Räumlichkeiten. Nachdem man einen großzügigen Bogengang durchschritten hatte, lag rechts das langgestreckte große Wohnzimmer; die Fenster mit den silbernen Vorhängen gingen auf den Park, den Boden bedeckte ein einziger riesiger Perserteppich. Es gab reichlich Platz für den glänzenden schwarzen Steinway, auf dem anscheinend niemand spielte (Marina hatte sich seit ihrem siebten Lebensjahr strikt geweigert, Klavierunterricht zu nehmen) und für mehrere klobig-gemütliche Sofas und Lehnsessel, alle in Elfenbein- und Goldtönen bezogen, bunt dekoriert mit Kissen in Edelsteinfarben. An den Wänden hingen moderne Bilder, größtenteils, wie Danielle erfahren hatte, Geschenke von befreundeten Künstlern, obwohl sich überraschenderweise auch ein Pastellporträt auf braunem Packpapier darunter befand, das Marina als acht- oder neunjähriges Mädchen zeigte – ihr schwarzes Haar war mit einer gestreiften Spange hochgesteckt, ihr puffärmliges blaues Kleid über der Brust gefältelt: ganz sicher eine Auftragsarbeit und zwar eine, die Danielle nicht recht einordnen konnte, da sie von Stil und Farbton her aus den vierziger und fünfziger Jahren zu stammen schien; ein konservatives Element in diesem als liberal geltenden Haus.

Bog man vom Flur links durch eine Schwingtür, die meist geschlossen blieb, so kam man in die Küche, und dann, wieder durch einen Bogengang, ins Speisezimmer, offenbar ein Tribut an Roche Bobois oder einen anderen Siebziger-Jahre-Designer. Die Stühle hatten keine Armlehnen und waren aus glattem schwarzem Leder, kühles Bürodesign; der gleichfalls kühle Tisch aus poliertem Holz besaß pechschwarze Zierleisten; und das Licht, das den Sisalteppich wie vergoldet erstrahlen ließ, entströmte halbmondförmigen mattierten Leuchten, die wie Wachposten an den Wänden verteilt waren. Über dem schmalen Sideboard – wunderbarerweise ohne Beine, schwebend, oder freitragend – hing ein Ölgemälde in kräftigen Farben, ein flackerndes Meer aus Gold- und Brauntönen, das Danielle von allen Bildern hier am besten gefiel.

An diese bekannten, allen Besuchern zugänglichen Räume grenzte die Privatsphäre der Thwaites – von der breiten Diele gingen die Schlafzimmer ab, an erster Stelle das von Marina, dann folgten, endlos, eine Bibliothek, mehrere Bäder und schließlich ganz hinten, das wusste Danielle, Murray Thwaites Arbeitszimmer (es ging, wie der Wohnraum, auf die inspirierende Weite des riesigen Parks hinaus), das sie in all den Jahren noch nie betreten hatte.

Doch als Danielle bei den Thwaites eintraf und der Portier – ein breitschultriger Serbe mit mächtigem Schnauzbart und trauriger Miene, der wirkte, als habe man ihn in eine Uniform gezwängt, die zwei Größen zu klein war – sie im Aufzug hinaufgebracht hatte, wurde sie nicht von Marina, sondern von Murray Thwaite persönlich begrüßt. Er stand hemdsärmlig im Flur, knallrote Lederslipper an den Füßen, ein Wasserglas in der Hand.

»Mr. Thwaite«, begann Danielle etwas verblüfft.

»Murray, meine Liebe. Wie oft muss ich das denn noch sagen? Murray, bitte. Sonst fühle ich mich so alt.« Er beugte sich zu ihr hinunter und küsste ihre kühle Haut, presste seine stopplige an ihre glatte Wange. Er roch nach Tabak und einem Eau de Cologne, das an Gin Tonic erinnerte (war es Eau Savage?), nicht intensiv, aber angenehm. Er nahm ihren Mantel und hängte ihn schief auf einen Bügel.

»Soll ich meine Schuhe ausziehen? Draußen ist es nass, und ich weiß, dass manche Leute –«

»Nur, wenn du gern deine hübschen Füße enthüllen willst.« Er grinste sie an, und sein breites, einschüchterndes, von silbernem Haar umrahmtes Gesicht, das sie schon so lange kannte, wirkte plötzlich sanfter, beinahe liebenswürdig. Ihm blitzte, wie man das in alten Romanen so sagte, ›der Schalk aus den Augen‹. Ein Netz aus feinen Äderchen, das einen erhöhten Alkoholkonsum verriet, verästelte sich über seine Wangen. »An deiner Stelle würde ich die Schuhe aber anlassen. Bei uns liegt ekliges Zeug auf dem Boden herum und wartet nur drauf, dass man reintritt.«

»Die Katze?«

»Hat Marina dir davon erzählt? Mich hat's neulich abends erwischt. Aber komm doch rein, setz dich, ich hol dir was zu trinken.«

»Ist Marina da? Ich weiß nicht, ob sie es erwähnt hat, aber sie hat mich zum Abendessen eingeladen.«

»Sie hat es nicht erwähnt, aber egal. Willkommen. Sie ist einfach losgerannt – irgendwas mit Haare schneiden.«

»François?«

»Genau.« François war ein Modefriseur, der Marina seit ihrem siebzehnten Lebensjahr gratis die Haare schnitt. Dafür durfte er ihre Frisur gelegentlich für Werbeaufnahmen fotografieren und einmal, vor Jahren, hatte sie bei einer Modenschau mitgewirkt. Das Problem war nur, dass Francois kaum Zeit hatte – nur dann, wenn jemand absagte, oder nach Ladenschluss. Offenbar hatte sich heute Abend überraschend eine

Lücke aufgetan. »Sie ist schon fast eine Stunde weg. Müsste bald zurück sein.«

»Und Annabel?«

»Die ist im Büro aufgehalten worden. Sie muss sich darum kümmern, dass ein Junge, den sie grün und blau geschlagen haben, heute Abend nicht heimgeschickt wird. Scheußlicher Job.«

Danielle ließ sich mitten auf das große weiße Sofa sinken, auf dem sie sich klein und verloren vorkam. In einer Verlegenheitsgeste strich sie erst ihren Rock und die weißen Kissen glatt, dann unnötigerweise auch noch die Strumpfhose über ihren Waden, bevor sie von Murray Thwaite, der vor ihr stand, ein Glas Wein – Weißwein, wie gewünscht – entgegennahm.

»Bitte«, sagte sie, »lassen Sie sich nicht von mir aufhalten – Sie haben sicherlich viel zu tun – ich warte einfach hier, bis sie kommt.«

»Sei nicht albern. Ich kann mir keine nettere Unterbrechung vorstellen. Ich hatte sowieso keine Lust mehr, mich mit dem Zustand unserer Nation zu befassen. Das kann bis später warten. Erzähl doch mal, was du seit unserer letzten Unterhaltung so getrieben hast.«

Danielle fragte sich, wann sie sich das letzte Mal miteinander unterhalten hatten, beziehungsweise, ob sie überhaupt jemals mehr als die banalsten Höflichkeitsfloskeln ausgetauscht hatten. Sie konnte nicht ahnen, dass sie ihn an Roanne Levine erinnerte, nur mit einem etwas kleineren Mund, hübscheren Brüsten und ohne das nervende Gekicher. Sie konnte nicht ahnen, dass Marinas Vater sie heute sah, als sehe er sie zum ersten Mal.

»Ich war in Australien«, sagte sie munter und war dankbar für dieses Thema, das ihren Gastgeber vielleicht doch interessierte. »Um für eine Sendung zu recherchieren, an der ich gearbeitet habe – aus der jetzt aber offenbar nichts wird.«

Murray Thwaite erkundigte sich genauer nach dem Projekt und fragte, warum nichts daraus geworden war. Er sagte, er kenne Jones, den Autor des Buchs, das Danielle gelesen hatte;

er sei ein interessanter Typ, aber ein Hitzkopf, der gern im Rampenlicht stehe. »Ich bin mir nicht sicher, ob er das Buch wirklich geschrieben hat, damit die Weißen endlich mal was *tun*. Scheint mir eher ein Versuch zu sein, berühmt zu werden und einen Stiftungslehrstuhl an der – wo lehrt er nochmal? – zu bekommen.«

Sie führten tatsächlich eine Unterhaltung, und nach einiger Zeit legte Danielle ihre Scheu ab und hörte auf, nervös herumzuzappeln. Murray Thwaite saß erst auf der Armlehne eines Sessels, dann auf dem Klavierhocker und bog sich mit seinem langen Oberkörper, der ständig in Bewegung war, so weit zu ihr herüber, dass es aussah, als würde sein Kinn jeden Moment sein Knie berühren. Nur die Päpstin lenkte ihn ab, mit ihrem klagenden, scheinbar unmotivierten Gejaule, und Murray knurrte: »Verschwinde! Hau ab, du blödes Vieh, hau ab!«

Annabel kam noch vor Marina nach Hause, mit wehendem Trenchcoat und einer vollen Einkaufstüte. »Mein Gott!«, rief sie Murray vom Flur aus zu, bevor sie Danielle bemerkte, »So ein Scheißtag!« Als sie um die Ecke kam und die Freundin ihrer Tochter im Wohnzimmer sitzen sah – oder vielmehr stehen, denn Danielle war bei Anabelles Erscheinen sofort aufgesprungen, beinahe schuldbewusst –, entspannte sich ihr Gesicht und der schneidende Ton wurde weich. »Danielle, Schätzchen, wir haben uns ja eine Ewigkeit nicht gesehen! Ich hänge nur schnell meinen Mantel auf, und dann kriege ich eine dicke Umarmung ...«

Nun saß Danielle weitere zwanzig Minuten verlegen in der Küche der Thwaites, während Annabel – die in ihrem austerngrauen Hosenanzug (Armani, dachte Danielle) trotz des Scheißtags wie aus dem Ei gepellt wirkte, obwohl sich ein paar graublonde Strähnen aus ihrem Haarknoten lösten – freundlich, aber, wie Danielle bemerkte, insgeheim doch verärgert hin und her überlegte, ob die Schweinekoteletts, die sie mitgebracht hatte, für vier Personen reichen würden; bis sie, auf Murrays Drängen hin, beschloss, einfach etwas beim Chinesen zu bestellen.

Während dieses kleinen häuslichen Dramas hatte Danielle die seltsame Empfindung, sich die Rolle ihrer Freundin angeeignet zu haben, und das auch noch zu einem längst vergangenen Zeitpunkt, der zehn Jahre oder mehr zurückliegen mochte: Sie fühlte sich wie damals als Teenager in der Küche ihres Elternhauses in Columbus (natürlich vor der Scheidung) und plötzlich wurde ihr bewusst, was für ein höchst merkwürdiges Leben Marina augenblicklich führte, ein Leben, das in der Kindheit steckengeblieben oder zumindest zu ihr zurückgekehrt war. Danielle konnte sich nicht vorstellen, jeden Tag mit ihren Eltern zu Abend zu essen, und das nicht nur, weil sie jetzt in verschiedenen Bundesstaaten lebten und nicht mehr miteinander sprachen, sondern auch, weil jetzt ihr viertes Lebensjahrzehnt begann und ihr – seit dem Beginn des Studiums mit siebzehn – das öde Einerlei des Familienlebens bis auf ein paar beinahe erträgliche Tage erspart geblieben war.

Als Marina auf der Bildfläche erschien – mit einem perfekt geschnittenen und doch sinnlich zerzausten Bob, den wirklich nur sie mit ihrem schwarzen, leicht gewellten Haar tragen konnte –, war Danielle zu dem Schluss gelangt, dass ihre Freundin gerettet werden musste. Ihr eigenes Leben – ein Studio in der West Twelfth Street, wo das Bett nur einen guten Meter vor der sogenannten Küche endete – kam ihr ziemlich spartanisch vor in einer Zeit, in der so viele ihrer Altersgenossen Aktienvermögen angehäuft hatten, in riesigen Lofts oder gar Brownstones wohnten, ein Luxusleben führten und angeblich irgendwelche Internetfirmen aufbauten, deren Funktion ihr schleierhaft blieb. Dass Marina mit ihren dreißig Jahren nicht einmal einen Futon oder Klappstuhl ihr Eigen nannte, war auf irgendeine anachronistische Weise vielleicht bewundernswert; aber es hatte auch etwas Bemitleidenswertes.

Jetzt, in der Küche ihrer Eltern, wirkte Marina jedoch alles andere als bemitleidenswert; dieser Gedanke schien ihr noch gar nicht gekommen zu sein. Sie wirbelte herum, um das – wie sie, oder eher François, das nannte – »Wippen« ihrer

Frisur vorzuführen, dann lehnte sie sich an die Arbeitstheke, in Reichweite einer offenen Tüte Kartoffelchips, welcher sie ab und zu mit zierlicher Hand einen einzelnen Chip entnahm, um daran herumzuknabbern. (Danielle fiel das auf, weil sie selber dazu neigte, gleich eine ganze Handvoll Chips aus der Tüte zu holen und systematisch in den Mund zu schieben; weshalb sie jetzt nicht mal einen einzigen nahm.) Marina berichtete recht amüsant davon, was sie im Salon von François alles erlebt hatte, eine Kabbelei zwischen zwei Coloristen, wegen der Strähnen im Schopf einer Blondine. »Die Hälfte ihres Haars war in Folie eingehüllt, die andere Hälfte nicht, und sie beobachtete die beiden Jungs hinter sich im Spiegel wie bei einem Tennismatch. Ihr hättet ihr Gesicht sehen sollen«, sagte Marina und fuchtelte mit einem Kartoffelchip herum. »Einfach göttlich!«

Während Marina erzählte, holte Annabel Sets und Besteck, Teller und Gläser heraus. Sie unterbrach ihre Tätigkeit nur ein einziges Mal mit der Frage »Essstäbchen?«, was alle bejahten; worauf sie der Besteckschublade noch vier Sets Essstäbchen entnahm. Während Danielle Annabel dabei half, den Tisch zu decken, redete Marina eigentlich nur noch mit ihrem Vater. Der stieß wohlwollend-anerkennende Laute aus, lachte sogar, las aber gleichzeitig einen Artikel in der *New York Review of Books*, die mit der Post gekommen war; Annabel hatte sie vorhin mit heraufgebracht. Marina, die das nicht zu stören schien, redete einfach weiter.

Ist Annabel sauer? fragte sich Danielle, während sie an jeden Platz eine gefaltete Serviette legte (aus Stoff – sogar gebügelt). Weder ihr Ehemann noch ihre Tochter machten Anstalten zu helfen, obwohl Annabel die Einzige war, die den ganzen Tag im Büro verbracht hatte – nun ja, sie natürlich auch, die unerwartete Besucherin, die Annabel jetzt fleißig zur Hand ging. Aber eigentlich wirkte Annabel gar nicht verärgert – eher zerstreut. Danielle dachte an das misshandelte Kind, das Murray erwähnt hatte.

»Hatten Sie einen langen Tag?«

»Was?« Annabel schrak leicht zusammen. »Langer Tag? Ja. Ein harter Fall. Der Junge ist wirklich ein Problem. Er will heim, und seine Eltern – das heißt, seine Mutter und sein Stiefvater – wollen auch, dass er heimkommt, außerdem will ihn aufgrund seiner Vorgeschichte keine Pflegefamilie haben – eine Pflegemutter hat sich einmal beide Beine gebrochen, weil er sie die Treppe hinuntergestoßen hatte – und eigentlich könnte man denken, es wäre die beste Lösung, ihn nach Hause zu schicken. Aber er hat sich in den letzten sechs Monaten einmal die Schulter ausgekugelt, einmal das Handgelenk gebrochen und zweimal ein blaues Auge gehabt. *Das* passiert also, wenn er nach Hause kommt. Er will zurück, aber nur um seine Mutter zu beschützen.«

»Und was ist Ihre Aufgabe dabei?«

»Ich vertrete den Jungen. Dafür ist meine Organisation da.« Annabel hatte diese Organisation als gemeinnützige Einrichtung gegründet, als Marina noch ein kleines Mädchen war; sie arbeitete mit den Sozialdiensten zusammen. »Irgendjemand muss sich ja um ihn kümmern.«

»Um den Jungen? Wow. Wie alt ist er denn?«

»Vierzehn. Und wuchtig. Nicht unbedingt groß – wuchtig. Aber der Stiefvater ist noch viel wuchtiger, in jeder Hinsicht.« Sie hielt inne, stemmte die Hände in die Hüften und ließ ihren Blick über den Tisch wandern. Nebenan in der Küche hörten sie jetzt Murray sprechen, er erzählte von seiner letzten Lesereise. Marina schwieg.

»Er strickt sehr gern – kannst du dir das vorstellen?«, fuhr Annabel fort. Danielle wusste erst gar nicht, wen sie meinte. »Irgendwo hinter all dieser Traurigkeit und Brutalität steckt dieser sanfte Junge. Seine Großmutter hat es ihm beigebracht, und jetzt strickt er immer im Wartezimmer – einen langen gestreiften Schal oder einen Hut mit roten Schneeflocken drauf. Er sitzt da also beim Warten über die Stricknadeln gebeugt und werkelt vor sich hin und schiebt die Zungenspitze vor. So ernst und konzentriert. Seine Oma ist jetzt im Heim. Alzheimer. Und ich hab das Gefühl, eigentlich will er bloß auf ihren Schoß, auf meinen Schoß, auf den Schoß von irgendjemandem, der sich bitte, bitte endlich um ihn kümmern soll. Da sitzt dieser massige Junge, der allen Angst macht und zu schwerer Körperverletzung fähig ist, und strickt!« Annabel seufzte. »Es ist schrecklich – wenn er jetzt irgendeine schlimme Tat begeht, kann er heutzutage nach dem Erwachsenenstrafrecht verurteilt werden. Und, ganz ehrlich, ich glaube, das ist sein Ziel. Nicht die Verurteilung natürlich. Die schlimme Tat. Er hasst seinen Stiefvater – und wer kann es ihm verdenken? Der ist ein brutaler Prolet, noch dazu Alkoholiker. Ich glaube, er würde ihn am liebsten umbringen.«

»So etwas denken sicher viele Leute.«

»Nein, ich glaube, dass er ihn wirklich, buchstäblich, umbringen will. Dumm genug wäre er dafür, der arme Junge, und intelligent genug. Du siehst also, Danny, ich musste unbedingt verhindern, dass er heute Abend nach Hause geht.«

»Was haben Sie dem Richter gesagt?« Danielle nahm an, dass in diesem Fall noch ein Richter oder eine Richterin hinzugezogen wurde.

»*Das* jedenfalls nicht. Ist doch klar.«

»Der arme Junge. Klingt eher nach einem Alptraum.«

Annabel sah Danielle direkt in die Augen. »Es *ist* ein Alptraum. Aber das ist ziemlich kompliziert.«

»Sie Ärmste.«

Annabel lächelte rasch. »So darf man nicht denken, damit ist keinem geholfen. ›Reiß dich zusammen, Tiger‹ war das Motto meiner Zimmergenossin im College. Und sie lag völlig richtig damit.«

Egal wie oft Annabel dieses Mantra wiederholt haben mochte, das auf eine beängstigende Selbstdisziplin schließen ließ (wo hatte sie studiert? Vassar? Bryn Mawr?) – es hatte wohl kaum Einfluss auf Marina gehabt, die gerade mit der Kreditkarte ihres Vaters den Lieferanten des China-Taxis bezahlte. Oder vielleicht stimmte das nicht ganz: Vielleicht war Marina so damit beschäftigt, sich zusammenzureißen, dass ihr noch gar nicht aufgefallen war, dass sie sich auflöste, dass sie mehr und mehr an Konturen verlor. Wie vorhin, als sie so lebhaft, so amüsant erzählt hatte, ohne dass jemand zuhörte.

Nach dem Essen – Danielle hatte das chinesische Essen gut geschmeckt, vor allem das Moo Shoo Pork, allerdings war es lauwarm gewesen und auf den Tellern rasch klebrig geworden – schob Murray Thwaite seinen Stuhl zurück und erhob sich wieder zu seiner eindrucksvollen Größe. »Meine Damen«, sagte er und fuhr sich mit der Hand durch das silbrige Haar. »Wenn Sie mich höflichst entschuldigen würden? Marina, Schätzchen, hast du diese Daten für mich ausgedruckt?«

»Hab den Drucker angemacht, bevor ich zu Francois gegangen bin, Daddy. Ich hol sie dir.«

»Und Marina, Schätzchen!«, rief er ihr nach. »Deine Frisur ist sehr hübsch!«

Er wandte sich wieder dem Tisch zu. »Vielleicht einen Zentimeter zu kurz? Aber das wächst nach. Nett, dass du hier bist, Danielle. Auch du siehst sehr hübsch aus.« Er küsste sie; sie errötete und murmelte etwas vor sich hin. »Und du, Liebling«, wandte er sich an seine Frau – »sagst du mir um elf Bescheid? Heute kommt dieser Idiot in Charlies Show.«

»Ja, wenn ich noch wach bin. Falls nicht, erinnern dich die Mädchen dran.«

Annabel und Danielle deckten den Tisch ab. Gerade als ihre Mutter den letzten Teller in die Spülmaschine geräumt hatte, erschien Marina wieder auf der Bildfläche.

»Ich glaube, die Päpstin ist rückfällig geworden, Mom. Irgendwo im Wohnzimmer liegt ein Haufen und stinkt, aber ich kann ihn nicht finden.«

Annabel seufzte. »Ab mit euch, ihr beiden. Ich kümmere mich darum.«

»Die ganze Wohnung stinkt nach chinesischem Essen«, sagte Marina, machte ihre Zimmertür zu und ging zu ihrem Frisiertisch, um die Duftkerze anzuzünden. »Provençalischer Lavendel – okay?«

»Ich rieche nichts.«

»Moo Shoo Pork? Du riechst immer noch nichts? Igitt.« Marina schüttelte sich demonstrativ. »Wie wär's mit etwas Chopin?«

»Was auch immer.«

Marinas Zimmer war auf ebenso charmante Weise chaotisch wie seine Bewohnerin. Der Schreibtischstuhl verschwand unter einem Berg abgelegter Kleidung, auf der Frisierkommode lagen Lippenstifte und Kugelschreiber herum, und der bernsteingelbe Inhalt einer offenen Parfümflasche leuchtete im flackernden Kerzenlicht. Auf dem ungemachten Bett zeichnete sich der geisterhafte Abdruck von Marinas hingestreckter Gestalt ab; ein paar Bücher und ein ausgebreiteter Pulli lagen auf der Decke. Die Lampen verbreiteten gedämpftes, dottergelbes Licht, und hinter der halboffenen Schranktür erspähte Danielle Unmengen von Kleidungsstücken und einen Berg Schuhe.

»Deine Mutter muss doch erschöpft sein«, sagte Danielle, während sie den Laptop, dessen grünes Lämpchen leuchtete, auf den Boden stellte, sich in einen grauen Lehnstuhl sinken ließ und ihre Füße auf die Ottomane legte. Marina, die vor dem Regal bei der Stereoanlage stand und eine CD auswählte, antwortete nicht. »Ich habe direkt ein schlechtes Gewissen«, fuhr Danielle fort, »dass sie durch mich mehr Arbeit hat und wir ihr nicht mal helfen.« Womit eigentlich gemeint war, dass Marina ein schlechtes Gewissen haben sollte, weil sie ihrer Mutter kaum geholfen hatte.

»Sei nicht albern, Danny. Alles, was sie tut, würde sie auch tun, wenn du nicht da wärst.« Marina ließ sich auf ihr kissenübersätes Bett plumpsen. Der terracottabraune Bettbezug war mit lächelnden Sonnengesichtern bedruckt. Wie überhaupt alles heute Abend erinnerte Danielle auch dies an ihre Pubertät.

»M«, sagte sie, »ist das wirklich okay für dich?«

»Was denn?«

Danielle machte eine ausholende Geste. »Das hier. Alles. Das Buch. Dass du noch zu Hause wohnst – meine Güte. Das ist doch sicher nicht einfach.«

Marina verschränkte die Hände hinterm Kopf und schloss die Augen. »Nein. Wenn du's genau wissen willst – natürlich ist es nicht okay. Wie könnte es okay sein?« Sie öffnete die Augen – sie waren von einem wunderschönen tiefen Blau, fast violett, leuchtend und klar; diese Farbe hatten wohl auch die Augen ihres Vaters gehabt, bevor sie blutunterlaufen wurden und hervorquellend. »Aber was soll ich machen? Ich bin total pleite, und meine Eltern haben echt nett reagiert, aber du siehst ja, wie es ist. Es macht mich wahnsinnig.« Stille trat ein. »Ich weiß einfach nicht, was ich tun soll«, wiederholte sie.

»Du könntest dir einen Job suchen, Süße.«

»Einen Job?«, schnaubte Marina. »Und wie kriege ich dann dieses Buch fertig?«

»Keine Ahnung. Aber manche Leute schaffen das. Sie arbeiten nachts oder frühmorgens an ihren eigenen Texten. Wenigstens einen Teilzeitjob. Ich finde, du brauchst unbedingt eine eigene Wohnung.«

»Im Moment wüsste ich gar nicht, wie das mit einem Job gehen sollte. Das Buch muss unbedingt fertig werden. Das ist das Wichtigste.«

»Aber –« Danielle schwieg einen Moment. »Sag mal ganz ehrlich: Schreibst du es *wirklich* zu Ende? Wie lange brauchst du noch?«

»Im August muss es fertig sein.«

»Hätte es nicht schon letzten August fertig sein müssen? Und davor zu Weihnachten?«

Marina setzte sich auf. »Dann brauche ich eben länger. Dann wird es eben später. Worauf willst du eigentlich hinaus?«

»Auf gar nichts. Ich glaube nur, dass du feststeckst. Und wenn sich etwas nicht zum Besseren wendet, wendet es sich zum Schlechteren, verstehst du, was ich meine?«

»Hat Julius dir schon von seiner neuesten Liebestragödie erzählt?«

»Okay. Ich sag nichts mehr. Aber denk mal drüber nach. Wir alle können dir bei der Jobsuche helfen. Ich kann mich umhören. *Du* kannst dich umhören. Dein Vater kann sich umhören, verdammt nochmal.«

»Gut.« Marina kreuzte die Beine zum Lotussitz und rutschte etwas zurück, bis sie die richtige Position gefunden hatte. Sie saß sehr aufrecht da und holte tief Luft. »Ich will nicht mehr davon reden, weil ich weiß, dass es dich nervt und dass du mir sagen wirst, ich soll das überwinden, aber du hast keine Ahnung, was es heißt, Murray Thwaites Tochter zu sein. Ich will nicht, dass er mir einen Job besorgt, und sehe andererseits nicht ein, warum ich irgendeine stumpfsinnige Stelle annehmen soll, nur weil es angeblich ›gut für mich ist‹, einen Job zu haben. Ich möchte gern glauben, nein, ich *weiß*, dass ich etwas Ernsthafteres machen will.«

»Du meinst, du hast was Besseres verdient.«

»Was auch immer. Ich möchte – es klingt so banal, aber ich möchte etwas anderes machen. Schreiben. Etwas Wichtiges tun. Und damit meine ich nicht, na ja, für die *New York Times* über Veranstaltungen der Parent-Teacher-Association auf Staten Island zu berichten« – eine gemeinsame Collegefreundin hatte kürzlich mit großem Enthusiasmus einen solchen Posten übernommen –, »und abgesehen davon wissen wir doch beide, dass ich so einen Job gar nicht kriegen würde, selbst wenn ich wollte.«

»Jeder muss mal irgendwo anfangen.«

»Was sollen diese Phrasen? Ich fang mit meinem Buch an. Es dauert eben eine Weile, etwas länger als gedacht.«

Danielle machte dieselbe weitausholende Geste wie zuvor. »Wie auch immer«, sagte sie. »Ist ja auch egal. Also, wer hat Julius diesmal das Herz gebrochen?«

KAPITEL SIEBEN

»Eine Begegnung mit Murray Thwaite«
von Roanne Levine (Redaktion)

Kaum ein Journalist ist heutzutage so vielseitig gebildet, belesen und streitlustig wie Murray Thwaite. Thwaite, mittlerweile sechzig, wurde bekannt durch seine Beiträge in *The Action* und seine zahlreichen Veröffentlichungen in *The New Yorker* und *The New York Review of Books*. Er ist Autor beziehungsweise Herausgeber von zwölf Büchern, unter anderem von *Rage in the System* und *Underground Warfare in Latin America*. Jüngst erschien eine Sammlung seiner Essays über den Spätkapitalismus, die den Titel *Waiting for the Fat Lady to Sing* trägt. Kürzlich hielt Thwaite einen Vortrag in Professor Tripletts Geschichtsseminar »Widerstand im Nachkriegs-Amerika«, in dem er über sein Engagement als Jugendlicher in der Anti-Vietnamkriegs-Bewegung berichtete. Der große, attraktive Mann mit dem dichten silbergrauen Haar, dem kantigen Kiefer und den durchdringenden blauen Augen trug ein elegantes und etwas altmodisches Tweed-Jackett. Er gestikuliert viel beim Sprechen. Er ist ein dynamischer Redner, der selbst provokanteste Fragen nicht fürchtet. Auf die Frage einer Studentin, ob er wirklich glaube, dass sich durch sein Anti-Kriegs-Engagement irgendetwas verändert habe, schlug Mr. Thwaite buchstäblich mit der Faust auf den Tisch und antwortete: »Absolut! Die Wirkung war vielleicht nicht so heftig und kam nicht so rasch, wie wir gehofft hatten – nicht rasch genug, um auf beiden Seiten des Konflikts Tausende junger Leben zu retten –, aber natürlich hat sich etwas verändert! Wenn die Demokratie irgendeinen Sinn haben soll«, fuhr er fort, »dann den, dass die Stimme des Volks gehört wird und dass der Wille des Volks befolgt wird. Das ist kein Idealismus, sondern eine Tatsache. Und eine Verpflichtung. Jeder Einzelne von Ihnen hier in diesem Raum hat die Pflicht, sein Studium zu beenden, sich eine eigene, auf Fakten basierende Meinung zu bilden und sein Wissen an andere weiterzugeben.«

Mr. Thwaite, der seit langer Zeit in New York lebt, wurde 1940 in Watertown nahe der kanadischen Grenze geboren. Als Sohn eines Lehrers und einer Hausfrau war er das älteste von zwei Kindern. Als er Ende der fünfziger Jahre ein Harvard-Stipendium erhielt, begann er sein Geschichtsstudium, das er 1961 im Alter von zwanzig Jahren abschloss. Nachdem er mit Hilfe eines Fulbright-Stipendiums ein Jahr in Paris verbracht hatte, um die Geschichte der Résistance-Bewegung während des Zweiten Weltkriegs zu studieren, reiste er ein weiteres Jahr durch ganz Europa, bevor er zurückkehrte und sich in New York niederließ. Seine Journalistenkarriere begann er in Europa: »Ich schrieb an einen Mann vom *Boston Globe*, den Vater eines Harvard-Kommilitonen, und fragte, ob er bereit sei, sich einmal meine Arbeiten anzusehen. Er bejahte, und ich schickte ihm als erstes ein Feature, in dem es darum ging, wie die Berliner zur [Berliner] Mauer standen, die damals soeben errichtet worden war. Anschließend ging ich nach England und interviewte streikende Bergarbeiter. Er druckte beide Texte und ermunterte mich, ihm weitere Arbeiten zu schicken. Francos Spanien, die Demokratie in der Türkei, ich kam richtig in Fahrt. Ich fuhr nach Sizilien und schrieb einen Artikel über eine Mafia-Stadt. Es war ein tolles Jahr.«

Ich fragte Mr. Thwaite, ob er je mit dem Gedanken gespielt habe, in Europa zu bleiben und Auslandskorrespondent zu werden. »Eine Zeitlang wohl schon«, antwortete er. »Andererseits gab es viel, für das heimzukommen sich lohnte. Es tat sich eine ganze Menge. Und als dann Kennedy ermordet wurde – da war die Sache entschieden. Ich kehrte gerade rechtzeitig zurück, um durch die Südstaaten reisen und Vorträge über den Civil Rights Act halten zu können. Damals beschäftigte ich mich zum ersten Mal mit dem Thema Todesstrafe, das mir heute immer noch sehr wichtig ist. Und natürlich begann schon damals die Eskalation in Südostasien, der Krieg war bereits in vollem Gang, das kam also auch noch hinzu.«

Mr. Thwaite, der Kettenraucher ist, erklärte sich nach dem Vortrag freundlicherweise zu einem Interview bereit, und wir unterhielten uns bei ein paar Drinks im Mulligan's, wo er sich richtig wohl zu fühlen schien. Hätte er eine Krawatte getragen, hätte er sie bestimmt gelockert. Einmal fragte er mich, wann ich geboren sei, und als ich sagte »1981«, lachte er. »Wissen Sie, wo ich '81 war?«, fragte er. »Ich war in El Salvador und Guatemala und hab darüber berichtet, was die US-Regierung – natürlich im Geheimen – da unten treibt. Ich wette, Sie können sich das gar nicht vorstellen.«

Mr. Thwaite, der 1968 Annabel Chase, eine Anwältin für Kinderrechte, heiratete (»Ich trug Samthosen«, sagte er, »und sie Blumen im Haar«), hat eine Tochter, Marina, die 1970 geboren wurde. '93 schloss sie ihr Studium an der Brown University ab und arbeitet nun an ihrem ersten Buch. »Ich habe meiner Tochter nie geraten, Schriftstellerin zu werden«, sagte er. »Ganz im Gegenteil. Ich denke, man sollte sich, wenn irgend möglich, für etwas anderes entscheiden. Denn das Leben als Autor ist zwar interessant, aber unsicher. Allerdings habe ich meiner Tochter von Kindesbeinen an beigebracht, dass moralische Integrität das Einzige ist, was zählt. Und dass jeder Mensch, der eine Stimme, ein Talent besitzt, moralisch dazu verpflichtet ist, davon auch Gebrauch zu machen.«

Seine eigene Stimme hat Mr. Thwaite erst kürzlich erhoben, um die Unredlichkeit der Clinton-Administration zu kritisieren. »Meinetwegen kann jeder mit seinem Schwanz machen, was er will«, sagt Mr. Thwaite, »doch Clinton hat das amerikanische Volk belogen, als wäre es seine Ehefrau, die er übrigens gleichfalls belogen hat. Von seiner Politik ganz zu schweigen. Wenn *das* aus dem Liberalismus geworden ist, dann haben wir ein Problem. Sobald daheim dicke Luft herrscht, gibt's einfach eine Invasion oder einen Bombenangriff in Übersee, um uns abzulenken. Oder der Sudan, erinnern Sie sich noch?« Und er fährt fort: »Die Liberalen in diesem Land haben etwas Besseres verdient. Mein Gott, da war ja sogar Jimmy Carter noch besser. Dieser Kerl hat uns um zwanzig Jahre zurückgeworfen.« Wenig Geduld bringt er auch für George W. Bush auf, den er »unseren Marionettendiktator auf dem Verordnungsweg« nennt. Der neue Präsident »ist nicht mal gewählt worden« und »hat weniger Verstand als meine abessinische Katze. Übrigens ein hochbegabtes Tier.«

Trotz seines Humors kann Mr. Thwaite aber auch todernst sein: »Das Ganze ist kein Spiel«, sagt er über Politik und Journalismus.

»Mag sein, manchmal ähnelt vielleicht alles einem Zirkus, aber nur vom privilegierten Standpunkt der Vereinigten Staaten im Jahr 2001 aus betrachtet. Fragen Sie die Menschen irgendwo anders – in Bosnien, Ruanda, im Mittleren Osten, klar, aber auch in China, Algerien, Russland, ja, sogar Westeuropa, und Sie werden an etwas erinnert, das Sie eigentlich wissen sollten: Hier geht's um Leben und Tod. Es gibt nichts Wichtigeres.«

Mr. Thwaite, der in der Vergangenheit an der NYU und hier an der Journalistenschule lehrte, kehrt vielleicht schon bald an die Columbia University zurück. »Ich hätte große Lust dazu«, sagt er mit breitem Grinsen und zündet sich die nächste Zigarette an. »Ich lehre sehr gern.«

KAPITEL ACHT
Ein amerikanischer Gelehrter

Frederick Tubb lag in der Badewanne und hielt mit beiden Händen vorsichtig sein Buch über Wasser. Da es aus der Bücherei stammte, trug es zwar einen Plastikeinband und war relativ gut vor seinen feuchten Fingern geschützt – jedenfalls besser, als viele andere Bücher zuvor –, doch war es auch ein schweres Buch, und er hatte sich schon vorgestellt, es einfach in die Wanne fallen zu lassen, wo es auf seinen weißen, massigen Körper treffen würde, allerdings bereits in völlig durchweichtem Zustand. Das Buch war ein Roman: *Infinite Jest* von David Foster Wallace. Obwohl er schon ungefähr hundert Seiten gelesen hatte, wusste er nicht recht, was er davon halten sollte.

An manchen Stellen musste er lachen, aber irgendwie konnte er weder einen Grundgedanken noch einen Plot erkennen (gab es überhaupt einen Grundgedanken, einen Plot?). Das ging ihm oft so mit Romanen, aber bei diesem hier noch mehr als sonst. Er las nicht gern Romane – er bevorzugte Geschichte und Philosophie oder Lyrik, auch wenn er Lyrik immer nur in kleinen Portionen genießen konnte, denn wenn ein Gedicht »zu ihm sprach«, war ihm zumute, als falle in irgendeine winzige geheime Kammer seiner Seele plötzlich quälend helles Licht. Larkin zum Beispiel hatte diese Wirkung – doch über diesen Roman hier hatte er eine Menge gehört, erst in Oswego von ein paar Kids, von denen er nicht sonderlich viel hielt, aber dann auch von Leuten im Internet, insbesondere von dieser Literaturgruppe, bei der er jetzt quasi mitmachte. *Infinite Jest* lasen sie allerdings nicht jetzt; sie hatten es bereits letzten Herbst gelesen, als er sich noch mit zweihundert anderen düpierten Erstsemestern in Mikroökonomie gelangweilt oder sich, umgeben von quasselnden Idioten, nach Kräften bemüht hatte, in Professor Holdens Rhetorikseminar nicht einzuschlafen. Ein paar Mitglieder der Online-Diskussionsgruppe aber erwähnten das Buch andauernd, als sei es die Bibel oder so was. Eine Definition des Zeitgeists, hatte jemand geschrieben, eine ganz besonders lebhafte Teilnehmerin, in die Bootie sich virtuell verliebt hatte. Deshalb las er das Buch, um mitreden zu können. Er las es, um sich zu bilden, was, neben dem Aufbau von Selbstvertrauen momentan sein großes Ziel war. Sich kenntnisreich über eine der Stimmen seiner Zeit äußern zu können.

Das Licht der frühen Nachmittagssonne fiel in das dampfige Bad. Die senfgelben sanitären Anlagen wirkten merkwürdig klein in diesem Raum: ein Waschbecken mit Sockel, eine niedrige Toilette und die Badewanne, in der er jetzt lag, knapp von Wasser bedeckt, mit aufgestellten Knien, damit die Zehen untergetaucht blieben. Der blaue Linoleumboden, mit schillernden Flecken gesprenkelt, lag größtenteils unter einem blauen Fransenteppich versteckt, ein weiterer, u-förmiger Teppich umschloss den Sockel der Toilettenschüssel wie eine Weihnachtsbaumdecke. Die blauen Rüschenvorhänge hatte seine Mutter genäht, und die schon etwas zerschlissenen Handtücher – ebenfalls himmelblau – hatte er vor langer Zeit farblich passend zur Einrichtung gekauft. Er kannte es seit eh und je, dieses Badezimmer mit seinen klopfenden Rohren, den Milchglasscheiben und den weißen Kacheln, die sein Vater ein wenig schief verlegt hatte, noch vor Booties Geburt. Seufzend sah Bootie sich um und fühlte sich in der Wanne so geborgen, dass er gerne den ganzen Nachmittag darin verbracht hätte, und gleichzeitig so bedrückt, dass er am liebsten geflohen wäre, um nie mehr zurückzukehren.

Wenn der Roman nur nicht so dick wäre, dachte er, während das Badewasser langsam abkühlte. Mit dem großen Zeh lüpfte er den Stöpsel und ließ etwas Wasser ablaufen, während er mit der rechten Hand den Hahn betätigte, um warmes Wasser zuströmen zu lassen. Sein linkes Handgelenk, das die Last des Buchs nun ganz allein trug, zitterte, aber das Buch fiel nicht ins Wasser. Und wenn er es nur bis zur Hälfte las? Würde das reichen? Es wartete nämlich schon ein ganzer Stapel anderer Romane, mit denen er bis Juni fertig sein wollte, und auch sie waren umfangreich: *Moby Dick, Die Enden der Parabel, Krieg und Frieden.* Wenn er nur daran dachte, wurde er schon schläfrig.

Zum Glück war seine Mutter heute Nachmittag in der Schule und erzählte den Kindern etwas über die Reisernte in China oder die sich immer noch verschiebenden Grenzen der Länder der früheren Sowjetunion, alles Informationen, die die Schüler gar nicht in sich aufnahmen oder noch am selben Tag vergaßen. Bootie hatte ja selbst bei ihr im Klassenzimmer gesessen, vor noch nicht allzu vielen Jahren, und am Ende des Schuljahrs hatte er seine Schwester Sarah, die ein paar Jahre vor ihm in Moms Geographieunterricht gesessen hatte, gefragt, was eigentlich vom Schulstoff bei ihr hängengeblieben sei. Sie hatte erwidert: »Mein Gott, Bootie, ich weiß nichts mehr. Ich kann mich nur erinnern, dass wir Südamerika durchgenommen haben und dass ich mit den Ländern total durcheinanderkam. Wird da nicht irgendwo portugiesisch statt spanisch gesprochen? Vor allem erinnere ich mich, wie peinlich ich es fand, dass Mom, als zum Beispiel dieser Jody – weißt du noch? – sie nachäffte, echt rot wurde und aussah, als würde sie gleich heulen. Oder im Winter, wenn ihr ständig die Nase lief – ich weiß echt nicht mehr, was schlimmer war, der glitzernde Tropfen an ihrer Nase oder diese echt komische Art, wie sie ständig mit einem Tempo drüberwischte. Wie du siehst, Bootie, am stärksten erinnere ich mich noch daran, wie peinlich mir das alles war.«

Zumindest wusste Judy Tubb nichts davon. Aber sie wusste ja vieles nicht von ihren Kindern. Zum Beispiel, dass Bootie oft wütend war: wütend auf sie, weil sie ihm so wenig zutraute, weil sie ihn so eng an sich band. Weil er nichts von der Welt sah, der Welt jenseits von Watertown, in der alles möglich schien. Sie hielt ihren Bruder, Murray Thwaite, für völlig unbedeutend, während sie Booties Vater ein ehrendes Andenken bewahrte, einem Mann, den auch Bootie geliebt hatte – ein sanfter, gütiger Mann, handwerklich begabt, der Typ Mensch, den in der Schulzeit alle wahnsinnig gerne mögen und an den sich später kaum mehr jemand erinnert. Bootie aber hatte gewusst, schon als er mitten in der Pubertät steckte, bevor sein Vater krank und damit noch sanfter, noch stiller wurde, vor allem aber noch trauriger (so dass ihn zumindest Bootie schrecklicherweise krank und traurig in Erinnerung hatte), dass Bert Tubb nicht der Mann war, der seinen Sohn verstehen konnte. Obwohl er *Time* und *National Geographic* abonniert hatte, las er keins von beiden, lebte nur für seine Familie, für das samstägliche Footballmatch im Hof und für das beruhigende Ritual des Abendessens um Punkt sechs Uhr im getäfelten Esszimmer (sonntags Hackbraten mit Soße, immer) und beobachtete seinen pummeligen, tollpatschigen, bibliophilen Sohn mit liebevoller Sorge. Er wünschte sich, dass Bootie alles gut genug beherrschte, einfach gut genug, dass er hinausging und im Freien spielte, und er hatte sogar noch kurz vor seinem Tod die (Booties Ansicht nach) seltsame Befürchtung geäußert, Bootie werde sich ohne Vater nur noch mit seinen Büchern beschäftigen. Bootie verstand durchaus, dass seine Mutter diesen Mann geliebt hatte – er war ein sehr guter Mensch gewesen –, aber er begriff nicht ganz, was für ein System das war, das Bert Tubb über Murray Thwaite stellte, den Bruder seiner Mutter, der erstens noch am Leben war und zweitens in jeder Hinsicht ungewöhnlich und bewundernswert zu sein schien.

Darüber hinaus war Judy Tubb dermaßen in Bootie vernarrt, dass sie ihn damit quälte – sie ahnte gar nicht, wie sehr. Manchmal würgte es ihn wie ein großer, steifer Kragen. Oder seine derzeitige Lebensweise: Sie brachte nicht das geringste Verständnis dafür auf und schien zu glauben, er habe Oswego wegen einer gescheiterten Liebesaffäre verlassen oder weil er es sportlich nicht mit seinen Zimmergenossen aufnehmen konnte, die er scherzhaft Lurk und Jerk getauft hatte. Aber so banal war der Grund keineswegs: Es hatte sich nämlich um eine Offenbarung gehandelt, eines Dienstagmorgens um neun, zwei Wochen vor Thanksgiving, als er den reifbedeckten Rasen überquert und Ellen gelauscht hatte, einem Mädchen, das er noch aus der Highschool kannte, das zwei Stockwerke unter ihm wohnte und das selbst zu so früher Stunde schon schnatterte wie ein Affe und schmatzend Kaugummi kaute. Sie waren auf dem Weg zur Mikroökonomie-Vorlesung (»I can't get no, marginal utility ...«) in dem ansteigenden Hörsaal mit seinen Betonwänden, in dem sie zweimal wöchentlich dichtgedrängt hockten, und Ellen, die zumindest nach Watertown-Standards nicht gerade dumm war, sagte »Von Amy, du weißt schon, die im zweiten Studienjahr, hab ich gehört, dass Watson diesen Code für das Recycling von Klausuren hat. Wenn wir uns also die Abschlussklausuren der letzten acht Jahre besorgen, die alle in der Bibliothek liegen, okay?, und uns hinsetzen und den Code knacken, oder vielleicht hat ihn ja Amys Mitbewohnerin noch in ihren Notizen vom letzten Jahr, okay?, dann wüssten wir genau, was im Examen drankommt. Cool, was?«

Im pudrigen Morgenlicht hatte sie zu ihm aufgeblickt – ihr Atem stand als Dampfwölkchen vor ihrem Mund, das feuchte Haar klebte ihr auf der Stirn wie einem Hund, die Himmelfahrtsnase leuchtete rot, nicht nur am breiten Ende, sondern auch am flachen Nasenrücken, und er sah Ellen an und sie fragte: »Bootie? Hörst du mir überhaupt zu?«, und ihm kam es vor, als sei die Morgensonne eben erst über den Horizont gestiegen, obwohl es schon heller Tag war. Er hatte eine Offenbarung. Und da sagte er: »Wir könnten für das Examen auch einfach *lernen*, Ellen. Was vielleicht genauso effektiv wäre wie Amys idiotischer Plan.« Aber was er dachte oder was ihn, weniger in Gestalt von Worten als mit der Macht einer Intuition überkam, war: »Dies ist eine Farce. Mein Leben, unser aller Leben, ist eine komplette Farce.«

Im Laufe jenes Tages und der darauffolgenden Tage öffnete sich diese ursprüngliche Erkenntnis wie eine Blume und verfeinerte sich. Schweigend hatten ihre Samen lange Zeit in ihm geruht, auf jeden Fall seit vergangenem März, als ihm mitgeteilt worden war, dass Harvard ihn tatsächlich aufgenommen hatte (wenn er es sich gestattete, empfand er immer noch die Hochstimmung, den Stolz; auch dies war nur eine intuitive Empfindung gewesen; und so vergänglich), dass man ihm aber kein Stipendium anbot, sondern nur einen Haufen komplizierter Formulare, die er ausfüllen musste, sowie die Aussicht auf einen Berg von Schulden. Er hatte diese Dokumente mehrfach gelesen, das betreffende Sekretariat angerufen, um die Sache zu klären, und als seine Vermutung sich tatsächlich bestätigte, beschloss er, seiner Mutter niemals zu erzählen, dass Harvard ihn angenommen hatte, sondern einfach so zu tun, als sei es nie passiert. Er wusste nämlich, dass sie hin und her rechnen, sich stirnrunzelnd über die Papiere beugen würde; sie würde von Zweithypotheken sprechen und überlegen, ob sie den Diamantring ihrer Mutter verkaufen sollte (schließlich war

Onkel Murray auch in Harvard gewesen, nicht wahr?, hörte er sie mit munterer Stimme sagen), und trotzdem, er sah es voraus, würde sie schließlich am Küchentisch sitzen, den Kopf in die Hände gestützt, weil es einfach nicht zu bewerkstelligen war. Er sagte Mr. Duncan, dem Studienberater, dass er lieber nach Oswego wolle, weil das näher sei, und dass er eigentlich gar nicht auf so eine blöde, großkotzige Privatuni wolle, sondern sich nur beworben habe, um sich selbst zu beweisen, dass man ihn aufnahm, und Mr. Duncan möge doch seiner Mom bitte nichts davon sagen, weil sie ihm sonst keine Ruhe lassen würde, bis er hinging; und Duncan war natürlich blöd genug, ihm das abzukaufen, klopfte ihm auf den Rücken und faselte irgendwas davon, wie vernünftig das sei und was für ein super Footballteam Oswego habe. »Die sind nicht super«, dachte Bootie. »Die sind einfach nur hier, und du kennst halt nix anderes.«

An Mr. Duncans Begeisterung war ja nichts auszusetzen. Aber in Booties Hirn war nun einmal die Überzeugung gereift, dass etwas, das zu Mr. Duncan oder Ellen Kovacs passte, für Frederick Tubb nicht gut genug sein konnte. Das Land der Lügen, in dem die meisten Leute offensichtlich ganz zufrieden lebten – in dem man einer Institution Geld bezahlte und dann, statt Bücher zu lesen, jeden Abend loszog und sich betrank und anschließend versuchte, mit Hilfe eines bescheuerten Plans beim Examen zu bescheißen, um sich schließlich, wohl nur, weil man der Institution jahrelang Geld überwiesen hatte, beziehungsweise die eigenen Eltern besagter Institution jahrelang Geld überwiesen hatten, als *gebildet* zu bezeichnen, das reichte Bootie nicht. Und egal, was seine Mutter oder seine Schwester sagten (die natürlich glaubten, er habe es nicht in die Ivy League geschafft) oder Mr. Duncan (der glaubte, es sei Booties freie Entscheidung), Oswego war einfach nicht das gleiche wie Harvard. Die beiden Hochschulen ließen sich nicht im Entferntesten miteinander vergleichen. Vermutlich gab es auch in Harvard manche Menschen, die im Land der Lügen gefangen waren, aber es gab dort auch andere Menschen, ernste Menschen, wie er selbst – oder vielmehr, da ja nun nichts draus wurde, es *hätte sie gegeben*.

Und deshalb hatte Bootie der Farce ein Ende gemacht. Ihm ging es nicht um Diplome oder Examina oder die Unterstützung durch eine Institution (obwohl er, mehr als einmal nach der Rückkehr ins Haus seiner Mutter und in sein altes Bett, geträumt hatte, er sei in Harvard – lange, erfüllte, sonnige Träume, in denen er komischerweise einen Anzug zu tragen schien); ihm ging es ums Lernen. Und so wollte er sich nun, mit jenem Fleiß, der ihn schon während seiner ganzen Highschool-Zeit ausgezeichnet und ihm (zumindest widerwilligen) Respekt verschafft hatte, selbst weiterbilden. Doch seine Mutter – und alle anderen – sahen natürlich nur Müßiggang und Arbeitslosigkeit. Sie hatte sich letzte Woche sogar ängstlich flüsternd bei ihm erkundigt, ob er so viel vor dem Computer hocke, weil er sich pornographische Seiten anschaue? Sie würde ihm seine Ausbildung eindeutig erschweren. Nicht nur sie, ganz Watertown. Vielleicht die ganze Welt. Aber Frederick Tubb blieb keine andere Wahl, als selbst aktiv zu werden, einen Weg und einen Ort zu finden, die es ihm ermöglichten, seine autodidaktischen Studien ungehindert fortzusetzen. Wie eine Schlange beim Häuten, so würde er sich aus seinem jetzigen Leben schälen und gleichzeitig aus der großen, belastenden Umklammerung seiner Mutter lösen. Sollte sich doch Sarah darum kümmern: Sarah, die damit zufrieden war, zwei Kinder und zwei Autos zu haben und nachmittags im Fernsehen die Oprah Winfrey Show zu gucken. Er würde irgendwohin gehen, wo niemand ihn »Bootie« nannte und wo er sich über Kierkegaard und Nietzsche, über Camus und Kurt Vonnegut unterhalten konnte. Während er mit David Foster Wallace in der Badewanne lag und die Seiten umblätterte, obwohl er ihren Inhalt gar nicht in sich aufnahm, überlegte er, ob er nach New York gehen sollte. Es schien ihm albern, geradezu absurd, ein unerreichbares Ziel. Doch irgendwo in seinem Inneren bereute er, wenn er es sich auch nicht eingestand, dass er sich damals entschieden hatte, Harvard abzusagen und sich realistischeren Möglichkeiten zuzuwenden. Und er wollte nicht zu jenen Menschen gehören, die sich selbst ein Bein stellten, sich selbst der größte Feind waren.

Vielleicht würde es ein Weilchen dauern, bis er alles auf die Reihe kriegte. Er kannte in New York eigentlich kaum jemanden außer Onkel Murray und Tante Annabel. Er wollte ihnen nahe sein, er wollte, dass sie ihm Zutritt zu ihrer geheimnisvollen Welt gewährten. Zweifellos war sein Onkel ein bedeutender Mann; und Bootie würde versuchen, sich seiner würdig zu erweisen. Er musste es versuchen. Er hatte so gut wie kein Geld. Aber er besaß immerhin noch diesen Wagen, einen roten 89er Honda Civic, der einen defekten Auspuff hatte und eine Rostspur an der Unterseite – die unvermeidliche, fast liebenswerte Konsequenz eines im Schneegürtel verbrachten Autolebens, vergleichbar dem Husten des Kettenrauchers oder der Staublunge des Bergmanns. Der Wagen war nicht mehr viel wert und Bootie hätte sich nur ungern von ihm getrennt, aber es war immerhin etwas, ein erster Ausweg.

KAPITEL NEUN

Rumpelstilzchen

Julius trug den einzigen Agnès-B.-Anzug, den er besaß, einen Anzug aus kohlschwarzem Wollstoff, mit nahezu unsichtbaren Nadelstreifen und schmalen Aufschlägen, die dem geschulten Auge sein beträchtliches Alter offenbarten; und doch bildete Julius sich ein, dass ihn dieser Anzug mit seinem Hauch von Eleganz eher lässig als modisch wirken ließ, *über Mode erhaben*. Auf Partys bezeichnete er ihn als seinen »Lieblingsanzug«, womit er den Eindruck zu erwecken hoffte, dass es noch andere Anzüge gebe, vielleicht eine ganze Stange voll, die ihm nur nicht so gut gefielen. Doch in dieser Umgebung erwähnte er dies natürlich mit keinem Wort: Hier, in Kombination mit dem zwar abgewetzten, aber perfekt gebügelten

Frackhemd (er war nicht umsonst der Sohn seiner Mutter) und der schmalen, aber amüsanten Paisleykrawatte aus dem Secondhandshop, diente der Anzug einfach nur als Uniform.

Aus der U-Bahn geschwemmt, trieb Julius am frühen Morgen im Strom gestresster Männer und Frauen in Businesskleidung durch die Schluchten der Geschäftsviertel, hielt sich sehr aufrecht und versuchte, sich so anmutig wie immer zu bewegen. Es war alles nur Theater, er spielte bloß eine Rolle, aber das brauchten die Menschen, die ihn kannten, nicht zu erfahren. Er schlüpfte in das Bürogebäude in der Water Street und präsentierte sich im achtunddreißigsten Stock der Empfangsdame von Blake, Zellman & Weaver. Die Frau, eine elegante Farbige mit einem blauen und einem braunen Auge, musterte kritisch den Anzug und, wie Julius befürchtete, den abgewetzten Hemdkragen, bevor sie ihn zu seinem Platz führte.

Statt sich neugierig im Büro umzuschauen, das mit all den Schreibtischen und niedrigen Trennwänden eher an einen Parkplatz für Menschen erinnerte, konzentrierte er sich auf den üppigen, von schwarzer Seide bedeckten Po der Rezeptionistin, der sich bei jedem Schritt hob und senkte, und auf das Knistern ihrer Strümpfe, das durch die Reibung ihrer Schenkel entstand. Ihm kam der Gedanke, dass viele Männer das sexy finden würden, auch den frechen Blick der verschiedenfarbigen Augen und die wie eine Kappe den Kopf umschließende Hochfrisur. Vermutlich flirteten Männer oft mit ihr, dachte er, oder belästigten sie sogar. Für ihn spielte sich ihr Leben in einer fremden Sprache ab. Auch sie schien sich dessen bewusst zu sein, als sie sich umdrehte, ihn erneut von Kopf bis Fuß musterte, auf den breiten Kunstholzschreibtisch mit dem summenden Computer wies und sagte: »Bitte. Mr. Cohen wird in spätestens einer halben Stunde hier sein.« Sie verschränkte die Arme. »Ich weiß nicht, ob Rosalie irgendwelche Instruktionen hinterlassen hat. Am besten, Sie warten einfach. Oder fragen Esther.« Sie wies auf den nächsten Schreibtisch neben Rosalies Tisch, beziehungsweise auf den übernächsten, als handele es sich um ein lebendiges Wesen. »Wenn Sie mich brauchen, wählen Sie einfach eins-neun-drei«, sagte sie und eilte davon.

Julius setzte sich auf den breiten gepolsterten Drehstuhl, griff unter die Sitzfläche, fingerte an der Plastikpumpe herum, um die richtige Höhe einzustellen – Rosalie schien klein zu sein –, und legte dann die Hände auf die Armlehnen, während er mit dem Stuhl vor- und zurückrollte. Unter dem Schreibtisch wartete ein Paar winziger schwarzer Pumps mit hohen Absätzen – ja, Rosalie war tatsächlich klein – und neben dem Computer stand ein gerahmtes Foto, auf dem ein Mann, eine Frau und ein kleines Mädchen posierten, Letzteres in einem festlichen rosa Tüllkleid mit breiter Schärpe. Die Mutter war vermutlich Rosalie: Neben dem Foto stand ein (wie Julius feststellte) sauberer Kaffeebecher, der seitlich die Aufschrift »No. 1 MOM« trug. Sie hatte strahlend weiße Zähne, dunkle Locken wie ihre Tochter und matte, olivbraune Haut. Er stellte sich vor, dass sie mit ihrer Familie Urlaub in Mexiko oder Kuba oder El Salvador machte, damit die Kleine ihre Großeltern besuchen konnte. Obwohl sie vielleicht einfach nur in Brooklyn – nein, Queens, vielleicht sogar in der Bronx – wohnte und ihr krankes Töchterchen pflegte oder auf die Lieferung eines neuen Kühlschranks wartete. Nein, sie hatten gesagt *eine Woche*. Sie wollten ihn für die ganze Woche haben. Also war das geplant, ein Urlaub, selbst wenn Rosalie einfach nur zu Hause blieb. Vielleicht ein Umzug. Vielleicht konnte ihm Esther etwas sagen, wenn sie kam.

Julius brauchte dringend Geld. Er jobbte als Zeitarbeitskraft. Er hatte sich eigentlich geschworen, es nie wieder zu tun – er hasste die gönnerhaften Blicke von Frauen wie der Rezeptionistin, die herrisch fordernden wechselnden Chefs, die schale Büroluft und die Langeweile –, aber jetzt, wo er dazu gezwungen war, hatte er sich geschworen, dass zumindest niemand, den er kannte, je davon erfahren sollte. Es würden ja nur ein paar Wochen sein. Es war zu beschämend: Er konnte diesen wunden Punkt, diese ekelhafte Geldnot nicht einmal seinen engsten Freunden offenbaren. Ihm war bewusst, dass das eigentlich seltsam war – als ob, zum Beispiel, Danielle ihn kritisiert hätte! Aber da war immer noch Marina, und er wusste nicht, was schlimmer war, ihre Verachtung oder ihr Mitleid. Nein: Sollten sie doch denken, er verbringe den ganzen Tag im Fitnessstudio oder durchstöbere das Web nach Liebhabern. Sollten sie doch denken, er liege schlafend im Bett oder nehme Drogen, völlig egal, solange sie nur nicht auf das hier kamen. Zwanzig Dollar die Stunde. Er konnte rasch tippen, und er brauchte das Geld.

Esther entpuppte sich nicht als die dralle jamaikanische Mittvierzigerin, die er erwartet hatte, sondern als ein ernstes weißes Mädchen in ungefähr seinem Alter; sie trug eine seltsam viktorianisch anmutende Bluse mit Rüschenärmeln und einer Art Latz. Schüchtern, aber freundlich, mit sanfter, hoher Stimme, zeigte sie ihm die Herrentoilette, die Kaffeemaschine, den Kopierraum. Sie machte ihn erst mit den Leuten in der Poststelle bekannt, zwei sehr korrekt gekleideten schwarzen Jugendlichen, die – so bildete er sich zumindest ein – seinen Agnès-B.-Anzug bewunderten, und dann mit Shelley und Marie, die mit ihm und Esther die Trennwände ihrer Enklave teilten. Er hätte sich gern erkundigt, was in den Büros von Blake, Zellman & Weaver eigentlich geschah und was Mr. Cohen den ganzen Tag so trieb; doch bevor er fragen konnte, traf Mr. Cohen ein.

Jetzt allerdings erlebte Julius eine Überraschung: Cohen – »David, *bitte!*« – war nicht etwa ein fünfzigjähriger Dickwanst, an dessen wulstigem Ringfinger ein Ehering steckte und dessen Kleidung muffig nach Metro North roch, sondern ein schlanker, locker wirkender junger Mann – Maßanzug, modische Brille –, der Julius spöttisch betrachtete. Vor allem aber verwirrte Julius zweierlei: Cohen – David – war jünger als er selbst; und er war schwul.

Fand Julius David deshalb so attraktiv, weil er es tatsächlich war – drahtiges dunkles Haar und bleiche Haut, markante Nase, energischer Kiefer, tiefliegende dunkle Augen –, oder nur aufgrund der elektrisierenden Möglichkeiten, aufgrund des unwahrscheinlichen Zufalls, dass er es in der heterosexistisch geprägten Firmenkultur hier ausgerechnet mit einem solchen Menschen zu tun hatte? Vielleicht entsprang der Schauder dem Tabu angesichts all dieser Leuchtstoffröhren, der Quadratkilometer dezenten Teppichbodens, vielleicht aber auch dem Gefühl, er, Julius, müsse David *überzeugen* von seinem eigenen Wert in dieser Firma hier, wo ihm ja eher die Rolle des Kulis, als die des beneideten, vergeistigten Lebemanns zukam. Danielle hätte jetzt sicherlich gesagt, es sei vielleicht ein Pawlow'scher Reflex, nur die obsessive Übertragung des Begehrens in eine Umgebung, wo kein Platz dafür war, weil Julius die Welt nun mal in erotischen Kategorien betrachtete, ein ganz spezielles Machtspiel in einer Welt anderer, konkreterer Machtspiele? Oder vielleicht spürte er Davids Blick, der für Bruchteile von Sekunden auf ihm ruhte, ein Blick nicht nur des Erkennens, sondern beinahe auch (hätte er sich das träumen lassen?) der Anerkennung… und doch begann David sofort, Aufgaben auf den Schreibtisch zu häufen, vollgekritzelte rosa Zettel und dicke Gerichtsakten mit Korrekturen, die es erforderlich machten, dass Julius im wohlgeordneten, aber verwirrenden Dschungel von Rosalies Computer die ursprüngliche Akte aufspürte.

Die Firma übte offenbar eine Vermittlertätigkeit bei der Beschaffung von Rechten aus – Abstraktionen –, die anderswo für gewaltige Geldsummen den Handel mit Informationen (ebenso abstrakt) erlaubten. Was natürlich gleichermaßen abstrakt war. Das ganze Büro schien Dinge zu generieren und zu bewegen, zu erwerben und zu verkaufen, hypothetische Dinge, ein Handel mit Ideen oder Hoffnungen, denen auf irgendeine Weise Wert zuwuchs. Warum, fragte sich Julius, während seine langen Finger in die Tasten des Computerkeyboards hackten und er aus den Augenwinkeln die Gesichter von Rosalie und ihrer Familie wahrnahm, die ihn angrinsten, warum wuchs seinen eigenen Ideen, seinen eigenen Hoffnungen kein Wert zu? Waren sie einfach nicht *abstrakt* genug?

Aber nein, das stimmte nicht ganz: Irgendein Wert haftete ihm doch an – Menschen, die seine Kritiken lasen, kannten seinen Namen; ja, es war nicht einmal völlig ausgeschlossen, dass David seinen Namen kannte, was Julius teils als Erleichterung, teils als Demütigung empfunden hätte –, aber es war kein in Geld zu bemessender Wert. Seine Meinungen würden ihm nie zu einem Maßanzug verhelfen, wie David einen trug. Und doch wäre David, der über Rechte verhandelte, Rechte beschaffte für etwas, was letztlich das intellektuelle Eigentum eines anderen Menschen war, vermutlich schockiert gewesen, wenn er erkannt hätte, dass seine neue Schreibkraft hinsichtlich der öffentlichen Wirkung mehr Einfluss besaß als er selbst. Julius konnte Tausende von Leuten davon abhalten, ein Buch zu kaufen oder sich einen Film anzusehen. Genau das tat er die ganze Zeit.

Im Gegensatz zu Marina, ja, sogar bis zu einem gewissen Grad im Gegensatz zu Danielle, gehörte Julius nicht zu den Menschen, die einer Sache noch einen moralischen oder intellektuellen Wert beimaßen, wenn sie von der Gesellschaft abgelehnt wurde. Er wusste zu gut – er hatte es lernen müssen seit den Tagen von Danville, Michigan –, dass etwas, das keinen interessierte – sogar Genie, ein Wort, dass er als Jugendlicher großzügig auf sich selbst angewandt hatte –, nutzlos war. Allerdings schien Julius nicht fähig zu sein, den Zusammenhang zwischen Begehren und Lohn abzuschätzen. Er verstand es, Begehren in anderen Menschen zu wecken – Begehren, das sich auf ihn bezog –, und in dunkleren Momenten, von denen es viele gab, bediente er sich dieser Fähigkeit, weil er über sie verfügte und sich dann besser fühlte. Allerdings fand er nicht heraus, an welchem Punkt sich Begehren (das Begehren anderer Menschen) in Reichtum verwandelte (für ihn.)

Auf jeden Fall schien David, der höchstens achtundzwanzig sein konnte, zu wissen, wie man Luft – beziehungsweise Stroh – in Gold verwandelte. Julius beschloss, sich David anzuschließen, das leise Knistern, das zwischen ihnen beiden herrschte, zu nutzen und im Lauf dieser Woche bei Baker,

Zellman & Weaver von seinem Boss zu lernen. Vielleicht ergab sich ja sogar eine kurze, prickelnde Affäre aus dieser Eskapade (der Körper unter dem Anzug wirkte kompakt und verführerisch; aber natürlich war es ein sehr guter Anzug). Julius beschloss, David durch seinen Charme zu bezaubern, die ob seiner subalternen Position aufkeimende Verlegenheit zu unterdrücken und noch vor Freitagabend an Mr. Cohens Arm aus dem Büro zu stolzieren. Die Rezeptionistin sollte es ruhig sehen.

KAPITEL ZEHN
Reden mit einem erwachsenen Kind

Da sein Schreibtisch am Fenster stand, merkte Murray Thwaite erst gar nicht, dass direkt hinter ihm seine Tochter die Tür des Arbeitszimmers geöffnet, den Raum betreten und sich im Schneidersitz auf dem Diwan an der Wand niedergelassen hatte. Dies lautlos geschafft zu haben, war keine Kleinigkeit, denn auf dem Möbelstück, das Aurora weisungsgemäß nicht angerührt hatte, stapelten sich in seiner gesamten Breite Manuskripte und Mappen, mit gelben Post-it-Zetteln beflaggte Büchertürme, vergilbte Zeitungen und Zeitungsausschnitte. Um dort sitzen zu können – noch dazu in ihrer Yogastellung –, musste sie mindestens zwei dieser Stapel auf den Fußboden verfrachtet haben.

Er würde sich zwar nichts anmerken lassen (nicht wegen einer solchen Lappalie), aber trotzdem ärgerte er sich über diese Störung. Es galt als ungeschriebenes Gesetz, dass niemand Murrays Büro betrat, ohne vorher anzuklopfen; und dass man, sofern die Tür nicht angelehnt stand – was sicherlich nicht der Fall gewesen war –, überhaupt nicht klopfte, es sei denn im äußersten Notfall. Niemand rührte seine Papiere an, niemand bewegte seine Bücherstapel, niemand betrat unaufgefordert das innerste Heiligtum: Wie er mehr als einmal erklärt hatte, lag in diesem Raum sein Gehirn ausgebreitet, in all seinen Eigenheiten. Wer sich in diesem Raum befand, befand sich in seinem Kopf, und Murray verließ sich darauf, dass sich die anderen Mitglieder seines Haushalts entsprechend benahmen. Was sie auch fast immer taten.

An diesem Abend, nach Mitternacht, war sich Murray Thwaite so sicher gewesen, nicht gestört zu werden, dass er die Schreibtischschublade aufgeschlossen und ihr die Mappe entnommen hatte, die Buchmappe, die er für sein Lebenswerk hielt, das Projekt, das, wenn es einmal vollendet sein würde, falls er es je vollendete (aber wenn es tatsächlich sein Lebenswerk war und er es irgendwann vollendet haben würde, was blieb dann noch zu tun?), seinen Namen für immer aus den Reihen der kompetenten, ja, mutigen Journalisten und nachdenklichen Kolumnisten in die Sphäre der Unsterblichen erheben würde, dorthin, wo die Luft dünn wurde. Es war – nicht einmal in Gedanken formulierte er das Wort, ohne zu zaudern, und doch hing sein Selbstgefühl von dieser Formulierung ab, die Frage, *wofür* er dies alles tat – ein philosophisches Werk. Teils aphoristisch, teils essayistisch sollte es die kristallklare Destillation all dessen sein, was er im Leben je gelernt hatte, was er wusste und woran er sich orientierte. In Gedanken, wenn auch noch nicht schwarz auf weiß – er war, selbst nach so vielen Jahren, noch nicht bereit, derlei Intimitäten dem Papier anzuvertrauen, geschweige denn dem Computer, dessen Daten allzu leicht zugänglich, erschreckend leicht zurückzuverfolgen waren –, hatte er schon einen Titel für das Buch: *Wie man leben sollte*. Einfach, prägnant – und doch, so fürchtete er, großartig, zu großartig für das, was bisher erst ein chaotischer Haufen handgeschriebener Seiten war, übersät mit Kaffeeringen, Eselsohren und Markierungen, tausendmal unzufrieden gelesen von einem, und nur einem, Augenpaar. Annabel wusste von dem Manuskript, so wie ein Kind von Narnia weiß, voller Hoffnung, in die sich Unglauben mischt; und seit Marina wieder zu Hause wohnte, schien sie zu vermuten, dass irgendein geheimes, hochwichtiges außerplanmäßiges Unternehmen im Gange sei (ungeachtet dessen, dass er schon fast eine Dekade zuvor damit begonnen hatte, als sie noch auf der Brown University gewesen war), etwas, das sie in ironischer Umschreibung »Dads Projekt« nannte. Außer diesen beiden ahnte, soweit Murray wusste, niemand etwas von diesem Text. (Woher hätte er wissen, warum hätte er vermuten sollen, dass Marina Danielle und Julius und womöglich auch noch anderen Leuten erzählt hatte, das nächste große Projekt ihres Vaters sei ein streng geheimes Manuskript, das bisher nicht einmal *sie* zu Gesicht bekommen habe; so dass in ihrem Bekanntenkreis allerlei Gerüchte über »Murray Thwaites Projekt« zirkulierten, Gerüchte, es handle sich um einen Bericht über die CIA oder die Kommunistische Partei, oder, wie aus einer besonders albernen Ecke verlautete, um ein Kochbuch – *Brunch-Rezepte aus Murray Thwaites Küche* –, wovon jedoch, natürlich, nichts der Wahrheit nahekam, nicht nahekommen konnte.)

Das Manuskript machte ihn nervös: Er wusste nicht, wie er fortfahren sollte. Er hatte so etwas noch nie zuvor geschrieben. Die Seitenzahl nahm zu oder ab, je nachdem, in welcher Stimmung er sich befand, denn es konnte passieren, dass er ein und dieselbe Passage zwanzigmal las und sie neunzehn Mal wunderbar erhellend fand, beim zwanzigsten Mal jedoch absurd oder banal. Und selbst dann hing es nur von einer Laune ab, ob er das Blatt des Anstoßes wegwarf oder beiseitelegte, in der Hoffnung, dass der einundzwanzigste Lektürevorgang, in sonnigerer Gemütsverfassung, der bemäkelten Prosa wieder ihren alten Glanz verleihen möge. Da ihn das Manuskript nervös machte, mied er es oft monatelang; eine Gewohnheit, die er angesichts seiner Produktivität und der ständigen öffentlichen Anforderungen leicht vor sich selbst rechtfertigen konnte. Nur wenn er sich wirklich ruhig fühlte, nicht nur nicht behelligt, sondern in einem elementaren Sinn nicht behelligbar fühlte, zog er diese unendlich kostbare Mappe aus der Schublade.

So hatte er sich heute Abend gefühlt, bis seine Tochter – natürlich liebte er sie abgöttisch; trotzdem fragte er sich, als er ihren abgetragenen Pyjama und ihre gekrümmten nackten

Zehen sah, warum diese Frau, die eigentlich nicht mehr als Jugendliche gelten konnte, immer noch, oder wieder, bei ihm wohnte – hereingeplatzt war.

»Daddy«, sagte sie und zupfte, ohne hinzusehen, von ihrem Fußknöchel ein Stückchen Schorf ab. »Bist du beschäftigt?«

»Ob ich beschäftigt bin, mein Engel?« Er spähte über den Brillenrand und betrachtete sie, so hoffte er zumindest, mit liebevoller Strenge. »Wonach sieht es denn aus?«

»Ich weiß, die Tür war zu – aber ich dachte – ich muss unbedingt mit dir reden –«

»Wir hätten auch beim Essen reden können, schönes Kind.«

»Es ist, na ja, nicht, nicht direkt vertraulich, obwohl, eigentlich schon; es ist nur, damit du mich verstehst, und Mom … Ich wollte allein mit dir reden.«

Murray nahm die Brille ab und ließ sie professorenhaft zwischen den Fingern pendeln, während er am Bügel kaute. Er schwieg.

»Aber wenn du unter Termindruck bist?« Ihre Besorgtheit klang verlogen. Er wusste, dass es ihr egal war, ob er unter Termindruck stand oder nicht; ihr ging es nur um das Gespräch, das sie mit ihm führen wollte. In dieser Hinsicht, in ihrer Zielstrebigkeit, er hätte sogar sagen können: in ihrer Sturheit, war sie ganz die Tochter ihres Vaters; nur manchmal, wie zum Beispiel jetzt, ärgerte ihn dieser Charakterzug. Aber er wusste, dass sie, als sie in sein innerstes Heiligtum eindrang, ebenso ängstlich wie entschlossen gewesen war; er spürte von weitem, dass ihre Hände klamm waren, dass ihr Herz hämmerte, und mit einem Seufzer, dem Seufzer väterlicher Verantwortung, ergab er sich in sein Schicksal. Er schob die Blätter zusammen, ließ sie in die Mappe gleiten, drehte sie um, alles so gelassen, als seien es völlig unwichtige Papiere. Dann richtete er sich in seinem Stuhl auf, um seine Tochter anzusehen und sich, wie gewünscht, mit ihr zu unterhalten.

»Also«, sagte er und streckte die flachen Hände aus.

Marina lachte leise. »Jetzt komme ich mir ganz blöd vor,

Daddy. Das läuft plötzlich alles so formell ab, wie nach einem Drehbuch, und ich weiß nicht –«

Er unterbrach sie. »Willst du, dass ich dir eine Frage stelle, oder willst du mir etwas erzählen?«

Marina dachte einen Moment nach. »Weder noch. Beides. Was für eine Frage wäre es denn?«

»Marina, Liebes, du musst klar denken lernen. Du musst deine Gedanken deutlich artikulieren. Transparenz ist das A und O.«

»Das hört sich so einfach an.«

»Ist es auch. *Das* zumindest ist einfach.«

»Bei dir hört sich immer alles so einfach an. Aber es ist nicht einfach. Du bist dir deiner Sache immer so *sicher*!«

»Hör auf zu jammern, Marina, das passt nicht zu dir. Und red keinen Unsinn. Über manche Dinge weiß ich genug, um mir ganz sicher zu sein. Aber natürlich gibt es auch vieles, das mich verwirrt.«

Marina nickte, spielte mit ihren Zehen, sah ihn nicht an. Er war in vielerlei Hinsicht unglaublich stolz auf sie – nicht zuletzt wegen ihrer Schönheit, die ihn immer wieder aufs Neue überraschte, als habe er durch Zufall einen perfekten Tonkrug getöpfert oder einen perfekten Bonsai gezüchtet –, aber sie konnte, wie zum Beispiel jetzt, ziemlich anstrengend sein. Unten auf der Avenue näherte sich eine Polizeisirene, schrillte immer lauter, entfernte sich, verhallte. Als hätte Marina höflich abgewartet, bis der Lärm verstummte, begann sie: »Ich wollte dich nur um deinen Rat bitten. Bezüglich – na ja. Gewisser Dinge.«

»Welcher Dinge? Das Buch?« Er hatte dieses angebliche Buch allmählich satt, nicht zuletzt deshalb, weil er sich fragte, ob es sich bei *seinem* Buch – nicht *The Fat Lady,* das recht gut lief, zum Glück, sondern *dem* Buch, diesem Buch hier unter seinem Ellbogen – um die gleiche absurde Selbsttäuschung handelte wie bei dem Projekt seiner Tochter.

»Nein.« Sie sah zu ihm auf, durch die Haare hindurch, die ihr kokett halb übers Gesicht fielen. »Nein. Jedenfalls nicht nur.« Sie machte eine Pause. »Es ist die ganze Situation. Immerhin bin ich jetzt dreißig, nicht?«

»Genau.«

»Und du warst mit dreißig schon berühmt.«

»Berühmt?« Er zuckte bescheiden die Achseln, ein Achselzucken, das ebenso künstlich war wie anfangs die Besorgtheit seiner Tochter. Er merkte, dass sie ihn durchschaute. Sie kannten einander gut. Und dann sagte er, ganz im Ernst: »Das war eine andere Zeit damals. Eine andere Welt.«

»Ja, aber du hast von Anfang an wichtige Dinge gemacht. Du hattest Überzeugungen.«

»Weltereignisse – es ergab sich die Gelegenheit. – Ich habe an viele Dinge geglaubt, von denen manche bis heute für wahr gehalten werden, und an eine Menge anderer Dinge, nun ja … wie wir vorher festgestellt haben, es gibt nur sehr wenig, dessen man sich ganz sicher sein kann.«

»Aber Daddy, was soll ich denn tun?«

Murray Thwaite zwinkerte. Sie war so schön, so bezaubernd, aber das war sie alles schon lange, ihr ganzes Leben lang; und er hatte geglaubt, ihr beigebracht zu haben, wie wichtig es sei, mehr als nur schön und bezaubernd zu sein. Er bezweifelte nicht, dass sie klug war; er kannte sie, er wusste, dass sie klug war. Nicht so klug vielleicht wie ihre Freundin Danielle, aber intelligent genug, dass es keine Entschuldigung, keine denkbare Entschuldigung, für dieses Verhalten gab. Er tat sein Missfallen kund, indem er durch die Nase schnaubte wie ein Drache. Er spürte, wie sich seine Nüstern blähten. Um ihr Zeit zu geben, zündete er sich eine Zigarette an, leerte den schmutzigen Aschenbecher in den Papierkorb zu seinen Füßen. Aurora kleidete die Körbe mit Plastiktüten aus, um sich das Saubermachen zu erleichtern; Kippen und Asche raschelten in der Tüte wie Blätter in einer Brise.

»Danielle meint, ich solle mir einen Job suchen«, sagte Marina schließlich.

»An welche Art von Job hattest du denn gedacht?«

»Das ist ja das Problem. Vorweg: Ich weiß nicht, ob ich

überhaupt einen Job brauchen kann, wo ich doch das Buch fertig kriegen will – und dann, na ja, ein richtiger Job würde mich doch sehr fordern, das bringt eine interessante Arbeit so mit sich; und ein leichter Job, ein Idiotenjob, das kann's ja wohl nicht sein?«

Für so etwas fehlte Murray Thwaite die Geduld. Er sah seine Tochter plötzlich als eine Art Monster, das er und Annabel hervorgebracht hatten – sie beide und die Überflussgesellschaft, in der sie lebten. Er wollte schon sagen »Als ich in deinem Alter war…«; aber plötzlich hörte er im Geiste seinen Vater reden, und er hatte sich doch geschworen, seinen eigenen Kindern nie mit so etwas zu kommen – er erinnerte sich noch genau, wie er selbst sich damals geärgert hatte. Stattdessen sagte er jetzt: »Du weißt, dass du hier willkommen bist, solange du magst. Du kriegst ein Bett, ein Dach überm Kopf, etwas zu essen und auch ein bisschen Geld, solange deine Mutter und ich es uns leisten können.«

Marina nickte, wie ernüchtert durch seine Großzügigkeit, und wartete ab, ob noch etwas nachkam.

Was, überlegte er, war jetzt angebracht? »Aber die Frage ist doch, was du mit deinem Leben anfangen willst?«

»Ich möchte – na ja, was ich immer machen wollte, Daddy. Irgendwas Wichtiges.«

Hörte sie sich selber nicht reden? Sogar diese Studentin von der Columbia University – wie hieß sie noch gleich? Anne? Maryanne? Ach ja, Roanne – obwohl sie zehn Jahre jünger war, war sie bestimmt nicht dermaßen naiv. »Und das heißt?«, drängte er.

»Schreiben. Ich würde gern irgendetwas schreiben – Artikel, ein Buch – was Bedeutendes.«

»Über welches Thema denn? Woran glaubst du?«

»Nicht an Kindermode, soviel steht fest«, stieß sie kläglich hervor. »Keine Ahnung. Es gibt so viele Dinge. *Du* weißt das doch am allerbesten –«

»Nicht alle Menschen interessieren sich für dieselben Themen, Kleines, das weißt du sehr wohl. Man kann sich nicht einfach etwas aus einer Liste herauspicken und irgendwelche fremden Ideen übernehmen. Ich habe dir so viel beigebracht, unter anderem doch sicher auch das? Du musst dein eigenes Thema finden. Zumindest ein allererstes Thema, etwas, mit dem du anfangen kannst.«

»Aber wie denn?«

»Vielleicht hat deine Freundin recht. Vielleicht solltest du dir wirklich erst mal einen Job suchen.«

»Im journalistischen Bereich?«

»In einem Bereich, der dich interessiert. Gib Unterricht. Arbeite bei einer Hilfsorganisation. Arbeite meinetwegen bei einer Werbeagentur. Einfach irgendein Job.«

»Vermutlich befürchte ich« – Marina lächelte verlegen, eine ihrer bezauberndsten Mienen, wie er fand –, »ich befürchte, dass ich dann so mittelmäßig werde wie alle anderen auch.«

»Meine Schöne«, er beendete das Gespräch demonstrativ, indem er aufstand, um sie zu umarmen, und auch sie erhob sich vom Sofa und stieg mit tänzerischer Grazie über die Bücher, die sie zuvor auf den Boden gestapelt hatte – »nichts unter der Sonne könnte *dich* mittelmäßig machen. Nichts, niemals. So, und jetzt muss ich weiterarbeiten. *Ich* habe nämlich einen Job. Das fördert die Konzentration.«

Erst als sie schon an der Tür war, fuhr er fort: »Wirst du das Buch denn fertig schreiben, nachdem du so viel Arbeit hineingesteckt hast?«

Ihre Hand lag auf dem Türknauf. Murray Thwaite war klar, dass sie das kühle Messing spürte und bewusst wahrnahm, wie ihre Handfläche, ihre Finger das Metall umschlossen. Er hatte das Gefühl, sie so genau zu kennen – die Linie ihres Rückgrats, die Form ihrer Augen –, dass sie seine Frage eigentlich gar nicht beantworten musste.

»Ich weiß nicht«, sagte sie. »Bin noch am Überlegen.« Er nickte. Sie stand schon im Flur, hatte die Tür noch nicht ganz geschlossen, als er, ein letztes Mal, ihren Namen rief: »Marina?«

»Ja, Daddy?«

»Hast du die E-Mail-Adresse deiner Freundin Danielle im Kopf? Ich hab ihr versprochen, ihr was über diesen Jones zu mailen, du weißt schon, der Typ, über den sie einen Film drehen will.«

»Wie lieb von dir.« Marina steckte lächelnd den Kopf durch die Tür. »Das wird sie sehr freuen.«

Als Marina weg war, setzte sich Murray Thwaite wieder vor seine offene Mappe. Er nahm ein sauberes Blatt Papier heraus und schrieb oben darauf: »KAPITEL ZEHN: RATSCHLÄGE AN EINE ERWACHSENE TOCHTER.« Er strich das aus, schrieb stattdessen »GESPRÄCHE MIT EINER ERWACHSENEN TOCHTER«; UND DANN »EIN ERWACHSENES KIND DENKT ÜBER SEIN LEBEN NACH.« Schließlich entschied er sich für »REDEN MIT EINEM ERWACHSENEN KIND« und setzte diese Worte mit schwarzer Tinte in seinen langen, schmalen Großbuchstaben mitten auf die Seite. Er rauchte ein paar Zigaretten, während er diesen Satz betrachtete, und leerte sein Scotch-Glas, das auf dem Löschblatt stand und auf dem grünen Papier einen Abdruck hinterlassen hatte, einen ernsten kleinen Ring. Irgendwann legte er dieses Blatt auf den Manuskriptstoß, schob alles wieder in die Mappe und verstaute sie in der Schublade, die er sorgfältig verschloss. Marina hatte ihn – aber so war das nun mal mit Kindern – aus dem Konzept gebracht, seinen Schwung gebremst.

MAI

KAPITEL ELF

Eine Mutter weiß das am besten

Wann immer Randy Minkoff in die Stadt kam, gab es drei Dinge, die sie sich unbedingt ›gönnte‹: eine Broadway-Show; einen Spaziergang – einmal sogar, unter großem Gekicher und Protest, letztlich aber doch mit ebenso großem Vergnügen, eine Kutschenfahrt – durch den Central Park; und vor allem das Metropolitan Museum. Sie wollte aber auch andere Museen besuchen, jedes Mal ein neues, und diesmal schlug sie das Frick und das Pierpont Morgan vor, oder vielleicht die Public Library; aber auf das Metropolitan kam sie immer wieder zurück und erklomm die Marmorstufen heute noch ebenso ehrfürchtig wie damals, als sie (sie erzählte es ihrer Tochter immer wieder) mit achtzehn im ersten Studienjahr an der Ohio State zum ersten Mal nach New York City gekommen war, während der Frühlingssemesterferien mit einer Gruppe von Freundinnen, zum lautstarken Missfallen ihrer Eltern.

»Der Zauber lässt nie nach«, pflegte sie fröhlich zu verkünden, mit ihrer heiseren Stimme, die nach filterlosen Zigaretten klang. »Schade, dass man das nicht auch vom Sex behaupten kann!« Und dann lachte sie jedes Mal dröhnend aus voller Brust und amüsierte sich köstlich über diese gewagte Bemerkung.

Dabei hatte Danielles Mutter gar nicht viel Sex, jedenfalls war Danielle nichts dergleichen bekannt. Nach der Scheidung war Randy Minkoff nach St. Petersburg in Florida gezogen, auf das Drängen ihrer alten, ebenfalls geschiedenen Freundin Irene Weinrip, die in einer komfortablen Eigentumswohnung am Wasser lebte. Randy Minkoff hatte zwar nur jahrelang in der Firma ihres Mannes gearbeitet, kannte sich aber, wie sie zu Irene sagte – oder Irene zu ihr, das wurde beim Erzählen nie ganz klar – mit Immobilien aus. Man ist nicht so viele Jahre lang mit einem Stadtplaner verheiratet, ohne sich mit Immobilien auszukennen. Deshalb hatte sie die Maklerprüfung abgelegt, sich in die bunte Welt des St. Petersburger Wohnungsmarkts gestürzt und neue Lebensfreude gewonnen. Klein, dunkel, adlernasig, genau wie ihre Tochter, hatte sie im Alter zugenommen und trug nun einen imposanten Busen vor sich her; doch das, was manche vielleicht als ihre Problemzonen bezeichnet hätten, hielt sie nicht davon ab, sich geschmackvoll zu kleiden.

»Männer haben gern was in der Hand, und mit einem guten Korsett kannst du alles tragen«, klärte sie Danielle auf. Sie bevorzugte Hosenanzüge mit weitem Bein und enganliegende Tops – gelegentlich wie das Fell gefährdeter Tierarten gezeichnet – und Stöckelschuhe. Sie mochte Goldschmuck oder auch Schmuck, der nur nach Gold aussah – sie war kein Snob und hatte sich schon mehr als einmal einen Artikel beim QVC-Teleshopping bestellt, der ihr gefiel – und sie wählte Kleidungsstücke, die ihrer von Natur aus schönen Haut und dem künstlichen Gold-Kupferton ihres gewellten Haars schmeichelten. Sie hatte ein überschäumendes, fast herrisches Temperament; ihre Stimme besaß das Timbre einer lebenslangen Kettenraucherin (obwohl sie das Rauchen aufgegeben hatte, als Danielle acht war) und eine gewisse adipöse Resonanz. Als Maklerin, vorwiegend für silberhaarige Pensionärinnen aus Kanada und dem nördlichen Mittleren Westen, die es über den Winter nach Süden zog, war sie gefragt, ja, richtiggehend erfolgreich; als Mädchen unter anderen Mädchen mittleren Alters temperamentvoll und amüsant; doch in Bezug auf Männer sah es anders aus – Danielle wusste, dass ihre Mutter zwar von Dates redete, aber nie eins hatte, dass sie zwar unbeschwert über Sex plauderte, doch seit der Scheidung – schließlich war sie nicht von ihr ausgegangen – Vertretern des anderen Geschlechts, bis auf ihren Sohn, mit Misstrauen begegnete. Und vielleicht war sogar *der* ihr suspekt.

Danielle redete sich gern ein, dass sie sich, obwohl sie so viel anderes gemein hatten, in Herzensangelegenheiten von ihrer Mutter unterschied. Doch wenngleich sich bei Danielle mehr abspielte als bei Randy, schien ihr Liebesleben auch nicht erfüllter zu sein. Und in letzter Zeit – seit ein Lover namens Tim, der, wenn auch mit Unterbrechungen, lange Zeit mit ihr zusammen gewesen war – sie Knall auf Fall verlassen hatte, um eine neunzehnjährige Studienabbrecherin zu heiraten – ebenso hoffnungslos wie das von Julius. Letztlich bedauerte Danielle ihre dicke, tapfere Mutter, die »jenseits von Gut und Böse« auf die sechzig zuraste, als genieße sie das, als habe sie nie im Leben mehr in sich geruht; und doch fürchtete Danielle jedes Mal, wenn sich Randy Minkoff nach ihrer Landung in New York im Days Inn an der Eighth Avenue Ecke siebenundvierzigste Street einquartierte, in einem Zimmer, das, wie sie dreist behauptete, auch nicht kleiner war als das Einzimmerapartment ihrer Tochter (»Es passen *zwei* große Betten hinein, Danny. Zwei!«), dass ihre Mutter *sie* bedauerte. Auf jeden Fall machte sich Randy Sorgen um Danielle (»Als ich in deinem Alter war, mein Schatz, bist du schon mit Jeff splitternackt kreischend durchs Haus getollt, stell dir das mal vor. Was für süße Popos...«) und projizierte – dies glaubte jedenfalls Danielle – ihr uneingestandenes Gefühl, nicht erfüllt zu sein, auf ihre Tochter. Sie schien Danielles Job als Dokumentarfilmproduzentin für eine renommierte Sendereihe weit weniger beeindruckend zu finden, als viele andere, manchmal sogar Danielle selbst, dies taten. Randy Minkoff hielt diesen Beruf für unseriös, weil der Erfolg von so vielen Faktoren abhing, die man nicht beeinflussen konnte. Es widersprach nämlich einer ihrer bescheuerten Selbsthilfe-Maximen aus der neuen Ära in Florida, der Ära nach der Scheidung, der Ära der Wiedergeburt; und deshalb hatte Danielle ihrer Mutter das Scheitern des Australien-Films verschwiegen (denn die Reise zu den Antipoden, das bezahlte Business-Class-Ticket hatten Randy dann doch beeindruckt) und stattdessen behauptet, es sei nur eine Zeitlang auf Eis gelegt. Sie sprach leichthin von ihrer Idee, als habe das keinerlei Bedeutung für sie, als handle es sich nur um eine Kleinigkeit, ein Projekt, das man noch ein bisschen aufschob, bis die Finanzierung für die zwei Monate in New South Wales geregelt war.

In diesem Sinne unterhielt Danielle sich jetzt auch mit ihrer Mutter, während sie im eleganteren der Metropolitan-

Restaurants in der Schlange an der Essenstheke standen; Danielle sprach mit tiefer Stimme gegen den hallenden Lärm der anderen Gäste und der vorbeiströmenden Besucherscharen an. Sie warteten auf Marina – Randy hatte Marina sehr gern, ohne zu ahnen, dass Danielles gute alte Freundin ihrer eigenen Mutter erzählte, Randy sei »zwar sehr lieb, aber, na ja, vulgär, ganz typisch für jemand aus Miami« –, und nach dem Essen würden sie durch den Park zum Kinderzoo schlendern; wie all die berühmten New Yorker Wahrzeichen, die sich bei vielen Menschen einer derart großen Resonanz erfreuten, dass sie eigentlich dröhnen müssten wie Glocken, bedeutete ihr der Zoo sehr viel: »Erinnerst du dich nicht mehr? Unser erster Familienbesuch in New York, und prompt plumpst unser kleiner Jeff von diesem Pilz aus Alice im Wunderland herunter und hat eine riesige rote Beule auf der Stirn, und du, du, Danny, hast gesehen, wie ein Schimpanse in seinem Käfig gepinkelt hat, und hast dir gleich selber in die Hosen gemacht, weißt du noch? Du bist dagestanden und hast den Affen angestarrt, und plötzlich sahen wir, dass deine weißen Strumpfhosen klatschnass waren, sogar deine Schuhe ...« Danny behauptete zwar, sie könne sich an diese frühe Demütigung nicht erinnern, aber Randy hatte sie ihr so oft und so lebhaft geschildert, dass Danielle sich nicht mehr sicher war: Mittlerweile war das Erlebnis in ihr Gedächtnis eingraviert. Auch Marina würde die Geschichte heute zu hören bekommen, und dies nicht zum ersten Mal; aber erst nach dem Essen.

Randy und Danielle hatten den ganzen Vormittag im Museum verbracht, einen sonnigen Mittwochvormittag im Mai; Danielle hatte sich extra freigenommen (ihre Mutter besuchte New York immer unter der Woche, weil da die Eintritts- und Fahrpreise niedriger waren: Sie kannte sich mit Immobilien aus, sie kannte sich mit Reisen aus, und vor allem kannte sie sich mit Schnäppchen aus), nur um dann durch die dämmrigen Katakomben der Mode- und Kostümabteilung zu wandern, die matt beleuchteten Vitrinen mit Abendkleidern und Brokatschuhen, bestickten Röcken und Federhüten anzu-

starren, alles elegant an gesichtslosen, haarlosen Schaufenster-
puppen drapiert, eine Travestie, die Danielle gleichzeitig als
prickelnd und als verstörend empfand; ihre Mutter jedoch
sah darin ganz offen die größte Attraktion des Museums. Am
zweitliebsten mochte Randy den Schmuck, die römischen
Ohrringe und Armreifen, von denen es im Museumsshop
Reproduktionen gab; aber dies ließ Danielle ebenso kalt wie
die Flure mit den antiken Gefäßen.

Der Gang durchs Museum, das schleppende Schlendern,
hatte sie beide strapaziert, am meisten allerdings Randy,
denn durch ihre 8-Zentimeter-Absätze (»Eine kleine Frau,
Danny, sollte niemals niedrige Absätze tragen«, pflegte sie
zu sagen, indem sie einen scherzhaft tadelnden Blick auf die
flachen Schuhe ihrer Tochter warf) taten ihr die Fußsohlen
weh, außerdem wurden ihre verformten Zehen gequetscht.
Darum hatten sie früher als geplant das Restaurant aufgesucht,
das viel voller war als gedacht, und hatten sich in die Warteschlange an der Theke eingereiht.

Danielle hatte gerade das Konzept ihres Projekts zum
Thema »Revolution« erklärt und lauschte nun mit halber
Aufmerksamkeit dem Geplauder ihrer Mutter, die begeistert
erzählte, wie ihr Cousin Melvin damals in den Sechzigern für
die Libertarian Party in Illinois schwärmte – das war natürlich,
bevor er sich für organische Landwirtschaft zu interessieren
begann und sich die Farm in Nordkalifornien kaufte, zwanzig Jahre früher als alle anderen (wo war da der Zusammenhang, fragte sich Danielle, verblüfft wie immer angesichts der
Fähigkeit ihrer Mutter, absolut verquer zu denken und aus
einem nie versiegenden Vorrat an absurden Geschichten zu
schöpfen, wobei ihr kaum bewusst war, dass sie diese Talente,
wie so viele andere, von ihr geerbt hatte) –, und plötzlich
sah sie die hohe, lichte Stirn Ludovic Seeleys oder bildete es
sich zumindest ein. Er stand vor ihnen in der Warteschlange,
fast ganz vorn, eine lange, schlanke Gestalt, und beugte sich
zu jemandem herab, in jener Geste der Vertraulichkeit, die
Danielle schon bei ihrer ersten Begegnung aufgefallen war.

An dieser Körperhaltung erkannte sie ihn. Sie reckte den Hals, um zu erkennen, mit wem er sich unterhielt und sah, dass seine Gesprächspartnerin jung, weiblich und attraktiv war, eurasisch vielleicht, mit großen dunklen Augen, winzigen Händen und – Danielle trat aus der Reihe und spähte nach vorn – zarten Fesseln, die schwankend aus Schuhen ragten, deren Absätze Randys High Heels winzig aussehen ließen. Die beiden unterhielten sich lebhaft, beinahe hitzig. Man sah, dass Seeley die Frau von etwas überzeugen wollte und dass sie, obgleich höflich, ja, vielleicht sogar interessiert, nicht einverstanden war. Danielle kam zu dem Schluss, dass sie sich vermutlich nicht besonders gut kannten; und obwohl sie es im ersten Moment gedacht hatte, glaubte sie jetzt nicht mehr, dass die beiden ein Paar waren; jedenfalls *noch* nicht; vielleicht war das der Grund, dass er so intensiv auf sie einredete.

»Und vermutlich hat Karen *deshalb* Gewichtsprobleme, glaubst du nicht auch?« Randy berührte mit ihren manikürten kupferroten Nägeln den Arm ihrer Tochter.

»Mom?«

»Mels Älteste, Karen. Die, die mal Schauspielerin werden wollte.«

»Ach so, ja.«

»Aber sie ist fett geworden. Nicht nur mollig, sondern fett. Und vermutlich ist das organisch bedingt, glaubst du nicht auch?«

Danielle beobachtete, wie der Kellner Seeley und das Mädchen zu einem abgelegenen Zweiertisch führte. Nachdem sie sich gesetzt hatten, konnte Danielle keinen von beiden mehr sehen, wodurch es leider schwierig wurde, ihm scheinbar zufällig über den Weg zu laufen. Danielle hatte gewusst, dass Seeley eingetroffen war – jemand, sozusagen ein Rivale bei Condé Nast, hatte ihr erzählt, dass er drei Tage nach seiner Ankunft Anfang April in ein Apartment in Gramercy Park gezogen war –, aber sie hatte ihn nicht kontaktiert. Eigentlich hatte sie es ja vorgehabt: Schließlich war er ein wesentlicher Teil ihrer Revolutionssendung oder würde es sein, falls sie grünes Licht dafür bekam. Sie war sich ziemlich sicher, dass er mitmachen würde, weil das eine Riesenpublicity für seine Zeitung werden konnte; doch mit der endgültigen Entscheidung wollte der Programmleiter warten, bis *The Monitor* im September herauskam. Trotzdem konnte es unter diesen Umständen nicht schaden, mal auf einen Sprung zu ihm hinüberzugehen, einfach um sich wieder in Erinnerung zu bringen. Natürlich nicht zusammen mit ihrer Mutter – Randy wollte sie nicht mit dabeihaben. Und Marina eigentlich genauso wenig. Vielleicht war es doch besser, ihm eine E-Mail zu schicken – seine Mail-Adresse kannte sie bereits; ja, sie wusste sie sogar auswendig –, als jetzt alles dem Zufall zu überlassen.

»So stehe jedenfalls *ich* zu raffiniertem Zucker«, sagte Randy Minkoff gerade. »Und wahrscheinlich geht's vielen Leuten ähnlich.«

»Ja, kann sein.«

»Hörst du mir überhaupt zu, Danielle Minkoff?«

»Natürlich, Mom.«

»Wie viel wiegt denn dein Vater zurzeit?« Randy hörte es gern, wenn ihr Ex den Kampf gegen die Pfunde verlor.

»Ich hab ihn eine Ewigkeit nicht mehr gesehen, Mom. Aber er macht gerade die Atkins-Diät und hat angeblich zehn Kilo abgespeckt.«

»Hmmm.« Randy richtete sich auf und zog über ihrem leopardenfellgemusterten Busen das Jackett zurecht. »Das würde ich gern sehen.« Sie murmelte vor sich hin, als rede sie mit sich selbst. »Zehn Kilo? Zehn Kilo.«

Danielle rollte die Augen, allerdings dezent. Sie hatte lange Zeit als Vermittlerin fungiert und wusste, dass ihre Mutter gerade Theater spielte. Auch als die Ehe noch bestand, hatte Randy ihren Mann mit seinem Gewicht gequält: Er war ein großer, kräftiger Typ, der sich im Büro von Mortadella-Wurst ernährte, direkt aus der Packung, oder von Scheibletten. Als Danielle klein war, hatte es ihr die Luft abgeschnürt, wenn er sie umarmte. »Du weißt gar nicht, wie stark du bist«, hatte Randy geschimpft, wenn Danielle in Tränen ausbrach. So ein

Typ Mann war er, nicht fett, aber dick, massig, stark behaart, ein Bulle, bei dem zehn Kilo mehr oder weniger keine große Rolle spielten.

»Marina ist da, Mom. Dort kommt sie.« Und Marina kam auf sie zugeschwebt, mit von der Frühlingsluft sanft geröteten Wangen, und man dachte gleich an Blütenduft, glaubte ihn sogar zu riechen. Sie trug eine winzige bunte Handtasche, die eher an ein Etui erinnerte – Luxus pur, oder ein Geschenk – und schwang sie beim Näherkommen wie ein Weihrauchfass vor sich her.

»Mrs. Minkoff«, hauchte sie – sie brachte es fertig, es wie gedämpften Jubel klingen zu lassen – und breitete die Arme aus, »ich freue mich *so*, Sie zu sehen!« Und Randy, entzückt und wie immer ein bisschen eingeschüchtert durch die kultivierte Aura der Thwaites, diese Herzlichkeit, in der undefinierbar, aber deutlich Überlegenheit mitschwang, öffnete den Mund zu einem »Oh« und schaute mit gespielter Schüchternheit durch ihre Wimpern.

Gegen den hallenden Lärm, der das Restaurant erfüllte, nach vorn gebeugt, saßen die drei Frauen da und spielten das Dessertspiel – jede versuchte zu verbergen, was sie von dem Gedanken an Nachtisch hielt und gleichzeitig die Meinung der anderen zu ergründen; ein routinemäßiger Vorgang, bei dem die beiden Jüngeren zu Recht vermuteten, dass Randys Wunsch nach einem Dessert stärker war als ihrer beider Wunsch, diesen Gang zu überspringen, und so bestellten sie schließlich einen einzigen Pot de Crème und drei Löffel dazu –, als eine Gestalt, die schlanke Gestalt Ludovic Seeleys, den Tisch in Schatten tauchte. Seltsamerweise senkte sich Schweigen herab, ganz so, als habe er es mit sich gebracht.

»Sind Sie nicht Danielle? Danielle Minkoff?«

Danielle machte eine Bewegung, als wollte sie aufstehen.

»Bitte, bleiben Sie doch sitzen – es tut mir leid, dass ich störe; aber ich hab Sie zufällig gesehen – ausgerechnet hier! – und wollte hallo sagen.«

»Hallo.« Danielle lächelte, nett, wie sie hoffte. »Wie lange sind Sie denn schon hier?«

»Schon fast einen Monat. Ich wollte Ihnen eine E-Mail schicken, habe aber Ihre Adresse verloren.«

»Das verstehe ich natürlich«, sagte Danielle und dachte, da es ihr gelungen war, sich *seine* Adresse zu beschaffen, hätte er sich ja auch ihre beschaffen können, wenn es ihm wichtig gewesen wäre. Sie wusste nicht recht, was sie als Nächstes sagen sollte. Er stand unschlüssig da und lächelte höflich in die Runde. »Verzeihung«, sagte Danielle, »wie nachlässig von mir. Meine Mutter, Randy Minkoff; und Marina Thwaite.«

Er deutete mit dem Kopf eine Verbeugung an, als er ihnen die Hand schüttelte. Danielle hätte sich nicht gewundert, wenn er die Hacken zusammengeschlagen hätte. Die eurasische Schönheit konnte Danielle nirgends hinter ihm entdecken.

»Sind Sie mit Freunden hier?«, fragte Danielle.

»Mit einer Kollegin – vielmehr hoffe ich, dass sie mal zu einer Kollegin wird. Im Moment arbeitet sie noch bei der Konkurrenz.«

»Dann sind Ihre Büros also hier in der Nähe?«

»Nein.« Seeley lachte abgehackt. »Das ist nicht unser, wie soll ich sagen? Demographisches Profil. Das ist nicht unser demographisches Profil.«

Alle lächelten – dümmlich, wie Danielle fand. Es herrschte immer noch Schweigen.

»Ich gebe Ihnen mal meine persönlichen Kontaktdaten«, sagte sie schließlich. Später erklärte sie Marina: »Mir war einfach nicht klar, warum er da *stehen blieb.*« Sie kramte in ihrer Tasche nach Papier und Kugelschreiber. »Und ich hätte sehr gern auch Ihre. Ich wollte Sie sowieso kontaktieren, wegen des Projekts, an dem ich arbeite – deshalb ist das ein …« Sie verstummte und versuchte den Kugelschreiber in Gang zu bringen.

»Glücksfall«, führte Marina den Satz zu Ende, entblößte die Zähne und sah Seeley direkt in die Augen. »Ich denke, das ist das richtige Wort.«

Später, nachdem sie im Park spazieren gegangen waren, nachdem Randy zum x-tenmal die Geschichte von den nassen Höschen der kleinen Danielle zum Besten gegeben hatte, nachdem Marina heimgefahren war und Danielle und ihre Mutter nach einer Kaffeepause (große Pappbecher, auf denen sich Schlagsahne türmte, und eine Plastikschachtel voller Schokokekse) in Randys Zimmer zurückgekehrt waren, wo Danielle dann auf dem Rand eines der großen Betten hockte und gereizt mit den Beinen baumelte, während sich ihre Mutter, ans Kopfbrett des zweiten Betts gelehnt, ohne Schuhe, die Füße hochgelegt, stumm durch sämtliche Kanäle zappte – zu diesem späten Zeitpunkt des Tages sagte ihre Mutter: »Der hat mir gefallen, Schätzchen.«

»Wer denn?«

»Dieser Typ, beim Lunch. Der mit dem sexy Akzent.«

»Ich kenne ihn ja kaum.«

»Wenn du es sagst, Schätzchen.«

»Mom, hör zu: Diesen Mann hab ich bei einer Dinnerparty in Australien kennen gelernt, und er ist kürzlich aus beruflichen Gründen hierhergezogen, das ist alles.«

»Er benahm sich so« – Randy bewegte die Schultern, als laufe ihr ein Schauer über den Rücken – »vertraulich.«

»Oh, bitte! So benimmt er sich immer, egal mit wem er spricht.«

»Meinst du wirklich?« Randy blieb beim Sender mit den Cartoons hängen. Shaggy und Scooby hockten allein im Keller, als plötzlich das Licht ausging und man im Dunkeln nur noch vier blinzelnde Augen sah. »Manchmal weiß eine Mutter das am besten, Danny. Ich wollte einfach nur sagen, dass er mir gefallen hat.«

KAPITEL ZWÖLF

Danielles Liste

Als sie gegen Mitternacht nach Hause kam, fand Danielle auf dem Anrufbeantworter eine Nachricht von Marina vor und hörte sie ab, während sie den Wasserkocher einschaltete (ein typisch britischer Luxus, den sie sich von Moira abgeschaut hatte, die nicht mehr darauf verzichten wollte), um sich eine Tasse Pfefferminztee zu kochen.

»Hat mich riesig gefreut, deine Mom zu sehen, Danny! Sie ist so witzig! Und wie sie dich vergöttert, das wirkt so, na ja, so rührend. Wenn du nicht allzu spät heimkommst, rufst du mich noch an? Ich muss unbedingt mehr über diesen Australier erfahren – das ist dein Revolutionär, stimmt's? Ruf mich an, okay?«

Danielle zog die Schuhe aus. Sie stellte sie ordentlich in den Schrank aufs Schuhregal. Die einzige Möglichkeit, in dieser winzigen Wohnung zurechtzukommen, bestand darin, dass man sie tadellos in Ordnung hielt. Ihre Mutter neckte sie damit, dass das Apartment so unbewohnt wirke; aber Danielle fühlte sich sehr wohl darin. Ihre schmerzenden Beine (wie viele Kilometer waren sie heute Nachmittag gelaufen?) zitterten und sie fühlte sich erleichtert – einfach, weil sie jetzt hier sein durfte. Obwohl das Apartment klein war, wirkte es nicht deprimierend. Sie wohnte im fünfzehnten Stock eines weißen Backsteinbaus aus den sechziger Jahren, im Umkreis von mehreren Blocks das höchste Haus dieser Art. Es hatte eine saubere, freundliche Eingangshalle und einen Portier, und wenn Danielle die Wohnungstür öffnete – eine von vielen identischen Türen, die einen langen, hell erleuchteten, mit blauem Teppichboden belegten Flur säumten und es irgendwie schafften, die Gerüche und Geräusche des Gemeinschaftslebens größtenteils draußen zu halten –, betrat sie eine rechtwinklige Oase, am südlichen Ende begrenzt von einem großen, schlichten, hüfthohen Panoramafenster, das tagsüber den Raum mit Licht erfüllte, auch in den dunkelsten

Winterwochen, und nachts wie ein komplexes Gemälde einen Ausblick auf die funkelnden Lichter und den sich wandelnden Himmel, auf Gebäudesilhouetten und eine kunterbunte Dachlandschaft bot. So wie die massive Bauweise des Hauses die Lebensäußerungen ihrer Nachbarn dämpfte, so schloss auch das Doppelfenster alle Geräusche bis auf das gellendste Sirengeheul aus, so dass Danielle ihr Zimmer herrlich abgeschieden fand, immer noch neu, immer noch makellos.

Damit sie am Fenster sitzend lesen, schreiben und nachdenken konnte, entweder in Licht getaucht oder das funkelnde Trugbild der Stadt vor Augen, hatte sie ihr Bett in die Nähe der Wohnungstür und somit der Küche gerückt. Sie wusste, dass dies den meisten Leuten unästhetisch und befremdend schien (und selbst sie störte es manchmal, wie nahe beieinander Speisen und Bettzeug waren), aber sie empfing nur selten Gäste, und diese wenigen Besucher kannten sie gut genug, um sich entsprechende Kommentare zu verkneifen. Das Apartment gehörte ihr, ihr ganz allein: eine Wand voller Bücher, gelesene und ungelesene, die ihr jedoch alle lieb und teuer waren, nicht nur um ihrer selbst, um der empfindlichen Buchrücken willen, sondern auch wegen der Momente und Lebensphasen, die ihr Anblick wachrief. Manche Bücher hatte sich Danielle damals im College für Seminare gekauft, dann aber nie gelesen – Fredric Jameson zum Beispiel und Kants *Kritik der reinen Vernunft* –, und doch gaben sie ihr das Gefühl, tatsächlich – oder vielleicht – ein ernsthafter Mensch zu sein, auf tiefgründige, durchlässige Weise. Auch hatte sie aus ihrem ehemaligen Jugendzimmer eine Handvoll Kinderbücher mitgenommen, zum Beispiel *Wilbur und Charlotte* und die Bücher über Harriet, die kleine Detektivin – die ein früheres, leidenschaftlich ernstes Ich heraufbeschworen, das vernünftige Kind, das auf der Rückbank des elterlichen Buicks saß und unaufhörlich las, ohne auf seinen Bruder zu achten, der es gegen das Knie boxte, ohne auf seine Eltern zu achten, die sich ständig zankten, ohne auf den Verkehr und die Landschaft zu achten, die von draußen auf es eindrängten.

Zusätzlich zu ihren Büchern hatte sie ein bescheidenes Regal mit Musikkassetten und CDs, die eine ähnliche, wenn auch eingeschränktere Funktion besaßen: Weder musikbesessen wie Julius, noch sonderlich kenntnisreich, war Danielle sich bewusst, dass ihre Sammlung hauptsächlich aus Mainstream-Titeln bestand, die – egal ob Pop oder Klassik – nicht so sehr individuelle Vorlieben widerspiegelten als vielmehr den Zeitgeschmack: Madonna, die Eurythmics, Tracy Chapman aus ihrer Jugend; Cecilia Bartoli, Anne-Sophie Mutter, Mitsuko Uchida; aus jüngerer Zeit Moby und diese posthum gefeierte Folksängerin aus Washington D.C., die Anfang dreißig an einem Melanom gestorben war und deren tragische Geschichte Danielle mehr anzog als ihre sanften Coverversionen bekannter Songs.

Ihr Ich wurde also durch ihre Bücher verkörpert; die einzelnen Lebensphasen durch ihre CDs; und den Rest des Raums dachte sie sich als leere, blankgewischte Schiefertafel: ihre schönen weißen Laken und prall aufgeschüttelten Kissen (da sie eine Schwäche für Bettwäsche besaß, hatte sie sich sogar eine Garnitur von Frette gekauft, eine Extravaganz, die sie dadurch abbüßte, dass sie nur zu besonderen Gelegenheiten darin schlief, zum Beispiel an ihrem Geburtstag); ihr olivgrünes Sofa, gerade groß genug, um mit angezogenen Knien darauf zu liegen; ihr großflächiger Schreibtisch, eine glatte Holzplatte auf Böcken, die am Fenster stand und alles trug, was zu ihrem »home office« gehörte. Viel Geld hatte sie für den Bürostuhl ausgegeben, ein ergonomisches Wunderwerk – ihre Mutter hatte sie zum Kauf ermutigt und etwas dazu beigesteuert (»Glaub mir, Liebling, es gibt nichts Wichtigeres als einen gesunden Rücken. *Nichts!* Erinnerst du dich noch an unsere Reise nach St. Thomas in den Osterferien, als du zwölf warst und dein Vater sich das Kreuz verrenkte? Danach hat er zwei Monate lang auf dem Boden geschlafen, Baby. Zwei Monate! Und ich glaube, seitdem war sein Rücken nie mehr ganz so wie früher. Wie es heute ist, weiß ich natürlich nicht. Lass uns den Stuhl kaufen!«) Danielle stellte keine Fotos oder Souvenirs auf. Sie verabscheute Nippes. An den Wänden hingen vier Rothko-Reproduktionen, großformatige, dezent gerahmte Poster, die sie an einen Familienbesuch der Rothko-Kapelle in Houston erinnerten, als sie noch eine Familie waren.

Die zerlaufenden Farbflächen – grün, grau, blau, lavendel, purpur – luden sie immer noch zur stillen Betrachtung ein, beruhigten sie jedes Mal, wenn sie davor saß. Sie hatte immer noch das Gefühl – zumindest manchmal, wenn sie das Deckenlicht ausschaltete und die glatte Posteroberfläche der Bilder verschwand, so wie sich die Falten einer alternden Frau im Schatten auflösen –, sich verlieren zu können in der farblich abgestuften Patina, für jede Stimmung ein etwas anderer Farbton.

An diesem Abend kuschelte sie sich mit ihrem Pfefferminztee auf das olivgrüne Sofa und starrte auf das Bild mit den intensivsten Purpurtönen, das sie mal als den Moment vor Beginn des Tagesanbruchs deutete, mal als den Moment vor der festlichen Abenddämmerung. Vielleicht hätte sie sich lieber in Olive- und Grautöne hineinträumen sollen, dem Schlaf entgegen; aber so wie ihre Beine schmerzten, schmerzte auch ihr Kopf, der sich nach diesem Tag völlig ausgebrannt anfühlte, wie von einem steten Summen erfüllt. Sie hatte das Bedürfnis, ihre miteinander konkurrierenden Sorgen zu sortieren, um eine Hierarchie zu erkennen, einen Rhythmus zu finden, eine innere Liste aufzustellen: Sonnenaufgang, Sonnenuntergang, Sonnenaufgang. Einatmen, Ausatmen.

1. Es war nach elf. Sie hatte keine Lust, Marina anzurufen. Sie verspürte auch keine Lust, ihre Mutter anzurufen, die jetzt uptown im Days Inn eingekuschelt unter ihrer Fleece-Decke lag, hatte es aber versprochen (»Ich muss wissen, dass du wohlbehalten zu Hause angekommen bist, Baby. Verstehst du?«). Also rief sie an, ein hastig gemurmeltes Gute Nacht, eingebettet in mechanische Floskeln, mit denen sie sich gegenseitig ihrer Zuneigung versicherten.

2. Sie hatte nicht nur keine *Lust*, Marina anzurufen, sondern wurde *sauer*, wenn sie bloß daran dachte. Lag es vielleicht

daran, dass Marina das Wort »rührend« verwendet hatte? Oder lag es nicht zumindest teilweise daran, dass ihr nicht danach war, mit Marina über Ludovic Seeley zu reden? Oh, natürlich hatte sie mit Marina, mit allen Leuten, schon ziemlich viel über Seeley-die-Idee gesprochen, nicht jedoch über Seeley-den-Menschen; und bei seinem bloßen Anblick, im Restaurant da vorn in der Schlange, hatte Danielle einen Sog verspürt, der zwanghaft, privat, ja, spirituell war – eine magnetische Anziehungskraft. Ihre Mutter glaubte ja an solche Dinge, glaubte daran sogar in diesem konkreten Fall – einen Sog, den sie, wie sie sich lebhaft erinnerte, bereits in Sydney verspürt hatte, und zwar sehr stark. Einen Sog, gegen den sie sich, wenn sie ehrlich war, so wenig zur Wehr gesetzt hatte, dass ihre Idee für die Revolutionssendung – ja, es traf zu und war zu peinlich, um es je zuzugeben – nur ein Vorwand gewesen war, um ihn erneut zu kontaktieren, und mehr als das, um Zeit mit ihm zu verbringen, sich ihm aufzudrängen (natürlich nicht im buchstäblichen Wortsinn). Und nachdem sie schon vor über zwei Monaten diesen Entschluss gefasst hatte, instinktiv und kaum bewusst, war die *Idee* ihrer Verbindung mit Seeley im Verborgenen gediehen, in ihrer Fantasie, in diesem wunderbaren Apartment. Und jetzt, höchst problematisch – doch hatte es auch etwas Zwangsläufiges und vielleicht Erregendes –, war er wieder real vorhanden, Fleisch und Blut, Augen unter hängenden Lidern, lange, kühle Finger, drängender und doch zurückhaltender Blick. Er existierte wirklich und war nach New York gekommen, um zu bleiben. Das genügte ihr an Herausforderungen, und es bedurfte nicht noch der albernen Schmeicheleien, der neugierigen Fragen von Marina-die-auf-Beute-aus-war. Denn so wie es Danielles Mutter aufgefallen war, war es doch sicher auch Marina nicht entgangen, wie unbehaglich Danielle sich fühlte; sie musste doch bemerkt haben, welche Spannung während dieses banalen Austausches von Floskeln in der Luft gelegen hatte? Oder noch schlimmer, vielleicht hatte Marina tatsächlich nichts bemerkt, dann war diese Spannung pure Einbildung gewe-

sen, eine einseitige Faszination, so überwältigend, dass keine
Möglichkeit mehr bestand – dass für Danielle nicht mehr die
Möglichkeit bestand – zu erkennen, auf wie viel Gleichgültigkeit sie stieß? (Er neigte sich schließlich *jeder* Frau zu, verhielt
sich immer so: an dieser gebeugten Haltung hatte sie ihn ja
erkannt, erst in zweiter Linie an der Stirn, dem aristokratischen Profil.) Wie auch immer, Danielle wollte heute Abend
nicht mit Marina sprechen. Sie wollte nicht über Ludovic
Seeley mit ihr sprechen. Irgendwann würde sie es tun müssen,
vielleicht schon morgen; aber nicht jetzt.

3. Außerdem war sie Marina gegenüber noch in einem anderen, wenn auch nebensächlichen Punkt befangen. Es hing
mit Marinas Vater zusammen. Seit dem Abendessen bei den
Thwaites im März hatte sich zwischen Danielle und ihrem
Gastgeber so etwas wie eine E-Mail-Korrespondenz entspon-
nen. Er hatte ihr, was sie im ersten Moment etwas überraschte,
einige Fakten über Professor Jones geschickt, obwohl sie ihm
doch, soweit sie sich erinnerte, erklärt hatte, dass ihre Sendung zum Thema »Wiedergutmachung« dem Rotstift zum
Opfer gefallen war. Aber es hatte ihr geschmeichelt – natürlich –, dass ein so bedeutender, vielbeschäftigter Mann an sie
dachte, und sie hatte sich bei ihm bedankt, geistreich, wie sie
damals geglaubt hatte, obwohl sie sich nicht mehr an ihre
genauen Worte erinnerte; und da sie nicht unhöflich erscheinen wollte oder egozentrisch (hier machten sich, wieder einmal, die frühen Lektionen ihrer Mutter bemerkbar, diesmal
zum Thema ›Höflichkeitsregeln beim Briefeschreiben‹, und sie
wiederholten sich als Endlosschleife in Danielles Kopf, unter
anderem das – warum eigentlich? fragte sie sich – so schwer
zu befolgende mütterliche Verbot, einen Brief mit dem Wort
»Ich« zu beginnen), da sie also nicht unhöflich oder egozentrisch wirken wollte, hatte sie sich erkundigt, an welchen Projekten er momentan arbeite, ob er zurzeit Vorlesungen halte
und an welchem Artikel er gerade sitze; wobei sie natürlich
nie damit gerechnet hätte – das Interesse bestand ja auf beiden

Seiten bloß der Höflichkeit halber –, dass er ihr antworten würde, dass er sie scherzhaft um ihre Meinung bitten würde, ob er im kommenden Frühjahr an der Columbia University lehren sollte oder vielleicht sogar am Sarah Lawrence College; dass er erwähnen würde, er habe für ein Kapitel, an dem er gerade arbeite, wieder einmal William James gelesen und dass er sie um ihre Ansicht zu *Die Vielfalt religiöser Erfahrungen* bitten würde; dass sie sich das Buch sogar bei Amazon bestellen würde – da stand das Werk, hinter ihrer linken Schulter, zwischen ihren anderen Büchern, als sei es schon immer da gewesen –, um den betreffenden Abschnitt zu lesen und angemessen auf seine Kommentare reagieren zu können. Danielle kam dieser Mailwechsel ganz unschuldig vor – Thwaite flirtete ja nicht mit ihr, so wie sie das Wort verstand; sein Ton war professoral, väterlich. Und doch schien das alles irgendwie nicht ganz in Ordnung zu sein, lag eine Spur prickelnden Verrats in ihren prägnant formulierten Botschaften – ob es ein Hauch von Erotik war oder nur die unangemessene Variante einer Vater-Tochter-Beziehung, hätte Danielle nicht zu entscheiden vermocht. Eins stand fest: Sie, Danielle, hatte keinerlei Bedürfnis verspürt, Marina von dieser Korrespondenz zu berichten, bis auf den allerersten Mailwechsel, über den sie gemeinsam gelacht hatten (»*Typisch* Dad!«, hatte Marina gesagt, ohne zu hören, was er geschrieben hatte, und entzückt in die Hände geklatscht), aber sie war sich beinahe sicher, dass Murray Thwaite gleichfalls geschwiegen hatte. Marina war nicht hinterhältig und hätte, wäre ihr Vater auf die E-Mails zu sprechen gekommen, sicherlich gekränkt und überrascht zu Danielle gesagt: »Wieso hast du mir denn nichts davon erzählt?«, worauf Danielle – sie hatte es geplant, hatte ihn sich viele Male vorgestellt, diesen unbekümmerten Ton – erwidert hätte: »Hab ich das nicht? Tut mir leid. Ich dachte, wir hätten darüber gesprochen.« Und zweifellos, zweifellos hatte selbst diese imaginierte Unterhaltung einen etwas seltsamen Beigeschmack, wenn Danielle auch nicht genau sagen konnte, weshalb. Jedenfalls stockte sie manchmal, wenn sie mit

Marina über vertrauliche Dinge redete oder einfach nur mit ihr plauderte, und es lief ihr ein Schauer des Unbehagens, der Erregung über den Rücken.

4. Dann war da noch die Frage, wie sich Randy Minkoffs Donnerstag gestalten sollte. Sie wollte mit ihrer Tochter ein Fingernagelstudio in der Madison Avenue aufsuchen, das in der *Vogue* erwähnt worden war, und hatte Danielle heute Abend eröffnet, dass sie heimlich, ohne zu fragen, für sie beide um vierzehn Uhr dreißig einen Termin vereinbart habe. Und dies trotz des Vorschlags von Danielle, die sich schließlich bereits den ganzen Mittwoch freigenommen hatte, sich nur am Donnerstag*morgen* zu treffen; außerdem hatte Danielle für das Redaktionsmeeting um drei Uhr zugesagt. Wie konnte sie Randy enttäuschen (»Du hast ja keine Vorstellung, wie gefragt dieses Studio ist – ich habe schon vor einem Monat für uns gebucht, von St. Petersburg aus. Und wenn Irenes Freundin Malva dort nicht Stammkundin wäre, hätten wir *nie* einen Termin gekriegt!«)? Wie konnte sie, ohne den ungünstigen Eindruck zu erwecken, es mangle ihr an beruflichem Engagement, das angesetzte Meeting versäumen? Wie konnte ihre Mutter sie nur in eine solche Situation bringen? Oder – diese Frage musste sie sich stellen – lag es daran, dass sie es irgendwie *zuließ*, derart manipuliert zu werden? Ihrem Bruder Jeff, der einen Bankjob in Dallas hatte, würde ihre Mutter so etwas nie antun; sie würde es nicht einmal versuchen. Sie konnten sich beide vorstellen, was dann passieren würde – Jeff würde seine ohnehin schon dicken Backen aufblähen, die Lippen schürzen wie ein Kugelfisch und mit leichtem Achselzucken sagen: »Tut mir leid, Mom. Vergiss es, keine Chance.« Und obwohl er nur einsfünfundsechzig groß war und im Anzug, mit seinen kurzen Armen und dem dicken Hals, wie eine Witzfigur wirkte, und obwohl er fast zwei Jahre jünger war als Danielle, besaß er eine Autorität – war es nur die, wenn auch noch so reduzierte, männliche Ausstrahlung? –, die Randy Minkoff sofort einknicken ließ, und zwar ohne großes

Bedauern und mit einer demonstrativen Heiterkeit, die darauf hindeutete, dass sie sowieso geahnt hatte, dass er Wichtigeres zu tun hatte. Warum war das so? Als Danielle heute Abend von dem Termin im Nagelstudio erfahren hatte, war sie erbleicht, sogar zusammengezuckt, hatte aber bloß erwidert »Super, Mom. Ich hab da zwar dieses Meeting in der Redaktion. Aber mal sehen, was ich tun kann«. Denn sie wusste ganz genau (woher nur? aber sie wusste es): Sobald sie versuchte, energisch zu werden, würde Randy Minkoff weinend zusammenbrechen. Und dies musste – da es im Minkoff'schen Familienrepertoire keinen zweiten Auftritt gab, der sich so lange hinzog und so anstrengend war – um jeden Preis vermieden werden.

5. Und schließlich das Problem mit Julius, das sie zwar nicht quälte, aber doch an ihr nagte. Vielmehr die Frage, was aus ihm geworden war. Sie vermisste ihn. Denn er war mit seiner lustigen, impulsiven Art schon immer ein goldener Faden im grauen Stoff des Alltags gewesen. Er hatte sie zum Lachen gebracht, er hatte ihr Leben aufpoliert. Und dann war er plötzlich verschwunden. Nicht, dass sie glaubte, jemand habe ihm mit einer Gardinenstange eins übergebraten und er sei jämmerlich auf den Boden seines Apartments verblutet; oder dass er als Sklave verkauft oder von irgendwelchen Radikalen als Geisel genommen worden war – nein, sie hatte genügend Lebenszeichen erhalten, um zu wissen, dass es ihm gutging, vielleicht sogar besser denn je. Jedenfalls stand dies auf einer Postkarte aus dem Delano, einem Nobelhotel in Miami, in das er übers Wochenende gefahren war – mit seinem neuen Freund, diesem mysteriösen David, der eigentlich wann auf der Bildfläche erschienen war? Vor zwei Monaten? Oder länger?, den kennenzulernen bisher aber keinem, jedenfalls keinem ihrer Freunde, vergönnt gewesen war. Danielle und Marina hatten gewitzelt, dass David wohl gar nicht existiere, dass er vielleicht eines von Julius' elaborierten Fantasiegebilden sei, wie die imaginären Verabredungen, derentwegen

er all die Jahre immer so schwer zu erreichen gewesen war. Es wäre ein guter Coup gewesen, der gar nicht übel zu ihm gepasst hätte, zu Julius, dem Träumer, Julius, dem Kobold, dessen extravagante Launen immer seltener geworden waren, je älter sie alle wurden (damals im College hatte er immer großspurig die haarsträubendsten Geschichten unter die Leute gebracht – wo er sich aufgehalten, mit wem er zusammen gewesen war; so wie er sich überall die besten Anekdoten zusammenklaute, um sie den Urhebern dreist als seine eigenen zu präsentieren, nur ausgeschmückt, erweitert, irgendwie origineller; doch auch dies gehörte der Vergangenheit an); aber Danielle hatte die Briefmarke aus Miami gesehen, und auf der Postkarte war das Hotellogo, und Danielle war klar, allein schon weil Julius sich dort tatsächlich aufhielt, musste auch David real sein. Hatten sie sich im Internet kennen gelernt? Oder in einem Nachtklub? Julius schwieg sich darüber aus, als sie ihn schließlich erreichte, und deshalb war sie überzeugt, die erste Begegnung der beiden sei unerfreulich verlaufen. (Manchmal dachte Danielle über die Eskapaden ihres Freunds nach und stellte sie sich ausgefallener und bizarrer vor als alles, was Menschen jemals wirklich *taten*; doch wenn Julius ihr, was nur noch selten geschah, anschauliche, detaillierte Schilderungen gab, fühlte sie sich total ahnungslos und unerfahren, kam sie sich vor wie ihre eigene Mutter.) Danielle wusste, sie hätte eigentlich die prickelnde Erregung nachempfinden und sich darüber freuen sollen, dass Julius offenbar mehr Glück in der Liebe hatte als je zuvor. Doch stattdessen empfand sie misstrauische Angst, um so mehr, als dieser David – wie alt war er? Was trieb er so? Womit verdiente er sein Geld? – anscheinend keinerlei Interesse zeigte, sie, Marina, oder sonst jemanden kennenzulernen. Wenn sie mit Julius darüber sprach, gab er ausweichende, abweisende Antworten, etwa »Wir gehen heute Abend in ›unser‹ Lokal. Eine Art Mini-Jahrestags-Dinner« –, als hätten sie diesen zwei kurzen Monaten die Geschichte eines ganzen Lebens aufgepfropft und Julius' New Yorker Jahre mit seinen Freunden ausradiert.

Wie konnten sie schon ›ihr‹ Lokal haben? Dann hatten sie wohl auch schon (höchstwahrscheinlich) ihren Song? Ihre Tageszeit? Ihre Straße? Danielle war zwar verärgert, aber nicht dumm. Vor allem ging es ihr darum, Julius zurückzugewinnen, Julius, der scharfzüngig die Komik jeder Situation erfasste, der jeden parodieren konnte (sein Murray Thwaite war klasse), der auch um zwei Uhr morgens herüberkam, wenn man ihn anrief, und der immer Licht in dunkle Tage brachte. Außerdem pflegte ihre Mutter stets zu sagen, dass man Fliegen nicht mit Essig fängt. Um Julius zurückzugewinnen, musste sie diesen David auf ihre Seite ziehen, und zwar bald; sie und Marina mussten das Trojanische Pferd ersinnen, mit dem sich das bewerkstelligen ließ. Hätten sich doch ein paar nützliche Fakten über ihn herausfinden lassen, nicht nur, dass sein Nachname Cohen lautete und dass er, genau wie Julius, Barthaare abstoßend fand. Hatte man David erst einmal erobert, würde Julius mit dem Versteckspiel aufhören. Das war die Logik. Und ein Herzensanliegen, denn heute Morgen, bevor sie aus dem Haus ging, um ihre Mutter zu treffen, war eine E-Mail von Julius gekommen, die eine weitere Abfuhr enthielt: Er hätte ihre Mutter am Freitagabend, Randys letztem Abend in der Stadt, zwar sehr gern gesehen – er nannte sie immer die »einzigartige Randy Minkoff« und zog Danielle gern damit auf, ihre Mutter könne glatt Transvestiten ausbilden – doch würden er und David übers Wochenende in die Hamptons fahren, um Freunde von David zu besuchen.

Julius, in den Hamptons? Julius beim Grillen, Julius, der, und sei es voll bekleidet, einen Strand entlangschlenderte? »Was ist mit dem *Sand?*«, hatte sie beim Mittagessen zu Marina gesagt, während ihre Mutter auf der Toilette war. »Er ist doch viel zu pingelig für Sand!« Doch um es kurz zu machen: Jetzt war ihr Stolz verletzt, sowohl, was ihre Mutter als auch, was sie selbst betraf. Sie war, das konnte sie zumindest den Rothko-Postern gestehen, irgendwie empört, dass ausgerechnet Julius, der mit Romantik bisher weniger am Hut gehabt hatte als alle anderen Menschen, die sie kannte, sich so entschieden aus dem Rennen ausgeklinkt hatte. Sie konnte zwar niemandem sagen, dass sie das verstimmte – zu dieser Sorte Menschen wollte sie nicht gehören –, aber ihr Ärger blieb bestehen, unbestreitbar wie ein Krümel in der Kehle.

Da ihr kein sechster Punkt einfiel, begab sich Danielle vom Sofa ins Bett, nicht ohne jedoch vorher ihren Rock auf einen Bügel gehängt und die Bluse für den Wäschesack klein zusammengerollt zu haben; nicht ohne vorher Zahnseide benutzt (eigentlich hatte sie keine Lust, aber es verschaffte ihr ein gutes Gewissen), die Zähne geputzt und ihre Haut mit einer teuren Creme gepflegt zu haben, die ihr ihr Dermatologe angedreht hatte – schon der Umstand, dass er ihr überhaupt etwas verkaufen wollte, hatte sie so verblüfft, dass sie sofort darauf eingegangen war. Derart gereinigt, zart wie ein Lamm, lag Danielle nackt unter ihrer feinen Bettdecke, körperlich beschwert und, so hoffte sie, seelisch befreit. Und doch glaubte sie noch eine gute Stunde lang im Halbdunkel, sie sehe ihre Sorgen wie Irrlichter in den Ecken ihres aufgeräumten Zimmers flackern.

KAPITEL DREIZEHN
Große Genies

Mitte Mai war Bootie Tubb schon seit drei Wochen von zu Hause fort. Er war endlich gegangen, gerade als sich im Blumenbeet vor dem Haus zögerlich die lichten Farben der Krokusse und Schneeglöckchen entfalteten, spät dieses Jahr, doch immer noch früher als die Traubenhyazinthen, die seine Mutter am meisten liebte. Der Frühling kam so spät, dass bei Booties Fahrt durch die Stadt Gehwege und Rasenflächen immer noch von schmutzigschwarzen Eisresten gesäumt gewesen waren, ein Spitzenbesatz aus Eis, angesichts dessen hartnäckiger Hässlichkeit er froh gewesen war, endlich wegzufahren.

Zwar war er nicht so leicht losgekommen wie erhofft, hatte aber wenigstens seinen Wagen nicht verkaufen müssen. Stattdessen hatte er einen Monat, den letzten dieses endlos langen Winters, damit verbracht, stundenweise bei seinem Schwager Tom zu jobben, der staatlich angestellter Schneepflugfahrer war und sich mit der Räumung privater Einfahrten und Gehwege etwas dazuverdiente. Wenn er in der roten Schneefräse saß, fühlte sich Bootie an Autoscooter-Fahrten auf dem Rummelplatz erinnert, und Tom, der von seinen Kunden acht Dollar die Stunde verlangte, gab Bootie die Hälfte davon ab. Es war nicht viel, doch da seine Mutter ihre Drohung, Miete zu verlangen, nie wahr gemacht hatte und er das Geld bar auf die Hand bekam, verdiente Bootie eine ganze Menge, einen dicken Stapel zerfledderter Ein- und Fünf-Dollar-Scheine, den er, gesichert mit einem Gummiband, in ein braunes Kuvert steckte und in seiner Nachttischschublade aufbewahrte.

Als er Watertown verließ, hatte er vierhundertachtundachtzig Dollar angespart, dazu kamen die sechshundert und ein paar Zerquetschte auf seinem Sparkonto, Geld, das laut Auskunft seiner Mutter von seinem Vater stammte und das er für eine Europareise verwenden sollte. Da er so viel Geld besaß – für ihn war das eine bedeutende Summe, obwohl er wusste, dass er nicht weit damit kommen würde, jedenfalls nicht so weit, wie er es sich erträumte –, hatte er beschlossen, den Honda zu behalten, den er als fahrbares Hotel betrachtete, und sogar seinen Computer mitzunehmen. Judy Tubb reagierte traurig und bestürzt, als sie nach seinem Aufbruch sein Zimmer betrat und den leeren Schreibtisch erblickte. Davon hatte Bootie nicht das Geringste geahnt: Seine Mutter hatte es ihm erzählt, als er sie das erste Mal angerufen hatte.

»Verschweigst du mir etwas, Bootie?«, hatte sie gefragt.

Er ärgerte sich, wie er da vorgebeugt in einer Telefonzelle an einer Raststätte am New York State Thruway in der Nähe von Utica stand, wo er für eine Tasse Kaffee und ein Stück miese Pizza haltgemacht hatte, ließ sich aber nichts anmerken. Er betrachtete bloß mit zusammengekniffenen Augen das

Spielzeug in der Plastikvitrine, vor der er stand (für nur einen Dollar konnte man erfolglos versuchen, sich mit einem Metallgreifer den lila Plüschaffen oder die glotzende Stoffpuppe zu angeln), scharrte mit den Füßen auf den ascheverschmierten Fliesen und sagte: »Nein, Ma. Wirklich nicht.«

Denn bevor er losfuhr, hatte er seiner Mutter, was nicht einmal gelogen war, gesagt, er fahre nach Amherst in Massachusetts, um seinen Freund Donald zu besuchen, der in der Highschool eine Klasse über ihm gewesen war und seit zwei Jahren an der U-Mass Geschichte studierte. Von New York und seinem Wunsch, sich an Murray zu wenden, erwähnte er nichts. Sie hätte es weder gebilligt noch erlaubt. Sie hätte seine Flucht vereitelt.

»Kann Donald dich überhaupt brauchen?«, hatte seine Mutter, nicht einmal sonderlich misstrauisch, gefragt, während sie Kopfsalat zerpflückte und in eine Schüssel gab. »Momentan finden doch Prüfungen statt.«

»Er schreibt Seminararbeiten, Mom, keine Klausuren. Und er wohnt nicht auf dem Campus, sondern nur in der Nähe, in einem großen Haus. Er hat mich eingeladen« – das stimmte tatsächlich –, »deshalb gehe ich mal davon aus, dass ich nicht störe.«

»Und wie lang bleibst du?«

»Weiß noch nicht genau. Eine Weile vielleicht. Kann sein, dass er Pläne für den Sommer hat.«

»Für den *Sommer*?«

Worauf Bootie das einzige Mal schamlos gelogen hatte: »Pläne für mich, wie er mir vielleicht helfen kann, an die U-Mass zu kommen, im Herbst.«

»Mit deinem Zeugnis ist das sicher kein Problem«, sagte seine Mutter, sichtlich aufgeheitert.

»Ja, aber er hilft mir vielleicht, dass mir die Zeit in Oswego angerechnet wird.«

»Wirklich?«

»Dann wäre ich bloß ein Semester hinterher.« Es machte Bootie fast traurig, wie sehr seine Mutter sich über diese Neuigkeiten freute; ihre blauen, von Fältchen umspielten Augen leuchteten in dem runden Gesicht und durch die halbgeöffneten Lippen sah man einen Zahn schimmern. Sie war Lehrerin, verdammt nochmal; hätte sie nur eine Minute lang über seine Worte nachgedacht, dann wäre ihr klar gewesen, dass das ausgemachter Quatsch war. Es gab kein Zaubermittel, mit dem man ein abgebrochenes Oswego-Studium in Seminarscheine an der U-Mass verwandeln konnte – es sei denn, er hätte sich für einen Sommerkurs eingeschrieben, was jedoch nicht zur Diskussion stand. »Warten wir's ab«, fuhr er fort. »Falls sich was ergibt, lass ich's dich wissen. Das heißt, ich ruf dich natürlich regelmäßig an – ist ja nicht so, als ginge ich nach Afrika.«

»Nein, mein Schatz, ich weiß.« Sie sagte, es sei schön, dass er einen Plan habe, und es sei toll, dass er zu Donald fahre, der all die Jahre ein so guter Freund gewesen sei, und sie werde ihn vermissen, wisse aber, dass es nicht für lange sei. Er erwähnte weder New York und sein autodidaktisches Programm, noch die Worte »für immer«. Er ließ Wäsche in den Schubladen und Kleidung im Schrank zurück, ließ die meisten seiner Bücher da (bis auf Emerson und *Krieg und Frieden*), inklusive den David Foster Wallace, den er weder fertig gelesen noch in die Bücherei zurückgebracht hatte, und *Die Enden der Parabel* (ein kurzer Blick hatte genügt und ihm war klar gewesen, dass er es in absehbarer Zeit nicht lesen würde) und sogar eine halbleere Tube Zahnpasta und seine rote Zahnbürste im gemeinsamen Bad, mit voller Absicht, weil sie leicht zu ersetzen waren und er sich vorstellte, wie seine Mutter jeden Abend Trost schöpfte, wenn sie diese Dinge sah, im Zahnputzbecher auf dem Waschbeckenrand, ein kleiner Hinweis auf seine baldige Rückkehr.

Drei Wochen später war Bootie New York kaum näher gekommen, dafür erheblich ärmer geworden. Er hatte fast das ganze durchs Schneeräumen verdiente Geld ausgegeben, vorwiegend in einer Bar am Rand des U-Mass-Campus, einem schummrigen Schuppen namens ›Hangar‹. Mehr als einmal hatte er Donald und seinen Zimmergenossen ein paar Runden spendiert, was nur fair schien, da er für Zimmer und Verpflegung nichts bezahlte. Das Semester war so gut wie gelaufen, und natürlich hatten Donald und seine Freunde das Bedürfnis, ihren Erfolg zu feiern.

Bootie hatte sich problemlos in Donalds WG-Alltag eingeklinkt. Die vier jungen Männer – mit Bootie waren es fünf – bewohnten in Amherst ein weiß verschaltes, völlig versifftes Haus in Zentrumsnähe, das auf einem Schotterstreifen lag, von der Straße zurückgesetzt, hinter einem anderen Gebäude. Das nur spärlich möblierte Haus stank nach schmutziger Wäsche und offenen Mülltüten. Bootie schlief im Wohnzimmer auf dem braun karierten, mit Fusseln und Brandlöchern übersäten Sofa, von der Außenwelt getrennt durch zwei schmuddelige Laken, die vor den Fenstern hingen. Keiner der jungen Männer riss sich um die Hausarbeit, weshalb Küche und Bad permanent verdreckt waren, Erstere mit gebrauchtem Geschirr und Essensresten, Letzteres mit festgebackenem Seifenschaum, Bartstoppeln und Urinspritzern. Öffnete man den Kühlschrank in der Küche, dann quoll einem morastiger Gestank entgegen, weil das Gemüse im Gemüsefach bereits kurz nach Booties Ankunft zu einer schleimigen Masse verfault war. Er hatte die Tüte mit dem breiig vergammelten Kopfsalat, den aufgeplatzten Tomaten und der matschigen Gurke mit spitzen Fingern entsorgt und sich dabei wie ein Held gefühlt: Allerdings hatte er darauf verzichtet, das Gemüsefach herauszunehmen und sauberzuschrubben, was seine Mutter ganz bestimmt getan hätte – schließlich war es nicht *sein* Gemüse –, und so hielt er sich nur die Nase zu, wenn er Milch (sie kauften sie vollfett in Halbliterpacks) oder Margarine aus dem Kühlschrank holte. Genau wie Donald ernährte sich auch Bootie vorwiegend von Cerealien (Frosties und Golden Grahams), Toast mit Erdnussbutter, Makkaroni und abgepackten Käsescheiben von der künstlich orange gefärbten Sorte. Wie seine Gastgeber blieb auch Bootie nachts lange auf, manchmal bis zum Morgengrauen, schlief bis zum frühen Nachmittag und bekam vom normalen Rhythmus der Stadt draußen kaum etwas mit. Doch deprimierte ihn dieses Studentenleben nicht so wie seine Zeit im Studentenwohnheim in Oswego: Donald und seine drei Freunde waren ja keine faulenzenden Idioten; sie waren ernsthafte Studenten, die die Stunden im ›Hangar‹ als Belohnung für Monate konzentrierter Arbeit betrachteten und, über ihre Plastikbecher mit schwachem Bier gebeugt, über Galileo und Hobbes, Metaphern und Prosodie diskutierten.

Donald, klein und drahtig, mit übergroßem Kopf, langen Armen und kräftigen Unterarmen wie Popeye, hatte ein fast hübsch zu nennendes stoppelbärtiges Gesicht und schulterlanges hellbraunes Haar; tagaus, tagein trug er die gleichen Adidas-Trainingshosen, die gleichen schmutzigen Turnschuhe und wechselte nur die T-Shirts, von denen er offenbar einen unerschöpflichen Vorrat besaß. Wenn er über die Reformation oder den Fourierismus sprach, trat ein Glanz der Begeisterung in seine Augen, den Bootie von seinen früheren Zimmergenossen Lurk und Jerk her kannte – nur dass besagter Glanz bei ihnen durch Alkohol und Mädchen hervorgerufen worden war. Joey, Ted und Robert, der Jump genannt wurde und wie Bootie blass und plump aussah, hatten als Hauptfächer Literatur und Philosophie, alle waren linkisch, mit Pickeln übersät und für Bootie, zumindest anfangs, sehr angenehme Gesellschaft.

In den ersten vierzehn Tagen, als sie noch verbissen Lehrbücher mit sich herumschleppten und umfangreiche Semesterarbeiten schrieben, hatte sich Bootie unwillkürlich der Gedanke aufgedrängt, er sei hier vielleicht doch am richtigen Platz und habe sich voreilig dazu entschlossen, für alle Zeiten ausschließlich das Leben zu studieren. Vielleicht sollte er sich über die Bedingungen für die Immatrikulation informieren und sich ein Zimmer suchen, in einem Haus wie diesem hier, wo er sich für die nächsten vier Jahre verkriechen konnte. Er verbrachte ganze Nachmittage in der stillen Universitätsbibliothek, wanderte zwischen den Regalen entlang und notierte sich Auszüge aus dicken Wälzern, die er dann einfach liegen ließ, damit andere sie am Ende des Tages für ihn zurückstellten. Es war eine wunderbare, glückliche Zeit gewesen. Jetzt aber, nach Semesterende, merkte er, dass das Interesse seiner Gefährten nachließ, dass ihr Intellekt in den Winterschlaf fiel, dass sie sich mehr und mehr mit den langweiligen Sommerjobs beschäftigten, die sie bald antreten würden: Donald würde sich bei einem lokalen Kunstprojekt engagieren, Presseerklärungen verfassen und Spendenbescheinigungen ausstellen; Joey, der behauptete, es ziehe ihn aufs Land, wollte sich auf einer Farm im nahe gelegenen Hadley als Obstpflücker verdingen und einen Straßenverkaufsstand betreiben; und Ted und Jump traten in Worcester und Boston ihr Referendariat an. Am Vorabend war es zu einem unerfreulichen Gespräch über Notenbettelei gekommen, und Jump hatte gestanden, er habe seine Philosophieprofessorin gebeten, ihm eine Eins zu geben, damit er seinen Notendurchschnitt halten könne, was Bootie schmerzhaft an die Scheinheiligkeit sämtlicher Bildungsinstitutionen erinnert hatte, nicht zuletzt deshalb, weil die Professorin, so Jump, seiner Bitte mit einem gewissen Mitgefühl gelauscht hatte.

Beim Frühstück – es war bereits Mittag, und sie löffelten Golden Grahams auf dem Sofa, wo Bootie schlief, weshalb sein Schlafsack zusammengeknüllt zu ihren Füßen lag – hatte sich Don bei Bootie erkundigt, wie seine Pläne seien: »Hey, wenn du den Sommer über hierbleiben willst, ist das echt okay für mich, Mann, ich meine, mehr als okay. Und für Joey auch, der findet dich super, Mann, allein schon wegen der Gespräche, hat er erst neulich gesagt. Und du könntest Jumps Zimmer haben, wenn du willst, weil Zach, du weißt schon, der bärtige Typ aus der Bar, bis zum Labour Day in Teds Zimmer zieht, falls Ted überhaupt zurückkommt. Aber die Sache ist die, Mann, es ist eine Frage der Logistik, der Finanzen, verstehst du?«

Bootie hatte sich schweigend auf seinen Löffel konzentriert (dünn, zu stark gebogen), auf seine Müslischale (angeschlagen, flach und mit weitem Durchmesser), und hatte versucht, die restlichen Golden-Grahams-Stückchen aus der Milchpfütze zu fischen. »Das Problem ist die Miete, Mann. Ich könnte dir einen Job besorgen, falls du Interesse hast, vielleicht drüben in der Monkey Bar, ich kenne den Geschäftsführer, oder im Supermarkt, im Big Y an der Route 9, oder vielleicht sogar bei Stop & Shop, Jumps Zimmer kostet dreihundertfünfzig im Monat, und wir sind drauf angewiesen, verstehst du?«

Bootie nickte, platzierte seine Schale vorsichtig auf einem Bücherstapel, der auf dem Boden stand, und spielte mit seinen Socken.

»Das Problem ist, ich muss es bald wissen – diese Kleine, Wendy, ich glaub nicht, dass du sie kennst, jedenfalls würde die das Zimmer nehmen, wenn du's nicht willst, und ich hab ihr gesagt, es hängt von dir ab, aber sie muss es bald wissen, verstehst du? Da, wo sie jetzt ist, muss sie nämlich in einer Woche ausziehen, deshalb –«

»Schon kapiert.« Bootie blickte auf. Durch schmierige Brillengläser blinzelte er seinen Freund an, registrierte den Krümel im Winkel von Dons mädchenhaft üppigen Lippen, seine fettigen Haarsträhnen, die sich unterm Kinn ringelten. »Ich hab gehört, was du gesagt hast.«

»Du musst dich nicht sofort entscheiden, Mann.« Don klang teilnahmsvoll, war sichtlich verlegen, aber Bootie hatte keine Lust, es ihm leichter zu machen. »Vielleicht sagst du's mir bis heute Abend, okay?«

»Klar, Mann, heute Abend.«

Und er blieb auf dem Sofa sitzen, in seinem braunen Flanellpyjama, während Donald ins Bad latschte, um sich zu duschen. Bootie hatte das Sonnengekräusel auf den Laken vorhängen betrachtet, dann das chaotische Zimmer, seinen überquellenden Matchbeutel, der an der getäfelten Wand hinter der Tür zur Küche lehnte, und daneben den Haufen aus Hardware und Kabeln – sein Computer, der wartend mit dem Gesicht zur Wand stand. Bootie hörte das Wasser laufen, vernahm Jumps – oder Joeys? – polternde Schritte über sich und dann draußen vor dem Fenster ganz deutlich das Trillern eines Vogels. Ihm war klar, dass er seine Pläne aufgeschoben hatte, dass er nicht etwa Watertown, sondern sich selbst verlassen hatte. In den Monaten in Watertown hatte er sich an lange einsame Stunden gewöhnt, an tiefe Stille, nur unterbrochen vom Brummen des Heizkessels, vom leisen Knirschen des Schnees und dem sanften Genörgel seiner Mutter. Hier in diesem Haus hatte er sich erlaubt, so zu tun, als sei Dons Leben das seine, und war in dieses Leben geschlüpft wie in ein Kleidungsstück, statt, wie eigentlich beabsichtigt, seinen nächsten Schritt zu planen. Wochenlang hatte er sich benommen wie jemand – es war so leicht, so beruhigend –, der von der trügerischen Sicherheit der Seminararbeiten und Studentenausweise über Wasser gehalten wurde. Und dabei hatte er sich ursprünglich gewünscht, wie ein Philosoph zu leben, so wie Emerson es von Plato berichtete, einsam und unsichtbar, der Welt nur durch seine Werke, seine bedeutenden Gedanken bekannt. Aus diesem Grund musste er nach New York: zu seinem nichtsahnenden Lehrer und Mentor. Zu Murray Thwaite.

Was hatte Emerson geschrieben? Bootie griff sich das dicke, zerlesene Taschenbuch vom Bücherstapel auf dem Boden, stieß dabei seine Müslischale um und sah tatenlos zu, wie sich ein Milchrinnsal über den blauen Teppich schlängelte. Er trat es barfuß in den Teppich, wischte seinen Fuß mit der Hand und die Hand neben sich am Sofa ab. Er blätterte im Buch, fand die Sätze, die er suchte, mit Neonmarker hervorgehoben: »Große Genies haben die kürzesten Biographien. Ihre Verwandten können einem nichts über sie erzählen. Sie lebten in ihren Schriften, deshalb war ihr privates und öffentliches Leben vollkommen trivial.«

Jetzt, als der Arbeitstag langsam zu Ende ging, saß Bootie auf den Stufen der imposanten katholischen Kirche im Ortszentrum. Nachdem er den Anger entlanggelaufen war und wieder zurück, nachdem er sich einen mit Thunfischsalat belegten Bagel gekauft hatte – in einem Anfall trotziger

Verschwendungssucht, für fünf Dollar aus seinem braunen Umschlag –, hatte er sich hierhergesetzt, um erst zu essen und dann nachzudenken. Er beobachtete die Gläubigen um sich herum, wie sie die Treppe hinauf- und hinunterstiegen, vorwiegend Frauen, von denen die meisten spanisch, einige philippinisch sprachen, manche mit kleinen Kindern, doch vermutlich alle nicht auf dem Weg zur Messe (fand um halb fünf oder fünf Uhr nachmittags überhaupt eine Messe statt?), sondern, wie er, auf der Suche nach einem Ort, an dem sie Andacht halten und Lösungen für ihre unlösbaren Probleme finden wollten. Da es in der Sonne warm war, krempelte er seine Hemdsärmel auf, um seine milchweißen Arme den wärmenden Strahlen auszusetzen. Zuerst hatte er versucht nachzudenken, dann hatte er versucht, nicht nachzudenken und nur die Passanten zu beobachten, die jungen, die sich über das Ende des Semesters freuten und jetzt, bauchfrei, in kurzen Hosen und Röcken, träge dahinschlenderten, und die berufstätigen Erwachsenen, die sich, immer noch gehetzt, ihren Weg durch die Menge bahnten. Doch stets kehrte er wieder zu den Aussagen Emersons zurück, insbesondere, als sei es ein Zeichen, zu dem Satz: »Ihre Verwandten können einem nichts über sie erzählen.«

Seine Verwandten hätten tatsächlich weder zu sagen vermocht, wo er jetzt steckte und was er tat, noch, was er früher getan hatte. Marina Thwaite war seine einzige Cousine, jedenfalls die einzige, von deren Existenz er wusste – wer konnte schon sagen, was Onkel Peter, der Bruder seines Vaters, in Los Angeles so alles getrieben hatte – und so viel älter als er, dass sie ihn, als er noch klein war, in ihren Armen herumgetragen hatte, mit der flüchtigen Begeisterung des jungen Mädchens, um dann später, als launische, weltkluge Person, ihm und seiner kleinen Schwester bei den seltenen Besuchen der Thwaites in Watertown kaum mehr Beachtung zu schenken. Natürlich war sie schon bald aufs College gegangen und dann überhaupt nicht mehr nach Watertown gekommen. Er konnte sich nur an einen einzigen Besuch bei der Familie in New

York erinnern, mit seinen Eltern und seiner Schwester, vor vielen Jahren. Er entsann sich ihrer Wohnung, groß wie ein Haus, opulent ausgestattet, und an die Wildnis des Parks, der direkt vor der Haustür lag. Liebend gern hätte er sich in dieser Wildnis verloren, war aber doch dageblieben, ängstlich, weil seine Mutter die Stirn runzelte und ihn warnte – vor Raubüberfällen am helllichten Tag, vor den Leichen der Erschlagenen, die im Dickicht lagen oder ausgestreckt unter pittoresken Brücken, vergessen wie Müll.

Nicht einmal Onkel Murray hatte er seit der Beerdigung seines Vaters zu sehen bekommen; damals waren die drei – Murray, Annabel und Marina – bei bitterkaltem Sturm Ende November aus New York nach Watertown geflogen, hatten in ihren schweren Tuchmänteln im Schneeregen am Grab seines Vaters gestanden, die Hände, eindrucksvoll, wie er fand, vor dem Körper gefaltet. Später, zu Hause, hatte Onkel Murray viel Aufhebens um ihn gemacht, im Wohnzimmer am Kamin lehnend, den Ellbogen auf dem Kaminsims, ein Glas Scotch in der Hand, hatte er Bootie – er nannte ihn Fred – ausgefragt: wie seine Pläne nach der Highschool aussähen und ob er schon mal an Journalismus gedacht habe. Rückblickend sah Bootie sich so, wie er damals ausgesehen hatte. In die Höhe geschossen und – für eine kurze Zeit – fast mager, die Wangen knallrot vor Verlegenheit und von der Hitze des Kaminfeuers, beide Arme verschränkt, die Tweedjacke mit den zu kurzen Ärmeln nervös an sich gepresst, stolz und beschämt zugleich, und sich vor allem vollauf der Tatsache bewusst, dass dieser Mann, den er kaum kannte, allgemein gefeiert und bewundert wurde, und schon vor Booties Geburt berühmt gewesen war. Auch Marina hatte ihm bei jenem Besuch Scheu eingeflößt; fast so groß wie er und schlank, die leuchtenden Augen weit aufgerissen vor Mitgefühl, als sie ihn umarmt und ihm Worte der Anteilnahme ins Ohr geflüstert hatte. Er erinnerte sich an den Zitronenduft ihres Nackens, den zerbrechlich wirkenden Brustkorb, den überraschend kleinen Busen, den er kaum spürte, als sie sich an ihn presste. Er war damals fünfzehn gewesen, hatte sich eine sanfte Wölbung vorgestellt gehabt und war nun insgeheim enttäuscht. Selbst Annabel in ihrer großen Freundlichkeit hatte ihn verwirrt, weil er einfach nicht glauben konnte, dass sie es ernst meinte, als sie ihm den Rücken streichelte, Sarahs tränennasse Wange küsste und sich nicht daran zu stören schien, dass ihre geschminkten Lippen feucht wurden, während sie die ganze Zeit dastand, sehr elegant, wie ein Vorwurf an seine pummelige, grauhaarige Mutter, der ihr Kostüm, wie ihm sein Anzug, zu klein geworden war und an den Oberarmen sichtlich spannte. Im Zusammenhang mit Annabel erinnerte er sich vor allem des funkelnden Diamanten an ihrem Ringfinger und des vornehmen Singsangs ihrer hohen Stimme.

Und doch war ihm, während er ein Paar beobachtete, sicher Studenten, das zum Knutschen auf dem Gehweg stehen blieb (direkt vor der Kirche, beinahe so, als solle dies ein Protest gegen religiöse Zwänge sein) vollkommen klar – es war ihm sein Leben lang klar gewesen –, dass die Familie seines Onkels seine einzige Hoffnung darstellte, sein Ticket in die Freiheit. Sein Onkel, der den Weg des Geistes gewählt hatte, dem Integrität wichtiger gewesen war als Ehre, obwohl ihm dies Ruhm statt des von Emerson befürworteten Schattendaseins eingebracht hatte (wobei Emerson selbst, egal was er über Plato sagte, wohl kaum ein Schattendasein geführt hatte), und Bootie dachte, während er so auf den Kirchenstufen saß, darüber nach, wie er sich Murray Thwaite präsentieren sollte – als eine Art Jünger, unabhängiger Schüler. Diese Zeile Emersons war sicherlich ein Zeichen, das ihn auf seine Verwandten verwies, die ihn noch nicht kannten.

Eines zumindest stand fest: Er hatte Watertown nicht für das Big Y an der Route 9 verlassen, das sich in nichts von den Attraktionen unterschied, die er zu Hause spöttisch seiner Mutter in Aussicht gestellt hatte, zum Beispiel ›Annie's Truckstop‹ an der Interstate. Obwohl er wusste, dass Don ihm helfen wollte, hatte ihn sein Verhalten irgendwie gekränkt – als wolle Don andeuten, dass Bootie schon länger da sei als erwünscht, dass er ein Schmarotzer sei, über den seine Mitbewohner im oberen Stock flüsternd herzogen, wenn er eingeschlafen war. Wofür hielt Don ihn eigentlich? Für einen künftigen Hilfskellner oder Supermarktkassierer? Sein Freund hatte den Kern seines Wesens überhaupt nicht erfasst, war gar kein richtiger Freund. Sollte sich doch diese Wendy, wer immer das sein mochte, über den schmierigen Schleim in den Kühlschrankschubladen ärgern; sollte sich doch Wendy mit der defekten Klospülung herumschlagen, die es leider erforderlich machte, dass man immer wieder den Arm in den Behälter tauchen musste, um die Kette zu erwischen, die im trüben Wasser trieb, schimmernd wie ein Piratenschatz am Boden eines Brunnens. Bootie konnte die Banalität des Alltags nur ertragen, wenn er wusste, dass das Opfer nicht vergeblich war; diese Demütigungen waren nur zu ertragen, wenn sich ein transzendentaler Sinn dahinter ausmachen ließ. Und Don hatte klargestellt – wie Jump mit seiner Notenbettelei –, dass Transzendenz nur als Illusion existierte. Wie Una in *The Faerie Queene*, die das Böse sogar noch in der Verkleidung des Guten erkennen muss, musste auch Bootie den Weg erkennen, der zur Weisheit führte. Er kam sich vor wie ein Pilger aus alten Zeiten, ein Pilger, der nach Erkenntnis strebte.

Als er aufstand, seine verkrampften Beine ausstreckte und seine Arme zum Himmel reckte, spürte er, wie sein Magen knurrte. Er würde sich auf dem Heimweg beim CVS eine Schale Käsemakkaroni kaufen. Er würde um die Mittagszeit seinen Onkel anrufen. Er würde zu Don sagen, danke für das Angebot, aber ich mache mich jetzt auf den Weg. Und falls er heute im ›Hangar‹ landen sollte, würde er niemandem einen Drink spendieren, nur sich selber; nicht weil er undankbar war, sondern weil er in New York jeden Penny brauchen würde.

KAPITEL VIERZEHN

Alles um der Liebe willen

»Julius Clarke, du bist zimperlich wie ein *Mädchen*! Miss Julia Clarke, Miss Julia Clarke, bitte melden!« David machte sich über ihn lustig, und Julius fand das überhaupt nicht komisch. Sie steckten auf dem Heimweg von Long Island in ihrem hermetisch abgeschlossenen, klimatisierten Neon – außen zinnoberrot, innen beiger Kunststoff und, überflüssig zu erwähnen, geleast – im Sonntagnachmittagsverkehr fest. Für Julius war das Wochenende mit Davids Freunden aufreibend gewesen, nicht etwa, weil er reiche Menschen nicht gewohnt gewesen wäre – er hatte sie, weiß Gott, lang genug hofiert, schon seit der ersten Zeit an der Brown University –, sondern weil er nicht daran gewöhnt war, allen prickelnden Glamour dem Gott Mammon opfern zu müssen. Die Horde blasierter Müßiggänger, die das angemietete, nicht einmal sonderlich luxuriöse Haus bevölkerten, ewig weit vom Wasser entfernt, hatte eher an eine schwulenfeindliche Reklame erinnert: möglicherweise muskulöser und gepflegter als ihre heterosexuellen Pendants, ganz sicher spärlicher bekleidet und eher bereit, einem zum Cocktail auch noch Koks anzubieten – und in dieser Hinsicht körperlich und geistig scheinbar freigebiger –, waren sie doch immer noch Geschäftsmänner, die endlos und ausschließlich über Nasdaq und Zinssätze laberten und über die undurchschaubare Firmenpolitik ihrer langweiligen Unternehmen. Kein einziger Gast hatte in einer wiedererkennenden Geste die Brauen hochgezogen, als der Name Julius Clarke fiel, für ihn ein eindeutiger Hinweis darauf, dass keine Leser der *Village Voice* unter ihnen waren: Sie waren allesamt *Wall Street Journal*ers, die am Wochenende vielleicht mal einen kurzen Blick in die *Out* riskierten.

Irgendwie hatte er nicht damit gerechnet, ausschließlich als Davids Freund wahrgenommen zu werden, obwohl dies für ihn »die Gelegenheit« war, zumindest einen Teil von Davids gesellschaftlichem Umfeld kennenzulernen. Er hatte erwartet, dass sein Name einigen Gästen, wenn auch nur vage, geläufig sein würde; dass seine Person doch ein gewisses Interesse erwecken würde. Stattdessen spielte er die Rolle der Ehefrau, die man lächelnd begrüßt und dann ignoriert, wenn es nicht gerade um Schönheitsfragen geht oder um die angesagtesten Downtown-Bars oder die Adresse für die exklusivsten Badeanzüge. Man hatte ihn gefragt, in welchem Salon er sich die Haare schneiden lasse, welches Fitnessstudio er besuche und ob er sich regelmäßig Massagen gönne – als sei die Schönheitspflege sein einziger Lebenszweck, als sei er eine Pariser Kurtisane aus dem achtzehnten Jahrhundert. Als schließlich von Seiten eines sehr bleichen, sehr jungen Börsenmaklers namens Ian am Sonntagmorgen endlich die lang erhoffte Kontaktaufnahme erfolgte und dieser sich, als sie nebeneinander an der Kücheninsel standen und Zwiebeln und Peperoni fürs Omelett schnippelten, mit gedehnter Stimme erkundigte: »David hat mir erzählt, du schreibst *Rezensionen*. Das macht sicher Spaß. Was *rezensierst* du denn so?«, konnte Julius seinen aufsteigenden Ärger kaum unterdrücken und erwiderte: »Eigentlich bin ich Küchenchef; und wenn du nichts dagegen hast, übernehme ich das Schnippeln hier lieber allein.«

Ian hatte sich zurückgezogen, etwas verblüfft, da er sich offenbar keiner kränkenden Bemerkung bewusst war; und schließlich war es dieser Brunch, den er fast ganz allein zubereitet hatte, der Julius den Zutritt zu Davids Milieu verschaffte.

Doch auf der Heimfahrt konnte Julius, obwohl er wusste, wie wichtig dieses Wochenende, wie wichtig sein Erfolg gewesen war, seinen Groll nicht ganz verhehlen: Er wagte zwar nicht, sich offen zu beklagen über den idiotischen Ian, den blöden Bob, den langweiligen Luke oder den bescheuerten Barry, ihren dicken, geschwätzigen Gastgeber, außer David der einzige bekennende Schwule bei Blake, Zellman & Weaver, ein bis zwei Jahre älter als Julius – nein, er hüllte seine Klagen in laues Lob, versteckte sie in kleinen Seitenhieben auf die Autos und Klamotten, auf die zweifelhafte Qualität des Essens (außer der von ihm selbst zubereiteten Speisen) und die rauen Laken. Auf diese letzte Bemerkung hin – »ehrlich gesagt, ich fand sie kratzig, du nicht? Wenn ich Barry wäre, würde ich das dem Vermieter sagen – ich meine, Barry zahlt doch sicher ein Vermögen dafür ...« – war David in johlendes Gelächter ausgebrochen, hatte mit der flachen Hand aufs Steuer gehauen und Julius ›zimperlich wie ein Mädchen‹ genannt.

Einen Moment lang überlegte Julius, ob er eingeschnappt sein sollte, doch stattdessen klimperte er mit den Wimpern, strich seinem Liebhaber über den Unterarm und gurrte mit südlichem Akzent: »Miss Julia Clarke, Baby, stets zu Diensten«, bevor er seine Finger wie Schmetterlinge auf Davids khakigrünem Schoß landen ließ.

»Pass auf – die Lastwagen haben Augen!« David wand sich ein bisschen, sichtlich erfreut, und zeigte mit einer Kopfbewegung auf die gaffenden Passagiere des ramponierten Obstlasters, der neben ihnen stand.

Julius hätte nicht zugegeben, dass er stark an der Beziehung mit David arbeitete – obwohl Danielle und Marina das vielleicht behauptet hätten –, aber er hätte immerhin eingeräumt, dass er vorsichtig war. Er war sich bewusst, dass er dazu neigte, zu schnell zu viel zu verlangen – war er dadurch nicht schon mehr als einmal gescheitert? –, und er war sich bewusst, dass er zum Grübeln neigte, dass er seinem inneren Dämon zu leicht nachgab und jedes Gespräch, jeden Ausflug, jede sexuelle Begegnung mit mehr Bedeutung befrachtete, als sich realistischerweise darin entdecken ließ – er war sich also all dieser Schwächen bewusst, wenn es denn Schwächen waren, und bemühte sich in diesem Fall gewissenhaft, eher die Natascha als den Pierre zu geben, ein sprühender, talentierter Gefährte zu sein und darauf zu vertrauen, dass David irgendwann bereit sein würde, hinter dieser quecksilbrig-lebendigen Fassade einen Menschen zu sehen, der das Zeug zu einem treu ergebenen Partner hatte. Entscheidend war, dass man nicht zu viel Interesse zeigte und doch signalisierte, dass Interesse bestand; entscheidend war, dass man den Eindruck erweckte, eher zu geben als zu nehmen; entscheidend war, auf Widrigkeiten amüsiert und amüsant zu reagieren.

Julius hoffte, es würde funktionieren. Er hatte bereits zahllose Zugeständnisse gemacht, obwohl er sie nicht als solche bezeichnet hätte; und sie nicht einmal unbedingt so empfand. Aber mit David schien der verlockende Gedanke an eine feste Partnerschaft zum ersten Mal keine bloße Fantasie mehr. David war ein in jeder Hinsicht *normaler* Mann – adrett, beliebt, attraktiv, erfolgreich – und doch – so sexy – voller Überraschungen. Er schien Julius wirklich *besitzen* zu wollen, ganz offen und direkt, mit fast überwältigender Entschlossenheit. Er wollte, dass sie zusammen verreisten, zusammen essen gingen, zusammen einkauften. Er gab sich jede erdenkliche Mühe, Julius zu gefallen, überschüttete ihn mit kleinen Geschenken – Hemden, CDs, einem elektrischen Massagegerät, rührenderweise fast alles einen Tick daneben (die Hemdkragen zu weit, die CDs purer Mainstream, das Massagegerät aus dem Geschenke-Katalog), aber gerade darum so entzückend, und außerdem wirkte David gerade durch seine ruhige Beharrlichkeit umso attraktiver, in seiner Entschlossenheit so erwachsen. Und auf Julius' Ideen reagierte er genauso, wie Julius es sich erträumt haben würde – tatsächlich erträumt *hatte* –, etwa auf seinen Vorschlag, David solle nicht zur Arbeit gehen, sondern lieber im Bett bleiben, oder auf sein Angebot, David zu einer besonders berüchtigten Vernissage im East Village mitzunehmen, bei der man nicht mal *toten* Lesern des *Wall Street Journals* begegnet wäre. David war wie ein imaginärer Liebhaber, der plötzlich Fleisch geworden ist: gutaussehend und nett in jeder erdenklichen Hinsicht, aber auch sehr, sehr unartig.

Julius' Verführungstalente erweckten plötzlich nicht mehr nur Begehren, sondern bescherten ihm ein ganzes neues Leben, die Verheißung, dass jemand ihn in die Arme schließen, sich um ihn kümmern, ihn von ganzem Herzen lieben würde. David verkörperte alles, was Julius sich je gewünscht hatte, und besaß obendrein noch eine verführerische Neigung zum

Jähzorn. Er trank sehr gern; er liebte auf eine fast kindlich anmutende Weise den Reiz des Kokains, seine Wirkung, die Aura des Verbotenen. Julius, den es nicht so selbstverständlich zu Drogen hinzog, faszinierte eher Davids Faszination. Außerdem fand David den Gedanken erregend, dass er Julius »aushielt«, dass Julius seine »Geisha« war – eine Bezeichnung, die David tatsächlich benutzte und die Julius, der immerhin eurasisch war, in ihrem willkürlichen Orientalismus etwas kränkte, wenn er sich auch jedweden Kommentar dazu verkniff – eine Unterwerfung, die David genau deshalb verlockte, weil er Julius' Wert in einem größeren Rahmen, oder zumindest einem *anderen* Rahmen, erkannt hatte. Der Freund, der scheinbar untätig zu Hause saß, galt in manchen Kreisen als geschätzte, sogar renommierte Persönlichkeit. Es war, als habe sich David zu seinem eigenen Privatvergnügen ein Gemälde gekauft, das bisher in einer mäßig bekannten Galerie gehangen und ziemlich viel Beifall geerntet hatte. So ungefähr hatte er sich ausgedrückt, und zwar ohne das geringste Interesse an Julius' Freunden zu zeigen, die vermutlich alle der Kunstszene angehörten; und da dies zweifellos bedeutete, dass David ihn als eine Art Vorzeige-Ehefrau betrachtete, hatte Julius beschlossen, diesen Status, jedenfalls vorwiegend, als Kompliment zu betrachten.

Und außerdem als ein Mittel zum Zweck, und zwar – wie er gewiss behauptet hätte – zu seinen eigenen Zwecken. In einem komplexen Gewebe, das er, Julius, trotz seiner Eloquenz nicht so genau hätte beschreiben können, waren sie beide zu wechselseitigem weltlichem Nutzen vereint. David besaß nicht nur riesige Flauschbadetücher und schweres Tafelsilber, sondern auch eine Wohnung mit einer geradezu beängstigenden Quadratmeterzahl (waren es hundertdreißig?); aber Julius ging es um mehr als diese groben materiellen Annehmlichkeiten. Er hätte zu diesem frühen Zeitpunkt nicht zu sagen vermocht, was er sich unter einer lebenslangen Partnerschaft vorstellte (aber war nicht genau dies der Pierre in ihm, der sture, grüblerische Monogamist?) und was er von seinem Liebhaber noch zu erwarten hatte.

Als David nach dem Geisha-Manöver im Neon vorschlug – unbekümmert, fast gedankenlos –, Julius solle doch sein Apartment, in dem er sich sowieso nicht mehr aufhielt, untervermieten und mit Sack und Pack in seine, Davids, Wohnung ziehen – immerhin stehe im zweiten Schlafzimmer ein völlig leerer Schrank –, kostete es Julius ebenso große Mühe, seine Freude zu verbergen, wie es ihn zuvor Mühe gekostet hatte, seinen Ärger hinunterzuschlucken.

»Meinst du wirklich, das ist eine gute Idee?«, fragte er und sah David kurz von der Seite an; die leicht gebogene Nase, der seelenvolle dunkle Blick.

»Du etwa nicht?« David drehte sich abrupt um. Julius sah, oder bildete es sich zumindest ein, dass David nervös war, dass er fürchtete, zu viel offenbart zu haben. Aber vielleicht projizierte Julius das nur in ihn hinein.

»Schau auf die Straße, Süßer. Doch, ich will einfach nur sichergehen.«

»Wieso sichergehen?« David klang leicht gereizt. »Du wohnst doch praktisch sowieso schon bei mir.«

»Sichergehen, dass du es auch wirklich willst. Sichergehen, dass wir nichts übereilen.«

Worauf David, der sich nun voll auf den Verkehr konzentrierte, sagte: »Ein bisschen Eile kann doch nicht schaden?«

Und so stand Julius wenige Tage später in seinem Apartment und packte seine persönlichsten Dinge ein: seine Kleidung, eine Auswahl seiner Bücher – brauchte er seine Studienausgabe von *In Swanns Welt* auf Französisch? Er zögerte; entschied sich stattdessen für die Highlights seiner Postkartensammlung, die lange an der Wand gehangen hatten und von der er sie jetzt behutsam ablöste. Er ließ nicht nur den Proust liegen, sondern auch den ungelesenen zweibändigen Musil, den er vor Jahren aus der Buchabteilung der *Village Voice* entwendet hatte; außerdem ließ er das lang vernachlässigte Manuskript seines Romans zurück, begonnen etwa zu der

Zeit, als Marina ihren berühmten Buchvertrag unterzeichnet hatte. Er packte ein paar der Fotos ein, die am Kühlschrank hingen, die Mitglieder seiner Familie zeigten; den Rest stopfte er in eine Schuhschachtel und verstaute sie ganz hinten auf dem Kühlschrank. Er packte seine Lieblingsdecke ein – eine grüne Wolldecke, die er aus Michigan mitgebracht hatte und schon seit dem College besaß –, aber er tat es zögernd, weil sie so schäbig wirkte und ursprünglich aus einem Versandhaus stammte; David würde nicht begeistert sein.

Als Julius fertig gepackt hatte, sah man dem Apartment an, was es war: eine billige, fast studentische Unterkunft mit schlampig getünchten Wänden, löchrigem Linoleumfußboden und einem schmuddelig gewordenen Futon, auf dem eine ausgebleichte indische Decke lag. Die roten Vorhänge, die er vor die Toilette (mangels Tür) und den Schrank (dito) gehängt hatte, leuchteten gespenstisch im Licht des frühen Nachmittags, ein indirektes, aber sehr intensives Licht, in dem man die feine Staubschicht auf den Arbeitsflächen sah und ein paar schwärzliche Spinnwebranken, die von der schallabsorbierenden Decke herabhingen. Er hatte David nie in dieses Apartment gebeten, und David hatte auch keinerlei Interesse daran bekundet.

Momentan gab es noch keinen Untermieter, obwohl Julius hatte verlauten lassen, dass er einen suche. Es musste ein Freund sein oder der Freund eines Freundes, jemand, der bereit war, den Vermieter zu belügen, den Ansagetext des Anrufbeantworters zu belassen, wie er war, sich seine Post woanders hinschicken zu lassen. So ein Mieter musste erst noch gefunden werden. In der Zwischenzeit, in seinem unterdrückten Jubel – nur nichts anmerken lassen! Nur nichts anmerken lassen! –, dachte Julius nur noch daran, dass er bald eine seiner Fantasien verwirklichen und mit seinem Freund zusammenziehen würde. Immer wieder dachte er: »Ich ziehe mit meinem Freund zusammen. *Meinem* Freund. Meinem *Freund*. Meinem.«

Was sich natürlich komplizierter gestaltete, als unbedingt nötig gewesen wäre. Julius' Apartment lag mitten in der

Lower East Side, sehr weit von allem entfernt, was angesagt war, in einer schmalen Straße namens Pitt Street. Hinter Maschendrahtzäunen reihte sich auf der gegenüberliegenden Straßenseite ein Siedlungsbauprojekt ans andere, hohe Backsteintürme, um betonierte Höfe gruppiert, wogegen auf Julius' Straßenseite lauter zerfallende Mietshäuser standen, die noch keinem Profitgeier ins Auge gefallen waren; über den von Schlaglöchern übersäten Asphalt holperten niemals Taxis. Julius musste seine Kisten und Taschen – für einen Menschen fast schon mittleren Alters jämmerlich wenige – hinter der Haustür im Eingangsbereich abstellen, musste die Gattin des Hausmeisters – eine große Frau im schmuddeligen Kittel, mit trägen Bewegungen, glänzend olivfarbener Haut und einem irritierenden Wanderauge – dafür bezahlen, dass sie auf die Sachen achtgab, während er mehrere Blocks weiterlief, ein Taxi rief und zum Haus zurückfuhr (der Fahrer, ein bärtiger Russe, ließ, ohne sich von seinem Sitz zu rühren, den Kofferraum aufspringen und mampfte seelenruhig ein Sandwich, bis der schmächtige, schwitzende Julius all seine Habseligkeiten aus dem Haus geschleppt hatte; auch die Hausmeistersfrau saß auf einem Hocker vor dem Gebäude, warnte gelegentlich »Vorsicht, passen Sie auf!« und war ansonsten damit beschäftigt, sich mit einer zerlesenen Zeitschrift die fleischigen Wangen zu fächeln), und musste dann den Taxifahrer quer durch die Stadt lotsen, bis sie den – im Vergleich zur Lower East Side – gesellschaftlichen Mount Everest erklommen hatten, nämlich Chelsea.

Beim Auspacken wurde Julius von seltsamen Ängsten gepeinigt: Konnte es sein, dass seine Bücher, seine Decke, müffelten? Bargen sie zwischen ihren Seiten und Falten vielleicht den Geruch von Moder und Entbehrung oder eine Spur von Schimmel? War seine Kleidung zu fadenscheinig, als dass er sie hätte mitbringen sollen? Mehr als einmal hatte sich David über seine Hemdkrägen oder den glänzenden Hosenstoff aufgeregt, hatte vorgeschlagen, mal bei Barneys vorbeizuschauen, was Julius, hin- und hergerissen – er wollte schick aussehen und David besaß ja Geld; aber dennoch, dennoch – mit gespielter Schüchternheit abgelehnt hatte. Für die Rolle als Davids Partner allerdings – und dies war die Rolle, die er offenbar übernehmen sollte: David hatte einen Besuch bei den alten Cohens in Scarsdale vorgeschlagen – brauchte er vielleicht eine neue Garderobe.

Davids Wunsch gemäß hängte er seine Sachen in den Schrank im zweiten Schlafzimmer und sah, dass am Ende noch sehr viel Platz übrig blieb. Die wenigen Bücher, die er mitgebracht hatte, verstaute er, ebenso wie die Fotos, nicht im Schrank. Er würde David nach seiner Rückkehr fragen, wo er diese Dinge unterbringen konnte, wenn nicht offen sichtbar, dann zumindest schnell greifbar. Er erlaubte sich nicht, darüber nachzudenken, wie seltsam es war, fragen zu müssen, wo er die Schnappschüsse seiner Familie oder sein Filmlexikon platzieren durfte, ohne dass es störend wirkte; und er wusste instinktiv, dass es in diesem Fall angemessen war zu fragen. Er sah bereits vor sich, wie ihm David, nachdem er seine Krawatte gelockert und sein Jackett abgeworfen hatte, schläfrig-träge durch die Haare fahren würde, mit den Worten: »Du bist *so* süß, Jules. *So* süß! Du hättest doch nicht zu fragen brauchen!« Wenn er aber nicht fragte und zwischen den Hochzeitsfotos von Davids Schwester und dem gestellten Familienfoto der Cohens (damals trug der vierzehnjährige David noch Brille und Zahnklammer) Platz für Frank und Thu Clarke schuf – wenn er sich die Freiheit, die ihm vermutlich zustand, einfach *nahm* –, dann vermochte er sich nicht vorzustellen, wie David reagieren würde. Weshalb er, der sich sonst doch alles lebhaft, oft zu lebhaft, vorstellen konnte, wusste, dass er das besser bleibenließ.

KAPITEL FÜNFZEHN

Sie vielleicht, Napoleon?

»Dann sind Sie also froh, hergekommen zu sein?«

»Ja, unbedingt.« Ludovic Seeleys Lächeln ließ einen Schneidezahn aufblitzen, der einen unwillkürlich an ein Fuchsgebiss denken ließ. »Die Chance, es mit New York aufzunehmen?« Er zuckte mit den schmalen Schultern.

Danielle spielte mit ihrer Gabel herum und lächelte das Fenster neben sich an, ihr Spiegelbild, die Passanten, die hinter der Scheibe vorbeiliefen, eine Million Meilen entfernt, einen zerlumpten Obdachlosen mit Rastalocken, der vom gegenüberliegenden Park aus über die Straße wankte. »Wenn Sie meinen. Damals in Sydney haben Sie von ›Revolution‹ gesprochen. Kommt es Ihnen immer noch so vor?«

»Wir werden sehen, nicht wahr? Man soll die Katze nicht zu früh aus dem Sack lassen.«

»Klingt ja ziemlich geheimnisvoll.«

»Je geheimnisvoller etwas klingt, desto mehr Interesse erweckt es.« Seeley legte seine eleganten Finger unterm Kinn zu einem Tempeldach aneinander. »Als Produktionsleiterin wissen Sie das vermutlich.«

»Gehört hab ich jedenfalls schon davon.« Danielle starrte jetzt auf den glänzenden leeren Teller vor sich, in dem abermals ihr schemenhaftes Spiegelbild erschien. Sie hatte beschlossen, nicht mit sich spielen zu lassen und ihm klar und überzeugend entgegenzutreten. Niemals sollte er ahnen, dass seine Art, sich zu bewegen, eine fast physische Gewalt über sie besaß, als sei sie seine willenlose Marionette. »Aber meiner Meinung nach ist die Wirkung manchmal noch stärker, wird alles noch aufregender, wenn man von Anfang an mit offenen Karten spielt. Man haut alle um, verstehen Sie?«

Seeley schürzte die Lippen. Ihrer Ansicht nach wirkte er nicht wie ein Australier; eher wie ein Brite oder vielleicht Franzose.

»Womit ich sagen will, dass Sie noch mehr Erfolg haben könnten –«

»– wenn ich jedem, und vor allem Ihnen, ganz genau erklären würde, was *The Monitor* ist und wie er sich vom Rest unterscheidet.«

»Na gut, ja.« Sie machte eine Pause. »Schließlich, Ludovic –«

»Ludo, bitte.«

Sie nickte unmerklich. »Schließlich ist die wirtschaftliche Situation heute anders als noch vor sechs Monaten, und weit entfernt von dem, was sie vor einem Jahr gewesen ist, und nach allem, was man hört, sieht es nicht gut aus. Eine Menge Leute in Internetfirmen haben ihre Jobs verloren, und es hört noch nicht auf – und wahrscheinlich geht es mir einfach darum, dass die Menschen in einer solchen Situation unbedingt etwas brauchen, an das sie glauben können, auf das sie sich freuen können. Mir ist klar, dass das nicht der günstigste Zeitpunkt für eine neue Zeitschrift ist, aber wenn Sie etwas die Werbetrommel rühren und wenn Sie es geschickt anstellen, dann können Sie auf ein ganz neues Volk von Desillusionierten zurückgreifen – ich meine, wenn es Ihnen tatsächlich um Revolution geht.«

»Glauben Sie nicht«, sagte Seeley langsam, »dass mir dieser Gedanke auch schon gekommen ist?«

»Doch, natürlich, ich wollte nicht – wahrscheinlich ist es nur die Art, wie Sie reden oder nicht reden –« Danielle spürte, wie ihre Wangen heiß wurden, und bedeckte eine mit der Hand, um sie zu kühlen. Sie hätte sich gerne geärgert, merkte aber, dass sie keinerlei Ärger empfand, empfinden konnte.

»Sie haben ganz richtig vermutet, dass ich liebend gerne Ihre Meinung hören will. So ist es, bitte missverstehen Sie mich nicht. Aber ich werde den Verdacht nicht los, dass –« Seeley wurde unterbrochen, weil die Vorspeisen kamen, zwei glitzernde, winzige Gebilde unterschiedlicher Form, verloren auf Ozeanen weißen Porzellans. Bei Danielles Hors d'oeuvre handelte es sich vermutlich um eine mit Ziegenkäse und Paprika gefüllte Blätterteigpastete (auch Napoleon genannt), und Seeleys Salat erkannte man nur an den drei ölglänzenden Endivienspeeren, die wehrhaft in die Höhe ragten und schützend ein Häuflein rote Beete mit marinierten Zwiebeln umschlossen. Nachdem sich die fast unsichtbaren Kellner, die auf den riesigen Tellern nicht mal einen Fingerabdruck hinterließen, zurückgezogen hatten, nahm Seeley den Satz genau dort wieder auf, wo er ihn unterbrochen hatte, eine Geistesgegenwart, die Danielle bewunderte, natürlich nur insgeheim. »– dass Ihre Gründe für das Gespräch mit mir, Ihre Motive für diese Einladung zum Essen – ein viel zu lange aufgeschobenes Vergnügen, wirklich, und spannend dazu, aber trotzdem –, dass diese Motive sicher nicht nur altruistischer Natur sind?«

»Ich denke –«

»Bitte verzeihen Sie mir diese Umschweife. Eigentlich möchte ich nur sagen, dass wir vielleicht offener miteinander sprechen und einander besser verstehen könnten, wenn Sie mir verraten würden, was Sie sich von mir erhoffen. Was kann ich für Sie tun?«

»Wie kommen Sie auf die Idee, dass Sie etwas für mich *tun* sollen?« Danielle war bestürzt, unsicher, ob sie gekränkt sein sollte. Und doch: Sie hatte sich vorgenommen, direkt zu sein. Vor allem direkt.

»Sie kehren immer wieder zu dem Wort ›Revolution‹ zurück, liebe Danielle. Deshalb bin ich mir sicher, dass es Ihnen nicht nur um das Vergnügen meiner Gesellschaft geht.«

»Nun ja.« Einerseits hätte sie ihm gern erklärt, obwohl er das wahrscheinlich sowieso schon wusste (blinzelte er ihr nicht andauernd zu?), dass das Geplauder über berufliche Dinge, ganz genau, ihre Sehnsucht nach seiner Gesellschaft verschleiern sollte; doch besaß sie genug Realitätssinn, um dies nicht zu tun: Zwar hatte sie mit diesem Mann in ihrer Fantasie bereits intellektuelle und persönliche Gespräche geführt, aber sie machte sich keine Illusionen, wusste, dass dies ihre erste längere Unterhaltung war; und wusste auch, wie wichtig es war, dies jetzt nicht durch die rosarote Brille ihrer schon lang bestehenden imaginären Freundschaft zu betrachten, sondern im hellen Licht des Tages. Wieder blickte sie zum Fenster hin und versuchte, durch ihr eigenes Abbild hindurch nach draußen zu sehen, wo der Bettler auf dem Gehsteig Posten bezogen hatte und der Menschenmenge seine schuppige Hand entgegenstreckte. »Sie haben absolut recht. Es ist so wichtig, offen zu sein. Ich bin froh, dass Sie gefragt haben. Lassen Sie es mich erklären.«

Während sie beide behutsam ihre fantasievollen Vorspeisen zerlegten – zumindest ihr Gericht fand Danielle weniger originell und ausgefallen, als sie es dem Renommee des Restaurants und dem Preis nach erwartet hätte, und war enttäuscht, weil sie sich extra für dieses Lokal entschieden hatte, um Eindruck zu schinden –, erklärte Danielle, seine Verwendung dieses Begriffs habe sie begeistert, sie habe, vielleicht irrtümlicherweise, etwas darin anklingen hören, den Hinweis auf ein Ethos, das man womöglich, mehr oder weniger ausgeprägt, auch in gewissen anderen Publikationen oder Vorträgen entdecken könnte und das sie, in ihrer Rolle als Produktionsleiterin, gerne als, nun ja, eine ›Bewegung‹ bezeichnen würde.

Sie sah, dass er die Brauen hochzog, die hohe Stirn runzelte, und fuhr fort: »Oder, falls das nicht zutrifft, vielleicht nicht unbedingt als ›Bewegung‹. Aber ich würde Ihr Projekt gern mit anderen Projekten vergleichen und schauen, inwieweit sie tatsächlich übereinstimmen. Ich will die Antworten ja nicht manipulieren. Es geht mir wirklich nur darum, Fragen zu stellen. Die Art, wie Sie an jenem Abend in Sydney das Wort ›Revolution‹ verwendet haben, war der Auslöser. Und ich glaube, seitdem befasse ich mich mit Ihrer bisherigen Arbeit, um herauszufinden, was Sie mit diesem Wort meinten; und ich hab auch schon ein paar Ideen. Aber eigentlich, also, eigentlich würde ich das gerne von Ihnen hören.« Sie schenkte ihm ein breites Lächeln, mit geschlossenem Mund, und hoffte, dass sie mit diesem Lächeln Vertrauen erweckte. »Aber nicht jetzt – das heißt, natürlich wäre es ideal, es gleich zu hören, aber meiner Erfahrung nach sprechen die Menschen dann am besten, wenn sie etwas zum ersten Mal formulieren, weshalb ich das alles am liebsten vor laufender Kamera von Ihnen hören würde.«

»Sie möchten also gern überrascht werden?«

Danielle lachte. Sie hoffte, dass ihr Lachen ungezwungen klang. »Wenn es darauf hinausläuft, ja, klar. Gern – ich fände es interessant, in dem Film so viel von Ihnen zu zeigen, wie Sie es zulassen. Sie sind der Dreh- und Angelpunkt des Films.«

»Sie schmeicheln mir.«

»Überhaupt nicht. Aber das Wichtigste ist das Timing: Ich bin überzeugt, es wäre von unschätzbarem Wert für Ihre Zeitschrift, wenn die Sendung – falls wir sie denn machen – mit dem Erscheinen der ersten Ausgabe zusammenfällt, jedenfalls spätestens zum Ende des Jahres. Für unsere Sendereihe ein ziemlich knapper Zeitrahmen, aber ich denke, ich kann das durchsetzen, wenn ich etwas Filmmaterial vorlegen kann – wenn Sie vielleicht ein bisschen was in die Kamera sprechen? Ich meine, worüber wird zurzeit schon berichtet, außer über all die Entlassungen? Das heißeste Thema ist Nicole Kidman in *Moulin Rouge*!«

»Nicole Kidman«, murmelte Seeley. »Seit neuestem Single, seit neuestem ein Star.«

»Okay.« Danielle befürchtete jetzt, dass sie *zu* direkt gewesen war, dass sie ihn nicht beeindruckt, sondern überrumpelt hatte, dass sie zu mitteilsam gewesen war. Normalerweise präsentierte sie sich und ihre Projekte selbstbewusst; aber dieses Mal – das Marionettenproblem – hatte sie das Gefühl, als halte er die Fäden in der Hand, die ganze Zeit über. Er schürzte die Lippen – immer noch? Schon wieder? –, sagte aber nichts, und seine Gedanken konnte sie nicht erraten. »Wie gesagt, für *The Monitor* wäre das toll. Für Ihr Profil hier in den USA. Aber Sie sollten überlegen, wie Sie sich dabei fühlen.«

Er neigte leicht den Kopf. »Ich fühle mich geehrt. Und geschmeichelt. Und gewiss haben Sie in manchen Punkten Recht. Aber ich brauche noch ein bisschen Zeit.« Seine Augenlider zitterten leicht, bevor er Danielle wieder unverwandt anstarrte. »Ich glaube, für mich ist es das Beste, erst einmal nachzudenken. Ich reagiere nur selten impulsiv.«

Wie eine Schlange in der Sonne, dachte Danielle. Und

sagte: »Wunderbar. Haben Sie übrigens inzwischen genügend Mitarbeiter gefunden?«

»Oje.« Er warf in einer Geste gespielter Verzweiflung die Hände hoch. »Das ist eine Tortur!«

»Wieso denn?«

»Das Budget ist nie groß genug; die Zeiten sind, Sie sagten es, auf einmal unsicher geworden. Warum einen bestehenden Job gegen einen imaginären eintauschen? Vor einem Jahr vielleicht; aber jetzt ist das nicht mehr so einfach.«

»Was ist mit der Frau im Metropolitan Museum?«

»Julie Chen?«

»Das war Julie Chen? Mein Gott, die ist ja winzig!«

»Aber eine Viper. Eine kleine Viper. Von der giftigsten Sorte. Und ich hab sie zum Nachdenken gedrängt, so wie Sie mich, aber sie hat abgelehnt.«

»Sie wird es bereuen, da bin ich mir sicher.«

»Nicht annähernd so sicher wie ich, glauben Sie mir. Aber immer mit der Ruhe. Ich werde ein Team zusammenkriegen. Ein verdammt gutes Team.«

Danielle nickte und widmete sich ihrem *poussin*. Fast ohne dass sie es bemerkt hatten, war die Vorspeise abgetragen und das Hauptgericht serviert worden. Zumindest am Service gab es nichts auszusetzen. Sie sah Seeley an und gestattete sich ein echtes Lächeln, ein etwas schiefes Lächeln, durch das sich Fältchen um ihre Augen bildeten und ihre Nase noch stärker gebogen schien; es war ein Lächeln, das wirklich von innen kam, und sie hatte den Eindruck, dass jetzt in seinem munteren, ein wenig prüfenden Blick Zuneigung lag, vielleicht sogar mehr. Wenigstens flirtete er mit ihr, Gott sei Dank. Es gab also Hoffnung. »Wissen Sie, was –«, begann sie in verändertem, vertraulicherem Ton (und obwohl sie sich später fragen würde, warum sie unaufgefordert dieses Thema angesprochen hatte, fand sie keine befriedigende Antwort darauf), »vielleicht passt das gar nicht hierher, aber ich habe eine Freundin – sie ist sehr intelligent und hat schon als freie Journalistin gearbeitet – sie war mal bei der *Vogue*, aber das ist ewig her, und sie ist in

Wirklichkeit viel ernsthafter veranlagt. Jedenfalls beendet sie gerade ihr Buch und sucht nach einem Job –«

»Als Journalistin?«

»Ja, das wäre genau das Richtige. Ich weiß zwar nicht, welche Stellen Sie noch zu besetzen haben, aber –«

Seeley zuckte die Achseln. »Hängt ganz davon ab.«

»Sie haben Sie übrigens kennen gelernt. Die Freundin, meine Freundin. Im Metropolitan Museum.«

Seeley hob beide Brauen gleichzeitig. »Doch sicher nicht Ihre Mutter?«

»Seien Sie nicht albern. Die andere. Marina. Marina Thwaite. Erinnern Sie sich? Dunkles Haar, groß – na ja, sie saß ja am Tisch – hübsch?«

»Natürlich, ich erinnere mich.«

»Sie *ist* hübsch«, beharrte Danielle, die unbedingt seine Meinung hören wollte. In diesem Punkt kam er ihr unschlüssig vor – gleichgültig, fast so, als wäre er schwul. Vielleicht war er schwul?

»Ja, natürlich«, erwiderte er. »Hübsch, ja. Aber jetzt muss ich doch fragen: Sie ist nicht zufällig mit *dem* Thwaite verwandt, oder?«

»Tochter.«

»Habe ich mir fast gedacht. Passt vom Alter her. Gleicher Knochenbau.«

»Manchmal empfindet sie es als Last.«

»Kann ich mir denken. Dieses Faultier. Zehrt schon von seinem Ruhm, seit wir beide auf der Welt sind. Hat keinen originellen Gedanken im Kopf.«

»Finden Sie? Ich halte ihn eigentlich für ziemlich genial.«

Seeley schnaubte.

»Dann brauchen wir über Marina gar nicht erst zu sprechen, denn sie hält ihn *wirklich* für genial. Sie ist die Anna Freud ihres Vaters. Wenn sie könnte, würde sie ihn wahrscheinlich heiraten.«

»Sie machen mich neugierig. Auch wenn das vielleicht gar nicht in Ihrer Absicht liegt, aber trotzdem.«

»Wie das?«

»Sie hört sich tatsächlich nach einer interessanten Kandidatin an für – die Revolution, wie Sie es ausdrücken würden. Vielleicht im wörtlichen Sinn: für eine Kehrtwende. *The Monitor* könnte bezüglich ihrer intellektuellen Entwicklung Wunder wirken.«

»Das klingt eher nach einem finsteren Frankenstein-Experiment.«

»Wohl kaum.«

»Oder nach Orwell.«

»Nein, der Meinung bin ich nicht. Orwell ist Fernsehen. Und das, tut mir leid, ist Ihre Branche, nicht meine. Ich bin altmodisch – ich glaube immer noch an das gedruckte Wort.«

»Genau wie Murray Thwaite.«

Seeley neigte in ironischer Zustimmung den Kopf. »Es geht um die Bedeutung der Worte.«

»Oder darum, ob die Worte überhaupt eine Bedeutung haben, wenn wir schon postmodern an die Sache herangehen wollen.«

»Stimmt. Das trifft es genau.«

»Murray Thwaite ist der Meinung, dass Dinge eine Bedeutung haben«, fuhr Danielle fort. »Und ich habe das Gefühl, dass Sie das ganz anders sehen.«

»So einfach verhält es sich nun auch wieder nicht –«

»Natürlich würden Sie niemals bestreiten, dass das Wort ›Tisch‹ als Bezeichnung genügt für das, was hier zwischen uns steht, das meinte ich nicht –«

»Es geht eher darum, die Bedeutung von Emotionen anzuzweifeln«, sagte Seeley, »oder zu hinterfragen, was sie darstellen und wie sie unsere Realität beeinflussen. Sich von ihnen zu lösen, damit man die Dinge so sieht, wie sie wirklich sind.«

Danielle wartete darauf, dass er weitersprach. Der Bettler war zu seiner persönlich dekorierten Bank im Park auf der anderen Straßenseite zurückgekehrt; auf dem Bürgersteig ging es nun ruhiger zu, die mittägliche Geschäftigkeit hatte nachgelassen.

»Das werfe ich Thwaite vor – er ist ein Gefühlsmensch. Seine Analysen sind nicht scharfsichtig genug; Phrasen, nichts als hohle Phrasen. Und die Leute kaufen ihm das ab, weil sie der antiquierten Vorstellung anhängen, dass ein leidenschaftlicher Berichterstatter mehr wert ist als ein leidenschaftsloser. Blödsinn.«

»Na ja, zumindest interessanter, meinen Sie nicht?«

Wie er da auf seinem Stuhl saß, schien Seeley zu leuchten, beinahe zu vibrieren. Erneut fühlte sich Danielle an ein Reptil erinnert, ein schönes, aber gefährliches Reptil. »Nein, gerade nicht!« Er beugte sich vor, über ihre Kaffeetassen und sprach mit tiefer, leidenschaftlicher Stimme weiter. »Was wäre ungewöhnlicher, schöner, verlockender, als diese mittelmäßigen Schreiberlinge zu demaskieren, damit man sieht, wer sie wirklich sind? Über ein Instrument zu verfügen, mit dem man laut hinausposaunen könnte: Der Kaiser hat keine Kleider an, und der Großwesir auch nicht, und auch die Kaiserin ist splitternackt – verstehen Sie, was ich meine? Das ganze Pack entlarven.«

»Das wäre revolutionär, klar, aber was bleibt am Ende übrig?«

»Die nackte Wahrheit über diese Typen, das ganze Pack, diese Arschlöcher mit ihren ererbten Titeln – man enthüllt, was wirklich dahintersteckt.«

»Und dann? Was geben Sie den Leuten stattdessen?«

»Etwas Größeres als eine private Meinung. Etwas, das in gewisser Hinsicht wahrer ist, und damit ganz sicherlich realer, falls Wahrheit eine ersetzbare Größe ist.«

»Und das wäre?«

»Denken Sie an Napoleon.«

»Was ist mit ihm?«

»Ein bedeutender Bursche, vor allem hier, vor allem jetzt.«

»Und was hat er gesagt?«

»Lassen Sie mich erzählen, was *über* ihn gesagt wurde – das ist letztlich immer das Entscheidende, finden Sie nicht?«

»Hmm.«

»Es wurde gesagt, ›wenn Napoleon Frankreich ist, wenn Napoleon Europa ist, dann deshalb, weil die Menschen, über die er herrscht, kleine Napoleons sind‹.«

»Verstehe«, meinte Danielle, war sich dessen aber keineswegs sicher.

»Man zeigt den Leuten, dass Murray Thwaite der Zauberer von Oz ist, ein belangloses kleines Männlein, das brüllend hinter einem Vorhang steht. Dann findet man heraus, wer die Leute sind und hält ihnen den Spiegel vor. Was könnte verlockender sein?«

»Sie sind also ein großer Napoleon-Fan?«

Wieder funkelte Seeleys Schneidezahn im Licht, als er erwiderte: »Ist nicht jeder, auf die eine oder andere Weise, ein Napoleon-Fan?«

»Ich bin mir nicht sicher, ob Sie der beste Arbeitgeber für Marina wären.« Danielle sagte dies lachend, meinte es aber halbwegs ernst. Seeleys Zornausbruch beunruhigte und faszinierte sie zugleich. Dass er schwul war, schloss sie inzwischen aus.

»Bitte, bitte«, sagte er und lachte jetzt ebenfalls. »Nehmen Sie es mir nicht übel. Sagen Sie ihr, dass sie mich anrufen soll. Ich würde mich freuen. Wirklich.«

Als sie das Restaurant verließen – sie waren fast die letzten Gäste; und warum auch nicht, dachte Danielle, für 123 Dollar plus Trinkgeld –, spürte sie seine Hand auf ihrem Rücken und seinen warmen Atem, die Nähe seines Körpers, als er sich ihr zuneigte, um ihr etwas ins Ohr zu flüstern: endlich auch ihr gegenüber diese Vertraulichkeit, die er anderen so verschwenderisch zuteil werden ließ; und dieses Bewusstsein prickelte unter ihrer Haut und sandte einen Schauer durch ihren ganzen Körper. Er sagte: »Betrachten Sie dies als kleinen Vorgeschmack.«

»Vorgeschmack worauf?«

»Darauf, wie die Sendung aussehen könnte, wenn wir sie denn machen.«

Und als Danielle an jenem Abend zwischen ihren Rothkos saß, eine Tasse Pfefferminztee in der Hand, während die Lichter der Stadt wissend dem Fenster zuzwinkerten, erinnerte sie sich unwillkürlich an jene Kostprobe, Seeleys elektrisierende Wirkung, sein Charisma, seine Konzentration. Als leuchte er von innen. Und die Hand, die sanft und doch fest auf ihrem Rücken lag, die sie nicht lenkte, sondern eine Empfindung auslöste, die, sicher nicht nur auf sie bezogen, eine Verheißung einschloss – war es Sex? Konnte es das gewesen sein? – eine Verheißung, die sie mitnahm wie ein ungeöffnetes Geschenk. Fürs nächste Mal.

KAPITEL SECHZEHN

Der Dicke kommt

Als ihre Mutter den Flur entlangging, saß Marina mit gekreuzten Beinen in Shorts und Tanktop auf dem Teppich, den Rücken fest gegen die Wand gepresst und kollationierte und beschriftete die Artikel, die sie für ihren Vater heruntergeladen und ausgedruckt hatte. Vor ihr lag der Eingang zu Murrays Arbeitszimmer, dessen Tür halb offen stand, und aus dessen Abgeschiedenheit der Duft brennenden Tabaks und das gelegentliche Tippen von Fingern auf der Computertastatur drang. Näher ließ Murray während der Arbeit niemanden an sich heran; und dabei war dies auch noch eine Sonderregelung für seine Tochter. Aurora, die Hausangestellte, müsse mindestens hundert Meter Abstand halten, pflegte er zu scherzen. Marina ihrerseits war dankbar, mit einer wichtigen Aufgabe betraut zu werden, bei der es sich nicht um ihr eigenes Buch handelte. Sekretärin ihres Vaters zu sein, das wusste sie, bereitete ihr mehr Freude, als angemessen war; und sicherlich mehr Freude, als sie es der überkritischen Danielle gegenüber jemals zugegeben hätte.

»Um Gottes willen«, sagte Annabel, die durch den Flur kam, »mach dir doch Licht! Was tust du denn da auf dem Boden?«

»Bin gleich fertig. Dad wollte das ganz schnell haben, und ich dachte, so kriegt er jeden Ausdruck gleich, wenn ich fertig bin.«

»Das sollte keine Kritik sein, Süße. Ich mache mir nur Sorgen, dass du dir die Augen verdirbst.« Und mit diesen Worten stürmte Marinas Mutter, nachdem sie energisch an die Tür geklopft hatte, ins Zimmer ihres Mannes. Eine Wolke von Bergamotte- und Neroli-Öl schwebte hinter ihr her – ihr Sommerparfüm.

»Murray, mein Schatz«, hörte Marina sie sagen, in einem Ton, der darauf schließen ließ, dass Annabel zwar Widerspruch erwartete, ihn aber nicht dulden würde.

Der Stimme ihres Vaters hörte Marina an, dass er im ersten Moment nicht einmal den Blick vom Bildschirm wandte. Sie sah seine Brille mit den halbmondförmigen Gläsern vor sich, die nach unten gerutscht war und seine Nase einklemmte. Er sagte: »Kann das nicht warten, Liebste? Ich stecke mitten in –«

»Nein. Ich fürchte, das kann keinesfalls warten. Ich muss sofort mit dir sprechen.«

Marina, die aufgehört hatte, die Papiere zu ordnen, hörte den Stuhl knarren, als Murray sich umdrehte. Er seufzte. Durch die Tür erspähte Marina zwar Oberschenkel und Schulter ihres Vaters, konnte aber nicht genau erkennen, in welcher Haltung er dasaß.

»Das am Telefon eben war dein Neffe«, sagte Annabel.

»Judys Sohn?«

»Gibt's sonst noch einen?« Annabel war ein Einzelkind.

»Alles okay bei denen?«

»Judy geht's gut. Nein, offenbar will er uns besuchen kommen.«

Marina stand auf, stieg über die Papiere hinweg und trat unbefangen in die Tür. »Der dicke Freddie?«, fragte sie. »Der kommt hierher?«

Annabel, die mit verschränkten Armen dastand, nickte.

»Ja und? Ist doch eine wunderbare Idee. Wie alt ist er eigentlich inzwischen?«

»Er müsste neunzehn sein«, erwiderte Marina. »Vielleicht auch zwanzig. Kommt drauf an, wann sein Geburtstag ist.«

»Genau das hab ich ihm auch gesagt«, meinte Annabel. »Dass wir es für eine wunderbare Idee halten.«

»Wann denn, und für wie lange?« Bei dieser Frage hatte Murray sich schon wieder seinem Computer zugewandt, als betrachte er das Gespräch für beendet.

»Darüber will ich ja gerade mit dir reden, Murray, mein Schatz. Ich wollte dich informieren. Er kommt am Donnerstag –«

»Übermorgen?« Murray blickte über die Schulter, spähte über die Brillengläser hinweg.

»Und ich bin nicht sicher, ob er vorhat, wieder zu gehen.«

»Was soll das heißen?«, fragte Marina.

»Das heißt, er hat mir erklärt, dass er sich hier niederlassen möchte – das könnt ihr interpretieren, wie ihr wollt – und dass er eine Unterkunft braucht, bis er sich zurechtgefunden hat.«

Murray brummte vor sich hin.

»Und es tue ihm sehr leid, dass er uns zur Last fällt – er ist ja wirklich höflich –, aber er wisse nicht, an wen er sich sonst wenden solle.«

»Er ist wie einer deiner Klienten, Mom. Wie dieser Junge – wie heißt er noch gleich?«

»DeVaughn. Ich weiß. Und ob wir einen billigen Parkplatz für ihn wüssten, hat er gefragt.«

»Sag ihm, dass wir keinen wüssten und dass er nach ein paar Tagen abhauen soll«, meinte Marina.

»Er ist ein netter Junge«, sagte Murray, beinahe zärtlich. »Jedenfalls kam er mir so vor, damals bei Berts Begräbnis.«

»Das ist Jahre her, Dad.«

»Ich weiß, dass Judy sich Sorgen machte, weil er das Studium abgebrochen hat, kein Job, keine Perspektive. Aber ein intelligenter Junge, sagt sie.«

»Ich bin sicher, dass das alles zutrifft, Murray, aber sind wir wirklich –«

»Fahren wir in ein paar Wochen nicht nach Stockbridge? Bis dahin halten wir es schon mit ihm aus.«

»Kommt drauf an, wie er so ist«, sagte Marina. »Ich erinnere mich, dass er dick war.«

»Beim Begräbnis war er eigentlich ziemlich dünn«, erwiderte Annabel. »Aber hier geht's ja nicht um sein Körpergewicht oder seine Schuhgröße.«

»Der Junge gehört zur Familie. Wir warten einfach ab, wie es läuft«, sagte Murray entschieden und drehte sich wieder dem Computer zu; seine Finger schwebten über der Tastatur. »Marina, wenn du diese Artikel jetzt für mich hättest? Bitte hier links hin, das wäre toll.«

Marina folgte ihrer Mutter durch den Flur in die Küche, einen Stapel noch nicht kollationierter Blätter an die Brust gepresst. »Bist du sauer?«, fragte sie.

»Nein, nicht direkt.«

»Es *ist* schon eine Zumutung, finde ich.«

»Oh, natürlich.« Annabel hatte ihre Aufmerksamkeit dem Abendessen zugewandt und durchforstete den Kühlschrank. »Ich dachte, Aurora wollte heute Gazpacho machen?«

»Oberstes Fach hinten. Und der kalte Lachs liegt in der Folie ganz unten. Sie hat auch Mayonnaise gemacht.«

»Die Gute.«

»Ich wette, der vertilgt ganz schöne Mengen.«

»Wer?«

»Der Junge.«

»Dein Cousin? Er ist nicht ›der Junge‹. Und wir haben ihn lange nicht mehr gesehen.«

»Wo soll er überhaupt schlafen?«

»Ich hab Aurora gesagt, sie soll unten neben deinem Dad das Gästezimmer herrichten.«

»Wenigstens muss ich mir nicht das Bad mit ihm teilen.« Annabel wandte sich einen Moment vom Kühlschrank ab, diesmal, um einen Korkenzieher zu holen. »Du bist aber auch ein verwöhntes kleines Mädchen! Glas Wein?«

»Es ist kein Chardonnay, oder?«

»Chablis.«

»Das ist ja wie in den Siebzigern. Ich finde, das *geht* einfach nicht, dass er sich bei euch einnistet, wie …«

»Wie was? Wie *du?* Meintest du das?«

»Das ist gemein.«

»Ich weiß, ich wollte dich nur ein bisschen aufziehen. Aber, Süße, außer ihm hast du hier auf diesem Planeten nur noch eine Cousine. Es ist nur – ich muss mich deinem Vater anschließen, wir sollten einfach abwarten, wie es läuft.«

»Aber wahrscheinlich nervt er Dad am allermeisten. Er wird ihn stören. Er hat doch keine Ahnung, wie das ist, wenn man zu Hause arbeitet.«

»Deshalb wollte ich ja, dass dein Vater vorbereitet ist. Aber wer weiß? Es könnte funktionieren. Vielleicht wird er für deinen Vater zur unentbehrlichen rechten Hand.«

»Vorsicht, Mom. Das ist *mein* Job.«

»Ach, tatsächlich? Ich dachte all die Jahre, es sei meiner. Aber du kannst ihn haben, wenn's dir Spaß macht.«

KAPITEL SIEBZEHN

Daheim ist's doch am schönsten

An jenem Abend zog sich Murray Thwaite nach dem Essen in sein Zimmer zurück, angeblich, um an seinem langen Artikel weiterzuarbeiten, in Wirklichkeit aber, weil er hoffte, ein paar ungestörte Stunden für sein Buch abzweigen zu können, mit dem es nur sehr zäh voranging. Insgeheim machte er seine Tochter dafür verantwortlich, deren Anwesenheit er eher als Belastung empfand denn als Hilfe, trotz ihres Eifers. Anders als ihre Mutter hatte Marina die Gewohnheit, um ihn herumzuschleichen. Obwohl er wusste, dass sie, zumindest bewusst, nur die besten Absichten hegte, bedrängte ihn ihre Erwartungshaltung, die ihn, selbst wenn Marina nicht wie eine zusammengerollte Python vor seiner Tür lauerte, stets hoffnungsvoll umschwebte. Manchmal kam es ihm absurderweise so vor, als wolle sie ihn verschlingen, sich seine Worte einverleiben, um sie als ihre eigenen wieder von sich zu geben; die Luft einatmen, die er ausatmete. Dann wieder erschien ihm ihr gemeinsamer Tanz als die blanke Verführung, ein gegenseitiges Sich-Verschlingen, eine seltsame Leidenschaft, die er so nicht einmal mit seiner Frau erlebte. Sie verwirrte ihn, diese schöne, geliebte Tochter, und er machte die Ablenkung durch sie dafür verantwortlich, dass er mit dem Buch nicht vorankam. Immer, wenn es so aussah, als würden seine Gedanken Form annehmen, zerbrachen sie, sobald er sich hinsetzte, um zu schreiben, in Scherben. Wochenlang hatte er darüber nachgedacht, was Unabhängigkeit bedeutete, was unabhängiges Denken tatsächlich alles umfassen könnte – ein passendes Thema, dachte er, für einen Mann, der als Ikonoklast galt, und in gewisser Weise war es auch das zentrale Thema dieses Werks –, und hatte sich innerlich bereit gefühlt, seine Meinung zu artikulieren. Doch statt sich an diesem Abend (sein Hemd zierte ein Fettfleck von Auroras leckerer Mayonnaise, vor ihm stand ein Glas Scotch mit Eiswasser), in dieser Stunde, besonders behaglich zu fühlen, bildete er sich ständig ein, Marinas leise nahenden Schritt zu hören oder ihren gleichmäßigen Atem draußen im Flur. Er öffnete das Fenster zur Straße hin, hörte den Auspufflärm und das Rumpeln der Autos, die durch Schlaglöcher fuhren, doch auch dies lenkte ihn ab, als er versuchte, im Stop-and-go des Verkehrs das wiederkehrende Muster zu entdecken, im an- und abschwellenden Lärmpegel der nächtlichen Stadt.

Vielleicht war die Ankunft dieses Jungen eine Hilfe. Andererseits war auch das Gegenteil möglich, sehr wahrscheinlich sogar. Wenn Murray zu arbeiten versuchte, spürte er all die Ichs, die tickenden Gehirne seiner Mitbewohner, als seien sie kleine Luftschiffe, die das bisschen Luft komprimierten, durch das seine eigene Seele hätte schweben können. Murrays Vorstellung, ein weiteres, durch die Wohnungsflure wanderndes

Ich könne ihn erlösen, schien im Grunde wirklichkeitsfremd; doch falls Frederick ihm die Luft zum Atmen raubte, würde er ihn einfach rauswerfen, und zwar sofort; schwerer, viel schwerer war es, Marina loszuwerden.

Aus diesen Überlegungen entwickelten sich nahezu gleichzeitig zwei gegensätzliche Gedankengänge, von denen einer Frederick, der andere (mehr oder weniger) Marina betraf. Sein Neffe, der einzige Sohn von Murrays' einziger Schwester. Ihm fiel ein, dass er seine Schwester anrufen sollte. Obwohl sie sich nicht nahestanden, waren sie doch durch Familienbande miteinander verknüpft, und er hatte schon seit – seit wann eigentlich nicht mehr mit ihr gesprochen? Irgendein Telefonat über die nicht endenden Blizzards, die eindrucksvollen Schneemassen in Watertown, ein öder, aber unvermeidlicher Austausch familiärer Nettigkeiten irgendwann ziemlich lange nach Neujahr, vielleicht um Ostern herum und, so fürchtete er, wohl auf ihre Initiative hin. Jetzt hätten sie zumindest ein Gesprächsthema gehabt: der Junge und seine Pläne; was Murray für ihn tun konnte; wie lange er zu bleiben gedachte.

Der zweite Gedankengang führte über Marina hin zu ihrer Freundin, diesem schmächtigen Mädchen, das im März mal zum Abendessen gekommen war, mit den dunklen Locken, seelenvollen Augen und hübschen Brüsten: Danielle. Er brauchte nicht zu überlegen, wie sie hieß; das redete er sich zwar ein, wusste jedoch, dass sie in seinen Gedanken nur allzu präsent war. In gar keiner Weise ungehörig; aber sie führten nun eine fast lebhafte E-Mail-Korrespondenz, in der er eine professorale Rolle spielte, Bücher empfahl, Ratschläge erteilte, weise zurückdenkend an jene Zeit, als er selbst in ihrem Alter gewesen war. Er hatte diese Mails Marina gegenüber nicht erwähnt, und ihm war klar, dass auch Danielle nicht darüber gesprochen hatte; und dieses gemeinsame Geheimnis war für ihn mit erotischer Spannung aufgeladen.

An diesem Abend jedoch erkannte er plötzlich, selbst als er spürte, zu spüren glaubte, dass Marina ihm im Nacken saß (eine Formulierung, die er fast beklemmend realistisch fand), dass die Möglichkeit, ja, unausweichliche Notwendigkeit bestand, Danielle an einem weiteren Verrat zu beteiligen – nein, das war nicht das richtige Wort: sich mit ihm zu verbünden. Viel besser. Er wollte, dass sie sich *zu Marinas Gunsten* mit ihm verbündete. Damit hatte Murray Thwaite den Grund für ein Wiedersehen gefunden, auf das er schon seit März hoffte, und diesmal sogar mit Danielle allein. In all ihren Mails hatten sie das Thema Marina höchstens beiläufig gestreift (auch dies erregte ihn, hatte den Geruch des Verbotenen), doch jetzt war es so weit, Marina energisch zwischen sie zu stellen, und zwar als Gesprächsthema.

»Liebe Danielle«, tippte er mit seinen dicken, aber flinken Zeigefingern in die Tastatur. »Hoffentlich stört es Dich nicht, wenn ich Dir gestehe, dass mir unsere liebe Marina ziemliches Kopfzerbrechen bereitet. Dies mag für Dich wie aus heiterem Himmel kommen, aber wie Du sicher verstehen wirst, geht Annabels und meine Sorge –« (war es gut, hier Annabel zu erwähnen? Nach einigem Überlegen kam er zu dem Schluss, dass es gut war) »– auf letzten Herbst zurück, als Marina wieder bei uns einzog. Wir hatten gehofft, dass ihr eine Auszeit und die Unterstützung der Familie helfen würden, wieder auf die Füße zu kommen, doch nun vergeht ein Monat nach dem anderen –«, er hielt inne, trank einen Schluck Scotch, »– der Tag ihrer Rückkehr jährt sich demnächst –« (eine kleine Übertreibung, doch seiner Meinung nach berechtigt) »– und meine Sorge wächst immer mehr.« Er las, was er bisher geschrieben hatte. Klang es nach Panikmache? Nicht zu sehr. Danielle sollte wissen, dass es etwas zu besprechen gab und dass dies nicht (wirklich nicht?) nur ein verlogener Vorwand war. Er tippte weiter, löschte die Hälfte dessen, was er geschrieben hatte, wollte ganz sichergehen, den richtigen Ton zu treffen und damit die richtigen Interferenzen, Konnotationen, Nuancen des möglicherweise Gemeinten. Denn er wollte, dass sie die Botschaft mehrmals las und sich besorgt fragte, ob diese Mail sich noch im Rahmen des Schicklichen bewegte – davon ging er aus –, nur um dann Satz für Satz beruhigt zu werden, dass sie nichts Ungehöriges enthielt und ebenso gut von Annabel hätte stammen können. Und doch sollte Danielle trotz dieser glatten Oberfläche spüren – sie sollte gar nicht anders können –, dass es ihm mehr um ihre Gegenwart als um ihren Rat ging; dass er vor allem mit ihr, Danielle, kommunizieren wollte; und dass Marina, in diesem Fall, nur einen Vorwand darstellte (eine Rolle, die seine Tochter wahrlich nicht gewohnt war).

Er bastelte und feilte an seiner Mail herum – bloß zwei Absätze lang –, bis sein Glas Scotch leer war; und überlegte dann, ob er das Resultat seiner Mühen unter »Später senden« speichern sollte. Doch der bloße Gedanke an Marina – hörte er sie nicht schon wieder? Hatte sie sich von hinten angeschlichen wie das verdammte Katzenvieh? Nein, sicher nicht – ließ ihn auf »Senden« klicken, und schon war die Nachricht abgeschickt. Ganz unverfänglich: Lunch, nächste Woche? Oder lieber einen Drink? Das war der Hauptinhalt. Ganz unverfänglich.

Er nahm die Flasche aus der Schreibtischschublade und schenkte sich noch etwas Scotch ein. Auf Eis würde er diesmal verzichten, wegen des Risikos, beim Gang in die Küche jemandem zu begegnen. Er sah auf die Uhr: kurz vor elf. Für Judy doch bestimmt noch nicht zu spät? Er selbst würde bis mindestens ein Uhr arbeiten. Er musste ihre Telefonnummer erst in seinem Adressbuch nachschlagen und dachte beiläufig, wie seltsam es doch war, dass er zwar Danielles E-Mail-Adresse auswendig konnte, nicht aber die Telefonnummer seiner Schwester.

Judys Stimme klang belegt, als sei sie erkältet.

»Hab ich dich geweckt, Judes? Tut mir leid –«

»Nein, das heißt, ich glaube, ich bin eingedöst. Vor dem Fernseher. Aber ich liege noch nicht im Bett.«

Murray machte Konversation und plauderte, bis seine Schwester wieder wach war. Es war eine Art der Unterhaltung, die ihm inzwischen nicht mehr so leichtfiel, provinzieller

Smalltalk, mit dem er eigentlich von Kindheit an vertraut war – nicht nur über das Wetter, sondern auch über dessen Konsequenzen (Judys Schwiegersohn hatte in der Alexandria Bay schon gut zu tun; wenn der Sommer so blieb, würde er toll verdienen, trotz der stagnierenden Ökonomie) und über die Details, die Judys Leben ausfüllten: Nur noch ein Monat bis zu den Schulferien, die Einweihung des städtischen Freibads am Memorial Day, die Benzinpreise, ihre alte Freundin Susan – natürlich erinnerte er sich an Susan, den Rotschopf – würde in ein paar Wochen aus Kingston, Ontario, zu Besuch kommen; ihr Mann? Leitete zwei Burger-King-Filialen, und zwar sehr erfolgreich: Sie hatten sich in ihrem Haus einen Swimmingpool einbauen lassen, sogar mit Schiebedach. Irgendwann kam Murray, da Judy ihn nicht selbst erwähnte, auf Frederick zu sprechen: »Na, dann kriegen wir ja jetzt endlich mal deinen Jungen zu sehen«, sagte er.

»Was soll das heißen?« Judy schniefte. Vielleicht war sie doch erkältet. »Seid ihr denn in Massachusetts?«

»Nein, nein – wir fahren erst in ein paar Wochen hin. Nein, der Junge kommt natürlich hierher. Hast du das nicht gewusst?«

»Frederick? Mein Bootie? Der ist doch in Massachusetts!«

»Was macht er denn da, um alles in der Welt?« Murray hatte das Gefühl, als brüllten sie beide in den Apparat, wie in den Kindertagen des Telefonierens, als stünden sie in einem hallenden Saal, der jede Verständigung unmöglich machte. Schon bereute er, dass er sie angerufen hatte. »Hör mal, Judy, ich habe nicht selbst mit ihm gesprochen; das war Annabel, heute Nachmittag. Also ist er jetzt vielleicht noch in Massachusetts, jedenfalls kommt er diese Woche zu Besuch.«

»Zu Besuch?«

»Kannst du mich verstehen? Ich dachte, er sei zu Hause bei dir!«

»Er ist vor circa einem Monat ausgezogen. Wollte in Massachusetts einen Sommerkurs besuchen. An der Uni dort. Wo ist die nochmal – in Amherst?«

»Ja, genau.«

»Aber das geht ja nicht, wenn er zu euch kommt. Der Kurs beginnt in ein paar Wochen. Ich meine –«

»Vielleicht braucht er eine Pause, bevor er mit dem Studium beginnt.«

»Ich kapier das nicht. Hab doch erst vor zwei Tagen mit ihm telefoniert.« Judys Stimme klang – wie? – belegt, immer noch, und sehr vorwurfsvoll, als sei Murray an diesem Missverständnis schuld. In der Rolle des Opfers hatte sie sich schon immer wohl gefühlt. »Vor zwei Tagen erst, und da hat er nichts von New York gesagt!«

»Ich habe nicht mit ihm gesprochen, Judes. Annabel hat mit ihm telefoniert. Ich dachte, er sei daheim bei dir.«

»Seit einem Monat nicht mehr.«

»Hab schon verstanden: Er ist vor einem Monat nach Massachusetts gegangen. Ich sage ja nur, dass ich nichts davon wusste!«

»Woher auch?«

»Eben.«

Es herrschte Stille in der Leitung, als versuchten sie beide, so schien es Murray, ihre Gereiztheit in den Griff zu kriegen; vielleicht aber auch nur, weil es nichts mehr zu sagen gab.

»Wir geben dir Bescheid, wenn er da ist«, kam Murray ihr schließlich entgegen. »Er kann uns ja über seine weiteren Pläne informieren. Wahrscheinlich ist ihm in Massachusetts die frische Wäsche ausgegangen, und er muss irgendwo seine Socken waschen.«

»Vielleicht«, erwiderte Judy jetzt ruhiger und schniefte erneut. »Aber ich sage dir, Murray, es ist furchtbar still hier, seit er fort ist. Schlimmer als damals, als er nach Oswego ging. Vermutlich, weil ich mir jetzt Sorgen um ihn mache. Ich weiß nicht, was in seinem Kopf vorgeht, verstehst du? Er muss unbedingt weiterstudieren.«

»Mmmm. Obwohl, Judes – man kann auf verschiedenen Wegen zum Ziel gelangen.«

»Heißt das, du findest, dass er *nicht* weiterstudieren sollte?«

Murray machte wieder eine Pause. »Nein – es ist nur, dass, manchmal … ach nein, nichts.«

»Was?«

»Nichts. Nichts. Du hast sicher recht. Er sollte weiterstudieren. Und du wirst sehen, das macht er auch.«

»Du wirst also mit ihm reden?«

»Reden?«

»Über das Studium. Bitte, Murray!«

»Klar. Klar rede ich mit ihm.«

»Er schaut wirklich zu dir auf. Und natürlich, sein eigener Vater ist nicht mehr da, und deshalb –«

»Ja, natürlich.«

Murray legte auf und kam sich vor, als sei er in die Falle getappt wie ein dummer Waschbär. Da hatte er mal wieder dem Impuls nachgegeben, den großen Bruder spielen zu wollen, und prompt die Quittung dafür bekommen: Unter gar keinen Umständen hätte er seine Schwester jemals um etwas gebeten, nicht einmal um eine Kleinigkeit. Sie hingegen – an Ostern, fiel ihm ein, war es eine kleine Geldsumme gewesen, irgendwas für die Pflege des Elterngrabs – schaffte es jedes Mal, ihm irgendetwas abzupressen. Er sollte es ihr künftig nicht mehr so leichtmachen; er sollte sie nicht mehr anrufen, genau. Kein Wunder, dass ihr Sohn ihr nicht verraten hatte, wohin er ging – Wer hätte das schon? Woraus man, hoffentlich, schließen konnte, dass der Sohn nicht der Mutter nachschlug. Das hätte Murray aber zu niemandem gesagt, nicht einmal zu Annabel. Schließlich war er ein loyaler Bruder.

Während er am Schreibtisch saß, das abflauende Dröhnen des nächtlichen Verkehrs in den Ohren, sah Murray wieder sein Elternhaus vor sich, das getäfelte Vestibül und das Esszimmer, die düstere Enge, die Ärmlichkeit, alles kärglich, abgewetzt, fadenscheinig, und nur die Mutter, seine schöne Mutter mit ihrem aristokratischen Profil und den welligen dunklen Haaren – wie Ingrid Bergmann –, seine Mutter, die Illusionistin, die zwar ständig Gemüse putzte und Bäume stutzte, Böden bohnerte und Wäsche bügelte, ewig eine

Schürze trug und Knicke in die Sofakissen machte, trotzdem aber noch Romane und Zeitschriften las und für sich und ihren Sohn vielerlei erträumte: neue Perspektiven, glanzvolle Cocktailparties in der Park Avenue, Zimmer in Luxushotels und Reisen nach Europa. Am intensivsten aber Harvard: Sie erträumte Harvard – oder Princeton oder Yale, aber am liebsten Harvard – für ihren Sohn und sagte ihm das auch von Kindesbeinen an, so dass es ihm schien, als hätte er sich als Kind nicht nach tutenden Feuerwehrautos oder einer blankpolierten Polizeipistole gesehnt, sondern nach den stillen Lesesälen der Widener Library und den gesprenkelten Pfaden des Harvard Yard, Orte, die er erst mit sechzehn, als Student, leibhaftig zu sehen bekam, die jedoch nachts, magisch wie Atlantis, durch sein dunkles Kinderzimmer schwebten. Wohingegen sein Vater und seine Schwester die ganze Zeit im Hier und Jetzt feststeckten, in Watertown, wo Judy dann natürlich auch geblieben war, um irgendwem (wem?) irgendetwas (was?) zu beweisen, oder vielleicht auch nur, um zu zeigen, dass sie sich von ihrem Bruder unterschied. Sie schwadronierte über die protestantische Arbeitsethik, Morgenstund' hat Gold im Mund, christliche Demut – alles Quatsch, der dazu führte, dass Judy sich in eine biedere, Blusen tragende Matrone verwandelt hatte, die abends vor dem Fernseher eindöste.

Und dennoch, seine Mutter: die umgebundene Schürze (selbst noch in ihren letzten Tagen), die durch Arthritis knotig gewordenen Hände, der Chintz-Lehnstuhl mit dem gebügelten Schonbezug aus Spitze. Trotz all ihrer Träume hatte sie im Grunde genau das gleiche Leben wie Judy geführt, und ihr einziger Erfolg war gewesen, aus ihrem Sohn jemanden, etwas gemacht zu haben, das über ihren Horizont hinausreichte; ihre Alzheimererkrankung spiegelte dies wider, denn als er in den achtziger Jahren allein hinaufgefahren war, um seine Mutter zu besuchen, und neben ihr auf seinem »alten« Platz am Tisch gesessen hatte, hatte sie nach Murray gefragt, und er hatte ihre abgearbeitete Hand ergriffen, und Judy hatte gesagt: »Aber da sitzt er doch, Mom, direkt neben dir!« Da hatte sie ihn angestarrt, die eingesunkenen Augen voller Furcht, und gerufen: »Das ist nicht mein Murray, das ist nicht mein Junge! Wo steckt er denn? Du hast versprochen, dass er kommt!«

Und deshalb, um jenem Leben zu entrinnen, um zu verhindern, dass es jemals *sein* Leben würde, hatte er sich seit frühester Kindheit und mit dem Segen seiner Mutter – obwohl sie nie erkannte, was es hieß, was es für Möglichkeiten barg – Folgendes vorgenommen: nicht nur nach Harvard, sondern auch nie ins Büro, nie ein starrer Zeitplan, nie ein Wecker, stattdessen immer wieder ein neuer Tag, eine neue Stadt, ein neuer Mensch, ein neuer Drink, eine neue Entdeckung, immer mehr Leben, *mehr.*

Hatte er das in seinem Manuskript deutlich genug zum Ausdruck gebracht? Als Lebensphilosophie schien das kindlich schlicht, und er war eindeutig kein schlichter Mensch. Er war auch nicht das rebellische Produkt des engen Vestibüls seiner Kindheit – die Treppe vorn ließ kaum zu, dass man die Eingangstür öffnete – und des kahlen, quadratischen Gartens vor dem Haus (er erinnerte sich noch an den schwachen, ihm dennoch verhassten Geruch der Laubschnipsel an einem sommerlichen Samstagmorgen, als sein Vater auf der Trittleiter stand und vom Gehweg her schnurgerade die Hecke schor, Zentimeter um Zentimeter, in trostloser Entsprechung zu seiner mausgrauen Mönchstonsur). Derlei Erinnerungen gehörten zu Murray, und zu diesen Erinnerungen wiederum gehörte unentrinnbar das Entrinnen; aber sein Leben hatte nicht darin bestanden, so zu fliehen, einfach so weggelaufen, und er hätte auch niemanden dazu ermutigt. Wenn der Gedanke an sein damaliges Leben, an das jetzige Leben seiner Schwester, immer noch die Macht besaß, ihm die Kehle zuzuschnüren und die Luft mit säuerlichem Dunst zu erfüllen (eine weitere Zigarette würde ihn vielleicht vertreiben) –, war es dann vielleicht unehrlich, es nicht offen zu sagen? Hatte letztlich nicht jeder Mensch den Wunsch, diese Belanglosigkeit, diese Enge, dieses pflichtbewusste kleinkarierte Leben abzuschütteln? Und war dies für die Entwicklung eines erwachsenen Ichs nicht ebenso wichtig wie die Bereitschaft, etwas zu akzeptieren?

Und dann dachte er an Marina, die so aufgewachsen war, wie er sich das für sich selbst gewünscht hätte, und die sich jetzt ebendeshalb in einer Sackgasse befand – *weil* die Enge fehlte, *weil* es keine Beschränkungen gab, gegen die sie rebellieren konnte. Sollte sie nun ihr privilegiertes Leben abschütteln, in ein innerliches Watertown ziehen, neu anfangen und, ihr Schicksal qua Geburtsrecht, zu einer zweiten Judy werden, wobei ihr einziges Verdienst darin bestanden hätte, alles herzugeben, was ihr geschenkt worden war? Unsinn. Und doch hatte er ihr empfohlen, sich einen Job zu suchen, ein Rat, den er sich selbst niemals erteilt und den er niemals akzeptiert hätte. Und er meinte es ernst. Gab er damit gewissermaßen zu, dass *sein* Weg nur außergewöhnlichen Menschen vorbehalten blieb und dass seine Tochter, so schön sie auch war und sosehr er sie liebte, letztendlich nicht – wie sollte er sich damit bloß abfinden? – außergewöhnlich genug war? Er konnte diese Frage nicht stellen, konnte sie nicht beantworten.

Er erinnerte sich, dass sein Vater – sein Vater, so klein wie er, Murray, groß war, mit hängenden Schultern (Murray hatte als Kind immer befürchtet, die Hosenträger könnten rutschen), ein schmächtiger Mann mit Fliege und einer Art Hitlerbärtchen, dessen Bedrohlichkeit durch seine graue Farbe gemildert wurde und durch die Sanftheit, die trügerische Sanftheit dieser leisen Stimme, eine Sanftheit, die seine Strenge und seinen verbissenen Fleiß, seine humorlose und letztlich seelenlose »Güte« Lügen straften (warum nur hatte sie ihn geheiratet? Sie war so schön und so fröhlich gewesen) –, als er überlegte, ob er in Harvard Statistik, Betriebwirtschaft oder Wirtschaftswissenschaften studieren sollte, mit dieser fürchterlichen Gewissheit zu ihm gesagt hatte: »Ich weiß ja, Murray, dass du eigentlich Bücher schreiben willst oder so was in der Art. Aber nur Genies können Schriftsteller werden, Murray, und wenn ich ehrlich sein soll, mein Sohn ...« Und Murray hatte seinen Vater widerlegt, zweifellos, so dass die Erinnerung an ihn ein bisschen jämmerlich, fast schon wieder liebenswert war; aber vor allem lächerlich. Und war er nicht einfach nur ein kleiner Spießer, würde er nicht einfach nur ein kleiner Spießer sein, wenn er nun genauso über seine Tochter zu Gericht saß, indem er ihr die Fähigkeit absprach, jene Größe zu erlangen, nach der sie sich so sehr sehnte? Besser, er sagte nichts; noch besser, er unternahm nichts, wartete ab. Vielleicht würde Marina ihre Eltern, so wie er die seinen, eines schönen Tages überraschen.

Und wie war wohl dieser Junge? Hatte seine Mutter ihn wirklich »Bootie« genannt? Wie unfreundlich war das denn. Er hieß Frederick. Und wenn er Murray bewunderte, gab es vielleicht Hoffnung für ihn.

Murray beschloss, noch einmal in sein E-Mail-Postfach zu schauen, bevor er sich ausloggte, nur für alle Fälle. Und tatsächlich, sie hatte geantwortet. So schnell. Wärme strömte in seinen Nacken, in seine Hände – das altvertraute Prickeln. Er lief ihr aber doch gewiss nicht hinterher? Trotzdem lauschte er sicherheitshalber auf die Schritte seiner Tochter, bevor er die Mail öffnete. Sie war kurz und ziemlich sachlich: Mit dem Lunch sei es schwierig, wegen ihrer Arbeitszeiten; aber natürlich würde sie gern darüber reden, wie man ihrer Freundin helfen könne, und wenn ein Drink in Frage komme, ginge eventuell Mittwoch. Sie kenne sich mit Bars nicht aus, er aber doch bestimmt, weshalb er vielleicht etwas vorschlagen könne? Und diese Sätze, in ihrer sachlichen Zurückhaltung, erregten ihn, so wie ihn der Gedanke an ihren schlanken Hals erregte, an die im Vergleich zu ihren üppigen Kurven so schmale Taille oder den im Vergleich zu den dunklen Locken so blassen Nacken, an die Augen, für die ihm das Klischee »glühend« einfiel – Dinge, die ihm nie hätten auffallen dürfen, jedenfalls nicht an einer Freundin seiner Tochter, einer so engen Freundin seiner Tochter –, aber da war es wieder: mehr Leben, mehr. Und als er noch überlegte, welche Bar er vorschlagen sollte, in welcher Umgebung sich diese kleine Fantasie am besten konservieren ließ, hörte er seine Tochter durch den

Flur schreien, ein kehliger, erstickter Schrei, so beängstigend nah, dass er auf seinem Stuhl hochfuhr und fast vergessen hätte, die Mail wegzuklicken, bevor er Marina zu Hilfe eilte.

KAPITEL ACHTZEHN

Das Ende der Päpstin

Marina hatte sich den ganzen Abend mit ihrem Buch herumgeplagt. Sie hatte auf dem Bett gesessen, den Laptop auf den Knien, inmitten eines Durcheinanders aus zahllosen Notizen, Fotografien und etlichen Bibliotheks-Büchern, die thematisch alle zu Kapitel fünf gehörten, an dem sie vorgeblich arbeitete; ein Meer aus Gedrucktem, das ihr ganzes Bett bedeckte und es winzig erscheinen ließ. Auch sie selbst brachte es dazu, sich winzig zu fühlen: Wenn schon so viel über das Thema gesagt worden war, hatte sie dem doch sicher nichts mehr hinzuzufügen? In diesem Kapitel ging es um die seit langem bestehende westliche Sitte, Kinder immer nach irgendeinem Vorbild zu kleiden: etwa wie ein älteres Kind oder wie eines der Elternteile oder wie jemand völlig anderes; und sie verglich das, unter anderem, mit Bauchrednern, deren Puppen die gleichen Kleider trugen wie sie selbst, und leitete dazu über (oder versuchte dies zumindest), dass Kinder allgemein als Emanation ihrer Eltern galten, wobei sie hier ja auch das umgekehrte Argument einfließen lassen musste, zum Beispiel die Laura-Ashley-Ensembles der siebziger Jahre, als sich Mutter und Tochter gleichermaßen in geblümte Rüschenhängerchen hüllten, quasi im Sinne einer Neuinszenierung – oder einer, in der Ära der sexuellen Befreiung der Frau seltsam ironisch anmutenden Wiederaufnahme – der viktorianischen Kindheit, womit sich die Frage stellte, was all die Mütter und Töchter eigentlich feierten: die Unterdrückung ihrer Sexualität oder die sexuelle Befreiung? Perverse schwarze Schnürstiefel, aufblitzende Waden, lose wallende Musselin-

und Chintzschichten und oben dann zerzauste Locken: So boten alle weiblichen Wesen von fünf bis fünfzig den gleichen, leicht verstörenden erotischen Anblick – woraufhin Marina Vergleiche zu den Mädchen in den Schaufenstern der Amsterdamer Bordelle ziehen wollte, die sie zwar noch nie mit eigenen Augen gesehen hatte, von denen sie aber wusste, dass sie mit ihrer Kleidung Fantasien jeder Art befriedigten: das Schulmädchen, die Krankenschwester, die Xanthippe, die Schuldirektorin. Aber vielleicht passte das gar nicht hierher? Wie ein Puzzleteilchen in ihren gekritzelten Notizen, wenn auch mit einem Fragezeichen versehen, musste diese Analogie wohl für Kapitel fünf gedacht gewesen sein. Doch die Notizen waren mehrere Jahre alt und keine Proust'schen Madeleines, die in der Lage waren, ganze intellektuelle Argumentationsketten auszulösen; einige Wörter, die einen ganzen Sack voller Gedanken aufschnürten. Nein, größtenteils standen die hingekritzelten Formulierungen für sich alleine, Krakeleien auf dem Papier, dürftig und beunruhigend sinnfrei. Während sie sich mühte, aus den Aufzeichnungen, die sie um sich herum versammelt hatte, nicht nur einzelne Sätze, sondern umfangreiche Abschnitte zu bergen, bemerkte Marina, dass sie soeben dabei war, die archaischen Überreste einer verschwundenen Kultur auszugraben – womit natürlich die verschwundene Kultur ihrer eigenen früheren Gedanken gemeint war –, und es schien ungewiss, ob ihre Deutung der vorhandenen Artefakte überhaupt der richtigen Logik folgte. Sollte sie zurück zu den Ursprüngen gehen? Zurück zu den dicken Wälzern in der Stadtbücherei, zurück zu den Archiven des FIT und des Metropolitan Museum, zurück, als sei sie an all diesen Orten nie gewesen, zurück durch die letzten fünf Jahre ihres Lebens, um erneut den Versuch zu unternehmen, jene Argumente zu sammeln, die ihr damals, zu Beginn, so berauschend, so bedeutungsvoll erschienen waren. Das würde sie nicht durchstehen. Die Notizen waren alles, was sie besaß und je besitzen würde, und was immer sie daraus rekonstruierte – wie nannte man das, Analepse? Oder Katachrese? Aus dem Nebel der Erinnerung stiegen fremdartige Begriffe zu ihr empor, die einmal in einem Literaturtheorieseminar an der Brown University gefallen waren, und Marina fragte sich, ob sie etwas mit ihrer Krise zu tun hatten –, musste genügen. Aber es hatte keinen Zweck. Jedes Mal, wenn sie sich zum Schreiben hinsetzte, spürte sie, dass ihre rekonstruierten Ideen ebenso wenig Ähnlichkeit mit dem Original besaßen wie das Gemüse in einer Instant-Suppe mit dem Gemüse in seiner ursprünglichen, nicht verschrumpelten Form. Analepse, Katachrese, nein: der Begriff, den sie suchte, lautete »sich quälen«. Sie sah schon die Rezension ihres noch ungeschriebenen Buchs vor ihrem geistigen Auge: »Marina Thwaite quält sich durch ihr Thema, mit mangelnder Orientierung und noch weniger Erfolg.« Das ganze Unterfangen ähnelte inzwischen – schon lange; sie konnte sich gar nicht mehr erinnern, dass es je anders gewesen war – den Angstträumen ihrer Jugend, in denen sie nackt vor der ganzen Klasse stand, oder für eine Rolle vorsprechen musste, ohne das Theaterstück zu kennen, oder aus dem Stegreif ein Buch analysieren sollte, das sie nicht gelesen hatte.

Verzweiflung erfüllte sie, ihre Glieder wurden buchstäblich schwer wie Blei, ihre Augen glasig, so dass sie die um sie herum verstreuten Blätter kaum mehr aufheben konnte und erst recht nicht zu entziffern vermochte, was darauf geschrieben stand. Über die Bürde des Versagens, die Tag für Tag auf ihr lastete, konnte sie mit niemandem sprechen: Danielle würde sie erst kritisieren und dann versuchen, die Sache energisch und effizient selbst in die Hand zu nehmen und sie aufzumuntern; genau wie ihre Mutter, über deren Lippen nur allzu oft die aufreizende Phrase »Reiß dich zusammen, Tiger« kam. Und Julius, selbst wenn er nicht verschwunden gewesen wäre, hätte ihre Situation nur als Vorwand gedient, eine Runde Nachmittags-Martinis anzuregen, ein recht amüsantes Mittel, das sich aber, wie sie aus inzwischen beträchtlicher Erfahrung wusste, als unwirksam erwiesen hatte. Und ihr Vater: Wie oft hatte sie versucht – oder glaubte zumindest, es versucht zu haben –, mit ihm über die Verkümmerung ihres Verstands zu sprechen, ihr offensichtliches Unvermögen, mit diesem Projekt, in jeder Hinsicht, ihr Versprechen einzulösen? Und er verstand sie einfach nicht, konnte oder wollte sie nicht verstehen: Diesbezüglich war er eher ein Roboter als ein Mensch, trotz seiner Liebe zu ihr. Er hatte bisher noch jeden Vertrag in seinem Leben erfüllt; er war stets pünktlich, selbst bei Veranstaltungen, die er eigentlich lieber nicht besucht hätte. Er schaltete seinen Verstand an wie eine Grubenlampe und tat, was getan werden musste. Er würde auf den Wust vollgekritzelter Papiere deuten und sagen: »Siehst du? Alles da, direkt vor deiner Nase. Das Schlimmste hast du geschafft, jetzt mach einfach weiter!«

Doch stattdessen begann sie jetzt durch die Wohnung zu wandern. Ihre Mutter lag schon im Bett, weil sie frühmorgens einen Anruf erwartete, die Wohnung war spärlich beleuchtet, das einschläfernde Summen der Klimaanlage, die einen leichten Freon-Geruch verströmte, begleitete Marina auf ihrem Weg. Am längsten blieb sie in der Küche und überlegte, ob sie sich einen Tee kochen sollte – sie wusste, dass Danielle jeden Abend vor dem Schlafengehen Tee trank, auf dessen Wirkung sie schwor –, beschloss dann jedoch, lieber ein paar Kekse zu essen, eine französische Sorte, die Aurora im Supermarkt besorgt hatte, mit besonders edler Schokolade. Zu den Keksen goss sich Marina ein Glas Milch ein und ließ dabei die Kühlschranktür offen stehen, so dass nur ein schmaler, gespenstischer Lichtstrahl den Raum erhellte. Sie trug ihre Milch durchs Esszimmer zurück in den Flur, vorbei an ihrem Zimmer und am Schlafzimmer ihrer Eltern – sie glaubte, ihre Mutter atmen, fast schnarchen zu hören, blieb aber nicht lauschend stehen, weil sie dies irgendwie demütigend fand – und weiter den Gang entlang, wie eine Motte vom Licht angelockt, das durch den Türspalt aus dem Arbeitszimmer ihres Vaters drang. Ihr war klar, dass sie, barfuß, katzenhaft leise schlich. Plötzlich wurde ihr ebenfalls klar, dass irgendwo auf dem Teppich Katzenkotze liegen konnte. Obwohl es der Päpstin in letzter Zeit besserging, sie zwar weniger gefressen, dafür aber auch weniger erbrochen hatte und neuerdings beim Atmen heiser keuchte, was ihr Aufspüren meist erleichterte. Und doch hatte Marina bislang noch in keinem Raum das verräterische Röcheln gehört; oder im Vorbeigehen das bepelzte Skelett mit dem knochig hervorspringenden Rückgrat und ausgemergelten Kopf gestreift, zu dem die Päpstin geworden war. Marina blieb an der Tür stehen, spähte durch die Scharniere auf den Rücken ihres über den Computer gebeugten Vaters, und ihr fiel ein, dass sie auch schon vor Stunden hier gestanden hatte, jedenfalls fast am gleichen Platz. Es war armselig, sich so am Rand des Lebens eines anderen Menschen herumzudrücken, wie eine Dienstmagd oder ein Hund, auch wenn es sich um ihren Vater handelte. Ein Kind mit einem Glas Milch in der Hand – sie hätte genauso gut sechs statt dreißig Jahre alt sein können.

Geräuschlos wandte sie sich um und legte die wenigen Schritte zu dem Zimmer zurück, in dem Frederick wohnen würde. Vielleicht war es ganz gut, ihn eine Weile in der Nähe zu haben, nicht nur zur Ablenkung, sondern als Katalysator. Entweder dies, oder sie bekam die Chance, noch großspuriger aufzutreten, durchblicken zu lassen, sie sei ein »It«-Girl (in ihrer *Vogue*-Zeit, lange her, war sie es jedenfalls einmal gewesen, oder?), von der Aura beginnenden Erfolgs umgeben wie von einem strahlenden Glorienschein, ein fast vollendetes Buch und massenhaft Verehrer, ein glamouröses, wenn auch teilweise etwas eingeschränktes Erwachsenenleben. Er war jung genug, der dicke Freddie, um ihr das noch abzukaufen, er würde womöglich nicht hinter die blendende Fassade blicken können. Sie erinnerte sich allerdings auch, dass er bei all seiner Korpulenz melancholisch wirkte, dass seine Augen allzu scharf durch die fettige Brille spähten, zu viel zu sehen schienen. Aber das lag Jahre zurück; abwarten. Vielleicht war er nicht mal mehr dick. Er hatte sein Oswego-Studium abgebrochen – wie käme er dazu, ein Urteil über sie zu fällen?

Tüchtig wie immer, hatte Aurora das Zimmer gelüftet und Staub gesaugt. Auf der Frisierkommode stand ein Untersetzer für die Vase mit dem Willkommensstrauß (war er denn ein Gast, der Blumen verdiente? Aber alte Traditionen, dachte Marina, behält man wohl besser bei), und sein Bett war neu bezogen, ein gebauschtes, frischgestärktes weißes Federbett, in dessen Mitte, eingesunken wie der schwarze Knopf eines Sitzpolsters, die Päpstin lag und schlief.

Kann es für eine betagte Katze einen besseren Platz geben, dachte Marina und beneidete die privilegierte Trägheit, die Fähigkeit dieses Tiers, zu verschwinden, ohne die Wohnung zu verlassen, und dem Nichtstun zu frönen, ohne Missbilligung zu ernten. Sie setzte sich auf den Rand des makellosen Betts, stellte ihr leeres Milchglas auf den Nachttisch (von dem die scharfsichtige Aurora es vor der Ankunft des Gastes entfernen würde) und streckte die Hand aus, um die elegante, altvertraute Linie des zusammengerollten Rückens der Päpstin zu streicheln.

Im ersten Moment fühlte es sich nicht anders an, obwohl sie später sagte, sie habe es sofort gespürt. Doch die Wärme des Fells verschleierte die Kälte des Körpers. Was ihr allerdings sofort auffiel, war, dass die Päpstin diesmal nicht unter ihrer Hand zusammenzuckte, ein unwillkürliches Erschauern der Haut, nicht wegzudenken aus der langen Geschichte ihrer gegenseitigen Liebkosungen, und dass im Raum, bis auf das ferne Summen des Straßenverkehrs und der Klimaanlage, vollkommene Stille herrschte. Kein Röcheln, kein Keuchen. Gar kein Atem. Und obwohl Marina einerseits nicht einmal sonderlich erschrocken war und lediglich registrierte: »Ach, das also ist der Tod«, fuhr sie andererseits – das Kind in ihr, tadelte sie sich später selbst – entsetzt zurück und stieß jenen erstickten Schrei aus, der ihren Vater herbeieilen ließ.

»Was ist los? Warum stehst du hier im Dunkeln?« Er wirkte schlampig, das Hemd war aus der Hose, die Brille auf die Nasenspitze gerutscht, das silberne Haar stand ihm zerzaust wie Kükenflaum zu Berge, hinter dem Ohr klemmte keck eine Zigarette.

»Tut mir leid, Daddy – es ist nur – die Päpstin. Sie ist – also, sie ist tot.«

»Oh.«

Sie standen beide nebeneinander, ohne sich dem Bett zu nähern.

»Bist du ganz sicher?«, fragte Murray und kratzte sich am Hinterkopf.

»Ja. Absolut.«

Die Katze, ein schwarzer Klecks auf dem Plumeau, regte sich nicht.

»Schläft deine Mutter?«

»Schon seit Stunden.«

»Hmmm. Wär sicher nicht so schlimm, die Katze erst mal hier liegen zu lassen, die Nacht über, was meinst du?«

Marina mutete diese Idee irgendwie frevelhaft an, obwohl sie nicht hätte sagen können, ob es ein Frevel an der Katze oder am Bett und seinem baldigen Besitzer darstellte. »Wenn etwas tot ist, tritt da nicht, na ja … Flüssigkeit aus?«

»Nicht über Nacht, denke ich. Und hier drin ist es ziemlich kühl.« Ihr Vater schien ungerührt, als sprächen sie über eine Pflanze oder ein Buch. »Ich finde, da muss sich deine Mutter drum kümmern. Oder Aurora.« Er schwieg einen Moment. »Es sei denn, du willst das unbedingt selber übernehmen?«

»Nicht wirklich.«

»Dachte ich mir. Komm, wir machen die Tür zu. Dann ist es so, als wärst du nie da reingegangen. Übrigens, was machst du überhaupt hier?«

»Keine Ahnung. Über Frederick nachdenken, vermutlich.«

»Ach so. Der Junge. Die unbekannte Größe. Ich hab heute Abend seine Mutter angerufen –«

»Tante Judy?«

»Die wusste nicht mal, dass er kommt.«

»Wow.«

»Wer weiß, welch verwahrloster, wehrhafter Bursche da zu uns unterwegs ist? Aber wir werden's ja bald erleben.« Er drehte sich um, als wolle er in sein Arbeitszimmer zurück.

»Kein besonders gutes Omen, oder?«

»Was?«

»Dass die Päpstin auf seinem Bett gestorben ist.«

»Die Katze war siebzehn Jahre alt, mein Schatz.«

»Ich weiß, aber –«

»Und du weißt auch, dass ich nicht an Omen glaube. Und du solltest das auch nicht tun. Kein Atheist, der etwas auf sich hält, sollte an Omen glauben.«

»Nein.«

»Vor allem nicht beim Tod einer Päpstin.«

»Sehr witzig.«

Er nickte in Richtung der geschlossenen Zimmertür. »Deine Mutter wird sich gleich morgen früh darum kümmern«, sagte er. »Denk nicht mehr daran.«

Doch als Marina in ihrem eigenen Bett, unter ihrer eigenen Flaumdecke lag, konnte sie nicht einschlafen, weil sie die ganze Zeit daran denken musste, an das junge Kätzchen, das sie einst bekommen hatte (statt einem Pferd, hatten ihre Eltern gescherzt: ihrem Lebensstil angemessener) und über das sie aus dem Staunen nicht mehr herausgekommen war – seine staksigen Schritte und begeisterten Sprünge, das Zünglein, das ihre Hand ableckte. Sie hatte die Päpstin im Stich gelassen, als sie aufs College ging, und auch später jahrelang, als sie woanders wohnte, die Katze als etwas Selbstverständliches hingenommen, wenn sie zu Besuch nach Hause kam, ein zarter Stups an der Wade, ein mollig warmer Muff auf ihren Knien, ein herzhaftes Gähnen und hochmütiges Neigen des edel geformten Kopfs. Und als Marina vor einem Jahr wieder zu Hause einzog, war die Katze krank und hässlich geworden, dürr, struppig, jaulend und, natürlich, kotzend, was ekelhaft säuerlich stank. Gelegentlich hatte Marina zwar Mitleid empfunden, größtenteils aber, roh, wie junge Menschen eben sind, Verachtung für die Hinfälligkeit des Tiers und Abscheu vor seinen Verhaltensweisen. Ein paar Tränen stiegen Marina in die Augen und benetzten ihr Kopfkissen, aber sie hätte nicht zu sagen gewusst, ob diese Tränen dem Kummer

173

über den Verlust der Päpstin entsprangen oder der Traurigkeit
über sich selbst, weil sie angesichts des Todes so gleichgültig
blieb, oder – und vielleicht lief es darauf hinaus – ob die Tränen, die sie erst jetzt vergoss, eine Schwäche waren, ausgelöst
durch die Päpstin, eigentlich aber, in ihrem stillen Kummer,
in ihrer früheren Verzweiflung gründeten, in den unerbitt-
lichen Belastungsproben, die sie immer noch bestehen musste,
während die Katze, reglos und frei, auf weichstem Gänse-
flaum gebettet, in frischgebügeltem irischem Leinen, ihren
Frieden gefunden hatte.

KAPITEL NEUNZEHN
Bootie erobert New York

Am zweiten Samstag im Mai, um neun Uhr fünfzehn am
Morgen, saß Frederick Tubb auf einer Bank im Central
Park, nur einen halben Block von der Straße entfernt, im
angenehmen Schatten frischen Ahornlaubs, eine Plastiktüte neben sich und ein Buch auf dem Schoß. Diesmal *Krieg
und Frieden*, das er inzwischen doch für eine Pflichtlektüre
hielt und auf das er sich mit aller Kraft zu konzentrieren
versuchte. Doch es fiel ihm schwer. Trotz der Hitze, die der
Morgen schon verheißen hatte, trotz des zarten Dunstes –
eine Feuchtigkeit, die sich im Park tropisch schwer unter den
ausladenden Ästen sammelte, erhellt von gleißenden Pfützen
des schon grellen Sonnenlichts –, hatte sich Bootie überlegt
(so wie man vor nicht allzu langer Zeit überlegte, was man
zum Dinner oder zum Kirchgang anziehen könnte), dass er
jetzt in einer Großstadt lebte und sich deshalb in Schale werfen sollte. Der Schweiß kribbelte auf seiner Haut, die Locken
klebten ihm schon auf der Stirn, ständig glitt ihm die Brille
von der Nase, und er bereute seinen Entschluss. Er trug
ein kariertes Hemd mit Kragen und Manschetten, das allerdings ungebügelt war und ihm über die leicht schmudde-

ligen Khakihosen hing. Entweder trug er Khakihosen oder Jeans – er besaß nur zwei Paar Hosen – und Erstere waren ihm etwas sauberer vorgekommen. Er trug Turnschuhe, riesige weiße Kähne an den Füßen, weil er zur Zeit keine anderen Schuhe besaß (seine schicken Schuhe befanden sich, vielleicht für immer, in seinem Zimmer in Watertown), aber wenn er an die Schuhe dachte, die er unterwegs gesehen hatte, war das völlig in Ordnung. Die Schuhe, oder vielmehr die Menschen darin, lenkten ihn zusätzlich ab – eine Parade von so beachtlicher Vielfalt und, angesichts der frühen Stunde, so beachtlichem Volumen, dass er Mühe hatte, sich länger als jeweils ein paar Momente auf die Buchseite zu konzentrieren. Gesprächsfetzen wehten zu ihm herüber – »Sie streitet es ab, aber ich *weiß*, dass sie's mir geklaut hat«; »Lies doch mal, Liebling, ich glaube, das würde dein Leben verändern«; »Du weißt doch selbst, was dir steht, oder? Wie kann *ich* dich da beraten?« – und wenn er verstohlen durch seine Haare hindurchspähte, sah er, dass die lebhaftesten Unterhaltungen oft per Handy geführt wurden, manchmal sogar mit Ohrstöpseln an beinahe unsichtbaren Kabeln, so dass die wild vor sich hin gestikulierenden Sprechenden wie Verrückte wirkten. Er wunderte sich im Stillen über diese New Yorker Gestalten, die hier in Businesskleidung oder hautengen Sporttrikots an ihm vorbeizogen, hagere, gehetzte Männer und Frauen, an deren steif vorgereckten Hälsen und spindeldürren, straffen Waden die Adern hervorquollen; hünenhafte, plumpe Kreaturen unbestimmbaren Geschlechts mit monströsen, unter weiten T-Shirts wabbelnden Wänsten und glänzenden, von der Konzentration auf die Fortbewegung verkrampften Gesichtern; und dazwischen alle Größen und Formen; russische, chinesische, afrikanische, lateinamerikanische Gesichter, alle erdenklichen Farben und Proportionen, ein sich seinem Blick zufällig darbietendes Gemisch, das auf Bootie wirkte, als sei der UNICEF-Kalender seiner Mutter – der ihn, an die Wand neben dem Küchentelefon gepinnt, seine ganze Kindheit hindurch begleitet hatte – zum Leben erwacht.

Eine Horde rundgliedriger, südländisch aussehender Kinder stürmte kreischend vorbei, auf den Spielplatz zu, während die Mütter – so jung, in seinem Alter vielleicht; konnten das überhaupt die Mütter sein? Doch ja, warum nicht – weit hinten angeschlendert kamen, über Kindersportwagen gebeugt, in denen andere, kleinere Leiber lagen, alle viere von sich gestreckt, schlummernd unter bunt baumelndem Spielzeug, die Stimmen der Frauen ein mäandernder Strom spanischer Worte, unterbrochen durch vereinzelte Rufe, die dem davonstiebenden Nachwuchs galten. Eine der Mütter sah zu Bootie herüber und wandte, trotz seines vorsichtigen Lächelns, rasch den Blick ab.

In der Plastiktüte befand sich Booties zerlesenes Emerson-Exemplar; eine Sonnenbrille, die er sich in Amherst für fünf Dollar bei einem Straßenhändler gekauft hatte; und eine alte Apfelsaftflasche mit zerrissenem Etikett, gefüllt mit Wasser aus dem Wasserhahn in der Küche der Thwaites. Er hatte überlegt, ob er sich ein Frühstück mitnehmen sollte – Tante Annabel hatte ihm schon mehrmals gesagt, er solle sich wie zu Hause fühlen –, war dann aber von dem Gedanken abgekommen, aus Sorge, Geschirr schmutzig zu machen, Unordnung zu schaffen. Er wusste – seine Mutter hatte ihn immer dafür getadelt –, dass er zu den Leuten gehörte, die, wenn auch unabsichtlich, immer Spuren hinterließen, Flecken, Fingerabdrücke und schmutzige Tassen. Also lieber nichts anfassen.

Er hatte das Haus verlassen wollen, bevor seine Verwandten aufstanden, bevor die imposante Stille der Wohnung – hermetisch abgeschottet, so viel ruhiger als das lärmerfüllte Haus seiner Mutter – unterbrochen wurde. Ihre Leutseligkeit war nicht leicht zu ertragen, ihre fast gleichgültige Herzlichkeit bei der Begrüßung, die Selbstverständlichkeit, mit der sie annahmen (und dass diese Annahme genau ins Schwarze traf, wurmte ihn), dass er gekommen war, weil er in ihr Leben integriert werden wollte, zu ihnen gehören wollte. Gleich gestern Abend, nicht sein erster Abend, aber angesichts der späten Ankunft am Donnerstag eigentlich doch, hatten sie ihn eingeladen, sie zu einer Grillparty bei Freunden zu begleiten. Er hatte gedacht, das sei ein Scherz – Grillen in New York City? –, bis sie ihm erklärten, dass es sich um ein Penthouse mit Panoramaterrasse handelte und dass man vor allem hingehe, um die herrliche Aussicht zu genießen. Als er auf ihr Drängen hin erwidert hatte, er sei müde und wolle zu Hause bleiben, las er in Annabels, in Murrays Miene, dass es ihnen nichts ausmachen würde, wenn er sich lieber mit einem Buch zurückzog, noch deutlicher aber las er darin, dass sie seine Entscheidung nicht nachvollziehen konnten. Welchen Sinn hatte es sonst, in New York, und vor allem: im New York der *Thwaites* zu sein? Also war er mitgegangen, nur um dann – vorhersehbar, unerträglich – verwirrt und schamrot dazusitzen, das Hemd voller Flecken, erst weil er so stark geschwitzt, dann, weil er, ungelenk, wie er war, Rotwein verschüttet hatte.

Annabel, der aufgefallen war, dass er wiederholt allein auf der breiten Terrasse herumstand, hatte ihn unter ihre Fittiche genommen, sich gegen die Glasbrüstung gelehnt (er konnte einfach nicht hinunterschauen) und ihm die herrliche Silhouette der Stadt gezeigt, ihre Wahrzeichen, die Windungen und Hügel des Parks, der dicht begrünt vor ihnen lag, die spielzeugkleinen Türme im Zentrum, wie ein kindliches Fantasiegebilde aus dem Stabilbaukasten, den glitzernden Fluss und den Schleier der Abenddämmerung, der sich in immer intensiveren Rosaschattierungen und Purpurtönen über den weiten Himmel und die ringsum liegenden Gebäude senkte. Sie besaß die Freundlichkeit, sich keine Langeweile anmerken zu lassen, angeregt auf seine Kommentare einzugehen – deren Banalität er sich bewusst war, was ihn erneut erröten und nervös hinter seinen Brillengläsern zwinkern ließ – und ihm sogar (eine Geste, die ihn anrührte und überraschte) die Hand auf den Rücken zu legen, als sie westwärts über den Park hinweg auf das Haus wies, in dem die Thwaites, und nun auch er, lebten. Selbst in diesem Moment dachte er an den Schweiß auf seiner Haut, seinen fleischigen Rücken, sein Hemd, das sich unter ihren Fingern möglicherweise feucht anfühlte, und vor lauter Scham stand er wie festgenagelt da und brachte kein Wort über die Lippen.

Während er Annabels Stimme lauschte und die Aussicht betrachtete, behielt er verstohlen die anderen Thwaites im Auge, Marina und Murray, die mal einzeln, mal gemeinsam durch die auf der Terrasse versammelte Schar der Gäste glitten. Murray überragte die meisten, sein silberner Haarschopf leuchtete weithin sichtbar, und hin und wieder hörte Bootie seinen tiefen ruhigen Bass, wenn er lachte oder amüsiert die Stimme hob. Fast unablässig hingen Rauchwolken über ihm, wie Comic-Denkblasen, als unterhalte er sich mit sich selbst. Marina wandte elfenhaft den Kopf hin und her, bewegte schlaksig ihre zarten Glieder, als sei Unbeholfenheit, wenn man so schön war, die anmutigste Form der Affektiertheit. Das Dämmerlicht ließ ihre Augen noch ausdrucksvoller strahlen, vertiefte das Rot ihrer Lippen, sodass sie aus der Ferne wirkte wie eine buntlackierte Marionette auf einer Puppenbühne. Er musste hinsehen, konnte einfach nicht anders, obwohl er wusste, dass sie genau dies war: eine Frau, die jeder anstarrte, und dass solche Frauen ihn nie zu bemerken pflegten. Sie sah zwar ein oder zweimal herüber, schien im Laufe einer Unterhaltung über ihn zu sprechen, seine Anwesenheit zu erklären – »Mein dicker Cousin aus der Provinz«, glaubte er sie sagen zu hören, »ich kann nichts dafür« –, und diese Projektion, in Kombination mit seiner Scham, ließ ihn noch mürrischer werden, sodass sich Bootie, als sie alle gemeinsam die Party verließen, leicht angetrunken, von einem freundlichen in ein aggressives Standbild verwandelt hatte, das, auf die Rückbank des Taxis gequetscht, umweht von Marinas köstlichem Zitronenduft, für seine Gastgeber kaum ein Wort des Dankes fand.

»Du bist sicherlich erschöpft«, hatte Annabel, die seine gerunzelte Stirn, den zusammengepressten Kiefer sah, ihn getröstet. »Vielleicht war es zu viel? Schlaf dich morgen aus – das machen wir alle.«

Doch er war schon im Morgengrauen aufgewacht, in

unveränderter Verfassung, immer noch verdrossen, obwohl er gar nicht hätte sagen können, weshalb, und hatte seine vorübergehende Flucht geplant. Ihm ging es schließlich nicht um die New Yorker Kreise, in denen die Thwaites sich bewegten. Vielmehr ging es ihm einzig um das Geistesleben seines Onkels. Er sehnte sich nach etwas, das weniger gedämpft und gepolstert war, etwas, das realer war, nach einem Zustand aus einem Guss, mit Bildung in greifbarer Nähe: Autarkie war schließlich sein Ziel. Während er weiterlas, oder wenigstens so tat, und sich dabei das Paperback dicht vor die Nase hielt, als wolle er seine Kurzsichtigkeit parodieren, überlegte er, welchen Eindruck er, auf dieser Bank am Parkrand sitzend, wohl auf die südländische Mutter machte, die nicht lächelte, auf die vorbeihastenden Joggerinnen, auf die trödelnden Mädchen – immer die Frauen, fiel ihm auf, und dass er gar nicht überlegte, ob Männer ihn bemerkten – und dabei spähte er verstohlen über die Buchseiten, um zu sehen, ob jemand hersah, und natürlich auch um seinerseits zu schauen, denn das war das einzig Interessante für ihn (letztlich waren Romane doch langweilig; selbst der hier, von Tolstoi, obwohl er besser schien als die meisten).

Wieder strahlte Marina, in der Helle des Vormittags. Selbst wenn er sie nicht gekannt hätte, hätte er hingeschaut, angezogen von ihrem Glanz. Sie trug Shorts, ein T-Shirt, Turnschuhe, wie alle anderen auch, aber ihr stand das irgendwie. Zu Booties Leidwesen sah sie ihn auch, trotz, oder vielleicht gerade *wegen*, Tolstoi.

»Du bist ja echt ein Bücherwurm«, sagte sie und wippte auf den Zehenspitzen. »Was hast du denn da in der Tüte?«

»Bloß ein Buch.«

»Wie lange sitzt du schon hier?«

»Nicht sehr lange.«

»Dad kann dich von deinem Arbeitszimmer aus genau beobachten.« Sie spähte blinzelnd ins Geäst der Bäume und wies zu dem Gebäude auf der anderen Straßenseite hinüber. »Im Winter besser, wegen des Laubs, aber selbst jetzt – da drüben ist sein Fenster. Als Kind hab ich dort stundenlang gesessen und Leute beobachtet.«

Bootie bewegte unruhig die Hände, das Buch, machte Anstalten aufzustehen.

»Keine Angst, er guckt nicht raus. War nur ein Scherz. Aber er *könnte* dich sehen, wenn er wollte. Hast du vor, den ganzen Tag hier zu verbringen?«

»Natürlich nicht. Ich –«

»Diese Bank ist doch sicher nicht sehr bequem.«

»Geht so.«

»Weißt du was? Ich bin auf dem Weg zu meiner Yogastunde hier im Freien, sie beginnt in etwa fünf Minuten – aber danach fahre ich nach Downtown.« Sie machte eine Pause, legte den Kopf schief, sodass ihr das Haar halb in die Augen fiel.

»Warst du schon downtown? Soho? The Village?«

Er schüttelte den Kopf.

»Ich könnte dich mitnehmen. Ich treffe mich dort mit einer Freundin, weil ich mir was zum Anziehen kaufen muss, für einen offiziellen Anlass nächste Woche, also wirst du dich wahrscheinlich lieber allein auf den Weg machen« – taktvoller, dachte er, hätte sie ihn nicht abhängen können –, »aber ich zeig dir, wo du hinmusst.«

Außer zu lesen hatte er ja nichts vor, und sie strahlte so. Er nickte. »Danke.«

»Ich muss jetzt los« – sie federte auf den Fußballen –, »aber wir treffen uns dann oben in der Wohnung um halb elf.«

»Unten vielleicht?«

»Wenn du willst. In der Lobby.«

»Oder an der Ecke?«

Sie sah ihn scharf an, mit zusammengepressten Lippen, schien sich ein Lächeln zu verkneifen. »In der Lobby«, wiederholte sie. »Um halb elf, okay?«

Sie bestand darauf, mit der U-Bahn zu fahren. Damit er später wieder allein nach Hause fand. Bootie war noch nie U-Bahn gefahren, außer einmal als Zwölfjähriger in Washington, D.C., auf einem Schulausflug mit zwanzig anderen Kindern, aber das hier hatte nichts mit seiner Erinnerung zu tun. Faszinierend und abstoßend zugleich wirkten die verrottenden Stahlträger, die Gefängnisgitter, auf ihn, das Dröhnen und der Gestank nach Pisse und Fäulnis, der in der Luft lag, obwohl doch erst Frühling war und die Hitze noch nicht bis hier herunterdrang, und die kalten, durch den U-Bahn-Zug selbst aufgewirbelten Böen. Wieder, wie schon im Park, hätte er am liebsten mit offenem Mund all die Formen und Gesichter angestarrt: kunstvoll geflochtene Rastalocken, elektrisch maniküre Hände, dünne Spitzbärtchen und aknezernarbte oder bärtige Kinnpartien. Ein kahlköpfiger Mann im eleganten Anzug, den Blick gesenkt wie aus Bescheidenheit. Eine Grande Dame, sorgfältig, kokett geschminkt, mit verwirrend offenem Blick: Irgendetwas schien nicht ganz zu stimmen. Vielleicht trug sie eine Spur zu viel Make-up; vielleicht hing fast unmerklich die Unterlippe herab. Nein, etwas stimmte überhaupt nicht mit ihr. Und vielleicht – ja, ihre seidenen Ärmelaufschläge waren fleckig, ihr Tweedrock franste aus – vielleicht war sie es auch, die so komisch roch. Er starrte zurück, seine Finger glitten den schmierigen Pfosten auf und ab, er war sich bewusst, dass dieser schmierige Belag von menschlichen Händen stammte. Die U-Bahn oder die Klimaanlage, er war nicht sicher, erzeugte beim Beschleunigen ein immer höher werdendes moskitoartiges Sirren und rüttelte und ratterte bei Höchstgeschwindigkeit wie ein Teufelsrad; doch Marina – die sich während der Fahrt lieber mit dem Rücken gegen die trübe Türglasscheibe presste, als irgendetwas anzufassen – wirkte, wie die übrigen Fahrgäste auch, vollkommen ruhig. Als der Zug dann irgendwo midtown unerklärlicherweise in einem Tunnel anhielt und keuchend stehenblieb, packte Bootie die Panik: Die schwarz korrodierten Wände standen bedrohlich nah vor den Fenstern, die Luft wurde plötzlich knapp und stank immer mehr. Für einen Moment erlosch das Licht, und der Zug atmete aus wie ein verendendes Tier. Bootie schnürte es die Kehle zu. Er verspürte ein Brennen im Hals und in den Ohren.

Offenbar sah man ihm seine Unruhe an, denn Marina beugte sich vor – in den Gestank mischte sich ein Hauch ihres Zitronendufts – und sagte: »Das ist ganz normal. Gleich kommt Penn Station.« Und dann: »Du hast doch keine Angst, oder?«

Worauf er energisch den Kopf schüttelte, schneller sogar, dachte er, als sein Herz schlug, und so verwechselte er beim Anfahren den Ruck des wieder beleuchteten, wieder belebten Zugs mit seiner eigenen heftigen Bewegung. Er hatte nicht vor, auf diese Weise wieder nach Hause zurückzufahren – der Gedanke war ihm unerträglich –, obwohl er nicht wusste, wie er die Entfernung sonst zurücklegen sollte. Vielleicht gab es einen Bus; vielleicht würde er zu Fuß gehen; aber dieses beklemmende unterirdische Inferno war unerträglich. Das sagte er Marina aber nicht, bedankte sich nur, blinzelte aufmerksam, als sie nun beide wie die Maulwürfe an die Oberfläche kletterten und ins Licht traten.

Eigentlich hätte er auf die Menschenmenge achten sollen, wieder von ganz anderer Zusammensetzung in diesen schmaleren Straßen mit niedrigeren Gebäuden, er hätte auf die Passanten achten sollen, die aus Unaufmerksamkeit manchmal fast mit ihm zusammenrempelten und, so schien es, in vielen fremden Sprachen plauderten, während sie die Kaufhäuser mit ihren Spiegelglasfronten betraten und wieder verließen; doch stattdessen wurde ihm bewusst, dass er seine Cousine beobachtete. Ihr Gang schien leicht verändert, sie hob jetzt öfters die Hand, um kurz ihr Haar zurückzustreichen, als sei sie sich ihrer selbst hier mehr bewusst, als trete sie öffentlich auf. Sie schob ein wenig das Kinn vor, schürzte die Lippen. Zum ersten Mal fiel ihm auf, dass ihr kurzes spitzenbesetztes Jäckchen aus fließendem rosa Stoff kein zerschlissenes Relikt aus alten Zeiten, sondern ein modisches Kleidungsstück war. Er versuchte herauszufinden, wessen Aufmerksamkeit sie erregen wollte – seine ganz offensichtlich nicht –, und bemerkte erst jetzt, dass es hier von jungen, schönen Menschen wimmelte, eine Fülle goldbrauner, langgliedriger

Wesen, in deren Gesellschaft Marina sich, ohne aufzufallen, ganz selbstverständlich bewegte.

Die Freundin überraschte ihn dann allerdings: Sie saß bei Dean & DeLuca über einen Bagel gebeugt, war vollbusig, adlernasig und hätte ganz schlicht gewirkt, wären da nicht die leuchtenden Augen und üppigen Lippen gewesen. Als sie grinste, ein etwas schiefes Grinsen, verliehen die Lachfältchen ihrem Gesicht etwas Liebenswerteres, Zugänglicheres als Schönheit. Jetzt war sie ihm sympathisch, auch wegen des notdürftig abgewischten Frischkäseflecks auf ihrer blassblauen Bluse.

»Wie gefällt dir Manhattan? Zum ersten Mal hier, stimmt's?«

»Nicht ganz. Zum ersten Mal, seit ich groß bin.« Selbst das Wort »groß« kam ihm kindlich vor, als er es aussprach. Er kämpfte gegen das Erröten an. Hätte er doch lieber »erwachsen« gesagt.

»Mom und Dad haben ihn gestern Abend zu den Beavers mitgeschleppt.« Marina verdrehte die Augen. »Du weißt schon, die mit dem Penthouse am Park, ich hab dir davon erzählt.«

Die Freundin – sie hieß Danielle – lächelte vage.

»Fantastischer Ausblick. Aber es ging so steif zu. Der arme Fred sah aus, als wolle er nur noch weg.«

»Nein, nein. Ich war – vielleicht ein bisschen – es war – anders.« Er sah auf seine Hände. Er spürte, wie ihm die Röte ins Gesicht stieg, unaufhaltsam.

»Hey, kommt mir bekannt vor.« Danielle schien nur für ihn zu lächeln. Ihre Zähne waren sehr weiß. »Ich komme aus Columbus, nicht wie unsere Miss New York hier, die sich ein Leben woanders gar nicht vorstellen könnte –«

»Unfair!«, protestierte Marina.

»Die aber, soviel ich weiß, bis zu ihrem ersten College-Jahr noch nie in Brooklyn gewesen war.« Darüber lachten sie beide, Marina und Danielle. Ihre Geschichte; ein Insider-Joke. Bootie wartete. »Jedenfalls will ich damit sagen, dass ich genau nachvollziehen kann, wie das ist.«

»Und, wie ist es denn?«, fragte Marina.

»Es ist verwirrend. So, als ob du es kennst und doch nicht kennst, beides gleichzeitig. Du hast es so oft gesehen, die Bilder, im Kino, im Fernsehen – du hast das Gefühl, es sei deins. Aber natürlich ist es anders. Das, wovon man nur geträumt hat, ist anders, wenn man es dann wirklich sieht.«

»Trifft das auf dich zu?« Marina schien ihrem Cousin zuzuzwinkern.

»Ich glaube ja.« Seine Hände lagen bleich und riesig vor ihm, jetzt nahm er sie vom Tisch und schob sie zwischen die Knie. »Na ja, ich bin ja eben erst angekommen. Ich bin mit dem Wagen nach Queens gefahren und dann – ich hab bis jetzt noch nicht so viel gesehen.«

»Man muss schon sagen, dass sie *riecht*, nicht wahr? Die U-Bahn?«

»Klar. Absolut.«

»Frederick, wenn ich dich das fragen darf – machst du hier quasi Urlaub? Oder ist das eher was Längerfristiges? Marina wusste es nicht genau.«

»Vermutlich, weil ich's nicht genau erklärt habe. Liegt an mir. Das heißt, meine Mom soll's nicht wissen – einfach weil sie nur die Uni im Kopf hat und denkt, ich könne nichts erreichen ohne so ein blödes, sinnloses Diplom, und deshalb ...« Er hielt inne, dachte nach, setzte von neuem an. »Ich würde gern hierbleiben. Natürlich nicht bei euch – das heißt, Murray und Annabel sind fantastisch, das ist es nicht –, aber ihr wisst schon, was ich meine. Ich werde mir was zum Wohnen suchen und irgendeinen –«

»Job?«, schlug Danielle vor.

»Ja, klar. Aber dann möchte ich studieren.«

»Natürlich. Toll! Wo?«

»Nicht an einer Universität. Das heißt –« Er begann mit den Knien zu wippen und brachte den Tisch zum Wackeln. Das musste man doch erklären können; *so* radikal war dieser Gedanke doch auch wieder nicht? »Das heißt, zurzeit traue ich Institutionen nicht so ganz. Ich denke, ich habe mehr davon, wenn ich es auf eigene Faust versuche.«

»Wow«, sagte Danielle und Bootie wusste nicht, wie sie das meinte. Marina starrte ihn nur an, fixierte ihn mit einem sehr freundlichen Lächeln, als hätte er totalen Blödsinn verzapft.

»Hast du, ich weiß nicht, eine Art Plan? Oder ist das eher generell gemeint?«

»Du hältst das für Quatsch? Nein, ich habe einen Plan. Meine eigenen Lektürelisten. Und ich mache mir Notizen und verfasse Texte, aber ...«

»Wer liest sie?«, fragte Marina.

Er blinzelte. »Bis jetzt – na ja, da gibt es eigentlich noch niemanden. Ich, bis jetzt.«

»Vielleicht könnte mein Dad deine Essays lesen.«

Sein Blick glitt prüfend über ihr Gesicht, die roten Lippen, die violetten Augen – lachte sie? Sah nicht so aus. »Meinst du das ernst?«

»Na ja, ich kann natürlich nicht für *ihn* sprechen –«

»Aber fast«, fiel Danielle ein.

»Aber ich finde definitiv, dass du ihn fragen solltest. Ich kann ihn auch fragen. Immerhin bist du sein Neffe. Und er liebt es, die Rolle des – wie heißt das? Mentors zu spielen. Er liebt es, junge Seelen und Köpfe zu bilden et cetera. Das hält ihn jung.«

»Was studierst du denn so?« Wieder betrachtete Danielle ihn mit diesem geduldigen, fast mütterlichen Blick. Das gefiel ihm gar nicht. »Literatur? Neurowissenschaft, oder was sonst?«

Er runzelte die Stirn. »Vorwiegend *was sonst*«, sagte er, doch weil er sich unhöflich vorkam, fügte er hinzu: »Momentan Emerson und Tolstoi.«

»Aha, Unterhaltungslektüre.« Marina lachte. »Nein, im Ernst, tolle Literatur. Was denn von Tolstoi? Ich liebe *Anna Karenina*. War schon immer eins meiner Lieblingsbücher.«

»*Krieg und Frieden*, eigentlich.«

»Ach ja, klar.«

Da sie so übertrieben heftig nickte, überlegte Bootie, ob sie *Krieg und Frieden* vielleicht gar nicht gelesen hatte. Da er sie aber nicht bloßstellen wollte, nahm er stattdessen einen Schluck Kaffee.

»Mal ein ganz anderes Thema«, sagte Danielle jetzt und streckte die Hand aus, nicht um Booties, sondern um Marina Unterarm zu berühren, »wir wissen vielleicht was, wo Frederick wohnen könnte.«

»Ach ja?«

»Denk doch mal nach – was ist mit der leeren Wohnung unseres wunderbaren Freunds, der sich in letzter Zeit so rar macht?«

»Stimmt, er hat gesagt, dass er untervermieten will, ich erinnere mich.«

»Worum geht's?«

Sie erzählten Bootie von Julius und dessen neuer Lebenssituation. »Als wären sie in den ewigen Flitterwochen – man kommt nicht an sie ran«, erklärte Marina. »Oder es liegt an uns. Dieser David – keiner von uns ist ihm je begegnet, und Julius hält nichts davon, Freundeskreise zu vermischen, das war schon immer so, aber in diesem Fall ist das ja lächerlich, man könnte fast glauben, wir seien nicht gut genug für David oder so.«

»Oder David ist nicht gut genug für euch.«

»Warum hängt er dann so an ihm? Nein, nein, er spielt das Schoßhündchen, das ist es. Und deshalb hasse ich diesen Typen, obwohl ich ihn nicht kenne.« Danielle, die ziemlich laut gesprochen hatte, schlug sich die Hand vor den Mund. »Welcher Mann würde nicht gern die ältesten Freundinnen seines Geliebten kennen lernen? Also wirklich. Wär ja okay, wenn sie nach einer Weile wieder für sich sein wollten; aber sich strikt zu weigern, überhaupt mal mit uns essen zu gehen –«

»Hat er sich denn geweigert, mit euch essen zu gehen?«, fragte Bootie. Solche Gespräche war er nicht mehr gewohnt, seit seine Schwester auf die Highschool gekommen war – er fand diese endlosen, ergebnislosen Deutungsversuche typisch weiblich, unangenehm intim, wie Spitzenunterwäsche.

»Nicht direkt«, erklärte Marina. »Julius lässt uns nur ständig abblitzen, und wir wissen nicht genau, warum. Deshalb geben wir Conny, wie wir ihn nennen, die Schuld. Er heißt David Cohen.«

»Koksi trifft's schon eher«, sagte Danielle. »So sehe ich das jedenfalls.«

Bootie war leicht schockiert, wusste aber gleich, dass das nicht angebracht war, deshalb meinte er nur: »Echt?«

»Na ja, Julius hat schon immer gern durchblicken lassen, dass er ein bisschen, hm, riskant, lebt. Sex and Drugs and Rock 'n' Roll, das findet er glamourös.«

»Und Glamour ist das, was für Julius zählt – das ist sein schwacher Punkt«, meinte Marina.

»Aber diesmal« – Danielle zuckte die Achseln –, »diesmal ist es etwas mehr – wie würdest du das nennen, M? Authentisch. Wenn er von Drogen spricht, klingt es diesmal beunruhigend authentisch.«

»Richtige Sorgen werden wir uns machen, wenn er gar nicht mehr davon spricht«, sagte Marina plötzlich schroff, sammelte die leeren Kaffeebecher und zusammengeknüllten Wachspapierreste ein. »Danny, wir müssen jetzt los, ein paar Kleider kaufen.«

Bootie erhob sich ebenfalls und wurde sich wieder einmal seiner Größe und Korpulenz bewusst, als sich herausstellte, dass Danielle im Stehen ziemlich klein war. Außerdem wurde ihm bewusst, dass das Thema ›Aussicht auf eine Wohnung‹ – die Wohnung von Julius – im Gespräch keine Rolle mehr gespielt hatte und so auch für ihn in weite Ferne gerückt war. Er besaß zwar weder einen Job noch Geld; dennoch empfand er es als einen gewissen Verlust; an dem belanglosen Geplauder über Julius' Liebesleben ließ sich erkennen, wie weit Marinas – und Danielles – Prioritäten sich verschoben hatten. Also auch nicht besser als Amherst, als Oswego – und dies obwohl er diese Welt irgendwie für etwas Höheres gehalten hatte. Hoffnung setzte er nach wie vor in seinen Onkel. Aber Marina, die hier vor ihm stand, war so viel hübscher, eine Gazelle, ein Stück Konfekt. Und wenn sie ihn eingeladen hätte, sie beim Kleiderkauf zu begleiten, statt ihn flüchtig auf die Wange zu küssen und ihm zu zeigen, wie er zum World Trade Center kam – »du kannst bis ganz oben mit dem Aufzug fahren. Fotografiere unbedingt die Aussicht. Keiner, der nach New York kommt, sollte sich das entgehen lassen« –, hätte er gerne eingewilligt. Aber sie wollte unbedingt los, das spürte er an einer gewissen Atemlosigkeit, am unsteten Blick der violetten Augen; und es war Danielle, die lachend sagte: »Du kannst auch mit uns zu Armani und Anna Sui latschen, wenn du magst. Ich war nämlich selber noch nie auf dem WTC, und als Mädchen aus Columbus denke ich immer, es ist gerade *nicht* das Sightseeing, das einen zum echten New Yorker macht.«

Worauf Bootie lächelte, hinter seinen Brillengläsern blinzelte und das liebenswürdige Angebot um seiner Cousine willen zurückwies. »Ich gehe lieber«, sagte er. Und da das nicht ganz nachvollziehbar war und keinen Sinn zu ergeben schien, log er: »Ich wollte das schon immer mal sehen. Die Aussicht, meine ich.«

KAPITEL ZWANZIG
Julius' Dilemma

Seine Fingerspitzen kribbelten, in seinen Ohren pulsierte das Blut. Er benahm sich absolut daneben, was ihn gleichermaßen erregte und ängstigte. Sonntagabend, immer noch hell, und Julius wartete einerseits darauf, dass David von einem Familienbesuch in Scarsdale zurückkehrte; wartete, wenn auch nicht unablässig, auf das Geräusch des Schlüssels im Schloss. Und doch konnte es jeden Moment passieren, nicht wahr? David konnte einen früheren Zug nehmen, David konnte beschließen, auf das traditionelle sonntägliche Familienlunch beim Chinesen zu verzichten, verlockt von der Aussicht auf seinen endlos verfügbaren und – wie Julius sich gerne vorstellte – endlos verführerischen Lover, der seine haarlose, ins

Olivbraune spielende Haut in einem mit kostbarem Badeöl versetzten Bad gepflegt und parfümiert hatte und dann wohlig in einen gestohlenen Hotelbademantel geschlüpft war. Und gleichzeitig malte er sich die unmittelbar bevorstehende Ankunft eines anderen, fremden Manns aus, den er übers Internet kontaktiert hatte und nur als Dale kannte, ein wahrer Hengst (versprach er jedenfalls) und Fitnesstrainer (behauptete er jedenfalls), ein Typ, dessen Nickname SweetCheeks lautete und der ein ebenso sensationelles wie diskretes Treffen verheißen hatte, mit dem zusätzlichen Vorteil, dass er nur drei Blocks entfernt wohnte (versicherte er jedenfalls) und somit schnell da sein und (falls nötig) wieder verschwinden konnte; jedenfalls ganz sicher – obwohl, wann konnte man sich schon hundertprozentig sicher sein? Und lag nicht genau hierin der Reiz? – bevor David zurückkam.

Hätte Julius sein Verhalten erklären können, hätte er es mit verschiedenen Ansätzen versucht. Mit seinem Liebesleben war er so zufrieden wie noch nie; und wenn man es so solide, so ernsthaft wie Marina oder Danielle betrachtete, gab es keine nachvollziehbare Motivation für seinen Verrat; und doch; und doch. Zunächst einmal war da die Macht der Gewohnheit: Manche Leute waren süchtig nach e-Bay, und vielleicht ging es Julius hier ähnlich – so wie jenen Menschen, die massenweise Marmeladengläser aus Alaska oder Orientteppiche ersteigerten, angezogen von den Verheißungen des Möglichen, von dem lockenden Gefühl, dass das Unentdeckte diesmal DIE ANTWORT bereithalte, dass *dieser* Partner, dieser Schenkel, dieser keuchende Körper, dieser kantige Kiefer sich als das lang gesuchte Allheilmittel erweisen würden. Wie konnte man von irgendeinem Menschen, wie konnte man von Julius erwarten, dass er diese Möglichkeit, all diese Möglichkeiten, um einer bestimmten vorgezeichneten Bahn willen aufgab, auch wenn er Davids Nackenlocken oder die Rundung seiner Pobacken noch so sehr liebte, auch wenn ihr Intimleben noch so aufregend sein mochte? Konnte man nicht Pierre und Natascha *gleichzeitig* sein?

Hinzu kam das Risiko, erwischt zu werden, das ihm deutlich vor Augen stand und doch zugleich einen unwiderstehlichen Reiz in sich barg. Seit Julius allein lebte, hatte er fast vergessen, wie er sich anfühlte, dieser Kitzel; hatte ihn nur noch manchmal bei einem flüchtigen, feuchten Gefummel an öffentlichen Orten verspürt oder einmal auf der Toilette im Haus eines alten Bekannten aus Uni-Zeiten, bei einer ziemlich vornehmen Dinnerparty; aber *dies* – dies war ein Nervenkitzel, wie er ihn in seiner Jugend gekannt hatte, ein Nervenkitzel wie damals in Danville, mit vierzehn oder fünfzehn, als seine Eltern glaubten, er sei im Einkaufszentrum, im Kino, während er in Wirklichkeit auf dem Parkplatz hinter einer Bar namens The Hub herumlungerte, einem bekannten Treffpunkt für Männer, die sich die Wärme ihrer Autos teilten, und wo unerfahrene Jungs wie er heiß begehrt waren; wo aber auch immer die Gefahr einer Polizeirazzia drohte (man wusste ja, was da lief) und, noch erschreckender, die vage Möglichkeit eines Überfalls durch eine Horde besoffener Kerle, mit Messern oder Baseballschlägern bewaffnet, voller Hass auf Schwule. In diesem wimmelnden weißen Meer des Mittleren Westens hätte sich ein asiatischer Schwuler, ein schwuler asiatischer Teenager, unschuldig-naiv, mit großen Augen, gertenschlank, natürlich auf eine Sonderbehandlung einstellen müssen. Als Julius fünfzehn war, wurde ein verheirateter Versicherungsvertreter drei Ortschaften weiter von drei Football-Spielern halb totgeprügelt: Einer von ihnen hatte ihn zum Schein verführt und zu den Kiesgruben gelockt, in die Falle. Julius hegte keine Gewaltfantasien – nein. Aber die leise nagende Angst, die Erinnerung daran, wie die Luft auf dem kalten Parkplatz damals, vor langer Zeit, noch kälter geworden war, wie sie die Umrisse der Häuser, der kahlen Bäume und, vor allem, die Konturen der schattigen Männergestalten noch deutlicher hatte hervorstehen lassen – die Erinnerung daran, wie ihn die Angst sexuell erregt, wie besonders, ja, *absolut* lebendig er sich gefühlt hatte – nach diesem köstlichen Gefühl sehnte er sich zurück. Als Teenager waren es nicht die Schwulenhasser gewesen, nicht einmal die Cops, vor denen er die größte Angst empfunden hatte, sondern der plötzliche Anblick eines vertrauten Gesichts, die Wagentür, die sich öffnete, um einen Freund seines Vaters, ein Mitglied der Kirchengemeinde preiszugeben; oder schlicht die Gefahr schlechten Timings, dass sein Vater vorbeifuhr, um ihn im nahe gelegenen Multiplexkino abzuholen und im schwefelgelb flackernden Licht der defekten Straßenlampe einen flüchtigen Blick auf die bloßgestellten, verschlungenen Körper erhaschte, von denen einer der seines jugendlichen Sohnes war. Die größte Angst war immer die gewesen, dass Mom und Dad davon erfahren könnten; der größte Triumph dagegen, dass es ihm gelungen war, sein geheimes Doppelleben so lange vor ihnen zu verbergen. Über dieses heimliche Leben hatte er sich definiert. Bis, natürlich, zu dem Tag, an dem alles aufgeflogen war.

Während er auf das Ertönen der Türklingel wartete (warum brauchte Dale so lange? Wohnte er also doch nicht nur wenige Blocks entfernt? Und war dann vielleicht auch kein Fitnesstrainer? Vielleicht auch nicht diskret? Und jetzt die aufkeimende, berauschende, grauenhafte Möglichkeit, dass Dale jeder sein konnte, *alles* sein konnte, der brutale Schläger aus seinem fünfzehn Jahre alten Alptraum), dachte Julius, wenn auch nur flüchtig, an die Konsequenzen, wenn er ertappt werden würde, diesmal nicht von seinen Eltern, sondern von David, in Davids Wohnung, in Davids Bett. Irgendwo tief in seinem Innern malte Julius sich aus, wie David das Ganze als Inszenierung verstehen würde, angelegt zur Steigerung ihrer gemeinsamen Lust; aber das war eher unwahrscheinlich.

Er versuchte sich Davids Wut, seine Enttäuschung vorzustellen, aber es gelang ihm nicht – er hatte keine Ahnung, wie David reagieren würde – und schon dies erregte ihn. Das Ausmaß seines Verrats war unvorstellbar.

Denn wenigstens im Reich der Fantasie kannte Julius sich mit Verrat und dessen Konsequenzen aus. Ein weiterer Antrieb für seine Eskapade war seine Überzeugung – die er hegte, ohne einen Beweis zu haben, ohne dass er überhaupt nachgeforscht hätte, aber die eine erregende Furcht anderer Art darstellte und die, in seiner Vorstellung, ebenso real war –, dass David auch ihn betrog. Es ging nicht um die wahre Liebe und eine länger währende Affäre (David liebte einzig und allein ihn, davon war Julius überzeugt; nicht zuletzt deshalb, weil David ihn an sich fesseln wollte, großzügig verwöhnte und eifersüchtig einsperrte, seine Vorzeige-Ehefrau, seine Desdemona), sondern um kurze Begegnungen, heimliche Treffen nach Geschäftskonferenzen, leidenschaftliche Umklammerungen mit Krawattenverkäufern im Lagerraum von Barneys oder mit Kellnern an der Hintertür der Balthazar Bar, kleine Stelldicheins auf Flughäfen oder in Hotelzimmern, wenn er für Blake, Zellman & Weaver dringend nach Chicago, Dallas oder L.A. fliegen musste (Business Class natürlich). Julius graute vor dem Gedanken an solche Treffen in gleichem Maße wie er darin schwelgte, wenn er selbst die ausführende Partei war. Für ihn war das vollkommen logisch; wenn er auch nicht erklären konnte, weshalb; er konnte die Vorstellung, dass Davids Lippen auf den Lippen eines anderen lagen, dass er Davids prachtvollen Penis mit jemand anderem teilen sollte, nicht ertragen. Für Davids niederschmetterndes, herzzerreißendes Verhalten hatte er keine Beweise, außer denen, die ihm seine Einbildungskraft lieferte, gegen die er ankämpfte, indem er sie mit seinen eigenen – realisierten – Fantasiestücken überdeckte, dem Fantasiestück mit Dale.

Dale, der erschien und gleich zur Sache kam. Weder Schläger noch Adonis, nicht besonders liebenswürdig, ein blasser Mann, etwa so alt wie Julius, mit nahezu kahl rasiertem Kopf, dunklen Bartstoppeln am Kinn und einem Haufen Metallringe im Ohrläppchen. Die Augen waren rund und lidlos, die fahle Haut von fahlen Stoppeln bedeckt und stellenweise vom Rasieren gerötet. Seine Miene hatte etwas Trübsinniges an sich; und entweder, weil es seinem Wesen entsprach oder aus Angst (die sich beim Anblick von Julius in seinem gestohlenen Bademantel und vor allem ob des Parfümdufts, der ihn umhüllte, doch sicherlich gelegt hatte?) erwies er sich als extrem wortkarg; trank einen Single Malt on the rocks und begann sich dann, ziemlich nervös, zu entkleiden.

Dales Penis war zwar nicht enttäuschend, aber alles andere als gigantisch; und Dales Lippen waren zwar schön üppig, dafür störte aber das winzige Ziegenbärtchen, ein stacheliges Hindernis auf dem Weg zu sexueller Erregung. Julius schlug ein gemeinsames Bad vor, ein oder zwei Linien Koks (er hatte dieses Bedürfnis vorausgesehen und eine kleine Portion von Davids Reserven für sich abgezweigt. Er kam sich vor wie seine Mutter, ängstlich; aber er hatte nicht riskieren wollen, dass den unbekannten Dale beim Anblick von Drogen im Überfluss die Gier packte und er sich das ganze Zeug unter den Nagel riss, seinen Lover niederschlug und verschwand) und einen Pornofilm auf dem riesigen Flachbildschirm an der Wohnzimmerwand. Dale, ziemlich einsilbig, nahm all diese Angebote an, ohne dass seine Miene ihren müden, trübsinnigen Ausdruck auch nur für einen Moment verloren hätte, und stürzte sich dann wild, und immer noch nüchtern – wie ein Bulimiker auf eine Schachtel Schokokekse –, in die Aktivitäten, zu denen sie sich verabredet hatten. Auf dem Wohnzimmerboden rangelten sie miteinander, bissen und lutschten mit wilder Energie. Der unangenehme Kinnbart störte bis zum Schluss, streifte kratzend über Julius' Wange, seinen glatten Brustkorb, sein empfindliches Skrotum. Nicht einmal mit Hilfe des Kokains gelang es Julius, ihre Paarung als angenehm oder wenigstens als lustvoll zu empfinden. Er war, wie so oft, enttäuscht und lenkte sich ab, indem er sich vorstellte, wie sich Davids Schlüssel im Schloss drehte, wie er Davids etwas ungleichmäßigen Schritt hörte, wie er entsetzt die Luft anhielt. Doch dies, zumindest dies, war pure Einbildung und ebenso beruhigend wie eine solche. Der farblose Dale – also doch ein Fitnesstrainer? So kompakt, so langweilig – verließ, nachdem er sich rasch gewaschen hatte, die Wohnung und erschien Julius im Rückblick wie eine Fata Morgana. Julius badete, zum zweiten Mal an diesem Nachmittag, suchte seinen Körper im dampfigen Bad nach kleinen, verräterischen

Schrammen ab, fand aber nichts. Seine Augen wirkten anormal vergrößert, als lasse die Verlogenheit sie anschwellen: wie ein Pinocchio-Effekt. Eigentlich bereute er das Stelldichein nicht; er bedauerte sogar, dass es so unbefriedigend verlaufen war. Er schüttelte die Kissen auf; er verstaute die DVD in ihrer Box und stellte die Box ins Regal zurück; er spülte die Whiskygläser und trocknete sie ab; er versprühte teures französisches Lavendelöl und machte sich als Nächstes daran, zu Davids Empfang eine aphrodisierende, mit Grand Marnier aufgeschäumte Mousse zuzubereiten.

In der Folge dieser Begegnung fühlte Julius sich weder befriedigt noch schuldig – zwei gegensätzliche Emotionen, die dennoch nebeneinander Bestand hatten. Vielmehr fühlte er sich traurig und müde. Dies wurde, da es nicht zu dem Fantasiestück gehörte, unweigerlich Realität: denn wonach immer er sich sehnen mochte – und die Sehnsucht wäre vielleicht schon erloschen, hätte er sie denn benennen können –, schien sich ihm stets zu entziehen. Es war wie bei Zenos Paradoxon, der Pfeil, der seinem Ziel zwar immer näher kommt, es aber nie zu erreichen vermag. Julius' Pfeil hingegen kannte nicht einmal sein Ziel, wusste nur, dass er sich nach einem Ziel sehnte.

Auch hier war David, dessen Wünsche so offen zutage lagen, ein Trost. Mit David, der sich um ihn kümmerte, ihn bei sich wohnen ließ, ihn verwöhnte, konnte Julius sich von dem Unbenennbaren lösen, konnte es zumindest versuchen. David schenkte ihm schöne Dinge, erwies ihm schmeichelhafte Aufmerksamkeiten, gewährte ihm eine Atempause in diesem seltsamen, nicht enden wollenden Kampf. Doch damit das funktionierte, brauchte er wirklich jemanden, der sich um ihn kümmerte; und wo zum Teufel blieb David überhaupt?

Als sein Lover um halb elf Uhr nachts endlich zurückkam – wo um alles in der Welt war er gewesen? Natürlich ließ sich der Gedanke an irgendwelche Männer in der Metro Nord oder in der Bar im Grand Central nun nicht mehr länger vertreiben –, lag Julius ausgestreckt auf dem Sofa, die Universalfernbedienung auf der Brust wie ein Toter seinen Rosenkranz, hörte La Wally und pflegte seinen verletzten Stolz.

»Nett, dass du dich doch noch blicken lässt«, sagte er schnippisch, zuckte zurück, als David ihn umarmen wollte und rauschte aus dem Zimmer. »Sehr großmütig von dir!«

»O mein Gott, Miss Clarke – ist ja schon gut! Mein Onkel Merv kam vorbei. Der, der in White Plains Rentenversicherungen verkauft. Hatte Lust auf ein Eis, deshalb waren wir zuerst im Panda Garden und dann bei Ben and Jerry's. Das hat gedauert.«

»Dann willst du jetzt wahrscheinlich auch keine Mousse mehr.«

»Was soll das heißen? Auch?«

Julius warf, oder schmiss, einen bösen Blick über die Schulter nach hinten. Er war wütend, gab aber zusätzlich noch die Diva. Er wusste selber nicht, wie ernst es ihm war. »Ich habe dir deinen Lieblings-Nachtisch zubereitet, Grand Marnier. Aber glaub bloß nicht, dass es das jetzt noch gibt. Und ›auch‹ deshalb, weil es Julius, der den ganzen Nachmittag bereit gewesen wäre, *auch* nicht gibt. Nicht mehr.«

Seinem Auftritt haftete, und das hatte er sogar trotz seines Grolls gehofft, so viel Komik an, dass er keinen Streit provozierte, sondern eher eine Art Ausfallschritt von Davids Seite. Kein erbittertes Gefecht, nur einen leicht ärgerlichen Satz nach vorne. Und dann genoss Julius ein immens befriedigendes sexuelles Rencontre, etwas grob vielleicht, aber lustvoll, mit dem Mann, der wirklich sein Liebhaber war und – zumindest jetzt, nachdem Dales Besuch es zur Genüge bewiesen hatte – all das verkörperte, was sein Herz begehren sollte.

KAPITEL EINUNDZWANZIG

Awards Night

Manchmal hatte Danielle Mühe, Marina trotz ihrer Unzulänglichkeiten nicht zu beneiden. Trotz des Umstands zum Beispiel, dass sie sich insgeheim nach wie vor für klüger hielt als Marina. Und für amüsanter. Danielle wusste, dass ihr Neid nur an der Oberfläche schwelte – in Wirklichkeit hätte sie um nichts in der Welt mit ihrer Freundin tauschen wollen; dreißig und noch so orientierungslos! –, und doch vermochte sie ihn nicht zu unterdrücken. Hin und her gestoßen von der wogenden Menschenmenge in der Lobby, dem aufgeregten Gewimmel der Hautevolee, die sich zu ihrer alljährlichen Party versammelte, entdeckte Danielle – die sich sehr klein vorkam und deren knappes karmesinrotes Kleid hauteng anlag und die spürte, wie sich mit jedem Atemzug ihr schwellender weißer Busen hob (Marina hatte das Kleid ausgesucht; Danielle hatte sich dazu überreden lassen) – Marina am Arm ihres Vaters und fühlte bei diesem Anblick einen plötzlichen Stich, der sie kurz schwanken ließ.

Das Paar stach im Gewühl sofort ins Auge. Danielle sah, wie die Menge der vornehmen Gäste sich leicht vor ihnen teilte – vor dem Ehrengast und seiner schönen Tochter –, sah, wie die bloßschultrigen Frauen mit ihren Hochfrisuren das Vorbeischreiten der Thwaites flüsternd kommentierten. Die geräumige, prunkvoll dekorierte Lobby des Grandhotels, in der sie alle versammelt waren (eigentlich eine Nebenlobby, genau solchen Anlässen vorbehalten), strahlte eine etwas künstliche viktorianische Aura aus – an den blaugrauen Wänden ausladende dekorative Elemente im Zuckerbäckerstil, mächtige klirrende Kronleuchter, ein Teppich von orientalischem Prunk, ein buntes Durcheinander – alles der Form nach alt, in Wirklichkeit aber funkelnagelneu, die floralen Arabesken des Teppichs von greller Leuchtkraft. In dieser Hollywood-Version des alten New York bewegten sich Marina und Murray mit der Autorität, mit dem ›noblesse oblige‹ von wichtigen Persönlichkeiten. Es mochte sich um eine unbedeutende Teilmenge der Gesellschaft handeln – Danielle überflog mit skeptischem Blick die Masse der versammelten Autoren und Journalisten, elegant gekleidet, dicht zusammengedrängt –, aber dennoch hatten die Thwaites hier das Sagen: welche Lässigkeit!

Marinas Kleid, durchsichtig, von hellem, milchigem Blau, glitt an ihrem Körper herab, zeichnete ihre knochigen Formen weicher, schmeichelte den dünnen Armen, den etwas kantigen Hüften, brachte ihre natürlich geröteten Wangen und wundervollen Augen zum Leuchten. Marina hielt den Kopf gesenkt und leicht geneigt und kicherte wie eine schüchterne Geliebte, als ihr Vater ihr etwas ins Ohr flüsterte, und wieder wurde Danielle von einer Welle des Neides ergriffen, als sie Murray Thwaites Lippen fast das Haar seiner Tochter berühren sah. Sie hatte sich nicht recht vorstellen wollen, wie sie reagieren würde, wenn sie Vater und Tochter zusammen erlebte, jetzt, wo sie auf etwas klandestine Art zu jedem von ihnen eine Beziehung hatte. Ihr war klar gewesen, dass die beiden gemeinsam erscheinen würden, dass Marina diesen Event nur als Tischdame ihres Vaters besuchen würde; aber irgendwie war es ihr nicht *wirklich* klar gewesen. Auch hatte sie nicht mehr richtig das Gesicht vor Augen gehabt, das sich hinter den E-Mails verbarg: scharfe Züge, attraktiv obwohl alt und verwittert; sympathisch gegerbt von Alkohol und Nikotin; die ansprechende, etwas zu lange Oberlippe und das leicht gespaltene Kinn; und jetzt, wo sie genauer hinsah, erkannte sie eindeutig Marinas feine Züge. Dies war das Gesicht des Mannes, dessen war sie sich nur zu sehr bewusst, mit dem sie *unter vier Augen* sprechen würde, wenn sie sich auf einen Drink trafen, in nur zwei Tagen. Ein Treffen, von dem Marina nicht die geringste Ahnung hatte und von dem sie nie erfahren würde; was Danielle kurios vorkam, als sie, noch ohne von den beiden bemerkt worden zu sein, beobachtete, wie vertraulich sie miteinander umgingen. Und Murray Thwaite (so groß, so silberhaarig) überraschte sie; entdeckte sie dann, noch vor seiner Tochter, und winkte ihr mit einem breiten, unbefangenen Lächeln zu. Danielle hatte ein flaues Gefühl im Magen – als empfinde sie etwas für diesen Mann! –, überlegte angesichts seines offenen Blicks aber im selben Moment, ob Murray Thwaites interessiert wirkende Korrespondenz vielleicht tatsächlich, wie er es behauptet hatte, ausschließlich seiner Tochter zuliebe stattgefunden hatte. Vielleicht hatte Danielle sich – wie peinlich! – nur eingebildet, nur zusammengereimt, dass er zwischen den Zeilen mit ihr flirtete? Und doch, als sie näher kamen, hätte sie schwören können, dass er den Blick senkte und einen Moment lang ihr Dekolleté und ihre Korsage betrachtete.

»Mr. Thwaite.« Sie streckte die Hand aus und neigte sich vor, und er ergriff die Hand und küsste ihre Wange – nachdrücklich, wie ihr schien, was vielleicht doch etwas bedeutete. »Marina, du siehst hinreißend aus.«

»Tut sie das nicht immer?«, sagte Murray mit einem nachsichtigen Wohlgefallen, das nicht nur väterlich wirkte. »Du siehst aber *auch* bezaubernd aus!«

»Ich habe sie zu diesem Kleid überredet, Daddy.« Marina legte Danielle den Arm um die Schulter. »Ist es nicht toll?«

Murray Thwaite lächelte erneut.

»Sie wollte es nicht mal anprobieren. Ich habe im Laden nur einen Blick darauf geworfen und gleich gesagt: Man muss den Busen dafür haben, und Danny hat den Busen. Hab ich's nicht gesagt, Danny?«

»Hör auf, Marina – ich glaube, deine Freundin nimmt gerade die Farbe ihres Kleides an.« Er fixierte Danielles Blick. »Aber sie hat recht.«

Danielle, die sich wieder gefangen hatte, lachte und wollte etwas erwidern, aber da hatte sich Murray Thwaite bereits umgewandt und war von einem kleinen, affengesichtigen Glatzkopf im samtenen Smoking in Beschlag genommen worden.

»Verleger«, flüsterte Marina. »Uncool und todlangweilig. Aber unheimlich einflussreich. Du weißt ja, wie das ist.«

»Klar. Dort drüben ist die Bar. Vielleicht begegnet uns unterwegs ein Kellner.«

Sie kamen nur langsam voran. Der Raum schwirrte von Luftküsschen und Geplauder.

»Julius kommt nicht, oder?«, fragte Danielle, als sie sich vom Tablett einer jungen Frau mit Fliege endlich zwei Champagnerflöten genommen hatten.

»Er hat nichts gesagt, also wohl eher nicht. Das gehört zu seiner neuen Nummer: *Der Große Unsichtbare* – überleg doch mal, *er* lässt sich *das hier* entgehen? Aber ich sehe ihn diese Woche noch.«

»So?«

»Ach komm. Ich würde ja sagen, komm mit, aber er hat gemeint, er möchte was besprechen.«

»Und das nicht mit mir?«

»Sei nicht albern.«

Danielle zuckte die Achseln. »Vermutlich bin ich abgemeldet. Ich weiß – aber offenbar mehr als du. Brauchst gar nicht die Augen zu verdrehen! Weil du eine Thwaite bist wahrscheinlich. Weil du dem guten Koksi besser gefallen wirst.«

»Das ist total paranoid. Den hab ich doch auch noch nicht kennen gelernt!«

»Aber ich wette, es dauert nicht mehr lang.«

Marina machte mit ihrem Champagnerglas eine vage, theatralische Geste und verfehlte nur knapp den glänzenden, ausrasierten Nacken eines älteren Herrn, der neben ihr stand. »Julius verzichtet auf all das hier«, sagte sie. »Das muss doch einen triftigen Grund haben.«

»Was verpasst man hier schon?«, fragte Danielle, die ihr Champagnerglas schon leergetrunken hatte und nach der Kellnerin mit der Fliege Ausschau hielt. »Schau dir diese Leute an. Möchten wir wirklich so sein wie die? Selbstgefällige Opportunisten?«

»Die verleihen Daddy einen Preis, schon vergessen? Heute Abend finden wir sie nett.«

Als sich ein anderer Kellner mit Tablett den Weg durch die Menge bahnte, tauschte Danielle ihr leeres Glas gegen ein volles, ohne dass sie ihn bitten musste, stehen zu bleiben. »Ich weiß, ich weiß. Aber können wir nicht mal einen Moment lang sagen, wie's ist? Schau dir diese Zirkusclowns an, aufgebrezelt bis zum Anschlag, und jeder will wichtiger sein als der Rest – widerlich.«

»Ach ja? Willst *du* vielleicht *nicht* wichtiger sein als der Rest? Gerade du?«

Danielle seufzte. Sie ärgerte sich über Marina. Typisch Marina, diese beschränkte Art, sich nur den offensichtlichsten Statussymbolen zu unterwerfen. »Dein Dad wüsste, was ich meine!«, sagte sie. »Er kümmert sich einen Dreck darum, was diese Leute denken, diese Papiertiger, die in ihren beschränkten New Yorker Zirkeln feststecken. Aber er geht raus und zieht sein Ding durch, schreibt und sagt, was nötig ist, und sie kommen zu ihm. Also ist *er* wirklich wichtig! Im Gegensatz zu diesen nichtssagenden Nullen, die ihre Zeit verplempern, mit Partys wie dieser hier.«

»Brr, Danny! Was ist denn los mit dir?«

Das grünäugige Monster trampelt auf meinen Nerven rum, dachte Danielle. Aber sie nippte nur an ihrem Glas, lächelte, zog ihr Dekolleté zurecht.

»Außerdem irrst du dich bezüglich Daddy. Diese Leute sind ihm durchaus wichtig. Er gibt es nur nicht zu, weil er sich gerne so sieht. Oder vielmehr: Die anderen wollen ihn so sehen. Diese Leute müssen einem wichtig sein, wenn man Erfolg haben will. Ich sehe mir das schon lange an und weiß, dass es stimmt. Dieses Genörgel zum Beispiel bringt dir keinen Erfolg.«

Danielle holte tief Luft, schloss die Augen. Immer wenn man es sich mal erlaubte, Marina für dämlich zu halten, kam sie plötzlich mit einer ärgerlich scharfsichtigen Bemerkung daher. Danielle und Julius hatten schon oft darüber gesprochen – damals, als sie noch miteinander redeten. Und schließlich hatte es Marina nicht nötig, andere von oben herab zu behandeln: Derlei Gewissheiten konnte man leicht vertreten, wenn man Murray Thwaites einzige Tochter und noch dazu eine Schönheit war. Vielleicht reichte es für Marina aus, dass Erfolg ihr wichtig war, dachte Danielle bitter, und sie muss keinen Finger rühren. Danielles Mühen um Anerkennung waren viel weniger wichtig als das, was sie wirklich produzierte – Dinge, die zurzeit offenbar nicht gefragt waren. Ihr Chef hatte sich für das Revolutionsgespräch nicht recht erwärmen können. »Es kommt mir so überholt vor«, hatte Nicky gesagt. »Wie aus den Siebzigern. Ein bisschen cleverer Sarkasmus ist noch keine Revolution, Danny. Dazu braucht es mehr.« Sie hatte noch einmal versucht, ihm zu erklären, welche Ereignisse in New York sie als die nihilistische Revolution betrachtete, als den läuternden Zynismus des Booms auf der Schwelle zum Desaster – so hatte sie es dargestellt und war der Meinung gewesen, es höre sich ziemlich gut an –, aber Nicky hatte nicht angebissen. Er war zu sehr auf Erfolg fixiert: Ob sie nicht mal einen Knüller landen könne, hatte er lachend gefragt.

»Kommt dir der Mann dort nicht auch bekannt vor?«, fragte Marina jetzt in konspirativem Ton und zeigte mit dem abgekauten Zeigefinger auf die schlanke, hagere Gestalt Ludovic Seeleys. Er trug einen tadellosen Anzug, allerdings keinen Smoking; Danielle vermutete, dass er der Gesellschaft hier diese Genugtuung nicht gönnte.

»Das ist Ludovic Seeley. Der Australier, der dieses neue Blatt herausgibt, *The Monitor*. Du hast ihn durch mich kennen gelernt, als meine Mom da war.«

»Sieht besser aus, als ich ihn in Erinnerung habe. Damals im Metropolitan wirkte er ein bisschen dürr.«

»Oder er wirkt durch den Erfolg ein bisschen … mehr.« Danielle war sich nicht sicher, ob Marina die Ironie bemerkte. Sie gab auf, schlug einen anderen Ton an. »Eigentlich ist er ein recht interessanter Typ. Hat was von einer Schlange, fürchte ich, aber interessant.« Sie machte eine Pause. »Ich habe ihn gefragt, ob er dir einen Job gibt.«

»Was für ein Job genau?«

»Einer, der dich berühmt macht, natürlich.«

»Und was hat er dazu gesagt?«

»Frag ihn doch selbst«, sagte Danielle. »Ich glaube, er

kommt gerade zu uns herüber.« Und wieder versuchte sie so unauffällig wie möglich, ihr Dekolleté und die karmesinrote Korsage zurechtzurücken, bis Seeley nahe genug herangekommen war, um ihr die Hand zu küssen.

»Danielle Minkoff«, sagte er und sah ihr fest, fast leidenschaftlich in die Augen. »Mein Glückstag.«

»Wieso?«

»Ich war gerade oben, und habe mir auf dem Weg zur Toilette die Sitzordnung zu Gemüte geführt. Offenbar sitzen wir am selben Tisch.«

»Ach ja?«

»Ich war so frei, die Tischkarten auszutauschen, so dass wir jetzt nebeneinander sitzen.«

»Meine Güte, wie schmeichelhaft.«

»Sie brauchen sich nicht geschmeichelt zu fühlen – ich habe mir nur diese Matrone, den alten Drachen vom *Observer,* erspart.« Er schlug die Hacken zusammen. »Wir haben uns bereits kennen gelernt, Miss Thwaite – durch Danielle. Vor etwa einem Monat. Ludovic Seeley.«

»Natürlich.«

Danielle sah, dass mit Marina eine merkwürdige Verwandlung vor sich ging, dass eine physische Befangenheit sich ihrer bemächtigte, die sie noch schlaksiger machte und irgendwie abwesend wirken ließ. In seiner Art und Weise entsprach dieses Verhalten Danielles eigener Bemühung, ihre Korsage zurechtzurücken. Und das hieß, dass Marina ihn mochte. Und er? Danielle versuchte die Intensität seines Blicks einzuschätzen, fand aber nur, dass er Marina weniger galant, weniger vielsagend ansah als sie selbst – ja, dass er weniger offen mit ihr flirtete.

Zu dritt stiegen sie die Treppe hinauf, eng aneinandergepresst von der Menge, die sich aus der Lobby träge nach oben wälzte und in den höhlenartigen, von Lüstern erleuchteten Festsaal ergoss. Hier standen die Tische so dicht beisammen, dass es, wenn die Gäste erst einmal Platz genommen hatten, unmöglich war, zwischen ihnen hindurchzugehen. In diesem größeren Saal schwoll der Lärm an, hallte von den Wänden wider, senkte sich herab wie eine Decke, die jedes Gespräch im Keim erstickte, weshalb Danielle nicht hörte, was Marina zu Seeley sagte, außer »Wir sehen uns später. Ich muss zu meinem Tischherrn.« Dann schwebte Marina zur Ehrentafel, hinter der man schon Murray Thwaite stehen sah, eine nicht angezündete Zigarette in der Hand und halb verdeckt durch ein protzig ausladendes Blumengesteck.

Dieses Arrangement – Paradiesvogelblumen, Waratahs und Kängurupfoten (und das alles rätselhafterweise genau während der kurzen Blütezeit der Pfingstrosen) – wiederholte sich in einer kleineren Version auf jedem der Tische, Blumen, die sich plump und knollig, mit gebogenen Stielen und vulgären Rot-, Orange- und Violetttönen vor den Gästen auftürmten, als wollten sie deren groteskes Wesen parodieren.

»Die Matrone vom *Observer* ist eher eine Waratah«, flüsterte Seeley Danielle zu, »und die dort eher eine Paradiesvogelblume.« Er zeigte auf eine große, knochige Frau in den Vierzigern, die auf der Suche nach ihrem Platz vorbeiging. Weil sie offenbar keinen guten Riecher für Modefragen hatte, sondern anscheinend eher ihrem Sitwell'schen Rüssel vertraut hatte, trug sie eine ungünstig geschnittene Jacke aus gebatikter gelber Crinkle-Seide. Er hatte recht, die Matrone ähnelte in der Tat einer Waratah: beleibt und borstig, eingehüllt in ein zinnoberrotes Ensemble, dessen Schnitt und Farbe nur dazu dienten, ihren bombastischen Busen zu unterstreichen. Silberhaarig, mit steinernem Gesicht und den aufgeworfenen Lippen eines Ochsenfroschs trug sie unpassenderweise den Namen Grazia Ballou. »Den Ballon sehe ich«, bemerkte Seeley leise, »die Grazie leider nicht.«

»Vorsicht«, sagte Danielle. »Mein Kleid ist auch rot!«

»Karmesinrot ist etwas völlig anderes. Das Kleid ist wunderschön: Sie sehen fantastisch aus.«

»O bitte.« Danielle errötete. »Machen Sie sich lieber direkt über mich lustig. Dann weiß ich wenigstens, woran ich bin.«

»Sie versuchen, sich meinen Bemühungen, galant zu sein, zu entziehen? Wie schade! Aber ich meine es vollkommen ernst. Sie haben ein sicheres Gespür für das, was Ihnen steht. Wirklich.«

»Marina hat das Kleid ausgesucht.« Danielle hatte es einfach so dahingesagt, bereute es aber sofort.

»Eine gute, hilfreiche Freundin«, meinte Seeley. »Halten Sie an ihr fest.«

»Das hatte ich auch vor.«

»Ich frage mich, ob man den Vater lange ignorieren könnte«, fuhr Seeley fort.

»Das hatten wir doch schon, oder?«

»Natürlich. Aber ich habe mehr Grund, über ihn zu schimpfen, wenn sich die prominenten Medienvertreter der Stadt wie eine Schafherde versammeln, um öffentlich seine Mediokrität zu feiern. Eine einzige große Loveparade. Sehr unangenehm.«

»Das klingt ja, als hätten die prominenten Medienvertreter eine bessere Wahl treffen können.«

»Ist es denn nicht so?«

»Meiner Ansicht nach waren ihre bisherigen Entscheidungen immer verachtenswert. Wir betrachten die gleiche Sache von gegensätzlichen Standpunkten aus: Ich respektiere Murray Thwaite und finde, dass er herabgewürdigt wird, wenn er diesen Preis annimmt, weil diese Leute, diese Jury aus sogenannten Experten, so grässlich mediokrer ist. Sie wiederum halten Murray Thwaite für mediokrer und glauben deshalb, dass der Preis und vielleicht die Jury irgendwie herabgewürdigt werden, weil man ihn feiert. Aber das macht Sie zu einem Unterstützer des Establishments. Keine sehr radikale Position, nicht wahr?«

»Oder vielleicht missachte ich den Preis und den Preisträger gleichermaßen, und dann wäre ich zumindest scharfsichtig.«

»Warum sind Sie dann hier, Ludovic?«

»Warum sind *Sie* hier?«

Danielle hob ihr Glas. »Ach wissen Sie, man kann immer profitieren. Man weiß nie, was man an Erfahrung dazugewinnt, selbst hier.«

»Stimmt«, bestätigte Seeley. »Beobachtung der Fauna in ihrem natürlichen Habitat.«

»Und Sie sind der Wolf im Schafspelz?«

»Nur jemand, der dankbar ist, überhaupt etwas zum Anziehen zu haben« – Seeley rückte Messer und Gabel neben seinem Teller zurecht –, »wo doch so viele von uns offenbar splitternackt sind.«

Unwillkürlich sah Danielle an sich herunter, weil sie plötzlich eine absurde Panik verspürte, ihr Kleid sei verrutscht und eine Brust herausgefallen. »Das mit der Nacktheit – selbst im metaphorischen Sinn – verstehe ich jetzt nicht ganz«, erwiderte sie schließlich. »Feiner angezogen geht's doch kaum noch.«

»Und gerade dadurch, dass ihnen das so wichtig ist, stellen sie sich zur Schau. Selbst die, die den Code brechen, wollen damit etwas zum Ausdruck bringen –«

»Das wären also Sie.«

»Ja, ja, das wäre ich. Und indem wir uns bemühen, etwas zum Ausdruck zu bringen, bemühen wir uns um die Anerkennung der Masse.«

»Aber wer lieber gar nicht erst gekommen ist, wer zu Hause geblieben ist und vor dem Fernseher sitzt – wenn man es so betrachtet, sind selbst diese Leute mit einbegriffen. Sie bringen wieder etwas anderes zum Ausdruck.«

»Exakt.«

»Nun, wenn man dem System also gar nicht entrinnen kann, welchen Sinn hat es dann, überhaupt darüber nachzudenken?«

»Sie vergessen Ihren Napoleon, Danielle.«

»Jetzt geht das schon wieder los!«

»Sie brauchen gar nicht die Augen zu verdrehen. Wenn man dem System nicht entrinnen kann, muss man einfach zum System *werden*.«

»Es von innen her ändern.«

»Nein, nein, keineswegs. Nicht von ›innen‹. Schon allein diese Vorstellung ist abwegig. *Darüber* haben wir auch schon gesprochen: Man wird zum System. Man wird zu dem, was die Leute gerne wären.«

»Wenn man errät, was das ist.«

Ludovic lächelte beinahe höhnisch. »Heute Abend scheint es absurderweise Murray Thwaite zu sein.«

Danielle saß sehr aufrecht auf ihrem Stuhl. Der Wein und die Wärme im Raum ließen ihre Wangen glühen – sie konnte es förmlich spüren. »Ich würde ziemlich gern so sein wie Murray Thwaite. Er hat viele wichtige Dinge geschrieben, und ehrliche dazu.«

»Genau das meine ich. Selbst Sie würden diesen eitlen alten Scharlatan umarmen.«

»Sie würden ihn also nicht gern kennen lernen?«

Seeley legte seinen langen Arm über die Lehne von Danielles vergoldetem Faux-Bamboo-Stuhl und beugte sich zu ihr herüber. Sein Gesicht, bleich, oval, an Nabokov erinnernd, hatte einen verstörend raubtierhaften Ausdruck. »Ist das ein Angebot?«

»Ich könnte Sie schon bekanntmachen. Aber nur, wenn Sie versprechen, dass Sie sich benehmen.«

»Glauben Sie mir, ich verfüge über außerordentlich gute Manieren. Meine Mutter legte großen Wert darauf. Aber ich sehne mich danach, diese besondere Spezies in ihrem natürlichen Habitat zu beobachten! O ja, sehr.«

Die Gelegenheit, Seeley und Thwaite einander vorzustellen, bot sich Danielle nicht sofort. Erst gab es stachlige, mit einer Himbeervinaigrette beträufelte kleine Salate, aus denen antennenartig Käsestangen ragten; dann gab es soßeglänzende Filet-Medaillons und etwas hart geratenes Kartoffel-Gratin. Es gab Weißwein und Rotwein, Wasser mit und ohne Kohlensäure; und dann, vor dem Dessert, folgten die Ansprachen. Eine schrille Männerstimme brachte alle zum Schweigen – Danielle sah, dass es sich um den kahlköpfigen Verleger im Samtanzug handelte, der Murray Thwaite während des Cocktailempfangs mit Beschlag belegt hatte – und quiekend seinen alljährlichen Vortrag herunterleierte, über den Journalistenverband und, damals in den Sechzigern, dessen Zusammenschluss mit der Writers Guild, was zur Gründung dieser einzigartigen Organisation führte, in der Schriftsteller jeder Couleur sich vereinigen konnten – »Dort, wo Waratahs und Paradiesvogelblumen sich zusammenfinden«, flüsterte Seeley und nickte zu Madame Ballou hinüber, deren ermüdetes Kinn über der roten Jacke zu zittern schien und deren Augenlider im Lauf der Rede immer schwerer wurden; während hinter ihr, einige Tische entfernt, aber gut sichtbar, der von ihm bereits erwähnte gelbe Seidentorso saß, gekrönt von der langen, eifrig zuckenden Nase. Von einem Punkt aus betrachtet, der irgendwo zwischen Marina und Seeley lag, würde diese Nase direkt aus Grazia Ballous metallgrauem Borstenschnitt zu sprießen scheinen. Das aufgeblasene Männchen – nur der stellvertretende Vorsitzende, wie sich herausstellte, als er den eigentlichen Vorsitzenden der Vereinigung (»– oder sollte ich ihr zu Ehren sagen: *die* Vorsitzende«, korrigierte er sich nasal wiehernd), ein mit blauen Pailletten übersätes Schlachtschiff, vorstellte – mäanderte durch die Geschichte bis zur gegenwärtigen Mission (»Aha«, flüsterte Seeley. »Sehen Sie, es gibt eine Mission! Schon dies ließe sich anfechten. Warum nicht meine Mission, frage ich mich?«), dann zum diesjährigen, sorgfältig ausgewählten Preisträger, dann zu dessen veröffentlichten Texten … (»eine Verwechslung der Mission«, zischte Seeley, »oder seid ihr Fernsehschaffenden nicht zugelassen?«) Das Männchen, dessen Name offenbar allgemein bekannt war und darum kein einziges Mal erwähnt wurde, trat endlich ab, schlich unter dröhnendem, durch die Akustik noch verstärkten pflichtschuldigem Beifall zu seinem Stuhl zurück, worauf das Schlachtschiff aufs Podium trat; die Frau lächelte beim Sprechen, als leide sie unter einer Kiefersperre, als müsste sie die Sätze zwischen den stark zusammengepressten Lippen hervorzerren. Auch darüber spottete Seeley, und schließlich über ihren mächtig ausladenden glitzernden Busen. Wenigstens machte sie es kurz mit ihrem Loblied auf Murray Thwaite und segelte ruhig zu ihrem Ankerplatz hinter dem größten Blumenarrangement zurück, zur Rechten Murray Thwaites.

»Der Nächste bitte«, murmelte Seeley. Danielle starrte ihn wütend an, natürlich kokett, aber mit etwas schlechtem Gewissen wegen ihrer Schüchternheit. Sie reagierte verwirrt, als sie sich zurücklehnte und federleicht Seeleys Hand im Nacken fühlte, ohne sich etwas anmerken lassen zu dürfen. Ihr fiel ein, wie er sich an ihrem ersten Abend in Sydney zu Moira hinübergebeugt hatte – und wie ihr, Danielle, dabei zumute gewesen war. Zuzulassen, dass Murray Thwaite verspottet wurde, auf diese Art und Weise und von diesem Mann, stellte gewiss einen Verrat dar, sowohl an ihrer besten Freundin als auch an dem Zielobjekt des Spotts selbst, das erst seit so kurzer Zeit mit ihr kommunizierte und für sie real geworden war; und doch, mit der Aussicht auf diese Hand, dieses sardonische Lächeln, war sie offensichtlich allzu gern dazu bereit.

Es traf zu, Murray Thwaites Vortrag war tatsächlich nicht sonderlich bemerkenswert, schien es jedenfalls nicht zu sein, wenn man in Seeleys Schatten saß. Danielle konnte sich Marinas begeisterten Gesichtsausdruck lebhaft vorstellen – sie kannte ihn nur zu gut – und sah, dass dieser Ausdruck sich in vielen der Frauengesichter ringsum widerspiegelte, einschließlich, überraschenderweise, dem Grazia Ballous. Murray Thwaite sprach von der Bedeutung, integer zu sein, und sagte, man müsse an der Wahrheit festhalten, auch wenn sie gerade nicht in Mode sei. Er sprach vom Wechsel der Zeiten, von einer Kultur, in der zunehmend die äußere Form über die innere Substanz triumphiere, in der man Prominente beweihräuchere, die das Publikum nur allzu gern verehren wolle.

»Bitte verstehen Sie mich nicht falsch«, sagte er. »Ich fühle mich geehrt, heute hier zu stehen, und bin über die Maßen dankbar für die Anerkennung, die mir von Ihnen allen freundlicherweise zuteil geworden ist.« Er hielt inne, blickte gutaussehend und bedeutungsvoll auf die versammelten Zuhörer, mit hochgezogener Augenbraue, was Seeley zu dem gefauchten Kommentar »Kitsch! Purer Kitsch!« veranlasste, und fuhr fort: »Doch bin ich damit groß geworden, schon den Gedanken an Auszeichnungen und Preise zu hinterfragen, allen *anerkannten* Ideen oder Individuen zu misstrauen. Ich war jung in den Fünfzigern und kam erst in den Sechzigern richtig zu meinem Recht – manche von Ihnen hier sind alt genug, um sich gemeinsam mit mir an diese Zeit zu erinnern –, als wir glaubten, wir müssten alles niederreißen und neu beginnen. Als uns das Establishment und erst recht Organisationen wie diese hier suspekt erschienen. Denken Sie, wenn Sie mögen, an jenen Slogan aus dem Paris der 68er zurück: ›Rêve plus evolution gleich Révolution‹ – Traum plus Evolution gleich Revolution. Ein berauschender Satz, für damalige Verhältnisse. Auch naiv und in seiner Naivität auf lange Sicht vielleicht sogar schädlich; aber die damalige Zeit, die damaligen Ansichten hatten auch ihr Gutes, und es lässt sich nicht leugnen, dass sie mich und meinen Werdegang geformt haben.« Er hielt erneut inne, man hörte seinen eindrucksvollen Raucherhusten.

»Ekelhafter alter Aschenbecher«, sagte Seeley. »Und wie uns die Zeit zur Genüge gelehrt hat, führen Träumereien bestimmt nicht zur Revolution, Kumpel.«

»Wenn ich nicht daran glaube, dann werde ich es auch nicht sagen, geschweige denn schreiben. Wenn ich eine Unwahrheit oder eine Ungerechtigkeit entdecke, ist es meine Aufgabe, sie zu korrigieren, oder es wenigstens zu versuchen. Ich glaube nicht gleich, dass etwas wichtig ist, nur weil mir jemand sagt, es sei wichtig; und auch das Gegenteil trifft zu und ist vielleicht noch viel wichtiger: etwas ist nicht unwichtig, nur weil es von den meisten Menschen übersehen wird. Ich komme nun zum Schluss, weil ich auch daran glaube, dass man niemanden langweilen sollte« – hier lachten alle, heftiger als angemessen, fand Danielle –, »aber jetzt gilt es aus dieser großzügigen Auszeichnung Trost zu schöpfen« – er nickte dem Schlachtschiff zu, das zurückzunicken schien – »und zu hoffen, dass diese altmodische Art, die Welt zu sehen, dieser Versuch, sie so zu sehen, wie sie ist, sich immer noch durchsetzt. Oder zumindest, dass Sie immer noch ein paar mürrische alte Pessimisten wie mich brauchen, und sei es nur, damit Leben in die Bude kommt.« Er grinste, schien zu zwinkern. »Aber jetzt sage ich für meinen Teil danke und gute Nacht, weil ich jetzt unbedingt an die frische Luft muss, um so richtig schön altmodisch eine Zigarette zu rauchen.«

»War das wirklich nötig?«, fragte Seeley in den Applaus hinein. »Wenn man's mal insgesamt betrachtet – richtig *abgedroschen.*«

»Ich weiß nicht«, sagte Danielle. »Das mit dem Rauchen war abgedroschen, der Vortrag vielleicht auch ein bisschen, aber wenn er es so meint? Hat er denn nicht recht?«

»*So meint?* Bitte, meine Liebe. Das ist nicht mal das, was die Leute seiner Meinung nach hören wollen – es ist genau das, was die Leute *nicht* hören wollen, eine Art Lebertran für die Seele. Sie wollen es nicht hören, also muss es gut für sie sein. Absurd. Absichtlich beleidigend, was mir viel schlimmer vorkommt, als ungewollt zu beleidigen. Der glaubt selber auch nicht mehr daran als Sie oder ich.«

»Ich war der Meinung, dass ich daran glaube.«

»Dass ich nicht lache!«

Danielle dachte an Marinas Bemerkung über ihren Vater, ihre Folgerung, dass seine Rolle keineswegs unbefangen authentisch sei – was Danielle im Laufe der Jahre ihrer Freundin gegenüber mehr als einmal versteckt angedeutet hatte. Doch erst heute Abend war klar geworden, dass Marina das Angebertum, die Künstlichkeit ihres Vaters durchschaute, sie schon immer durchschaut hatte, und dass sie sich nicht darum scherte. Vielleicht durchschauten es ja alle und scherten sich nicht darum, obwohl seine Haupttugend doch eigentlich seine vielgerühmte Authentizität war. Und sie, Danielle – fand sie ihn anziehend oder abstoßend? War Thwaite ein Held oder ein Heuchler? Oder gar beides?

»Sie müssen verstehen, wie das läuft«, sagte Seeley gerade. »Sie – wir – alle wollen, dass Murray uns Lebertran gibt. Wir wollen, dass er uns unseren mangelnden Ernst vorwirft, und wollen die Züchtigung mannhaft ertragen; denn dann fühlen wir uns entbunden, dann fühlen wir uns vollkommen frei, die Oscarverleihung im Fernsehen anzuschauen und es zu genießen. So wie die Katholiken sich am Samstagabend besaufen dürfen, solange sie am nächsten Morgen brav in der Kirche sitzen und die Standpauke über sich ergehen lassen. Alle sollen sich seriös vorkommen und trotzdem ihren Spaß haben. Er ist nichts als ein Stichwortgeber. Er weiß das, und wir wissen das auch. Wir sind alle Komplizen. So, was meinen Sie, hat er jetzt fertig geraucht? Gehen Sie mit mir rüber, damit ich ihm meine Aufwartung machen kann?«

Als sie sich langsam einen Weg durch die Menge bahnten – die Gäste hatten sich en masse von den Faux-Bamboo-Stühlen erhoben, und es herrschte noch dichteres Gedränge als zuvor unten in der Lobby –, merkte Danielle, dass sie wie von einem Bann gefangen schien: Wie Seeleys wahre Gefühle für Thwaite aussahen, konnte sie nicht ermessen, weil er den älteren Mann einerseits abgrundtief zu verachten schien, ihn andererseits aber unbedingt kennen lernen wollte. Auch war sie sich vage bewusst, dass sie die falsche Kategorie gewählt hatte – automatisch, ebenso altmodisch wie Thwaite – mit ihrer Vermutung, dass Seeley von »wahren« Gefühlen beherrscht sein könnte; dass das Wort »wahr« in Bezug auf Seeley überhaupt Gültigkeit hatte. Sie konnte nicht recht beurteilen, welche ethischen Grundsätze einen solchen Mann bestimmten, obwohl irgendein Kodex ja vorhanden sein musste und sie außerdem den Verdacht hatte, dass Seeleys Art, so wenig sie sie auch zu durchschauen vermochte, zunehmend üblich wurde. Als sie sich, ein starres Lächeln im Gesicht, an der Paradiesvogelblumendame vorbeidrängte, dachte Danielle: »Kodex. Napoleonischer Kodex«, und dies schien den Mann, obwohl es irgendwie gar nicht passte, doch perfekt zu erklären. Diese alternative Moral, dieser – zumindest für sie – noch nicht entzifferbare Code war Seeleys Methode, andere zu beherrschen. Alle dazu zu bringen, eine andere Sicht, seine Sicht der Dinge zu übernehmen und dann diese Sicht zum Maßstab zu erheben. Und dann alle – all die kleinen Napoleons der Gesellschaft, uns alle, dachte sie – seinem Einfluss zu unterwerfen. Ihre eifrige Bereitschaft, Murray Thwaites Rede als absurd abzutun, den wahren Mut, mit dem er das Tun der Akademie als eigennützige Manipulation angezweifelt hatte – dies, dachte sie, war bereits Seeley-Sprache, die ungebeten in ihr Hirn sickerte.

Oder war das alles Unsinn? Ein Fall von Vatermord – Angst vor Beeinflussung hätten ihre Professoren am College das genannt –, denn warum sonst sollte Seeley ihn kennen lernen wollen? Jetzt tauchte vor ihr Marinas Rücken auf, sie sah, wie die mageren Arme es trotz des Gedränges schafften, elegant zu gestikulieren. Doch bevor sie den Gedanken aufgab, sollte auch für Seeley gelten: im Zweifel für den Angeklagten. Sie konnte sich, weiß Gott, über ihre Mutter ärgern, aber sie liebte sie trotzdem. Also konnte auch Seeley Thwaite gleichzeitig bewundern und verachten und ihn sogar umso mehr verachten, weil er ihn früher bewundert hatte. Dies hätte seinen Wunsch nach einem Treffen erklärt; und er wurde dadurch ebenso wenig zum Monster, wie sie eines war. Scheinbar *wollte* Seeley, dass sie in Bezug auf ihn elaborierte Vorstellungen hegte; er förderte das. Aber womöglich war das – mindestens – ebenso verlogen wie Thwaites Wunsch, sich gegen das Establishment aufzulehnen, während er seinen Preis entgegennahm.

»Daddy ist unten«, hauchte Marina. »Er will uns in den Oak Room des Plaza einladen. Und dann feiern wir vielleicht zu Hause weiter, wenn wir Lust haben. Ich weiß, du musst morgen früh raus, aber trotzdem, komm doch mit, Danny, ja?«

»Könnte Ludovic Seeley auch mitkommen? Er würde gern deinen –« Seeley erreichte sie, legte die federleichte, atemberaubende Hand auf ihre Taille –,»ich sagte gerade, Ludovic, dass Sie Marinas Vater kennen lernen möchten.«

»Sehr gern sogar. Er ist – er hat in meiner Entwicklung eine wichtige Rolle gespielt.«

»Sagen Sie ihm das bloß nicht.« Marina lachte. »Dann kommt er sich so alt vor. Andererseits hat er eine Schwäche für Schmeicheleien, also sollten Sie's ihm vielleicht doch sagen. Ich überlasse es Ihnen.«

Was einer Einladung gleichkam. Das Trio bewegte sich mit dem Strom nach draußen, auf den gepflasterten Platz vor dem Festsaal und von dort zu einem wartenden Lincoln Town Car unter anderen Lincoln Town Cars, unterscheidbar nur durch seinen eleganten Chauffeur.

»Hey, Hussein, kann Ludovic vorn bei Ihnen sitzen?«, fragte Marina. Und zu den anderen sagte sie: »Wahrscheinlich muss Daddy noch ein paar Komplimente über sich ergehen lassen, bevor er sich loseisen kann. Es dauert nicht mehr lange.«

»Sie rauchen nicht«, sagte Seeley zu Marina, als sie, von einer warmen Abendbrise umspielt, wartend am Wagen standen.

»Überrascht Sie das?«

»Vielleicht.«

»Außerdem, woher wollen Sie das wissen?«

»Weil selbst ich jetzt eine Zigarette vertragen könnte, *nach all dem hier*.« Seeley nickte zu der sich langsam zerstreuenden Menge hin, in der sogar jetzt noch die Paradiesvogelblume deutlich zu erkennen war.

»Wenn Sie so wie ich in dem Mief aufgewachsen wären, hätten Sie auch keine Lust, glauben Sie mir.«

»Fat Al hat geraucht, oder?«, sagte Danielle, die Marina offenbar unbedingt aufziehen wollte.

»Mm-hmm.«

»Wer ist Fat Al? Ein verstorbenes Haustier?«

»Fast. Mein Beinahe-Verlobter. Lange her.« Marina zog eine Grimasse, schwenkte den Arm. »Irgendwo weit weg im Äther. Rauchend oder nicht rauchend, keine Ahnung. Braucht mich nicht mehr zu kümmern.«

Seeley biss sich auf die dünne Unterlippe. »War er wirklich so dick?«

»Hängt vom jeweiligen Maßstab ab. Wenn ich Sie anschaue, würde ich sagen, Sie hätten ihn dick genannt.«

»Er *war* dick«, meinte Danielle. Es kam ihr vor, als wirkten die beiden etwas überrascht; als hätten sie ihre Anwesenheit schon fast vergessen. »Er war nicht fettleibig, aber definitiv dick. Marina hat ihn immer in seinen Speck gekniffen und gesagt, deshalb liebe sie ihn.«

»Aha«, meinte Seeley.

»Da kommt Daddy«, sagte Marina, und alle drehten sich um nach dem großen Mann, der über den Platz geschlendert kam, ohne Krawatte, mit offenem Hemdkragen, das silbrig schimmernde Haar vom Wind zerzaust. Er war umringt von Verehrern, die, als folgten sie einer Choreografie, nach und nach zurückfielen, ohne dass er seinen Schritt verlangsamt hätte oder stehen geblieben wäre. Eine brennende Zigarette im Mundwinkel, lächelte er irgendjemandem zu, wenn auch nicht klar wurde, wem.

»Wie eine Art Gott«, flüsterte Seeley. Danielle sah ihn an und sah, dass Marina ihn auch ansah, und fragte sich, was um alles in der Welt er damit eigentlich zum Ausdruck bringen wollte.

KAPITEL ZWEIUNDZWANZIG

Genug von uns

»Mir gruselt einfach ein bisschen vor ihm«, erklärte Marina, und trat beiseite, um einen enthusiastischen Rollerblader vorbeizulassen. »Ich kann nicht genau sagen, warum.«

»Wem?« Julius hatte Schwierigkeiten, ihr zu folgen. Gestern Nacht war es sehr spät geworden, und jetzt, im blendenden Sonnenlicht, hatte er Mühe, sich nicht zu übergeben, obwohl er gar nicht gefrühstückt hatte. Vielleicht gerade deshalb. Stattdessen hatte er lang unter der heißen Dusche gestanden und war sich bewusst, dass seine strahlende Haut und sein glänzendes Haar keinerlei Hinweis auf seinen desolaten Zustand gaben.

Obwohl, seinen Augen hatten die Visine-Tropfen nicht geholfen; und seine Nase juckte und lief, wie so oft in letzter Zeit.

»Was soll das heißen – ›wem‹? Hörst du mir überhaupt zu, Jules?«

»Bin nur müde, das ist alles. Schau mich nicht so an! Sag mir, vor wem.«

»Mein Cousin, Frederick. Weißt du, wie ihn seine Mutter nennt? Bootie. Er ist erwachsen, meine Güte. Das muss er sich doch nicht gefallen lassen.«

»Booty. Wie in ›Shake Your Booty‹?«

»Ich glaube kaum, dass er in seinem Leben viel ›geshaked‹ hat, bei dieser Figur.«

»Hey, Süße – du hast sogar mit *Fat Al* zusammengelebt und behauptet, er sei sexy!«

»Ich weiß gar nicht, was ihr zurzeit alle mit dem habt. Es wird dich vielleicht interessieren, dass mein derzeitiger Favorit definitiv schlank ist.«

»Das ist neu. Erzähl mir mehr davon. Aber warum ist dir der Cousin unheimlich?«

Marina erzählte, wie am Abend der Preisverleihung alle noch mit in die Wohnung gekommen waren und spät, gegen halb zwei Uhr nachts ausgestreckt im Wohnzimmer gelegen hätten – nur sechs oder sieben Leute, zu diesem Zeitpunkt schon ziemlich betrunken, aber auf eine gesellige Art und Weise –, und sie sei aufgestanden, um sich ein Glas Wasser zu holen, und habe ihn in der dunklen Küche angetroffen. Er habe einfach dagestanden. »›Sorry, haben wir dich geweckt?‹, habe ich ihn gefragt, und er hat gesagt, nein, nein, er habe noch nicht geschlafen, habe sich nur einen Drink holen wollen, aber dann stand er da, stand einfach reglos da, kein Drink zu sehen, und er sieht ziemlich bedrohlich aus, weißt du, mit diesen dicken Brillengläsern und den unheimlichen Augen, und er hat mich angestarrt wie ein Alien, bis ich schließlich fragte, ob er zu uns ins Wohnzimmer kommen wolle – an sich schon ziemlich verrückt, aber ein Gebot der Höflichkeit –, und da sagt er ja. Ist *das* nicht unheimlich?«

»Wieso denn?« Julius gähnte. Dies langsame Schlendern durch den Park – er war zu ihr hinausgefahren, großmütigerweise – erschöpfte ihn noch mehr. Er fühlte sich, als würde er schwimmen anstatt zu gehen. Sie waren nicht mehr weit vom Museum entfernt. »Warum soll der Junge nicht auch Anspruch auf ein bisschen Glamour haben? Schließlich kommt er aus Buffalo –«

»Watertown.«

»Und er ist jung, jung! Kannst du dich noch dran erinnern? *Er* hat Angst vor *dir*!«

»Das hat meine Mutter immer über Spinnen gesagt.«

»Im Ernst. Denk mal drüber nach.«

Marina dachte nach. »Ich hatte nie Angst. Jedenfalls nicht vor Menschen. So bin ich erzogen worden.«

»Vielleicht ist das dein Problem.«

»Wie meinst du das?«

Julius zuckte die Achseln. »Ich glaube, ich brauche einen Kaffee, bevor ich es ertrage, mir Kunst anzuschauen.«

»Ich fange deswegen jetzt keinen Streit an, weil ich dich nicht oft genug sehe und mir das nicht leisten kann. Aber glaube nur nicht, dass ich mir das nicht merke!«

Auch Julius hatte das Gefühl, dass zwischen ihnen eine gewisse Distanz herrschte, die überbrücken zu wollen wenig Sinn hatte. Manchmal musste man mit Marina umgehen, als entstamme sie einer fremden Kultur – was in gewisser Weise ja auch zutraf. »Gut zu wissen, dass manche Dinge sich nie ändern. Also, wo ist der nächste Coffee Shop?«

»In der Madison Road.«

»Keine Ahnung, wie du hier wohnen kannst.«

»Tue ich ja gar nicht. Ich wohne auf der anderen Seite des Parks.«

»Genauso furchtbar. Kein Unterschied.«

»Sagte die unfehlbare Autorität auf diesem Gebiete, die vor kurzem noch in einer Sozialwohnung hauste, jetzt aber in Chelseas exklusivem Loftparadies.«

»Oooh, was sind wir heute gehässig!«

»Nun, du hast noch niemanden zu dir eingeladen, und das muss doch irgendeinen Grund haben.«

»Ach ja?«

»Danielle und ich denken, wir sind nicht männlich genug oder nicht schwul genug für deinen David.«

»Bitte. Mach dich nicht lächerlich.« Auch diese Unterhaltung ödete ihn an. Wenn sie es nicht verstand, wie sollte er es ihr erklären? Wenn jemand wegen eines neuen Jobs aus seiner Heimatstadt wegzog, fühlten sich seine Familie und engsten Freunde doch nicht gekränkt? Nein, sie waren stolz auf das, was er erreicht hatte. Und eine Beziehung – meine Güte, in *seinem* Leben war eine feste Beziehung, die nun schon zwei Monate dauerte, wirklich eine Leistung –, war das nicht etwas, das Marina und Danielle unterstützen, auf das sie stolz sein sollten? Alles hat seinen Preis, dachte er müde.

»Wir hoffen mal, dass es nicht daran liegt, dass wir dir zu langweilig sind.«

Julius seufzte. »David hat echt viel zu tun. Er hat einen wichtigen Job, anders als du und ich. Er hat nicht so viel Zeit, mit Leuten auszugehen, und wenn er *doch* mal Zeit hat, gibt es jede Menge Leute, die er treffen muss.«

»Du meinst, will.«

»Na gut, will. Was ist daran so schlimm?«

»Man sollte doch annehmen, dass er die ältesten Freunde seines Lovers kennen lernen möchte. Nicht unbedingt mit ihnen rumhängen, aber sie kennen lernen.«

»Du weißt doch, wie das ist: Wir sind dabei, den Rhythmus *unserer* Beziehung zu finden, nur wir beide. Später ist dann Zeit – jede Menge Zeit –, dass alle sich kennen lernen und Freunde werden.«

»Das geht schon seit Monaten so, Jules.«

»Gerade mal zwei.« Er machte eine Pause. »Erinnerst du dich an die Natascha/Pierre-Unterscheidung?«

»Mein Gott. Wie könnte ich das vergessen?«

»Erinnerst du dich, was am Schluss mit Natascha passiert? Und keiner findet es gut, alle sagen: ›Aber was ist denn mit der wahren Natascha passiert?‹ Und dabei geht es doch darum, dass *sie* es gut findet. Sie ist glücklich. Darum geht's.«

Marina seufzte. »Wie oft soll ich dich noch daran erinnern, Julius? Ich habe diesen verdammten Roman nicht gelesen.«

Als sie dann in einer Nische saßen – die alte Vinyl- und Resopalbeschichtung flimmerte vor Julius' trockenen Augen –, beschloss Marina, ihm zu verzeihen; vor allem deshalb, so Julius' Vermutung, weil sie weiterreden wollte. Offenbar hatte ihr das kurze Gespräch auf dem Gehweg genügend Informationen über sein neues Leben vermittelt, da sie – zumindest lange Zeit – keine weiteren Fragen mehr stellte.

»Kann sein, dass ich mich für jemanden interessiere«, gestand sie und beugte sich ihm fast bedrohlich aufgeregt entgegen.

»Du hattest es bereits angedeutet. Wer ist der Glückliche, der deinen hohen Ansprüchen genügt?«

»Komischerweise ist er dünn und kriegt schon eine Glatze, und er ist sehr, sehr trocken – sein Sinn für Humor, meine ich.«

»Klingt ja toll.«

»Verschone mich mit deinem Zynismus.«

»Nein, sein Sinn für Humor – ich hab das ernst gemeint. Bezog sich natürlich nicht auf den glatzköpfigen Knirps.«

»Von wegen Knirps. Groß und hager – oder vielmehr schlank. Das trifft es am besten, glaube ich.«

»Schwul?«

Marina fuhr zurück. »Nein! Glaub ich jedenfalls nicht.«

»Klingt aber schwul.«

»Nein. Ich bin ziemlich sicher, dass er nicht schwul ist. Australier, deshalb etwas schwer einzuschätzen.«

»Australier sind entweder Machos oder schwul. Oder sie sind beides, Machos und schwul, wie die Typen von Village People.«

»Hör auf!«

»Sorry. Wenn du ihn für hetero hältst, wird er auch hetero sein. Was macht er?«

»Tja, das ist das Problem.«

»Das Problem? Ist er ein Pornostar oder was?«

»Das ist nicht witzig, Jules. Hör auf damit. Nein, das Problem ist, dass er mich vielleicht einstellt.«

»Dich? Welcher Mensch, der bei Verstand ist, würde *dich* einstellen?«

Marina zog eine Grimasse.

»Okay, okay. Ich sehe schon, da verstehst du keinen Spaß; also schieß los. Ich hatte keine Ahnung, dass du einen *Job* suchst! Erzähl mal von vorne. Habt ihr euch bei einem Bewerbungsgespräch getroffen?«

Marina erzählte, wie sie Ludovic Seeley kennen gelernt und ihn beim Dinner wiedergesehen hatte; und wie er danach noch mitgekommen war und im Oak Room neben ihr gesessen hatte, und wie sie viele Gemeinsamkeiten entdeckt hatten, von ihrer Bewunderung für Anne Sophie Mutter über ihre Vorliebe für Sushi bis hin zum Widerwillen gegen Online-Shopping, weil es entscheidend sei, ein Produkt selbst auszusuchen und es mit allen fünf Sinnen zu erfahren. »Und er bringt diese Zeitschrift heraus – die erste Nummer erscheint im September – *The Monitor*, und er hat mich gefragt, völlig überraschend, ganz spontan im Auto auf der Heimfahrt, ob ich Interesse an einem Job hätte.«

»Was für ein Job?«

»Als Putzfrau wohl kaum. Danny hatte mich ihm empfohlen, aber er sagte, dass ich sogar noch faszinierender sei – ›faszinierender‹ war das Wort –, als sie mich geschildert hätte.«

»Und wie geht's jetzt weiter?«

»Er hat mir ein Einstellungsgespräch vorgeschlagen. Ein offizielles Treffen. Aber das war schon im Gehen, und wir hatten ziemlich viel intus, wir alle – mehrere Flaschen –, und dann am Schluss, bevor er ging, sagte er nur: ›Wir bleiben in Verbindung‹, und deshalb weiß ich jetzt nicht, ob ich ihn anrufen soll oder ob er vielleicht bereits einen Termin genannt hat und ich nur einen Blackout habe, oder –«

»Willst du mit ihm ins Bett oder für ihn arbeiten?«

»Ginge nicht beides?«

Julius dachte an seine erste Arbeitswoche mit David zurück: das Prickeln, die Blicke, die erste flüchtige Berührung ihrer Finger, der erste Kuss, noch erregender aufgrund ihrer verschiedenen Rollen. »Ist ja nicht verboten. Aber vielleicht nicht gerade der beste Auftakt. Keine klaren Verhältnisse, du weißt schon. Gibt auf lange Sicht Probleme. Oder sogar gleich.«

»Wieso?«

»Geht mich ja nichts an, aber ich dachte, du *willst* keinen Job. Jedenfalls nicht, bis das Buch fertig ist.« Als sie die Stirn runzelte, fuhr er fort: »Dann hat sich das vielleicht geändert?« Immer passte er sich an. Immer versuchte er herauszufinden, was andere Menschen dachten, erwarteten, erhofften. Sogar jetzt, sogar in dieser Situation, lotete er aus, was Marina von ihm wollte. Er hasste das. Als wäre er der arme Verwandte. Es schien, als sei das einzige Leben, das er ganz für sich allein hatte, sein geheimes Leben und als könne er es sich nur bewahren, indem er es auch weiterhin geheim hielt. Marina würde nie etwas davon erfahren, und falls doch, hätte es sie kaum interessiert. Sie war zu sehr im banalen Auf und Ab ihres eigenen Alltags befangen. Das Buch, das einfach nicht fertig wurde.

»Wenn du engeren Kontakt zu deinen Freunden hättest, Jules, könntest du das wissen. Seit ein paar Monaten schlage ich mich schon verzweifelt mit der Frage herum, ob ich mir nun einen Job suchen soll oder nicht.«

»Bitte!« Julius rollte dramatisch die Augen. »Ich will jetzt nicht hören, dass ich zu wenig für dich tue. Ich hab dir für solche Dinge zehn Jahre lang nonstop zur Verfügung gestanden. Und wenn ich mal ein paar Wochen nicht erreichbar bin, machst du mich fertig? Also *bitte*!« Er schüttelte sein Haar, wie um eine Mücke zu verscheuchen.

»Also, schieß los, warum voll verzweifelt?«

»Was soll das heißen – warum? Tja, *du* hattest ja schon Erfolg und weißt vielleicht nicht, wie das ist.«

»Bitte! Noch einmal: bitte. Komm mir nicht mit mangelndem Erfolg. Meine Karriere stagniert seit zwei Jahren, und bis vor kurzem konnte ich noch nicht mal sagen, ich hätte je eine echte Beziehung gehabt.«

»Wenn du das selber kennst, dann hör gefälligst auf, so schnippisch über *mein* Leben zu reden. Ich bin dreißig und habe keinen Job, und wenn das so weitergeht, stellt mich auch niemand mehr ein. Sogar mein Dad hält es für eine gute Idee. Aber es darf kein stumpfsinniger Job sein, keine ganz niedrige, sinnlose Tätigkeit. Nichts, was ich nur annehme, weil ich mir einbilde, ich bräuchte Geld oder müsste aus dem Haus oder –«

»Also zum Beispiel nicht als Zeitarbeitskraft.« Julius sagte das nur, weil ihm diese Ironie Genugtuung verschaffte.

»Genau. Nichts absolut Stumpfsinniges.«

»Und du bist sicher, bei diesem Job wäre das anders? Was machst du da – schreiben, redigieren, oder was?«

»Weiß ich noch nicht.«

Julius zuckte zusammen, fuhr sich mit den Händen übers Gesicht. Ihr kindisch eigensinniger Eifer verursachte ihm fast körperliches Unbehagen. »Sag mir nur eins«, bat er. »Sag, dass du diesen mysteriösen Job nicht nur deshalb willst, weil *er* ihn dir gibt, dieser dürre Glatzkopf mit dem albernen Namen?«

»Absolut nicht.«

»Okay. Und jetzt sag mir, dass er dir diesen Job nicht nur deshalb anbietet, weil er dir an die Wäsche will.«

»Das ist unter deinem Niveau, und ich ignoriere es einfach.«

»Und jetzt sag mir noch eins.«

»Ja?«

»Was empfindet Danny für diesen Typen?«

»Sie sagt, er ist in Australien ganz groß, und sehr intelligent, aber vielleicht ein bisschen zu glatt. Noch ziemlich jung für das, was er erreicht hat.«

»Das ist keine Antwort auf meine Frage.«

»Was meinst du?«

»Was *empfindet* sie für ihn?«

Jetzt war es an Marina, sich mit der Hand übers Gesicht zu fahren; sie tat dies mit einer flatternden Bewegung, legte die Finger auf ihre silberne Halskette, begann damit herumzuspielen und versuchte, sie übers Kinn zu ziehen. »Ich glaube nicht, dass sie etwas für ihn empfindet. Sie haben sich in Sydney kennen gelernt, dann ist sie ihm hier wieder über den Weg gelaufen, jetzt denkt sie darüber nach, ein Feature über ihn zu machen – irgendetwas über Ikonoklasten oder so.«

»Aber sie fühlt sich nicht zu ihm hingezogen?«

»Nein, ich glaube nicht.« Sie starrte auf den Tisch, dann Richtung Fenster, als zermartere sie sich das Hirn. »Nein. Sie misstraut ihm. Sie fühlt sich nicht, wie du es ausdrückst, zu ihm hingezogen. Das hätte sie mir bestimmt gesagt.«

»Sagt sie dir denn alles?« Julius konnte seinen Sarkasmus nicht ganz unterdrücken, aber Marina reagierte nicht darauf.

»Alles, was mit diesem Thema zusammenhängt, ja.«

»Zu wem fühlt sie sich dann hingezogen?«

»Keine Ahnung. Zu niemandem. Sie hat sich ewig für niemanden mehr interessiert. Schon seit nach dem Studium nicht mehr, als dieser Typ abgehauen ist und geheiratet hat.«

»Aha. Vielleicht sollten wir sie mal mit deinem Cousin verkuppeln?«

»Sehr witzig.« Einen Moment herrschte Stille. Dann griff Marina nach ihrem Geldbeutel. »So, jetzt gibt's Kunst. Wir haben genug über uns geredet.«

Uns?, dachte Julius. Uns? Aber er sagte nichts. Er empfand sogar regelrecht eine Aufwallung von Zärtlichkeit für Marina, die so einfältig war und überhaupt nichts mitkriegte. Es war schön, dieses Wiedersehen, locker und ungezwungen, als komme man nach Hause. Sogar das, was einen ärgerte, war vertraut. Er hatte sie vermisst. »Wenn du dich mit dem Typen treffen willst, ruf ihn an«, schlug er vor. »Hat keinen Zweck, das schüchterne Pflänzchen zu spielen. Bringt dich nicht weiter. Und das mit dem Job haut entweder hin oder nicht. Ob so oder so, du wirst nicht schlechter dran sein als zuvor.«

KAPITEL DREIUNDZWANZIG

Eine helfende Hand (1)

Murray musste keine Ausrede erfinden, um sich mit Danielle auf einen Drink zu treffen: Annabel kam selten vor zwanzig Uhr nach Hause; er war mit Boris aus London zum Lunch verabredet, und den kannte sie. Falls Murray noch nicht zu Hause war, wenn sie kam, würde Annabel denken, er sei immer noch mit Boris »beim Lunch«. Und würde dafür sorgen, dass auf dem Küchentisch etwas vom Abendessen für ihn übrig war, falls er Hunger hatte. Murray war schon immer dankbar gewesen für ihre Unabhängigkeit und auch dafür, dass er sie nicht als Gleichgültigkeit aufzufassen hatte. Seit Marinas College-Zeit und vor allem jetzt, seit Marina wieder zu Hause eingezogen war, offenbar auf unbestimmte Zeit, widmete sich Annabel ihren wohltätigen Aufgaben als Juristin und fand Erfüllung durch die zerbrochenen, gestörten Familien der Unterprivilegierten. Manchmal klagte Murray im Scherz, dass sie ihn mal wieder wegen einer verhärmten, geprügelten Ehefrau oder einem dicken, minderbemittelten Schulschwänzer vernachlässigt habe. Aber nur im Spaß; sie hatten, und das erzählte er jedem, der es hören wollte, eine optimale Balance zwischen Unabhängigkeit und einer vertrauensvollen Gemeinschaft gefunden. Annabel brauchte nicht über jede einzelne Stunde seines Tagesablaufs Bescheid zu wissen – vor allem nicht, wenn er auf Vortrags- oder Lesereise war –, weil sie wusste, dass er abends wieder zu ihr nach Hause kam. Er wiederum wusste, dass all die Elenden dieser Welt ihn letzlich nicht aus ihrem Herzen vertreiben konnten. Sie hatten immer noch wundervollen Sex, oft genug, dass beide sich beruhigt fühlen konnten. Und außerdem, wenn er sich auf einen Drink mit einer Freundin Marinas traf – was war dies anderes als der Beweis für die ganz normale Sorge eines Vaters um seine liebe Tochter?

Rechtfertigungen, Rechtfertigungen, murmelte er, während er sich sorgfältig rasierte – heute keineswegs zum zweiten Mal: Für Boris hatte er sich nämlich nicht rasiert, und der sich natürlich auch nicht für ihn, zwei übernächtigt wirkende Männer hinterm Restaurantfenster, die sich über das strahlendweiße Tischtuch hinweg anblinzelten und deren Bartstoppeln – silbern bzw. weiß – im unbarmherzig grellen Sonnenlicht schimmerten. Nach dem ersten Drink waren sie beide etwas aufgelebt, hatten dann etwa zu dem Zeitpunkt, als die Lunchgäste das Restaurant verließen, ein geselliges Stadium erreicht; und gegen vier Uhr wurde Murray die Genugtuung zuteil – so ähnlich, wie wenn man einer Frau mit Orgasmusproblemen einen Höhepunkt verschaffte –, Boris sein brüllendes Gelächter zu entlocken, ein behäbig dröhnendes Gepolter, das erst seine Schultern beben ließ, das Fett unter seinem Hemd zum Schwabbeln und seine Backen zum Wackeln brachte, bevor es in dem nun leeren Raum laut schallend explodierte. Danach gelang es Murray endlich, sich loszueisen und nach Hause zu gehen, bevor sich das Lokal mit Cocktailgästen füllte.

Für dieses Treffen jetzt jedoch rasierte er sich; und benutzte Eau de Cologne – jenen Gin Tonic-Duft, der seiner Meinung nach am besten zu ihm passte, obwohl er eigentlich Scotch-Trinker war – und zog ein frisches Hemd an, ein schmalgestreiftes, das er besonders gern trug. Seine Hände schienen beim Rasieren, beim Zuknöpfen des Hemds leicht zu zittern, und er fragte sich, ob es nur daran lag, dass sich der zum Lunch genossene Alkohol verflüchtigte, ein keineswegs seltenes Signal dafür, dass es Zeit war, einen Schluck zu trinken; oder ob das Zittern echtem Lampenfieber entsprang. Das hätte ihn nur deshalb überrascht, weil dieses Ritual – der gelegentliche Drink, das gelegentliche Abenteuer, die gelegentliche längere Affäre – ebenso zu ihm gehörte wie Annabel oder Marina oder wie – diese Analogie erschien ihm angemessener – die Päpstin zu ihm gehört hatte. Wenn er unruhiger war als sonst – und in der Tat, sein Herzrasen ließ entweder auf Nervosität oder auf einen drohenden Infarkt schließen –, dann deshalb (schalt er sich, als er mit unwilligem Schnauben vor dem Gehen noch einen kleinen Scotch kippte), weil er die beste Freundin seiner Tochter eigentlich nicht zum Gegenstand seiner Fantasien machen und verführen sollte. Denn sie würde sich bestimmt verführen lassen, er war sich fast sicher – und zwar wegen ihres Zögerns im Foyer, beim Dinner. Wie hatte ihr milchweißes Dekolleté gebebt! Wirklich, ein sehr schönes Kleid.

Er sah sie sofort, als er die Bar betrat, allein im schummrigen Licht an einem Tisch an der Wand – eigentlich hätte dort eine Nische hingehört, aber die Bar wollte etwas Besonderes sein. Ihm wäre eine Nische lieber gewesen –, wenigstens stand ein Glas Wein vor Danielle, Rotwein. Sie war zierlicher, bleicher, schlichter, als er sie in Erinnerung hatte, die Nase sprang stärker vor, und ihr Haar, an sich ein krauser dunkler Heiligenschein, war wenig schmeichelhaft gestylt, seitlich tief gescheitelt, so dass ihre Wangen seltsam breit wirkten, klobig. Doch selbst dies erschien ihm nicht als Makel, sondern erregte ihn, und als sie den Blick hob und lächelte – schüchtern, wie er fand –, blieb er erst mal stehen und räusperte sich.

»Meine Liebe«, begann er, als er sich zu ihr hinabbeugte und ihre kühle, angenehm duftende Wange küsste.

»Ich war mir nicht sicher, ob Sie kommen würden.«

»Hab ich mich verspätet?« Er sah im Scherz demonstrativ auf seine Armbanduhr. »Ich bemühe mich stets um Pünktlichkeit.«

»Nein, nicht deswegen –, aber wir haben neulich abends nicht davon gesprochen, und ich war mir nicht sicher ...«

»Ich vergesse keine Verabredung.« Er lächelte. »Vor allem dann nicht, wenn ich sie selbst getroffen habe. Eine Verabredung mit dir würde ich niemals vergessen.«

Sie fuhr sich mit der Zunge über die Lippen, starrte auf das Mosaik der Tischplatte. »Sie machen sich also Sorgen um Marina.«

»Du nicht? Mal ganz ehrlich, du nicht?«

Danielle nickte. »Ich habe ihr vorgeschlagen – ich habe ihr schon mehrmals vorgeschlagen –, dass sie sich einen Job suchen soll.«

»Das hat sie mir erzählt. Einen Moment bitte, ich bestelle mir was zum Trinken.« Er winkte der Kellnerin, bestellte, forderte Danielle mit einer Geste auf, fortzufahren.

»Und das Buch – ich weiß nicht –«

»Mal ganz offen, Danielle, glaubst du wirklich, dass sie das Buch je fertig schreiben wird?«

»Keine Ahnung.«

»Ich muss schon sagen, dieses unfertige Manuskript verheißt nichts Gutes, aus unserer Sicht, denn unser Lebensunterhalt hängt davon ab, dass wir Verträge erfüllen. Ich würde es ja für sie fertig schreiben, wenn ich könnte.«

»Wahrscheinlich will sie, dass es perfekt wird, das ist das Problem. Nehmen Sie es mir nicht übel, aber ich glaube, sie versucht Ihrem Ruf gerecht zu werden, Ihren Erwartungen – sie will, dass Sie stolz auf Sie sind –, und das setzt sie ziemlich unter Druck.«

»Ich habe ihr immer vom Schreiben abgeraten. Hör auf mich, ich kenne mich aus, habe ich ihr schon als Kind gesagt, mach alles, alles, nur nicht das. Obwohl man dadurch, zumindest zeitweise, bis mittags im Bett liegen kann.« Danielles Gesicht war sehr ernst, und Murray streckte seine große, rötliche Hand aus – es war entweder der ungünstigste oder der ideale Moment –, um sie auf ihre kleine, weiße Hand zu legen. »War nur ein Scherz. Sie weiß seit je, dass es nur ein Scherz ist. Ich bin stolz auf alles, was sie tut.« Sie zog ihre Finger nicht weg; die Hand zuckte nur ein wenig, wie ein gefangener Vogel. »Für mich zählt, dass sie glücklich ist«, fuhr er fort und war sich vor allem der warmen Berührung bewusst, der Zartheit, oder scheinbaren Zartheit, von Danielles zuckenden Fingern. »Nicht irdischer Erfolg.«

Jetzt befreite sie ihre Hand, sanft, als ob sie ihr üppiges Haar hinters Ohr streifen wolle. Selbst ihre eigentümlich runden Ohren fand er attraktiv. »Ich weiß, Mr. Thwaite.«

»Murray, bitte. Murray, und *du*!« Er sagte das mit Nachdruck.

Sie nickte, starrte wieder auf das Mosaik des Tischs. »Also, Murray. Ich weiß. Ich glaube, es liegt an ihr, es ist ihr Problem. Selbstachtung. Ich meine, natürlich ist sie selbstbewusst, das wissen wir alle, aber auf einer anderen Ebene ist sie es auch wieder nicht – ich habe ihr das mit dem Job vorgeschlagen, weil ich dachte, es gibt ihr mehr Selbstvertrauen, mehr Schwung, ich dachte wahrscheinlich, es könnte ihr helfen, ihr Buch fertig zu schreiben, wenn sie eine andere Arbeit hätte.« Murray hob eine Augenbraue. »Oder auch nicht. Vielleicht eher nicht. Aber egal; wie es aussieht, schreibt sie das Buch in keinem Fall fertig.«

»Nein.«

»Und ich hab vielleicht tatsächlich einen Job für sie gefunden. Ich bin nicht sicher.«

»Davon hat sie mir gar nichts erzählt.«

»Nein, es steht noch nicht fest. Es wäre bei Ludovic Seeleys neuer Zeitschrift.«

»Seeley?«

»Der Australier, der neulich abends mit dabei war.«

»Ist das dein Freund?«

»O nein, nichts dergleichen«, aber er sah, dass sie rot wurde. »Ich kenne ihn einfach so. Die Zeitschrift, *The Monitor*, erscheint übrigens im September.«

»Ist *ihm* dieser Titel eingefallen?«

»Ich weiß nicht. Warum fragst du?«

»Mal abgesehen davon, dass da etwas von Christian Science mitschwingt, hieß zufällig Napoleons Zeitung so. Der Bursche scheint Ambitionen zu haben.«

»Allerdings.«

»Lattendürr und arrogant.«

Danielle zuckte verlegen die Achseln.

»Bist du ganz sicher, dass er nicht dein Liebhaber ist? Dein heimlicher Buhle?«

»Ich bin ganz, ganz sicher.«

»Er könnte von Glück sagen.«

»Du schmeichelst mir.«

»Natürlich.« Er hielt kurz inne. »Du sagst, dass er Marina eventuell einstellen wird? Ich frage mich nur, als was?«

»Ich weiß nicht genau, ob sie schreiben oder redigieren soll.«

»Und du hältst das für eine gute Idee?«

Danielle schwieg einen Moment. »Ehrlich gesagt, ich weiß es nicht.«

»Nein.« Murray starrte in sein leeres Whiskyglas. »Man weiß es nie, nicht wahr? Und die Entscheidung kann ihr niemand abnehmen. Jeder muss für sich selbst entscheiden.«

»Ja, wahrscheinlich.«

»Möchtest du noch ein Glas Wein? Ich trinke noch was.«

»Na ja, ich ...«

»Nicht gerade ein schicksalsträchtiger Entschluss.«

»Oh.« Sie lachte wieder, strich ihr widerspenstiges Haar hinters Ohr. Ihr reizendes Ohr. »Aber man weiß ja nie, oder? Was sich als schicksalhaft entpuppt?« Sie wirkte etwas verlegen. »Warum nicht – ich nehme noch ein Glas. Pinot Noir.«

KAPITEL VIERUNDZWANZIG
Eine helfende Hand (2)

Er war ihr einige Erklärungen schuldig. Das ging ihr die ganze Zeit im Kopf herum, als sie Booties verlassenes Zimmer abstaubte. Ihr Bruder war ihr einige Erklärungen schuldig. Allein schon, weil Bootie in New York war, was sollte sie davon halten? Eigentlich hätte er längst wieder zu Hause sein sollen; sie hatte ihn freundlich ziehen lassen, für das Sommerseminar, in der Hoffnung, dass er sich regulär einschreiben konnte, ein vierjähriges Studium, ein Abschluss – und die University of Massachusetts war nicht zu verachten, sicher hatten da ein paar berühmte Leute studiert; und sein Freund, der Junge von der Highschool, ein pickliger Bursche mit dürrem Hals, wie hieß der noch gleich, jedenfalls ein Jahr voraus und ein leuchtendes Vorbild – ein lernbegieriger Schüler, sie hatte ihn selbst unterrichtet –; er war schon dort.

Eine Spinnwebe, ein zarter grauer Flaum, hing von der Decke über Booties Bett herab, wie ein Schatten oder ein böses Omen. Sie flatterte leicht im Wind, den sie mit ihrem Staublappen erzeugte, deshalb hatte sie sie bemerkt. Aber sie erreichte sie nur, wenn sie aufs Bett stieg. Sie hielt inne, überlegte. Irgendwie kam es ihr wie Verrat vor, einfach so mit beiden Füßen auf Booties Matratze herumzutrampeln, das wirkte ja so, als würde er nie mehr zurückkehren. Sie wusste, dass das albern war, irrational, und wischte den Staub ab, der wie Raureif auf dem Kopfbrett lag, jenem Kopfbrett, das Bert vor ewigen Zeiten abgeschmirgelt und gestrichen hatte, mangelhaft, so dass der Staublappen ständig an Spreißeln hängenblieb, die Fäden zogen. Durchs Fenster sah sie Hilda, die mit ihrem alten Labrador vorbeischlenderte; der Hund hinkte, weil er ein lahmes Bein hatte, und wirkte elend. Die Fensterscheibe war innen ganz streifig. Hatte sie sie wirklich nicht mehr ordentlich geputzt, seit er weg war? Wann war er gegangen? Sie erinnerte sich an die schmutzigen Schneeränder überall, die treibenden Knospen. Schon lange her.

Und was war in Murray gefahren, dass er dem Jungen einen Job gab? Bezahlte Arbeit? Wahnsinn. Vielleicht log Bootie oder frisierte zumindest die Wahrheit? Vielleicht hatte sie etwas missverstanden? Seit ein paar Wochen hatte sie oft das Gefühl, nicht mehr so gut zu hören; oder Information nicht mehr richtig aufzunehmen – zum Beispiel hatte sie die Geschichte, die ihr Joan Swan letzten Mittwoch beim Lunch erzählt hatte, völlig falsch verstanden, die Geschichte von Emma oder Irma aus der elften Klasse, deren Vater sich umgebracht hatte. Oder deren Vater sich scheinbar umgebracht hatte, aber dann stellte sich heraus, dass er einfach nur gestorben war. Oder vielleicht auch umgekehrt. Und das war der Punkt: Joan Swan war zwar keine begnadete Geschichtenerzählerin, aber es ging darum, dass Judy in eine Art Autopilot geschaltet hatte – wo war sie mit ihren Gedanken gewesen? – und nicht einmal sagen konnte, ob es an der Konzentration lag beziehungsweise einem Mangel an Konzentration oder ob ihr Gehör nachließ. Egal, das Resultat war das Gleiche gewesen: sie hatte Joan eine Frage gestellt, die *ihr* naheliegend, Joan jedoch völlig abwegig erschienen war und als Beweis diente, dass sie überhaupt nichts mitbekommen hatte. Und vielleicht war das auch am Telefon mit Bootie passiert, obwohl sie es eigentlich nicht glaubte. Ihre Gedanken waren nicht abgeschweift – wie auch, wenn sie mit ihrem einzigen Sohn telefonierte? Obwohl es natürlich möglich war, dass sie an all die Dinge gedacht hatte, die sie nicht sagen durfte und die letztlich auf ein »Bootie, komm nach Hause!« hinausliefen – statt auf sein Geflüster (er hatte tatsächlich geflüstert, jedenfalls ungewöhnlich leise gesprochen, weil er die Thwaites nicht wecken wollte) an ihrem verwirrten Ohr zu achten.

Hilda und der Hund waren längst wieder aus dem verschmierten Fensterausschnitt verschwunden. Die Sonne, orange, stand tief und hüllte kleine, auserkorene Details entlang der Straße in ein fast heiliges Licht, etwa den Vorbau am Haus der Randalls, der durchhing und brettervernagelte Fenster hatte. Wie deprimierend. Als Judy sich umwandte, war die Spinnwebe über dem Bett nicht mehr zu erkennen; nicht ohne künstliches Licht. Judy wollte nicht wissen, ob die Spinnwebe immer noch dort hing. Sie wollte den Schalter nicht betätigen. Sie verließ das Zimmer, ging durch den Flur zur Treppe.

Dies war in letzter Zeit das eigentliche Problem: Seit Booties Aufbruch schien ihr ihre Realität zu unbeständig, zu veränderbar. Irgendwie kam es ihr vor, als habe sie zu großen Einfluss auf ihre Wirklichkeit. Nichts, oder um genau zu sein, niemand spiegelte ihr Erleben wider, weshalb ihr Erleben nun ihre ganze Realität ausmachte. Der sie nicht traute. Manchmal war das schön – man beschloss, die Spinnwebe zu ignorieren, und es war, als hätte es sie nie gegeben. Von neutraler Seite würde sie keine Bestätigung erhalten, dass die Spinnwebe existierte, nicht einmal, dass die Spinne existierte. Und manchmal, weniger schön, wie zum Beispiel nachts, wenn sie schaudernd im bläulichen Dunkel erwachte, konnte es passieren, dass sie sich, obwohl ihr das Blut in den Ohren rauschte, nicht einmal mehr ihrer eigenen Existenz sicher war. Als habe das stille Haus sie verschluckt.

Während Booties Zeit in Oswego war es ihr nicht so ergangen, und auch diesmal hatte sie nicht damit gerechnet. Andererseits hatte sie auch nicht damit gerechnet, dass er auf diese Weise gehen würde, dass er einfach von zu Hause ausreißen würde, auch wenn er das anders genannt hätte. Famulus, hatte Bootie gesagt – das war wohl Murrays Wort gewesen. Man konnte Gift drauf nehmen, dass Murray von zwei Wörtern immer das hochgestochenere wählte. Er meinte Schreibkraft. Das also sollte aus ihrem wunderbaren Jungen werden. Keine Schande, hatte er gesagt. Pound sei das schon für Yeats gewesen. »Mein Bruder ist kein Yeats«, hatte sie erwidert, hoffentlich scharf genug, um ihm zu zeigen, dass sie vollkommen in der Lage war, seinen Äußerungen zu folgen.

In der Küche, in der Abenddämmerung überlegte sie, was sie sich zum Abendessen kochen sollte. Das tiefgekühlte Geflügelfrikassee dauerte zu lange, und es würden Reste übrig bleiben. Salat musste sie erst putzen und zerkleinern. Hatte sie überhaupt Hunger? Sie wusste es nicht genau; aber es war Zeit fürs Abendbrot. Was war stärker, das Ritual oder die Gleichgültigkeit? Was war realer? Was machte es schon für einen Unterschied? Und hatte sie sich jetzt damit abzufinden, dass Bootie nie mehr nach Hause kam? In diesem Fall, dachte sie, während sie eine Dose weiße Bohnen in Tomatensoße öffnete und darauf achtete, sich nicht am Deckel den Daumen zu verletzen, sollte sie ihm seine guten Schuhe schicken. Sie hatte sie erst jetzt bemerkt – glänzend wie zwei Käfer standen sie am Fußende des Betts, zeigten akkurat zur Wand, ungewohnt ordentlich. Diese Abweichung vom Normalen machte ihr plötzlich bewusst, welcher Art seine Pläne gewesen waren, bevor er wegging. Sie bildete es sich nicht ein. Sie spürte ganz deutlich, dass dies die Wirklichkeit war.

KAPITEL FÜNFUNDZWANZIG

Eine helfende Hand (3)

»Dir fällt es vermutlich nicht auf, weil es so, na ja, unwahrscheinlich ist, aber ich finde ihn unglaublich sexy. Das musste ich die ganze Zeit denken. Die paar Stunden vergingen wie im Flug. Er ist einfach – wie soll ich sagen?«

»Unwiderstehlich?«

»Genau. Er ist unwiderstehlich. Und er hat so eine Art, mit einem zu reden, als sei man der einzige Mensch, der ihn versteht –«

»Jetzt reicht's aber mit den Klischees.«

»Aber nicht unangenehm. Er ist spöttisch, verstehst du? Ironisch. Typisch britisch.«

»Ich weiß«, sagte Danielle, »nur, dass er Australier ist.« Sie seufzte, schloss die Computerdatei. Sie versuchte schon die ganze Zeit, ein Projekt zu entwerfen, das ihrem Chef gefallen würde, die Einschaltquoten steigern, ihr Aufmerksamkeit verschaffen würde. Sie hatte Ludovic Seeley für ein gutes Thema gehalten; aber vielleicht zog Schönheitschirurgie doch besser. Frauen, die sich in der Mittagspause schnell das Fett absaugen lassen und dann in der Arztpraxis sterben. Das würde die gleichen Fragen zu Integrität und Authentizität aufwerfen, nur in dramatischerer Form. »Erzähl mir von dem Einstellungsgespräch. Um was für einen Job handelt es sich?«

»Oh, Danny, als wäre er für mich gemacht! Er *ist* für mich gemacht. Einfach unglaublich.« Dem leisem Glucksen Marinas entnahm Danielle, dass sie mit angezogenen Knien auf dem Rücken lag, vermutlich auf ihrem Bett – eine Haltung, die sie schon seit Beginn des Studiums an ihr kannte, katzenhaft und Ausdruck höchsten Wohlbefindens. Wenn sie unglücklich war, richtete Marina sich auf.

»Er hat dir also etwas angeboten?«

»Er hat gesagt, ich kriege den Job, wenn ich nur will. Ich habe gesagt, dass ich noch darüber nachdenken muss, aber –«

»Um was geht's denn?«

»Den Kulturteil redigieren. Keine albernen Aufzählungen – er will Essays, ernste, aber kontroverse Essays über kulturelle Themen.«

»Als da wären?«

»Querbeet. Essays, die Fragen aufwerfen. Zum Beispiel, was taugt der PEN als Institution. Oder ketzerische Ansichten zur modernen Kunst, zur New Yorker Kunstszene, ist Matthew Barney ein Schwindler, solche Sachen.«

»Okay. Damit machst du dir garantiert Freunde.«

»Ich werde die Texte nur schreiben, wenn ich es wirklich will, wenn mich etwas wirklich packt.«

»Wie praktisch. In der Zwischenzeit kannst du junge, aufstrebende Autoren dazu ermutigen, sich selbst mit ihren eigenen Waffen zu schlagen.«

»Pardon?«

»Du kannst Leute beauftragen, die nichts – das heißt alles – zu verlieren haben, und sie knallharte Enthüllungsstorys schreiben lassen, die ihre Karriere im Keim ersticken.«

»Hey, weißt du –«

»Eine Art journalistisches Äquivalent zur Politesse. Klingt super.«

»Was ist eigentlich los mit dir?«

»Sorry. Schlechter Tag im Job.« Danielle knabberte an einem Nagelhäutchen. »Es ist einfach ein riskantes Unterfangen, in dieser Stadt.«

»Aber irgendjemand muss den Leuten doch sagen, dass der Kaiser keine Kleider anhat.«

»Ja, die Phrase hab ich auch von ihm gehört. Klingt im ersten Moment komischerweise überzeugend.«

»Was soll das heißen? Das ist keine Phrase. Es ist ein leidenschaftliches Bekenntnis. Er ist ein ungewöhnlicher Typ – wenn du dich mal eine Zeit mit ihm zusammensetzen würdest –«

»Wir haben uns zum Lunch getroffen, schon vergessen? Um über mein Konzept für eine Sendung zu reden.«

»Ich weiß. Umso mehr hat er Grund, sich vor dir in Acht zu nehmen. Das mit der Zeitschrift ist geheim, bis jetzt – das ist sein Projekt, verstehst du. Er will alle damit überraschen.«

»Klar, natürlich.«

»Eigentlich könntest du dich für mich freuen. Du bist vielleicht komisch!«

»Hast du zugesagt?«

»Noch nicht. Wir treffen uns morgen Abend zum Essen und haben vereinbart, dass ich ihm dann Bescheid gebe.«

So stand es also. Danielle riss mit den Zähnen das Nagelhäutchen ab und spürte, dass zu viel Haut abging: ein kleiner, vitaler Schmerz. Natürlich wäre es Marina nie in den Sinn gekommen, dass sie, Danielle, an Seeley interessiert sein könnte. Marina, die im ersten Semester – als sie einmal betrunken angekleidet auf ihren Betten gelegen hatten, jede einen noch beschuhten Fuß auf dem Boden, um das sich drehende Zimmer abzubremsen – gesagt hatte: »Du hast es so gut, Danny, echt.«

»Wieso?«

»Du brauchst dir nie Gedanken zu machen, ob Männer dich wegen deines Aussehens oder um deiner selbst willen lieben.«

Danielle hatte es als Scherz verstanden; sie hatte Marina damit aufgezogen, und so lachten sie seit damals darüber. Trotzdem. Sie hätte wissen müssen, dass Ludovic Seeley in diesem Punkt genauso wenig revolutionär dachte wie jeder x-beliebige andere Mann. Natürlich trafen sich die beiden zum Abendessen. Und seine Hand, leicht und stark, würde sich auf diese hypnotisierende, spinnenhafte Art und Weise in die Wölbung in Marinas Rücken fügen; und er würde Marina nach Strich und Faden manipulieren.

»Weißt du was, ich hab eine Idee«, sagte Danielle und war beruhigt, dass ihre Stimme ganz normal klang. »Du könntest überlegen, ob du deinen Cousin damit beauftragst.«

»Bootie? Du meinst Frederick?«

»Ich meine den pummeligen Jungen mit der Brille. Natürlich. Er wirkt intelligent. Und lieb. Und ein bisschen verloren. Er könnte etwas schreiben, sagen wir mal ohne Bezahlung, und wenn es was taugt, bringt es ihn weiter. Was meinst du?«

»Vielleicht.«

»Wie du dich anhörst. Genau darum geht es doch in so einem Job – du musst junge Talente fördern. Dafür wirst du dann bekannt.«

»Hmm. Irgendwie glaube ich nicht, dass Frederick ›Bootie‹ Tubb das schafft.«

»Das weiß man erst, wenn man's versucht. Gib dem Jungen eine Chance. Er ist dein Cousin.«

»Du meinst, aus reiner Gutherzigkeit?«

»So ähnlich.« Danielle hielt inne. »Was kann schlimmstenfalls passieren? Du lässt ihn eine Story schreiben, das schenkt ihm Selbstvertrauen, und wenn du sie ablehnst, natürlich ohne ihn zu entmutigen, macht er's beim nächsten Mal besser. Für jemand anderen.«

»Vielleicht.«

»Und Julius könntest du auch mitmachen lassen. Gegen Bezahlung natürlich.«

»Stimmt. Er scheint wirklich Arbeit zu brauchen. Apropos verloren. Ich habe das Gefühl, er ist *weg,* verstehst du? Licht an, aber keiner zu Hause? Ich hab versucht rauszukriegen, ob Julius von diesem Typen wirklich alles bekommt, was er sich erträumt hat, oder ob er so in seinen Wunschvorstellungen befangen ist – du weißt schon, eine *feste Beziehung* –, dass er einer massiven Täuschung erliegt.«

»Wie war er heute Morgen?«

Marina erzählte Einzelheiten von ihrem Ausflug mit Julius. Sie sagte, seine Augen seien gerötet gewesen, die Nase sei ihm gelaufen. Sie sagte, er habe abgemagert gewirkt. Sie sagte, er habe keinen Appetit gehabt und kaum Interesse an den Bildern gezeigt. »Und ich fand, dass er ein bisschen komisch gerochen hat.«

»Komisch gerochen?«

»Irgendwie nach Medizin. Nicht schmutzig – nur krank irgendwie. Vielleicht war es nur ein neues Aftershave.« Sie seufzte. »Ich glaube wirklich nicht, dass er glücklich ist. Auch wenn er es sich vielleicht einbildet. Irgendwie haben Menschen doch ihre Stärken und Schwächen und können sich entscheiden, entweder das eine oder das andere zu entwickeln? Momentan wirkt er so, als würde er nur noch aus Schwäche bestehen. Als ob sich seine Seele auflöst.«

»Vielleicht kommt uns das nur so vor, weil wir ihn zu selten sehen, um das richtig einzuschätzen.«

»Ob sich seine Seele auflöst oder ob uns das nur so vorkommt, läuft das nicht auf das Gleiche hinaus?«

»Nein, M. Sicher nicht.«

Nachdem Marina endlich aufgelegt hatte, kehrte Danielle beinahe inspiriert zu ihrer Ideenliste zurück: Aktuelle Infos über Aids, tippte sie. Wer heute am meisten gefährdet ist. Nicky würde es nicht haben wollen. Die Jugendfalle, schrieb sie. Was wird aus der neuen Generation von College-Absolventen, wenn so viele Internet-Unternehmen pleitegehen? Andererseits: Was geschieht mit den über zwanzig Wertpapiermillionären, die von ihren Internetfirmen entlassen werden? Solche Reportagen gab es doch schon massenweise. Sie checkte ihre E-Mails. Eine Nachricht von Murray Thwaite. Er bot an, sie mit einem seiner Freunde bekanntzumachen, einem Akademiker, der nach New York kam, um einen Vortrag zu halten – angeblich eine Idee für eine Sendung, ziemlich wertvolle, rare Informationen über Guatemala. Nutzlos für sie. Sie checkte ihren Terminkalender und schrieb sofort zurück, sie komme sehr gern. Dann wandte sie sich wieder ihrer Datei mit Ideen zu. Väter und Töchter, schrieb sie. Männer und Frauen. Oder vielleicht: Moral?

KAPITEL SECHSUNDZWANZIG

Eine helfende Hand (4)

Knapp zwei Wochen in Manhattan, und schon formte sich ein neues Leben, organisch, wie vom Schicksal bestimmt. Bootie konnte es noch gar nicht richtig fassen, dass alles so glattging. Er hätte nicht einmal sagen können, dass ihn dies völlig unvorbereitet traf, denn irgendwo tief verborgen in seinem Innern, dort, wo er sich weder linkisch noch unsicher fühlte, hatte er es geahnt. Nein: mehr als das, er hatte es sich gewünscht. Dies war die natürliche Konsequenz seiner Flucht aus Watertown, seines mutigen Entschlusses, aus Amherst die Thwaites anzurufen. Hätte er überhaupt dazu geneigt, sich etwas vorzustellen, hätte er sich alles exakt so vorgestellt.

Erstens Murray. Nein, okay, erstens Marina. Zwangsläufig, törichterweise, hatte er sich in ihre strahlende Erscheinung, ihre violetten Augen, ihr kehliges Lachen verliebt. Sogar in ihren Nacken. Sie war alles auf einmal: mädchenhaft natürlich und formell, fast künstlich. Er liebte es, sie einfach anzuschauen, sie aus einem bestimmten Winkel zu betrachten, von hinten, die Neigung ihres Kinns, wenn sie nachdachte oder so tat, als denke sie nach; die Art, wie sie gedankenlos die Hand hob, um mit ihrem Haar zu spielen, dann innehielt, als ob sie oder die Hand sich ihrer selbst plötzlich bewusst geworden sei; wie sie die Geste dann doch vollendete, aus einer völlig anderen Haltung heraus. Ihm kam es vor, als verwandle sich ein Mädchen vor seinen Augen in eine Frau. Oder als sehe er eine Frau, deren mädchenhaftes Wesen unbezähmbar schien. Sie war nicht immer nett zu ihm – launisch, gelegentlich schroff –, aber selbst dies liebte er auf irgendeine Weise. Es konnte passieren, dass sie mit einer Tasse Kaffee und einem Teil der Zeitung durch den Flur in ihr Zimmer zurückging und ihn kaum beachtete. In solchen Momenten kam sie ihm authentisch vor, im Gegensatz zu ihrer Mutter, die ständig lächelte und lobte und sich abstrampelte, damit sich alle besser fühlten, als sei sie ihrem wahren Ich nicht das Geringste schuldig. Selbst

Marinas Gleichgültigkeit war sexy, und so war jede Nacht, die er bei den Thwaites verbrachte, und jeder Morgen, den er dort erwachte, mit einem Nebel der Sehnsucht verschleiert.

Und zweitens Murray. Der war, was Booties Freund Don ein Stehaufmännchen genannt hätte. Aus irgendeinem Grund war das der Ausdruck, der sich in Booties Kopf festgesetzt hatte, wie Homers ›rosenfingrige Morgenröte‹, die Bezeichnung, die ihn genau erfasste. Wie Marina bewegte auch er sich in der Öffentlichkeit sehr gewandt, hatte eine spöttische Art, die Bootie für New York ganz typisch fand, saturiert und ein bisschen unsympathisch, aber wenn man ihn näher kennen lernte, merkte man, dass das reiner Selbstschutz war, weil so viele Menschen etwas von ihm wollten und er manche von ihnen, so elegant wie möglich, abweisen musste. Vom ersten Abend an, auf der gigantischen Parkterrasse der Beavors, hatte Bootie gemerkt, wie umschwärmt sein Onkel war; und er hatte von Anfang an beschlossen, ihn mit überflüssigen Fragen oder Bitten zu verschonen. Er wollte sich um die Rolle eines stillen Beobachters bemühen und seinem Onkel bei der Arbeit zuschauen, er wollte versuchen, bei den gemeinsamen Mahlzeiten herauszufinden, wie sein Onkel dachte, und aus seinen Handlungen, seinen Studien auf seine alltägliche intellektuelle Praxis zu schließen. Mit anderen Worten, Bootie übte sich in Zurückhaltung. Er betrachtete sich selbst als Pilger; natürlich musste er weiterziehen, da er ja nicht sein Leben lang so vom Glück verwöhnt sein konnte wie hier; doch bis dahin – dies dachte er schon seit seiner Ankunft, die nach all den aufwühlenden Eindrücken viel länger zurückzuliegen schien als vierzehn Tage – würde er Murray Thwaites begabtester und unaufdringlichster Schüler sein.

Aber es war noch keine Woche vergangen – gerade mal fünf Tage, um genau zu sein –, als zu seiner freudigen Überraschung, er war vor Dankbarkeit fast zu Tränen gerührt, Onkel Murray zu ihm kam. Er tat dies so selbstverständlich, als strecke er ihm nicht die Hand des Lebensretters entgegen, sondern mache einfach nur höflich Konversation. Aber man spürte, dass Murray Thwaite, nachdem Marina ihm von Booties privaten Studien berichtet hatte, genau verstanden hatte, was Bootie anstrebte und wie bedeutsam, ja, lebenswichtig dieses Unterfangen für ihn war. Er hatte es genau verstanden.

Bootie hatte seitlich auf seinem weichen Bett gelegen, nachmittags, und Emerson gelesen. Gerade war er beim Essay »Nominalist und Realist« angelangt – »Ich kann nicht oft genug betonen, dass der Mensch nur ein relatives und repräsentatives Wesen ist ...« –, als, sehr leise, an die Tür geklopft wurde; er hatte sein Buch hingeworfen, sich aufgesetzt, seine Brille zurechtgerückt, war sich durchs Haar gefahren, weil ihm seine Fantasie – ach, die Fantasie! – eingeflüstert hatte, vielleicht sei es Marina.

Stattdessen trat Murray ein, blieb neben der Kommode stehen, fuhr sich auch durchs Haar und lächelte. »Du liest?«, fragte er.

»Jawohl, Onkel.«

»Sei doch nicht so förmlich. Hab nur überlegt, ob du nicht dösig wirst, wenn du hier herumliegst.«

»Vielleicht ein bisschen.«

»Komm doch mit nach nebenan. Du kriegst auch was zu trinken.«

Und so hatte Bootie die nächsten anderthalb Stunden in Murrays Arbeitszimmer verbracht, zur Teezeit Scotch getrunken – sehr langsam; er machte sich nichts aus dem Zeug – und mit seinem Onkel geredet; so mit einem Menschen zu reden – davon hatte er bisher nur geträumt. »Ich finde zwar, dass ich diese Romane lesen sollte«, sagte er zu Murray, »aber eigentlich gefallen mir die meisten nicht. Irgendwie komisch – warum lese ich zum Beispiel nicht geschichtliche Werke? Da lernt man mehr. Wahrscheinlich denke ich, das Zeug lese ich sowieso noch, und das hier kommt mir eher wie Hausaufgaben vor; die Sache ist die, dass sie mich anziehen irgendwie, die Romane, meine ich; so eine Art Hassliebe.«

»Du hast vollkommen recht. Du musst sie lesen«, sagte sein Onkel. »So wird man gebildet. Romane, Geschichte, Philosophie, Naturwissenschaften – alles. Du machst dich so intensiv wie möglich damit vertraut, nimmst es in dich auf, vergisst das meiste wieder, aber am Schluss hat es dich doch verändert.«

»Aber *du* vergisst nichts.«

»Natürlich vergesse ich manches. Schreiben hilft. Wenn du über etwas schreibst, wenn du wirklich darüber nachdenkst, hast du es dir auf andere Weise angeeignet.«

»Ich weiß. Ich hab auch versucht – einfach für mich, nur für mich selbst, Essays zu schreiben. Aufsätze, wie für die Schule, über meine Lektüre.« Bootie schwieg einen Moment. Murray drehte das Scotch-Glas in seiner Hand. »Ich möchte nicht unverschämt sein, aber –« Bootie hatte den festen Vorsatz gehabt, genau dies nicht zu tun. Aber es war wie ein Zwang, als locke Murray diese Frage aus ihm heraus, als wisse Murray längst Bescheid – Marina hatte es ihm doch gesagt? Ganz bestimmt – und als sei er wild entschlossen, ihm zu helfen; verlange jedoch, wie jeder gute Mentor, dass Bootie den ersten Schritt wage.

»Frag mich nur, mein Freund«, ermunterte ihn Murray schließlich. »Nur zu, egal was es ist. Mehr als nein sagen kann ich nicht.«

»Ich hab überlegt, ob du eventuell mal was davon lesen würdest, und wenn's nur ein einziger Text wäre. Deine Meinung zu kennen – das wäre … na ja.« Bootie blickte zu Boden.

»Du schmeichelst mir. Ich bin kein Professor. Hast du etwas, das du mir gleich geben könntest?«

»Gleich?« Wieder verschlug es Bootie einen Moment die Sprache. Mit so viel Großmut hatte er nicht gerechnet.

»Ich habe heute Nachmittag etwas Zeit. Jetzt. Wir könnten es gleich zusammen durchgehen.«

Bootie schob seine Brille auf die Nase, ziemlich nervös. »Ich bin nicht … ich meine, ich würde ja furchtbar gern –, aber ich möchte –« Er holte tief Luft. »Ich möchte dir etwas zeigen, auf das ich stolz sein kann. Das Beste, was ich je geschrieben habe.« Er merkte, dass er blinzelte, wie immer, wenn er sich nicht wohl fühlte. »Ich fürchte, es ist noch nicht alles perfekt. Ist das schlimm?«

Murray zuckte lächelnd die Achseln. Er nahm alles so locker. Als könne das ganze Leben so behaglich sein. »Lass dir Zeit«, sagte er. »Aber erzähl mir doch mal ein bisschen etwas über dich.«

»Über mich?«

»Über Frederick Tubb. Über das, was dir wichtig ist. Deine Ziele. Deine Pläne.«

Bootie nickte. Er wusste nicht, was er sagen sollte.

»Deine Mutter hat mir erzählt, dass du das Studium abgebrochen hast. Aber ich finde, dass du doch sehr wie ein Student wirkst.«

Erst sehr viel später fragte sich Bootie, ob da vielleicht Ironie mitgeschwungen hatte. In jenem Moment aber hatte er aufgehorcht, sich geöffnet wie auf ein Zauberwort hin. »Wie ein Student. Ja, wahrscheinlich. Die Sache ist die«, sagte er, »und meine Mutter würde das nie begreifen, aber die Uni hatte nichts mit dem Studieren zu tun. Nicht das Geringste.«

»Weil?«

»Weil das Bildungssystem eine Farce ist.« Bootie wurde rot: welch eine Behauptung, und vielleicht vollkommen grundlos. Andererseits: Bis jetzt hatte er seine Gedanken noch keinem Menschen anvertraut. So viel wusste bisher kein Mensch von ihm.

»Eine Farce?«, ermutigte ihn Murray freundlich.

Und Bootie erklärte es ihm. Nicht alles: Obwohl er schwer in Versuchung war, Harvard zu erwähnen, behielt er es für sich. Er wollte vermeiden, dass Murray ihn bemitleidete. Um jeden Preis. Und er wollte vermeiden, dass Murray dachte, er, Bootie, beneide ihn, sehne sich nach etwas, das Murray hatte. Also erwähnte er Harvard lieber nicht. Aber er erzählte von Lurk und Jerk und von Ellen Kovacs, und er erzählte von seiner Offenbarung; und dann erzählte er von seiner Zeit an der University of Massachusetts, von der Versuchung, dort zu bleiben, und er sagte, dass ihn das ein bisschen an Christus in der Wüste erinnerte (hier hatte er den Eindruck, Murray runzle die Stirn) und dass er aus diesem Grund weggegangen sei, vor allem aber, zu Onkel Murray gegangen sei, der keine Lügen verzapfte, dessen Leben vorbildhaft war, ein Beweis dafür, dass man sich nicht auf das Niveau von Täuschung und Mittelmäßigkeit begeben musste, niemals. Als er fertig war, fühlte er sich ganz erhitzt. Er spürte, dass er knallrote Wangen hatte.

»Du schmeichelst mir«, sagte Murray wieder. »Tu das bitte nicht. Du wirst nur eine Enttäuschung erleben. Aber hier geht's um dich und um das, was vor dir liegt, die große Zukunft, die dir offensteht.«

»Glaub ich nicht.« Es schien beinahe so, als mache sich Murray über seinen Neffen lustig, dessen Seele entblößt vor ihm lag.

»Warum sollte dir keine große Zukunft offenstehen?«

»Ich weiß nicht.«

»Es ist alles eine Frage der inneren Einstellung, lieber Fred. Der inneren Einstellung.«

Als Murray, der noch die Korrekturfahnen eines Artikels lesen musste, ihn am Ende des Nachmittags zur Tür brachte und ihm herzlich die Hand auf die Schulter legte, fühlte sich Bootie schwindlig und erleichtert, als habe er auf einem hohen Sims balanciert und zu seiner Beruhigung das unten ausgespannte Netz bemerkt. Er hatte geredet, und jemand hatte ihm zugehört, ihn *verstanden*.

Daraus waren Zuversicht und Vertrauen erwachsen. Seitdem hatte er nicht nur die Bücher gelesen, die auf seiner Liste standen, sondern auch Murrays Werke – die Essays in *The Fat Lady* über das staatliche Bildungssystem, illegale Immigration, das wehrhafte Vermächtnis der Bürgerrechte, die IRA und Sinn Féin (wobei er zum ersten Mal wirklich begriff, dass Irland aus zwei Ländern bestand, zwischen denen eine Grenze verlief, und auch mehr oder weniger begriff, warum dort gekämpft wurde) – und er hatte sich selbst an einem Essay versucht, über Pierre, der nach dem Fall Moskaus in der Stadt umherirrt, über das Problem, inmitten eines historischen Ereignisses allein zu sein und am Ende seiner Kräfte. Teilweise lief es nicht besonders gut, weil das alles nur in seiner Fantasie existierte. Er konnte sich nicht vorstellen, sich mitten in einem historischen Ereignis zu befinden, fand es aber wichtig, es sich vorzustellen zu können, teils weil Murray Thwaite sich so sehr mit der Welt zu beschäftigen schien, als sei er irgendwie mit jedem großen Ereignis seit 1960, vor fast einem halben Jahrhundert, verknüpft. Und Bootie bemühte sich, so viel wie möglich von den Gesprächen um ihn herum aufzuschnappen.

So hatte er nach Murrays Preisverleihung – nachdem er von Marina eingeladen worden war, mit ins Wohnzimmer zu kommen – gehört, wie Marinas Freundin Danielle, als Murray gerade Wein aus der Küche holte, dem finsteren Australier etwas zuflüsterte; Marina war auch in die Küche gelaufen, um ihrem Vater zu helfen, fünf andere Gäste ließen sich aus irgendeinem Grund immer noch wortreich über Silvio Berlusconi aus. Danielle hatte sich zu dem Australier hinübergebeugt und geflüstert (oder hatte er sich verhört? Nein, sicher nicht): »Na, halten Sie ihn immer noch für einen Scharlatan?« Bootie war sich ziemlich sicher, dass sie »Scharlatan« gesagt hatte. Und dann hatte er gesehen, wie der Typ lächelte, ein kleines, zögerndes, grausames Lächeln, und sachte den Kopf schüttelte, nicht, als wolle er sagen: »Keinesfalls!«, sondern eher so, als wolle er seiner Überraschung, seinem Amüsement darüber Ausdruck geben, dass sie Murray Thwaites offenkundige Scharlatanerie in dessen eigenem Wohnzimmer zur Sprache brachte.

Bootie hatte eine Welle von Ekel überrollt. Wie Übelkeit. Er konnte es nicht fassen, dass Murrays Gäste, die sich doch glücklich dünken mussten, dass er sie bevorzugte, so über ihn sprachen. Es sei denn, mit »er« war jemand anderes gemeint gewesen? Aber um wen sonst konnte es sich handeln? Bootie hatte sich suchend im Zimmer umgeblickt, aber niemanden entdeckt, der in Frage gekommen wäre. Und ihre konspirative Vertraulichkeit, ihr widerlich gekünsteltes Benehmen – er hatte sich bemüht, nicht das Schlechteste von ihnen zu denken, schließlich war Danielle nett zu ihm gewesen; wenngleich ihm der Australier auf den ersten Blick unsympathisch gewesen war – machte ihm deutlich bewusst, was er für seinen Onkel empfand. Als sei Murray ein Teil von ihm, als sei Murray das Mädchen, das er liebte. Bootie fühlte sich heftig zu den Thwaites hingezogen. Er wünschte sich, sie wären seine Familie.

Als sie am Abend nach der Preisverleihung am Esstisch saßen – nur Annabel, Murray und er, weil Marina irgendwo hingegangen war –, erkundigte sich Annabel nach seiner Arbeit, seinen Plänen. Zweifellos hatte Murray ihr eine verzerrte Version seines Lernprogramms übermittelt – sie schien zu glauben, er bilde sich ein, sich auch naturwissenschaftliche Kenntnisse im Selbststudium aneignen zu können, Chemie und so weiter – und jetzt fragte sie ihn auf ihre sanfte und doch beharrliche Gastgeberinnenart, fast bohrend (wie Stella Woods, die Zahnärztin seiner Kindheit, mit ihrer leisen Stimme, ihrem Zungenspatel und der unvermeidlichen, mitleidlosen kleinen Spitzhacke). Erneut erläuterte er seine Lektüreliste und sprach ein wenig über die Oswego-Farce, wenn auch nicht so ausführlich wie Murray gegenüber.

Murray schwieg, wurde aber dennoch mit einbezogen. Hin und wieder warfen Bootie oder Annabel einen kurzen Blick auf sein unbeteiligtes Gesicht, während er sich scheinbar selbstvergessen auf Prosciutto, Capri-Salat, Frisée-Salat mit Walnüssen konzentrierte. Bootie (wann würde er aufhören, sich selbst Bootie zu nennen? Er verfluchte seine Mutter dafür, aber Bootie war immer noch der Name, der ihm ganz automatisch einfiel; auch wenn es ihn ärgerte, das war er) wusste, dass Murray ihn hätte retten können, dass er die Macht besessen hätte, ihm, seinem Neffen, diese peinliche Wiederholung zu ersparen. Doch Annabel bohrte weiter, und so gab Bootie gequält seine Geheimnisse preis. Sie kamen dem Thema Harvard gefährlich nahe. Dieses Verhör hatte etwas Perverses – einen voyeuristischen oder masochistischen Aspekt, oder beides. Er bat sogar: »Bitte, bitte sag es meiner Mutter nicht!«, und Annabel streckte beruhigend ihre Hand aus, die jedoch nicht seinen Arm erreichte, sondern einen Moment auf der glänzenden Tischplatte verweilte, wie ein sichtbar gewordener Gedanke. An diesem Punkt schaltete Murray sich endlich ein und legte sein Besteck sehr bedächtig auf dem Teller ab.

»Man kann nicht erwarten, dass deine Mutter dich auch nur ansatzweise versteht«, sagte er ruhig. »Sie meint es gut, aber sie hat keine blasse Ahnung, wer du bist.« Dann stocherte er sich mit der Zunge zwischen den Zähnen herum (eine hängengebliebene Prosciutto-Faser vermutete Bootie, weil es ihm genauso ging) und aß weiter. Erst als sein Teller leer war, klinkte Murray sich wieder ins Gespräch ein. »Ich habe nachgedacht, Fred. Annabel und ich haben darüber gesprochen. Und ich glaube, mir ist eine Idee gekommen, wie ich dir helfen kann.«

»Ihr wart sowieso schon so großzügig zu mir.«

»Ich weiß, wo du herkommst, mein Junge. Ich bin selber dort aufgewachsen. Auch ich hätte in Oswego landen können und wäre dann vielleicht auch abgehauen. Vielleicht –« wieder stocherte er sich mit der Zunge zwischen den Zähnen herum –, »vielleicht auch nicht. Den Impuls kann ich jedenfalls gut verstehen.«

»In erster Linie geht es gar nicht ums Weglaufen, zumindest sehe ich das lieber so – es geht darum –«

»Die Zukunft in Besitz zu nehmen. *Deine* Zukunft. Selbstbestimmung.«

»Und Autarkie.«

»Ja, aber wenn du kein Grundstück besitzt und vorhast, dich mit Landwirtschaft über Wasser zu halten –« Murray schwieg und blies wie ein Drache Rauch durch die Nüstern, »dieses ziemlich unwahrscheinliche Szenario einmal ausgenommen, brauchst du einen Job. Du musst Geld verdienen, um dir deine Studien zu finanzieren.«

»Ich weiß.«

»Gar nicht so leicht in dieser Stadt. Nicht, weil es hier keine Jobs gäbe – obwohl sie meist nervtötend sind –, sondern weil hier alles so verdammt teuer ist. Warum gehst du nicht zurück nach Watertown, wo du daheim wohnen und in Ruhe lesen kannst?«

Bootie schob seine Brille auf der Nase hoch, holte tief Luft. »Ich bin gern bereit, einen nervtötenden Job anzunehmen«, sagte er. »Ich kann Toiletten putzen, am Hafen arbeiten oder Burger braten. Alles okay. Entscheidend ist, dass ich in der Stadt bin. Von der Stadt lerne. Genauso viel vom Leben wie aus Büchern.«

»Und in Watertown gibt es kein Leben?«

»Nein, keins. Nicht das Leben, das ich meine.«

Murray kippte breit lächelnd seinen Stuhl zurück. »Sehr gut, Fred. Sehr gut. Ich wusste, dass du das sagen würdest. Dass ich jene Stadt damals bei der erstbesten Gelegenheit verlassen habe, war der wichtigste Schritt in meinem ganzen Leben.«

Auch Annabel lächelte, sah zur Wand, sagte aber nichts.

»Also Fred«, fuhr Murray fort. »Ich bin dein Onkel. Ich kann dir helfen, wenn du mich lässt. Aber als Erstes möchte ich dir etwas fürs Leben mitgeben, obwohl das sonst nicht meine Art ist: Du musst alle überraschen. Das ist entscheidend. Vergiss das nie.« Er räusperte sich und sprach mit Nachdruck weiter. »Aber du musst gut vorbereitet sein. Ich möchte, dass du mich zu Ende anhörst und dann ernsthaft über meinen Vorschlag nachdenkst. Mir kam diese Idee vor ein paar Tagen. Ich kenne dich ja, ich weiß, wie du denkst, deshalb möchte ich betonen, dass es kein Almosen ist. Absolut nicht.«

Und nun erklärte Murray, dass er eigentlich schon seit Jahren einen Sekretär brauche. Dass er die Hilfsbereitschaft seiner Frau (hier lächelte Annabel erneut, nachsichtig; woraus Bootie schloss, dass sie diesen Plan voll unterstützte, ihn sich vielleicht sogar ausgedacht hatte) und die der Haushälterin seit langem über Gebühr strapaziert habe und seine einzige Rettung deshalb Marinas Rückkehr in die elterliche Wohnung gewesen sei. »Sie hat das übernommen«, sagte er, »und ich glaube, es macht ihr sogar Spaß. Aber uns allen – und ich plaudere ja kein Geheimnis aus, wenn ich sage: einschließlich Marina – ist vollkommen klar, dass sie ihr Buch nicht beenden wird, bevor alle, wirklich alle Hindernisse aus dem Weg geräumt sind, jeder Vorwand, es weiter vor sich herzuschieben; und ihr betagter Papa dient da als sehr guter Vorwand.«

Bootie nickte.

»Ich habe Marina gesagt, dass sie sich einen Job suchen muss. Aber vor allem muss sie aufhören, für mich zu arbeiten. Ich habe mit ihr darüber gesprochen – sie hat mehrere Eisen im Feuer; du nimmst deiner Cousine also nichts weg. Ich weiß, dass du dafür zu anständig wärst.« Wieder hielt Murray kurz inne. »Deshalb würde ich dich gerne einstellen. Sozusagen als meinen Famulus. Wie Pound und Yeats. Natürlich gegen einen Mindestlohn. Ein richtiger Job. Wir müssten uns erst hineinfinden, das Ganze im Lauf der Zeit definieren, denn ich hatte all die Jahre über wirklich nie einen Sekretär. Vielleicht dauert es eine Weile, bis wir alles auf die Reihe kriegen. Ganz klar weiß ich momentan nur, was du auf keinen Fall antasten solltest, falls du verstehst, was ich meine. Nicht ungebeten in meinem Arbeitszimmer aufräumen. Keine Papierstapel verrücken. Ich sage schon immer: Wer sich in meinem Arbeitszimmer aufhält, hält sich in meinem Kopf auf. Das musst du respektieren – ich verlasse mich darauf. Du müsstest dich mit dem Chaos befassen – es dir einprägen –, bis es dir ebenso systematisch vorkommt wie mir. Aber das ist eine lohnende Herausforderung. Und vielleicht lernst du etwas dabei. Kann sein, dass du ein paar interessante Leute kennen lernst.« Murray verstummte, starrte Bootie an, der ausdruckslos zurückstarrte und hinter seinen Brillengläsern heftig zwinkerte. »Was hältst du davon?«

»Fantastisch, Murray, Onkel Murray. Es ist ein fantastisches Angebot. Ich bin einfach überwältigt, das ist alles.«

»Es ist ihm ernst damit«, sagte Annabel. »Murray legt großen Wert darauf, nie etwas zu sagen, was er nicht auch wirklich ernst meint.«

»Natürlich meine ich es ernst. Und mach dir wegen Marina keine Sorgen. Vielleicht hat sie ein bis zwei Tage lang ein bisschen das Gefühl, man hätte sie ausgebootet, aber soviel ich weiß, hat sie große Pläne. So wird es am besten sein.«

Bootie nickte.

»Also, hast du Lust?«

»Ich – ich bin einfach –«

»Lass dem armen Jungen doch etwas Zeit«, sagte Annabel. »Setz ihn während des Essens nicht so unter Druck. Ich hol Eiscreme für alle, okay?«

Aber Bootie hatte sofort gewusst, dass er das Angebot annehmen würde. Weit über die Rolle des rein passiven Beobachters hinaus schien dies der ideale Weg, von seinem Onkel zu lernen, ja, seinen Onkel zu studieren wie ein Buch. Es war gleichzeitig berauschend und beängstigend: so viel Unterstützung zu bekommen, nicht allein zu sein. Tatsächlich in der Lage zu sein, alle zu überraschen.

Dann ging es um das heikle Thema des Gehalts. Wie sich in weiteren Gesprächen herausstellte, schien Murray zu glauben, 30.000 Dollar jährlich – für Bootie eine astronomische Summe – stellten das Existenzminimum dar, fürs Erste. Und die Frage, ob er weiter bei den Thwaites wohnen würde. Darauf kam Bootie immer wieder zurück: Er konnte sich nicht vorstellen, die ganze Zeit hier in der Wohnung zu leben und zu arbeiten. Weil er sich hier sowieso nicht zu Hause fühlte und weil es ihm irgendwie – ungesund vorkam. Beinahe unhygienisch. Immer die gleiche (zigarettenrauchgeschwängerte) Luft einzuatmen. Er musste sich eine andere Unterkunft zum schlafen suchen.

Auch da waren ihm die Götter hold gewesen. Er hatte sich aufgerafft, die schwer fassbare, violettäugige Marina noch einmal auf die Wohnung ihres Freunds anzusprechen – hieß er James? Oder Julian? Und sie hatte ihn zuerst entgeistert angestarrt, eine Locke zwischen Zeige- und Mittelfinger gedreht, an ihrer vollen Unterlippe genagt; dann aber hatte sie plötzlich gestrahlt – sie schien in letzter Zeit ständig zu strahlen – als ihr einfiel, dass sie Julius damals erwähnt hatte. Also hieß er offenbar Julius, und seine Wohnung lag östlich von Alphabet City, meilenweit vom Zentrum entfernt (was Bootie kaum störte) und war laut Marina furchtbar umständlich zu erreichen.

Sie standen in der blitzsauberen Küche der Thwaites. »Du müsstest quer durch die Stadt dort hinfahren – mit der Linie F von Delancey ganz bis zum Rockefeller Center, dann mit der B rauf bis Central Park West. Und von dort aus noch ein ziemlicher Fußmarsch. Da gibt's nicht mal eine Buslinie, glaube ich. Ich muss ihn mal fragen, wie er's überhaupt irgendwo hingeschafft hat. Aber wenn dir das nichts ausmacht?«

»Natürlich nicht. Klingt perfekt.«

»Die reinste Bruchbude. Ich war nur einmal dort, das hat mir gereicht. Aber billig.«

Bootie hatte genickt und sich zusammengerissen, damit sie nicht merkte, wie wichtig ihm die Wohnung war. Marina sollte nicht meinen, er sei irrational auf diese Chance fixiert, obwohl es so aussah, als sei es seine einzige Chance.

»Ich muss dich warnen – obwohl er nicht so aussieht, fängt Dad superfrüh zu arbeiten an.«

»Wie früh?«

»Du musst ihn nebenan gehört haben. Oder hast zumindest seine erste Zigarette gerochen.«

»Ich habe einen festen Schlaf.«

»Na ja, spätestens um halb neun.«

Bootie zögerte, weil er an die U-Bahn während der Stoßzeit dachte, diesen unterirdischen Horror.

»Aber vielleicht braucht er dich so früh noch gar nicht. Normalerweise nutzt er die stille Zeit zum Schreiben. Vielleicht wäre es ihm am liebsten, du würdest erst mittags kommen oder sonstwann.«

»Ich bin sicher, wir einigen uns.« Bootie schaffte es nicht, noch länger so zu tun, als sei ihm die Wohnung egal. »Glaubst du wirklich, dein Freund würde mir seine Wohnung vermieten? Ab wann?«

»Ich frage ihn«, sagte sie, »wenn ich das nächste Mal mit ihm spreche. Jedenfalls steht die Wohnung jetzt leer.«

Bootie hatte zwar nur ein paar Tage gewartet, aber es kam ihm vor wie eine Ewigkeit. Er wollte Marina nicht nerven, merkte aber, dass die Wohnungsfrage jedes Mal, wenn sie einander begegneten, wie ein Korken an die Oberfläche seines Bewusstseins schwamm. So dass er Marina jetzt möglichst aus dem Weg ging; er verschwand in sein Zimmer, wenn sie durch den Flur kam, er entwischte aus der Küche, durch die Hintertür ins Esszimmer, wenn Marina aus dem Aufzug trat und er ihren charakteristischen Schritt auf dem Parkett hörte. Bootie nahm an, dass sie seine Flucht ein- oder zweimal bemerkte und dies seiner Verliebtheit zuschrieb – denn ihm war klar, dass sie von seiner Schwäche wusste. Zwischen ihnen fand eine wortlose Unterhaltung statt, und ihm war auch klar, dass sie das amüsierte. Nie wäre ihr in den Sinn gekommen, dass es an der Wohnung lag, an der Bedeutung, die die Wohnung für ihn hatte. Womöglich hatte sie jenes Gespräch inzwischen ganz vergessen. Vielleicht musste er sie daran erinnern. Und dann fiel ihm ein, wie entgeistert sie ihn angestarrt hatte. Das wollte er nicht noch einmal erleben. Er drehte sich ständig im Kreis, folgte der Kurve seiner Besorgnis und kehrte immer wieder zum selben Punkt zurück. Dies war kein Zeichen von Selbstvertrauen. Dies war nicht die Gemütsverfassung, in der er künftig leben wollte. Klar, wäre er selbständig und unabhängig gewesen, dann hätte er die Kleinanzeigen in der *Village Voice* studiert und wäre mit irgendwelchen Leuten zusammengezogen, die er nicht kannte. Aber irgendwie brachte er es nicht über sich: Sein Leben kam ihm bereits unwirklich vor, sein Körper wie ein verletzliches Ding, gestützt nur von den Thwaites, von dem kleinen, wachsenden, seltsam köstlichen Maß, in dem man ihn *kannte*. Er wurde das Gefühl nicht los, dass er sich auflösen, Atom um Atom in eine Million unendlich kleiner Teilchen zerfallen würde, falls er sich aus dem Haus treiben ließ, in die überwältigende Anonymität New Yorks hinaus, das er nicht kannte und das ihn nicht kannte.

Diese Empfindung war neu für ihn – so wie auch seine Klaustrophobie in der U-Bahn neu für ihn gewesen war – und ähnelte jener Erfahrung, obgleich sie ihr diametral entgegengesetzt war. In beiden Fällen hatte er sich selbstlos gefühlt, ein Alice-im-Wunderland-Gefühl, das beängstigende, erregende, unerträgliche Gefühl, ausgehöhlt zu werden. Und so wie ihm klar geworden war, dass er sich nur über der Erde fortbewegen durfte, war ihm auch klar geworden, dass er unbedingt eine Wohnung brauchte, zu der er eine logische, nachweisbare Beziehung hatte. Etwas, das ihn davor bewahren würde, zu ertrinken, zu verschwinden, sich dort umzubringen. (In der Wohnung von jemandem, den man kannte, oder von jemandem, der Leute kannte, die man selber kannte, schlitzte man sich nicht die Pulsadern auf. Das gehörte sich nicht.) Nicht, dass er eine suizidale Neigung gehabt hätte; keineswegs. Nur Angst davor – wie sollte er es ausdrücken? Angst davor, keinen Schatten zu haben, keine Spur zu hinterlassen. Aber er konnte doch nicht zu Marina sagen: Ich brauche diese Wohnung, damit ich einen Schatten werfe. Das klang total verrückt.

Während er darauf wartete von ihr zu hören – darauf wartete, dass sie ihn in der Küche erwischte oder an seine Tür klopfte –, versuchte er sich, Murrays Weisung gemäß, das Chaos im Arbeitszimmer einzuprägen. Ihm leuchtete auf Anhieb ein, dass dies die Grundvoraussetzung für jede Art von Hilfestellung war, die er seinem Onkel im Lauf der Zeit womöglich leisten konnte, und ebenso lag auf der Hand, dass er sich das Chaos nicht einprägen konnte, solange sein Onkel arbeitete – zumindest nicht, solange Murray am Schreibtisch saß. Glücklicherweise schloss die »Arbeit« seines Onkels häufige Verabredungen und öffentliche Auftritte mit ein, Limousinenfahrten zu Fernsehinterviews, Verabredungen zum Lunch und zu Drinks, ganz zu schweigen von absehbaren Reisen, Vorträgen in Universitäten, Bibliotheken und Tagungszentren im ganzen Land, eine Unmenge von Verpflichtungen, die Booties Ansicht nach jedem Geist der Kontemplation oder Reflexion widersprach, und in gewisser Weise der Idee von Arbeit als solcher zuwiderlief. Doch verurteilte er ihn nicht dafür (wenngleich er *Seeleys* Urteil förmlich zu hören glaubte). Diese Weltlichkeit, dachte er, während er unbequem im Schneidersitz auf dem Boden hockte, war der Preis für ein ernsthaftes, unabhängiges Leben. Absolute Freiheit gab es nicht, und Murrays Tribut war in Stunden zu entrichten, viele Stunden, geraubt von Kollegen, Chefredakteuren, unbekannten Anhängern. Der Stapel von Briefen in Booties Händen bestand aus aufdringlichen Schreiben, der Ausbeute eines Jahres, nicht abgelegt, unsortiert – Einladungen zu Dinners in Los Angeles, Calgary, Austin und noch weiter entfernt, Bitten um Vorträge in Schulklassen, von Northhampton, Massachusetts, bis Ann Arbor, Michigan, Einladungen zu Klausurtagungen in der Provinz von Kentucky und Südkalifornien, zu Geschäftskonferenzen in Miami oder spirituellen Treffen in Arkansas. Auf jedem Brief, egal wie zerknittert er war, hatte Murray in seiner kaum leserlichen Schrift Inhalt und Datum seiner jeweiligen Antwort notiert; an der Wand hing ein großer Kalender, schwarz von Tinte, auf dem Murray, ähnlich akribisch, alle vereinbarten Termine notiert hatte. Natürlich, das war Bootie klar, *wollte* man das alles nicht. Es wäre moralisch unverzeihlich gewesen, das zu *wollen*.

An diesem Tag hielt Murray eine Ansprache vor College-Absolventen in Connecticut. Bootie hatte sich gefragt, ob dieser Termin denn wirklich nötig gewesen war: Das College war sehr klein, die finanziellen Mittel somit sicherlich bescheiden; wenn also weder für die Ehre noch für Geld ... Bootie war flüchtig der Gedanke gekommen, dass seinen Onkel, in diesem Fall, womöglich eine Mitschuld an der Farce des Bildungswesens traf. Aber er hielt sich nicht bei dem Gedanken auf. Stattdessen fragte er sich, ob Marina die Briefe kannte, die er sich hier einprägte, und er fragte sich außerdem, ob nicht nur er sich vor ihr, sondern sie sich auch vor ihm versteckte, weil sie sich ärgerte, dass er sich ihrer Aufgabe bemächtigt hatte.

Das Arbeitszimmer roch nach kaltem Zigarettenqualm und modrigen Papieren, auch nach erhitztem Staub, weil Murray nie seinen Computer ausschaltete. Da Aurora nur den Papierkorb leeren durfte, war der Teppich, der nie gestaubsaugt wurde, plattgetreten und grau und mit Asche und Krümeln übersät. Die Briefe in der Hand, bewegte sich Bootie auf den Drehsessel seines Onkels zu und setzte sich. Das Leder knarrte leise, er spürte es kühl durch den Stoff seiner Hose hindurch. Murrays Schreibtisch verschwand fast unter Ordnern und Papieren, Aschenresten, Aschenbechern und Scotch-Gläsern, die auf dem löchrigen Mahagoni festklebten. Das Chaos, und die ausdrückliche Anweisung, es nicht zu beseitigen, deprimierten Bootie ein wenig: ein seltsamer Job, ebenso seltsam wie Murrays Arbeit, jemandes Unordnung zu inspizieren und alles so zu lassen, wie es war. Aber wenn das seine Aufgabe war, würde er sie perfekt erledigen.

Und so fand er das Manuskript, an seinem dritten offiziellen Arbeitstag, während Murray seine Rede in Connecticut hielt. Es kam ihm der Gedanke – wie auch nicht? –, dass er zu weit ging, tiefer in Murrays Kopf eindrang, als er sollte. Aber es war verwirrend: Der Haufen mit Schlüsseln lag auf dem Schreibtisch; die Schreibtischschublade, verschlossen, schrie danach, erforscht zu werden; der kleinste Schlüssel an der Kette passte, drehte sich im Schloss, wie durch Zauberkraft. Als sei das alles so vom Schicksal vorherbestimmt. Schließlich, sagte sich Bootie, musste er so möglichst genau begreifen, wie sein Mentor dachte. Solange er Murray nicht störte, solange er nur hinsah und lernte.

Eine einzelne Mappe voll handgeschriebener Seiten. Bootie wusste sofort, dass es wichtig war; er wusste, dass es geheim war. Er konnte sich nichts vormachen. Bevor er zu lesen begann, fuhr ihm sogar durch den Kopf, es könne sich um Pornographie oder Sentimentales handeln oder, noch schockierender, um ein intimes Tagebuch, das überspannte Meinungsäußerungen über Murrays Kollegen enthielt, über Annabels Brüste oder die von Marina – oder gar etwas über

Bootie selbst. (Für diesen Fall stellte er sich vor, dass Murray von ihm als ›Bootie‹ sprechen würde. Unweigerlich.)

Später fragte er sich, ob er denn gezögert hatte, die Mappe überhaupt zu öffnen, musste sich aber eingestehen, dass ihm dieser Gedanke gar nicht gekommen war. Wirklich nicht. Was auf ein moralisches Defizit schließen ließ, das ihn nicht unbedingt mit Stolz erfüllte. Doch im Geiste des freien Austauschs von Ideen, im Rahmen der Suche nach wahrer Erkenntnis gestattete er sich den Gedanken, dass Murray genau dies gewollt hätte. Damit Bootie, sein Schüler, umso besser von ihm lernen, dem Vorbild seines Onkels umso getreuer nacheifern konnte.

Und die Wahrheit auf diesen Seiten war keine Enttäuschung: weit davon entfernt. Sie erweckte Booties Neugierde. Bei diesem titellosen Manuskript handelte es sich, das wusste Bootie schon nach den ersten Sätzen, um das größte Geheimnis seines Onkels, sein allerpersönlichstes Streben, gewagter als es jeglicher Klatsch, beruflicher oder privater Natur, jemals hätte sein können.

Wie man leben soll: Ist dies nicht die Frage, die uns, wenn auch nur phasenweise, alle umtreibt, vom ersten Erwachen unseres Bewusstseins an? Wie William James zu fragen, ob das Leben denn lebenswert sei, provoziert die Antwort des Spötters: »Hängt von der Leber ab«; und meine eigene ist natürlich fast im Eimer. Doch zumindest vom Sinn her trifft diese Entgegnung zu. Nur wer die Frage, wie man leben sollte, befriedigend beantworten kann, vermag zu entscheiden, ob es der Mühe wert ist, dieses Jammertal zu durchschreiten. Zum Glück ist das eine endlose, nicht zu entscheidende Frage – wogegen dieses Buch hoffentlich nicht endlos und unentschieden ist –, weshalb uns die wirklich wichtigen Fragen bis weit über die Mitte des Lebens hinaus beschäftigen und oft bis zu unserem Ende. Natürlich wird im Leben meist eine Beckett'sche Hinfälligkeit erreicht, die kalte Gier nach dem Überleben, gewürzt mit der verblassenden Erinnerung an vergangene Lieben, ohne dass die Leber aufgibt. Es muss angemerkt werden, dass ich mich mit der Frage des Selbstmords, der Frage, ob dies der edlere Weg sei etc.,

hier nicht befassen kann; keineswegs, weil diese Fragen nicht von
Bedeutung wären, sondern weil das Apriori dessen, was Leben heißt,
dessen, was man daraus machen soll – weil also diese ersten Fragen,
wie mir scheint, zuerst beantwortet werden müssen. Und das will
ich auf diesen Seiten versuchen.

Hier offenbarte sich Murray Thwaite – nicht seine Vorstellungen, sondern sein Denken; sich *selbst* –, und dies würde, hätte Bootie es nur lesen dürfen, die Größe dieses Mannes beweisen. Aber Bootie überflog nur die ersten Abschnitte, klappte die Mappe schnell wieder zu, legte sie unendlich vorsichtig in die Schublade zurück, ein wenig schief. Er fürchtete sich vor Entdeckung – nicht durch Murray, der jetzt sicherlich bei der College-Abschlussfeier im äußersten Bereich der Metro North Appetithäppchen mampfte und billigen Sekt schlürfte; sondern durch Aurora oder, noch schlimmer, Marina. Doch vor allem fürchtete er seine eigene Entdeckung: Er fürchtete sich vor dem, was er vielleicht finden würde. Vielleicht würde es ihn faszinieren und ihm weiterhelfen, was sein innigster Wunsch gewesen wäre. Aber – auch wenn er es in jenem Moment nicht hätte artikulieren können – er durfte keine Enttäuschung riskieren.

KAPITEL SIEBENUNDZWANZIG
Schweben

Marina akzeptierte Ludovic Seeleys Jobangebot eine ganze Woche vor ihrem ersten Kuss. Seeley reagierte auf seine ironische, trockene Art, an die sie sich so rasch gewöhnt hatte: »Ich bin entzückt. Weil ich absolutes Vertrauen zu Ihnen habe. Weil ich weiß, dass Sie das wollen, was ich will. Weil ich weiß, dass ich Sie dazu bringen kann, zu wollen, was ich will, und dass Sie mir, falls es mir nicht gelingen sollte, einreden werden, es sei mir doch gelungen. Das ist schließlich die ganze

Kunst.« Die Kunst, in jenem Moment und während der ganzen darauffolgenden Woche, hatte darin bestanden, erfolgreich den immer wiederkehrenden Subtext ihres beruflichen Austauschs abzustecken. Es war eine köstliche Qual, eine Art Test. Sie war sich nicht hundertprozentig sicher, ob Seeley das gleiche Prickeln und Kribbeln empfand wie sie, doch war sie sich beinahe sicher. Dann wiederum versuchte sie abzuschätzen, ob er jede Annäherung als Schwäche werten würde, ob er die Berührung ihrer Finger, Gliedmaßen, Münder irrtümlicherweise als Beweis dafür betrachten würde, dass sie von nun an stets dieselbe Meinung haben würden.

Sie kam zu dem Schluss, dass sie das Risiko nicht eingehen, den ersten Schritt nicht tun konnte. Als er – nach einem scheinbar endlosen Zeitraum, während dessen sie Danielle allabendlich erschöpfend von den Interaktionen tagsüber im Büro berichtete –, endlich seine Lippen auf ihre Lippen drückte, war Marina fast zu Tränen gerührt – er kam ihr so unbeholfen vor, Röte stieg ihm in die Wangen, seine leidenschaftlichen Hände wurden spürbar klamm.

»Ich kann ja vieles, aber das hier nicht besonders gut«, murmelte er, während er sie gegen die Tür seines Büros presste, als umklammere er bei Gewitter einen Baumstamm. Sie wusste nicht, was er meinte: den Annäherungsversuch oder den Kuss oder die Sexualität an sich?

»Du machst das ziemlich gut.« Das schien angemessen, egal, was er gemeint hatte; und jetzt, bei dieser ersten Intimität, spürte Marina kein Prickeln und Kribbeln mehr, sondern einen unerwarteten, lang anhaltenden Schmerz, tief in ihrem Inneren, und deshalb strich sie Ludovic vorsichtig über die Wange, über die Stirn, legte den Kopf etwas zurück und sagte: »Ich will dich anschauen. Nur einen Moment. Wirklich.«

Und all dies erzählte sie später am Abend Danielle, ungezwungen kichernd, während sie mit angezogenen Beinen auf dem Bett lag. »Das klingt alles so abgedroschen. Ich muss es ja wissen. Sogar in dem Moment, als ich es sagte, klang es abgedroschen. Aber ich hab's wirklich so gemeint.«

»Hmmm.«

Marina, die den Eindruck hatte, dass ihre Freundin nicht ganz bei der Sache sei, versuchte ihren aufkommenden Ärger zu unterdrücken. »Ich glaube, es lag daran, dass er so verletzlich wirkte, verstehst du? Er war nicht besonders gut, da hatte er sogar recht. Ich meine nicht das Küssen. Sondern das ganze Manöver. Dieser Typ lässt bei Redaktionskonferenzen ständig Witze vom Stapel und schafft es, ein Dutzend Journalisten gleichzeitig einzuschüchtern und zum Lachen zu bringen. Und plötzlich ist er so ein Einfaltspinsel. So aufrichtig. Ehrlich, mir sind fast die Tränen gekommen. Eine Träne zumindest.«

Danielle räusperte sich.

»Was soll *das* jetzt heißen?«, fragte Marina.

»Nichts.«

»Danny?«

»Ich weiß nur nicht, ob ›aufrichtig‹ hier das richtige Wort ist. Der Typ ist mit allen Wassern gewaschen.«

»Sag ich ja. In der Öffentlichkeit. Aber das war anders. Ich glaube, er mag mich wirklich.«

»Deinen Dad scheint er jedenfalls nicht sonderlich zu mögen, nur zu deiner Information.«

»Was?«

»Frag ihn doch mal, wenn er dir was bedeutet. Er hat da ein paar Dinge zu mir gesagt –«

»Viele Leute sind mit meinem Vater nicht einverstanden. *Du* warst mit Dingen, die er gesagt oder geschrieben hat, schon tausendmal nicht einverstanden! Du hast mir geraten, ihn härter anzupacken.«

»Stimmt, aber –«

»Was hast du eigentlich, Danny? Du warst von Anfang an so komisch. Was ist los?«

»Ich traue ihm nicht. Ich sage nicht, dass ich ihn nicht mag. ich will nur nicht –«

»Du willst nur nicht, dass er mich verletzt. Besten Dank für deine Fürsorge. Weißt du, das klingt auch abgedroschen.«

»Ich weiß.«

»Und dass du Ludovic Seeley nicht traust, darum geht's nicht.«

»Ach nein?«

»Es geht darum, ob du mir zutraust, die Entscheidungen zu treffen, die richtig für mich sind.« Marina machte eine Pause. Auch diese Worte klangen abgedroschen. »Ich will, dass du dich für mich freust. Weil ich im Moment wirklich glücklich bin. Ich schwebe.« Wieder eine Pause. »Bist du überhaupt noch da?«

»Natürlich. Und ich freue mich für dich. Wirklich.«

Aber Marina spürte, dass Danielles Worten eine seltsame Stille folgte, ein Schweigen in der Leitung; und sie kam zu dem Schluss, dass Danielle nur pro forma behauptete, dass sie sich freue, weil es ungehörig gewesen wäre, das nicht zu sagen. Marina war sich nicht sicher, ob ein Verdienst darin lag, Worte einfach nur zu äußern: Manchmal war Täuschung vielleicht das Beste, das man erhoffen konnte.

KAPITEL ACHTUNDZWANZIG

Ich sehe dich

Was sollte sie denn tun, wo Mr. Murray doch immer sagt: »Nicht anfassen, nicht anfassen«, und es dem Jungen, dem Neffen, dann aber erlaubt? Mr. Murray sagt immer, seine Unordnung ist für ihn wie das ordentlichste Haus – mal abgesehen von den stinkenden Zigaretten und der Flasche, die in der Schublade liegt und immer leerer wird, er glaubt, er findet alles, er weiß, wo alles ist. Und dieser Junge, der Neffe, vielleicht behauptet er, dass er die Unordnung genauso ordentlich halten kann wie Mr. Murray, aber Aurora weiß Bescheid. Sie weiß, dass er die Stapel bewegt hat, durcheinandergebracht hat, sie weiß, dass er die Schubladen geöffnet hat, vielleicht sogar die Schlösser, und wenn etwas nicht stimmt, kommt Mr. Murray brüllend zu Mrs. Annabel, ja, brüllend, und er glaubt, Aurora kriegt das nicht mit, er glaubt, bloß, weil er nicht die Stimme hebt, weiß Aurora nicht, dass er schimpft, über sie, Aurora dies, Aurora das, aber sie hat ihn gehört, natürlich. Sie leben alle in dem Haus und tun so, als sei er nett und liebenswert, aber in Wirklichkeit ist er schwierig, anspruchsvoll, egoistisch und oft wütend, meistens wegen egoistischen Dingen, zum Beispiel, wo ist mein Sandwich, und warum ist das blaue Hemd nicht im Schrank, das Hemd für die Manschettenknöpfe, und wo sind überhaupt die Manschettenknöpfe, und: Annabel, oder Marina, ich hab doch gesagt, wir hätten schon vor einer halben Stunde fahren müssen, was ist denn los, verdammt nochmal! Und das Erstaunliche ist, wie sehr ihn trotzdem alle lieben. Vielleicht ist das gar nicht so überraschend; er ist charmant und lustig, und manchmal, in der Küche, legt er ihr, Aurora, seinen langen Arm um die Taille und wirbelt sie lachend herum, bis ihr ein bisschen schwindlig wird, und obwohl sie das im Grunde nerven sollte, ist es eigentlich schön, und sie schwenkt das Geschirrtuch und sagt na, na, Mr. Murray, das ist doch albern, hören Sie sofort auf damit! Er bringt es fertig, dass sich alle Mädchen hübsch fühlen, auch wenn sie es nicht sind. Sie hat es erlebt. Und wenn er sich keine Mühe gibt, merkt das sofort jeder, der ihn und seine Art kennt, auch wenn er ihn nur ein bisschen kennt. Wie zum Beispiel die Freundin von Mrs. Annabel, die gestern mit dem Jungen kam, die Frau, mit der Mrs. Annabel zusammenarbeitet, und der große schwarze Junge – DeVaughn, ja. Aurora hat gesehen, wie Mr. Murray die Frau angeschaut hat, die Sozialarbeiterin, und ja, sie war nicht hübsch, ein Gesicht wie eine Hexe, ganz rot und knochig, das Haar wie altes Stroh und das Kinn nach vorn gereckt und gleichzeitig nach oben, mit einer Warze drauf, aber sie war höflich, sie ist schon mal da gewesen, und Aurora weiß, dass er sie nicht mag. Er hat nicht gelächelt oder geflirtet, sich nicht mal an ihren Namen erinnert. Miss Roberts. Er hat sich, ihr gegenüber, nicht wie ein netter Mann benommen. Am wenigsten hat er den Jungen gemocht, den schwarzen Jungen, groß wie ein Mann, kräftig in den Schultern und dick in der Mitte, und anscheinend wollte die Frau, dass der Junge blieb, um auf Mrs. Annabel zu warten, die wer weiß wann heimkommen würde. Sie hat drauf bestanden, und Mr. Murray hat sich sehr bemüht, nicht laut zu werden, das hat Aurora an seinem zusammengekniffenen Mund und seiner zuckenden Zunge gesehen und daran, wie er sich durchs Haar fuhr und dann die Hand in die Tasche steckte, damit Miss Roberts nicht sah, dass es eine Faust war. Der Junge – fünfzehn vielleicht? – schwarz wie Tinte, wahrscheinlich ein Inselschwarzer oder ein afrikanischer Schwarzer, jedenfalls kein amerikanischer Schwarzer, mit großen Augen und pflaumenblauen Lippen, die zitterten, nur ein kleines bisschen – sah ängstlich und wütend aus, und verlegen. Er hat gewusst, dass Mr. Murray ihn nicht hierhaben wollte, dass niemand ihn hierhaben wollte (er gehörte hier nicht hin, das sah man ja gleich), und alles wurde nur noch schlimmer, weil auch er selber nicht hier sein wollte. Wie peinlich musste es sein, unerwünscht zu sein in einer Wohnung, in der man selber nicht mal erwünscht sein wollte; er tat Aurora sehr leid. Aber sie hatte Lachsfilets mariniert, die in den Ofen mussten, und sie musste das Bett des anderen Jungen, des Neffen, frisch beziehen und Marinas Badewanne putzen, weil das Schaumbad Ränder hinterließ, so hartnäckig, und dann gab es noch viele andere Dinge, deshalb konnte sie nicht herumstehen und gucken; aber als Mr. Murray sie fragte, sagte sie – und das stimmte ja auch –, sie wüsste nicht, wann Mrs. Annabel heimkommen würde, und nein, sie hätten kein freies Zimmer zum Übernachten, wegen diesem Jungen, Frederick. Anscheinend wollte also Miss Roberts, mit ihrer Nase und ihrem Kinn und dieser Warze drauf, dass DeVaughn hier übernachtete. Aber er sagte nichts, sie merkte, dass er nichts sagen würde, bis Mrs. Annabel heimkam, aber sie würde ja nicht kommen, und dann musste sie, Aurora, sich um den Lachs und das Bad und die Bettwäsche kümmern und später noch um viele andere Dinge, und sie versuchte gleichzeitig zuzuhören und nicht zuzuhören, aber sie blieben die ganze

Zeit im Flur, und Mr. Murrays Trick mit der Faust funktionierte
anscheinend, weil er nie die Stimme hob, und sie wusste nicht,
was sie sagten, aber während sie das Bett bezog und das Bad
putzte, waren die knochige rote Miss Roberts und DeVaughn
gegangen. Als das Bad fertig war, kam der andere Junge, der
Neffe, zurück, und als sie Salat mischte, um ihn in den Kühlschrank zu tun (sie hasste es, Kopfsalat zu waschen, oder
vielmehr hasste sie es, ihn abzutrocknen, diese Drehschüssel),
kam auch noch Marina zurück, und Aurora wusste nicht, ob
Mr. Murray ihr das mit dem Jungen, DeVaughn, sagen würde
oder ob er sich über den anderen Jungen, den Neffen, ärgern
würde, weil er Sachen im Arbeitszimmer angefasst hatte; und
das würde sie erst wissen, wenn sie ihn brüllen hörte, und sie
würde nur was sagen, wenn sie sie fragten, aber das würden
sie nicht tun. Aber war es nicht komisch, dass alle so taten,
als wäre mit Mr. Murray leicht auszukommen. Sogar unter-
einander taten sie so.

KAPITEL NEUNUNDZWANZIG
Über die Scham

Wenn Scham die Folge der Erbsünde ist und Kleidung unsere Ant-
wort darauf, dann werden die Kleider, in die wir unsere Kinder
stecken, zu unserem Vermächtnis an sie, zur Scham, die wir an sie
weiterreichen. Offensichtlich sind sie auch unser Stolz – denn Stolz
und Scham sind zwei Seiten derselben Medaille. Als die Mrs. Ramsey
des amerikanischen Fin-de-siècle-Skandals (nicht zu verwechseln
mit der Mrs. Ramsey des Woolf'schen Hochmodernismus und ein
interessantes Gegenstück zu ihr) ihre Tochter in Rüschenkleidchen
und Lackleder steckte, sie mit Bändern und Schleifen schmückte,
sie mit Rouge und Mascara schminkte, verkörperte – was damals
viele bemerkten – die kleine JonBenet, deren Baby-Barbie-Gesicht
wir alle kennen, sowohl die Scham als auch den Stolz ihrer Mutter.
Mrs. Ramsey – in ihrer Jugend selbst Schönheitskönigin, jetzt mit

dem Schatten eines Schnurrbarts auf der Oberlippe, mit roten Wangen, die nicht mehr jugendliche Frische, sondern den Verschleiß mittleren Alters signalisierten, mit vergröberten, aufgedunsenen Zügen, die Nase von einem Netz geplatzter Äderchen bedeckt – sah in dem kleinen Mädchen mit seinen Ballettröckchen und Spitzenkleidchen, seinem unverdorbenen Ich zweifellos jene Perfektion, die sie selbst nie mehr erreichen konnte. Sie hatte genug investiert, sagen manche, um zu töten: um ihre Scham begraben zu müssen. Wenn du selbst nicht mehr gewinnen kannst, kannst du wenigstens eine Gewinnerin erschaffen, wenn aber die von dir erschaffene Kreatur nicht deiner Vorstellung entspricht, was bist dann letztlich du?

Marina hatte das Gefühl, sich dem Buch jetzt endlich wieder anzunähern. Sie glaubte insgeheim und ohne dass es ihr bewusst wurde, dass ihr ganzes Leben in dem Moment, als sie und Ludovic sich entkleideten, von einer neuen Transparenz, einer leuchtenden Blöße erfüllt worden sei. Endlich schien sie zu begreifen, was »Kleidung« bedeutete, im adamischen – oder sollte man sagen edenischen? Und warum nicht evischen? – Sinn: alles nur Maskerade, Scharade. Beides zugleich, das Bedürfnis nach der Scharade und ihre quälende, verwirrende Sinnlosigkeit. Und wie viel mehr galt das für die eigenen Kinder: Alle Eltern luden ihren Kindern Unmengen Ballast auf, wobei die Bürde der Kleidung nur den sichtbarsten Ausdruck eines riesigen, erstickenden Netzes elterlicher oder gesellschaftlicher Projektionen und Konstrukte darstellte. Man selbst zu sein, seinen eigenen Stil zu finden – danach strebte man in der Jugend und in der Zeit als junger Erwachsener und heutzutage, in einer vom Jugendwahn besessenen Gesellschaft, sogar weit bis ins mittlere Erwachsenenalter hinein. Sie sah plötzlich, wie seltsam es war, dass Erwachsene sich nach Jugendlichkeit sehnten, während die Jungen noch gar keine Zeit hatten, zu sich selbst zu finden, und deshalb vorwiegend das waren, was die Erwachsenen aus ihnen gemacht hatten, was sie in ihnen sahen. Was für ein fürchterlicher Druck. Was für eine gnadenlose Lüge. Sie erinnerte sich, dass

Danny einmal für die Heilsarmee ein paar zu enge Angorapullis mit Zopfmuster (aquamarin, orange und melone, Geschenke von Randy), zusammengepackt und dabei gewitzelt hatte, sie, Danielle, habe erst an ihrem siebenundzwanzigsten Geburtstag, angesichts eines ganz besonders scheußlichen Geschenks von ihrer Mom, endlich erkannt, dass sie sich ihre Garderobe selber aussuchen könne, ja, sogar die moralische Verpflichtung dazu habe. Der notwendige Bruch mit den Eltern – erst jetzt, wo sie mit Ludovic darüber sprach, sah sie, wie wichtig dieser Bruch war – konnte viele Formen annehmen. Umgekehrt bedeutete der Umstand, dass Marina seit frühester Jugend sämtliche Freiheiten genossen hatte – auch die, sich anzuziehen, wie sie wollte (sie hatte schon immer einen Blick dafür gehabt, selbst ihre Mutter hatte das bestätigt) –, noch lange nicht, dass sie ihre Kämpfe hinter sich hatte. Es hieß keineswegs, dass sie frei war.

Neue Transparenz: Sie hatte das Gefühl, dass sich ihr mit Ludovic, in dieser völlig neuen Beziehung, wie sie sie jahrelang nicht gehabt hatte (all ihre Freunde waren alte Freunde; und ihre erste Begegnung mit Fat Al verlor sich, wie auch Fat Al selbst, unwiederbringlich im Nebel der Vergangenheit), die Chance bot, dass ihnen beiden sich die Chance bot, völlig offen miteinander umzugehen, freimütig und direkt. Sie hatten darüber gesprochen, oder zumindest hatte Marina darüber gesprochen. Sie wusste nicht, woher das plötzlich kam, dieses starke Bedürfnis nach absoluter Aufrichtigkeit, aber Ludovic schien das vollkommen zu verstehen. Er hatte sofort gesehen, dass es mit ihrem Vater zusammenhing.

»Wenn wir von Transparenz reden, von Licht«, hatte er erklärt, »lauern überall Metaphern, Klischees. Du stehst im Schatten deines Vaters. Du stellst dein Licht unter den Scheffel. Muss ich noch mehr sagen?«

»Das heißt?«

»Dass es unmöglich ist, dich klar zu erkennen – vor allem für dich selbst –, weil dein Vater dir im Licht steht.«

Und dann, tief in der Nacht, auf dem riesigen floßartigen Bett in seiner Wohnung in Gramercy Park, bei weit offenen

Fenstern, durch die schwüle Luft drang (Ludo hielt nichts von Aircondition; für ihn war das Schwindel) sowie ein schwacher, gammeliger Gestank, von den Mülleimern an der Straßenecke her, oder aus dem öffentlichen Park, oder sowohl als auch, waren sie auf Marinas Buch gekommen, auf ihr Thema (»Außergewöhnlich«, sagte Ludo, die Lippen an ihrer nackten Schulter. »Ich meine es ernst. So ein komplexes Thema – das Äußere, die Oberfläche und die darunterliegenden Tiefen; darum geht es ja bei uns allen. Der Tenor unserer Zeit«) und darüber, wie wichtig das Buch war.

»Natürlich hast du es bis jetzt nicht geschafft – erinnerst du dich, der Schatten deines Vaters? Und du bist in diesen Schatten zurückgetreten. Aber wie kannst du je unabhängig werden, wenn du nicht den Rücken frei hast? Und wieder sprechen die Worte für uns: Dein Vater sitzt dir im Nacken, du musst dich von deinem Vater befreien. Eine Erlösung, fast im sexuellen Sinn. Aber auf jeden Fall emotional – es ist natürlich die Depression, die auf dir lastet. So wirst du endlich den Erwartungen entfliehen, die er, wie du glaubst, an dich hat, und dir deinen Weg suchen, bis du, na ja, auf eigenen Füßen stehst.«

»Und was würde das heißen?«

»Wer kann das wissen? Sehr spannend!«

»Ich finde es etwas beängstigend.«

»Du wirst nicht allein sein. Ich werde dir immer eine Stütze sein.« Seine Lippen waren zwischen ihren Brüsten angelangt, und sie wusste, dass ihre Haut dort salzig schmeckte.

»Dann würde ich aber nicht mehr ganz auf eigenen Füßen stehen, oder?«

Er schwieg einen Moment, lächelte ins Dunkel. »Das war nur so dahingesagt, meine Schöne.« In diesem Moment klang er komischerweise wie ihr Vater.

»Aber versuchen wir denn nicht genau das, du und ich, miteinander, aber auch mit der Zeitschrift, geht es bei *The Monitor* nicht genau darum? Dass man Dinge eben *nicht* einfach so dahinsagt? Oder genauer: dass man sich nicht auf ausgetretenen Pfaden bewegt? Du hast doch gesagt, der Kaiser hat keine Kleider an, stimmt's?«

»Eine ganz besonders hilfreiche Analogie für dein Buch, finde ich. Vielleicht sollte so der Titel lauten.«

»Es ist ein Buch über Kinder, darüber, wie Kinder angezogen werden.«

»Na bitte: *Des Kaisers Kinder haben keine Kleider an.*«

»Klingt das nicht eher so, als gehe es um den hungernden Nachwuchs eines Dritte-Welt-Despoten?«

»Es ist eingängig. Faszinierend. Glaub mir.«

»Aber ergibt es einen Sinn?«

»Du wirst dafür sorgen, dass es einen Sinn ergibt. Beim Schreiben – Schreiben ist Manipulation der Sprache, Herrgott nochmal! – geht es doch genau darum! Du musst es deinen Lesern einfach nur erklären. Die dir übrigens gern vertrauen wollen.«

»Okay, du Schlaukopf, erklär *du's* mir.«

»Es ist ja nicht mein Buch.«

»Bitte, bitte, erklär es mir!« Sie klimperte mit den Wimpern.

»Ach, Lady Violets Augen – unwiderstehlich! Dir zuliebe will ich es versuchen. Aber ich hab dein Buch ja noch gar nicht gelesen, mein Schatz.«

»Das hat noch niemand.«

»Nicht mal dein Vater?«

»In diesem Stadium noch nicht mal er.«

»Na gut.« Ludovic setzte sich auf, lehnte sich ans Kopfbrett und räusperte sich. »Als Eltern übertragen wir unsere wie auch immer gearteten Komplexe auf unsere Kinder – unsere Neurosen, Hoffnungen und Ängste, unsere Unzufriedenheit. Ebenso könnte man sagen, die Gesellschaft allgemein gleicht einem Elternteil, der seine Komplexe auf die Bürger überträgt.«

»Bis jetzt bist du über den Ansatz des Buchs noch nicht hinausgekommen.« Sie kniff in eine seiner rosa Brustwarzen.

»Nur Geduld. Ich bin ja erst dabei, den Titel zu erklären. Wo war ich stehengeblieben? Marina Thwaites bahnbrechendes Buch-Debüt entmystifiziert diese Komplexe, enträtselt sie durch die Struktur unserer Kleidung, vor allem der Kleidung unserer Kinder. In der brillanten Analyse dessen, was wir sind und wie dies den Kleidungsstil unserer Kinder prägt, enthüllt Marina Thwaite die Formen und Muster, die sich im Gewebe unserer Gesellschaft verbergen. Indem sie dies tut, unterzieht sie die Kinder, ihre Eltern und unsere ganze Kultur einer beispiellos gewissenhaften Überprüfung und spricht Wahrheiten aus, die uns unwiderlegbar vor Augen führen, dass des Kaisers Kinder keine Kleider anhaben.«

Marina applaudierte lachend. Dann, als müsse dies gefeiert werden, ging sie in die Küche und holte für jeden eine Schale Johannisbeer-Sorbet mit einem Schuss geeistem Wodka aus Ludovics ansonsten leerem Gefrierschrank.

Aus diesem Gespräch schöpfte Marina neues Selbstvertrauen für ihr Projekt. Sie versuchte, regelmäßig an dem Buch zu arbeiten, jeden Morgen zwei Stunden – sie schloss sogar ihren Laptop an in einem der fast leeren Zimmer von Ludovics Wohnung, wo sie schon nach kurzer Zeit fast jede Nacht verbrachte – und berichtete Ludovic am Ende ihrer aufreibenden Arbeitstage in der Redaktion, wie sie vorankam. Marina spürte, dass es ihn manchmal sehr anstrengte, sich auf ihr Buch zu konzentrieren, da ihm die Zeitschrift so viel abverlangte; und sie machte sich ein bisschen Sorgen, dass die kreativen Energien, die doch eigentlich in *The Monitor* fließen sollten, zumindest teilweise von *Des Kaisers Kinder* abgezogen wurden. Aber Ludovic bestärkte sie darin, das Buch zu vollenden; er glaubte, mehr als sie selbst, und mehr als Murray sowieso, nicht nur an das Manuskript, sondern auch an dessen Autorin. Und sie engagierte sich trotz allem für die Zeitschrift, ließ sich einiges einfallen, schlug Mitarbeiter, geeignete Themen und Journalisten vor. Wann immer sie zauderte oder zweifelte – zum Beispiel, als sie den Eindruck hatte, Lettie Abrams mache sich während der Redaktionssitzung über ihren Vorschlag eines Features über Korruption in Auktionshäusern lustig –, rief Ludovic sie in sein Büro, schloss die Tür und flößte ihr mit seinem offenkundigen Begehren wieder Mut ein. Sie fummelten nicht hinter seinem Schreibtisch – dafür waren sie zu professionell. Doch umwarb er sie tagsüber mit Worten, verwirrenden Liebkosungen. Sogar für ihre Brüste schien er zu schwärmen, winzige Hügel, die ihr schon immer fast kläglich vorgekommen waren; er bewunderte ihre Zartheit, liebte die harten Knospen der Brustwarzen, die sich bei Erregung aufrichteten, »wie eine makellose, saftige kleine Frucht«, sagte er. »Du bist eins der seltenen Geschöpfe, die dazu geschaffen sind, überhaupt nie Kleidung zu tragen. Vor dem Sündenfall, mein Schatz. Jeder Zoll deines göttlich schönen Körpers sollte angebetet und beleuchtet und gefeiert werden.«

»Ach, Ludo, hör auf. Du machst dich nur lustig über mich.«

»Keineswegs. Welch ungeheure Ironie, dass du ein Buch über Kleidung schreibst. Ausgerechnet du!«

»Es geht ja auch um Nacktheit. Und das ist dein Verdienst.«

»Dann habe ich also nicht umsonst gelebt.«

Verschmelzung

Entgegen bessere Einsicht ließ sie es zu. Diesen Satz wiederholte sie in Gedanken immer wieder, aber sie wusste, dass er nicht im Mindesten der Wahrheit entsprach. Er entsprach der »Wahrheit«, die sie Marina präsentieren würde, falls es je so weit kam. Aber das durfte sie nicht ernsthaft in Erwägung ziehen, musste es sogar unbedingt verhindern. Jedenfalls kam ihr, nachdem er gegangen war, als Erstes Marina in den Sinn. Wie hätte Danielle jemals jemandem erklären können, wie außergewöhnlich ihre Beziehung zu Murray war, wie isoliert und doch – schon nach so kurzer Zeit – wie intensiv? Während ihrer Korrespondenz – vorsichtig, aber vieldeutig, nie unangemessen – und dann bei den Drinks (zweimal), beim Lunch (einmal) und dem (höchst schicksalhaften) Abendessen hatte sie ihn kennen gelernt, bis zu jenem letzten Tag im Mai, jenem sternenfunkelnden, unendlich friedlichen Abend, an dem er sie vom Restaurant in der Cornelia Street nach Hause begleitet und sich völlig ungezwungen, mit der größten Selbstverständlichkeit, erkundigt hatte, ob er mit hinaufkommen dürfe (und zwar, wie ihr auffiel, ohne jeden Vorwand: Er sagte nicht »auf einen Kaffee« oder »um den Ausblick zu genießen« oder »um das Buch mitzunehmen, das ich dir geliehen habe«, was ja durchaus möglich gewesen wäre; und darum hielt sie ihn zudem auch noch für einen grundehrlichen Menschen) – da, nach so kurzer Zeit, kam ihr diese Verbindung schon beinahe unheimlich vor, eine Annäherung von Standpunkten, eine platonische Verschmelzung getrennter Seelen. Zu wem konnte man so etwas sagen? Ihm gegenüber hätte sie das ganz offen äußern können, wären da nicht Marina und Annabel gewesen. Dabei scheute er sich gar nicht, von ihnen zu sprechen – auch das liebte sie an ihm und wunderte sich, dass sie an einem Mann, der so lange alles Mögliche für sie gewesen war, nur nicht ein Gegenstand leidenschaftlicher Liebe, überhaupt etwas liebte, und dann gleich so viel! Er hatte die Rothkos bewundert. Zerzaust und hünenhaft, wie aus einer längst vergangenen Zeit, stand er im Halbdunkel ihres jungfräulichen Apartments, mit gelöstem Gürtel und mächtigem, nacktem Oberkörper, und presste sie so fest an sich, dass sie unter dem ergrauten Pelz sein Herz an ihrer Wange schlagen hörte. Als er sprach, hallte seine Stimme in seinem Brustkorb wider und dröhnte ungeheuer laut in ihrem Ohr.

»Ich denke, die sorgen dafür, dass du seelisch im Gleichgewicht bleibst«, sagte er.

»Wer denn?«

»Die Rothkos. Auf mich zumindest würden sie so wirken. Sie bringen alles zum Stillstand, diese Farbschichten, entwickeln einen Sog. Sie halten dich davon ab, aus dem Fenster zu springen.«

»Es ist immer eine Möglichkeit«, sagte sie und legte den Kopf zurück, um ihn anzusehen.

»Ich weiß. Jeden Tag findet man einen Grund, es nicht zu tun. So wie er – Rothko – das in den Bildern tat.« Er hielt kurz inne. »Bis zu dem Tag, an dem er es dann nicht mehr tat.«

»Genau«, sagte sie. »Ich denke viel darüber nach, ich frage mich manchmal, ob die Leute nur Kinder kriegen, damit sie sich diese Frage nicht mehr stellen müssen.«

»Ja, dann ist eine Zeitlang Schluss damit. Aber nur, weil dann überhaupt Schluss ist, wenn du verstehst, was ich meine.«

»Nein«, sagte sie. »Ich glaube nicht.«

»Wenn man ein Kind hat, denkt man nicht mehr an die Sinnlosigkeit, das stimmt. Zum einen weiß man vor lauter Arbeit nicht, wo einem der Kopf steht. Zum anderen wurde die Frage ja beantwortet, die Sinnlosigkeit bestätigt. Man hat sie an die nächste Generation weitergereicht. Die Kinder zählen jetzt, du bist nicht mehr wichtig.«

»Das ist nicht dein Ernst.«

»Ja und nein«, sagte er. Und sie glaubte genau zu verstehen, was er meinte.

»Dein ganzes Werk, alles, was du geschrieben hast –«

»Jeden Tag die gleiche Frage. Und manchmal ist das die Antwort.«

»Manchmal auch das?« Sie wies auf das Zimmer, auf ihre halbentblößten Körper.

»Manchmal ja«, räumte er ein, runzelte dann die Stirn. »Oft aber auch nicht. Weil es den gegenteiligen Effekt haben kann.«

»Weiß Annabel davon?«

»Ja und nein.«

»Wenn sie nicht fragt, erfährt sie nichts? Und was ist mit Marina?«

Jetzt sah er sie scharf an. Er wandte den Kopf, blickte durchs Fenster auf die in der samtenen Nacht funkelnde Skyline. »Soviel ich weiß, nein. Ist auch nicht nötig. Geht sie nichts an.«

»Da bin ich mir nicht so sicher«, sagte Danielle. »Aber falls es dich tröstet – ich glaube nicht, dass sie etwas weiß. Sie würde dir so etwas gar nicht zutrauen.«

»Aber du hast es mir zugetraut.«

»So würde ich das nicht sagen. Ich meine…«

»Natürlich hast du's mir zugetraut. Sonst wären wir ja nicht hier. *Ich* wäre nicht hier.« Er setzte sein breites, argloses Grinsen auf. »Aber bist du nicht froh, dass ich hier bin?«

Als er gegangen war, lag Danielle auf ihrem Bett, das nach ihren Körpern roch und, schwach, auch nach dem Gin-Tonic-Duft seines Eau de Cologne, und sie dachte als Erstes an Marina und an das, was sie ab jetzt vor ihr geheim halten musste. Danielle hatte bisher noch nie ein Geheimnis gehabt, das sie nicht jedem Menschen hätte anvertrauen können, hier handelte es sich genau um solch ein Geheimnis. Sie konnte es niemandem sagen, nicht einmal Randy, die sich so sehnlich wünschte, ihre Tochter möge die Liebe finden. Wenn sie sie denn gefunden hatte. In ihrem Kopf existierten zwei miteinander unvereinbare Realitäten: einerseits die wilde Zärtlichkeit, die sie für diesen alternden Hünen empfand, die Freude über seine kleinen Freundlichkeiten und Empfindlichkeiten, das Gefühl – überwältigend und gewiss nur eingebildet, das sah sie selbst –, all seine Reaktionen voraussahnen zu können, als habe sie, wie eine Blinde, in Bezug auf ihn einen sechsten Sinn entwickelt und könne seine Sätze zu Ende führen. Andererseits das Bewusstsein, etwas Falsches zu tun, ein moralischer Ekel. Dies spielte sich abstrakt in ihrem Kopf ab; folglich war dies die blassere der beiden Wirklichkeiten. Der innere Konflikt faszinierte sie, vielmehr die Vorstellung davon, denn in Wahrheit dachte sie nicht ernsthaft daran, Murray aufzugeben. Der Ekel war eine Vorstellung, die sie erst heraufbeschwören musste, so wie ein autistisches Kind lernen kann, die Mutter anzulächeln, um ihr zu zeigen, dass es glücklich ist. Ihre Knochen, ihr Fleisch, ihre prickelnde Kopfhaut, ihre Fingerkuppen zeugten von ihrem Begehren. An seine Brust geschmiegt, hatte sie sich gleichzeitig geborgen und beschwingt gefühlt, wie von einem wunderbaren inneren Wind getrieben, und es schien ziemlich sinnlos, sich einreden zu wollen, dass dies unmoralisch sei. Marina spielte keine Rolle – nicht einmal Annabel. Und dies schon nach ein bis zwei Wochen. Sie war zu jemandem geworden, den sie nie in sich vermutet hätte.

Sie sah für diese Beziehung keine Zukunft. Und doch konnte sie sich plötzlich auch nicht mehr vorstellen, dass sie irgendwann zu Ende sein würde. Somit blieb ihr nur die Gegenwart. Er hatte ihr seine Handynummer gegeben, die offenbar fast niemand kannte. Er hatte gesagt, er wolle sie morgen wiedersehen – am ersten Junitag. Er hatte sich gewünscht, sie möge das Kleid vom Abend der Preisverleihung tragen – das Kleid, wie sie unwillkürlich denken musste, dessen Wirkung auf Ludovic Seeley gleich null gewesen war. An jenem Abend hatte Marina sich ihm an den Hals geworfen; und jetzt waren sie Kollegen und ein Liebespaar. Und Danielle, die das eigentlich hätte voraussehen müssen, hatte ihr Revolutionsprojekt zugunsten des Features über Schönheitschirurgie verworfen. Sie überlegte sogar, ob sie den Fall einer tödlich verlaufenen Fettabsaugung recherchieren sollte. Wenn man Seeley schon nicht entlarven konnte, konnte man sich ihm wenigstens anschließen, die Perversionen seiner zynischen Revolution inszenieren und dem Publikum genau den Schund liefern, den es sich, ohne es zu wissen, wünschte. Murray würde widersprechen. Oder er hätte widersprochen, wenn er die ganze Vorgeschichte gekannt hätte; aber momentan versuchte er sie zu dieser Guatemala-Story zu überreden und glaubte, das Thema Fettabsaugung habe nur mit Druck von oben zu tun und sei Nickys Idee. Sie ließ ihn in dem Glauben. Sie hätte sich nie für einen zynischen Heuchler stark gemacht, für jemanden, der so oft gelogen hatte. Gott sei Dank ließ sich Julius momentan kaum blicken: Er hätte es gerochen, wie ein Hund, der Angst riecht. Und dieser andere Junge, der Cousin: Frederick. Bootie. Bootie Tubb. Der jetzt für Murray arbeitete. Obwohl sie ihn nur zweimal gesehen hatte, wusste sie, dass er klug war, und stolz, und dass er an die Welt viel zu hohe Maßstäbe anlegte. In diesem Sinn hatte sie ihn erkannt, und er sie; und deshalb würde er, falls sie sich sahen, auf jeden Fall bemerken, dass sie sich verändert hatte. Vermutlich war er nicht der Typ, der Mitleid empfand, wenn ein anderer Mensch einen Fehltritt beging; eher Wut. Er schien aus irgendeinem Grund sowieso vom Leben enttäuscht, obwohl er kaum zwanzig sein konnte, und wollte irgendjemanden dafür büßen lassen. Murray würde ihn über kurz oder lang enttäuschen, davon war sie überzeugt; das sagte ihr dieser sechste Sinn, dieses neue Vorher-Wissen. Sie jedoch würde Murray vermutlich gar nicht enttäuschen *können*, weil sie ihn so genau kannte. Sie saß an die Wand gelehnt, streichelte geistesabwesend ihren Hals und sah, wie die Farben der Rothkos in der Morgenröte zu leuchten begannen; und fragte sich müßig, ob ihr zur Leidenschaft auf einmal auch noch die Gabe des Hellsehens verliehen worden war. Während das erste Licht des Tages ins Zimmer flutete, wandte sie den Blick nach draußen, wo die Dächer und Türme vor ihr in den Himmel ragten, und überlegte kurz, dass es nichts gab, das sie nicht vorhersehen konnte, und dass diese Gabe ganz gewiss sie selbst – sie alle – beschützen würde. Dann verwandelte sich das lodernde Gold in einen dunstigen Sommermorgen, sie rollte sich, mit dem Rücken zum Fenster, zusammen und schlief ein.

JULI

KAPITEL EINUNDDREISSIG
Ein Tritt in den Hintern

Es war heiß im Zimmer. Verschwitzter Nacken, beschlagene Brille, die Luft brütend wie in einem Ofen. Der Deckenventilator funktionierte nicht und auch ein Durchzug war nicht möglich, weil die drei Fenster der Wohnung nebeneinanderlagen und alle auf die enge, stickige Straße hinausgingen. Im Schrank neben der Tür hatte er einen oszillierenden Ventilator gefunden (so nah an ›oskulieren‹, dieses Wort, und doch weit davon entfernt; er kannte es erst seit kurzem, hatte aber noch keine Gelegenheit gehabt, es anzuwenden), ein kleines Gerät, das er dicht vor sich auf einen Bücherstapel stellte, so dass es, zumindest stellenweise, seine schweißnasse Haut trocknete. Immer wieder nahm er einen von den Eiswürfeln, die in einer Tasse neben ihm auf dem Tisch standen, in den Mund – was seinen kariösen Backenzahn schmerzen ließ, ihm selbst aber, wenn auch noch so kurz, die Illusion verschaffte, sich etwas abgekühlt zu haben. Die Eiswürfel, offenbar steinalt, schmeckten nach Staub und Kühlschrank.

Dies war, endlich, Booties erster Abend an seinem ersten Wochenende in dem Ein-Zimmer-Apartment, der Samstag des lang herbeigesehnten Wochenendes vor dem Unabhängigkeitstag, und es herrschten Temperaturen um die 38 Grad Celsius. Seine Mutter hatte gehofft, er würde nach Hause kommen, aber er hatte den Wagen verkauft, um die Miete bezahlen zu können (er hatte es ihr verschwiegen, er fürchtete, sie könnte in Tränen ausbrechen), außerdem schien es zu dem ungewissen Experiment, in das sein Leben sich verwandelt hatte, besser zu passen, dass er den Unabhängigkeitstag in einem Zustand der Unabhängigkeit verbrachte. Murray und Annabel hatten ihn nach Stockbridge eingeladen – sie wollten mit Marina und deren widerlichem Freund, Ludovic, in ihre Luxusvilla fahren –, aber er wusste, dass sie nur aus Höflichkeit fragten. Angesichts des Artikels, den er gerade verfasste, hätte er sich dort sowieso nicht wohl gefühlt. Nicht, dass er etwas gegen Annabel hatte; nicht, dass Murray ahnte, was sein Neffe wirklich von ihm hielt. Immerhin hatte Bootie selbst ja bis vor kurzem nichts von dem ganzen Ausmaß seiner Wut gewusst. Aber schließlich war es Murray selbst gewesen, der gesagt hatte, man müsse alle überraschen.

Große Genies haben die kürzesten Biographien. Selbst ihre Verwandten können nichts über sie erzählen. Er hätte viel dafür gegeben, in puncto Murray wieder in einen Zustand seliger Ahnungslosigkeit versetzt zu werden. Jede weitere Entdeckung ließ den Glanz seines Onkels mehr verblassen. Wenn Oswego ein Fiasko gewesen war, fragte sich Frederick, was war dann das hier? Er nannte sich jetzt in Gedanken wieder ganz bewusst Bootie, denn er hatte vor, seinem Onkel den Arsch aufzureißen, ihm einen Tritt in den Hintern zu geben. Marina hatte ihn gefragt – eigentlich war es wohl Danielles Idee gewesen, auch eine dieser falschen Schlangen, mit ihrem mütterlichen Lächeln, ihrer freundlich herablassenden Art und ihrem hässlichen Geheimnis –, ob er einen Artikel für *The Monitor* schreiben wolle, aber ohne Garantie. Er musste erst mal fragen, was »ohne Garantie« bedeute, und war im ersten Moment sprachlos und überwältigt gewesen, dass Marina so viel von seinen Fähigkeiten hielt. Dann hatte er herausgekriegt, dass Danielle dahintersteckte, und war misstrauisch geworden. Marina hatte gesagt, er könne über jedes beliebige Thema schreiben, solange es in die allgemeine Rubrik »kulturelle Enthüllungsstory« passe. Sie hatte wortreich erklärt, dass es sich bei *The Monitor* um eine völlig neue Art von Zeitschrift handle, die sich radikal der Wahrheit verschrieben habe und in der alles – das heißt, alles Wahre – willkommen sei. Das lag Wochen zurück. Noch vor den ganzen Ereignissen, auf jeden Fall, bevor er das Manuskript zu Ende gelesen hatte, und sogar noch vor seiner Entdeckung der ersten E-Mail. Ihm war nicht gleich ein Thema eingefallen. »Keine Bange!« Sie hatte ihn angelächelt – dieses langhalsige, schlaksige Lächeln, das – an ihr – mehr als verführerisch wirkte, vertraulich und rätselhaft zugleich. »Dir wird schon was einfallen. Wird bestimmt ganz groß.«

Zuerst hatte er daran gedacht, einen Essay über Murray Thwaite zu schreiben, und über all das, wofür sein Onkel stand. Er würde niemandem etwas davon sagen, bis er fertig war. Ein Geschenk für die Thwaites. Er hatte sich vorgestellt, wie Marina sich freuen würde, und später – wenn es gedruckt war, falls es gedruckt wurde – auch sein Onkel. Eigentlich keine Enthüllungsstory oder höchstens eine Enthüllung seines Innersten. Vielleicht ein persönlicher, fast autobiographischer Bericht darüber, was es hieß, im Schatten eines solchen Mannes aufzuwachsen, von ihm vorgelebt zu bekommen, was das Dasein für Möglichkeiten bereithielt – selbst als Junge in Watertown zu wissen, wie ein Geistesleben aussehen könnte –, und doch stets das Gefühl zu haben, diese verlockende Möglichkeit sei unerreichbar. Ursprünglich hatte er ein wunderbares Happyend geplant: wie er, endlich, ganz allein, in die Großstadt gekommen war, auf die Güte von Verwandten bauend, die er kaum kannte, wie er bei ihnen über das rein körperliche Wohlbefinden hinaus geistiges Wohlbefinden entdeckt hatte – oder vielleicht ein wohltuendes geistiges Unwohlbefinden (oder hieß das Unwohlsein?): Hier, in Murray, hatte er einen Gesprächspartner und Mentor gefunden und wahre Größe kennen gelernt. Damals, Anfang Juni, hatte er das Bild eines gütigen, wenn auch furchteinflößenden Riesen im Kopf gehabt, der einen unerfahrenen Jungen in seiner mächtigen Hand hielt, ihn schützend umschloss und ihm Schritt für Schritt dabei half, erwachsen zu werden.

Jedoch, Unwohlbefinden, Unwohlsein: Im Laufe jenes höllisch heißen, drückend schwülen Monats stellte sich Bootie die Situation allmählich anders dar. Alles wirkte anders; Murray wirkte anders: natürlich nach wie vor eine imposante Fassade; aber ein hohles Monument. Bootie fand Ludovic Seeley inzwischen keineswegs sympathischer als zu Beginn, fragte sich aber – voller Unbehagen – ob der Australier vielleicht doch Recht hatte. Und falls ja, schien Seeleys Zeitschrift der richtige Ort, dies öffentlich auszusprechen. Was Marina betraf, so glaubte Bootie inzwischen, dass sie die Wahrheit über ihren Vater entweder schon kannte oder dass man ihr die Augen öffnen musste. Darin lag ihre Hoffnung, sich wirklich von ihm befreien zu können – endlich von dem Mythos loszukommen, den er verkörperte. Auf jeden Fall würde sie – sollte sie – dankbar sein, dass jemand – er, Bootie – die leidenschaftslose Härte besaß, offen seine Meinung zu äußern. Dafür, glaubte Bootie, war *The Monitor* da. Dies war sein Schicksal.

Eins kam zum anderen. Zuerst hatte er sich, natürlich, über die Abschlussfeier in Connecticut gewundert. Er hätte nicht mehr sagen können, worin der Ursprung seines Zweifels lag – Connecticut oder die geflüsterte Unterhaltung zwischen Danielle und Seeley oder beides zusammen. Und dann, so etwa in der zweiten Woche, forderte ihn sein Onkel auf, die Ordner mit den Artikeln herauszusuchen, die er vor Jahren einmal über Bosnien verfasst hatte. Nun schrieb er etwas über Den Haag, das Kriegsverbrechertribunal, und wollte dafür einige der früheren Fakten und Details überprüfen. Bootie las zuerst die alten Texte, dann Murrays neuen Artikel und entdeckte, dass er nicht nur einzelne Redewendungen, sondern ganze Sätze und, in einem Fall, einen wichtigen, inhaltsreichen Absatz wortwörtlich aus den bereits veröffentlichten Texten in den neuen verpflanzt hatte.

Bootie machte sich die ganze Nacht Gedanken, inwieweit dieser Diebstahl als Täuschung oder als Unzulänglichkeit einzustufen war. Er wäre gern fähig gewesen – wie etwa damals, als er von Julius' Drogenmissbrauch hörte – Weltläufigkeit oder wenigstens Gleichgültigkeit zu heucheln. Doch als er unter der schneeweißen Daunendecke lag, ließ ihn die Sache einfach nicht mehr los; und am nächsten Morgen stand er mit zitternden Händen in Murrays Arbeitszimmer und räusperte sich.

»Fred.«

»Murray. Ich habe nur. Ich habe eine Frage.«

»Ja?«

»Dein Artikel.«

»Ja?«

»Der Tribunal-Artikel. Der gerade fertig geworden ist. In dem es um die Geschichte des Bosnienkonflikts geht.«

»Ja?«

»Darüber hast du schon einmal geschrieben. Über den Konflikt, meine ich.«

»Ich habe mehrere Wochen in Sarajevo verbracht. Ich war im Kosovo. Srebrenica. Ja.«

»Aber du hast genau das Gleiche geschrieben.«

»Wie meinst du das? Ich denke gleich darüber, mehr oder weniger, heute wie damals.«

»Aber deine Schilderungen.«

»Ich habe diese Orte, diese Ereignisse gesehen. Ich bin mir nicht sicher, ob ich dir folgen kann.«

Die Papiere in Booties Händen zitterten, so schwierig fand er das. »Aber du hast die gleichen Worte benutzt. Exakt dieselben. Die gleichen Schilderungen. Du hast sie plagiiert.«

»Ich habe sie damals geschrieben.«

»Aber dann hast du sie noch einmal geschrieben, genau im gleichen Wortlaut.«

Murray lehnte sich lachend in seinem Sessel zurück. »Oh, sehr gut! Ja, das habe ich getan. Ich habe noch einmal die gleichen Worte benutzt.« Er zündete sich eine Zigarette an, bemühte sich – man sah ihm wirklich an, dass er sich bemühte –, ernst zu bleiben. »Plagiiert. Das ist gut. Kann man seine eigenen Werke plagiieren? Plündern, ja; wiederverwerten, gewiss; aber plagiieren?« Als er lachte, drang aus seiner Brust ein leises Poltern, als schaufle jemand in seinem Inneren Erde um. »Glaubst du wirklich«, sagte er schließlich, »es gäbe auf der Welt so viele Worte, dass man sie immer wieder neu verwenden kann? Der Reiz des Neuen wird von euch jungen Leuten maßlos überschätzt. Wenn du für das, was du sagen willst, nach einiger Mühe die richtigen Worte gefunden hast, wäre es doch ausgesprochen töricht, sie zu verwerfen, nur um gewissen Anstandsregeln zu genügen – etwa derjenigen, dass es ziemlich schäbig wäre, sich selbst zu wiederholen. Halte ich ein und denselben Vortrag ein zweites Mal? Natürlich. Führe ich das gleiche Gespräch mehr als nur einmal? Versteht sich von selbst. Ich bekenne mich schuldig, dass ich zu langweiligen Wiederholungen neige. Tut mir leid, dass ich dich enttäuschen muss – dein Onkel ist ein alter Langeweiler. Leider.« Dies sagte er mit einem breiten, gewinnenden Lächeln, und in diesem Moment kam sich Bootie lächerlich vor und verließ mit einer gemurmelten Entschuldigung das Zimmer.

Doch später wurde ihm bewusst, dass es ihn nicht mehr losließ. Er wandte sich erneut Emerson zu, der solche Dinge zu verstehen schien. »Alle Menschen existieren für die Gesellschaft, weil sie irgendeine glänzende Eigenschaft besitzen, die besonders schön oder besonders nützlich ist. Für die Einschätzung eines Menschen borgen wir uns diesen einen schönen Zug und vollenden das Porträt dann symmetrisch; was zu einem falschen Resultat führt, denn der Rest dieser Person ist unbedeutend oder deformiert.« Es war eine Enttäuschung, eine, wenngleich geringfügige, Deformation. Sein Onkel war vielleicht ein bisschen faul, ein bisschen lax. Er konnte ihm das verzeihen, aber vergessen würde er es nicht.

Und dann, kaum eine Woche später, der nächste Vorfall. Murray war den ganzen Nachmittag unterwegs und hatte Bootie eine Liste mit zu erledigenden Dingen dagelassen – unter anderem ging es um ein Fundraising-Dinner für ein Jugendprogramm in Harlem, Ende Juni, zu dem Murray als Redner eingeladen war. Bootie sollte den Termin absagen und behaupten, Murray bedaure zutiefst, aber es sei etwas Dringendes dazwischengekommen. Und dann stand ein weiteres Telefonat auf der Liste, nämlich die Zusage für ein Dinner, das der Herausgeber von *The Action* zu Ehren zweier palästinensischer Aktivisten gab, die sich in New York aufhielten. Von einem der beiden hatte Bootie sogar schon gehört, in der Zeitung gelesen, und wusste, dass er ein hohes Tier war – und dennoch. Dennoch fanden die beiden Veranstaltungen am selben Tag statt. Murray schrieb auf seinem Zettel zwar nichts dazu, aber er opferte das Jugendprogramm für die wichtigen palästinensischen Persönlichkeiten, darauf lief es hinaus.

Bootie fühlte sich zutiefst verstört: Zwar handelte es sich jeweils nur um kleine Deformationen, doch allmählich befürchtete er, dass sie sich zu einer grotesken Missgeburt summieren könnten. Seinem Onkel gegenüber, der ja doch nur wieder charmant gelacht hätte, brachte er dies nicht zur Sprache; insgeheim aber schärfte er seinen Blick. Immer mehr schrumpfte der strahlende Gigant Murray Thwaite.

Und das war der Grund – so verwunderlich dies einem Außenstehenden vielleicht erschienen wäre –, dass es Bootie zu dem geheimen Manuskript zurückzog. Er hoffte, es werde eine Art Rechtfertigung bieten, die Sicht auf seinen Onkel schärfen und vereinfachen. Murrays innerste Gedanken, dachte Bootie, würden die Antwort enthalten. Er hatte den Text fieberhaft verschlungen, bei jeder sich bietenden Gelegenheit, mittags, wenn Murray im Restaurant zum Lunch verabredet war, und einmal einen ganzen Abend lang, als die drei Thwaites gemeinsam ausgegangen waren. Schwitzend saß er an Murrays Schreibtisch über das Manuskript gebeugt, wischte sich immer wieder die Hände an Hemd oder Hose ab, um zu verhindern, dass die Feuchtigkeit Spuren auf dem Papier hinterließ. Natürlich lag das an dem Vertrauensbruch und der damit verknüpften Angst; doch auch die Lektüre selbst trieb ihm den Schweiß auf die Stirn, als sehe er den Mann nackt, sehe seine Bedürfnisse und Begierden, und sei davon ebenso abgestoßen wie von seiner physischen Gestalt. Es war eine intensive und ausgesprochen grässliche Erfahrung.

Er hatte nicht vorhersehen können, dass er sich so fühlen würde; er hatte nicht ahnen können, dass ihm das Manuskript banal und prätentiös erscheinen und seine Sicht auf Murray so gründlich schärfen würde, dass er jetzt nur noch das unbedeutende, deformierte Ich erblickte, während die erhabenen Konturen sich in Nichts aufgelöst hatten. Nun glaubte auch Bootie, dass Murray der Große die ganze Zeit über nur eine Illusion gewesen war, blanker Schein. Widerstrebend schwenkte er auf Ludovic Seeleys Kurs um: Murray

Thwaite war nichts als ein Schwindler, ein fauler, egozentrischer, publicitygeiler Schwindler.

Offen gesagt, machte ihn das wütend. Er war nicht nur ein bisschen verärgert, sondern hatte eine Mordswut im Bauch. Es war irrational, das wusste er – Murray Thwaite war nun mal, wer er war; mehr hatte er vermutlich nicht zu bieten –, aber Bootie fühlte sich verraten, gedemütigt, ausgelöscht. Er hatte all seine Hoffnungen auf einen unglaubwürdigen Menschen gesetzt. Und er begriff, dass Marina sich genau diesen Artikel von ihm wünschte, auch wenn es ihr vielleicht noch nicht bewusst war. Für diesen Artikel hatte ihn eine höhere Macht (Emerson womöglich?) nach Manhattan geschickt. Dies war sein Schicksal und seine Berufung – kein Essay über Pierre, der in Moskau umherwandert, sondern ein Essay über Murray in New York.

Und dann, als wäre er nicht schon aufgebracht genug, las er aus Versehen eine an Murray adressierte E-Mail von Danielle. Er hatte nicht bemerkt, dass Murrays privates E-Mail-Account noch zugänglich war, hatte vielmehr angenommen, die Mailbox auf dem Bildschirm enthalte ausschließlich geschäftliche Korrespondenz. Und obwohl die Nachricht nichts Anstößiges enthielt, wusste er Bescheid, er wusste einfach gleich Bescheid. Der Ton, die Knappheit des Texts. Er war jung, aber nicht dumm. Er wusste Bescheid. Murray war komplett und unwiderruflich deformiert.

Und jetzt, als er an seinem geheimen Artikel für Marina saß, merkte er, dass Marina ganz recht gehabt hatte. Nach einer fast einmonatigen Phase des Nachdenkens war ihm tatsächlich ein Thema eingefallen. Er würde keinen Angriff ad hominem verfassen: Das war es nicht wert, das hätte genau jene Maßstäbe verraten, an denen er seinen Onkel messen wollte. Vielmehr beschloss er, eine detaillierte, tiefschürfende Analyse des Manuskripts zu verfassen, eine Enthüllung des geheimen Buchs: denn wahrscheinlich würde Murray gerade in seinem intellektuellen Selbstporträt unabsichtlich seine gravierenden Mängel offenbaren und ein moralisch exakteres

Bild von sich zeichnen, als er sich träumen ließ. Bootie würde diese Wahrheit verkünden, der Welt diesen Mann so zeigen, wie er wirklich war. Der Text würde vernichtend ausfallen; und gleichzeitig, genau wie Marina es so gedankenlos dahingesagt hatte, ganz groß werden. Die Wahrheit aussprechen: Was konnte wichtiger sein? Dieses Unterfangen hatte Größe, und vielleicht würde es Opfer verlangen – er wusste, dass er möglicherweise Ärger ernten würden, vielleicht Wutausbrüche, zumindest zu Beginn –, aber er war gefordert, moralisch gefordert; und darüber empfand er nichts als wachsende Begeisterung.

Da saß er also, schweißgebadet; seine Boxershorts klebten ihm auf der Haut, ansonsten saß er nackt und käsig in dem hässlichen Zimmer mit dem hin- und herschwenkenden Ventilator und schrieb den Artikel, der die Welt verändern würde. Jedenfalls seine Welt, so viel stand fest. *Das* war Revolution. Mehr Dostojewski als Tolstoi (*Krieg und Frieden* hatte er immer noch nicht ganz geschafft, aber *Verbrechen und Strafe,* das war ein Roman!)

Bootie hatte überlegt, ob er Schuldgefühle haben sollte, dies aber verneint: Murray musste *gewollt* haben, dass er das Manuskript las, oder zumindest, dass er wusste, wo es lag. Vielleicht hatte er sich das Ganze auch nur ausgedacht, um die moralische Haltung seines Neffen zu testen, à la: »Da ich die Schlüssel zu meinem Schreibtisch noch nie versteckt habe, sollte ich auch jetzt nicht dazu gezwungen sein. Ich muss darauf vertrauen können, ich *werde* darauf vertrauen, dass der junge Mann seine Stellung nicht missbraucht.« Das wäre ganz typisch für Murray gewesen: egoistische Wichtigtuerei im Namen sorgloser Großherzigkeit. In diesem Fall hatte Bootie den Test nicht bestanden. Murray hatte garantiert geahnt, dass er ihn nicht bestehen würde, warum sonst diese Versuchsanordnung? Und obwohl solche Dinge unausgesprochen blieben und unaussprechlich waren, bildete Bootie sich ein, sein Onkel habe ihn in letzter Zeit anders angeschaut, ironisch, forschend, als wolle er signalisieren, dass er der Reaktion seines Neffen entspannt entgegenblicke. Bootie dachte nach und konnte sich durchaus vorstellen: Wenn er vom Buch seines Onkels so beeindruckt gewesen wäre, wie er sich dies sehnlichst gewünscht hatte, betroffen von seiner tiefen Weisheit, hätte er Murray dies früher oder später sagen müssen. Unter diesen Umständen hätte er sich um eine Aussprache bemüht, einen Weg gesucht, dem großen Mann seine Verehrung zu Füßen legen zu können.

Was hatte ihn so enttäuscht? Er versuchte seinen Schmerz so klar wie möglich zu artikulieren, merkte aber, dass es ihm nicht recht gelingen wollte. Und das hatte negativen Einfluss auf seinen Artikel, zumindest auf den ersten Entwurf. Er wollte nicht gleich mit dem herausrücken, was er zusätzlich noch entdeckt hatte – seine privaten Umtriebe zeigten vielleicht, dass Murray Thwaite ein Mistkerl war, aber waren sie wirklich themenrelevant? –, das Ganze jedoch, die E-Mails, das Wissen, dass dort oben in Stockbridge bei den Thwaites jederzeit unter irgendeinem Vorwand Danielle Minkoff auftauchen konnte, das alles beeinflusste, in Booties Augen, jeden einzelnen Satz der Prosa seines Onkels und machte es ihm schwer, die Mängel des Buchs unbefangen zu analysieren.

Bootie fuhr sich mit beiden Händen durchs feuchte Haar, kaute auf einem der staubigen Eiswürfel herum, stand auf und drehte eine Runde in dem winzigen Zimmer. Der Raum war nicht nur entsetzlich heiß, sondern auch noch schlecht beleuchtet: eine Lichtpfütze auf dem Tisch, eine rötlich funzelnde Nachttischlampe auf dem Boden neben dem Futon, eine fahl leuchtende Neonröhre in der Kochnische. Bootie sah ein paar Kakerlaken, kleine Exemplare, die im Ausguss ihre Fühler ausstreckten. Sie verschafften sich Bewegung, wie er. Er steckte den Kopf aus dem Fenster. Man hörte Gekreische und Musik, Salsamusik, aus einer der Wohnungen gegenüber, und, scheinbar weit entfernt, das Rauschen des Verkehrs. Nur wenige Autos kamen durch diese Straße, die nach süßlicher Fäulnis und altem Stein roch. Er war fast nackt und wusste, dass ihn jederzeit jemand hätte sehen können, was ihn merkwürdigerweise nicht störte. Er hatte das Gefühl, ganz unten gelandet zu sein, in der Scheiße, hätte er gesagt, im Müll von Lower Manhattan, weit entfernt von allen lebendigen Wesen, aber mitten im Leben. Unten fuhr ein Taxi vor, er hörte betrunkenes Gejohle. Bootie atmete tief ein – der Gestank der Luft, und sein eigener Gestank nach stundenlangem Schwitzen, ekelten und faszinierten ihn gleichermaßen.

Und dann hörte er Gegröle und schlurfende Schritte im Treppenhaus und dann, unglaublich, sprang die Tür auf, und etwas stürzte ins Zimmer, Gliedmaßen, Gelächter. Bootie duckte sich, bedeckte seinen fast entblößten Körper mit den Händen und blinzelte, mit dem Rücken zum Fenster. Wieder brach ihm der Schweiß aus, aber diesmal war er kalt.

»Scheiße, wer bist denn du?«, fragte einer der Männer. Bootie konnte ihn immer noch nicht genau erkennen, weil seine Arme irgendwie in dem Körper des anderen verwickelt zu sein schienen, aber jedenfalls war der Typ auffallend glupschäugig und auffallend schwul. »Und was machst du in meiner Wohnung, verdammt nochmal?«

Ein Licht im Nebel. »Julian? Du musst Julian sein.«

»Julius. Scheiße. Jetzt weiß ich, wer du bist. Shake Your Booty. Marinas Cousin, stimmt's?«

Bootie nickte, schob sich seitwärts in Richtung Futon, wo seine abgelegten Kleider lagen.

»Sorry. Wie heißt du? Ich meine, richtig?«

»Frederick.«

»Echt sorry, Mann. Hab ich total vergessen. Dachte, das sei nächste Woche. Dass du kommst.«

»Nein. Heute.«

»Ganz offensichtlich.« Es trat Stille ein, und Bootie zog seine Jeans und ein T-Shirt an, das er Donald in Amherst geklaut hatte.

»Das ist Lewis«, sagte Julius und zeigte auf die andere Hälfte des vierarmigen Wesens.

»Hey, Mann.« Zwinkernd, mit ernster Miene sah Bootie den muskulösen Jugendlichen an, seinen schmalen, kahlrasierten Kopf, seine mokkabraune Haut, seinen nackten Bizeps. Die Situation schien irgendwie verfahren. Er wusste nicht, ob Julius betrunken war oder high. Bootie wollte sich nicht mit einem Kokser anlegen, der möglicherweise aggressiv war; andererseits konnte er sonst nirgends hin.

»Ich kann sonst nirgends hin«, sagte er schließlich ruhig. »Sonst würde ich dort hingehen.«

Unverdrossen drang von drüben weiter Salsamusik herüber. Wie eine Einladung. Man hörte Stimmengewirr durch die Musik, also eine Party.

»Schon okay, Frederick. Schon okay.« Aber Julius stand einfach nur da, mager, glupschäugig glotzend.

»Lass ihn, Mann. Julius? Lass ihn.« Lewis legte seinen schlanken Arm auf Julius' dünneren, bleicheren Arm.

Julius schüttelte leicht den Kopf, als wache er auf. »Sie hat nicht erwähnt, dass du fett bist«, sagte er.

»Wie bitte?«

»Ich hätte mir meinen Mieter nicht so fett vorgestellt.«

»Mann, muss das sein?« Lewis führte Julius ins Treppenhaus hinaus. »Lass doch den Jungen in Ruhe. Er hat dir nichts getan!«, hörte Bootie Lewis sagen, und Julius flüsterte etwas zurück. Lewis steckte den Kopf durch die Tür. »Sorry wegen dem Durcheinander, okay? Viel Spaß noch.« Er machte die Tür zu, sehr behutsam, fast lautlos. Ihre Schritte entfernten sich durchs Treppenhaus, und einen Moment später, in einer Pause zwischen zwei Salsaliedern, hörte Bootie, wie sie sich unten auf der Straße murmelnd unterhielten, während sie Richtung Avenue schlenderten.

Bootie wusste, dass Lewis nicht Julius' Freund war. Koksi. Wo war Koksi? Und wer war Lewis? Bootie holte tief Luft. Er brauchte das Verhalten seines Vermieters ja nicht gutzuheißen. Hier war er gelandet, in der Scheiße, mitten im Leben, nicht? Als sie ganz sicher weg waren, zog er die Jeans und das bereits feuchte T-Shirt wieder aus, und legte sich auf den Futon. Wäre ihm nicht so wichtig, was Marina dachte, dann wäre alles viel leichter. Hätte er sich nicht gewünscht, Murray

möge ihn beeindrucken, wäre er vielleicht weniger enttäuscht
gewesen. So, wie die Dinge lagen, würde er den Artikel schreiben. Er würde so gut werden, dass Marina ihn trotz allem
veröffentlichen musste. Ihn sogar *gern* veröffentlichen würde.
Denn die Wahrheit will ans Licht. Jedes Mal, wenn die Salsamusik verstummte, war ihm, als höre er die Kakerlaken im
Ausguss tanzen.

KAPITEL ZWEIUNDDREISSIG
Enthüllungsstory

Es war kurz vor Tagesanbruch, als er ging. Auf dem Weg
zum Aufzug rieb Julius sich die Augen, hustete. Fühlte sich
beschissen. Sein Herz hämmerte, dröhnte, im Hinterkopf, wie
es schien. Sein Schwanz, seine Schenkelmuskeln, seine Kehle
waren ganz wund. Und er fühlte sich, als habe sich der Zigaret-
tenrauch, vermischt mit Schweiß, wie ein Film auf seine Haut
gelegt. Hätte er gewusst, dass Lewis nur drei Blocks von seiner
und Davids Wohnung entfernt lebte, wäre er nicht so scharf
auf ihn gewesen. Als er zu dieser Bar gefahren war, weit weg,
fast schon in seiner alten Gegend, hatte er nicht geahnt, dass
der Fang des Tages im Haus direkt neben Davids Fitnessstudio
wohnen könnte. Obwohl er superhigh gewesen war – er war
gestern voll drauf gewesen, voll drauf –, hatte er die Geistesgegenwart besessen, wenigstens nicht das gemeinsame Nest
zu beschmutzen, sondern seine eigene Wohnung in der Pitt
Street anzusteuern – eigentlich hätte er zugeben müssen, dass
er alles im Voraus geplant hatte –, nur um dort diesen fetten
nackten Scheißkerl anzutreffen, der sich auf seinem Futon
quasi einen runterholte. Er erinnerte sich nicht mehr genau,
wie Shake Your Booty ausgesehen hatte, nur an die Brille,
den spärlichen Haarwuchs auf der Brust und den weibischen
Speckbauch, der ihm über den Gummibund quoll, erinnerte
er sich. Der Fettkloß hätte sich am liebsten in den Fensterrah-

men verkrochen, die Hände über der Unterhose verschränkt wie auf einem Folterfoto, als habe ihn Julius mit einem Wasserschlauch oder Luftgewehr bedroht. Er hatte Schiss gehabt. Und er, Julius, hatte sich fies benommen. Weshalb es ihm, mitten im Sich-Scheiße-Fühlen, zusätzlich schlechtging; aber er war wütend gewesen. Der ganze Abend total versaut.

Julius suhlte sich in seinem Katzenjammer: Scheiße, was machte er aus seinem Leben? Aus sich? Dieses Jahr hatte er seine berufliche Karriere sanieren wollen; war durch die Liebe – gründlich – abgelenkt worden; und jetzt gelang ihm nicht einmal *das*. Er war ein Arschloch, ein dummer, egoistischer Versager. Er musste den Zug nach Scarsdale um halb elf erreichen, um ein verlängertes Wochenende lang die Cohens zu bezirzen. Er dachte an Davids Mutter – so anders als seine eigene überempfindliche Mutter mit ihren ängstlichen Bedenken, ihrer langatmigen Unentschlossenheit. Mrs. Cohen war klein, aber ein richtiges Energiebündel, und sie hatte für diese paar freien Tage ein Programm gemacht. David, der gestern hinausgefahren war, um sie zu besänftigen, hatte am Telefon kichernd von ihrem neuen patriotischen Geschirr berichtet: Melanim-Teller (mit Sternen) und Melanim-Tassen (gestreift). Sie hatte Lampions gekauft, mit amerikanischen Flaggen drauf, und der Caterer würde koscheres Essen bringen, unter anderem eine Torte mit blauem Zuckerguss. Die Cohens lebten nicht koscher, im Gegensatz zu Adeles Verwandten aus Albany, die zu Besuch kamen. »Es kann nichts schaden, sich ein bisschen anzustrengen«, hatte Adele zu David gesagt. »Was hältst du von meinem Nagellack?« Die Nägel hatten, laut David, in patriotischem Rot geleuchtet.

Julius graute ein bisschen vor all dem: der Göjim, der Asiate, die Schwuchtel. Sie waren guten Willens, aber nicht gerade begeistert, und Adele pflegte ihre Missbilligung dadurch zu bekunden, dass sie nie hörte, was Julius sagte, und alles, was ihn betraf, sofort wieder vergaß.

»Aus Ohio?«, fragte sie zum Beispiel. »Illinois?«

»Eigentlich Michigan.«

»Wie bitte?«

»Michigan.«

»Ja, natürlich. Ich hatte mal einen Freund aus Michigan. Aber ich selber hätte dort nie leben können. Hat keine Zukunft.« Und dann: »Ihre Mutter hat sich bestimmt nur sehr schwer eingelebt. In Korea ist ja alles völlig anders, nicht wahr?«

»Eigentlich Vietnam.«

Jetzt warf sie die Hände mit den glitzernd lackierten Nägeln in die Höhe: »Natürlich, ich Dummerchen! Natürlich!« Und dann: »Was ist nochmal Ihr Vater von Beruf?«

»Coach.«

»Was?«

»Coach. Sporttrainer. Football, genauer gesagt.«

»Oje. Wir sind alle nicht besonders sportlich. Aber ich dachte, er verkauft Möbel – Coach, Couch, verstehen Sie?«

»Aha. Ja, klar, Mrs. Cohen.«

»Adele, Adele. Natürlich Adele.«

Um die Zeit mit Adele zu begrenzen – und Samuel, ihrem schmächtigen, stillen Gatten, der früher vielleicht einmal so attraktiv wie David gewesen war, jetzt aber aussah wie eine am Weinstock verdorrte Traube, ein kümmerliches Exemplar –, hatte Julius Arbeit vorgeschützt. Er hatte ja tatsächlich so etwas wie einen Auftrag, den ersten dieses Sommers (er war so sehr mit seiner Ehe beschäftigt gewesen, dass er sich nicht hatte um Aufträge kümmern können), wenn auch nichts Konkretes. Marina hatte vorgeschlagen, er solle etwas für *The Monitor* schreiben, nicht für die Startnummer (die sei bereits ›versiegelt‹. Sie verwendete das Wort ›versiegelt‹, was ihn geärgert hatte. Es schien nicht das richtige Wort zu sein, und er hatte den Verdacht, dass es von Seeley stammte), aber für eine der nächsten Ausgaben. Es handelte sich ja um eine wöchentlich erscheinende Zeitschrift, und da gab es eine Menge Platz zu füllen. Marina hatte zwar nicht gesagt, dass es ohne Garantie war, aber er tippte darauf, weil alles so vage klang: kein bestimmtes Thema, kein Vertrag, keine konkreten Angaben zum Honorar, das sicherlich nicht so fürstlich ausfallen würde, wie er es sich vielleicht gewünscht hätte. Sie wollte eine Art kulturelle Enthüllungsstory, sagte sie jedenfalls, obwohl nicht ganz klar war, ob sie überhaupt wusste, was sie damit meinte. Julius ging es übrigens genauso: Der Anblick von Shake Your Booty in der Unterhose war eine Enthüllungsstory der unzuträglichen Art; oder der Anblick (der sich nur besagtem Tubb geboten hatte, dachte Julius und zuckte zusammen) von ihm, Julius, in Lewis' starken Armen, war auch Stoff für eine Enthüllungsstory. Doch Marina wollte etwas anderes, und obwohl er sich bemühte, ihr den Gefallen zu tun, war ihm noch keine Idee gekommen. Diesbezüglich hatte er den Cohen-Eltern eine kleine Lüge aufgetischt und – da er andeutete, er wolle mit dem Text beginnen – auch David. Julius war es so vorgekommen, als habe David missbilligend die Augen zusammengekniffen; und dann, kurz bevor er wegfuhr, hatte er gesagt: »Du weißt doch, Miss Clarke, dass dir das Koks nicht hilft, den Text zu schreiben oder auch nur damit anzufangen.«

»Bist du ein Heiliger oder was?« Julius hatte ihm die Zunge herausgestreckt – wie eine Schwuchtel, dachte er, wie das Miststück, das er tatsächlich war. Aber er hatte wirklich Wut empfunden, eine schwelende Wut, die, ordentlich geschürt, schließlich dazu führte, dass er Marinas blöden Cousin beleidigte.

Und jetzt musste Julius unbedingt den Zug um halb elf erwischen, Adele Cohen anlächeln, die blaue Unabhängigkeitstags-Torte runterwürgen, ohne sich etwas von seiner Erschöpfung anmerken zu lassen. Noch schlimmer, da er den Abend geschwänzt hatte, würde er etwas vorweisen müssen, wenigstens irgendein Thema. Er seufzte, was das hämmernde Dröhnen im Hinterkopf auch nicht linderte. Er würde es seinem Unterbewusstsein überlassen müssen, ein Thema zu finden. Immerhin blieben ihm noch vier Stunden, bis er zum Bahnhof musste. Oder vielleicht schnupfte er noch etwas von dem Zeug und powerte durch.

Enthüllungsstory. Enthüllungsstory. *Julius wird enthüllt werden. Julius ist enthüllt worden. Julius wollte enthüllt werden.* Vor seinem Apartmenthaus lehnte ein Mann an der Wand, der ihm gleichzeitig vertraut und fremd vorkam. Sein stachliges Haar war grau und weiß, nicht meliert, sondern gesprenkelt wie die Federn einer Henne, graue und weiße Inseln. Er warf Julius einen beunruhigend langen, eindringlichen Blick zu. Vielleicht ein Detektiv, den David engagiert hatte, um sein Kommen und Gehen zu beobachten? Ein wahnwitziger Gedanke. Oder doch nicht? Der Mann erinnerte Julius an irgendjemanden. An wen? Nicht an Adele. Adele. Scarsdale. Halb elf. Grand Central Station. Er musste sich duschen; er musste sich rasieren. Er hatte keine Zeit. Er hatte jede Menge Zeit. Hatte er das Licht in der Wohnung angelassen? Anscheinend. Er hätte diesen dicken Jungen nicht beleidigen sollen. Er hätte mit Lewis keinen Sex haben sollen. Wie wund sich alles anfühlte. Er hätte nicht die ganze Nacht aufbleiben sollen. Alles, was er brauchte, war ein Thema. Enthüllungsstory. Nicht über ihn, sondern über jemand anderen. Und vielleicht eine Stunde schlafen. Nur eine Stunde.

KAPITEL DREIUNDDREISSIG

Verlobt

Der duftende Dunst des frühen Morgens zog über die Gartenlaube am Ende des Gartens, seltsam verlockend. Marina schlüpfte aus dem Bett – welches sie, ohne dass ihre Eltern dies kommentiert hatten, mit Ludo teilte, dessen sehniger Rücken dem heller werdenden Zimmer zugekehrt war, knochig, höckerig, nicht unähnlich dem der verstorbenen Päpstin – und kniete sich ans offene Fenster, durch das ein nach Geißblatt duftender Lufthauch hineinwehte. Sie sah, wie ihre Mutter in ihrem lavendelblauen Morgenrock barfuß über den überwucherten Rasen ging und auf das smaragdgrüne Meer hinter sich flache Schatten warf. Annabel trug einen Becher – zweifellos Tee, vermutlich Jasmin – und raffte mit der anderen Hand ihren

Morgenmantel bis zum Knie, als sei sie ein junges Mädchen, als sei der Rasen mit Tau benetzt. Das pudrige Licht, das einen heißen Tag verhieß, schien ihr blondes Haar von oben her weich zu verschleiern, und einen Moment lang hatte Marina die Illusion, ihre Mutter sei ein Mädchen aus einem Märchen, unzerstörbar und frei; oder sogar eine Doppelgängerin von Marina selbst, eine emanzipierte, alternative Inkarnation. Sie war versucht, ihr etwas zuzurufen, wollte aber den frühmorgendlichen Zauber nicht zerstören. So hob sie das zerknitterte Sommerkleid vom Boden auf und streifte es über, schloss die Tür und huschte, gleichfalls barfuß, die stachligen, sisalbedeckten Stufen hinab zu ihrer Mutter ins Freie.

An Annabels bedächtigem Lächeln war abzulesen, dass das Erscheinen ihrer Tochter sie nicht überraschte. Marina sah zum schlafenden Haus zurück. »Es ist wunderschön hier, Mama.«

»Immer.«

»Ehrlich gesagt, im Winter war es ziemlich gruselig. Kalt und einsam.«

»Auch das kann schön sein.«

»Ich hab mir immer vorgestellt, dass hier draußen ein Heckenschütze lauert, Abend für Abend, und mich beobachtet.« Marina fegte mit der Hand Staub und altes Laub von der Holzbank, bevor sie sich setzte.

»Dummerchen.«

»Scheint irgendwie schon so lange her zu sein.«

»März?«

»Es hat sich so viel verändert.«

»Ludovic.«

»Ludo, die Zeitschrift, sogar das Buch. Ich schreibe es jetzt nämlich zu Ende, weißt du. Bin praktisch so weit.«

»Ich weiß.«

»Du sagst das so, als wäre das schon immer klar gewesen, aber das stimmt nicht. Im März hat's noch nicht danach ausgesehen.«

»Ludovic«, sagte ihre Mutter wieder.

»Mama, ich werde ihn heiraten.«

Annabel trank einen Schluck Tee.

»Du sagst ja gar nichts?«

»Süße, ich freu mich wahnsinnig für dich.«

»Aber?«

»Kein ›Aber‹. Du glaubst an ihn –«

»Er glaubt an *mich*.«

»Dann beruht es auf Gegenseitigkeit. Das ist ganz wunderbar. Du darfst ihn nur nicht –«

»Ich wusste doch, dass es ein ›Aber‹ gibt.«

»Du darfst ihn nicht idealisieren, das ist alles. Mehr wollte ich nicht sagen. Du wirst einen Mann heiraten, nicht die idealisierte Vorstellung eines Mannes.«

»Natürlich. Ich weiß, es ging ziemlich schnell, aber ich bin ja nicht blöd.«

»Ganz im Gegenteil.« Annabel streichelte Marinas Wange; ihre Finger, die die Teetasse umschlossen hatten, waren warm. »Du bist immer noch mein kleines Mädchen, und ich möchte dich beschützen. Das ist erlaubt. Das ist meine Aufgabe.«

»Ludo beschützt mich, mehr als jeder andere. Du magst ihn nicht, oder?«

»Er erinnert mich, in mancher Hinsicht, an deinen Vater.«

»Daddy mag ihn nicht.«

»Glaub ich auch. Aber darum geht's nicht.«

»Was hat Daddy zu dir gesagt?«

Annabels Augen flackerten vorwurfsvoll. Marina wurde, wie zu ihrem Leidwesen schon von Kindesbeinen an, wieder einmal daran erinnert, dass es Zeiten gab, in denen sie sich überflüssig, von ihren Eltern ausgeschlossen fühlte.

»Es ist nur, hm, dass mir dieser Zug sehr wichtig ist, an Ludo. Wir gehen völlig offen und ehrlich miteinander um. Nicht wie bei *uns*, wo alle so tun, als seien sie ehrlich, aber in Wirklichkeit ist alles Scheiße.«

Annabel starrte auf den Rasen, trank von ihrem Tee.

»Tut mir leid. Du bist hier rausgekommen, um den Frieden zu genießen, und jetzt hab ich's dir verdorben. Ich will doch nur, dass du dich für mich freust.«

»Natürlich freu ich mich für dich, Liebling. Du strahlst ja richtig. Du bist so wundervoll lebendig.«

»Aber?«

»Wann gedenkt ihr zu heiraten?«

»Wir dachten, am Labour-Day-Wochenende. Die erste Nummer der Zeitschrift erscheint circa zehn Tage später, und wir fänden es einfach anders – stimmiger –, wenn wir bis dahin auch formell ein Paar wären.«

»Das ist schon bald. So ähnlich, wie lass uns schnell heiratet, bevor das Baby kommt?«

»So ähnlich, ja.«

Annabel stellte ihren Becher auf die Bank und verschränkte die Arme. Sie blickte zum Haus hin, auf die halbgeschlossenen Jalousien. Sie sah Marina nicht an. »Du weißt, wie sehr ich deinen Vater liebe.«

»Nie ein böses Wort«, wiederholte Marina einen Satz, der in der Familie oft zitiert wurde, aber er traf zu. Sie stritten sich nie. Gelegentlich fuhr Annabel ihn scharf an, wenn er sich besonders tyrannisch aufführte oder große Töne spuckte: Und dann konnte es sein, dass er ein wenig schmollte oder sich sogar für kurze Zeit einschloss; aber das ging vorbei. Streit gab es nie. Jetzt, wo sie darüber nachdachte, wurde Marina klar, dass dies allein das Verdienst ihrer Mutter war, denn Murray Thwaite war zuweilen mürrisch, fast bockig. Vor langer Zeit hatte Danielle – zu Marinas nachhaltigem Ärger – gewitzelt, Annabel wirke manchmal wie Murrays Mutter. Was, natürlich, unausgesprochen hieß, dass sie, Marina, wie seine Geliebte wirke; es hatte sie geärgert, weil es einerseits zuzutreffen schien, ein familiäres Amüsement, für Marina und vielleicht auch für ihre Mutter; und weil es andererseits unaussprechlich war, absolut privat. Sie hatte sich geärgert, weil Danielle eine Wahrheit, die insgeheim eine solche Bedeutung besaß, zu enthüllen und zu besudeln schien.

»Denk also daran«, sagte Annabel gerade, »dass es anders wird im Lauf der Zeit.«

»Wie bitte? Entschuldige, Mama – ich war grad abgelenkt.«

»Egal. Du musst diese Erfahrung selber machen. Aber ich habe ihn geliebt, seine Art zu denken, seine Ideale – oh, natürlich auch sein Aussehen und so weiter, er war hinreißend und ein bisschen älter, also umso attraktiver –, aber du musst bedenken, er war ein außergewöhnlicher Mensch und ich habe ihn schon für das geliebt, was er schrieb und sagte und tat; und es hätte mir, damals, gereicht, ihn aus der Ferne zu lieben.« Sie lachte. »Oder *fast* gereicht. Okay, eigentlich nicht. Aber du verstehst, was ich sagen will?«

»Ich glaube schon.«

»Ich will sagen: Obwohl ich ihn schon gut kannte, als wir geheiratet haben, war mein Bild von ihm von dem gefärbt, was ich in ihm zu sehen glaubte.«

»Hmmm.«

»Er hat keine falschen Versprechungen gemacht. Er war immer der, der er ist. Aber ich musste lernen, ihn klar zu sehen, und ich musste lernen, nicht enttäuscht zu sein.«

Marina spürte, dass ihre Mutter auf etwas ganz Bestimmtes hinauswollte. Sie hätte dieses Gespräch lieber beendet. »Ich halte Ludo ja auch nicht für einen Superhelden.«

»Natürlich nicht. Natürlich nicht.« Annabel stand auf und umschlang Marina, so lange, bis sich ihre Tochter, wie ein Kind, in ihre Arme schmiegte. »Ich möchte, dass meine Süße richtig glücklich wird. Willst du eventuell hier heiraten?«

»Ja, bitte.«

»In dieser Gartenlaube. Mit Blumen im Haar.«

»Am Samstag des Labour-Day-Wochenendes. Das Ende des Sommers und der Beginn unserer Zukunft. Was meinst du?«

»Das wird wunderschön. Kommt seine Familie?«

»Nur seine Mutter. Das heißt, es gibt nur seine Mutter. Er hat noch einen jüngeren Bruder, aber die beiden verstehen sich nicht besonders. Er glaubt jedenfalls nicht, dass Darius kommt.«

»Darius? Das ist der Bruder?«

»Er ist Journalist in Sydney. Nicht so erfolgreich wie Ludo. Ich denke, das ist das Problem.«

»Hmmmm.«

Sie schwiegen eine Weile, lauschten dem morgendlichen Vogelgezwitscher und dem Rascheln der Blätter, während es allmählich heißer wurde. Vom Haus her hörte man leise Geräusche, als knalle jemand Türen.

»Jemand ist auf«, bemerkte Annabel.

»Bestimmt nicht Ludo.«

»Wer werden denn deine Brautjungfern sein?«

»Nur Danielle.« Marina knabberte an ihrem Fingernagel. »Obwohl, es ist eigenartig. Sie hat uns quasi verkuppelt, Ludo und mich, aber dann war sie ganz komisch. Was uns betrifft.«

»Inwiefern?«

»Schnippisch. Als sei sie neidisch oder könne ihn nicht leiden. Oder beides. Keine Ahnung.«

»Ja, vielleicht ist es beides. Warum fragst du sie nicht einfach?«

»Ich bin nicht mehr einundzwanzig, Mama. Uns bleibt im Leben keine Zeit für solche endlosen Gespräche. Außerdem bin ich mir gar nicht sicher, ob ich's wissen will. Mein Leben lang haben mich Leute um dies oder jenes beneidet, und ich hab es satt, mich zu verstellen und so zu tun, als bemerkte ich's nicht, und ich hab es satt, mich schuldig zu fühlen. Und das Tolle an Danielle war, dass ich mich noch nie verstellen musste.«

»Glaubst du, sie würde selber gern heiraten?«

»Natürlich. Mein Gott, wir sind dreißig! Und es tut mir leid, dass sie noch allein ist, aber ich kann nichts dafür.«

»Nein.«

»Wirklich nicht, oder?«

»Nein.«

Und ich glaube, sie bedauert, dass ich einen Job gefunden habe, und noch dazu einen so guten; und ich glaube, sie bedauert, dass ich mein Buch fertig schreibe. Sie *bedauert* es. Ist das zu fassen?«

»Vielleicht sollte sie lieber nicht deine Brautjungfer werden.«

»Ich will niemand sonst. Sie ist meine beste Freundin.«

»Na ja, das wird schon wieder. Solche Dinge renken sich immer ein.«

»Aber weißt du, ich hab sie eingeladen, hier mit uns Urlaub zu machen. Und sie hat nein gesagt.«

»Nur weil sie drei Sommer hintereinander mitgekommen ist, heißt das doch nicht automatisch, dass sie auch im vierten Jahr Zeit hat.«

»Aber ich bin mir ziemlich sicher, dass sie Zeit hat, das ist es ja. Sie wollte nicht zu ihrer Mutter fahren, oder zu ihrem Vater, und sie hat keinen Freund – na gut, vielleicht arbeitet sie, aber dann hat sie ihren Job uns vorgezogen, verstehst du? Das kränkt mich ein bisschen. Mehr als nur ein bisschen. Sie hat gewusst, wie wichtig es mir war.«

»Weiß sie das mit Ludovic und dir?«

»Dass wir heiraten? Noch nicht.« Marina zog eine Grimasse. »Du bist die Erste, der ich's gesagt habe. Ich hab es noch nicht mal Daddy gesagt.«

Annabel nickte zum Haus hin, wo sich im Schatten der Glastür eine große Gestalt im Morgenmantel abzeichnete. »Da kommt er gerade, also kannst du es jetzt tun, wenn du magst.«

Marina rückte nah an ihre Mutter heran, nahm ihren Arm. »Aber ich will, dass er sich darüber freut! So wie sich auch Danielle darüber freuen soll. Man sollte meinen, dass die Leute, die einen am liebsten mögen, sich nicht ganz so egoistisch verhalten, oder? Wie du. Warum können sie sich nicht wie du verhalten und sich ehrlich mit mir freuen?«

»Mach einen Versuch. Gib ihnen eine Chance.«

»Nicht jetzt, Mama.« Marina stand auf, stemmte die Arme in die Seiten und ging auf Zehenspitzen über den Rasen.

»Morgen, du Faulpelz!«

»Mir scheint, nicht ganz so faul wie dein junger Mann.«

»*Er* weiß noch nicht, wie es ist, hier aufzuwachen, aber du weißt es.«

»Allerdings.« Murray reckte sich und sah in dem unförmigen Morgenmantel aus wie ein Bär, obwohl er eigentlich

hager war. »Wenn ich religiös wäre, würde ich es als Gottes-
geschenk bezeichnen. So aber sage ich einfach, es ist verdammt schön hier.«

»Ach, mein Wortdrechsler«, sagte Annabel träge, ohne sich
von der Bank zu erheben. »Ist das alles, was du kannst?«

Murray nahm die paar Gartenlaube-Stufen auf einmal und
schloss seine Frau heftig in die Arme. »Taten!«, rief er. »Taten
sagen mehr als Worte!«

Annabel kicherte. Marina betrachtete die beiden einen
Augenblick, mit dem seltsamen alten Neidgefühl, das sie schon
seit ihrer Kindheit kannte, dann wandte sie sich um, rannte
aufs Haus zu und spürte, dass der Rasen unter ihren Füßen
schon trocken war und sich erwärmte. Als sie die Tür erreichte,
hörte sie ihren Vater rufen: »Hey! Hey, kleines Fräulein! Wo
rennst du denn hin?« Aber sie drehte sich nicht um.

KAPITEL VIERUNDDREISSIG
Feuerwerk in Stockbridge

Danielle verbrachte den Sonntagvormittag in ihrem Büro,
schwitzend, weil die Klimaanlage ausgeschaltet war, und blätterte einen Ordner mit Farbfotos durch, auf denen Gesäße
und Schenkel verpfuschter Liposuktionspatientinnen zu
sehen waren. Auf den meisten Bildern sah man kein Gesicht,
nur zahllose Aufnahmen klumpiger, aufgequollener, dunkel-
roter Körperteile, Körperteile mit seltsamen Dellen, Körperteile, die aussahen wie schlecht gestopfte Kissen. Gesäße, die
völlig unrealistisch ausgebeult waren oder auf unbeschreib-
liche Weise schlaff über die Oberschenkel sackten. Aber am
schrecklichsten war das verfärbte Gewebe. Danielle hatte
sich ihr Frühstück mitgebracht – ein Cranberry-Muffin in
der Tüte –, merkte aber, dass sie jetzt nichts hinunterbrachte.
Nicht einmal Wasser, Sprudel, konnte sie trinken, ohne zu
würgen. Sie wusste, dass am Ende des Ordners Fotos jener

Patientin kamen, die nach der Fettabsaugung gestorben war, eine nur mäßig dicke Mutter dreier Kinder aus Tampa. Mitte vierzig. Ihr Ehemann hatte sich zu einem Interview bereit erklärt. Wie auch mehrere Frauen, deren Gesäße Danielle gerade betrachtete. Nicky war mit dieser Story einverstanden. Es war ein gutes Thema. Danielle hatte es sowieso gewusst, aber jetzt, wo sie die Bilder betrachtete, angewidert und doch fasziniert, voller Ekel und doch außerstande, den Blick abzuwenden, wurde es zur – beinahe triumphierenden – Gewissheit. Wenn das gelang und hohe Einschaltquoten erreichte, ließ Nicky sie jede Story machen: Wiedergutmachungen für die Aborigines; die nihilistische Revolution in den Medien; verdammt, warum nicht eine volle Stunde über irgendwas Verrücktes, zum Beispiel weibliche Terroristinnen?

Eigentlich hätte sie jetzt in Stockbridge sein sollen. Nur in kurzen Momenten – oder in Wellen? – kam ihr zu Bewusstsein, auf welch ungeheuerliche Sache sie sich da eingelassen hatte und wie unwahrscheinlich es war, dass alles gut endete. Bis vor kurzem war sie gedankenlos davon ausgegangen, dass sie jeden Unabhängigkeitstag mit Marina verbringen, morgens in dem blauweißen Dachzimmer, von dem Marina als ›Dannys Zimmer‹ sprach, erwachen würde, zum Gesang der Amseln, zum Zirpen der Zikaden, wachgeküsst vom warmen, grasduftenden Hauch zwischen den Ahornbäumen. Und natürlich war es dieses Jahr anders, wegen Seeley, und vielleicht wäre sie seinetwegen sowieso nicht hingefahren (nicht etwa, weil sie Bedauern empfand oder einen Rest von Zuneigung – nein, ganz im Gegenteil – sondern weil er sie benutzt hatte, und getäuscht; und weil sie den Verdacht hegte, dass er auch Marina benutzte, obwohl sie nicht wusste, wofür); aber wie die Dinge lagen, wollte sie sowieso nicht hin; und plötzlich wurde ihr, zu ihrem Schrecken, klar, dass sie jenen Feiertag dort vermutlich nie mehr verbringen würde.

In den vergangenen Jahren waren Murray und Annabel im Juli zwar immer woanders gewesen – in Kalifornien, in der Toskana oder in Kanada beim Wandern –, aber auch ohne ihre

Anwesenheit war Danielle sich nicht sicher, ob sie sich inmitten ihrer gemeinsamen Habseligkeiten wohl gefühlt hätte. Alles fühlte sich jetzt anders an. Da sie aber in Stockbridge waren, kam es sowieso nicht in Frage, hinzufahren. Vom rationalen Standpunkt aus betrachtet staunte Danielle darüber, wie sehr ein paar überraschende Wendungen ihr Leben auf den Kopf gestellt hatten – lag das chinesische Abendessen bei den Thwaites wirklich erst vier Monate zurück? –, doch sie war größtenteils nicht rational.

Wie eine Süchtige kam sie sich vor – nein, sie *war* eine Süchtige. Ununterbrochen dachte sie an ihn oder dachte darüber nach, warum sie immer an ihn denken musste, und darüber, dass sie es besser lassen sollte. Ihre Kleider rochen nach ihm, ihr einst makellos reinliches Apartment und alles, was es enthielt, war vom biskuitartigen Duft seiner Zigaretten durchdrungen. Wenn sie am Schreibtisch saß oder in der U-Bahn, erinnerten sich ihre Finger an seine Haut, deren ergreifende Welkheit, ihre altersbedingte Vergröberung. Sie verspürte ein Prickeln, wenn sie seine Stimme hörte oder nur an den Klang seiner Stimme dachte. Sie, die sich über Handys immer lustig gemacht hatte, tat jetzt keinen Schritt mehr, ohne ihres mitzunehmen, aufgeladen und eingeschaltet, für den Fall, dass er überraschend anrief. Sie hatte die köstliche Folter durchlitten, das Handy in ihrer Tasche klingeln zu hören, während sie an einem schwülheißen Donnerstagnachmittag vor einem nahenden Gewitter mit Marina den Hudson entlanggeschlendert war; instinktiv zu wissen, dass es Murray war; das Telefon in der Tasche piepsen und wimmern zu lassen und – während ihr Herz verräterisch gegen die Rippen hämmerte – die Augen zu verdrehen und affektiert zu sagen: »Nicky scheint in letzter Zeit zu glauben, er könne mich wegen jeder Kleinigkeit nerven, rund um die Uhr. Das ist *so was* von lästig!« Ständig checkte sie ihre Mail, wie man vielleicht besorgt einen abgebrochenen Zahn kontrolliert. Und wenn dann endlich eine Nachricht kam, gab sie sich lässig, fast gleichgültig; ebenso zog sie sich jeden Morgen dreimal um, wie zu Highschool-Zeiten, sorgfältig um die richtige Wirkung bemüht: Ich sehe toll aus, habe mich aber nicht zurechtgemacht; ich bin nicht angezogen, als *rechnete* ich damit, dich zu sehen; ich wirke deshalb so leger, natürlich, schlicht, weil das meine Art ist.

Die ekelhaften Fotos hatten sie eine Weile von dem Gedanken an ihn abgelenkt; und jetzt, obwohl sie wusste, dass er nicht anrufen würde, nicht anrufen konnte, lauschte sie in die Stille, hoffnungsvoll. An diesem Sonntagmorgen war sie ganz allein im Büro – kein Summen der Geräte, kein Geplapper, nur die stickige, schwüle Stille, vertieft noch durch sein Schweigen. Später, daheim, schienen selbst die Rothkos auf ihn zu warten. Sie bezog ihr Bett nun immer mit der teuren Bettwäsche (*dafür* also hatte sie sie gekauft!); und die Ordnung in ihrem Apartment signalisierte nicht mehr meditative Einsamkeit, sondern sprach von der Vorfreude auf den Besucher. Es war eine andere, etwas künstlichere Ordnung. Danielle erschien ihr Apartment jetzt wie eine Theaterbühne, wie ein Schauplatz, der auf die Aufführung eines Stücks wartete. Als sei die Wohnung an sich gar nicht mehr ganz real. Im Küchenschrank über dem Kühlschrank stand jetzt eine Flasche Lagavulin und dahinter, versteckt, voller Symbolik, eine noch nicht angebrochene Stange Marlboros. Danielle hatte mehrere Packungen dick bestreuter Salzbrezeln da, die auch sie inzwischen gerne aß, und Altoids, für die er eine Schwäche hatte. Diese Vorratshaltung erfüllte sie gleichzeitig mit Stolz und Scham.

Manchmal hatte sie Angst, ihn zu langweilen. Sie machte sich Sorgen, dass er sie jung, nichtssagend, ungebildet, naiv finden könnte. Dann wieder war sie besorgt, weil sie ihn *nicht* langweilte, besorgt, dies könne bedeuten, dass er seine Ansprüche herunterschraubte, dass seine oft bekundete Bewunderung für ihre Brüste, ihr Haar, ihre Handgelenke eher von Nachteil war; dass sie, die unwahrscheinlichste Kandidatin, zum Objekt gemacht, herabgesetzt wurde: eine Frau eben, noch dazu jung und verfügbar. Sie war ja nicht naiv, sie bildete sich nicht ein, dass dies Murrays erster Ehebruch sei. Abwechselnd wünschte sie sich, etwas über seine anderen Eroberungen zu erfahren und dazuzugehören; oder die Existenz der anderen Frauen total auszuklammern. Sie war eifersüchtig auf sie, da sie auf Annabel nicht eifersüchtig sein konnte, nicht einmal auf Marina, und ebenso wie Murray selbst beharrte sie darauf, über diese beiden ganz normal zu reden, statt sie krampfhaft an den Rand zu drängen. Zu ihrem Erstaunen fand Danielle dies, meistens, erträglich, als seien diese beiden, ihre größten Rivalinnen, liebe Freundinnen und Rachegöttinnen, im Gemälde des Lebens so weit in den Vordergrund gerückt, dass sie nicht mehr von anderen Personen zu unterscheiden waren und schemenhaft verschwammen. Weit beunruhigender waren seine Ausflüchte, wenn sie ihn fragte: »Waren es viele?«, und: »Bin ich die Jüngste?«, und: »Mit welcher warst du am längsten zusammen?« Natürlich hätte sie gern gefragt: »Hast du sie geliebt?« Obwohl sie ahnte, wie er reagieren würde. Obwohl ihr graute beim Gedanken an welche Antwort auch immer. Aber sie lernte die Grenzen kennen, wusste, dass sie dies nicht fragen durfte. Er war – fühlte sie sich nicht auch deshalb zu ihm hingezogen? – von der Wahrheit besessen, wie er sie verstand. (Nicht zu verwechseln mit frommem Selbstbetrug: er glaubte allen Ernstes, nach einer durchzechten Nacht wirke eine Tasse Kaffee so ernüchternd, dass man sich getrost ans Steuer setzen könne.) Selbst seine Antwort auf die überspanntesten Fragen (zum Beispiel, unmöglich: »Liebst du *mich*?«) würde ohne Rücksicht auf ihre empfindsame Seele, ihre zarten Ohren erfolgen. So dass sie sich, in dieser Liebe, selbst beschützen musste. Sie hielt nicht inne, um dies zu hinterfragen, vermutete darin eher einen Test für ihre eigene Reife, als möglichen Egoismus seinerseits.

Über all diese Dinge dachte sie nach, über *ihn*, die ganze Zeit. In jedem wachen Augenblick. Und diese Dinge warteten auf sie, wie geduldige Wunden, wenn sie an einem Meeting teilnahm oder an einer Gesellschaft, sie warteten, um sich auf sie zu stürzen, sobald sie wieder frei war. Sie wäre gern frei von dieser Marter gewesen; und doch liebte sie es, ja, wie eine Süchtige, ja.

Marina hatte ihr nicht geglaubt, als sie sagte, sie habe zu viel zu tun. Marina dachte natürlich, es sei wegen Seeley.

»Die können doch nicht verlangen, dass du ausgerechnet an diesem Wochenende arbeitest! Das ist so ungefähr der wichtigste Feiertag des Jahres!«

»Die *verlangen* das ja nicht. Das ist doch kein Kindergarten.«

»Also?«

»Also, ich hab dieses Jahr noch keine einzige Filmidee realisiert. Und ich muss mein Projekt nächste Woche präsentieren. Es ist wichtig.«

»Du wärst nicht auf dich allein gestellt, das weißt du.«

»Ich weiß.«

»Das wäre *die* Chance für dich und Ludo, euch kennenzulernen. Meine beiden WMs.«

»WMs?«

»Meine beiden Wichtigsten Menschen.«

»Du weißt ja, ich fände es wunderbar, wenn ich kommen könnte.«

»Und meine Eltern erst! Die würden dich so gerne sehen! Mom hat erst gestern wieder gefragt, ob du kommst.«

Bei dieser Bemerkung fuhr Danielle zusammen. Sie war erleichtert, in ihrem Liebestaumel doch noch so viel Anstand zu besitzen, dass sie erschrocken war. »Bitte sag ihr, dass es mir leidtut. Du weißt, ich würde mir das nicht entgehen lassen, wenn es nicht sein müsste.«

Marina schwieg einen Moment. »Ich frage mich, warum jemand, der mir so wichtig ist, es nicht wenigstens versucht.«

»Ach, M!« Danielle spürte, dass ihre Stimme zaghaft klang. »Bitte sei doch nicht so. Es ist bestimmt nicht wegen Ludovic, versprochen. Ich würde furchtbar gern bei euch sein.« Und wenigstens den nächsten Satz meinte sie ernst: »Aber ich kann wirklich nicht.«

»Du hast doch nicht etwa ein Rendezvous, oder? Ein heimliches Blind Date?«

»Wie lange kennst du mich schon?«

»Wollte nur fragen.«

Und jetzt, in der Stille des Büros, klingelte das Telefon, und Danielle hätte beinahe ihren Sprudel auf die trostlosen Hintern und Schenkel verschüttet. Sie hatte diesen Anruf so sehr herbeigesehnt, dass ihr gar nicht in den Sinn kam, es könne jemand anderes als Murray sein. »Mein Liebling«, flüsterte sie in den Hörer.

»Freut mich, dass du mich so gerne hast«, erwiderte Marina. »Alles aufgeflogen, Leugnen zwecklos, Baby.«

»Was meinst du damit?«

»Ich meine, dass du zwar vielleicht arbeitest, wie du es gesagt hast, dass sich am Telefon aber statt einem Trauerkloß ein Turteltäubchen meldet!«

»Kaum.«

»Wer ist der geheimnisvolle Unbekannte? Wer ist dein Liebling?«

»Ich dachte, es sei meine Mom. Ihr geht's nicht so gut, und ich hab sie gebeten, mich hier anzurufen.«

»Und Randy Minkoff ist dein Liebling?«

»Ist das so abwegig?«

»Süße, wir müssen uns mal ernsthaft unterhalten. Wenn du dich verliebt hast, bist du natürlich vom alljährlichen Feiertagsrummel bei den Thwaites befreit, und es werden keine Fragen gestellt – ich glaube hundertprozentig an die Liebe, vor allem jetzt. Aber irgendetwas kann mit dem Typen nicht stimmen, sonst hättest du mir doch von ihm erzählt.«

»Es *gibt* keinen Typen.«

»Und deine Mutter ist dein Liebling?«

»Das fragst du jetzt schon zum zweiten Mal. Soll das ein Verhör sein?«

»Ich wette, dass du gerade rot wirst.«

»Komm schon, Marina. Ich versuche hier einfach nur zu arbeiten, das ist alles.«

»Und deine Mutter ist dein Liebling.«

»Ja.«

»Die Gute in ihren leopardengemusterten Klamotten.«

»Was willst du – außer kontrollieren, ob ich wirklich da bin?«

»Das ist nicht sehr nett von dir.«

»Wollte dich nur ärgern. Du ärgerst mich ja auch.«

»Du weißt doch, dass ich es nicht mag, wenn man mich ärgert.«

»Wer mag das schon?«

»Ich möchte, dass du nach meinen Eltern die Erste bist, die es erfährt. Wir heiraten.«

»Oh, Marina!« Und nachdem sie tief Luft geholt hatte: »Ich freu mich so für dich! Das sind – wunderbare Neuigkeiten.«

»Ja, nicht wahr? Ich hab Julius schon immer gesagt, dass ich letztlich viel von Treue halte.«

»Er wird kreischen vor Freude.«

»Er würde gern noch vor mir zum Altar schreiten, wenn er könnte. Er und Koksi. Wer ist Pierre, wer ist Natascha? Handy-dandy, wer ist der Richter, wer ist der Dieb?«

»Wann ist es denn so weit?«

»Julius schafft's nicht mehr vor mir, falls du das meinst. Wir haben eine wilde Romanze, wenn nicht sogar eine Mussheirat. Am Labor-Day-Wochenende. Und die Braut trägt trotz allem Weiß!«

»Du hörst dich irgendwie an, als seiest du high.«

»Ich *bin* irgendwie high. Ach was, ich hab doch mehr oder weniger im freien Fall gelebt – und jetzt?«

»Du willst mir doch nicht erzählen, dass du das alles mir verdankst?«

»Doch, genau. Auch Ludo hat das heute Morgen wieder mal gesagt.«

»Du verdankst mir nichts.«

»Ah, mein süßer Liebling ...«

»Wer sind die Brautjungfern? Julius und David?«

»Ich will nur eine, und du weißt, wer das ist.«

»Ich fühle mich geehrt.«

»Also, raff dich auf und fahr am Dienstagnachmittag zum Bahnhof.«

»Weil?«

»Weil du dir vielleicht nicht vier Tage freinehmen kannst, was sogar ich Faultier verstehe, aber wenigstens den Vierten Juli. In Stockbridge findet ein Feuerwerk statt. Betrachte es als die Verlobungsparty.«

»Aber ich –«

»Ich bestehe darauf. Am Dienstag um 7.42 Uhr geht ein Zug nach Albany. Einer von uns wird da sein.«

»Aber M –«

»Das kannst du mir nicht abschlagen. Ich heirate in knapp sechs Wochen. Wir sehen uns am Dienstag.«

Sie konnte es ihr nicht abschlagen. Danielle dachte nach, wieder über die entstellten, fleckigen Körperteile gebeugt. Gab es irgendeine Möglichkeit, ihn anzurufen? Wusste er Bescheid? Holte vielleicht *er* sie am Bahnhof ab? Und würde sie es überstehen?

Draußen auf der Straße hockte die Bruthitze wie eine Kröte auf dem Nachmittag. Es würde regnen, aber erst später. Danielle beschloss, zu Fuß zu gehen, und erwartete eigentlich nicht, an einem so stillen und schwülen Tag jemandem zu begegnen, den sie kannte; doch in der Nähe des Astor Place erblickte sie Marinas Cousin, der mit gesenktem Kopf, einen Papierstapel unterm Arm, der U-Bahn zustrebte. Trotz der Hitze trug er ein Frackhemd, wenn auch ziemlich labbrig, mit aufgekrempelten Ärmeln, und seine Stirn glänzte vor Schweiß. Als sie rief – »Frederick? Du bist doch Frederick, nicht wahr?« –, blieb er stehen, hob den Kopf, blinzelnd wie ein unterirdisch lebendes Wesen, das gerade erst ans Tageslicht kriecht. »Marinas Cousin, stimmt's? Ich bin Danielle – wir haben uns mal kennen gelernt.«

»Ich weiß. Hallo.« Er stand da, ohne zu lächeln, immer noch blinzelnd. Seine Augen hinter den Brillengläsern wirkten riesig, dicht bewimpert wie die einer Kuh.

»Du bist nicht mit nach Stockbridge gefahren?«

Er schürzte die Lippen. »Du ja auch nicht.«

»Zu viel Arbeit. Sonst bin ich immer dort. Aber diesmal fahre ich wohl erst am Vierten hin.«

Frederick Tubb scharrte mit den Füßen, ordnete seinen Papierstapel. Dann sah er wieder zu Boden.

»Du arbeitest jetzt für Marinas Vater, nicht?«

»Für Murray.« Seine Stimme klang trotzig, als er den Namen seines Onkels aussprach. »Ja, ich arbeite zurzeit für Murray. Vermutlich nicht mehr lange.«

»Wieso das?«

Frederick zuckte die Achseln. Danielle probierte es anders: »Wie kommst du mit deinen Studien voran? Bleibt dir noch Zeit dafür?«

»Ich schreibe gerade an einem Artikel. Für Marina. Für *The Monitor*.«

»Das ist ja toll! Ich −«

»Sie hat gesagt, du hättest sie gebeten, mich zu fragen.«

»Na ja, ich habe eigentlich nur ...«

»Also schulde ich dir ein Dankeschön.« Er klang nicht dankbar.

»Du schuldest mir überhaupt nichts. Ich bin froh, dass es geklappt hat.«

»Hat es noch nicht.«

»Wie bitte?«

»Bis jetzt hat nichts geklappt. Ich schreibe den Artikel, aber ›ohne Garantie‹. Weißt du, was das heißt?«

»Klar.«

»Also wird er vielleicht gar nicht gedruckt.«

»Vielleicht aber doch. Um was geht's denn?«

Jetzt sah er ihr direkt in die Augen, ohne zu zwinkern. »Das ist noch geheim. Aber es wird etwas Großes.« Er nickte feierlich.

»Wow!« Danielles Lachen klang eher wie ein Bellen. »Klingt ja interessant.«

»Ja. Ist es auch. Du wirst schon sehen.« Er zog ein zusammengeknülltes Papiertaschentuch aus seinen Shorts und wischte sich damit über die Stirn. Als Danielle an ihm hinuntersah, fiel ihr auf, dass die Shorts eher an abgeschnittene Hosen erinnerten – schmutziger, ausgebeulter Twill-Stoff, der knapp bis zu den Knien reichte – und dass Frederick dunkle Socken und Turnschuhe trug. Seine Waden, weiß, stramm, haarig, mitleiderregend, leuchteten bleich. Er sah aus, als habe er seine langen Hosen auf dem Weg ins Büro verloren und laufe nun halbnackt durch die Straßen. Er wirkte ein bisschen durcheinander. Als gehe es ihm nicht gut.

»Na dann, viel Glück.«

Er nickte, mit gesenktem Kopf, und schlurfte davon.

KAPITEL FÜNFUNDDREISSIG
Notizen aus dem Untergrund

Bootie hatte sich psychisch sowieso schon nicht gut gefühlt, und nach der unerwarteten Begegnung mit Marina fühlte er sich noch schlechter. Auch nach Julius' und Lewis' Rückzug war das Apartment ein höllisch heißer Brutofen geblieben; nur kam es Bootie jetzt zusätzlich so vor, als sei die Atmosphäre durch Bosheit verpestet. Er hatte geglaubt, er könne die Wohnung trotz ihres lausigen Zustands genießen, doch dann hatte ihn der Vermieter beinahe nackt ertappt und beleidigt, ihm ins Gesicht gesagt, er sei fett; und als er in der Dunkelheit auf dem Boden lag, auf dem feuchten Futon, während von gegenüber immer noch Salsamusik ertönte und der Ventilator öde vor sich hin surrte, hatte er zwanghaft und vergeblich auf das Trippeln der Schaben gelauscht und den Raum, mit seinem bröckelnden Putz und der grässlich heißen Luft, als feindselig empfunden. Er konnte lange Zeit nicht einschlafen – wegen seiner Wut, wegen der Hitze – und nickte erst gegen Morgen ein, als die Musik endlich verstummte. Er erwachte um die Mittagszeit, nicht nur in eine angetrocknete Schweißschicht gehüllt, sondern auch in den flüchtig erinnerten Schrecken vom Abend zuvor. Julius hatte Drogen genommen oder war betrunken gewesen, aber sein bösartiges Verhalten konnte Bootie dennoch nicht nachvollziehen. Es war, als versetze man einem Hund auf der Straße einen Tritt. Und die Hitze: Im Apartment schien es, falls das überhaupt möglich war, noch heißer zu sein, als sei die Wohnung ein Gefäß für die stickige Stille, ein Koffer zur Aufbewahrung von Not und Elend.

Er überlegte ein bisschen und beschloss dann, in die Wohnung der Thwaites zu fahren. Mindestens für heute, vielleicht auch länger. Sie waren alle weg. Er hatte einen Schlüssel. Sicher lief die Klimaanlage. Er würde bis Astor Place laufen, um bei Barnes & Noble Murrays drittes Buch zu kaufen, dann die U-Bahn nehmen, die an diesem ruhigen Sommersonntag keinen Schrecken barg. Er würde sich Notizen machen, den Anfang seines Entwurfs skizzieren, und würde die Wohnung nicht mehr verlassen, bis seine glänzende Analyse Murrays vollendet war.

Und dann, während er ruhig seinem Ziel zustrebte, der Station der Linien N und R in der Eighth Street, hatte ihn Danielle überfallen. Er hätte sie gern verabscheut – im Prinzip wusste er ja, dass er sie verabscheute –, aber sie hatte sich freundlich verhalten und offen, und trotz seiner frostigen Reaktion (die sie sicherlich verwundert hatte, denn woher sollte sie ahnen, was er wusste?) hatte er ein schlechtes Gewissen gehabt. Er überlegte, ob ihm bezüglich der E-Mail, die er – natürlich aus Versehen – gelesen hatte, vielleicht eine falsche Deutung unterlaufen war? Vielleicht wusste er gar nicht, was er zu wissen glaubte? Und wenn doch, war es nicht doppelt verwerflich, dass sie im Dunst dieses Julitags an jener brütend heißen Straßenecke dagestanden und lächelnd geplaudert hatte, als sei nichts passiert? Es erinnerte ihn an diese endlosen Nachrichten, der Skandal in Washington, die vermisste Regierungspraktikantin – Chandra Levy – und der Kongressabgeordnete. Er ein verheirateter Mann, sie bildschön, dunkle Locken und ein bezauberndes, strahlend weißes Lächeln. Und jetzt. Er hätte zu Danielle sagen sollen: »Denk an Chandra Levy. Das ist es nicht wert.« Er hätte sie warnen sollen. Denn am Ende, so oder so, war immer der Mann schuld. Wie ein gieriges Kind, das schon die zweite Portion Nachtisch verlangt, während es die erste nur hortet, einen Bissen davon probiert und dann den Teller wegschiebt. Danielle hätte es besser wissen sollen. Sie hätte das nicht zulassen dürfen, sie hätte ihre Freundin, oder die Mutter ihrer Freundin, nicht so verletzen dürfen. Er, Bootie, trug in dieser schlimmen Situation die Verantwortung. Wissen bedeutete Verantwortung. Allerdings wusste er nicht genau, wie er vorgehen sollte. Was war öffentlich, was privat? Wo sollte er aktiv werden, was von seinem Wissen einfach für sich behalten, auch wenn es ihn belastete?

Und warum stank im Sommer die Luft hinter den Drehkreuzen so fürchterlich, eine ekelhafte Mischung aus Pisse, Schweiß und verfaulendem Müll, von rasenden Luftstößen durch die modrigen Tunnel gepeitscht? Die Frau neben ihm hielt sich die manikürte Hand vor die Nase und blinzelte in Richtung Tunneleingang. Sie war schmal und flach, trug ein rotes Sommerkleid, das eng ihren Brustkorb umschloss, und eine Strandtasche; vielleicht war auch sie unterwegs zu einem verbotenen Rendezvous. Die ganze Stadt stank vor Lug und Betrug, stank wie die verfaulte Luft im U-Bahn-Schacht. Murray Thwaite behauptete, Aufrichtigkeit habe oberste Priorität; doch in Bezug auf sich selbst deutete er das Wort, wie es ihm gerade passte. Er behauptete, er kämpfe gegen Ungerechtigkeit, habe sein Leben einem, wie er es nannte, »moralischen Journalismus« gewidmet. Er behauptete, für seine Unabhängigkeit zu leben und *durch* seine Unabhängigkeit, seine geistigen Fähigkeiten. Er ließ sich schriftlich über die richtige Lebensführung aus, über die Bedeutung von Wörtern, obwohl er augenscheinlich – Bootie meinte dies wortwörtlich: Er hatte sich selbst durch *Augenschein* davon überzeugt – ein Mensch war, für den Wörter keine verbindliche Bedeutung besaßen. Jemand musste das einmal klar und deutlich sagen, es öffentlich machen.

Als er in der U-Bahn saß, die Klimaanlage hatte den Gestank jetzt etwas gefiltert, ging Bootie die Papiere auf seinem Schoß durch. Er hatte Zitate aus Murrays Manuskript abgeschrieben – manche durchaus anregend, manche töricht, alle aber im Kontext problematisch – und versuchte sie nun zu ordnen. Zwischen die Thwaiteismen hatte Bootie seine eigenen Kommentare eingefügt, von nachdenklichen Fragen (»Ist es wirklich möglich, dass Intention und Realität völlig kongruent sind? Können wir wirklich derjenige sein, der wir sein möchten?«) bis hin zu Schmähungen (»MT ist ein Lügner. Das ist eine schamlose Lüge!«). Als Bootie am Vortag mit dem Entwurf seines Artikels begonnen hatte, war er sehr aufgewühlt gewesen. Das merkte er jetzt. Während der Zug dahinratterte, überlas Bootie noch einmal seine Einleitung und entdeckte in ihrem Ton eine gewisse Larmoyanz, das Gejammer des Jüngers, der Unrecht erlitten hat. Nein: Wenn der Artikel etwas taugen sollte, dann musste er sich exakt auf die Dinge beschränken, über die Murray so bewundernd, so verheißungsvoll schrieb, ohne ihnen selbst gerecht zu werden. Der Artikel musste präzise sein, ruhig und klar. Geduldig, offen, substantiell. Er musste nachvollziehbar sein und angemessen. Er musste wahr sein.

Bootie bemerkte, dass er seine Adjektive so gewählt hatte, dass sie sich dem Rhythmus der U-Bahn-Geräusche anpassten. Er bemerkte, dass der Zug im Tunnel langsamer fuhr. Dass der Zug anhielt.

Er sah auf, spähte durch das schmutzige Fenster auf die Tunnelwand, dicht und schwarz direkt vor seinen Augen. Sie mussten sich kurz vor dem Times Square befinden, wo er umsteigen konnte. In solchen Momenten dachte er immer an Marinas wohltuende Ruhe, mit der sie ihm damals, bei jener ersten U-Bahn-Fahrt versichert hatte, dass die Züge vor *allen* großen Stationen im Tunnel halten. Das war völlig normal.

Auch völlig normal, dass die Lichter flackerten, dann erloschen. Er hatte das schon öfters erlebt, und da er nicht groß darauf achtete – wenn er es auch recht unangenehm fand –, konnte er damit umgehen. Er konzentrierte sich auf seinen Atem, auf das Sausen in der Nase, das das Rauschen der Lüftung abgelöst hatte. Auch die Lüftung war ausgegangen, wie die Lichter. Neben ihm flackerte bleich die Notbeleuchtung, der Alptraum jedes Epileptikers. Vorn im Wagen unterhielten sich zwei ältere Frauen leise auf Spanisch. Die Frau in dem Sommerkleid hustete – ein künstliches Husten, dachte Bootie, die Nerven – und kramte in ihrer Tasche. Das Licht sprang nicht mehr an. Schon begann der Waggon sich aufzuheizen – eine besonders flaue, stockende Hitze. Keine übelriechenden Schwaden, keine glühend heißen Luftstöße, nur ein sich langsam herabsenkendes Gewicht, ein Gefühl, als laste die Luft auf ihm, seinen Beinen und Armen, seinem ganzen Nacken, als züngle die Hitze an seinen Hals und schnüre ihn immer weiter zu, bis er kaum noch atmen konnte. Das Licht sprang immer noch nicht an. Auf den Nachbargleisen rumpelten keine U-Bahnen vorbei. Außerhalb des Waggons war keinerlei Bewegung wahrzunehmen.

Im Inneren des Waggons jedoch machten die Passagiere kleine, verstohlene Bewegungen. Ein kakaohäutiger Jugendlicher in extrem weiten Schlabberjeans stand auf, murmelte etwas, wollte los, setzte sich wieder, stand wieder auf und stampfte durch den Gang. Fluchend riss er eine Zwischentür nach der anderen auf, um jeweils in den nächsten abgeschotteten Raum zu gelangen. »Verdammte Scheiße, Mann! Verdammte Scheiße!«

Bootie sah auf die Uhr. Sie standen erst seit fünf Minuten; nicht ganz. Der gesamte Waggon hielt den Atem an. Stickige Luft. Bootie fuhr sich mit der Zungenspitze über die Zähne, wieder und wieder, auch am Innenrand entlang. Da er schwitzte, glitt ihm die Brille von der Nase. Er rieb seine glitschigen Finger aneinander. Die Frau im Sommerkleid hatte hektisch nach ihrem Walkman gewühlt und setzte jetzt die Kopfhörer auf. Sie lauschte mit geschlossenen Augen, und durch den Waggon tönte der gedämpfte Rhythmus ihrer

Musik. Etwas fröhlich Beschwingtes. Vielleicht stellte sie sich
vor, sie liege am Strand.

Das Knacken der Lautsprecheranlage ließ Bootie, wie alle
anderen, zusammenfahren. Seine Hände wurden noch kleb-
riger und feuchter. Eine Männerstimme, scharf und hell wie
Hundegekläff, rief etwas weitgehend Unverständliches. Die
letzten Worte lauteten »so bald wie möglich«. Dies wiederholte
der Mann zweimal. Als es wieder still wurde, hörte Bootie, wie
die Leute einander leise fragten, was da durchgesagt worden
sei. Er selbst fragte nicht. Es war nicht sicher, ob überhaupt
jemand die Antwort wusste. Wie die Frau mit dem Walkman
schloss er die Augen. Er konzentrierte sich wieder auf seinen
Atem, versuchte regelmäßig zu atmen, um seinen Herzschlag
zu zügeln. Sein Herz erzeugte mehr Lärm, mehr Schweiß
als alles andere in diesem Waggon. Er musste sich zwingen,
nicht an die Möglichkeiten zu denken – an erster Stelle ein
Brand, eine Explosion –, die zu dem Stopp geführt haben
mochten. Er durfte sich nicht vorstellen, dass die Wände den
Waggon zermalmen, die Erde ihn unter sich begraben konnte,
dass der U-Bahn-Zug einem kriechenden Regenwurm glich, eingeschlossen, endlos leicht zu zerquetschen. Booties Kehle war
jetzt wie zugeschnürt, und der Lärm in seinen Ohren donnerte
so laut, dass Bootie es kaum registrierte, als der Zugführer
wieder durch die Lautsprecheranlage bellte. Er kniff fest die
Augen zu; er grub sich die Fingernägel in die Handflächen; er
versuchte erneut, sich auf seinen verlorengegangenen Atem
zu konzentrieren. Er atmete noch.

Dreiundzwanzig Minuten. Sie standen schon dreiundzwanzig stickig heiße Minuten still, wie verschüttete Bergleute, wie
abgeschnittene Höhlenforscher, wie Tote. Für Bootie war dies
eine bewusstseinsverändernde Erfahrung: Ihm war nicht auf
Anhieb klar, *wie* er sich dadurch verändert hatte, ihm war
nur klar, *dass* er sich verändert hatte. Er wusste etwas, das er
zuvor nicht gewusst hatte, über sich selbst und seine Grenzen. Er würde alles, alles tun, um zu verhindern, dass ihm
das noch einmal passierte. Aber zumindest, dachte er – als er

schnell und sehr entschieden die Sixth Avenue hinauflief, zur gut zwei Meilen entfernten Wohnung der Thwaites, und die dicke Luft geradezu verschlang, unglaublich erleichtert, dass sie ihn umgab, im Überfluss, wenn auch neblig – zumindest hatte er nicht aufgegeben und geschrien. Er hatte sich die Fingernägel so tief in die linke Handfläche gegraben, dass sie bluteten; und das Geschrei in seinem Kopf hatte ihm migräneartige Kopfschmerzen beschert; aber er hatte die Lippen zusammengepresst, die Augen zugekniffen, hatte sich auf das Sausen in seiner Nase konzentriert (er hörte es immer noch, so wie ein Seemann beim Landgang die Erde schlingern spürt) und es durchgestanden. Niemandem im Waggon war aufgefallen, dass er fast ausgerastet wäre, fast den Verstand verloren hätte – wohl nicht einmal der jungen Frau im roten Sommerkleid, die ihm beim Aussteigen konspirativ zugelächelt hatte –, und das kam Bootie fast wie ein Wunder vor.

Er hatte sich als Kind oft vorgestellt, seine Eltern oder Lehrer könnten Big-Brother-artig in seinen Kopf eindringen und seine Gedanken belauschen, ja, sein Ich übernehmen; und in rudimentärer Form hegte er selbst als Erwachsener noch den Glauben an – und die Furcht vor – Durchschaubarkeit. Seine Regenwurm-Stunde aber, wie er sie nannte, stärkte die Undurchsichtigkeit und Isolation seiner Seele und der Seele aller anderen Menschen. Es machte ihm klar, wie wichtig es war, laut und deutlich zu sprechen, sich Gehör zu verschaffen, über das Rauschen des Bluts in den Ohren der Menschen hinweg. Niemand sollte die Frau mit dem Walkman sein dürfen, die absichtlich, künstlich, Erfahrung und Wahrheit abblockte: Es war Booties Aufgabe, einzuschreiten und sich zu Wort zu melden. Nicht unverständlich wie der Zugführer, sondern mit der klaren Stimme der Vernunft. Aber die Sache hätte ihn fast den Verstand gekostet, so viel stand fest.

Auf dem Grill

»Irgendwie hätte ich nie gedacht, dass Sie grillen.« Seeley lehnte am Türpfosten, sein langer, buntgestreifter Oberkörper bog sich vor der rötlich braunen Wand. Sein Hemd war frisch gestärkt. Alles an ihm wirkte tuntig.

»Sie wären erstaunt, welche Pflichten einem als Familienoberhaupt so alles angetragen werden«, erwiderte Murray, ohne die Zigarette aus dem Mund zu nehmen. Etwas Asche schwebte in den Grill hinunter. Murray schwitzte. »Sie werden das später gleichfalls tun, auch wenn Sie es jetzt noch für absolut ausgeschlossen halten.«

Seeley kniff die Augen unter den hängenden Lidern zusammen und schien zu feixen. Als wolle er sagen »niemals«. Murray kam sich neben ihm vor wie ein Bär, hätte ihn am liebsten am Kragen gepackt und geschüttelt bis zur Besinnungslosigkeit. Danielle hielt den Typen für eine Schlange; doch aus Annabel bekam er nichts heraus als immer nur dieses sanfte, an Political Correctness gemahnende Einverständnis: Wenn's unsere Kleine glücklich macht …

»Was werden Sie tun, falls Ihre Zeitschrift floppt?«

»Wird nicht passieren.«

»Natürlich nicht. Aber falls doch?«

»Es findet sich immer ein neues Betätigungsfeld. Aber *The Monitor* wird die Szene verändern.«

Mit der verschmierten Zange wendete Murray ein Steak. Fett spritzte vorne auf sein Hemd. Das allein war schon männlich. »Wissen Sie«, sagte er, »eine sehr erfolgreiche britische Sandwichkette hat versucht, in Manhattan eine Filiale zu eröffnen. Aber die Amerikaner haben andere Essgewohnheiten. Sie mögen ihr Essen lieber mundgerecht zubereitet.«

Seeley stellte sich gerade hin, verschränkte die Arme vor der schmalen Brust.

»Ich sage ja nicht, dass ich das gutheiße. Wir sind ja alle übergewichtig, ich weiß. Aber so ist es nun mal. Nur weil wir ein relativ junges, sich ständig veränderndes Land sind, bedeutet das nicht, dass wir keine Kultur haben.«

»Ich bin Australier, kein Brite.«

»Und das heißt?«

»Das heißt, dass mir das durchaus bewusst ist.«

Marina kam ums Haus, mit einem Küchensieb voller Bohnen. Ihre Stirn zierte ein Schmutzstreifen, der aussah, als habe ihn eine Maskenbildnerin dort platziert, um zu signalisieren: junges Mädchen, frisch von der Alm. Die Bohnen waren gerade erst gepflückt und noch nicht gewaschen. »Meine beiden liebsten Männer auf der ganzen Welt!«

»Steaks sind fast durch. Hühnchen brauchen länger.« Murray ließ seinen Zigarettenstummel durch den Grill auf die Kohle fallen.

»Das ist eklig, Daddy.«

»Neue Bedeutung des Begriffs Passivrauchen«, erwiderte Murray. »Das Fleisch wird's mir danken.«

»Mach so was bloß nicht, wenn Danny kommt, okay? Sie ist sehr heikel, und es würde ihr vermutlich den Appetit verderben.«

»Deine Freundin Danielle kommt hierher?« Murray griff nach dem Scotch-Glas, das auf der Terrassenmauer stand. »Ich dachte, sie schafft es dieses Jahr nicht.«

»Hab sie dazu verdonnert. Nur für den Mittwoch. Aber ich wette, ich bringe sie dazu, dass sie über Nacht bleibt.« Marina hatte das Sieb auf den Tisch gestellt und schlang Seeley die Arme um die Taille. »Ich habe ihr gesagt, es sei unsere Verlobungsparty, am Unabhängigkeitstag.« Es herrschte einen Moment Stille, während der das Fleisch vor sich hin brutzelte, dann sagte Marina: »Ich dachte, du magst sie, Daddy.«

»Tu ich auch. Ich mag sie sehr. Sie ist eine ausgesprochen nette junge Frau.«

»Nett? Sie würde heulen, Daddy, wenn sie das hören würde. Sie ist brillant! Du hast das gespürt, Ludo, nicht? Sie ist wirklich brillant, und ihre Arbeit ist sehr wichtig.«

»Irgendwas mit Filmen, nicht?«

»Warum kannst du dir *nie* etwas merken? Sie wollte einen Dokumentarfilm über Ludo machen, erinnerst du dich?«

»Hat es sich dann aber anders überlegt«, fügte Ludo hinzu, richtete sich auf und entwand sich Marinas Umarmung. »Ich hol die Platte für die Steaks.« Er schlüpfte ins Haus.

»Daddy, freust du dich überhaupt für mich?«

»Natürlich freu ich mich für dich, Prinzessin. Es geht nur alles so schnell.«

»Verliebtes Tempo. Das ist ein verliebtes Tempo. Aber wenn wir uns beide sicher sind, warum sollten wir noch warten?«

»Stimmt.« Murray fummelte mit den Maiskolben herum und verbrannte sich an der Alufolie die Fingerspitzen. »Scheiße«, stieß er hervor. »Scheiße, Scheiße, Scheiße.« Jetzt begriff er, warum auf seinem Handy vier Anrufe in Abwesenheit angezeigt waren. Er hatte noch keine Gelegenheit gefunden, Danielle zurückzurufen, hatte sich aber Sorgen gemacht – auf eine passive, sporadische Weise –, ob ihr vielleicht etwas zugestoßen war. Außerdem war er verärgert. Weil sie vereinbart hatten, dass sie ihn dieses Wochenende nicht anrufen würde, dass er sie anrufen würde, wenn es ging, dass sie ihn jedenfalls möglichst in Ruhe lassen sollte. Er hatte gedacht, dass Frauen nie warten können und einem nie richtig zuhören! Aber damit hatte er ihr Unrecht getan, und jetzt empfand er Reue. Und eine gewisse Unruhe. Er wusste, für ihn würde es kein Problem sein, sich zu verstellen – eine seiner vielen Rollen, wie die des grillenden Familienoberhaupts oder des gütigen, in seine Tochter vernarrten Papas –, aber für Danielle war das ein Härtetest. Sie schien sehr wahrheitsliebend zu sein, eine der Eigenschaften, die ihn angezogen hatten – und jetzt empfand er für das Mädchen eine Zuneigung, die ihn fast schon beengte, ein zartes, aber stetiges Flämmchen, das leicht angefacht werden konnte – und vielleicht machte sie sich nichts aus dem Drama – sehr sexy, wie er schon immer gefunden hatte – des Betrugs. Es ging immer um Grenzen, die richtigen: die rasche, stumme Umschlingung in der Speisekammer, die man erstrebte, und der sehnsüchtige Blickwechsel, den es um jeden Preis zu vermeiden galt.

Hatte er sich so etwas schon einmal geleistet? Ja und nein, nie so extrem. Schmerzvoll zusammenzuckend beförderte er die Maiskolben auf die Platte, die für die Steaks gedacht gewesen war, was Marina veranlasste, zärtlich-ärgerlich mit der Zunge zu schnalzen und Seeley in die Küche zurückzuschicken, um eine weitere Platte zu holen. Er hatte noch nie eine Affäre mit einer Freundin seiner Tochter gehabt, eine Affäre, bei der alles so gefährlich – so köstlich – dicht unter der Oberfläche lag. Und was fiel ihm ein, nichts gegen dieses Wiedersehen zu unternehmen, hier in Stockbridge, bisher immer ein geheiligter Familienbezirk? Und der Grad seiner Zuneigung: Er verlor die Kontrolle, genau wie er es vorausgesehen hatte, wie er es sich, auf einer bestimmten Ebene, immer gewünscht hatte. So ähnlich, wie wenn er, wider besseres Wissen, den xten Scotch trank. Er dachte unglaublich gern an sie – an ihre Haut, deren besondere, erwartungsvolle Zartheit, das Gewicht ihrer Locken, das Gewicht ihrer Brüste in seiner Hand –, und so sollte es ja auch sein. Aber er sollte ebenso imstande sein, *nicht* an sie zu denken, und dies wurde immer schwieriger. Zu oft bildete er sich ein, ihre Stimme hauche ihm etwas ins Ohr. Leichtsinn würde zu Fehlern führen, und in diesem Fall – er warf einen Blick auf seine Tochter, die inzwischen den Fleck von ihrer glänzenden Stirn gewischt hatte und deren Hände schon wieder mit ungehörigem Eifer den Körper ihres Zukünftigen erforschten – stand zu viel auf dem Spiel.

Die Luft duftete nach Zitronengras, und das Dämmerlicht wirkte angenehm neutral. Ein Schwarm Stechmücken schwebte über dem Rasen. Annabel, die Murray gegenübersaß, starrte stirnrunzelnd auf ihren Teller, auf ihren Maiskolben und ihr Steak.

»Was, außer der Schwüle und den Insekten, könnte dir wohl die Laune verdorben haben, Liebes?«

Sie schüttelte den Kopf. »DeVaughn.«

»Schon wieder?«

»Gerade kam der Anruf. Man hat ihn wegen versuchter Brandstiftung verhaftet. Der Wagen seines Stiefvaters.«

»Vielleicht ist das ein gutes Zeichen«, meinte Marina. Seeley schien sich ein Lachen zu verkneifen.

»Wieso?«

»Na ja, Brände stiftet man doch meistens, um von der Versicherung abzukassieren? Vielleicht hat er es mit seinem Stiefvater abgesprochen. Und das wäre gut.«

»Findest du wirklich, dass das der richtige Zeitpunkt für Witze ist?« Annabel nahm sich noch von den grünen Bohnen, etwas zu schwungvoll. »Ich muss hin. Er kommt morgen früh vor Gericht.«

»Du kannst da nicht hin«, sagte Marina. »Das ist unser Familienwochenende. Der Vierte Juli! Unsere Verlobung. Was ganz Besonderes.«

»Wenn ich nicht hinfahre, wer kümmert sich dann?«

»Hat er keine Sozialarbeiterin oder so?«

»Immerhin bin ich seine Anwältin.«

»Das glaub ich jetzt einfach nicht!«

»Marina«, sagte Murray, »du behauptest immer, dass du etwas Wichtiges aus deinem Leben machen willst. Deine Mutter tut das bereits. Du tätest gut daran, ihr nachzueifern.«

»Wir feiern meine Verlobung, Ludos und meine. Ich bin euer einziges Kind!«

»Bis Mittwoch müsste ich zurück sein. Ich könnte sogar Danielle mitbringen. Alles hat auch sein Gutes.«

Marina zog einen übertriebenen Flunsch, als wolle sie einerseits zeigen, dass sie beleidigt war, und sich andererseits darüber lustig machen.

»Wie viele Fälle übernehmen Sie denn so, generell?«, erkundigte sich Seeley.

»Es geht nicht um die Zahl – es sind nicht so viele. Aber der Junge liegt mir irgendwie am Herzen.«

»Weil Sie ihm helfen können?«

Annabel sah Seeley direkt an. »Eher weil ich ihm *nicht* helfen kann. Ich könnte tun, was ich wollte, und es wäre trotzdem nicht genug. Sein Leben ist unerträglich. Es gibt keine Rettung für ihn.«

»Der Reiz des hoffnungslosen Falls.«

»Damit kennen wir uns hier aus.« Murray stocherte zwischen seinen Zähnen nach einem Maiskorn. Er hasste Mais. »Ich glaube, andere Fälle kennen wir gar nicht.«

»Das ist ziemlich sentimental, oder?«

Marina starrte Seeley an, als sehe sie ihn zum ersten Mal. Murray hingegen schien nicht überrascht. »Hier ist niemand sentimental, mein Freund; und religiös auch nicht.«

»Darauf wenigstens können wir uns einigen«, sagte Seeley. »Obwohl ich behaupten würde, dass es Leute gibt, für die Religion essentiell wichtig ist. Bei denen wir froh sein müssen, dass sie ihre Religion haben.«

»Wir? Sie?«

»Marx hatte ganz recht: Opium. Es ist unerlässlich. Wenn wir, statt sentimental zu sein, mal praktisch denken: Wäre DeVaughn nicht besser dran, wenn er einen Gott hätte? Und sein Stiefvater? Falls es irgendeinen Ausweg aus ihrer verfahrenen Lage gibt, wäre es nicht dies?«

»Mir ist klar, dass der Glaube vielen Menschen hilft, schwierige Situationen zu bewältigen«, sagte Annabel. Sie legte die Hände mit gespreizten Fingern flach auf den Tisch und schien fest dagegenzudrücken. »Und ich habe großen Respekt davor. Aber ich selbst bin nicht gläubig und würde niemanden ermutigen, auf etwas zu bauen, das ich ganz klar für eine Illusion halte. Es wäre eine falsche Hoffnung.«

»Aber warum denn?« Seeley beugte sich über den Glastisch; seine langen Finger schienen die nach Zitronengras duftende Luft zu liebkosen. »Warum ist *irgendeine* Hoffnung nicht besser als gar keine? Wer sagt denn, dass Sie sich nicht irren? Und welches Recht haben Sie, DeVaughn auch *das* noch zu nehmen?«

»Soll ich ihm eine Bibel in seine Gefängniszelle bringen? Das ist die Aufgabe der Priester dort. Ich fände das gewissenlos. Wenn ich kein ehrlicher Vermittler bin, was bin ich dann?«

»Aha.« Seeley lehnte sich zurück und lächelte. »Wie ich schon sagte, Sie sind sentimental.«

Annabel schüttelte den Kopf.

»Sie bilden sich wirklich ein zu wissen, was das Beste für ihn ist. Oder noch schlimmer: Sie *behaupten*, dass das Beste für Sie auch das Beste für ihn sei, und einer Art Illusion – Ihr Wort – diene, der objektiven Wahrheit, der Sie sich verschrieben haben; wo, in Wirklichkeit, sein Leben und Ihr Leben so weit auseinanderliegen, dass dafür einfach nicht dieselben Kriterien gelten können.«

»Reine Sophisterei, mein Freund«, sagte Murray und faltete seine Serviette zusammen. Seine Jovialität wirkte so echt und so aufgesetzt wie zuvor Marinas Trotz. »Marina, du kannst es dir immer noch anders überlegen, es ist noch nicht zu spät.«

Sie funkelte ihn böse an. Seeley lachte. »Ich will niemanden ins Unglück stürzen. Ich bin auch weit davon entfernt, gewissenlos zu sein, ich verteidige nur die Verschreibung eines bewährten Heilmittels. Die Religion kann Wunder wirken.«

»In Ihrem Fall aber nicht?«

»Weil ich zufällig nicht gläubig bin. Aber für die, die glauben, gilt das durchaus. Anders ausgedrückt: Könnte es DeVaughn überhaupt schlechter gehen?«

»Können wir vielleicht über was anderes reden?« Marina stapelte die Teller aufeinander. »Hat jemand von euch das kleine Kitz gesehen, das gleich da drüben mit seiner Mutter im Wald lebt? Und wer möchte Wassermelone?«

»Ich möchte unserem jungen Ludovic noch eines sagen –«

»Daddy, du brauchst nicht immer das letzte Wort zu haben. Ich habe nach dem Reh gefragt.«

»Die leben hinter dem Grundstück der Jaspers«, sagte Annabel. »Evelyn hat sich beklagt, weil sie immer wieder in den Gemüsegarten kommen. Sie haben ihr den Kopfsalat weggefressen, trotz des Drahtgeflechts.«

»Aber unsere Bohnen nicht? Komisch. Meinst du, die mögen keine Bohnen?«

Murray sah, dass Seeley immer noch leicht zitterte und seine Augen fiebrig glänzten. Wie ein Tier, das man beim Jagen gestört hat. »Umso mehr Bohnen für uns«, sagte Murray mit breitem, versöhnlich wirkendem Lächeln. »Hab ich recht, Ludovic? Umso mehr Bohnen für uns.«

KAPITEL SIEBENUNDDREISSIG
Nach dem Abendessen

»Ärgere dich nicht über Daddy«, sagte Marina. »In mancher Hinsicht ist er eben altmodisch. Aber er wäre wütend, wenn er das hören würde.«

»Ich ärgere mich nicht. Er amüsiert mich prächtig.«

»Ich fand, dass du mit Mom ein bisschen zu hart ins Gericht gegangen bist«, sagte sie. Sie lagen nackt im Bett, trotz der Hitze unter der Decke: Murray hatte, zu Ludovics schweigendem, aber spürbarem Ärger, die Klimaanlage eingeschaltet und so war es in dem hermetisch abgeschotteten Haus nun ziemlich kühl. Man hatte die Fenster isoliert, gegen das Quaken der Laubfrösche, das Rascheln der Äste.

»War nicht meine Absicht«, sagte Seeley. »Ich habe nur versucht, meinen Standpunkt zu erläutern.«

»Dein Standpunkt ist sehr beweglich.«

»Wandlungsfähigkeit ist mein Markenzeichen. Das ist gesund. Lebendig.«

»Wenn du meinst.«

»Sie war doch nicht gekränkt, oder?«

»Würde dich das überhaupt interessieren?«

»Ja, natürlich. Ich halte sie für eine sehr ehrwürdige Frau.«

»Und meinen Vater?«

»Das weißt du doch.«

»Du hast nie darüber gesprochen. Du wolltest ihn unbedingt kennen lernen, aber jetzt bist du in allem anderer Meinung als er.«

»Bin ich das?«

»Weißt du, bevor du mich heiratest, musst du akzeptieren, dass ich in beinahe jeder Hinsicht die Tochter meines Vaters bin.«

»Und das heißt?«

»Das heißt, dass ich fast alles so sehe wie er. Niemand versteht ihn so gut wie ich.«

»Das glaube ich nicht.«

»Du glaubst nicht, dass ich ihn verstehe?«

»Ich glaube nicht, dass du ihm gleichst. Überhaupt nicht. Ich denke, das ist eine Illusion, die er mit aller Kraft aufrechtzuerhalten versucht, weil sie ihm gelegen kommt.«

»Wieso?«

»Wir haben uns schon darüber unterhalten. Darüber, wie sehr du ihn reflektierst. Darüber wie problematisch es ist, überhaupt etwas zu reflektieren. Du bist eine schöne Frau und bist selber intelligent und begabt genug. Ich wäre doch nicht drauf und dran, dich zu heiraten, wenn es sich anders verhielte.«

Marina seufzte, rührte sich ein bisschen unter der Decke. »Du weißt, wie man einer Frau das Gefühl vermittelt, etwas Besonderes zu sein!«

»Ganz im Ernst, mein Liebling. Du musst dich von deinem Vater trennen. Distanz zwischen euch schaffen.«

»Nach Australien auswandern?«

»Nicht jetzt, aber eines Tages vielleicht. Du musst Stellung beziehen.«

»Aus Prinzip?«

Seeley zuckte die Schultern. »Weil ich es sage. Und weil ich immer Recht habe.«

»Ach so. Wie konnte ich das nur vergessen.«

»Weiß ich auch nicht.«

»Mir ist kalt.«

»Dann komm her. Ich bin bereit, dich zu umschlingen.«

»Mich was?«

»Entspann dich, Mädchen, entspann dich.«

»Murray Thwaite: Ein enttäuschtes Porträt«.

Im Interesse absoluter Offenheit möchte ich vorausschicken, dass Murray Thwaite mein Onkel ist. Der ältere Bruder meiner Mutter. Und zurzeit ist er auch mein Arbeitgeber. Ich fungiere als sein Famulus (wie er es nennt) oder Sekretär (wie ich es nenne) und arbeite in seinem Büro, das sich in seiner New Yorker Wohnung in der Upper West Side befindet. Es ist eine sehr schöne Wohnung. Weiter möchte ich sagen, dass ich von ihm und seiner Frau, meinem Onkel und meiner Tante, nur freundlich und großzügig behandelt worden bin. Ich durfte bei ihnen wohnen und wurde durchgefüttert (jetzt allerdings lebe ich allein) und bekam, wie erwähnt, sogar einen Job. Und so lautet die Frage: Warum bin ich von Murray Thwaite so enttäuscht?

Obwohl zwischen unseren Familien damals, während meiner Kindheit in Watertown, New York, nicht viel Kontakt bestand, war ich schon immer stolz auf das, was mein Onkel erreicht hatte. Seine Intelligenz und Gelehrsamkeit haben mich schon als kleinen Jungen beeindruckt, und später, als ich sie in der Lage war, sie zu verstehen, war ich ein treuer Leser seiner Bücher und Artikel. Man kann getrost sagen, dass er mein Held war.

Bootie fand diese Einleitung okay, obwohl er mit dem Wort »Held«, das eher an waghalsige Heldentaten denken ließ, nicht ganz glücklich war. Eigentlich hatte er an »Idol« gedacht, ein Wort, das den Irrtum bereits implizierte und sowieso etwas pejorativ klang, aber er wollte ausdrücken, wie kindlich-aufrichtig seine Bewunderung gewesen war. Und dafür taugte »Held« nun einmal besser, weil man gleich an Feuerwehrmänner oder die alten Griechen dachte. Er saß weder in Murrays Arbeitszimmer noch am Esstisch, sondern hatte es sich in seinem ehemaligen Schlafzimmer gemütlich gemacht, in tiefer Stille, auf dem breiten Bett. Im Gefrierschrank hatte er noch einen Rest Lammragout entdeckt, das er sich zum Abendessen in der Mikrowelle heißgemacht hatte; und in einer Plastikbox fand er ein paar Scheiben Melone, die zwar schon leicht auf der Zunge bizzelten, aber durchaus noch genießbar waren. Die Reste lagen jetzt vertrocknet auf einem Teller auf der Frisierkommode und verströmten einen leichten Hautgout. Auf dem weißen Federbett waren ein paar Spritzer Lammragout gelandet: Er hatte versucht, sie wegzuwischen, aber jetzt sahen sie leider aus wie Spuren von Exkrementen.

Murray Thwaites Ruhm gründet sich darauf, dass er stets sehr geradlinig ist, die Dinge beim Namen nennt. Von der Bürgerrechtsbewegung und dem Vietnamkrieg bis zur Iran-Contra-Affäre und Operation Desert Storm, von der Bildungspolitik über die Arbeiterrechte bis hin zum Abtreibungsrecht und zur Todesstrafe – Murray Thwaite hat wichtige Gedanken dazu geäußert. Wir haben ihm geglaubt, und wir haben an ihn geglaubt.

Vor dem nächsten Abschnitt zögerte Bootie: Er wollte ausdrücklich auf jene Beiträge Murrays hinweisen, die ihn, Bootie, am stärksten beeinflusst hatten. Es war schwierig, dies nicht nach einer Beweihräucherung oder einem Fanzine klingen zu lassen; aber vielleicht war es ja ganz okay, wenn er den Eindruck erweckte, ein glühender Anhänger zu sein. Vielleicht würde das rhetorisch überzeugend wirken und die Wirkung der zweiten Artikelhälfte erhöhen.

Natürlich haftete dem ganzen Unterfangen, so leidenschaftlich er bei der Sache war, etwas merkwürdig Künstliches an. Bootie hatte noch nie zuvor einen Artikel geschrieben, geschweige denn einen, der wirklich veröffentlicht wurde. Er war nicht sicher, was alles drinstehen musste, nicht sicher, was die Balance von Fakten und eigener Meinung betraf. Er fand, er sei in der Lage, seine Meinung ziemlich prägnant zu formulieren, in ein paar hundert Worten, und darum sei, auf eine elementare Weise, keinerlei Begründung erforderlich: Die Autorität seines Urteils musste genügen. Zum Beispiel würde jeder wissen, was er meinte, wenn er Murray als

»geradlinig« bezeichnete oder als »das liberale Gewissen der Nation«. Vielleicht mussten die Leser mit Murrays weniger bekannten Eigenarten erst vertraut gemacht werden – mit seiner vergleichsweise konservativen Haltung zur Finanzpolitik, die er noch von früher beibehalten hatte; oder mit dem Umstand, dass er der schwarzen Community, zumindest auf dem Papier, besonders nahe stand und dort große Popularität genoss, ein Relikt aus seinem Engagement für die Bürgerrechte; im Grunde aber glaubte Bootie, einiges voraussetzen zu können. Oder doch nicht? Vielleicht hatten Leser des *Monitor* nur eine sehr vage Vorstellung von Murray Thwaite. Was heißen würde, dass Bootie ganz von vorn anfangen musste, in Watertown, und alle Hintergrundinformationen liefern musste: mehr Fakten, weniger Meinung.

Ja, so würde er es aufbauen. Eine Art Mini-Biographie. Er merkte, dass er gar nicht so viel über seinen Onkel wusste, in *dieser* Hinsicht. Weder, wo er gelebt, noch was er wann getan hatte. Er wusste über andere Dinge Bescheid: den Familienmythos, die Aura, die Atmosphäre bei den Thwaites. Was den Rest betraf, konnte er seine Mutter fragen – was er nicht zu tun gedachte – oder sich auf fremde Recherchen verlassen. Aus dem Zimmer mit dem Lammgeruch ging er in Murrays Arbeitszimmer hinüber, das nach kaltem Rauch stank, setzte sich an den Computer und googelte seinen Onkel. (Nachdem ihn der Mann inzwischen so enttäuscht hatte, war Bootie überzeugt, dass Murray sich, in seinem Drehsessel sitzend, schon mehr als einmal selbst gegoogelt hatte.) Einer der Links, oben auf der Seite, war ein Porträt aus der Studentenzeitung der Columbia University, verfasst von einer gewissen Roanne Levine. Angesichts ihres schwärmerischen Tons fragte sich Bootie, ob auch sie von seinem Onkel verführt worden war. Der Artikel klang geradezu atemlos. Bootie selbst wollte sich um einen anderen, kühleren Ton bemühen.

Er arbeitete die ganze Nacht an seinem Artikel, bis in die Morgenstunden. Ein paar Mal stöberte er in der Küche nach etwas Essbarem und fand unter anderem einen Marsriegel, der so lange hinter dem Telefonbuch versteckt gelegen hatte, dass die Schokolade weiß geworden war. Während er ihn aß, fragte er sich, wessen Riegel es wohl sein mochte: Wer von den Thwaites versteckte Süßigkeiten? Vielleicht hatte der Riegel mal Aurora gehört. Außerdem verzehrte Bootie noch zwei Fruchtjoghurts, eine Schüssel Müsli und die Hälfte einer großen Packung Kartoffelchips, die teure Sorte in einer stabilen Papiertüte, ein raffiniertes Aroma, das in Richtung Sauerrahm und Zwiebeln ging. Um circa 6.30 Uhr, bevor er sich endlich schlafen legte, trottete er noch einmal in die Küche und futterte die Tüte leer. Nicht, weil er hungrig war – zu diesem Zeitpunkt war er eigentlich nur noch müde –, sondern weil ihm das wie ein heimlicher Angriff vorkam, eine gegen Murray gerichtete Geste, die nicht einmal bemerkt werden würde. Trotzdem befriedigte sie ihn.

Nachdem er sorgfältig alle Möglichkeiten durchgegangen war, beschloss Bootie, Danielle in dem Artikel nicht zu erwähnen. Dies war sein Zugeständnis an Annabel, die er ganz gernhatte; und an Marina. Den Schock, gleichzeitig von der Niedertracht ihres Vaters und der ihrer besten Freundin zu erfahren, hatte sie nicht verdient. Er konnte es zwar nicht ganz außen vor lassen, hatte aber bei vagen Andeutungen die Grenze gezogen. Er war recht zufrieden mit seinen Formulierungen, tauchte in eine Passage ein über Murrays angebliche Transparenz, die in Wirklichkeit (Bootie zufolge) eine gewaltige vorsätzliche Verschleierung, um nicht zu sagen Verlogenheit war. Er hatte einen ganzen Satz in Klammern gesetzt, zwischen zwei andere Sätze: »(Ähnlich kompliziert und undurchsichtig verhält sich Murray Thwaite bezüglich seines Privatlebens, eine Reihe emotionaler Verwicklungen, mit machiavellistischer Effizienz verfolgt, um ein Maximum an persönlichem Nutzen zu erzielen.)« Bootie gefiel das Wort »machiavellistisch«, das er vor seinem geistigen Auge mit dem Bild sich schadenfroh reibender Hände verband. Er glaubte, höchstens die scharfsinnigsten Leser würden begreifen, was er tatsächlich meinte.

Kaum war Bootie eingeschlafen, wurde er auch schon geweckt, weil jemand in der Wohnung herumlief, Türen aufriss und wieder zuschlug, Wasser laufen ließ. Ungehemmt Lärm machte. Im ersten Moment wusste Bootie nicht, wo er sich befand. Dann wusste er nicht, wie spät es war – acht Uhr morgens –, und schließlich gelang es ihm nicht, die Geräusche einzuordnen. Ihm kam der Gedanke, dass vielleicht einer der Portiers – zum Beispiel Milos, der stämmige Serbe – die Wohnung der Thwaites benutzte, wenn sie abwesend waren. Aber irgendwie schien der Lärm auf Wut hinzudeuten. Zumindest auf Ärger. Jemand wollte irgendetwas demonstrieren.

Bootie setzte seine Brille auf und fuhr sich durch die Locken. Er raffte sich auf, um nachzusehen. Unterwegs bemerkte er, dass er sich möglicherweise nicht wie der ideale Gast verhalten hatte. Im Flur lagen seine Schuhe und Socken verstreut. Auf dem Wohnzimmerboden türmten sich Sofakissen – er hatte zwischendurch versucht, dort eine bequeme Position zum Arbeiten zu finden. Auf dem gläsernen Couchtisch klebten ein leerer Joghurtbecher und ein verschmierter Löffel fest. Bootie wagte sich in die Küche hinüber: Jemand hatte den schmutzigen Teller aus seinem Zimmer geholt und neben den Ausguss gestellt. Während er schlief. Jemand hatte die verschütteten Kartoffelchips vom Boden aufgekehrt und das Häufchen wie einen Vorwurf neben dem Herd platziert. Unheilvoll stand der Milchkarton auf der Arbeitsfläche, neben der Kaffeemaschine, durch die gerader frischer Kaffee sickerte. Verquollen, übernächtigt, außerdem einen leichten Brechreiz verspürend, begriff Bootie, dass ein – weibliches – Familienmitglied nach Hause gekommen war. Unerwartet.

Er schenkte sich Kaffee ein, schniefte, wartete. Sie würde sicher bald erscheinen. Er überlegte, dass er überall, wo er sein Haupt bettete, ziemlich unerwünscht war. Wenn er Glück hatte würde man ihn diesmal wenigstens nicht beleidigen. Sie würde ihn nicht fett nennen. Allerdings konnte man ihm zu Recht Schlampigkeit vorwerfen. Er trat auf ein Cornflake und pulverisierte es mit seiner nackten Ferse. Die Verpackung des Marsriegels lag, flatternd im Luftstrom der Klimaanlage, verloren auf der Arbeitsplatte. Armer Bootie, dachte er. Niemand will mich haben. Armer Bootie. Dann dachte er an seine Mutter, die ihn gerne bei sich gehabt hätte. Er sah sie als krallendes geflügeltes Monster, dessen glänzende, kummervolle Augen voller Tränen standen, dessen billige Dauerwelle zum Gruseln aussah, dessen aufquellender Leib bald ganz Watertown ausfüllte, dessen grässliches Maul mit den kaputten Zähnen ihn zu verschlingen drohte, um ihn heimzuholen. Er räusperte sich. Lieber fühlte er sich einsam und unerwünscht, als ein Durchschnittsmensch zu sein. Damit hatte er ja gerechnet. Aber so hatte er sich die Einsamkeit nicht vorgestellt. Er hatte nicht gewusst, dass es so etwas gab und dass es ihn so traurig und zornig machen würde.

»Bootie. Du bist auf.«

»Annabel.« Frisch geduscht, in Business-Kleidung, schlank und beige betrat sie, in Papieren blätternd, die Küche.

»Ich war überrascht«, sagte sie, ohne aufzublicken. »Ich dachte, du hättest eine Wohnung gefunden.«

»Tut mir leid. Es ist nur – ich hab an etwas gearbeitet, und es ist so ein langer Rückweg, und es ist so *heiß*.«

»Heute ist es besser. Ich bin heute Morgen von Stockbridge hergefahren, und da oben war es ziemlich frisch.«

Bootie nickte, sie sah ihn aber immer noch nicht an. Jetzt runzelte sie, ziemlich heftig, die Stirn über etwas, das in ihren Papieren stand.

»Ich muss gleich ins Gericht«, sagte sie. Und warf ihm endlich einen Blick zu. »Bist du zum Abendessen da?«

»Nicht, dass – ich glaube nicht. Ich meine, definitiv nicht.«

»Okay, gut, dann sehen wir dich ja bald. Aber könntest du bitte aufräumen, bevor du gehst?«

Bootie begann vor sich hin zu murmeln – er wollte ihr erklären, dass er, wenn er geahnt hätte, dass sie zurückkommen würde, dieses Chaos nicht veranstaltet hätte.

»Aurora hat nämlich auch frei.«

An der Eingangstür packte sie offenbar das Mitleid, und sie rief ihm zu: »Bist du ganz sicher, dass du morgen nicht nach Stockbridge kommen möchtest? Ich fahre zurück, wahrscheinlich mit Marinas Freundin, Danielle.«

Er stellte sich zu ihr, während sie auf den Aufzug wartete. »Danke, aber ich kann nicht. Zu beschäftigt mit diesem Artikel.«

»Artikel?«

»Für Marina. Sie hat mich drum gebeten. Für ihre Zeitschrift.«

Annabel lächelte zerstreut. »Sie heiraten. Ist das nicht aufregend?«

»Wer?«

»Marina und Ludo.« Der Aufzug öffnete sich, und Mike erhob sich von seinem Hocker, um die Türen auf zu halten, bis das Gespräch beendet war. »Morgen wird gefeiert.«

»Sie heiraten?«

»Nicht morgen. Im September. Bald genug.«

Bootie wusste nicht, was er sagen sollte.

»Wäre toll, wenn du den Bettbezug in die Maschine stecken könntest«, fügte Annabel hinzu, als Milos Anstalten machte, die Tür zu schließen. »Einfach etwas Waschmittel draufsprühen, auf die Flecken.«

»Das ist Lammragout«, sagte er. Er fand es wichtig, dass sie das wusste. Aber sie war schon weg.

Bootie, den Annabels Forschheit tief verletzte, versuchte so gründlich wie möglich klar Schiff zu machen. Er wusste – seine Mutter hatte sich immer darüber beschwert –, dass ihm Reinlichkeit nicht lag. »Man muss lernen, den Schmutz zu erkennen«, sagte seine Mutter immer, als sei Schmutz Sprache oder Musik.

Diese Neuigkeit über Marina: sie ließ ihn nicht los. Er hätte gern geglaubt, dass es sich um ein Missverständnis handle, wusste es aber besser. Er hatte Marina beobachtet – wann beobachtete er Marina einmal nicht? Die Freude und der Kummer, die ihre Bewegungen ihm bereiteten, waren fast körperlich – und hatte gesehen, wie ihre Hände sich an ihrem Hals in Vögel verwandelten, wie ihre Augen sich weiteten und zu leuchten begannen, wie ihr breiter Mund sich nach oben zu biegen schien – all dies, wenn sie mit Seeley sprach, mit Ludovic, diesem hochgewachsenen verlogenen Geliebten, dessen vornehm lässige Haltung dem ersten Buchstaben seines Namens nicht unähnlich war, als rinne er ständig zu Boden und laufe davon. Damals, an jenem ersten Abend, als er nach Murrays Galadinner noch zu der Gruppe ins Wohnzimmer gegangen war, hatte er auf Marinas Gesicht jene seltsame Begierde, jene strahlende Zugewandtheit bemerkt – die sie, wenn auch erfolglos, zu verbergen versuchte, so wie er, Bootie, sie immer zu verbergen trachtete, wenn er mit Marina sprach. Damals hatte er gedacht, Danielle sei eifersüchtig, die beiden Frauen konkurrierten um Seeleys Aufmerksamkeit; aber er hatte sich wohl getäuscht. Er hätte Murray im Auge behalten sollen. Er war so naiv gewesen vor all diesen Wochen, und hätte gar nicht für möglich gehalten, dass Murray so ein geiler Bock war. Damals hatte er noch an ihn geglaubt.

Bootie trödelte noch eine Weile im Wohnzimmer herum, nachdem er die Sofakissen, den Joghurtbecher und den Löffel weggeräumt hatte: dachte an den Lampenschein zurück an jenem Abend, an das verführerisch schimmernde Haar der Frauen, die pfirsichgoldenen Lichtkegel, die wie Wärme auf den weißen Sofas lagen. Er war aus seinem Zimmer gekommen, als er die Stimmen, das Gelächter hörte, und war den halbdunklen Flur entlanggehuscht, hatte horchend in der Küche gestanden – bis ihn Marina dort überrascht und gefragt hatte, ob er nicht dazukommen wollte. Das war wie Weihnachten gewesen. Er wusste zwar, dass sie nur aus Höflichkeit gefragt hatte, aber ihre Freundlichkeit hatte ihn, wie die Annabels, gerührt und ein Gefühl in ihm ausgelöst, als habe etwas in seiner Brust, ein kleines Zahnrad, sich bewegt. Er war so dankbar gewesen. Und dann hatte er beobachtet, alles beobachtet, von einem harten Stuhl außerhalb des beleuchteten Kreises aus, hatte unbemerkt über allem geschwebt, privilegiert wie ein Geist. Er hatte auch mit halbem Ohr zugehört, war aber so schrecklich aufgeregt gewesen, und die Stimme in seinem Kopf so laut, so laut – Das ist es. Endlich!

Hier die berauschenden Salons der Weisheit, die Freiheit des intellektuellen Diskurses; der Kick des Geisteslebens, jenes Lebens, von dem er so lange geträumt hatte, das er so stark herbeigesehnt hatte, wenn er in der senfgelben Badewanne im Haus seiner Mutter in Watertown gelegen hatte, immer voll Angst, dass das Leben nie zu ihm kommen werde, oder er nie zum Leben, und hier war ES, in seinem gedämpften und doch herrlichen Glanz, eine Gruppe von Menschen aller Altersklassen, redend, lachend, rauchend, lauschend, wie in Madame de Staëls Salon oder am Hof Katharinas der Großen, oder in Rahvs Haus nach einer *Partisan Review*-Sitzung. Die Denker aller Zeiten hatten das immer so gemacht, Das Leben, dies hier, sein Sinn –, dass er kaum mitbekommen hatte, worüber eigentlich gesprochen wurde. Niemand wandte sich an ihn, nachdem Marina ihn vorgestellt hatte, doch Danielle hatte ein paar Mal aufmunternd in seine Richtung geschaut, auf diese Art, die er gleichzeitig beruhigend und ärgerlich fand. Selbst das Getuschel zwischen Danielle und Ludovic hatte ihm den Abend nicht verdorben. Alle hatten witzig und geistreich geplaudert, und es war ihm vorgekommen, als sei er etwas schwerhörig oder als lausche er einer Sprache, die er nur unzureichend beherrschte, als entgingen ihm Sätze, Anspielungen, als setze er aus unvollständigen Informationen ein leuchtend buntes impressionistisches Gemälde zusammen. Er konnte damals nicht ahnen, wie unvollständig; wie viel hatte er seit jener sternklaren Nacht über Murray erfahren; und jetzt, gar nicht so viel später, wollten Marina und Ludovic Seeley heiraten.

KAPITEL NEUNUNDDREISSIG
Der Vierte Juli (1)

Julius konnte es kaum glauben, dass er nicht hingegangen war. Oder vielmehr, dass er zu Bett gegangen war, um sich eine Stunde auszuruhen, und vier Stunden später durch einen

Handyanruf von David geweckt wurde, der an der Metro North Station draußen in Westchester wartete und – nicht nur gereizt, was bei ihm ja so sexy wirkte, sondern tobend vor Wut – wissen wollte, wo zum Teufel Julius steckte. Julius schaffte es, glaubwürdig zu krächzen, zu husten, über seine rasenden Kopfschmerzen zu klagen, seine schwankende Körpertemperatur, seine laufende Nase.

»Eine Art Sommergrippe, weißt du? Echt komisch. Ich war fast die ganze Nacht wach. Ich hab den Wecker gestellt, um dich anzurufen, und muss das Klingeln verschlafen haben.«

»Dann hast du also gar nicht an deinem Artikel gearbeitet?« Davids Verachtung war unüberhörbar.

»Komm heim, Baby, und pfleg mich. Ich fühle mich hundeelend.«

»Das ist unglaublich! Meine Mutter –«

»Alle Mutter-Sohn-Beziehungen sind doch krank. Sie wird begeistert sein, dass sie dich ganz für sich allein hat.«

»Du hast ja keine Ahnung, wie viel Mühe sie sich gemacht hat!«

»Hör mal, wenn du mich Bazillenschleuder wirklich bei dir haben willst, dann kann ich mich ja aus meinem Siechenkoben wälzen und mich kotzend zu dir schleppen.«

»Na toll.«

»Selbst in krankem Zustand bin ich dein Liebessklave.«

»Gut zu wissen. Aber du lässt mich wirklich total hängen.«

»Ich mach's wieder gut. Das weißt du.«

»Du könntest morgen kommen.«

»Genau. Ich könnte morgen kommen.«

Doch am nächsten Tag behauptete Julius, es gehe ihm keinen Deut besser. Er hätte nicht einmal genau sagen können, warum. Er blieb zu Hause, machte sich ein Omelett und gönnte sich ein langes, entspannendes Bad. Tags darauf spielte er zwar mit dem Gedanken, sich weiterhin zu weigern, aber dann wurde ihm klar, dass seine momentane Sehnsucht nach Ruhe und Einsamkeit leicht zum Ende seiner Beziehung führen konnte, und so gab er nach.

Der Vierte Juli bei den Cohens war weniger problematisch als befürchtet. Es gab einen Swimmingpool, was die Sache erleichterte, und eine Auswahl von sieben Cousins im Alter von neun bis dreiundsiebzig Jahren, größtenteils ebenso attraktiv wie David. Auch ein paar Nachbarn waren da, die Tabletts mit Räucherschinken und Schüsseln mit Kartoffelsalat mitgebracht hatten. Zusätzlich zum obligatorischen Bier boten die Cohens noch Prosecco an, und in der kurzen Stunde, bevor es zu regnen begann und alle ins Haus drängten, raffte sich Julius dem immer noch mürrischen David gegenüber zu dem Scherz auf, wenn er inmitten von Schampuskorken am Schwimmbeckenrand lümmele, sei er eine verkorkste Schwuchtel. Dies war der Moment, in dem David den Spitznamen Gräfin Koks prägte oder Lady Koks, den er später zu Julius Ärger eifrig einsetzte, fast wie eine Waffe.

Nach dem Gewitter versammelten sich alle, klamm, aber unverdrossen, um sich das öffentliche Feuerwerk anzuschauen, er und David Hand in Hand auf dem Rasen am Teich von Scarsdales, eine Intimität, die von den Cohen-Eltern großzügig übersehen wurde (Frank Clarke liebte zwar seinen Jungen, aber Julius kannte keinen sich selbst achtenden Football-Coach aus dem Mittleren Westen, der noch einen letzten Rest Selbstrespekt im Leibe hatte und der es akzeptiert hätte, dass zwei Jungs öffentlich Händchen hielten), und sie schliefen – in zwei Einzelbetten – in Davids ehemaligem Kinderzimmer. Julius zeigte sich von seiner besten Seite, charmierte Mrs. Cohens Tante und trug den jüngsten Cousin huckepack, einen stämmigen Jungen namens Owen, der vorstehende Zähne hatte.

Im Zug auf der Rückfahrt am Donnerstagmorgen sagte Julius zu David, dass er den Besuch sehr genossen habe. »Deine Eltern hätten nicht gastfreundlicher sein können. Danke.«

David sah vom Business-Teil der *Times* auf. »Sie hätten durchaus noch gastfreundlicher sein können. Sie hätten dir ihre Gastfreundschaft gerne noch länger erwiesen. Zwei Tage länger, wie du weißt. Aber du bist nicht erschienen.«

»Das ist nicht fair. Ich war krank! Ich habe nicht simuliert.«

»Na gut, dann warst du eben krank. Aber dir scheint nicht klar zu sein, was für eine Zumutung das für meine Mutter war.«

»Oder für dich, wie's scheint.«

Davids Haar war zerzaust, seine Haut büroblass, seine Augen waren hinter den Brillengläsern weit geöffnet. »Oder für mich. Wohl wahr.«

»Wenn ich geahnt hätte, dass es in meiner Macht liegt, dich wütend zu machen, hätte ich's schon früher getan. Es ist sehr attraktiv.«

Bei diesen Worten sah David sich über die Schulter um.

»Hast du Angst, dein Daddy könnte hier im Wagen sitzen? Oder Daddys Golffreunde aus Westchester? Keine Bange, Liebster, die wissen doch längst, dass du eine alte Schwuchtel bist.«

»Bitte«, sagte David und sah wieder in die Zeitung. »Nicht hier. Nicht jetzt.«

»Du überraschst mich«, beharrte Julius. »Hast du Angst, du könntest vor ein paar Anzug-Typen geoutet werden? Oder kennst du sie vielleicht? Was ist los, David? Mir kannst du's doch sagen.«

»Wenn du nicht sofort den Mund hältst, setze ich mich woandershin und tue so, als ob ich dich nicht kenne. Im Ernst.«

Julius merkte, dass es wirklich kein Scherz war. »Hm, das kann ich auch, mein Schatz«, sagte er und hielt sich das Feuilleton vors Gesicht. Ihm stach sofort ein Artikel ins Auge, in dem der erste Roman einer seiner früheren Rivalinnen in der Redaktion der *Village Voice*, eine hässliche, pummelige Frau namens Sophie – immer noch hässlich und pummelig, dem Foto nach – rezensiert wurde. Positiv. Sie war drei Jahre jünger als er. In diesem Moment hatte er den übermächtigen Wunsch, bei Marina und Danielle zu sein. Bei Menschen, die verstehen würden, in wie vielerlei Hinsicht er sich scheußlich fühlte. Aber gerade jetzt schien es, als würde er sie nie mehr zurückgewinnen: Er hatte seine Wahl getroffen, hatte sich für David entschieden, und das war's. Keine Karriere. Kein Roman, so viel stand fest. Keine Freunde. Nur David, der ihn nicht verstand.

KAPITEL VIERZIG
Der Vierte Juli (2)

Danielle war vor der Autofahrt mit Annabel bange gewesen. Was sollten sie miteinander reden, jetzt, wo ihr Verhältnis, oder Nichtverhältnis, sich so verändert hatte? Danielle fühlte sich von den Thwaites überwältigt und natürlich auch von Schuldgefühlen. Annabel war immer nett zu ihr gewesen. Danielle überlegte, ob sie lieber mit dem Zug fahren sollte; aber erstens hätte das seltsam gewirkt, und zweitens hatte das Schicksal sie nicht grundlos mit Annabel zusammengeworfen. So jedenfalls würde ihre Mutter das sehen.

Doch ihre Sorgen erwiesen sich als völlig überflüssig. Es stellte sich nämlich heraus, dass – zumindest während der Fahrt – Danielles Verdrängungsmechanismen aus Uni-Zeiten immer noch einwandfrei funktionierten: Wenn Annabel keinen Verdacht hegte, und wenn sich, für Annabel, an der Beziehung zu Murray nichts geändert hatte, dann war dem doch sicherlich auch so? Es ging, wie so oft, um Wirklichkeit und Wahrnehmung und um die Frage, was davon die Realität ausmachte. Danielle fand es so angenehm wie einfach, Annabels (von der Situation *vor* dem Sündenfall bestimmte) Sicht der Dinge zu übernehmen, und entdeckte, zu ihrer überraschten Genugtuung, dass ihr das problemlos gelang, sogar ohne im Mindesten das Gefühl zu haben, dass sie eine Täuschung begehe. Die gemeinsame Fahrt war ebenso anregend wie ihre bisherigen Gespräche.

Danielle erinnerte sich an ihr Gespräch an jenem Frühlingsabend, als es Essen vom Chinesen gab, an jenem Abend, als ›alles‹ begonnen hatte, ein Gespräch über Annabels Klienten, den Jungen aus problematischen Verhältnissen, und erkannte diesen Fall in dem Szenario wieder, das Annabel jetzt schilderte. Der gestrige Morgen, vor dem Richter, war nicht besonders gut verlaufen, und der Junge befand sich jetzt in der Obhut des Gerichts. Dies hätte sie, meinte Annabel, nur durch ihr Angebot umgehen können, den Jungen die Woche über mit nach Hause zu nehmen. »Der Richter hätte vielleicht eingewilligt«, sagte sie. »Aber ich habe nicht gefragt. Ich habe das Gefühl, moralisch versagt zu haben, aber – «

»Es ist der Vierte Juli. Und Marinas Verlobung.«

»Oh, es gibt so viele Gründe. Aber entscheidend war, dass ich ständig Murrays Miene vor Augen hatte. Ich glaube nicht, dass sein Sinn für Humor so weit gehen würde: der Unabhängigkeitstag in Stockbridge mit DeVaughn.«

Danielle hätte fast etwas gesagt – etwas Harmloses wie »Ich wette, das würde ihm nicht gefallen« –, aber sie hatte Angst, dass das merkwürdig klingen könnte, oder ihr Tonfall gereizt, und so starrte sie stattdessen durch die Windschutzscheibe auf den Asphalt, mit einem vagen, aber zustimmenden Lächeln auf den Lippen. Sie spürte, dass es Annabel zutiefst beschämte, eine Herausforderung nicht bestanden zu haben. »Ludovic bezeichnete es neulich Abend als falsch, dass ich jemandem wie DeVaughn meine Werte, meine Überzeugungen, meine Kultur überstülpe. Ich habe ihm widersprochen, aber vielleicht hat er doch recht. Ich glaube zwar, dass es besser gewesen wäre, DeVaughn mit nach Stockbridge zu nehmen, als ihn den Feiertag über im Gefängnis zu lassen – denn darauf läuft es hinaus –, aber für *wen* wäre es besser gewesen? Ganz sicher nicht für uns – wahrscheinlich könnte man sagen, dass ich das Wohl meiner Tochter über das von DeVaughn stelle – und vielleicht nicht einmal für ihn. Was meinst du?«

»Ich denke, Ludovic bringt uns alle dazu, uns zu hinterfragen und unsere Entscheidungen im Nachhinein anzuzweifeln. Aber wenn's funktioniert, hey, warum sollte man sich beschweren?« Annabel erwiderte nichts. »Ich meine, wenn Sie mit Hilfe seiner beweglichen Logik verstehen, warum Sie

DeVaughn im Gefängnis gelassen haben, und sich okay dabei fühlen, dann ist das doch toll!«

Annabel sagte immer noch nichts, vielleicht wegen des hohen Verkehrsaufkommens, aber es war schwer einzuschätzen. Danielle, die das quälte, erläuterte ihre Worte näher. Sie hätte liebend gern gewusst, ob Annabel Seeley mochte oder nicht. Sie war in solchen Dingen immer vorsichtig. »Ich meine ja nicht, dass Sie es *gutheißen* – oder wenn doch, meine ich jedenfalls nicht, dass Sie es ohne guten Grund gutheißen sollen. Ich halte es einfach nur für eine Taktik von ihm.«

»Was?«

»Seeley – angeblich geht es ihm darum, dass Sie sich gut fühlen. Dass man sich gut fühlt, meine ich. Aber eigentlich drängt er einem nur seine Sicht der Welt auf, während er einem gleichzeitig die Illusion vermittelt, man sehe die Dinge selber so. Er wäre gern Napoleon.«

»Meine Güte. Ist er da nicht ein bisschen spät dran?«

»Nur im übertragenen Sinn natürlich. Von der Wirkung her. Er will, dass die Menschen ihm folgen. Er will ihr ganzes Leben von Grund auf umgestalten und beherrschen.«

»Sprechen wir über denselben Ludovic Seeley, der gerne in der Küche hilft und meine Tochter heiraten wird?«

»Ich weiß, es klingt unglaublich. Aber er hält mit seinen Ambitionen nicht hinterm Berg. Fragen Sie ihn.«

Annabel lachte. »Ich denke, er will der erfolgreichste Verleger New Yorks werden. Er will Tina Brown auf dem Höhepunkt ihres Erfolgs übertreffen. Das ist mein Eindruck.«

Wieder lächelte Danielle vage auf die Straße hinaus. Den Highway säumten jede Menge Bäume, massig, weil sie so dicht belaubt waren. Es herrschte ein schummriges Licht. Sie wunderte sich etwas über ihre Offenheit Annabel gegenüber. Irgendwie, wegen Murray vielleicht, kam es ihr vor, als hätten sich die Generationen verschoben: als sei sie nicht Marinas Freundin, sondern ihre Tante, oder beides gleichzeitig. Danielle fühlte sich wie ein Palimpsest, als steckten viele Menschen in ihrer Person.

»Was aber nicht heißt, dass es ihm an Substanz fehlt«, fuhr Annabel fort. »Politisch gehört er offensichtlich nicht dem gleichen Lager wie Murray an, nicht mal meinem. Aber er ist integer.«

»Wow. Ich bin mir nicht sicher, ob ich im Zusammenhang mit ihm gerade dieses Wort benutzt hätte.«

Die hoch aufragenden Bäume rasten vorbei, Baum um Baum, in endlosem Grün. »Wenn du so massive Bedenken gegen ihn hast, solltest du vielleicht mal mit Marina sprechen. Schließlich ist sie wild entschlossen, ihn zu heiraten.«

»Ich weiß. Aber das ist nicht so einfach.«

»Wenn ich das Gefühl hätte, dass meine beste Freundin einen fatalen Fehler begeht –«

»Ja, aber dann würden Sie sich genau dessen schuldig machen, was Seeley Ihnen vorwirft. Sie würden besagter Freundin Ihren Standpunkt aufdrängen, ohne zu überlegen, ob das für sie das Beste wäre.«

»Dann ist Seeley deiner Ansicht nach vielleicht ein schlechter Mensch, aber gut für Marina?«

»Das habe ich nicht gesagt. Ich sage nur, dass er so etwas für möglich halten würde.« Danielle machte eine Pause. »Und ich glaube, ich möchte ihr im Moment nichts von meinem Gefühl sagen. Es ist ja nur mein Gefühl.«

»Gefühle.« Annabel schnaubte. »Das ist das Einzige, wonach wir gehen können. Und ich fühle mich schrecklich, wenn ich an DeVaughn denke.«

»Er hätte sich hier im Wagen todunglücklich gefühlt. Und in Ihrem Haus. Todunglücklich.«

»Aber das *wissen* wir nicht.«

»Doch, das wissen wir.«

Annabel und Danielle trafen kurz vor Mittag in Stockbridge ein. Es schüttete jetzt in Strömen, die Bäume zeigten die Unterseiten ihrer Blätter, Vorboten eines Sturms.

»Nicht ganz das, was wir uns vorgestellt hatten«, meinte Annabel, als sie die Einfahrt hinauffuhren. »Also heute kein Barbecue.«

»Auch kein Mittagsschlaf in der Gartenlaube«, sagte Danielle. Das war im Landhaus der Thwaites immer eine ihrer Lieblingsbeschäftigungen gewesen, sich mit einem Buch und einem Glas Limonade hinter die Glasscheiben zurückzuziehen und schließlich auf der Bank einzunicken, die unbequem und doch seltsam gemütlich war. »Vielleicht spielen wir alle Monopoly.«

»Vielleicht«, meinte Annbabel. »So was in der Art.«

Wenigstens war Murray nicht unten, als sie das Haus betraten. Ludovic saß lesend in einem Lehnstuhl an der Glastür zum Garten, Marina lag ausgestreckt auf dem Sofa und aß einen halben Bagel. Sie leckte sich die zerlaufende Butter von den Fingern wie eine Katze.

»Ihr seid da!« Sie sprang auf und warf Danielle, ohne den Bagel wegzulegen, die Arme und den Hals. Danielle fragte sich, ob sie die Butter jetzt in den Haaren hatte. »Ich bin ja so erleichtert. Es gibt nämlich eine Tornadowarnung.«

»Deine Mutter ist gerast wie der Wind.«

»Tut sie doch sonst nie. Ich hab mit Ludo gewettet, dass ihr's nicht vor dem Lunch schafft.«

»Wo ist denn dein Vater?« Annabel war schon auf dem Weg nach oben.

»Ich glaube, er arbeitet. In deinem Zimmer.«

Es war einfacher, beim Wiedersehen der Thwaites nicht dabei zu sein. Danielle wollte von der Zuneigung der beiden – oder der fehlenden Zuneigung – nichts mitbekommen.

»Gibt's irgendwas zum Mittagessen?«, fragte sie, halb im Scherz, wegen des Bagels, und war sich bewusst, dass sie und Ludovic einander noch gar nicht richtig begrüßt hatten. Als wisse er, was sie über ihn dachte. Oder als denke er das Gleiche über sie. Sie berührte seine Schulter. »Hey, Glückwunsch, ihr beiden.«

Er hätte fast die Hacken zusammengeschlagen. Schwierig, in Badelatschen, hätte sie gerne zu jemandem gesagt, konnte es aber nicht.

»September, hm? Nicht mehr viel Zeit.«

»Das werden wir noch öfters zu hören kriegen. Aber wir wollen uns von einem Friedensrichter trauen lassen, und zwar hier, weshalb es eigentlich keine Organisationsprobleme geben dürfte.«

Sie sprachen am Küchentisch über die Hochzeitspläne, als Murray endlich die Treppe herunterkam. Danielle hörte seinen Schritt und glaubte zu spüren, dass sie errötete. Als er die Küche betrat, stand sie auf und drehte sich um, aber ganz langsam, weil sie sich erst wieder in den Griff kriegen wollte, und sah sich zu ihrer Verwunderung, ihrer Bestürzung, dem Murray Thwaite gegenüber, den sie seit Jahren kannte, dem liebenswürdigen, etwas zerstreuten, vornehmen Patriarchen, dessen vager, aber freundlicher Blick wie Wasser über sie hinwegzugleiten schien. Er gab ihr die Hand, küsste sie auf die Wange, und sie suchte in diesen Gesten nach irgendeinem Zeichen – einem etwas festeren Händedruck, einem einzigen geflüsterten Wort oder auch nur einem Verweilen des Blicks –, aber seine Maskerade war so perfekt, so undurchdringlich, dass Danielle sich einen Moment lang nicht sicher war, ob sie sich ihr intimes Verhältnis nur eingebildet hatte. Sie überlegte, ob er sie für eine Nutte hielt – dass es ihm so perfekt gelang, sich zu verstellen, hatte etwas Beleidigendes –, und ob sich diese ganze wahnwitzige Affäre nur in ihrer Fantasie abgespielt hatte. Er schenkte sich Kaffee ein, zündete sich eine Zigarette an, erkundigte sich nach dem Ablauf des Nachmittags (»wenn ich nicht grillen soll, muss ich wissen, welche Aufgabe ich habe«), fragte Ludovic, was er gerade lese, küsste seine Tochter ungezwungen (beneidenswerterweise) auf den Scheitel – als er dies tat, erlaubte er seinen Augen einen winzigen Moment lang, Danielles Blick zu begegnen, was sie, voller Optimismus, so deutete, dass der Kuss eigentlich ihr zugedacht war – und verschwand wieder die Treppe hinauf.

Erst als er die Küche verlassen hatte, atmete Danielle wieder normal; wenigstens einigermaßen. Sein Gin-Tonic-Duft schwebte im Raum. Sie merkte, dass ihr entgangen war, was Marina gerade gesagt hatte, und dass sie ihren Eisteebecher vielleicht schon seit Minuten an die Lippen hielt, als sei er warm und als sei Winter, als wärme sie ihre Wangen im Dampf. Jetzt kamen ihr die vor ihr liegenden vierundzwanzig Stunden wirklich lang vor.

»Welche Farbe soll denn der Brautstrauß haben?«, fragte sie. »Was für Blumen überhaupt?«

»Na ja«, sagte Marina. »Ich schwanke zwischen einem Bund später Wildblumen, also Wilde Möhre und Sonnenhut und Salbei, alles Blumen, die wirklich von hier sind und die Schönheit dieser Gegend zeigen; oder etwas Anspruchsvollerem wie, ich weiß nicht, ein halbes Dutzend Calla-Lilien mit einem Band drumrum.«

Als sie »Lilien« sagte, nickte Seeley gähnend und hob den Finger.

»Oh, ich weiß nicht, ob der Bräutigam beim Brautstrauß mitmischen darf.«

»Ich mische überall mit«, erwiderte Seeley mit seinem trägen Lächeln. »Wie du weißt, ist das so meine Art.«

»Möchtest du auch gleich das Kleid aussuchen?«

»Wenn ich es könnte.« Er grinste, nahm sich eine Kirsche aus der Schüssel, die mitten auf dem Tisch stand, und schob sie sich energisch in den Mund. »Aber Marina besitzt einen erlesenen Geschmack, und wenn sie sich den richtigen Strauß aussucht, wird sie auch definitiv das richtige Kleid dazu finden.« Er spuckte den Kern in seine Faust und ließ ihn auf magische Weise verschwinden. »Mich beschäftigt eher, was alle anderen tragen.«

Danielle hörte kaum zu, und ihr Lächeln war wie gefroren. Sie befand sich in einer höchst sonderbaren Situation: Fühlte es sich so an, wenn man gerade verrückt wurde? Vielleicht hatte sie sich seinen Blick nur eingebildet; und wenn es so war, hatte er ihr überhaupt nichts signalisiert. Sie versuchte sich zwar einzureden, dass sie das auch gar nicht erwartet habe, aber wie sollte sie es nicht erwartet haben? Bis jetzt war sie sich über die Macht ihres Begehrens noch nicht ganz im Klaren gewesen, und in diesem Kontext schien ihr dieses

Begehren nicht nur schändlich, was Ehebruch ja immer war, sondern schlicht peinlich. Als habe sie sich in ihren eigenen Vater verliebt. Murray war hier Marinas Vater, nicht der spöttische, bärenhafte Kavalier, der sie gelegentlich in ihrem Apartment besuchte oder sich auf seine nachlässig-vornehme Weise halb vom Stuhl erhob, wenn sie eine Bar oder ein Restaurant betrat. Danielle errötete – die Erinnerung, wie ihre Wange auf seiner Brust geruht hatte, wie sich sein Ohrläppchen anfühlte, mit den winzigen Härchen drauf, wie gut er roch –, und Seeley lachte.

»Ich wollte keine Zweifel an deinem Stilgefühl äußern«, sagte er. »Zugegeben, du warst schon besser angezogen, Danielle, aber im Großen und Ganzen hast du einen recht guten Geschmack.«

»Wie großmütig.«

»Obwohl du Absätze tragen solltest. Du bist klein.«

»Vielen Dank. Genau das sagt meine Mutter auch immer.«

»Dannys Mutter ist super. Sie heißt Randy.«

»Ich bin ihr begegnet«, sagte Seeley und schob sich noch eine Kirsche in den Mund. »Im Metropolitan Museum. Als ich dich kennen lernte.« Er betrachtete Marina mit affektiertem Begehren.

»Welch schicksalhafter Tag«, sagte Danielle. »Kommt mir vor, als sei es schon ewig her.«

»Ist es aber nicht«, meinte Marina. »Es ist noch gar nicht lange her.«

Den ganzen Nachmittag hatte Danielle das verrückte, prickelnde Gefühl, dass etwas passieren werde. Wie auch nicht? In ihr hatten sich so viele Emotionen angestaut, dass sie gewiss – wie durch Telepathie, wie bei einer Geisterbeschwörung – Möbel, Menschen, Ereignisse bewegen würden. Eine katalytische Emotion. Aber diese Vorahnung hatte nur sie allein: Sie spürte, wenn auch nur schwach, dass es für den Rest des Haushalts (außer für Murray natürlich, der glücklicherweise für sich saß und an einem Artikel arbeitete) wirklich ein Ruhetag war. Immer wieder verflochten sich Marina und Seeley ineinander wie Schlangen. Sie lasen. Spielten Monopoly. Sahen in den Regen hinaus. Plauderten über dies und das. Annabel kam und ging; buk einen Apfelkuchen, zog ihren Anorak und ihre Plastik-Clogs an und holte Kopfsalat aus dem Garten. Sie versammelten sich alle in dem riesigen Raum (wieder ohne Murray; Danielle fürchtete zwar seine Anwesenheit, konnte seine Abwesenheit aber auch nicht ertragen. Wie war es möglich, dass er sich in einem Raum direkt über ihnen befand, nur Sekunden entfernt, und doch absolut unerreichbar?), um ein stürmisches Nachmittagsgewitter zu beobachten. Die Bäume bogen sich in alle Richtungen. Die Scheiben der Gartenlaube flammten auf. Das Haus war so gut isoliert – »Wie ein Schiff«, sagte Annabel. »Wir haben es bauen lassen wie ein Schiff« –, dass einem der Sturm sonderbar still vorkam, ein stummes Gebärdenspiel sich krümmender Zweige und peitschenden Regens, unterbrochen nur vom Donner, der durch die Dielen zu dröhnen schien und in den Füßen vibrierte. Danielle betrachtete das flackernde Firmament und fand es gleichzeitig faszinierend und belanglos. Vor allem explosiv. Wie ihre Gefühle für Murray. Vielleicht hatte sie dies durch Telepathie erreicht; nun, dann verhieß es zwar kein Glück, deutete aber wenigstens auch nicht auf mutwillige Zerstörung hin. Kaum hatte sie dies gedacht, da brach am Ende des Gartens ein großer Ast ab, stürzte herab und verfehlte knapp die Gartenlaube.

Murray erschien erst später, wie der flüchtige Sonnenstrahl, der durch die Nachmittagswolken drang. Die Zigarette in der Hand, stand er auf dem glitschigen Steinboden der Terrasse und blickte auf den Garten. »Ich glaube, ich muss heute doch noch zum Grillen antreten«, sagte er. »Also gehe ich vorher nochmal eine Stunde an den Schreibtisch. Joseph will diesen Text drucken, über die Konsequenzen dessen, dass wir uns vor den Gesprächen in Bonn vom Kyoto-Protokoll distanzieren.«

»Dein Vater ist vom Grillen ja geradezu besessen«, bemerkte Seeley, als Murray weg war.

»Mehr versteht er nicht vom Kochen, und er ist sehr stolz darauf.«

»Ich leg mich vielleicht ein bisschen hin.« Jetzt oder nie, dachte Danielle.

»Du hast noch mindestens eine Stunde.« Marina strahlte sie an, mit einem typischen Marina-Lächeln. »Ich komm dich später wecken. Dann können wir ein bisschen plaudern.«

»Über mich, meinst du«, sagte Seeley.

»Das hättest du wohl gern.« Marina küsste ihn auf die Wange.

Danielle wusste, in welchem Zimmer Murray sich befand. Von ihrem Zimmer aus gesehen lag es am entgegengesetzten Ende des Flurs, um eine Ecke herum. Es gab keinen anderen Grund, dort hinzugehen, nur ihn. Natürlich war die Tür zu. Danielle stand davor, spürte den dicken Teppich unter ihren Füßen, betrachtete durch das schmale, hohe Flurfenster die vorbeitreibenden Wolken. Sie lauschte. Sie überlegte, ob sie klopfen sollte. Aber falls Annabel drin war – hatte sie nicht gerade hinter der Tür Stimmen gehört, leise, obwohl er vielleicht nur mit sich selbst sprach; sie hatte das schon erlebt –, was würde sie sagen? Sie konnte nicht so tun, als habe sie sich verlaufen, nach all den Jahren. Sie hätte eine Frage stellen können, aber es fiel ihr nichts ein. Wenn er wusste, dass sie eine Stunde lang allein in ihrem Zimmer war, würde er doch kommen, nicht wahr, wenigstens für einen Augenblick? Nur ein paar harmlose Worte. Nur eine flüchtige Umarmung. Oder auch nicht. Denn möglicherweise hatte er völlig vergessen, dass sie hier war oder dass ihr Hiersein irgendetwas bedeutete. Männer sind gut in so was, pflegte Randy zu sagen. »Schau dir deinen Vater an«, sagte sie immer. »Teilt alles in Einzelteile auf. Wie bei einer Kuh, die vier Mägen hat. Man könnte meinen, es handle sich um eine höher entwickelte Fähigkeit, aber eigentlich ist dies das Kennzeichen primitiverer Organismen.«

Danielle seufzte (hörbar, wie sie hoffte und doch auch wieder nicht) und zog sich in ihr kleines blaues Zimmer zurück, mit seinen Toile-de-Jouy-Vorhängen und -kissen, dem Einzelbett mit den gedrechselten Pfosten, dem blauen Flickenteppich, ein bisschen ausgefranster als letztes Jahr, was ihr plötzlich als behagliche Hommage an ihren ledigen Stand, ihr vermeintlich zölibatäres Leben erschien. Es gab noch ein anderes leerstehendes Zimmer, im vorderen Teil des Hauses, ein grünes Zimmer mit einem Doppelbett. Dort jedoch hatte man sie nie einquartiert. Dies hatte sie nie als Absicht empfunden, bis jetzt.

Als Marina sie weckte, lief Danielle ein Speichelfaden aus dem Mund, und auf ihrer Wange hatte sich das Stickmuster der Decke eingeprägt. Das Unwetter hatte sich verzogen, die späte Sonne sandte grelle Strahlen über den Rasen. Danielle öffnete das Fenster. Die Luft roch frisch und rein, für kurze Zeit, wie immer nach Hochsommergewittern. Marina ließ sich aufs Bettende plumpsen und spielte mit dem Bettpfosten, während Danielle nur mühsam richtig munter wurde.

»Warum magst du ihn nicht?«, fragte Marina.

»Wen?«

»Hör schon auf damit, Danny.«

»Ich mag ihn, ich mag ihn ja. Aber meine Güte, ich *kenne* ihn doch gar nicht!«

»Du wolltest doch unbedingt, dass ich ihn kennen lerne – und jetzt wäre es dir lieber, du hättest es nie arrangiert.«

»Das ist doch lächerlich.«

»Ich habe das Gefühl, wir driften auseinander, verstehst du?«

»Du bist verliebt, Dummerchen. Und du vergisst, dass einen das voll in Anspruch nimmt. Wenn wir ein bisschen auseinanderdriften, liegt das nicht in der Natur der Sache?«

»Wir kennen uns schon seit über zehn Jahren.«

»Schau dir Julius an. Vielleicht ist das einfach eine Frage des Zeitpunkts. In unserem Alter heiratet man eben.«

»Du aber nicht.«

»Noch nicht. Wer weiß, vielleicht ja nie.«

»Aber du bemühst dich nicht mal!«

»Was soll das heißen? Mir war nicht klar, dass du dich bemüht hast.«

»Du weißt schon, was ich sagen will. Ich befürchte, dass du dich zu sehr um deine Karriere kümmerst, um innerlich loszulassen.«

»Du meinst, ich bin zu verklemmt, um mich zu verlieben?«

Marina, im Schneidersitz, legte apart den Kopf schief. Sie wirkte unerträglich überheblich. Danielle hielt es nicht mehr aus. »Und wenn ich dir sage, *dass* ich verliebt bin?«

Marina packte mit beiden Händen Danielles Fußgelenke. »Ich hab's doch gewusst. ›*Mein süßer Liebling*‹. Wer ist es?«

»Das ist doch absurd. Damals hab ich den Anruf meiner Mutter erwartet. Nein, das mit der Verliebtheit – sie ist unpassend.«

»Was soll das heißen?«

»Sie – sie ist – unerwidert. Das ist das Wort, nach dem ich gesucht habe.«

»Oh. Das tut mir leid.«

»Nein, muss es nicht. Sie ist außerdem tatsächlich unpassend. Also ist es besser, sie bleibt unerwidert.«

»Ist er achtzehn?« Marinas Stimme klang jetzt vergnügt. »Ist er älter? Er ist doch nicht verheiratet, oder?«

Danielle zuckte die Achseln. »Ich hätte gar nichts sagen sollen. Es ist nicht wichtig.«

»Klar ist es wichtig! Du kannst immer mit mir reden.« Danielle spürte, dass Marina darauf brannte, mehr zu erfahren, teils aus echter Sorge um ihre Freundin (wenn sie nur wüsste!), teils weil sie Tratsch liebte.

»Schluss mit der Geschichte. Es gibt keine Geschichte. Nur damit du nicht denkst, ich hätte kein Herz oder so. Hab mir für meine Liebe einfach nur den falschen Adressaten ausgesucht.«

»Das klingt bedenklich. Ich bring's schon noch aus dir raus.«

»Warum suchst du nicht lieber jemand Passendes für mich?«

»Weil das, falls du echt verknallt bist, vermutlich nicht funktionieren würde. Es ist doch nicht Nicky, oder?«

»Bitte.« Danielle verzog das Gesicht. »Und Julius auch nicht, falls du das denkst.«

»Kenne ich ihn?«

»Ich glaube nicht. Lassen wir's jetzt, okay?«

Marina hielt noch immer Danielles nackte Fußgelenke umklammert, drückte sie noch einmal und ließ sie los.

Vor dem Abendessen wurde teurer Champagner aufgetischt, um auf das Brautpaar anzustoßen. Falls man das sonderbare Festessen, das am späten Nachmittag serviert wurde, überhaupt so nennen konnte: Es stand für eine Verschiebung der Essenszeiten, die auch an Thanksgiving und natürlich an Weihnachten stattfand (bei denen, die Weihnachten feierten), und Danielle, die auf einen streng geregelten Tagesablauf vertraute, immer aus dem Gleichgewicht brachte. Danielle trank ziemlich rasch zwei Gläser hintereinander und fand es in ihrem schwindlig-schwebenden Zustand leichter, die absurde Situation zu ertragen, ja, sie zu ignorieren. Sie half Annabel, im Freien den Tisch zu decken, der erst gründlich mit Geschirrtüchern abgewischt werden musste, und schlenderte dann, mit einem Gefühl, das trotz ihrer inneren Distanz an Verzweiflung grenzte, zu Murray hinüber, der am Grill stand und rauchte.

»Du scheinst ja Experte im Grillen zu sein«, sagte sie.

Er sah sie an, nur ganz kurz. »Stimmt. Marina hat dir vermutlich erzählt, dass dies mein kulinarisches Fachgebiet ist.« Seine Stimme klang, als werde er für eine Radiosendung aufgenommen, eine Spur zu energisch. Danielle fragte sich, ob das außer ihr jemand bemerkt hätte.

»Ja, sie hat's mir erzählt.« Danielle fiel nichts mehr ein. Sie wartete auf ein Stichwort.

»Schade, dass du nicht rauchst«, meinte er schließlich. »Marina sagte mir, dass es dich stören wird, wenn ich beim Essen rauche.«

»Eigentlich stört es mich gar nicht. Ich finde, man kann

sich an alles gewöhnen.« Sie sah jetzt den Grill an, nicht ihn, hatte aber das Gefühl, dass sein Blick auf ihr ruhte.

»Gut so«, sagte er. »Man muss sich den Umständen anpassen.« Sie blieb noch einen Moment stehen, machte dann eine Bewegung, als wolle sie gehen. »Ich glaube, sie möchte, dass du ihre Brautjungfer wirst.«

»Ja, glaube ich auch.«

»Ein Ehrenmitglied der Familie.«

»So habe ich das noch gar nicht gesehen.« Sie wartete erneut, aber er schien sich jetzt voll darauf zu konzentrieren, Hähnchenschenkel und Hamburger zu wenden.

Sie schlenderte in die Küche zurück und war sich bewusst, dass ihre Glieder sich locker bewegten, ihr Benehmen kühle Gleichgültigkeit signalisierte – signalisieren musste. *Das* war der Gipfel der Qual: nicht das schlechte Gewissen, wie sie befürchtet hatte. Nicht Befangenheit gegenüber Marina oder ihrer Mutter, denn die Beziehung zu ihnen schien – war! – unverändert. Nein, wer sich völlig fremd verhielt, war ihr Vertrauter, der Mann, den sie so gut zu verstehen glaubte, in den verliebt zu sein sie nun widerstrebend zugegeben hätte (und wie töricht war das?), der empörenderweise, unglaublicherweise, unvermeidlicherweise fähig war, sie auszuschalten wie ein Gerät, sie in den Bereich der Belanglosigkeit zu verbannen, eine Spielkameradin für seine Tochter, um die man sich nicht weiter kümmern musste oder, im Idealfall, einen Bogen machte. Sie hätte gern, wenn dann alle am Tisch saßen, seine liebkosenden Worte wiederholt. Der Schock! Sie hätte ihn gern daran erinnert, ganz egal, ob seine Familie dabei war oder nicht. Sie hätte gern. Und hätte gern. Und währenddessen ertrug sie alles: das feuchte Stuhlpolster, das zähe Hühnchen, noch mehr Champagner, die daraus resultierenden Kopfschmerzen, die Mücken, das Geplauder, den Umstand, dass er versäumte, nein, sich weigerte, sie anzuschauen, schau mich an, schau mich an, ich habe heute mit meiner Leidenschaft ein Unwetter verursacht und sitze hier und zittere innerlich, und du siehst es nicht, weil du dich furchtbar anstrengst, es zu übersehen, aber von all den Leuten hier am Tisch gibt es eigentlich nur dich und mich, und das weißt du auch, die Luft ist aufgeladen, es ist eine Hitze, ein heißer Wind, dagegen sind Marina und Seeley nur eine Illusion, und Annabel hört auf zu existieren, wird in diesem Orkan glatt ausgelöscht, das bilde ich mir nicht nur ein, das fantasiere ich mir nicht zusammen, das sehe ich daran, wie du deine Gabel hebst, ich sehe es an deinem Kiefer, an deiner sechsten Zigarette, du rauchst mich, oder würdest mich rauchen, wenn du könntest; aber wie lange halten wir das aus, wie lange bis zur Eruption, bis der Gewittersturm von neuem losbricht und alle sehen, was es ist, was es in Wirklichkeit ist?

»Du bist sehr still heute Abend, Danny«, bemerkte Annabel.

»Muss am Mittagsschlaf liegen. Ich schlafe hier so gut. Ich glaube, ich bin immer noch nicht richtig wach.«

»Vielleicht liegt es am Luftdruck«, meinte Seeley. »Manche Leute spüren das.«

»Und manche Leute behaupten, Koffein halte sie nachts wach«, sagte Murray, der seine sechste Zigarette ausdrückte, obwohl er sie, wie die übrigen, nur halb aufgeraucht hatte.

Durch den willentlich bewirkten Nebel, oder Sturm, erkannte Danielle plötzlich, wie wenig Sympathie Murray für den Mann empfand, den seine Tochter heiraten würde. Sie und er waren nicht allein, weder hier am Tisch noch in der Welt. Diese Erkenntnis, in ihrer Gewöhnlichkeit, schmerzte Danielle – sie wollte das Gewöhnliche nicht akzeptieren – und wirkte doch befreiend.

Später saß sie allein am Tisch, beobachtete die Glühwürmchen, die in der Dämmerung über den Rasen flimmerten, und atmete die feuchte blaue Luft ein. Murray, der die Grillzange holte, um sie abzuspülen, blieb einen Moment hinter ihr im Dunkeln stehen und legte seine Hand auf ihren Scheitel, wie eine warme Kappe. Er sagte nichts und verschwand; aber dies war alles, was sie sich gewünscht hatte; Segen.

KAPITEL EINUNDVIERZIG

Der Vierte Juli (3)

»Ich glaube, Danny ist in dich verliebt«, sagte Marina zu Ludovic, als sie sich entkleideten.

»In mich?«

»Sie sagt, sie liebe jemanden Unpassenden. Er erwidere ihre Liebe nicht. Und sie will mir auf keinen Fall verraten, wer es ist.«

»Vielleicht ist dieser ›Er‹ eine ›Sie‹?«

»Mal ernsthaft, Ludo. Der Gedanke ist mir gerade gekommen – wie sie die ganze Zeit von dir geredet hat, bevor wir uns kennen lernten, und dass sie diesen Film über dich machen wollte, und als wir beide dann zusammen ausgegangen sind, konnte sie es vielleicht nicht ertragen – das würde erklären, warum sie dauernd so komisch war.« Marina cremte ihre Waden mit einer Lotion, die nach Zitrone duftete, ein. »Julius hat sogar eine Andeutung gemacht. Er hat mich gefragt, ob Danielle in dich verliebt sei, und ich habe nur gelacht. O Gott, ich fühle mich so schrecklich!«

»Warum solltest du dich schrecklich fühlen?«

»Sie hat sich Hoffnungen gemacht! Und tut es immer noch. Sie ist verliebt, das hat sie mir selber gesagt.«

»Es kann genauso gut eine andere unpassende Partie sein. Ich bin sicher, davon gibt es eine ganze Menge.«

»Und wenn du's doch bist?«

»Dann hat sie sich nicht um die Gefühle der geliebten Person gekümmert. Folglich versteht sie nichts von Liebe, und dein Mitleid sollte sich in Grenzen halten.«

»Das ist nicht sehr nett von dir.«

»Im Ernst. Es ist narzisstisch, eine Wand zu lieben und ihr dann vorzuwerfen, dass sie die Liebe nicht erwidert. Es ist pervers. Liebe beruht auf Gegenseitigkeit, sie gedeiht nur in wechselseitigem Einvernehmen. Wahre Liebe wird immer erwidert – alles andere ist Obsession und Projektion. Es ist kindisch.«

»Also sollte ich mich eher ein bisschen über sie ärgern, weil sie nicht erwachsen werden will.«

»So ähnlich.«

»Das ist deine Masche, was? Du stellst immer alles auf den Kopf.«

»Das ist meine Masche, ja.« Er lachte trocken. »Deine Freundin Danielle nennt es meine Revolution. Es ist einfach nur mein Wunsch, dass Leute die Dinge klarer erkennen mögen.«

»Oder deine Masche. Kommt auf den Blickwinkel an.«

»Auf den kommt es *immer* an. Aber um das mal festzuhalten, ich glaube nicht, dass deine Freundin wirklich in mich verliebt ist. Und das sage ich nicht nur aus Bescheidenheit. Ganz am Anfang hat sie vielleicht ein gewisses Interesse signalisiert, das ich jedoch ignoriert habe, wie es sich gehört –«

»Warum?«

»Weil sie nicht mein Typ ist. Weil ich auf dich gewartet habe. Und seit damals: nichts mehr. Ein Herz aus Stein. Wenn überhaupt, ist sie wütend auf mich.«

»Das ist doch lächerlich.«

»Weil ich dich ihr weggenommen habe. Nein, dieser Gedanke ist keineswegs absurd. Sie ist deine beste Freundin und ist daran gewöhnt, dass du ihr unbegrenzt zur Verfügung stehst, und, seien wir ehrlich, sie ist in gewisser Hinsicht auch daran gewöhnt, ein geregelteres Leben zu führen als du – der offenbar erfolgreiche Job, die Wohnung. Und plötzlich bist du nicht nur schöner und interessanter, sondern auch noch verlobt und berufstätig und auf der Erfolgsspur. Du brauchst ihre Ratschläge nicht mehr. Das muss wehtun.« Ludovic lehnte sich im Bett zurück und verschränkte die Hände hinterm Kopf. »Vielleicht bist *du* ihr unpassendes Liebesobjekt. Hast du daran schon mal gedacht? Nicht unbedingt sexuell, obwohl ich das nicht mal ausschließen würde. Aber wie auch immer, du standest im Zentrum ihrer Welt, und jetzt nicht mehr.«

»War ich eine schlechte Freundin?«

»Du bist zum ersten Mal seit Menschengedenken deinen eigenen Weg gegangen. Das kann nur richtig sein.«

»Du hast mir das Leben gerettet.«

»Die Mission ist noch nicht vollendet. Wir sind immer noch im Haus deines Vaters.« Er umarmte sie. »Aber nicht mehr lange, Süße. Nicht mehr lange.«

KAPITEL ZWEIUNDVIERZIG

Loslassen

Sich von den Strapazen des Vierten Juli zu erholen war für Julius und David unterschiedlich anstrengend. Einerseits kehrte wieder der normale Alltag ein – Davids Rückkehr aus dem Büro spätabends; das leidenschaftliche Wiedersehen; der sommerliche Wirbel von Geselligkeiten, von Cocktailparties, Essenseinladungen, Festen –, und andererseits beschlich Julius das Gefühl, dass sich etwas geändert hatte. Womöglich war seine eigene Leidenschaft abgekühlt. Vielleicht ein Teil davon. Er fieberte David nicht mehr mit derselben Erwartung entgegen, fand Davids vereinnahmende Liebe, seinen othelloartigen Besitzanspruch nicht mehr erotisch. Eher ein klein wenig tyrannisch. Es war, als erwache er aus einem Traum: Rückblickend sah er zwar, wie er sich gefühlt hatte, konnte es aber nicht mehr recht nachempfinden. Er wollte nicht ewig die zu Hause wartende Ehefrau spielen; irgendwie mussten David und er neu über die Rollendynamik ihrer Beziehung verhandeln. Er brauchte mehr Freiräume. Und doch versetzte ihn der Gedanke, dass David mit jemand anderem zusammen sein könnte, immer noch in Panik, machte ihn wütend; und an Abenden, an denen David spät heimkam, ohne ihn anzurufen, ärgerte sich Julius, schmollte und sabotierte schließlich, wenn er kochte, das Essen. Angebrannter Eintopf, labbriger Spargel, klumpige Saucen: Schau, wozu du mich getrieben hast!

Zwei Wochen nach ihrem Scarsdale-Ausflug, an einem Freitag, kam David nicht nach Hause und rief auch nicht an. Sie hatten eigentlich geplant, daheim zu essen, in aller Ruhe, und dann gegen elf zum Florentine hinüberzuschlendern, eine nahe gelegene Bar, wo eine Party stattfand. Nach ein paar Gläsern Wein, einer oder zwei Linien Koks wählte Julius Davids Handynummer und legte auf, als die blecherne digitale Ansage ertönte. Schließlich, nachdem er die Hälfte der von ihm zubereiteten Ente in grüner Currysauce verzehrt und den Rest gehässig in den Müll geworfen hatte, rief Julius wutschäumend im Büro an. Aber es war Freitag und keiner mehr da. Wieder versuchte er David übers Handy zu erreichen, und noch einmal. Er zog sich für die Party um – die Davids Freunde Ned und Tristan veranstalteten, also würde David garantiert erscheinen –, im absoluten Natascha-Stil: Er probierte sechs Hemden an, bis er mit einem zufrieden war, eins von Davids Hemden, ein italienisches Modell, eng anliegend mit einem glänzenden azurfarbenen Faden durchwirkt, und die anderen fünf Hemden ließ er nicht nur auf dem Boden liegen, sondern trampelte auch noch darauf herum. Im Bad warf er Handtücher auf den Boden; im Waschbecken verteilte er glibberige, mit Bartstoppeln gespickte Rasiercremekleckse nebst ausgespuckter kreidiger Zahnpasta. Wie zuvor die Hemden probierte er nun Jacketts an, bis er irgendwann durch ein Meer aus teuren Kleidungsstücken watete, die er mit den Spitzen seiner glänzenden schwarzen Schuhe in alle Richtungen kickte. Obendrein stieß er mit dem Fuß einen Stapel Hochglanzmagazine um, die auf Davids Bettseite lagen und nun wie die Fontäne eines Springbrunnens in das Chaos hinabglitten. Er riss die Schubladen der Frisierkommode auf – die schicke, grifflose Frisierkommode im modernen Stil, für den David eine besondere Vorliebe besaß –, räumte sie aus und ließ sie offen stehen.

Da er sich aufs Schlafzimmer beschränkte, waren die Hinterlassenschaften seiner Wut nicht gleich zu sehen, fand Julius. Und eigentlich hatte David für seine launische Egozentrik Schlimmeres verdient. Als Julius um halb zwölf Uhr nachts ins Florentine aufbrach, war David, ohne ihn informiert haben, sechs Stunden überfällig.

Davids Freunde waren immer ziemlich spendabel – an der Bar gab es Belvedere-Martinis, und für die zartbesaiteten Gemüter Kir Royal; man sah Schüsseln mit riesigen, rosa glänzenden Shrimps und lange schwarz-weiße, martialisch anmutende Reihen von Sushi. Ein Füllhorn aufgeschnittener Früchte war im hinteren Teil des Raumes raffiniert auf einem Tisch arrangiert. Selbst in dem schummrigen blauen Licht erkannte Julius, dass die Blumenbouquets künstlich waren. Anfangs konnte man sich trotz der Musik unterhalten; dann aber drehte der DJ, als sei er, wie Julius, der Meinung, dass es sich nicht lohne, mit diesen Leuten zu reden, die Lautstärke auf. Dies ermutigte offenbar zum Tanzen: Eine Frau, nicht mehr jung, mit grau-weiß meliertem Schopf und Adlernase, diese Frau, in ein sichtlich zu enges T-Shirt gezwängt, aus dem ihre Arme quollen, packte Ned am Handgelenk und zog ihn zur größten freien Fläche im Raum, wo sie ihn wie eine Puppe herumwirbelte. Jetzt fiel es Julius ein, Ned hatte Geburtstag.

Nach Mitternacht, ein paar Lemon-Wodka-Martinis später, ging Julius hinaus und gesellte sich zu einer Gruppe unverbesserlicher Raucher an der Straßenecke. Die Gegend war – am Freitagabend – sehr belebt, und immer wieder drängelten hektisch Gruppen vorbei, als wollten sie irgendwohin. Jetzt, wo kein Lärm mehr herrschte, berührte einer von Davids Freunden Julius an der Schulter und fragte nach ihm.

»Keine Ahnung. Ich dachte, er sei hier.«

»Das ist seltsam«, sagte Davids Freund. »Sieht ihm gar nicht ähnlich. David ist sonst immer superpünktlich.«

Sah es ihm wirklich nicht ähnlich? Bisher hatte Julius Davids Abwesenheit einfach nur als Tatsache betrachtet; aber er musste einräumen, dass David nach allgemeinen Maßstäben weit zuverlässiger schien als er selbst und es somit wirklich merkwürdig war, dass er nicht kam.

»Ist er vielleicht krank?«

»Ich glaube nicht.« Julius zuckte die Achseln. »Sicher ist irgendwas dazwischengekommen.«

»Hmm.« Der Typ – Julius fiel sein Name nicht ein – beäugte ihn mit sichtlichem Argwohn und verschwand nach drinnen. Julius, der eigentlich nicht rauchte, schnorrte sich von einer kleinen Frau (ihr winziges Trägerhemdchen, ihr ölig glänzendes Haar, ihr betont männliches Gehabe rührten ihn) eine Zigarette und überquerte die Straße, um für sich zu rauchen, während er so tat, als betrachte er die Schaufensterauslage eines Antiquitätengeschäfts.

Es beunruhigte ihn, dass ihm nicht der Gedanke gekommen war, David könne etwas zugestoßen sein. Er hatte geglaubt – und glaubte es immer noch –, dass David einfach Lust auf ein bisschen Abwechslung, einen kleinen Seitensprung hatte. Julius kannte dieses Gefühl sehr gut, weiß Gott, auch wenn er es anderen nicht ohne weiteres verzieh. In letzter Zeit schien Julius nur noch dieses Gefühl zu haben, eine entnervende Unruhe, die ihm schon morgens beim Erwachen auf der Haut brannte. Er kam zu dem Schluss, dass er offenbar unglücklich war, was er sich aber nicht erklären konnte, weil er doch, endlich, fast alles besaß, was er sich je gewünscht hatte. Aber es stimmte natürlich, er hatte zwar seine Soufflés perfektioniert, seine Aussichten, berühmt zu werden, dadurch aber nicht wirklich verbessert. Seit Sommeranfang hatte er nur wenige Artikel verfasst und sichere Aufträge verbummelt. Er musste ein paar Anrufe tätigen, musste den über ganz New York, ganz Amerika verteilten Zeitschriftenredakteuren, von deren Gunst sein Lebensunterhalt abhing, Honig ums Maul schmieren. Er hatte keinen Gedanken mehr auf seine Zukunft verschwendet, abgesehen von seiner privaten Zukunft. Er, der immer so gern gelesen hatte, las nicht einmal mehr ein Buch.

Julius missfiel der Gedanke, dass David, wenn auch unabsichtlich, an seinem Unglück schuld sein könnte – denn als Julius durch die Glasscheibe die Umrisse eines mit Kuhhaut bezogenen Art-déco-Lehnstuhls betrachtete, gab er seiner physischen Unruhe den Namen »Unglück«, wodurch sie sofort größer wurde und sich veränderte – und ebenso wenig gefiel ihm der Gedanke, dass auch David unglücklich sein könnte. Wenn er, Julius, unglücklich war, hieß das, dass sie es beide waren? Oder war das nur eine Projektion? Irgendwie schien es kaum vorstellbar, dass er, Julius, unglücklich, David hingegen vollkommen zufrieden sein sollte, aber man konnte nie wissen. Ihm wurde klar, dass er sich Davids Fernbleiben nur deshalb mit einem Seitensprung erklärte, weil sein eigenes Fernbleiben genau diesen Grund gehabt hatte – zum Beispiel wenige Wochen zuvor sein Flirt mit dem attraktiven Lewis. Aber Davids namenloser Freund hatte Recht: Es kam eigentlich nie vor, dass David überhaupt nicht auftauchte. So unglücklich sich Julius auch fühlen mochte, er trug Verantwortung für seinen Geliebten. Vielleicht würde er sich telefonisch bei Polizeistationen, Krankenhäusern nach ihm erkundigen müssen.

Es war schon fast eins, als Julius den Schlüssel im Schloss umdrehte. Die Wohnung roch nach Pommes frites und Gin. David saß mit aufgerollten Ärmeln am Tisch, hatte seine violette Krawatte gelockert und war mit Ketchup bekleckert, der aussah wie Blut. Seine Augen hinter der Brille wirkten glasig. Vor ihm lagen, auf einem zerknitterten Wachspapier, ein riesiger Hamburger und eine Portion Pommes frites, daneben stand ein Glas Tanqueray mit Eiswürfeln. Julius sah, dass es Tanqueray war, weil die Flasche offen auf dem Tisch stand und halb leer war.

»Na, wen haben wir denn da?«, sagte Julius, die Hände in die Hüften gestemmt.

»Das Gleiche könnte ich dich fragen.« David führte die schmutzige Serviette zum Kinn.

»*Ich* habe uns gerade beide auf Neds und Tristans *widerlicher* Party vertreten«, schnappte Julius. »*Du* bist derjenige, der sich unerlaubt von der Truppe entfernt hat.«

»Ich hatte einen fürchterlichen Tag.«

»Na, *so* fürchterlich doch wohl auch wieder nicht. Immerhin hättest du anrufen können. Ich hatte schon Angst, dass man dich überfahren hat.«

»Die Angst scheint sich in Grenzen gehalten zu haben. Immerhin bist du noch zu der Party gegangen.« Davids glasige Augen wurden ganz schmal. »Immerhin hast du das Schlafzimmer noch schnell in eine Müllhalde verwandelt. Und ohne zu fragen mein Hemd angezogen.«

»Spielen wir jetzt Kindergarten oder was?«

»Nein«, erwiderte David mit parodistischer Würde. »Wir halten uns nur an die Fakten.« Er führte vorsichtig das Glas zum Mund, trank einen Schluck und ließ die Eiswürfel gegen seine Zähne klirren. »Also, was ist mit dem Schlafzimmer?«

»Das spielt jetzt keine Rolle. Ich hab was gekocht. Entencurry.«

»Komisch. Als ich heimkam, war nichts zu essen da. Ich musste noch mal los und mir was holen.«

»Ich glaub es nicht! Bin ich eine Art Hausfrau aus den Fünfzigern, und du hast das Recht, mich anzuschnauzen, weil kein Essen auf dem Tisch steht, wenn du sechs Stunden zu spät nach Hause kommst? Soll das ein Witz sein?«

»Ich habe nur gesagt, dass nichts zu essen da war, als ich heimkam. Und dass die Wohnung aussah, als hätten hier Einbrecher gewütet. Und kein Julius. Was, in Anbetracht meines Tages, nicht gerade angenehm war.«

»Da du ständig drauf rumreitest – schieß los, warum war denn dein Tag so fürchterlich? Hat dir Rosalie zu starken Kaffee gemacht? Sind die Märkte in Aufruhr?«

»Man hat mich gefeuert.« David sagte das mit vollem Mund, und Julius dachte erst, er habe sich verhört. Er streckte in einer verständnislosen Geste die Hände aus. David kaute ruhig fertig, schluckte, trank von seinem Gin. »Du hast doch gehört. Man hat mich gefeuert.«

»Wieso das denn?«

»Wie wär's mit ›tut mir sehr leid für dich‹?«

»Klar tut's mir leid. Das weißt du doch. Aber was ist der Grund? Können wir es anfechten?«

»Hat man mich gefeuert, weil ich schwul bin? Diesmal leider nicht. Die haben mich gefeuert, weil kein Geld reinkommt. Auf unserem Stockwerk wurden neun Leute gefeuert.«

»Wie wurde das entschieden? Warum du?«

»Ist doch egal. Keine Ahnung. Wird man nie erfahren. Zu teuer? Zu unproduktiv? Ich glaube nicht. Schlechter Charakter? Nein, das wüsste ich.«

»Vielleicht haben sie dich gefeuert, weil du der bestgekleidete Mitarbeiter warst.«

»Vielleicht.«

»Baby, es tut mir so leid!« Julius umarmte David, der immer noch am Tisch saß, von hinten. »Ich hatte ja keine Ahnung! Du Ärmster. Das ist ein schwarzer Tag. Wirklich ein schwarzer Tag.« Es kam Julius flüchtig zu Bewusstsein, dass er keinesfalls, zumindest nicht jetzt, in seinem eigenen Unglück schwelgen durfte. Plötzlich war es an ihm, David aufzumuntern, tapfer zu sein. Womit er bis jetzt noch nicht viel Erfahrung hatte.

David murmelte etwas, trank noch einen Schluck Gin.

»Ich würde ja sagen, ich hol dir einen Drink, aber da hast du selber ja bestens vorgesorgt.«

»Ich trinke noch nicht lange. Die Flasche hab ich mir auf dem Heimweg gekauft. Hab die Circle Line Tour gemacht. Es war erholsam und irgendwie schön. Hat mich an die flüchtigen Freuden Manhattans erinnert.«

»Hast du was gegessen?«

»Haufenweise Erdnüsse. Und den Burger. Ich geh jetzt ins Bett.«

»Lass mich helfen.« Julius fummelte an Davids Knöpfen herum, aber David schob seine Hand fort. »Wir müssen weg, verstehst du?«, sagte er, als er auf das Chaos jenseits der Schlafzimmertür zuging.

»Wohin denn?«

»Wenn ich nicht sofort einen neuen Job finde, werden wir hier ausziehen müssen.« Er schwieg einen Moment und fuhr langsam und mit Nachdruck fort: »Die Miete hier ist sehr hoch, Lady Koks.«

»Lass mich kurz aufräumen!« Julius rannte an ihm vorbei und begann mit schwungvollen Gesten Ordnung zu schaffen: Er hängte Hemden wieder auf ihre Bügel, verstaute Socken, Slips, Pullis in Schubladen, und David sah zu. Die Hemden, auf denen nasse Handtücher gelegen hatten, warf er in den Wäschekorb. David stand dabei, bleich und müde, und rieb sich ab und zu die Nase. Als Julius fertig war, umarmte er David. »Tut mir echt leid, Tierchen. Du hättest mich anrufen sollen.«

David machte eine Handbewegung.

»Ich war zu Hause. Du hättest mich anrufen sollen.«

»Ich geh jetzt schlafen. Hab eine Menge von diesem Gin getrunken.« David rülpste leise und schlurfte zum Klo. Er pinkelte geräuschvoll, bei offener Tür.

Julius kam der Gedanke, dass David, wenn er betrunken war, sich wie ein dicker Mann bewegte. Die ganze Szene war irgendwie deprimierend: Der Geruch nach Bratfett und Pommes hing jetzt auch im Schlafzimmer. Julius konnte sich David nicht ohne seinen Job vorstellen. Es war eine neue Art von Nacktheit, und Julius spürte, dass sie ihm nicht hätte missfallen sollen; aber in Wirklichkeit machte er sich schon Sorgen: um Rechnungen, Miete, Kosten von Restaurantbesuchen und Kleidung. Um seinen noch ungeschriebenen Artikel für *The Monitor*, der ihm ein paar Riesen einbringen würde. »Wir können immer noch in die Pitt Street ziehen«, sagte er. »Marinas Cousin rauswerfen. Notfalls.«

David gab keine Antwort. Er ließ die Hosen fallen, rang mit seiner Krawatte, stieg ins Bett, ohne sein Hemd auszuziehen. Vorsichtig legte er seine Brille auf den Nachttisch und drehte Julius, der immer noch mitten im Zimmer stand, den Rücken zu.

»Darf ich dir einen Kuss geben?«, fragte Julius. »Nur ein ganz kleines Küsschen?«

»Wenn du willst«, sagte David, ohne sich umzudrehen. »Ich hatte wirklich einen fürchterlichen Tag.«

KAPITEL DREIUNDVIERZIG

Vollendet

Nur kurze Zeit nach Bekanntgabe ihrer Verlobung, nur kurze Zeit nachdem sie halsstarrig darauf beharrt hatte, dass Danielle zum Vierten Juli nach Stockbridge kommen sollte, und unmittelbar, nachdem ihr Vater nach New York zurückgekehrt war, um zu arbeiten, überreichte Marina Letzterem ein zwar schmales, aber offenbar fertiges Manuskript, auf dessen Titelseite in getippten Lettern stand: DES KAISERS KINDER HABEN KEINE KLEIDER. Auf der Seite, die diesem albernen Titel folgte, standen Worte, bei denen es sich anscheinend um die Widmung handelte; und auch sie taten weh: »Für meine Eltern, die mich alles lehrten« und darunter »Und für Ludovic, der mich noch mehr lehrte«. Murray sah natürlich, dass seine Tochter sich hier von ihren Gefühlen hatte leiten lassen, aber das entschuldigte keineswegs die saloppe Ausdrucksweise. Es ergab keinen Sinn. Alles und mehr. Es ergab absolut keinen Sinn.

Die Verstimmung über die Widmung deuteten Annabel und Danielle (wenn auch unabhängig voneinander) als Grund für seinen Widerstand, das Buch zu lesen; Murray jedoch wusste, tief in seinem Inneren, dass er nie den Wunsch verspürt hatte, es zu lesen, und mit dem Gedanken, Marina würde nie fertig werden, ganz zufrieden gewesen war. Er konnte niemandem – nicht einmal Frederick, dessen fanatisch überhöhten, fast schon verrückten Maßstäbe ihn amüsierten; dieser junge Mann hätte sogar an Tolstoi etwas auszusetzen gehabt und kritisierte diesen ja tatsächlich – sagen, dass er sich seit vierzehn Tagen vor der Pflicht drückte, das Buch zu lesen, weil er den Verdacht hatte, es tauge nichts. Dies war nicht identisch mit der Vermutung, es könne ihn langweilen – das Thema kam ihm so unseriös und gleichzeitig so abstrus vor, das Buch hätte schon ein großer Wurf sein müssen, um ihn nicht zu langweilen. Eher wurde ihm bewusst, dass all seine Sorgen hinsichtlich Marinas intellektueller Fähigkeiten, ihres Mangels an geistiger Beweglichkeit, wie Modergeruch über diesem Papierstapel hingen. Die Seiten umzublättern, sie zu lesen, hätte die Atmosphäre vielleicht gereinigt; andererseits …

Über eine Woche lang lag das Manuskript in der oberen linken Ecke von Murrays Schreibtisch, immer noch vom Gummiband des Copyshops zusammengehalten. In periodischen Abständen fragte Frederick: »Hast du es zufällig schon gelesen?«, und wenn er nicht sowieso schon rauchte, zündete Murray sich eine Zigarette an und sagte: »Noch nicht ganz. Sehr beschäftigt. Du weißt ja.«

Nach der vierten oder fünften Wiederholung dieses Dialogs hüstelte Frederick und sagte: »Ich glaube, es würde ihr sehr viel bedeuten.«

»Ich lese es, sobald ich kann.«

»Als du gestern beim Lunch warst, ist sie reingekommen und hat einen Blick auf das Manuskript geworfen. Sie hat nichts gesagt, aber ihr fiel auf, dass es noch exakt an derselben Stelle lag; ich hab gemerkt, dass es ihr aufgefallen ist.«

»Dann legen wir das verdammte Ding eben woandershin.« Und Murray hatte den Stapel gepackt, das Gummiband abgestreift, das Manuskript durchgeblättert, damit es zerlesen aussah, und es in der untersten Schublade verstaut. »Ich hasse es, wenn mir die ganze Welt im Nacken sitzt«, sagte er. »Ein entspanntes Lesen ist so nicht möglich.«

Frederick hatte die Augenbrauen hochgezogen und den Raum verlassen, und auch dies hatte Murray geärgert. Er versuchte es Danielle zu erklären, als sie sich am nächsten Tag um die Mittagszeit in ihrem Apartment trafen. »Ich weiß ja, dass Marina auf mein Urteil wartet«, sagte er. »Darauf wartet sie ja schon ihr ganzes Leben lang, und das wäre jetzt irgendwie der Moment der Wahrheit. Ich kann nicht lügen –«

»Wirklich nicht?«

»Nicht, wenn es um etwas so Wichtiges geht. Ist dir klar, dass nicht mal du ein Exemplar bekommen hast? Nur ich und ihr Freund. Sonst niemand.«

»Natürlich ist mir das klar. Aber sei doch nicht so – zuerst mal, woher weißt du denn, dass du nicht mächtig stolz auf sie sein wirst? Sie hat endlich ihr Buch fertig geschrieben – das hat uns fast unser ganzes Erwachsenenleben lang begleitet.« Danielle massierte Murrays nervös zuckende Schultern mit den Daumen, strich ihm mit ihren schmalen kühlen Handflächen über die Haut. »Schon allein dies – nun ja. Und selbst wenn du Bedenken haben solltest – bestimmt gibt es auch etwas, das dir daran gefällt; und ich wette, dass du es schaffen wirst, das Positive zu betonen. Es geht ihr wirklich um ein Feedback, nicht nur um Lob.«

Murray zog ein Gesicht.

»Okay, vor allem um Lob. Aber nicht nur. Da steht sie drüber.«

Während sie schwiegen, drang von draußen das Gerumpel und Gehupe des mittäglichen Verkehrs ins Zimmer. Murray kam es vor, als hätten die Rothkos die Augen geschlossen.

»Ich sage das jetzt einmal und nie wieder. Mein einziges Kind ist in meine Fußstapfen getreten – etwas Schmeichelhafteres kann es nicht geben – und hat ein Buch geschrieben. Andererseits hat meine Tochter ein Buch über Kinderkleider geschrieben. Ein Buch. Über Kinderkleider.«

»Also hör mal. Es geht um die Bedeutung von Kinderkleidern, darum, wie sie unsere kulturellen Sitten widerspiegeln. Es ist nicht –«

»Es ist ein Buch über Kinderkleider.« Er seufzte. »Was entweder heißt, dass die Fußstapfen, in die sie tritt, erstaunlich klein sind oder von ihr für klein gehalten werden, und in diesem Fall hätte ich total versagt, an allen Fronten. Oder es heißt, dass ihre eigenen Füße nicht besonders groß sind.«

»Geht es hier überhaupt um dich, Liebster?«

»Bei den kleinen Füßen würde es nicht ›um mich gehen‹. Trotzdem wäre ich enttäuscht.« Er schwieg einen Moment. »Ich sollte so etwas nicht zu dir sagen. Du willst sicher nicht wissen, dass ihr bärbeißiger alter Vater ihr Buch für Schrott hält.«

»Du hast es ja noch nicht mal gelesen. Bist du überhaupt über die Titelseite hinausgekommen?«

»Die Widmung. Für ihre Eltern – also mich – und den Freund. Oder sollte ich sagen: den Verlobten.«

»Bist du besorgt, dass er es irgendwie verändert hat?«

»Das Buch oder das Mädchen?«

»Wenn ich's recht überlege, eigentlich beide.«

Murray seufzte erneut. »Man kann nie wissen. Das Buch.«

»Er hat sie angespornt, es fertig zu schreiben. Der Titel stammt von ihm. Das hat sie mir gesagt. Ich denke, er hat es gelesen, während sie daran schrieb.«

»Aber er hat es nicht geschrieben.«

»Wirklich nicht? Nein, wohl kaum. Aber...« Danielle zuckte die Schultern.

»Du hältst ihn also für einen richtigen Copperfield.«

»Ich denke, er ist Napoleon. Und ich denke, er ist dein Feind. Und ich denke, Marina ist sein trojanisches Pferd.«

»Bitte sprich weiter, mein Kind. Diese erlesene Mischung martialischer Symbole. Befinden wir uns im Krieg? Das war mir nicht klar.«

»Er will etwas von dir. Er wollte dich unbedingt kennen lernen. Marina hat ihn, zumindest teilweise, nur deshalb interessiert, weil sie deine Tochter ist.«

»Dann will er also eigentlich mit mir ins Bett?«

»Ich weiß nicht, ob er dich unterwerfen und bekehren oder ob er dich vernichten will, aber irgendwie habe ich das undefinierbare Gefühl, dass es letztlich nur um dich geht. Nicht um Marina.«

»Hattest du vorhin nicht gesagt, es gehe *nicht* um mich? Du warst ziemlich entschieden.«

»Mach dich nicht lustig über mich.«

»Ich bin weit davon entfernt, mich über dich lustig zu machen.«

»Du siehst keine Gefahr, nicht wahr?«

»Welche Gefahr könnte es denn geben? Oder anders

gefragt: Was könnte für mich gefährlicher sein als das hier?«
Er wies auf das Bett, in dem sie lagen, auf die breiten golde-
nen Streifen, die das helle Licht der Sommersonne auf den
Boden malte.

»Dann vergiss es. Aber sag nicht, ich hätte dich nicht
gewarnt.«

»Wenn mir irgendwann der Himmel auf den Kopf fällt,
Majestix?«

Danielle zog ein T-Shirt an und verschränkte die Arme.
»Du musst das Buch lesen«, sagte sie. »Sobald du kannst.«

Und so las Murray das Buch während der beiden nächs-
ten Tage. Er trug es in einer Plastiktüte aus der Wohnung,
setzte sich in eine Bar in der Amsterdam Avenue, bei Fish
& Chips und einem Glas Scotch, und verbrachte den ersten
Nachmittag in seiner dunklen, stickigen Nische, bis er in der
Mitte des Buches angekommen war, und noch einen zweiten
Nachmittag, bis er die letzte Seite umgeblättert hatte. Sein
Gefühl, als er den Stapel wieder ordnete, das Gummiband
überstreifte und das Manuskript in die Plastiktüte steckte, war
zwar etwas Ähnliches wie Wut, aber das traf es nicht ganz. Er
konnte sich nicht lösen, konnte nicht genau sagen, ob er das
Buch auch dann schlecht gefunden hätte, wenn er nicht so
fest damit gerechnet hätte, es schlecht zu finden. An manchen
Punkten war er von Marinas Leichtigkeit, ihrer Ausdrucksweise beeindruckt gewesen und hatte gefunden, sie könne
wirklich schreiben, finde sogar ohne große Verrenkungen die
passenden Metaphern. Doch angesichts des Inhalts war dies
völlig nebensächlich. Eine Menge aufgeblähtes Geschwafel,
ein Wust immer gleicher Meinungen, die um eine Reihe vollkommen belangloser Gedanken kreisten, etwa hinsichtlich der
Größe des Kinderkleidungsmarkts in Nordamerika, oder über
das Verhältnis zwischen dem Alter, in dem Kinder heutzutage
bauchfreie Kleidung trugen, und dem Alter, in dem sie Sex
hatten, oder banales Gewäsch über die Erfindung der Kindheit
im neunzehnten Jahrhundert (und dass Kinder zuvor, zeitge-
nössischen Porträts zufolge, nur als Erwachsene en miniature

gegolten hatten) und dass wir heute, als Nation, einfach nicht erwachsen werden wollten. Genau mit diesen Worten hätte er seine Tochter am liebsten angebrüllt: Werd erwachsen! Werd endlich erwachsen! Man musste sich um die verheerenden Auswirkungen des zügellosen Kapitalismus kümmern, um die Gräueltaten in Bosnien oder Ruanda, um die schmelzenden Polkappen: Und seine Tochter vergeudete ihre Zeit damit herauszufinden, was bei Best & Company Wintermäntel mit Samtkragen kosteten. Das Buch als Ganzes kam ihm vor wie eine kunstvoll verpackte Geschenkschachtel, ein Wust eleganten Papiers und edler Bänder, doch beim Öffnen erwies sich die Schachtel als leer. Nicht ganz leer vielleicht: Auf ihrem Boden rollten ein paar glitzernde, wertlose Murmeln herum. Dies war die Analogie, die er für Annabel, für Danielle und, falls es ihn interessierte, Frederick bereithielt.

Für Marina brauchte er einen anderen Ansatz. Lob – er musste mit Lob beginnen. Er hatte genug Erfahrung als Dozent, um das zu wissen. Und dann, zurechtgebogen, die Wahrheit. Die fundamentale Wahrheit, dass Marina auf eine Veröffentlichung verzichten sollte, konnte er ihr nicht ersparen. Es gab keine Möglichkeit, ihr diese bittere Pille verzuckert darzubieten; aber er musste sie ihr auf eine Weise präsentieren, dass sie seinem Rat folgen würde. Sie schulde sich mehr als das – vielleicht funktionierte diese Formel. Sie könne so viel mehr! Vor ihr liege eine so glänzende Zukunft (vielleicht schien das übertrieben – immerhin war sie dreißig Jahre alt und hatte herzlich wenig vorzuweisen), dass sie ihren (ja noch gar nicht vorhandenen) Ruf doch nicht wegen dem bisschen Aufmerksamkeit ruinieren solle. Wenn ein Buch erst einmal veröffentlicht ist, wollte er zu ihr sagen, kann man es nicht mehr zurücknehmen. Es wird immer dein erstes Buch bleiben.

Oder dein letztes. Unmöglich, in der Nische, in der Bar, in dem Moment bevor der Kellner die Rechnung fertigmachte und an den Tisch brachte, unmöglich, nicht an sein eigenes geheimes Manuskript zu denken, ein Werk, das seiner Meinung nach in ähnlicher Weise auf der Grenze zwischen Ernst und Unterhaltung balancierte, wenn er Glück hatte mit mehr Erfolg, aber teilweise mit den gleichen Risiken. In seinem Fall würde niemand da sein, der ihm von der Veröffentlichung abriet, kein Leser, auf dessen Ehrlichkeit er sich verlassen konnte. In diesem Sinn, so tröstete er sich angesichts des brutalen Schlags, den er Marina versetzen musste, hatte sie sogar noch Glück. Einen Leser zu haben, der sie so liebte und dem sie so viel bedeutete.

Er rief sie in Seeleys Wohnung an. Sie war jetzt fast immer bei Seeley; und Murray merkte, dass er sie vermisste, ihre kleinen Aufmerksamkeiten, den süßen Duft, der sie umwehte. Er vermisste ihr Drängen, das Gefühl, ihren Erwartungen gerecht werden zu müssen, ein lebender Mythos zu sein. Ein bisschen davon bekam er jetzt von Danielle, diese unausgesprochene aber kluge Bewunderung, doch bei Danielle war es anders. Schließlich stellte Danielle nichts Dauerhaftes dar, gehörte nicht zur Familie. Er rief Marina also bei Seeley an und lud sie zum Lunch ein. Er reservierte einen Tisch im San Domenico, in das sie damals, vor so vielen Jahren, auch jener seltsame Verleger eingeladen hatte, der garantiert scharf auf sie gewesen war. Murray rasierte sich ausnahmsweise schon am Vormittag, kämmte sich sorgfältig. Auf die Frage hin, was er anziehen solle, legte Annabel ihm ein Jackett und ein Hemd heraus, die Marina ihm vor einigen Jahren geschenkt hatte. (Überflüssig zu erwähnen, dass er selbst nicht mehr daran gedacht hatte.) Annabel war besorgt, dass er Marina zu sehr aus der Fassung bringen könnte, aber er versprach, taktvoll vorzugehen.

»Du warst noch nie besonders diplomatisch«, sagte Annabel. »Soll ich nicht lieber mitgehen?«

»Da würde sie den Braten riechen«, meinte er lachend; aber im Taxi zitterten ihm etwas die Hände. Auch Danielle hatte ihn vorbereitet: »Deine Meinung bedeutet ihr alles«, hatte sie gesagt. »Sei vorsichtig.«

»Wenn das wirklich zuträfe«, hatte er erwidert, »würde sie nicht diesen Typen heiraten. Sie würde nicht behaupten, er habe sie ›mehr als alles‹ gelehrt.«

»Ein schmollender kleiner Junge«, hatte sie erwidert. »Versuch nicht nur ein guter Leser zu sein, sondern auch ein guter Vater.«

»Mist«, murmelte er, als er die letzte Zigarette rauchte, bevor er über die Schwelle schritt. Marina war schon da, hatte ihn aber noch nicht entdeckt. Ihr dunkles Haar fiel ihr ins Gesicht, während sie die Speisekarte studierte. Selbst von weitem, durch die Glasscheibe, konnte er die Linie ihres Rückens bewundern, die Eleganz ihres schlanken nackten Arms auf dem Tisch. Sie war zweifellos schöner als Danielle. Weniger sexy vielleicht, aber schön. Er konnte immer noch nicht ganz glauben, dass dieser dunkle Schwan von ihm abstammte.

Sie stand auf, als er näher kam, und lächelte ihr breites Lächeln mit den etwas vorstehenden Zähnen. »Hättest du je daran gedacht, Daddy, dass ich mal von meinem Büro zum Lunch mit dir kommen würde? Hättest du je gedacht, dass ich mal einen Job haben würde?«

»Und auch noch ein Buch.« Er umarmte sie. »Du hast es geschafft.«

Sie senkte bescheiden den Blick, doch die Bescheidenheit war nur gespielt, das wusste er, weil Marina ihm so ähnlich war. Und plötzlich merkte er, dass diese rührende falsche Bescheidenheit am schwersten zu ertragen war. Ihre Wut – selbst wenn sie mit Geschirr nach ihm geworfen hätte – wäre viel leichter zu ertragen gewesen, als mit ansehen zu müssen, wie ihre sorgfältig aufgebauten Abwehrmechanismen zerbrachen – und selbst auch noch die Ursache dafür zu sein.

Aber es ging ums Prinzip und um elterliche Verantwortung, und er würde es durchziehen. Nachdem sie sich über *The Monitor* unterhalten hatten, nachdem sie – flüchtig – über die Hochzeitspläne gesprochen, den ersten Drink bestellt hatten, sagte er: »Ich habe dein Buch gelesen.« Er schwieg, sie richtete sich auf, er merkte, dass sie die Pause zu lang fand und als schlechtes Zeichen deutete. Er hätte sie gerne beruhigt, konnte es aber nicht. »Da stehen ein paar tolle Sachen drin«, sagte er. »Du schreibst sehr schön.«

»Aber?« Ihr Lächeln war strahlend, aber angespannt. »Es gibt immer ein ›Aber‹.«

»Du hast recht. Es gibt immer ein ›Aber‹. Zumindest wenn dich jemand so liebt, wie ich dich liebe, gibt es immer ein ›Aber‹. Weil ich glaube, dass ich eine Tochter großgezogen habe, die die Wahrheit hören will.«

»Ich will hören, was du dazu meinst, ja. Das ist mir sehr wichtig.«

Also sagte er es ihr. Er versuchte es so schonend wie möglich zu formulieren; andererseits musste er ihr klarmachen, dass es nicht ausreichte, ein bisschen an dem Buch herumzuflicken, nicht einmal im großen Stil.

»Du rätst mir also, mein Buch nicht zu veröffentlichen?«

»Ich denke, wenn man ein, zwei Kapitel so bearbeiten würde, dass sie für sich allein als Aufsätze in Zeitschriften erscheinen können, könntest du dein Anliegen vielleicht effektiver und ökonomischer vermitteln.«

»Du rätst mir also, mein Buch nicht zu veröffentlichen.«

Murray holte tief Luft. »Ich bin vollkommen offen zu dir, weil du mein einziges, innig geliebtes Kind bist. Ich sehe in deinem Buch einfach kein Buch.«

»Was soll das heißen?«

»Du kannst mich altmodisch nennen, aber meiner Ansicht nach sollte ein Buch – und sei es nur wegen der Bäume, die dafür abgeholzt wurden; aber auch noch aus vielen anderen Gründen – seine Existenz selbst rechtfertigen. Es muss eine *raison d'être* haben. Und die kann ich hier nicht entdecken. Tut mir leid.«

»Du glaubst also, dass es mein Lektor ablehnen wird?«

»Nein, natürlich nicht. Das glaube ich keine Sekunde.«

Sie wirkte momentan erleichtert.

»Ich bin sicher, dass sie es mit Freuden veröffentlichen werden, bin aber dennoch der Meinung, dass du die innere Stärke aufbringen solltest, dieser Versuchung zu widerstehen. Ich finde, du solltest nicht zulassen, dass dieses Buch veröffentlicht wird.«

»Weil du es für trivial hältst?«

Murray zog die Schultern hoch, schob die Unterlippe vor. »*C'est évident.*« Er hielt sich an seinen Drink, sehnte sich aber nach einer Zigarette. Ihre Teller standen vor ihnen, fast unberührt. Es war, als seien das Essen und das Restaurant hinweggefegt worden, als führten sie dieses Gespräch in einem Vakuum.

Bisher hatte Marina nicht die Stimme erhoben, und sie tat es auch jetzt nicht. Aber die Worte quälten sich wie abgewürgt aus ihrem Mund. »Wenn du es für ein wertloses Projekt hältst, warum hast du das nicht früher gesagt? Du hattest sieben Jahre Zeit, Daddy. Das ist ziemlich lange.«

Murray seufzte. Es gab so viele Antworten darauf, und keine davon war schmeichelhaft. Was für ein Mädchen von dreiundzwanzig Jahren ein wenn auch unbedeutendes, so doch nicht peinliches Unterfangen gewesen war, passte zu einer dreißigjährigen Erwachsenen nicht mehr. Er hatte schon vor langer Zeit den Glauben aufgegeben, dass sie das Buch jemals vollenden würde, und sich deshalb nicht um seinen Nutzen gekümmert: Er hatte das Projekt als Beckett'sches Symbol für die endlose Malaise betrachtet, in der Marina sich zweifellos befunden hatte. Er hatte vor der Lektüre des Manuskripts nicht ahnen können, *wie* läppisch es insgesamt war. Er hatte nicht (jedenfalls nicht in erster Linie) das Thema beurteilt, sondern ihre Interpretation. Doch was er schließlich sagte, war Folgendes: »Du hast mich nie um meine Meinung zu dem Projekt gebeten. Aber du hast mich um meine Meinung zu dem Buch gebeten.«

Marina senkte den Blick – diesmal nicht mit der falschen Bescheidenheit, die so entzückend war – und nickte. »Verstehe«, sagte sie.

»Nicht weinen, Liebes. Bitte nicht weinen.«

»Ich weine nicht.« Sie sah ihm direkt in die Augen, doch er vermochte ihren Gesichtsausdruck nicht recht zu deuten. »Das ist nur sehr interessant für mich, Daddy.«

»Was denn?«

»Ludo hat mich gewarnt, dass du das Buch ablehnen würdest. Er hat die ganze Zeit gesagt, dass du mir eigentlich keinen Erfolg für mein Schreiben wünschst, sondern willst, dass ich in deinem Schatten stehe. Ich hab ihm gesagt, das sei lächerlich. Deshalb finde ich das jetzt sehr interessant.«

»Es *ist* lächerlich! Niemand wünscht dir mehr Erfolg als ich.« Murray sah zu, wie Marina, sehr konzentriert, aß. Sie blickte nicht auf. Schließlich sagte er: »Hätte ich dich anlügen sollen? Hättest du vor so einem Vater noch Respekt gehabt?«

»Ach, Respekt«, erwiderte sie und jetzt klang ihre Stimme bitter. Murray kam es vor, als habe der Klang eine Farbe: grünlich. »Wie konnte ich das Schlagwort der Familie Thwaite vergessen? Nur glaube ich kaum, dass du für irgendjemanden Respekt empfindest, Daddy. Ich glaube es einfach nicht.«

»Du bist aufgebracht.«

»Natürlich bin ich aufgebracht. Ist doch klar!«

»Ich schreibe dir nicht vor, was du tun sollst, ich sage dir nur, was ich tun würde. Das ist alles.«

»Ich hab verstanden. Können wir über etwas anderes reden?«

Es folgte eine lange, angespannte Stille, und Murray wusste, dass sie beide gegen ihren Impuls zu sprechen ankämpften. Man hörte wieder das leise Geplauder von den Nachbartischen. Ein Kellner ließ eine Gabel fallen. Aber genau dafür waren Restaurants da: dass man in der Öffentlichkeit starke Emotionen unterdrückte. Murray erkundigte sich erneut, diesmal genauer, wie es mit *The Monitor* voranging; und sie gab niedergeschlagen einsilbige Antworten. So schleppten sie sich bis zum Kaffee hin und brachten auch den hinter sich. Man sah sie nicht streiten; und beide waren sich, vielleicht irrigerweise, wieder einmal bewusst, dass man sie beobachtete. Ein Talkradio-Typ, ein gutaussehender, aber belangloser Mann in den Vierzigern, mit einer Stimme wie ein Buttermesser und einem mediterran blauen Hemd, blieb am Tisch stehen, um Murray überschwänglich zu begrüßen. Er legte ihm die Hand auf die

Schulter, starrte Marina unverhohlen an, war sichtlich begeistert, als er hörte, dass es sich nicht um irgendeinen Protegé, sondern um seine Tochter handelte, weil ihm dies offenbar, in irgendeinem fremden Kosmos, Hoffnung schenkte. Sein serviles Gehabe und Gegrinse schafften es, die Situation bis zu einem gewissen Grad zu entspannen: Marina konnte sich ein Lächeln nicht verkneifen, als sich der Mann – der zu ihrer beider Belustigung Baz hieß – zurückzog.

KAPITEL VIERUNDVIERZIG

Verrückt

»Ich muss sagen, es überrascht mich nicht. Leider überrascht mich das nicht im Geringsten.«

Nach ihrer Rückkehr vom Lunch hatte sich Marina, deren frischgestärkte, ärmelloses Bluse vor Kummer und Hitze schlaff und zerknittert an ihr herunterhing, in Ludovics Büro eingeschlossen, um auf seine Rückkehr zu warten. Barfuß auf sein Ledersofa hingestreckt, hatte sie überlegt, ob sie weinen sollte, sich aber entschlossen, damit zu warten, bis sie ihrer Empörung Luft machen und die Tränen ganz von allein kommen würden. Sie selbst brauchte sich ihr Unglück ja nicht mit Tränen zu beweisen.

Als Ludo schließlich von seinem extravaganten Lunch zurückkam – etwas mit der Marketingabteilung und irgendwelchen Werbekunden: Sie wollten ein Unternehmen dafür gewinnen, die Party zum Start der Zeitschrift zu sponsern – freie Getränke im Tausch gegen einen Reklamehinweis auf den Einladungskarten –, erzählte ihm Marina, was ihr Vater gesagt hatte. Und an dieser Stelle hatte Ludovic behauptet, dies überrasche ihn nicht.

»Was habe *ich* dir zu deinem Buch gesagt?«

»Du hast gesagt, dass es dir gefällt.«

»Mehr als das. Ich habe gesagt, es sei brillant. Es wird ein

Erfolg. Vertrau mir. Dein Vater hat bedauerlicherweise keine Ahnung.«

»Er hat nicht gesagt, es sei nicht gut. Er hat gesagt, ich soll es nicht veröffentlichen. Ludo: Er hat gesagt, es sei wertlos.«

»Wie oft muss ich dir noch erklären, dass dein Vater sich nur dann wichtig fühlen kann, wenn er dich klein hält? Das ist ganz eng miteinander verknüpft. Er will nicht wahrhaben, dass seine besten Zeiten vorbei sind, und dazu gehört es zwangsläufig, dass er dich benutzt – oder, in diesem Fall, missbraucht.«

»Du stellst es so dar, als handle er böswillig, mit Vorsatz.«

»Das wollte ich nicht.« Er drückte sie an sich, und sie drehte ihren Kopf so, dass ihre Nase an seinem schlanken Hals lag, eine Position, die gleichzeitig geborgen und unbequem war. Ihre Wirbelsäule fühlte sich irgendwie verdreht an. »Er weiß nicht, was er tut. Er glaubt, er hege nur die allerbesten Absichten. Aber er steckt voller Zorn und Feindseligkeit.«

»Ich glaube nicht –«

»Ich meine das ernst. Du musst dich von ihm freimachen. Du musst diesen Mist – denn genau darum handelt es sich – ignorieren!«

Marina schnüffelte an Ludovics Schulter, die frisch gebügelt roch. Er gab seine Hemden in die Wäscherei.

»Versprichst du mir das?«

»Was?«

»Dass du dich von ihm freimachst.«

»Ich weiß nicht mal, was das heißen soll.«

»Es würde heißen, dass du die Wahrheit über ihn erkennst. Dass du siehst, das er nicht irgendein mythischer Gott ist, sondern ein mittelmäßiger Journalist, der merkwürdigerweise ein bombastisches Selbstbewusstsein besitzt.« Ludovic hielt inne, um seinen nächsten Worten mehr Nachdruck zu verleihen. »Dein Buch mit seinem tiefsinnigen Gedankenreichtum ist wichtiger als alles, was er im Lauf der letzten zwanzig Jahre hervorgebracht hat.«

»Also hör mal, Ludo.« Marina holte tief Atem, und sie starrten einander schweigend an. Schließlich sagte sie: »Das sollte für dich kein Vorwand sein, meinen Vater anzugreifen. Ich glaube nicht, dass es mit ihm zu tun hat. Es hat mit meinem Buch zu tun.«

»Ganz genau. Und du musst lernen, die Dinge beim Namen zu nennen.« Worauf Marina, leicht verwirrt, darauf beharrte, dass sie das bereits tue.

Später in ihrer Yogastunde, beim Shvasana, der Leichenhaltung, merkte Marina plötzlich, dass sie weinte. Die Tränen liefen ihr aus den Augenwinkeln – sie hatte die Augen geschlossen – und rannen neben den Ohren warm ins Haar. Sie weinte lautlos, dankbar für das gedimmte Licht, die leise monotone Stimme des Lehrers, der die Gruppe durch die Entspannung führte. Der Kummer, den Marina empfand, glich einem inneren Gebrüll, als habe man ihr ein Organ entrissen. War dies, diese unendliche Einsamkeit, Erwachsenwerden? Und wie bei ihrer Wut im Restaurant – dieser schöne, dunkle Ort, der ihr jetzt für immer verleidet war – gelang es ihr auch jetzt, ihre Gefühle zu beherrschen, sie beiseitezuschieben, so wie sie sich die Tränen abwischte, bevor das Licht anging; doch wusste sie nicht, ob die Intensität dieses Gefühls jemals nachlassen würde.

»Es war schrecklich, Danny«, sagte sie an jenem Abend am Telefon. Sie saß auf dem Küchenboden, in der Nähe der Durchreiche, die Knie an die Brust gezogen. Ludovic hatte missbilligend den Kopf geschüttelt und war mit seinem Glas Wein ins Wohnzimmer gegangen, um CNN zu schauen.

»Was hat er gesagt?« Danielle schien nebenbei zu essen, während sie Marinas Lunch-Bericht lauschte. Marina bemühte sich, ihren Ärger zu unterdrücken. Es erinnerte sie daran, wie sehr es sie störte, wenn ihr Vater am Telefon auf einmal anders atmete, weil er zu rauchen begonnen hatte, während er sich mit ihr unterhielt. Was für egoistische Ablenkungen:

Es musste doch möglich sein, dass einem die beste Freundin einfach nur zuhörte, wenn man sie brauchte?

»Das tut mir leid für dich«, meinte Danielle. »Ich kann fast nicht glauben, dass er so etwas tut.«

»Nur ›fast‹?«

»Du weißt, was ich meine. Ich glaube dir, aber es kommt mir unglaublich vor.«

»Wem sagst du das.«

»Was wirst du jetzt tun?«

»Wie meinst du das? Ich werde das Buch an meinen Lektor schicken und ihm die Entscheidung überlassen.«

»Was glaubst du, warum er das gesagt hat?«

»Keine Ahnung, Danny. Weil er ein egozentrisches Arschloch ist, deshalb. Weil er selber so ein Buch nie schreiben würde und deshalb keinen Sinn darin sieht.« Sie seufzte. »Reden wir von etwas anderem.«

»Du glaubst jedenfalls nicht – ich meine, ich weiß, dass du wütend bist, aber du glaubst nicht, dass er dir vielleicht *helfen* wollte?«

»Was soll das heißen?«

»Nichts. Ich finde es traurig, das ist alles. Ihr beide habt euch immer so nahgestanden.«

Marina schnaubte. »Vielleicht beruhte diese Nähe auf einer Täuschung«, sagte sie und spürte flüchtig wieder die klaffende Wunde in ihrer Brust. »Ludovic hat mir erklärt, dass andere Menschen die Illusionen bezüglich ihrer Eltern normalerweise viel früher verlieren, aber in meinem Fall teilt die Gesellschaft – zumindest unser Teil der Gesellschaft – meine Illusionen bezüglich meines Vaters und verstärkt sie noch, und deshalb habe ich so lange an ihnen festgehalten.«

»Möglich.«

»Was würdest du vorschlagen?«

»Keine Ahnung, M. Ich frage mich nur, ob du dich vielleicht verhört hast oder ihn falsch verstanden hast oder ... Keine Ahnung. Dein Vater liebt dich abgöttisch. Er würde dir nie absichtlich wehtun.«

»*Du* hast mich doch immer damit aufgezogen, dass ich ihn anbete. Er ist kein Gott, hast du immer gesagt.«

»Aber er ist ein kluger Mann, der nur dein Bestes will.«

»Ich glaube nicht, dass das so einfach ist. Ich sehe jetzt alles klarer.«

»Bist du sicher?«

»Ich überlege jetzt nur wegen der Hochzeit. Ob wir sie wirklich in Stockbridge feiern sollen. Ich meine, vielleicht sollten wir einfach hier in der Stadt in ein Restaurant gehen und fertig.«

»Wieso das denn?«

»Will ich wirklich, dass er den Brautvater spielt, auch noch in seinem eigenen Haus? Ich bin zwar keine dieser verrückten Feministinnen, aber unter diesen Umständen…«

»Ich weiß nicht.« Danielle lachte. »Scheint wirklich höchste Zeit zu sein, dass in deinem Leben ein neues Kapitel aufgeschlagen wird.«

»Das ist nicht zum Lachen. Ich bin doch kein Buch.«

»Wann darf ich übrigens *das* Buch lesen?«

»Bald.« Einerseits wollte Marina, dass Danielle das Buch las, andererseits auch wieder nicht. Oder man hätte auch sagen können, einerseits interessierte sie Danielles Meinung zu dem Buch, andererseits auch wieder nicht. »Wenn es fertig ist.«

Nach einer Pause sagte Danielle: »Weißt du, ich bin so stolz auf dich. Du hast es geschafft.«

»Warum fühle ich mich dann so deprimiert?«

»PPD«, sagte Danielle. »Nicht Post-Party, wie im College, sondern der Ernstfall. Postpartale Depression.«

»Gar nichts ist normal«, erwiderte Marina. »Das ist das Verrückteste, was ich je erlebt habe.«

»Gut verrückt oder schlimm verrückt?«

»Einfach nur verrückt.«

KAPITEL FÜNFUNDVIERZIG

»Murray Thwaite: Ein Porträt«
Von Frederick Tubb

Die Sache mit dem Artikel hatte sich schwieriger gestaltet als gedacht. Bootie war förmlich besessen davon: Zwei Wochen lang dachte er jeden Abend, nachdem er die Wohnung der Thwaites verlassen hatte und sich auf dem langen oberirdischen Heimweg zur Pitt Street befand, darüber nach, was im Lauf des Tages alles vorgefallen und besprochen worden war, und überlegte, ob er sein Porträt eher freundlicher oder noch schroffer gestalten sollte. Er hatte den Text ein Dutzend mal von Hand geschrieben, hatte mit krummem Rücken am Tisch in der Wohnung in der Pitt Street gehockt, oft ohne Hemd, immer halb in der Erwartung, dass Julius zurückkehren werde. Er dachte nicht darüber nach, ob sich der Text zur Veröffentlichung eignete – was immer das heißen mochte –, sondern konzentrierte sich darauf, dass er wahrhaftig wurde. Wenn es ihm gelang, nichts als die Wahrheit zu schreiben, würde die Kraft des Texts eine Veröffentlichung erzwingen: Wie seine Mutter immer sagte, die Wahrheit will ans Licht.

Der Murray Thwaite, den er hoffentlich gut beschrieben hatte, war zu Recht komplex –, aber nun hatte Bootie einen Punkt erreicht, wo er sich nicht mehr sicher war. Er wusste zum Beispiel, dass Murrays Liaison mit Danielle seine Gefühle beeinflusst hatte (er hatte versucht, sich vorzustellen, wie die beiden miteinander ins Bett gingen, aber es war ihm nicht so recht gelungen; und womöglich handelte es sich gar nicht um eine erotische Affäre, außerdem, was spielte das für eine Rolle? Sie kommunizierten dennoch unangebracht vertraut miteinander), und er konnte nicht sagen, ob sein moralischer Ekel womöglich Einfluss auf seinen Text gehabt hatte. Als Murray so lange brauchte, um Marinas Manuskript zu lesen – dabei stammte das Buch von seiner eigenen Tochter! –, spürte Bootie, dass die Wut auf seinen Onkel auf die Entwürfe dieser Woche abfärbte; andererseits, als Murray sich endlich entschlossen hatte, die Lektüre in Angriff zu nehmen, und einfach alle Termine absagte, um sich ausschließlich dem Manuskript zu widmen, gewann ihm dies etwas von Booties Respekt zurück. Dann war da Murrays Reaktion auf Marinas Text, die in Bootie zweierlei Gefühle auslöste: Einerseits wünschte er Marina nur Erfolg, andererseits hatte er den Verdacht, dass Murray keineswegs übertrieb, wenn er das Buch albern nannte (schließlich klang schon der Titel albern). Außerdem hatte er den Verdacht, dass Ludovic Seeley seine Freundin falsch beraten und auch mit dazu beigetragen hatte, dass das Manuskript so verworren schien.

Obwohl Bootie wusste, dass es irrational war, neigte er dazu, Ludovic Seeley alles Mögliche übelzunehmen – noch mehr als Murray Thwaite. Schließlich bezahlte ihn Onkel Murray auch für Zeiten, in denen er nicht arbeitete, überhäufte ihn mit Rezensionsexemplaren und hatte sogar – welch lang aufgegebenes Projekt! – angeboten, seine autodidaktischen Essays zu lesen, falls welche existierten.

Immer wieder über Murray zu schreiben war jedoch zu Booties zeitraubendstem Projekt geworden. Er fand keine Zeit mehr für dicke Bibliotheksbände mit einschüchternden Titeln, geschweige denn für die Wälzer von Musil, die von Julius' Bücherregal streng auf ihn herabstarrten. Inzwischen hatte er das Gefühl, Murray gehöre ihm, mehr als Idee denn als Mensch, und manchmal überraschte ihn der Mensch wie etwas, das man vergessen hatte und wieder neu entdeckt: sein Geruch, der Klang seiner Stimme am Telefon.

Ende Juli hatte Bootie den Punkt erreicht, an dem der beschriebene Murray, so schemenhaft er auch sein mochte, an die Stelle des tatsächlich existierenden Menschen trat, stärker wurde als er. Bootie erkannte, dass die Zeit gekommen war, diesen Murray Thwaite in die Welt zu entlassen. Er hatte das Gefühl, dass es bei diesem Schritt von entscheidender Bedeutung sei, ehrlich zu sein, absolut ehrlich. Niemand sollte denken, er sei ein Heuchler oder wolle den Leser irreführen. Er musste die Fehler seines Onkels vermeiden. Er tippte die Schlussfassung auf seinem eigenen Computer in Julius' Apartment und schickte ihn per E-Mail an sich selbst, damit er ihn bei Kinko's ausdrucken konnte. Es kam ihm zum Beispiel ehrlicher vor, die Datei bei Kinko's auszudrucken und nicht bei den Thwaites, da sie mit dem Inhalt des Texts vielleicht nicht einverstanden sein würden: Er würde also nicht ihren Drucker, ihren Strom, ihr Papier brauchen. Er ließ drei Ausdrucke machen und diese, ein kleiner Tribut an seine Eitelkeit, in Plastikdeckel binden, ein Exemplar rot, eines marineblau und eines schwarz. Das rote war für Marina, denn er wollte, dass sie es zur Kenntnis nahm, dass sie *ihn* zur Kenntnis nahm. Das marineblaue war für seine Mutter, eine beruhigend nüchterne Farbe, die signalisierte, wie ernsthaft er sich bemühte. Und das schwarze war für Murray (und natürlich für Annabel, falls Murray sich entschloss, es ihr zu zeigen). Denn er wollte in jeder Hinsicht aufrichtig sein, und es war zwingend erforderlich, dass Murray wusste, was Bootie getan hatte. Schwarz, die Farbe der Trauer, schien am besten geeignet: Sie drückte aus, dass es Bootie leidtat, Murray diesen Schlag nicht ersparen zu können.

Seltsamerweise, das wurde ihm erst später bewusst, dachte er keinen Moment daran, dass ihn diese offene Geste seinen Lebensunterhalt kosten konnte und überhaupt den Kontakt zur Familie. Er hätte später nicht mehr sagen können, was ihm überhaupt durch den Kopf gegangen war, denn er vergeudete keine Zeit damit, sich die Folgen seines Handelns auszumalen. Er tat, was getan werden musste.

Merkwürdigerweise reagierte seine Mutter als Erste. Er schickte ihr den Essay per Express zu, und sie, zweifellos beeindruckt von der Dringlichkeit dieser Versandform, las ihn sofort. Sie rief in Julius' Wohnung an, abends, als Bootie dösend auf dem Futon lag.

»Bootie, was zum Teufel ist in dich gefahren?«, fragte sie.

»Wieso?«

»Na ja, ich hab Murrays unveröffentlichtes Buch nicht gelesen, und ich glaube, das wäre ihm auch nicht recht. Dafür hat er dich ganz bestimmt nicht eingestellt: dass du die Hand beißt, die dich füttert. Hast du den Verstand verloren, Bootie? Was um alles in der Welt ist los mit dir?«

»Nichts, Ma.« Er erklärte ihr, dass Marina um eine kulturelle Enthüllungsstory gebeten hatte, und das sei sie nun. Er erklärte ihr nicht, dass er immer noch insgeheim die Hoffnung hegte, dieser Essay könne Marina dazu bringen, sich in ihn zu verlieben. Er wusste zwar, dass er vergeblich hoffte, doch in seiner Fantasie war er fest davon überzeugt, dass dies zwangsläufig eintreten werde, wenn Marina nur einmal seinen Blickwinkel einnahm, seine Denkweise verstand.

»Ich werde jetzt deinen Onkel anrufen. Weiß er davon?«

»Ich hab's ihm gegeben. Aber ich glaube kaum, dass er es schon gelesen hat. Er hat ewig gebraucht, um Marinas Manuskript zu lesen.«

»Er hat viel zu tun, Bootie. Meine Güte. Ich glaube, es ist höchste Zeit, dass das aufhört mit diesen Verrücktheiten und dass du weiterstudierst. Von Oswego kamen ein paar Unterlagen. Ich hab den Umschlag aufgemacht. Zeit für die Einschreibung. Ich kann morgen den Scheck ausfüllen.«

»Über all das bin ich weit hinaus, Ma.«

»Über ein Studium? Was soll das heißen?«

»Ich weiß nicht, wie ich's dir erklären soll, außer so, dass ich jetzt mitten im *Leben* stehe. Und zwar wirklich mittendrin. Es gibt keine Umkehr mehr.«

»Du hast nicht mehr alle Tassen im Schrank. Bootie, muss ich kommen und dich holen?«

»Ich bin *erwachsen*! Ich *lebe mein Leben*!«

Seine Mutter seufzte. »Du brauchst mich nicht so anzuschreien«, sagte sie. »Ich halte das zwar alles für verrückt, aber ich hab dich trotzdem lieb.«

»Ich dich auch, Ma.«

»Er wird sehr aufgebracht sein. Ich denke zwar manchmal, dass ich meinen Bruder nicht allzu gut kenne, aber das weiß ich. Er kann wahnsinnig wütend werden. Das war schon immer so. Und was du da getan hast, ist einfach schrecklich.«

»Jemand muss doch mal die Wahrheit sagen. Jemand muss die Dinge beim Namen nennen.«

»Woher weißt du so sicher, dass es die Wahrheit ist? Und warum musst ausgerechnet *du* sie aussprechen? Willst du dein Leben zerstören?«

»Alles wird gut. Du wirst sehen. Alles wird gut.« Er war es gewohnt, sie so zu beruhigen, auch wenn er ahnte, dass vielleicht doch nicht alles so gut enden würde.

Marina rief ihn zwei Stunden später an. Als das Telefon klingelte, las er gerade Emerson: »Dieser Kropf der Ichsucht ist unter bedeutenden Menschen so häufig, daß wir annehmen müssen, die Krankheit habe irgendeiner starken natürlichen Notwendigkeit gedient – wie wir etwas Ähnliches beim Geschlechtstrieb sehen. Die Erhaltung der Art war von solcher Notwendigkeit, daß die Natur sie gegen alle Zufälle gesichert hat, indem sie die Leidenschaft der Liebe ins Ungeheure steigerte, auf die Gefahr hin, dadurch beständige Verbrechen und Unordnungen hervorzurufen. So hat die Ichsucht ihre Wurzel in jener Notwendigkeit, die einen Grundzug des menschlichen Wesens bildet und jedes Individuum antreibt, durchaus bleiben zu wollen, was es ist.«

»Frederick«, sagte sie. »Soll das ein Witz sein?«

»Es ist eine kulturelle Enthüllungsstory.«

»Es ist die Tirade eines Wahnsinnigen gegen meinen Vater.«

»So sehe ich das absolut nicht. Das war nicht meine Absicht. Vielleicht habe ich nicht den richtigen Ton getroffen?« Er überlegte einen Moment. »Ich habe noch nie etwas im Hinblick auf Veröffentlichung geschrieben. Ich dachte, du hilfst mir vielleicht, es druckfertig zu machen.«

»Du glaubst doch nicht im Ernst, dass ich das veröffentliche?«

»Irgendjemand muss doch mal die Wahrheit sagen. Und wer das tut, wird meist dafür bestraft. Ich weiß, so macht man sich keine Freunde.«

»Welche Wahrheit soll darin enthalten sein, Frederick? Außer, dass du meinen Vater nicht magst?«

»Ich mag ihn teils sogar sehr. Er war wirklich nett zu mir, zum Beispiel mit dem Job. Es handelt sich um eine differenzierte Sichtweise.«

»Differenziert?«

»Ich dachte, gerade du würdest imstande sein, das zu erkennen.«

»Du meinst, weil ich momentan böse auf ihn bin?«

»Weil du ihn siehst.« Bootie saß zusammengekauert auf dem Boden, das Telefon zwischen Schulter und Kopf geklemmt, und inspizierte seine Zehen, während er sprach. Er umrundete sie mit den Fingern, als male er ihren Umriss auf den Boden. Er fand, dies halte ihn davon ab, sich zu sehr zu beunruhigen.

»Hat Ludovic es gelesen?«, fragte er.

»Ja, hat er.« Man hörte eine Art leises Pfeifen, als sie die Luft durch die Zähne sog. »Wegen dir hatten wir eine der schlimmsten Auseinandersetzungen unserer Beziehung.«

»Ihr habt euch wegen mir gestritten?«

»Er findet zwar nicht, dass dein Artikel – ich möchte es gar nicht als Artikel bezeichnen – der Wahrheit schlechthin entspricht, aber zumindest *einer* Wahrheit, deiner Wahrheit. So drückt er es aus. Er findet, es steckt ein wahrer Kern darin. Seiner Meinung nach sollte es in *The Monitor* erscheinen, eine Diskussion anstoßen. Es sei ein Anfang, findet er.«

»Du aber nicht?«

»Frederick, hallo? Du attackierst meinen Vater wegen eines Manuskripts, an dem er arbeitet und das noch kein Mensch gesehen hat. Ich hab's noch nicht gesehen. Meine Mutter hat's noch nicht gesehen. Es ist geheim.«

»Es lag in seiner Schreibtischschublade. Da liegt es immer noch.«

»Du gehörst zur Familie. Er hat dir vertraut. Kapierst du das nicht? Du bist genau wie Ludo. Klar kannst du sein Leben zerstören, aber du solltest dich dafür entscheiden, es nicht zu tun, weil er dir etwas bedeutet, weil unsere Familie dir etwas bedeutet. Waren wir nicht nett zu dir?«

»Äußerst nett.« Bootie fuhr immer schneller mit dem Finger um seine Zehen herum. »Ich glaube nicht, dass es sein Leben zerstören wird.«

»Dieses Buch liegt ihm mehr am Herzen als alles andere. Es ist sein wichtigstes Werk, und du machst dich darüber lustig.«

»Über dein Buch hat er sich auch nicht besonders freundlich ausgelassen, wenn ich mich recht erinnere.«

»Das hat nichts damit zu tun.«

»Du verzeihst ihm also, falls du ihm verzeihst, weil er geglaubt hat, dir zu helfen.«

»Er hat seine Meinung nicht in der Zeitung veröffentlicht. Er hat mich zum Lunch eingeladen. Ich will dir nicht zu nahe treten, Bootie, aber du kannst meinem Vater nicht das Wasser reichen. Er hat ein Recht auf seine Meinung.«

»Und zu den wichtigsten Fragen des Lebens hat er keine Meinung, über die zu reden es sich lohnte«, sagte Bootie und hielt seine Füße fest, als wolle er sie am Weglaufen hindern. »Und das ist jetzt keine Meinung, sondern eine Tatsache.« Er machte eine Pause. »Niemand hat sich sehnlicher gewünscht als ich, dass dieses Manuskript brillant ist«, sagte er ruhig. »Er war mein Held, mein ganzes Leben lang.«

»Wenigstens braucht er nie etwas davon zu erfahren«, sagte sie. »Wir können diese Sache jetzt sofort beenden.«

»O nein«, erwiderte Bootie. »Er hat sein eigenes Exemplar.«

»Wie bitte?«

»Er hat ein Exemplar. Ich hab es ihm gestern Nachmittag dagelassen, als ich heimfuhr. Heute hat er mir gesagt, er hoffe, dass er gegen Abend zum Lesen kommt.« In der nun folgenden Stille stellte Bootie sich vor, wie Marina – ähnlich einer Figur aus *Tom & Jerry* oder *Road Runner* – hektisch hin und her überlegte, wie sie das Manuskript an sich bringen könne, bevor Murray es lesen würde. »Er weiß, dass der Artikel für dich ist«, sagte er. »Er weiß, dass auch andere den Text bekommen haben.«

»Weiß er, worum es geht?«

»Das hab ich nicht erwähnt, nein.«

Murray Thwaite rief Bootie an diesem Abend nicht an, obwohl Bootie für alle Fälle bis zwei Uhr morgens aufblieb. Er nahm an, Murray sei einfach noch nicht dazu gekommen, den Artikel zu lesen, oder habe keine Lust dazu gehabt. So wie er ja auch Marinas Buch ewig vor sich hergeschoben hatte. Doch als Bootie am nächsten Morgen kurz nach neun eintraf und möglichst lässig durch den Flur stolzierte, kam Murray ihm entgegen, winkte ihn in sein Büro und bat ihn Platz zu nehmen. Da wusste Bootie, dass er den Artikel gelesen hatte.

Murray wirkte sehr ernst, aber ungemein onkelhaft: Beruhigend zerknautscht lehnte er sich zurück, schlug seine langen Beine übereinander, zündete sich eine Zigarette an, zerknüllte ein Stück Silberpapier aus der Zigarettenschachtel, warf es in den Papierkorb, traf daneben. Bootie sah erst gar nicht, dass das Glas, aus dem Murray ständig trank, reichlich Scotch enthielt. Bootie war sich seines eigenen physischen Nachteils bewusst: Seine Brille rutschte ihm von der Nase, seine mächtigen Schenkel ragten linkisch in den Raum, auf dem kleinen Sofa konnte er zwischen all den Papierstapeln keine bequeme Position finden. Wenigstens ruhten seine Füße fest auf dem Boden; aber sie steckten in Turnschuhen und machten die Sache auch nicht besser.

»Du bist noch sehr jung«, sagte Murray. »Und das ist etwas Schönes. Ehrgeizig, ernsthaft, unabhängig.«

Bootie verzog keine Miene, blinzelte aber hinter seiner Brille.

»Du hältst nicht viel von mir. Das ist dein Auftrag, der Auftrag deiner Generation, aber da du mein Neffe bist, was einem Sohn am nächsten kommt, ist es ganz speziell auch dein Auftrag.« Er rauchte, hüstelte. Er zog dies absichtlich in die Länge, um Bootie zu quälen. »Mit der Zeit wirst du Großes erreichen«, sagte er; und Bootie dachte, dass er recht gehabt hatte, als er seine Mutter beruhigte: Es würde alles gut werden. »Oder auch nicht«, fuhr Murray fort. Dann hielt er inne und drückte die Zigarette aus und beugte sich vor, die Ellbogen auf die Knie gestützt, und sah Bootie an, und sein

Blick war bösartig, ein bösartiges Glimmen in den Augen dieses alternden Mannes, in seinem aufgedunsenen, schlaffen Gesicht, unter den eindrucksvoll gewölbten Augenbrauen. »Aber was zum Teufel fällt dir ein, du kleine Null, du mieser kleiner Dreckskerl, in meinen Papieren herumzuschnüffeln und Jauche drüber auszukippen? Was hast du hier die ganze Zeit getrieben, hmm?« Er beugte sich noch weiter vor. »Hmm? Hmm?«

»Nichts, Onkel.«

»Das sehe ich. Nichts, was man als richtige Arbeit bezeichnen könnte. Ich habe dir ein fürstliches Gehalt bezahlt, meine Frau hat dich hier herzlich willkommen geheißen, meine Tochter hat dich unter ihre Fittiche genommen, und so vergiltst du es uns?«

»Nein, Onkel.«

»Was zum Teufel soll das heißen? Und sag nicht dauernd Onkel zu mir, verdammt nochmal.«

»Ich bin euch sehr dankbar. Was ihr für mich getan habt – ich kann gar nicht –«

»Aha, verstehe. Du konntest nicht anders, als meine privaten Papiere zu durchwühlen und deine ach so maßgebliche Meinung in die verdammte Welt hinauszuposaunen? Weißt du, was du bist? Du bist ein kleiner Scheißkerl, ein Nichts, du hast den Intellekt einer Motte! Du bist ein Stück Dreck aus Watertown, New York, das selber nur ein Stück Dreck auf der Landkarte ist. Du bist ein Nichts. Und weißt du, woher ich das weiß? Weil ich selber so war wie du, mein Gott, ich war genauso, nur dass ich nicht fett war. Aber ich habe meinen Platz gekannt, ich wusste, wem ich etwas zu verdanken hatte, ich habe geackert und den Mund gehalten und zugehört und gelernt und geschuftet, du kleines Arschloch, ich habe geschuftet, bis ich etwas aus mir gemacht hatte.« Er schwieg einen Moment, trank einen großen Schluck. »Und die Leute wurden nicht etwa deshalb auf mich aufmerksam, weil ich ein aufgeblasener kleiner Schwachkopf war oder weil ich mit Soundso verwandt war oder irgendwem in den Arsch gekrochen bin. Sie wurden auf mich aufmerksam, weil ich meine Hausaufgaben gemacht habe und mich auskannte. Fakten, nicht Meinungen. Man hat kein Recht auf eine Meinung, wenn man nicht die Fakten kennt.«

»Bei allem Respekt, Onkel –«

»Respekt? Das dürfte genau das sein, was dir fehlt!«

»Bitte, ich möchte nur sagen, dass meine Meinung auf der Basis von Fakten gebildet wurde.«

»Fakten?«

»Dein Manuskript – *Wie man leben soll* – ist ein Fakt.«

Murray wirkte verblüfft, aber nur für einen Moment. Er setzte sich auf und beugte sich wieder vor. Seine Hände kamen Bootie riesig vor. »Ein Fakt? Ein Fakt? Die ersten Notizen für ein längerfristiges Projekt, verstreute Notizen, die vielleicht nie das Licht der Welt erblicken, jedenfalls ganz sicher nicht in ihrer jetzigen Form? Das nennst du Fakt? Und wenn ich dieses kranke Chaos durchwühlen würde, das du mit dir herumschleppst, und wenn ich in deinem Tagebuch stöbern würde, dann würde das also auch als öffentliches Dokument gelten?«

»Ein Buchmanuskript existiert. Wenn du morgen stirbst, wird es veröffentlicht.«

»Das würde ich rechtzeitig zu verhindern wissen. Aber das gehört jetzt nicht hierher.«

»Für deine Leser ist das Manuskript sehr kostbar. Noch kostbarer, weil es nicht veröffentlich ist. Ich sage den Leuten nur, was Sache ist.«

»Nein, junger Mann. Du bildest dir weiß Gott was ein und behandelst mich wie den letzten Dreck. Und dir scheint nicht klar zu sein, dass ich da sofort einen Riegel vorschieben kann. Ein Wink von mir, und du hörst auf zu existieren.«

»Heißt das, ich bin gefeuert?«

»Es heißt nur Folgendes: Was mich betrifft, und mit mir den denkenden Teil dieser Stadt, und – weiter gefasst – dieser Nation, wirst du aufhören zu existieren.«

»Was wirst du meiner Mutter sagen?«

»Was wirst *du* deiner Mutter sagen?«

Bootie nickte langsam, wie betäubt, und stand auf, um zu gehen. Er hatte keine Sachen zusammenzuräumen, aber er tat so, um Zeit zu gewinnen. So hatte er sich den Ausgang dieser Sache nicht vorgestellt. Oder vielmehr, er hatte sich überhaupt nichts vorgestellt. Er war sich nur in einem Punkt ganz sicher gewesen: dass Marina den Artikel drucken würde. Er hatte sich solche Mühe gegeben, damit sich das erfüllte. Alles andere, so seine Überlegung, würde sich schon irgendwie ergeben, solange er sich nur ehrenwert verhielt. Bevor er zur Tür ging bemerkte er: »Dir ist klar, dass Ludovic Seeley nicht auf deiner Seite ist? Dir ist klar, dass er es gern veröffentlichen würde?«

»Hat er das gesagt?«

»Nicht direkt. Aber ich weiß es aus zuverlässiger Quelle.«

»Blödsinn.«

Bootie hatte den Eindruck, dass Murray beunruhigt wirkte, was ihn kindischerweise freute. Murray hatte ihm das Gefühl vermittelt, ein krabbelndes Insekt zu sein. Deshalb hatte er jetzt Lust, zuzustechen. »Nur noch eine letzte Frage, Onkel? Bevor ich gehe?«

»Was?« Murray stand bedrohlich da. Er zündete sich wieder eine Zigarette an und fuchtelte mit dem Streichholz herum, als wolle er Booties Kleidung oder Haare in Brand stecken.

»Hast du es nicht für mich dort hingelegt?«

»Was soll das heißen?«

»Ehrlich gesagt war ich der Meinung, dass ich nur das tue, was du von mir willst. Fast so, als hätte ich deine Instruktionen befolgt. Nur, dass meine Reaktion auf dein Manuskript eben anders ausfiel, als du gehofft hattest.«

Murray sagte nichts, stieß nur wie ein Drachen Rauch durch die Nüstern. Bootie hätte fast gelacht, teils aus Nervosität, teils weil ihm die Situation komisch vorkam, absurd. Er wartete darauf, dass Murray grinste, ihm auf die Schulter haute und zum Beispiel sagte: »Genug jetzt mit diesen Albernheiten. Wenden wir uns wieder wichtigeren Dingen zu, okay?« Es hätte Bootie zwar ein wenig geärgert (niemand mag es, wenn seine Leistung nicht ernst genommen wird), aber erfreulicherweise wäre so alles wieder ins Lot gekommen. Um den Boden für dieses Szenario zu bereiten, sagte Bootie – obwohl es ihm albern vorkam –: »Weißt du, du bist immer mein Held gewesen. Das habe ich auch in dem Text geschrieben.«

Murray schnaubte, und stieß noch mehr Rauch durch die Nüstern. »Ich glaube, du gehst jetzt besser«, sagte er und bewegte sich auf Bootie zu, drängte ihn rückwärts in den Flur. »Sofort!«

KAPITEL SECHSUNDVIERZIG
Der Kuckuck im Nest

Marina sagte, sie habe beim Lesen geweint, habe Bootie am Telefon beschimpft, bedaure ihn aber auch, denn offenbar wisse er nicht, was er tue. Außerdem sagte Marina, dass sie und Seeley den schlimmsten Streit ihrer Beziehung gehabt hätten – sie hätte sogar sagen können »den ersten wirklichen Streit« –, und es war klar, dass der Groll immer noch schwelte: Die Möglichkeit einer Veröffentlichung des Artikels stand nach wie vor im Raum. Schließlich war Seeley der Herausgeber des *Monitor*; er war in diesem Fall Marinas Chef. Marina sagte auch, dass das Unangenehmste dabei ihre eigene Schadenfreude sei: »Daddy hat mir das auch angetan, erst vor einer Woche, aber offiziell ist schon alles wieder vergessen; es herrscht Friede, Freude, Eierkuchen, und ich soll tun, als sei nichts gewesen. Jetzt hat Bootie ihm eine Dosis seiner eigenen Medizin verabreicht, nicht wahr? Im Grunde rät er Daddy, sein Buch nicht zu veröffentlichen. Sein geheimes Buch.«

»Also ist es wohl doch kein Kochbuch«, hatte Danielle gesagt. Weder Murray noch Marina wollten ihr Booties Artikel zeigen.

»Und noch etwas«, fuhr Marina fort. »Noch etwas will mir nicht aus dem Sinn. Bootie – Frederick – ist zwar komisch und manchmal sogar unheimlich – du solltest mal sehen, wie er mich anschaut –, aber er ist nicht dumm, verstehst du? Er scheint sogar ziemlich intelligent zu sein, auch wenn sein Artikel ein bisschen verwirrend ist. Verwirrend, weil der Eindruck entsteht, Bootie schreibe in einer Art Code, für Leute, die das Manuskript bereits kennen und die meinen Dad kennen, und dabei hat es noch kein Mensch gesehen, nicht mal ich. Bootie hat es nämlich aus Daddys Schreibtischschublade gestohlen. Aber ich habe mich bei dem Gedanken ertappt, ob seine Kritik nicht vielleicht berechtigt ist und ob der große Murray Thwaite sich in diesem Buch vielleicht wirklich, na ja, als weniger gedankenvoll erweist – oder seine Gedanken weniger interessant erscheinen – ich meine, Bootie deutet sogar an, der Text sei etwas seicht. Und wenn er nun Recht hat?«

»Glaubst du nicht, das hätte schon früher jemand bemerkt?«

»Ludo, als Experte, hält Daddy für seicht und obendrein für borniert. Er sagt immer, das habe nichts mit seiner Beziehung für ihn zu tun, nichts mit dem Menschen, sondern mit dem Werk.«

»Ludo ist also eine unparteiische Autorität?«

»Ludo würde sich freuen, wenn er Daddys Arbeit bewundern könnte. Er sagt, er bewundere die älteren Texte, bevor Daddy so bequem geworden ist.«

»Dein Daddy ist nicht bequem.«

»Glaubst du nicht, dass ich ihn besser kenne als du?«

»Ich weiß nur, M, dass Ludo dich kennen lernen wollte, *weil* du Murrays Tochter bist. Und zuvor hat er über Murray immer nur verächtlich gesprochen.«

»Worauf willst du hinaus?«

»Auf gar nichts. Aber ich denke, du solltest seine Worte nicht für bare Münze nehmen. Ich kenne seine Motive nicht, aber sie sind nicht aufrichtig.«

»Du sprichst hier von meinem zukünftigen Ehemann.«

»Tut mir leid, Marina.«

»Du warst verliebt in ihn, seit du ihn in Sydney zum ersten Mal gesehen hast, und du würdest alles tun, um ihn mir zu vermiesen!«

»Das ist doch lächerlich.«

Und dann war Marina in Tränen ausgebrochen, hatte aber zumindest nicht aufgelegt, und Danielle hatte sie endlich dazu überreden können, all dies lieber persönlich zu besprechen, und sie hatten sich am Union Square getroffen und waren unter den Bäumen spazieren gegangen, hin und her, hin und her, weit über eine Stunde lang, schließlich sogar Arm in Arm, während Marina darüber sprach, wie schwer sie es als Tochter ihres Vaters habe und wie anstrengend es sei, immer von allen beneidet zu werden, und dass es sie, obwohl das nichts ändere, wütend mache; sie habe nämlich echte Probleme, aber das glaube ihr keiner. Marina kam auf das letztlich am Telefon nicht erschöpfend behandelte Thema zurück, ob Bootie vielleicht Recht haben könne; und Danielle merkte, dass Seeley sie schon fast auf seine Seite gezogen hatte.

»Überleg doch mal: Es gibt nichts Schlimmeres als Anmaßung, und unberechtigte Anmaßung ist wirklich das Letzte. Daddy verachtet mein Buch, weil er findet, die darin enthaltenen Themen seien zu unseriös, passten irgendwie nicht zu *seinem* Kind. Was übrigens heißt, dass es nicht um mich geht, sondern um ihn. Wieder eine andere Geschichte. Er ist wie das Monster, das Manhattan verschlang, er denkt, es dreht sich alles immer nur um ihn.« Sie schniefte. »Ich will auf Folgendes hinaus: Ist es nicht schlimmer, sich anmaßend und gemein zu verhalten, als unprätentiös und absolut anständig? *Ich* verkünde hier nicht irgendwelche bahnbrechenden Erkenntnisse, *ich* halte mich nicht für Flaubert oder meinetwegen Dr. Spock oder Gloria Steinem oder für wen auch immer. Aber *er* hält sich dafür. Wenn wir Bootie Glauben schenken dürfen, wollte Daddy heimlich das Rad neu erfinden. Führe ein anständiges Leben. Verliere nie die Beherrschung. Verbünde dich mit Schönheit und Wahrheit. Vor allem Wahrheit. Bla, bla, bla. Ich bitte dich! Er tischt uns uralte Maximen auf, als seien es kostbare Kleinodien. Nur weil er sich für einen Denker hält, heißt das noch lange nicht, dass er sich plötzlich in einen verwandelt.«

An dieser Stelle gab Danielle nur ein nichtssagendes Geräusch von sich.

»Ludo glaubt an Entlarvung. Er sagt immer – und hat absolut recht damit –, dass es erhabener ist, ein gutes Buch über, sagen wir mal, Käse zu schreiben – ein nützliches, ehrliches Käsehandbuch – als irgendeinen weiteren Scheißroman. Oder noch schlimmer, einen schwülstigen pseudophilosophischen Wälzer.« Marina war bei diesen Worten stehen geblieben und gestikulierte mit beiden Armen. Eine Obdachlose, die auf einer Bank in der Nähe lag, murmelte, erschreckt von dem Ausbruch, Obszönitäten vor sich hin.

»Also, was willst du damit sagen?«

»Ich weiß nicht.« Marina setzte ihre Runde durch den Park fort. »Ich will damit sagen, dass Daddy das, was Bootie ihm jetzt gesagt hat, sonst von niemandem zu hören kriegt. Niemand erinnert ihn daran, dass er ein gewöhnlicher Sterblicher ist. Er käme sogar als Mörder unbescholten davon. Und deshalb muss es gut sein. Ich glaube, das will ich damit sagen.« Sie blieb wieder stehen, einen Moment lang. »Was aber nicht heißt, dass ich für eine Veröffentlichung bin. Meine Güte, ich bin die Tochter meines Vaters! Außerdem ist der Artikel nicht mal besonders gut. Aber ich bin froh, dass Daddy ihn lesen musste. Froh für Daddy, auf lange Sicht. Nicht für Bootie.«

»Nein. Wie ist es ihm denn ergangen?« Eigentlich hätte Danielle diese Frage gar nicht zu stellen brauchen. Murray hatte ihr, mit einem Lachen, das zeigte, wie unbehaglich ihm bei der Sache war, bereits aus *seinem* Blickwinkel geschildert, wie er den Jungen rausgeworfen hatte.

»Verkommene Manieren«, hatte er gesagt. »Darauf läuft es hinaus. Ich weiß nicht, was dort oben in Watertown stattgefunden hat, aber jedenfalls nicht das, was zivilisierte Menschen unter Sozialisation verstehen. Der Junge ist einfach zum Kotzen. Er hat eine Ewigkeit bei uns gewohnt. Wir haben ihn durchgefüttert. Ihm New York gezeigt. Marina hat ihm eine Wohnung organisiert. Ich hab ihn eingestellt, verdammt nochmal, weil er mein Neffe ist. Und als Annabel um den Vierten herum in die Stadt zurückmusste, traf sie ihn in unserem Haus an, und es herrschte das blanke Chaos. Das hat sie gesagt. Wir hätten es wissen müssen. Der Kuckuck im Nest. Wir haben nur darüber gelacht. Und das hat ihn ermutigt, auf uns zu scheißen, buchstäblich auf uns zu scheißen. Diese jämmerliche kleine Ratte.« Murray, eine riesige Gestalt in Danielles kleinem Apartment, war während dieses Berichts nervös auf und ab gegangen; so wie Marina jetzt im Freien nervös ihre Kreise zog. Rastlos alle beide.

»Es tut mir so leid«, hatte Danielle zu ihm gesagt.

»Leid? Warum sollte dir das leidtun? *Mir* tut es leid, dass sich mein eigen Fleisch und Blut als Soziopath entpuppt hat. Oder als Psychopath. Oder, wer weiß, vielleicht nur das gute alte Aspergersyndrom? Jedenfalls ist er ein verdammtes kleines Arschloch.«

»Er hat versucht, näher an dich ranzukommen, glaubst du nicht?«

»Ist das die Methode, mit der man neue Freunde und Einfluss gewinnt? Bitte entschuldige, dass ich nicht in Freudengeheul ausbreche. Wahrscheinlich hab ich die falschen Universitäten besucht.«

»Nein«, hatte Danielle erwidert. »Du weißt ganz genau, dass er es versucht hat.«

Murray war pikiert.

»Mir tut der Junge leid«, hatte Danielle zu erklären versucht. Später, bei Marina, versuchte sie es erst gar nicht mehr, denn sie vermutete, dass Vater und Tochter keinen Sinn dafür hatten. Zu Murray hatte sie gesagt: »Er ist jung, intelligent und ehrgeizig, und er stammt aus Watertown. Meine Güte, ich kam damals aus Columbus, und selbst da sind die Perspektiven noch Klassen besser als in Watertown. Und wer kann ihn von dort wegholen? Nur ihr drei. Ihr seid sein Ticket, seine einzige Hoffnung.«

»Und deshalb scheißt er auf uns.«

»Weil er kompliziert ist. Je mehr er dich liebt, je mehr du für ihn tust, desto mehr hasst er dich.«

»Dann ist er ein Arschloch. Ist ja auch egal. Ich werde ihn sowieso nie wiedersehen.«

»Weiß deine Schwester schon davon?«

»Judy? Die ist borniert, die will doch nur, dass er nach Hause kommt und ab dem Labor Day auf dieses gottverlassene College geht.«

»Und? Tut er das?«

»Keine Ahnung. Ich bezweifle es.«

»Du wirst nie mehr mit ihm reden?«

»Frag mich das in zehn Jahren nochmal. Aber im Augenblick würde ich sagen: nein.« Später jedoch, nachdem sie Scotch getrunken, zu Abend gegessen und miteinander geschlafen hatten (Annabel war auf dem Land, um den Garten zu richten; und wenn Murray sich auch grundsätzlich weigerte, über Nacht zu bleiben, weil er und Annabel jeden Abend von Bett zu Bett telefonierten, musste er nicht zu einer bestimmten Zeit zu Hause sein, gab es keinen Rückruf), nachdem sie sich angezogen hatten und auf die Dachterrasse des Gebäudes gestiegen waren, um die Skyline und den weiten, samtigen Sommernachthimmel zu betrachten, sagte Murray: »Und natürlich, wie sollte es anders sein, fragt sich irgendein winziger Teil in meinem Hirn, ob der Junge nicht Recht hat. Ob er als Einziger mutig genug und dumm genug ist, mir die Wahrheit zu sagen.«

»Du weißt, dass das nicht zutrifft. Er ist neidisch, er hat Riesenerwartungen und –«

»Und warum auch nicht? Falls das Manuskript nichts als ein Haufen Scheiße ist, warum sollte er es nicht aussprechen?«

»Es ist dein privates Manuskript und der erste Entwurf.«

»Es ist mein Fantasiewerk. Das Werk, das ich gern schreiben würde, wenn ich der Mann wäre, der ich eigentlich sein möchte.«

»Ich habe den größten Respekt vor dem Mann, der du bist. Und ich lese deine Bücher gern.«

»Glaubst du, dass es irgendjemand von uns ohne Verstellung zu irgendetwas bringen würde? Und ohne Anmaßung? Frederick Tubb säße heute noch in Watertown.« Murray wies in Richtung Hudson. Als Danielles Blick seinem Arm folgte, war sie aufs Neue fasziniert von der Schönheit der Stadt, ihren glitzernden Stalagmiten und Hauptverkehrsstraßen, auf die sich, als wären es Perlenschnüre, die Lichter des unablässig startenden, unablässig stoppenden Verkehrs auffädelten. Selbst die dunklen Flecken, die Flachdächer der Backsteingebäude und Brownstones unmittelbar südlich und westlich, oder die Aussparung, die tagsüber ein Spielplatz war – selbst diese Ellipsen waren für das gesamte Muster von entscheidender Bedeutung. Mehr zum Zentrum hin ragte eine Gruppe von Wolkenkratzern hell erleuchtet in die Nacht, ein unerschütterlicher merkantiler Fels in der Brandung dieser spleenigen, verrückten Stadt.

»Watertown«, sagte sie. »Und vermutlich wäre das für alle besser gewesen. Und jetzt ärgerst du dich wegen des Buchs, und er ist schuld.«

»Ich werde es nicht veröffentlichen.«

»Es ist ja auch noch nicht fertig.«

»Nein. Ich meine, ich werde es wohl überhaupt nicht veröffentlichen. Ich hab so was noch nie gemacht.«

»Es ist doch alles andere als fertig!«

»Es ist eine Selbstparodie, genau wie er sagt. Ein Fake.«

»Das glaub ich einfach nicht.«

»Hast du das kleine Flugzeug gesehen?« Ein winziges blinkendes Licht bewegte sich wie ein Glühwürmchen in geringer Höhe über die getüpfelte Skyline, gleich jenseits der Insel. Es sah fast aus, als schlängele es sich zwischen den Gebäuden hindurch, ein Blinklicht unter blinkenden Lichtern. »Eines Tages fliege ich mit dir in einem dieser Dinger. Oder wir machen den Helikopterrundflug. Das ist zwar eine Touristenattraktion, aber der Blick ist unglaublich. Ich habe das vor etlichen Jahren mal mit ein paar kurdischen Besuchern gemacht.«

»Manhattan von oben?«

»Am besten bei Nacht.«

Nach einer Weile sagte Danielle: »Meinst du, er ist ganz alleine? Dein Neffe?«

»Woher soll ich das wissen?«

»Er hat keine Freunde. Er ist verliebt in Marina.«

»Ein interessanter Effekt, nicht wahr? Die Typen, die mich nicht ausstehen können, stehen auf meine Tochter.«

»Und deren beste Freundin steht auf dich.«

»Sieht ganz so aus.«

Nichts davon konnte Danielle Marina erzählen, als sie den schattengesprenkelten, baumgesäumten Rundweg in der Nähe des Wochenmarkts entlangschlenderten; aber sie hätte gern laut gerufen, dass sie Marina gut verstehe; Danielle hatte das Gefühl, sie alle vor sich zu sehen, wie Schauspieler auf einer Bühne, es war diese sonderbare Hellsicht, die sie seit Beginn ihrer Beziehung zu Murray erlebte – die Welt der Thwaites entfaltete sich vor ihr wie ein leuchtendes, vielschichtiges Palimpsest, und sie wusste, spürte, warum Bootie dies oder jenes gesagt hatte und was er in Wirklichkeit meinte, und sie kannte die Bewegungen von Murray und Marina, als habe sie sie selbst choreographiert. Sie überlegte flüchtig, ob sich so Annabel fühlen mochte, und verwarf den Gedanken. Sie verspürte nicht den Wunsch, sich Annabels zu bemächtigen. Und was sie sah und wusste, unterschied sich – wenn auch vielleicht nur in seiner Qualität, seiner speziellen, kristallinen Struktur – von dem, was die andere Frau bewegte.

Im grüngrauen Schatten schlenderten sie unter den Bäumen dahin, und als der Abschied nahte und Marina sich beruhigt zu haben schien, fragte sie Danielle, ob sie schon das Neueste von Julius wisse.

»Wir glauben«, sagte Marina, »es gibt da ein Problem. Er hat mir eine E-Mail geschickt, weil er gern etwas für mich schreiben möchte. Ich hatte ihn darum gebeten, aber ihm fiel kein Thema ein, denn meiner Meinung nach ist er zu sehr mit seinen Partys beschäftigt. Ich hab ihm sogar angeboten, er könne was über die Partys downtown schreiben, na ja, irgendwas Lustiges, keine Ahnung, vielleicht darüber, welche Rolle sie für die Zwanzig- bis Dreißigjährigen und die Dreißig- bis Vierzigjährigen spielen, weil es da wirklich so was wie eine kulturelle, generationsbedingte Verschiebung zu geben scheint. Ist das nicht jämmerlich? Er hat sich dazu bereit erklärt – *unser* Julius schreibt solchen modischen Lifestyle-Trash. Ich schwör's dir, ich hab fast geheult. Jedenfalls: David hat seinen Job verloren.«

»Mir blutet das Herz.«

»Das ist aber nicht besonders nett.«

»Wie kann mir jemand leidtun, den ich gar nicht kenne und der sich im Grunde geweigert hat, mich kennenzulernen?«

»Aber Julius könnte dir doch leidtun, oder?«

»Klar tut er mir leid. Was haben sie jetzt vor?«

»Hört sich an, als müssten sie ausziehen, wenn sie nicht ganz schnell eine Lösung finden.«

»Zurück in Julius' Wohnung.«

»Wahrscheinlich.«

Nach ein paar Schritten fragte Danielle: »Und dein Cousin?«

»Bootie?« Marina zuckte die Achseln. »Keine Ahnung. Hab ich noch gar nicht dran gedacht. Vielleicht zieht er zurück nach Watertown.«

»Wow. Glaubst du wirklich?«

»Na ja, in die Wohnung meiner Eltern zieht er jedenfalls nicht zurück, das steht fest.«

SEPTEMBER

KAPITEL SIEBENUNDVIERZIG

Der Mann ohne Eigenschaften

Den letzten Augusttag, einen Freitag, verbrachte Bootie damit, energisch alle Spuren zu beseitigen, die er in dem Apartment in der Pitt Street hinterlassen hatte. Er wusste nicht genau, wie sauber oder schmutzig es bei seinem Einzug vor zwei Monaten gewesen war, vermutete aber, dass Julius nicht nur gehässig, sondern auch heikel war, und er brauchte unbedingt die volle Kaution zurück. Er zog nämlich in eine Wohngemeinschaft in Fort Greene, Brooklyn, die er schließlich doch über die *Village Voice* gefunden hatte; Julius hatte ihm geraten, dort nachzuschauen, als er – nun doch höflich – anrief, um Bootie mitzuteilen, dass er, Julius, seine Wohnung jetzt wieder selber brauche und Bootie ausziehen müsse. Bootie schrubbte, putzte, wischte Staub; warf die Papiere weg, die er nicht mehr brauchte; packte seine restliche Habe zusammen. Er hatte das Gefühl, dass man in letzter Zeit ziemlich oft von ihm verlangte, sich zu entfernen. Alle wollten ihn loswerden. An diesem letzten Abend holte er sich ein paar Blocks weiter in einer Taqueria ein burrito. Wieder zurück in der Wohnung saß er am Tisch, während der Duft des burrito den Raum erfüllte. Er trank ein Glas Wasser dazu. Bier wäre ihm lieber gewesen, aber er musste sparen.

Seinen zerlesenen Emerson, dessen Einband inzwischen auf der Rückseite eingerissen war, hatte er schon ganz unten in seinen Koffer gelegt, zu den anderen Büchern. Der Reißverschluss war kaum zugegangen, und Bootie wollte nicht noch einmal seine Kleider auf dem Boden verstreuen; deshalb nahm er, um beim Essen Gesellschaft zu haben, den ersten Band von Julius' Musil-Ausgabe aus dem Regal. *Der Mann ohne Eigenschaften*. Es war offenbar auf Deutsch geschrieben, und wenn er auch noch nie davon gehört hatte, sah er doch an der Ausgabe, dass es sich um einen Klassiker handelte: Das unscharfe, schemenhafte Schwarz-Weiß-Foto auf dem Cover zeigte ein trauriges Gesicht mit dunklen Augen. Obwohl verschwommen, weckte das Foto doch Booties – ausdrücklich Booties – Aufmerksamkeit. Vor einiger Zeit hätte er vielleicht im Spaß behauptet, sein Onkel sei der Mann ohne Eigenschaften; aber der Gesichtsausdruck des Mannes und seine eigenen Empfindungen legten den Schluss nahe, dass *Bootie* es war. Er fand, ihm seien schwere Schicksalsschläge widerfahren. Seit Wochen hatte er nicht mehr mit den Thwaites gesprochen, und selbst Marina hatte seit seinem Streit mit Murray nur zweimal angerufen, um zu fragen, ob es ihm gutgehe; was natürlich nicht der Fall gewesen war, aber er hatte sich beide Male bemüht, so fröhlich wie möglich zu klingen und allen Fragen auszuweichen. Marina sollte nicht denken, dass sein Leben nun inhaltslos war. Er hatte seiner Mutter, die ihn natürlich zur Heimkehr drängte, erzählt, er habe eine Stelle (angeblich in einem Restaurant; was nicht einmal gelogen war: Immerhin hatte er drei Tage lang als Hilfskellner in einem eleganten Lokal in der Lower Fifth Avenue gejobbt, am dritten Tag jedoch ein Tablett voller Teller fallen lassen, was ziemlichen Lärm gemacht hatte) und besuche nun Kurse an der New School.

»Was soll das sein?«, hatte sie geblafft. »Nie davon gehört!«

»Das ist genau für Leute wie mich, Ma. Für Leute, die studieren und gleichzeitig arbeiten müssen.«

»Also eine Art Community College?«

»Anders. Es ist eine gute Hochschule. Da kannst du jeden fragen.«

»Und wen bitte soll ich fragen in dieser Stadt – jetzt, wo ich nicht mehr mit deinem Onkel rede?«

»Du kannst ruhig weiter mit ihm reden.«

»Warum sollte ich noch mit ihm reden wollen? So wie er dich behandelt hat! Sein eigen Fleisch und Blut!«

»Bitte, Ma.«

»Ich bestreite ja nicht, dass dieser Text, den du geschrieben hast, ganz schrecklich war, ein schrecklicher Text. Aber es wird ihn ja niemand lesen, also was soll's? Ich meine –«

»Ma. Vielleicht wird er veröffentlicht. *The Monitor.* Wäre immer noch möglich.«

»Unsinn, Bootie. Das wollen wir nicht hoffen. Ich denke mal, so dumm wird Marina nicht sein.«

Aber mit seiner Mutter konnte Bootie nicht über Marina reden, auch wenn er sich danach sehnte, endlos über Marina zu reden, einfach um ihren Namen auszusprechen. Er hatte das Thema gewechselt, war wieder auf die Schule zurückgekommen – »Vielleicht belege ich Russisch, Ma.« »Russisch?« »Warum nicht?« – und hatte sich bemüht, sie zu beruhigen.

Er stand tatsächlich im Begriff, eine Stelle anzutreten. Er hatte das Gefühl, im September beginne ein neues Kapitel seines Lebens, finde ein Neubeginn statt, auch wenn niemand etwas davon mitbekam. Er ging auf Tauchstation: Große Genies haben die kürzesten Biographien. Ihre Verwandten können einem nichts über sie erzählen. Und, wie ihn sein Onkel in einem Moment verblüffender Weisheit ermahnt hatte: Das Wichtigste war, »alle zu überraschen«. Er hatte das Zimmer in Fort Green ohne jede Hilfe gefunden. Er hatte eine Zeitarbeitsagentur aufgetan und sich dort angemeldet (obwohl man fairerweise sagen musste, dass auch diese Idee vom boshaften Julius stammte, der ihm den Namen der Agentur genannt hatte) und sollte nun am Tag nach Labour Day eine Stelle bei irgendeiner Finanzfirma downtown antreten. Obwohl er nicht schnell tippen konnte, hatte Bootie die Tests der Agentur bestanden und bescheinigt bekommen, dass er im Umgang mit Zahlen sehr genau (»Das Tempo ist wichtig, aber eigentlich zählt die Genauigkeit«, hatte ihm die Frau mit dem eisblonden Schopf mitgeteilt und mit dem spitzen Kinn gewackelt. »Welchen Nutzen hätte Tempo ohne Genauigkeit?«) und leicht einzusetzen sei. Er musste zwar keinen Anzug tragen (Gott sei Dank, denn er besaß ja keinen), dafür aber Jackett und Krawatte. Nach Schuhwerk hatte er sich nicht erkundigt, wusste aber, dass sie Schnürschuhe wollten. Er hatte aber nur seine Turnschuhe. Die eleganten Schuhe standen noch in Watertown. Er sah sie genau vor sich stehen,

mit den Spitzen zur Wand, als habe er sie gerade erst ausge-
zogen und sei durch die Hausmauer verschwunden wie ein
Geist. Seine Mutter, mit ihrem Hang, Altäre aufzubauen, hatte
sie bestimmt nicht angerührt. Was genau er arbeiten würde,
wusste er nicht; aber er würde, so hatte ihm die eisblonde
Dame versichert, jeweils am Ende der Woche bezahlt werden.
Nur noch eine Woche bis zum Zahltag. So sah das wirkliche
Leben aus, sagte sich Bootie. Jetzt war er selbständig.

Am nächsten Morgen, als er seine Sachen hinuntergetra-
gen und samt dem Computer auf dem Gehweg abgestellt hatte
und gerade überlegte, wie er das ganze Zeug bis zur Avenue
schleppen sollte, fuhr ein Taxi vor. Julius stieg aus – schlaksig, rosig strahlend, in einem sorgfältig gebügelten lavendelblauen Hemd – und hinter ihm ein Mann mit Brille und
sehnsüchtigen Augen, Musil-artig verschwommen, das musste
Koksi sein.

»Bootie, stimmt's?« Julius streckte ihm, sehr kultiviert, die
Hand entgegen, als sei das ihre erste Begegnung. »Ich sag dem
Fahrer, er soll auf Sie warten.«

»Danke.«

»Hier ist es schwer, eins zu kriegen«, fuhr Julius fort, hinter
dem nun Koksi auftauchte, der das Gepäck trug. »David, das
ist Marinas Cousin –«

»Frederick.«

»Ah ja. Ich kenne natürlich nur Ihren Spitznamen.«

Bootie sah David an, dessen Handgelenke und Unterarme
bleich und behaart waren, wie die seinen, aber knochendürr.
Sie sahen ungesund aus. David sah ungesund aus. »Ihr zieht
zu zweit hier ein?«, fragte Bootie.

»Zu zweit. Nur, bis wir was gefunden haben.« Julius war
die Freundlichkeit in Person. »Nur für kurze Zeit.«

»Cool.« Bootie merkte, er hätte jetzt sagen sollen, wie gut
es ihm hier gefallen habe, aber er brachte es nicht über sich,
so dreist zu lügen. Er konnte nicht einmal behaupten, dass es
eine schöne Wohnung sei. Sie war scheußlich. »Ich lass den
mal lieber nicht zu lange warten.« Er wies auf den Taxifah-

rer, der die *Post* vom Freitag las. »Nochmal danke«, sagte er, was pauschal positiv klang, aber nicht so, als ob er sich einschmeicheln wolle. Während er seinen Koffer, seinen Matchbeutel, seine Plastiktüten im muffig dunklen Taxikofferraum verstaute, neben einem ölverschmierten Ersatzreifen und ein paar martialisch wirkenden Schraubenschlüsseln, sah Bootie, wie Julius und David mit ihrem Gepäck im dunklen Treppenhaus verschwanden. Vielleicht täuschte er sich, aber er hatte den Eindruck, als halte Julius Davids Hand und gehe voran.

Das neue Zimmer roch komisch: ein modriger Geruch, der möglicherweise dem Schrank entströmte. Geräumig, schlicht, lag es im obersten Stockwerk eines Brownstone in der Oxford Street, mit Blick auf die Dächer und, wenn man sich am Fenster die Nase platt drückte und hinabspähte, auf verwilderte umzäunte Gärten. Die zitronengelbe Tünche blätterte ab, und die Dielenbretter rund um ein Rechteck in der Mitte, das lange von einem Teppich – hellblau, zerschlissen; er hatte ihn gesehen – bedeckt gewesen war, wirkten stumpf und abgenutzt. In einer Ecke am Fenster wiesen die Bodenbretter einen starken Wasserschaden auf, waren rissig und schwarz verfärbt. Vielleicht hatte dort eine Pflanze gestanden. Er erinnerte sich nicht mehr. Die verzogene Schranktür ließ sich nicht schließen und hing albern in den Angeln. Sie erinnerte Bootie an ein Gesicht mit schlaffer Unterlippe.

Auf demselben Stockwerk befanden sich das Bad und zwei weitere Zimmer, bewohnt von zwei Frauen, denen Bootie zwar einmal kurz begegnet war, die er aber auf der Straße nicht unbedingt wiedererkannt hätte, eine Hebamme die ihn bereits gewarnt hatte, sie komme und gehe zu den unmöglichsten Zeiten, und eine ernst und gewissenhaft wirkende Akademikerin aus Indien; er kannte weder ihr Fachgebiet, noch wusste er, zu welcher Institution sie gehörte. Er erinnerte sich, dass beide Frauen klein und dunkel gewesen waren, eine davon mit ziemlich ausladendem Gesäß, die andere präzise, streng, winzig. Er hatte keine von beiden attraktiv gefunden, was ihm ganz recht war.

Darunter, im mittleren Stockwerk, befanden sich die beiden größeren Zimmer der Hauptmieter; sie hatten die Anzeige aufgegeben, bei ihnen hatte er sich vorgestellt: ein großer, gelenkiger Yoga-Lehrer namens Joe, mit römischem Profil und üppigen Locken, dessen Zimmerwände allerlei Seile, Rollen und Balken zierten, wie in einer mittelalterlichen Folterkammer. Joe, zu dessen Raum das Erkerfenster gehörte, das zur Straße ging, hatte sein Zimmer voller Stolz gezeigt, wogegen die Tür seines Mitbewohners, Ernesto, ein dunkler, kahlrasierter Koloss mit runden Wangen, über den Bootie so gut wie nichts in Erfahrung brachte, verschlossen blieb. Bootie wusste, dass sein eigenes Zimmer über dem von Ernesto lag, und fragte sich, ob unten wohl jeder seiner Schritte zu hören sein würde. Er stellte sich Ernesto vor wie Majakowski, aufgrund einer Fotografie, die er einmal gesehen hatte. Wäre doch jemand da gewesen, dem er das hätte mitteilen können! Doch in Booties neuem, selbstbewusstem Leben gab es so jemanden nicht.

Natürlich besaß Bootie weder Möbel noch Geld, sich welche zu kaufen. Er hatte eines von Julius' Laken mitgehen lassen, um sich darin einzuwickeln; außerdem hatte er im Lauf der Monate, seit er zu Hause ausgezogen war, ein paar Post karten gesammelt – Beckett, rauchend; ein Paul-Klee-Gemälde, das ihn wegen seines Titels angesprochen hatte: »Tanze, du Ungeheuer, zu meinem sanften Lied«; und ein Foto der Skyline von Manhattan in der Abenddämmerung –, die er nun alle mit Klebeband an die gelben Wände heftete. Abgesehen davon, hatte das Zimmer keinerlei persönliche Atmosphäre. Er verstaute Kleidersack und Taschen im Schrank, platzierte das Kabelgewirr des Computers sorgfältig in der Ecke – zuerst auf dem blauen Handtuch, das er Julius gleichfalls entwendet und nun über den Wasserfleck am Boden gebreitet hatte, bis er merkte, dass dies sein einziges Handtuch war, und es wieder an sich nahm. Nun machte er sich Sorgen, weil die

Kabel direkt mit dem Wasserfleck in Berührung kamen (er wirkte zwar nicht frisch, aber wer wusste schon, von wo er stammte?), und stellte den Computer schließlich in eine Nische hinter der Tür. Als Nächstes türmte er seine kleine Sammlung von Büchern neben dem Computer auf. Etwas Bunteres als die Buchrücken gab es hier nicht. Das Zimmer wirkte, als sei es für eine Tanzstunde ausgeräumt worden oder um frisch gestrichen zu werden. Es sah aus, als könnten sich hier nicht einmal Wollmäuse ansammeln.

Alles zu seiner Zeit, sagte sich Bootie. Tauchstation. Neubeginn. Er hatte kein Telefon. Er besaß nur seine Schlüssel. Er hockte im Schneidersitz mitten auf dem dunkleren Rechteck, dort, wo der Teppich gelegen hatte, und blickte aus dem Fenster: die niedrige Linie einer Ziegelmauer, gekrönt von Schornsteinkappen; eine einzelne kissenartige Wolke; zwei gegabelte Äste, wie das Motiv auf einem japanischen Wandschirm; das Licht, das makellose Licht, und der Himmel. Bootie schloss die Augen, ließ den Kopf hängen. Jetzt sah er Marina, für kurze Momente, aber ihre Stimme hörte er nicht. Bemühte er sich angestrengt, ihre Stimme zu hören, verlor er ihr Bild aus den Augen: als müsse ihn sein Hirn daran erinnern, dass es sich um eine Illusion handelte, dass sie nicht wirklich hier anwesend war. Manchmal geriet Murray ins Bild; manchmal Annabel. Ludovic Seeley ließ er nicht hinein. Danielle ließ er auch nicht rein. Er glaubte, dass sich ohne die beiden alles anders entwickelt hätte. Irgendwo galt es die Schuld zu suchen, irgendwen galt es zu hassen. Denn trotz allem liebte er die Thwaites, alle drei, und Murray auf seine Art fast am meisten. Beim Gedanken an Marina spürte er sogar einen Schmerz hinter den Rippen – das war es, das musste »Herzeleid« sein –, eine spürbare Qual. Er fand sich ab mit seinem Verlust – dies war das wirkliche Leben, tief in seinem Innern hatte er immer gewusst, dass es so sein würde –, und gleichzeitig fand er sich nicht damit ab. Die Hochzeit war heute Nachmittag. Man konnte sie nicht verhindern, und doch durfte sie nicht stattfinden. Er schloss die Augen, er sah, wie Marina sich bewegte, sah ihren lustigen Gang, die knabenhafte Ausbuchtung an ihrem Hals, das Lächeln. Die violetten Augen. Ihr Haar über dem Ohr. Diese Hände. All dies kannte er besser, als er es sich je eingestanden hätte. Er kannte sie, so wie er auch Murray zu kennen glaubte, nur noch genauer. Sie waren sein eigen Fleisch und Blut; sie gehörten ihm; in ihnen lag seine ganze Welt beschlossen. Sie waren für ihn verloren. Alles, was er sich gewünscht hatte, verloren. Das, wie er sie sich gewünscht hatte. Obwohl es schmerzte, hielt er die Augen geschlossen und sah die drei sich hinter seinen Lidern bewegen, so schön, mitten in seinem leeren Zimmer, im makellosen Licht seines einzigen Fensters.

KAPITEL ACHTUNDVIERZIG
Letzte Vorbereitungen

Sich auf die eigene Hochzeit vorzubereiten sollte ein Vergnügen sein, das größte Vergnügen überhaupt, mal abgesehen von der Hochzeit selbst. Doch vier Tage vor der Trauung war Marina in der Krise. Ihr Kleid, Jil Sander, von der Stange, musste geändert werden. Eine kleine Spanierin mit straffem Haarknoten und einer komischen Geschwulst am rechten Ohr kniete, den Mund voller Stecknadeln, zu Marinas Füßen auf dem grauen Teppich und plagte sich ab. Es hatte zwar bereits eine Anprobe stattgefunden; aber offenbar hatte Marina durch die ganze Aufregung ein bis zwei Pfund abgenommen, und jetzt sah sie, im Spiegel der Schneiderin, dass das Kleid, statt an den Rippen eng anzuliegen, statt die Hüften zu formen, locker herabhing. Das schlichte, gerade geschnittene Kleid war blau, nicht weiß, womit Marina sich weit genug von der Tradition entfernt zu haben glaubte, ein helles, grünliches Blau, das man im Laden vielleicht als gischtfarben bezeichnet hätte. Die Schuhe hatte sie bereits gekauft (ihre Absätze waren silbern und sehr hoch: Marina kam, wenn auch nur flüchtig, die Befürchtung, dass sie, wenn sie am Arm ihres Vaters dahinschritt, im Rasen steckenbleiben könnte); sie hatte die Blumen bestellt (schließlich doch Calla-Lilien); sie hatte sich für eine Frisur entschieden (hochgekämmt, wenn auch nicht so straff wie bei ihrer Schneiderin, und eine Lilie in den Locken). Für das leibliche Wohl war gesorgt und für Sitzgelegenheiten, auch für ein Zelt, unter dem die Gäste sitzen würden, damit weder Sonne noch Regen den Tag verderben konnten; und selbst die Dekoration der Gartenlaube war organisiert. Es würden nicht allzu viele Gäste kommen – bloß um die hundert –, doch für sie hatte man bereits Unterkünfte besorgt, in Stockbridge und Umgebung.

Ludovics Familie würde bei dem Fest gar nicht vertreten sein, obwohl Ludovic Marina ans Telefon geholt hatte, damit sie mit seiner Mutter redete, deren Akzent sie als blasiert britisch empfand; deren Stimme etwas zitterte; und deren Tonfall, wenn Marina ganz ehrlich war (dies was sie Ludovic gegenüber aber nicht), frostig klang. Das Gespräch war kurz und förmlich verlaufen: Marina hatte ihren ganzen Charme aufgeboten und überschwänglich beteuert, wie sehr sie sich wünsche, ihre künftige Schwiegermutter möge zur Hochzeit kommen, und wie außerordentlich sie sich freue, sie kennenzulernen; worauf Mrs. Seeley erwidert hatte, dass (nicht näher geschilderte) unglückliche Umstände sie leider an der Reise hinderten. Marina hatte sich kurz gefragt, ob ihre Schwiegermutter wohl ein Alptraum sei, war aber zu dem Schluss gelangt, dass dies aufgrund der großen Entfernung eigentlich keine Rolle spielte. Ludovic hatte beiläufig vorgeschlagen, sie könnten doch, wenn die Startnummer der Zeitschrift erschienen sei, für eine Woche nach Sydney fliegen.

»Mutter fliegt nicht gern«, sagte er. »Und das Telefonieren liegt ihr eigentlich auch nicht. Aber sie ist sehr lieb. Du wirst schon sehen.«

Marina hatte nur gelächelt.

Ihre Krise entsprang nicht dem ganz normalen Gefühls-aufruhr vor einer Hochzeit. Sie hegte keinerlei Vorbehalte gegen ihren Zukünftigen, auch wenn sie damit allein zu stehen schien. Sie hegte keinen Groll, obwohl die Organisation der Hochzeit ganz allein ihr und Annabel zugefallen war, obwohl sie gleichzeitig auch noch ihren Teil des *Monitor* vorbereiten musste: Sie begriff, in welchem Ausmaß sich Ludovic für die Zeitschrift engagierte und dass er jetzt ganz besonders gefordert war. Sein Ehrgeiz gehörte ja untrennbar zu seiner Anziehungskraft. Marinas Krise betraf also andere Bereiche. Nicht Annabel: Mit ihrer Mutter hatte sie keinen Streit. Ihre Mutter, das spürte sie, freute sich aufrichtig mit ihr. Aber an allen anderen Fronten: ein Brautvater, dem sie immer noch nicht verziehen hatte; eine Brautjungfer, deren Missbilligung fast mit Händen zu greifen war. Julius, der herumdruckste, ob er wegen seines Umzugs und Koksis »Verpflichtungen« überhaupt kommen könne – war es denn verwunderlich, dass sie dies zutiefst kränkte? Und dann immer wieder, unerklärlicherweise, die flüchtige, beängstigende Vorstellung, dass ihr Cousin, den man stillschweigend ausgeladen hatte, am Tag der Hochzeit überfallartig erscheinen und Rache nehmen könnte. Das Haus anzünden. Ihren Vater erschießen. Sie kidnappen. Aber natürlich wusste sie, dass es verrückt war, solch wilde Spekulationen zu hegen.

»Mama«, hatte sie neulich abends an der Schlafzimmertür ihrer Eltern gewispert, »du kannst mich jetzt für verrückt halten, aber Bootie wird doch nicht auftauchen und uns alle umbringen, oder? An meinem Hochzeitstag?«

Und Annabel war aus ihrem begehbaren Kleiderschrank herausgetreten und hatte ihr mütterlich Trost zugeflüstert: »Aber nein, mein Schatz, sei nicht albern. Ganz bestimmt nicht. Vermutlich ist er nur traurig, der arme Junge. Er hat's auch nicht leicht.« Eine Bluse über dem Arm, hatte Annabel wehmütig den Kopf geschüttelt. »Das fühlt sich jetzt nur so komisch an. Als habe man einen Zahn verloren. Ich bin sicher, im Laufe der Zeit wird alles wieder gut; aber im Moment müssen wir nun einmal damit leben.«

»Aber er wird nicht versuchen, uns umzubringen?«

»Ich glaube nicht, mein Schatz. Mehr als diesen Artikel über Daddy wird er sich nicht leisten.«

Der Artikel, der Artikel: Erst neulich, als sie in seinem Büro auf Ludo gewartet hatte, hatte sie bemerkt, dass der Artikel noch existierte, im privaten Ordner seines Computers. Offensichtlich hatte er den Artikel scannen lassen – vielleicht sogar abtippen lassen, von Lizbeth, dieser eingebildeten, aalglatten Sekretärin, achtundvierzig, knochig und auf eine finstre Art prüde, die Marina immer anschaute, als tue sie ihr leid – und ihn noch nicht gelöscht. Als sei ihr gemeinsames Leben, obwohl sie schon seit Wochen nicht mehr darüber gesprochen hatten, nicht schon anstrengend genug, auch ohne dass dieses – doch eigentlich längst abgehakte – Thema noch einmal alles verkomplizierte. Zoff vor der Hochzeit, wer konnte das schon brauchen? Darum hatte Marina, als Ludo hereinkam (Lizbeth trippelte proper und adrett wie ein gepflegter Pudel hinterher) nur etwas wegen der Launch-Party gefragt – die am Dreizehnten stattfinden sollte –, und sie waren zum x-ten Mal die Liste der hiesigen Prominenten durchgegangen, die man auf der Einladungskarte um Antwort gebeten hatte. Das beschäftigte Ludo momentan am meisten, manchmal mehr als die Hochzeit, wie es schien, obwohl die Gästelisten sich weitgehend überschnitten. Ihn beschäftigten jedoch lediglich jene Prominenten, die nur auf der Partyliste standen: »Noch keine Antwort von Sontags Sekretärin«, hatte er geklagt. »Obwohl Lizbeth schon zweimal dort angerufen hat! Eine Antwort, verdammt nochmal, ist das zu viel verlangt? Wenigstens ein Nein? Und ehrlich gesagt: Sie sollte kommen. Ich kann sie wieder ganz nach oben bringen, wenn sie mich lässt. Aber wenigstens hat Renée Zellweger zugesagt.« Vielleicht war es ein Fehler gewesen, die beiden Veranstaltungen so dicht hintereinander zu planen. Marina konnte sich gar nicht mehr erinnern, warum sie das damals so wichtig gefunden hatten. Die Hast der Leidenschaft, zweifellos. Aber damals hatte sie die Hindernisse nicht voraussehen können, ihre kaum bezähmbare Wut auf fast alle Beteiligten.

In der letzten Augustwoche, in der wie ausgestorben wirkenden Stadt, hatte sie sich mit Scott, ihrem Lektor, getroffen, der sich von ihrem Manuskript begeistert zeigte. Das Buch werde kommenden September erscheinen; man werde mächtig die Werbetrommel rühren. (»Es ist sexy, aber seriös«, sagte Scott immer wieder. »Darauf basiert meine Werbestrategie: sexy, aber seriös. Wir könnten es erst mal als Fortsetzung in der *Vogue* veröffentlichen oder im *New Yorker* – vielleicht auch beides?«) Man würde das Buch bewerben und Marina auf Lesetour schicken, und »es eignet sich ideal fürs Fernsehen« hatte er gesagt. »Vielleicht *Rosie*, vielleicht *Oprah* – in diese Richtung denken wir gerade.« Sie würde sich rechtzeitig mit der Werbeabteilung in Verbindung setzen müssen, um eine Strategie zu planen: die wollen ein »richtig tolles Porträtfoto«, sagte er. »Sie sehen hinreißend aus. Sie sind jung und prominent. Machen wir so viel wie möglich daraus!« Im Büro des Lektors war sie geradezu übergesprudelt, außer sich vor Glück, von einem prickelnden Triumphgefühl erfüllt; doch kaum stand sie wieder unten auf der Straße, erkannte sie, dass einzig und allein Ludo sich freuen würde, und selbst er hatte vielleicht andere Dinge im Kopf. Ihrem Vater würde sie es nicht verraten – noch nicht jedenfalls. Die Wunde war noch nicht verheilt. Er glaubte weder an sie noch an ihr Buch; würde sie nur davor warnen, sich manipulieren zu lassen. Sie konnte sich diese Unterhaltung lebhaft vorstellen und empfand keinerlei Bedürfnis, sie in der Realität zu führen. Doch allein schon die Vorstellung erboste sie, als sie den Broadway entlangging durch das Gedränge, den schwirrenden Lärm am Times Square schlenderte. Die Spätsommertouristen flanierten bepackt und staunend, in weiten, wie Fahnen flatternden Shorts, mit umgehängten Taschen und Kameras unter dem Gewirr der Neonreklamen dahin, neugierig und ahnungslos, während Fahrradkuriere durch die Massen kurvten, hart am Bordstein, und Einheimische – immer noch in großer Zahl, selbst jetzt, Ende August, nach dem Lunch, in der ruhigsten Zeit, auf den Gehwegen wie Schafe zusammengepfercht, im

Gestank von Abgasen, Schweiß und Hot Dogs – schwatzten, winkten, drängelten, stritten, wie schlechte Statisten am Set und Marina nervten. Als sie ins ruhigere Chelsea kam und überlegte, ob sie hier womöglich Julius entdecken würde, vielleicht sogar in Begleitung des scheuen Cohen, packte sie wieder die Wut beim Gedanken an Murrays Unnachgiebigkeit und das Gespräch im San Domenico, als sei sie bloß eine Art Ableger seines Unternehmens und ihre Produkte seiner Kontrolle unterworfen; als sei – wenn sie es recht überlegte, war es eigentlich immer so, und warum (sie spurtete bei Rot über die Straße, was ein Taxi mit energischem Hupen quittierte), mal ehrlich, warum war ihr das nicht schon früher aufgefallen? Marina, die fleißige Tochter, seine rechte Hand, wer sonst konnte Murrays Arbeit zu Ende führen, wenn's sein musste sogar seine Sätze, die Tochter, die nie zweifelte, nie fragte, wann er vielleicht einmal für sie Platz machen werde, denn – es war so offensichtlich; wieso hatte erst Ludo ihr die Augen öffnen müssen, wieso hatte sie dazu sogar den Fehltritt des armen Bootie Tubb gebraucht? – für ihren Vater drehte sich alles immer nur um Murray Thwaite, *immer*. Außer ihm existierte niemand. Und die Wut kochte erneut in ihr hoch, als sie im Atelier der Schneiderin stand, auf ihren hohen Silberabsätzen, die Arme seitlich weggestreckt; sie fragte sich, ob sie es ertrug, dass er sie als Brautvater zum Altar führte; wollte andererseits aber auch nicht den Bruch riskieren. Nicht jetzt. Alles würde so ablaufen müssen wie geplant, aber die Erinnerung an ihren begrabenen Groll, daran, wie er sich anfühlte, würde sie für alle Zeit im Herzen tragen, und es würde die Hochzeit und die Erinnerung daran verderben und zerfressen, unsichtbar, aber so gründlich wie ein Säurebad.

Ganz zu schweigen von Danielle oder Julius, ihren engsten Freunden, die abtrünnig geworden waren und sich an diesem wichtigsten Tag in Marinas Leben von ihren eigenen egoistischen Interessen leiten ließen. Danielle, die Marinas künftigem Ehemann alles Erdenkliche vorgeworfen hatte, Unaufrichtigkeit, ja, fast Scharlatanerie, in einer Aufwallung unaussprechlichen Neids; Marina wusste, dass sie Danielle eigentlich verzeihen sollte (die arme Danielle mit ihrer geheimnisvollen unerwiderten Liebe; es musste schlimm für sie sein, jetzt, wo sie einsam gestrandet war, Marina so glücklich zu sehen!), aber sie schaffte es – noch – nicht. Ihre Brautjungfer: Auch Danielle würde mitmarschieren in dieser Parade heimlicher Anfeindung. Marina kam diese Aussicht unerträglich vor, obwohl Danielle ihre harschen Worte zurückgenommen hatte, obwohl sie versucht hatte, die Sache zu überspielen. Kein Wunder, dass Marina fürchtete, Bootie könne überraschend auftauchen: Es schien, als seien diese winzigen, aggressiven Dramen nicht mehr einzudämmen, nicht mehr aufzuhalten: Jemand musste explodieren, irgendwer, entweder sie oder jemand anderes; wobei Bootie von allen der sicherste, entbehrlichste Kandidat war.

Als sie nach Hause kam, versuchte sie all dies Ludo zu erklären, der geistesabwesend in seinem Sushi herumstocherte, doch stand ihr dabei ihre Loyalität im Weg, vor allem aber wollte sie ihn nicht durch die Andeutung verletzen, dass ihm die Menschen ihrer Umgebung alles andere als wohlgesinnt waren, und deshalb begriff er nicht ganz, was sie ihm sagen wollte, und tat es als »ganz normale Hochzeitsangst« ab. »Sei nicht abergläubisch, Süße«, sagte er und fuchtelte mit seinen Essstäbchen herum. »Das passt nicht zu dir. Es gibt viel wichtigere Dinge, auf die wir uns konzentrieren müssen, gerade jetzt.«

KAPITEL NEUNUNDVIERZIG

Wieder daheim

David lag mit geschlossenen Augen auf dem Futon. »Ich fasse es einfach nicht«, sagte er.

»Du fasst *was* nicht?«

»Was glaubst du wohl?«

Julius saß am Tisch, das Kinn in die Hände gestützt. Das Zimmer war wirklich sehr klein, vor allem für zwei Leute; und im Vergleich zu Davids Wohnung auf geradezu absurde Weise schäbig. »Jetzt siehst du, warum ich dich nie eingeladen habe«, sagte er.

»Ich kapier schon mal nicht, warum du hier überhaupt gewohnt hast. Einfach ekelhaft. Was sagt es über dich aus, dass dies dein Zuhause ist?«

»Es ist sehr preiswert.«

»Standards, Gräfin Koks. Du müsstest doch am besten wissen, wie wichtig es ist, gewisse Standards zu haben.«

»Es ist sehr preiswert. Wir können es uns leisten. Wenn wir zu Geld kommen, können wir ja wieder ausziehen.«

»Was meinst du, was schlimmer ist: hier gemeinsam zu wohnen oder allein?«

Julius schniefte. »Ich habe hier sechs Jahre lang sehr gut gelebt.«

»Aber nicht glücklich.«

Julius zuckte die Achseln. Er war sich nicht mehr so sicher, worin Glück eigentlich bestand. Vielleicht war er all die Jahre glücklich gewesen, ohne es zu wissen. Das schien durchaus möglich.

»Es sieht nämlich nach Unglück aus. Du weißt doch, dass es Tiere gibt, die sich zum Sterben zurückziehen? Keine Ahnung, welche das sind, aber ich hab davon gehört. Mir kommt das wie so ein Ort zum Sterben vor.«

»Vielen Dank.«

»Im Ernst, eine ganz sonderbare Atmosphäre.«

»Vielleicht war das der Junge, Marinas Cousin.«

»Muffig.«

Julius nickte, hatte aber ein schlechtes Gewissen. Der Junge hatte von jener ersten verhängnisvollen Begegnung an nichts als Schuldgefühle in ihm ausgelöst. »Er soll gar nicht so übel sein, hab ich gehört.«

»Von wem genau?«

»Okay. Er ist muffig.«

»Muss ich wirklich mit zu dieser Hochzeit? Ich weiß nicht, ob ich das ertrage.«

»Sie ist eine meiner besten Freundinnen. Vielleicht meine beste Freundin überhaupt. Und die älteste.«

»Ich weiß, ich weiß. Die sagenhafte Tochter aus bestem Haus in der Cafeteria am zweiten Tag an der Uni. Alles so abgehoben, diese unglaubliche Gästeliste! Ich weiß, ich weiß.«

»Ich habe viel für dich auf mich genommen.« Julius war sich dessen mehr denn je bewusst. Was hatte er nicht alles aufgeben – gerne, ja; aber trotzdem. Diese Hochzeit stand nicht zur Diskussion.

»Was ist das mit dir und deinen Studienfreundinnen? Man könnte meinen, du hättest das alles nie hinter dir gelassen.«

»Musste ich auch nie.«

»Ist das jetzt ein Vorteil oder ein Nachteil dessen, dass man so eine elitäre Hochschule besucht hat?«

»Seit wann ist die *Union* nicht elitär?«

»Ich habe nicht mit dem Jetset verkehrt.«

»Sie gehört nicht zum Jetset, David. Glaub's mir.« Er konnte nicht widerstehen: »Dass du Marina fälschlicherweise zum Jetset zählst, zeigt schon, dass du keine Ahnung hast.«

»Genau darauf will ich hinaus.«

»Ich bitte dich mitzukommen. Und ich bitte dich, den Wagen zu fahren, und den müssen wir in einer Stunde abholen. Die Hochzeit ist um sechs, und wir brauchen zweieinhalb Stunden dorthin, und ich wollte vorher im Hotel einchecken.«

»Ich glaube, die Möbelpacker haben meinen Smoking mitgenommen. Der ist jetzt im Depot – den krieg ich erst am Montag wieder. Tja. Tut mir leid.«

»Dein normaler schwarzer Anzug ist elegant genug.«

»Elegant genug? Wohl kaum.«

»Ich habe für dich gepackt.« Julius wies auf die beiden Kleidersäcke an der Tür. »Alles, was wir brauchen, inklusive Rasierwasser und Pfefferminzdrops.«

David lag immer noch mit geschlossenen Augen da, die Arme über dem Kopf. »Rasierschaum?«

»Und Zahnpasta.«

»Eine Gutenachtgeschichte?«

»Auch.«

»Ich bin mir immer noch nicht sicher, ob ich das ertrage. Beim bloßen Gedanken daran wird mir schlecht. Es kommt mir vor, als seien alle deine Freunde Mitglieder von MENSA oder so. Als müsste man erst so einen blöden Test bestehen, um in den Club aufgenommen zu werden.«

»Ich hätte dafür sorgen sollen, dass du sie eher kennen lernst.«

»Warum?«

»Dann hättest du jetzt keine Angst.«

»Ich habe keine Angst. Ich meine, wer *sind* diese Leute?«

»Na ja, ihr Dad ist ziemlich bekannt.«

»In irgendwelchen abgehobenen Zeitschriften, die kein Mensch liest.«

»Spielt das eine Rolle? Sie ist meine beste Freundin.«

»Macht es das nicht noch schlimmer? Sie hat so viel von dir gehabt, so lange Zeit. Irgendwie ertrage ich das nicht. Und du gehörst jetzt mir.«

»Ich gehöre niemandem, Chef. Und das weißt du genau.«

»Du liebst mich nicht.« David setzte sich auf, zog eine klägliche Grimasse, wie ein trauriges Clownsgesicht. Sein Haar war rührend zerzaust. »Wenn du mich lieben würdest, würdest du mir das ersparen. Du würdest hier bei mir bleiben.«

»Komm mit. Wenigstens bis Stockbridge. Du musst fahren. Wir haben ein schnuckeliges Hotel – Marina hat's versprochen. Dann kannst du immer noch entscheiden.«

David stand auf. »Schnuckeliger als dieses Loch hier ist es bestimmt.«

Julius klopfte ihm neckisch auf den Arm. »Das ist mein Zuhause. Klein, aber mein und so weiter. Wenn *du mich* liebst, findest du dich damit ab.«

»Ich fahr dich nach Stockbridge.« Er seufzte übertrieben

laut. »Wer hätte gedacht, dass ich so enden würde! Als der bescheidene Chauffeur von Gräfin Koks, als Hüter der armseligen Koks'schen Hütte.«

»Das ist kein Scherz«, scherzte Julius. »Es reicht.«

»O nein! Gräfin Koks, bitte untertänigst um Vergebung!«

»Es reicht jetzt wirklich, David.« Julius stand da, dünnlippig, glupschäugig. Er tat immer noch so, als sei es ein Scherz, denn obwohl sie beide wussten, dass dem nicht so war, schien es wichtig, wenigstens so zu tun. »Also, bring den Bentley auf Hochglanz, dann fahren wir los.«

David gab einen Laut von sich, halb prustend, halb kichernd, einen ganz undefinierbaren Laut, der Julius noch mehr verärgerte; aber im selben Moment ging David schon zur Tür und schulterte seine Tasche, und da wusste Julius, dass er wenigstens diese erste Etappe gewonnen hatte.

»Es wird dir gefallen, ich weiß es«, sagte er in dem engen Treppenhaus, in dem sich die abgestandene, muffige Luft staute. Und er fügte hinzu: »Oder zumindest wirst du es interessant finden. Ich kann dir versprechen, dass es interessant wird. Und das ist doch immer gut, oder?«

»Mögest du ein interessantes Leben haben! Ist das gut? Ich dachte immer, dass sei ein konfuzianischer Fluch, kein Segen.«

»Na ja, Liebster.« Julius schlang David kurz den Arm um die Taille, als sie auf die Straße traten, zog ihn aber sofort wieder zurück, weil er merkte, wie David zusammenzuckte, weil er wusste, dass David solche Vertraulichkeiten in der Öffentlichkeit scheute. »Wenigstens in dieser Hinsicht kann ich dich beruhigen. Unser Leben ist alles andere als interessant. Es ist geradezu kriminell uninteressant. Das langweiligste Leben, das man sich vorstellen kann.«

»Wir können es spannend gestalten, Gräfin Koks«, sagte David, dessen Laune sich schlagartig gebessert hatte. »Aus diesem Loch rauszukommen ist schon mal ein Anfang. Schau, die Sonne scheint. Schau, die Welt ist noch da!«

»So schlimm ist die Wohnung auch wieder nicht.«

»Doch. Du brauchst gar nicht zu schmollen. Doch, sie ist so schlimm. Hier unter freiem Himmel ist sogar Stockbridge eine Option. Es liegt an dieser Wohnung. Glaub mir. Ein Ort, an den Tiere sich zurückziehen, um zu sterben.«

KAPITEL FÜNFZIG

Die Wartende

Dieser Tag schien noch viel schlimmer zu werden als der Vierte Juli. Kein Wunder. Sie war die Einzige, die nicht zur Familie gehörte – außer Seeley, der in diesem Zusammenhang nicht zählte – und doch im Haus übernachtete. Im Jungfernzimmer, natürlich, wie immer. Aber das war nicht das Problem. Das Problem war die angespannte Atmosphäre. Sie, die so deutlich gesehen hatte, wie es schmerzte, die gespürt hatte, dass ihr, durch Murray, kristallklar, die Wahrheit zuteil geworden war (wenn auch nicht mit seiner Hilfe oder durch etwas, das er tat: einfach nur durch seine Gegenwart; tatsächlich so, als sei er ein Teil von ihr, der verlorengegangen war, eine herrliche, sich ständig, sich täglich wiederholende platonische Epiphanie: Das *musste* Liebe sein!), sie hatte nun das Gefühl, dass diese Erkenntnis wie ein Schleier, ein feiner Nebel auf allem lastete. Kein noch so schlichtes Gespräch blieb davon unbeeinträchtigt. Paradoxerweise wirkte nur Ludovic so wie immer, ein Mensch, der sich mühelos allen Krisen anpasste, sich mit sarkastischen Bemerkungen hie und da kurz in die Gespräche einmischte. Marina befand sich in einem aufgelösten Zustand. Ihre Mutter, die unerschütterliche Annabel, war völlig hektisch: so beschäftigt (wo waren die Knopflochsträußchen? Her damit, sofort – und die im Halbrund vor der Gartenlaube gruppierten Stuhlreihen; und die Zeltwände, die wegen des milden Wetters hochgeklappt wurden; und die am Himmel dahinjagenden Kumuluswolken, musste man gegen die auch etwas unternehmen?), dass sie einem gar nicht zuhörte. Sie und ihre Tochter boten Danielle immer wieder das Bild des demütig bettelnden Kindes, das kläglich hinter seiner Mutter herläuft. Dieser Anblick – der sich ständig wiederholte, auf dem Rasen, in der Küche, im Bad – zwang Danielle dazu, die Thwaite'sche Familiendynamik neu zu überdenken oder vielmehr, wie beim optischen Trick einer Escher-Zeichnung, rückwärts zu betrachten. Bisher hatte Danielle Annabel stets als die Außenseiterin betrachtet, die sich verzweifelt um einen Ehemann und eine Tochter kümmerte, deren innige Zweier-Bindung sie, die Mutter, ausschloss. Doch an diesem Tag kam Danielle eine neue Erkenntnis: Vielleicht brauchten Marina und Murray Annabel so dringend, vielleicht ersehnten sie ihre Zuwendung so sehr, dass sie sich, weil Annabel dies nicht erfüllte, trostsuchend aneinanderklammerten; denn Annabels starke, nährende Kraft verteilte sich auf so viele Dinge – die Organisation des Alltags, das Ausrichten von Hochzeiten, die Rettung DeVaughns und anderer Menschen wie DeVaughn, ein freundliches Wort jederzeit, die Hand auf der Schulter, eine zusätzliche, besondere Geste –, dass der Hunger der beiden nie gestillt wurde und sie wie Trabanten um ihre Sonne kreisten. Danielle hatte Annabel immer als fünftes Rad am Wagen betrachtet, doch in Wirklichkeit – Marina trippelte hinter ihrer Mutter die Treppe hinauf, es fehlte nicht viel und sie hätte sich an ihrem Rockzipfel festgehalten – verkörperte sie *Die Familie* schlechthin.

Und diese Erkenntnis machte Danielle skeptisch. Denn nach dieser Logik war auch sie nur ein Trost, nicht die späte Erfüllung, als die sie sich die ganze Zeit betrachtet hatte. Murray wandte sich ihr nicht zu wie einer Sonne, sondern suchte nur ganz banal nach Abwechslung. Doch das war nicht möglich – angesichts dessen, was sie teilten, ihr heimliches Reich der Wahrheit inmitten der Rothkos –, aber nachdem der Gedanke erst einmal da war, schien es ihr auch nicht mehr unmöglich und nagte an ihr, am Tag der Hochzeit, bis sie schließlich – sogar während sie das Make-up auflegten, sogar während Marina frisiert wurde und sie ihr ein Glas Sprudel

holte, lachend, sie beide in Unterwäsche, nachdem sie Lauf-
maschen in ihren Strümpfen entdeckt und beschlossen hatten,
ohne Strümpfe zu gehen – an nichts anderes mehr denken
konnte.

Murray hielt sich aus allem heraus. Sein Arbeitszimmer
befand sich am anderen Ende des Hauses, und selbst am Morgen von Marinas Hochzeit zog er sich dorthin zurück, schrieb
eine Kolumne oder einen Essay für eine Zeitschrift, Marina
war nicht ganz sicher, wusste nur, dass sie ihn – nicht einmal
wegen des Champagners oder der Eiswürfel, für die er zuständig war – bis zum frühen Nachmittag nicht stören durften.

Um die Mittagszeit stellte der Caterer auf der Kücheninsel
Sandwichs, Chips, Wassermelone und Limonade bereit, und
jeder griff zu und zog sich mit seinem Pappteller in eine weit
entfernte Ecke zurück. Marina, die plötzlich abergläubische
Anwandlungen bekam, ging in ihr Zimmer, um Ludovic nicht
zu sehen (er hatte, in einer Parodie der guten Sitten, um die
Marina selbst gebeten hatte, zwei Nächte lang allein im anderen Gastzimmer verbringen müssen, dem Zimmer mit dem
Doppelbett) und sagte zu Danielle, sie brauche etwas Zeit, um
nachzudenken. Und so landete Danielle in der Gartenlaube,
wo sie ihr mit Mozzarella, Basilikum und Tomate belegtes
Focaccia verzehrte. Sie saß mit dem Rücken zum Haus, beobachtete die späten Bienen an der Glasscheibe und erhielt, nach
einer Weile erst und völlig überraschend, Besuch von Murray.

»Darf ich?«

»Vielleicht keine so gute Idee.«

»Meine Familie fände es komisch, wenn ich nicht ein bisschen mit dir flirten würde. Ich muss doch meinem Ruf gerecht
werden.«

»Mir kommt das alles ziemlich bizarr vor.«

»Ich halte mich da raus.« Er setzte sich auf die Bank
ihr gegenüber, so weit wie möglich von ihr entfernt. Danielle hatte das Gefühl, ihre Haut versuche ihren Körper auf
ihn zuzubewegen, um die Lücke zu schließen: voller Verlangen.

»Schwierig, als Brautjungfer. Es ist meine *Aufgabe*, dabei zu sein.«

»Stimmt.«

»Ich hab dich fast noch nie um etwas gebeten, oder?«

»Meine Güte, was soll das jetzt heißen? Du kannst mich um alles bitten, was du willst.«

»Ich will die Nacht. Eine Nacht, irgendeine. Einfach mal eine ganze Nacht.«

»Ja. Das wäre … Ja.«

»Du müsstest lügen. Das willst du vermutlich nicht.«

Er hob den Kopf und sah von unten durch die Haare zu ihr auf, wie ein Junge.

»Du könntest sagen, dass du verreist. Ein Vortrag. Du hättest es vergessen, jemand hat dich dran erinnert, du musst hin.«

»Wann?«

»Bald.«

»Warum gerade jetzt?«

»Darum.« Sie seufzte. Sie konnte ihm nicht sagen, dass sie plötzlich Angst bekommen hatte, er könne seine Frau tatsächlich lieben. In ihren Gesprächen, so reif und abgeklärt, galt es immer als löblich, seine Ehefrau zu lieben. Er sprach oft davon, und sie spielte mit, betrachtete seine Äußerungen als die unvermeidlichen Phrasen eines seit über dreißig Jahren verheirateten Mannes. Aber in gewisser Weise sprach er immer die Wahrheit – das war es ja vor allem, was sie so an ihm idealisiert, so begehrt hatte –, und in diesem neuen Licht erkannte sie, dass jedes Wort genau so gemeint gewesen war, wie er es gesagt hatte. Sie hatte nur immer alles falsch interpretiert. »Weil ich es will; und um so etwas habe ich dich noch nie gebeten. Und werde es auch nie wieder tun.«

»Versprich nicht zu viel.« Auch er seufzte jetzt. Sie hätte zu gern gewusst, was er bedeutete, dieser Seufzer, der plötzlich so viele Deutungsmöglichkeiten zuließ, von denen für sie nur wenige angenehm waren. Dann sagte er, sehr ruhig: »Weißt du denn nicht, dass unser Verlangen nacheinander so nur immer größer werden wird?«

Und da durchzuckte sie spontane Freude.

Er stand auf, hielt seinen Teller, den er nicht angerührt hatte, vor sich hin, als wolle er ihn ihr anbieten. Er fuhr sich auf seine jungenhafte Weise mit der Hand durchs Haar. Sie hätte ihn gern geküsst, starrte stattdessen auf ihren Teller mit der Wassermelone hinunter.

»Ich habe am nächsten Montag eine Vorlesung in Chicago, die verschoben wurde«, sagte er. »Ich hab's gestern erfahren. Steht im Kalender. Ich bin offiziell nicht in der Stadt.«

»Würdest du das wirklich tun?«

»Ich bin offiziell nicht in der Stadt«, sagte er. Und fügte im Gehen hinzu: »Möchtest du etwas Wodka in deine Limonade, um es durchzustehen? Lässt sich leicht machen, es würde keiner merken.«

»Ich schaffe es«, sagte sie und verschluckte das »jetzt«.

KAPITEL EINUNDFÜNFZIG

»Ehe-Gelübde«. Von Lisa Solomon
Special der *New York Times*

Als die Braut am Arm ihres Vaters den Mittelgang der Kirche entlangschritt, hielten die Hochzeitsgäste die Luft an. In ein enges, gischtgrünes Chiffonkleid gehüllt, trug die Braut ein üppiges Bouquet aus Calla-Lilien im Arm, zwei weitere Lilien waren in ihr rabenschwarzes Haar geflochten. Ihr Lächeln leuchtete, wie ein Gast es formulierte, an diesem herrlichen Spätsommernachmittag wie eine zweite Sonne: »So war sie schon immer. Ein richtiger Sonnenschein.« Das Ehe-Gelübde, von dem Paar selbst formuliert, wurde auf den Stufen eines romantischen Sommerhauses abgelegt, am Ende des Gartens im Landhaus der Brauteltern in West-Massachusetts, und zwar vor Judith Rohmer, einer langjährigen Freundin der

Familie, die in Stockbridge als Friedensrichterin tätig ist. Die Braut kämpfte sichtlich mit den Tränen, und das Paar hielt sich an den Händen.

»Die ganze Hochzeit war *typisch* Marina!«, sagt ihr Freund, der Kritiker Julius Clarke, der sie schon seit der gemeinsamen Studienzeit an der Brown University kennt. »Wir haben es immer schon gewusst: Wenn Marina einmal heiratet, wird sie das schöner tun als alle anderen. Sie war schon immer ein Glamourgirl, ihr ganzes Leben lang.« Marina Thwaite, 30, Journalistin und Autorin des demnächst erscheinenden Buches *Des Kaisers Kinder haben keine Kleider an* ist die Tochter des gefeierten Journalisten Murray Thwaite und hat als Intellektuelle und bekannte Persönlichkeit des gesellschaftlichen Lebens seit ihrer Highschool-Zeit Aufmerksamkeit erregt, als sie nicht nur die nationale Bewegung der Highschool-Schüler gegen Apartheid mitorganisierte, sondern auch gelegentlich als Model in *Elle* und *Seventeen* zu sehen war.

Ihr Ehemann, Ludovic Seeley, 36 – gleichfalls eine Szeneberühmtheit, einer der begehrten Junggesellen, die letzten Monat im *New York Magazine* porträtiert wurden –, stimmt zu: »Für mich war es Liebe auf den ersten Blick«, versichert er. »Wir haben uns durch eine Freundin von ihr [Danielle Minkoff, Fernseh-Produzentin und Brautjungfer] kennen gelernt, und vom ersten Moment an wusste ich: Das ist sie.« Es war eine flüchtige erste Begegnung im Metropolitan Museum, »bezeichnenderweise beim Essen, nicht bei der Kunstbetrachtung«, lacht Marina. Es dauerte einige Wochen, bis sie sich wiedersahen – bei einer Gala zu Ehren von Marinas Vater –, doch ab jenem Abend, im Mai dieses Jahres, ging dann alles sehr rasch.

»Wir wussten, dass wir füreinander bestimmt sind«, erklärt Marina. »Wozu also noch warten?«

Die Ironie liegt in dem Umstand, dass dieses junge Paar in nur zwei Wochen sein erstes »Baby« zur Welt bringen muss: Mr. Seeley, der aus Sydney, Australien, stammt, ist Anfang des Jahres nach New York gezogen, um die neue Wochenzeit-

schrift von Merton Publications herauszugeben, *The Monitor,*
die am dreizehnten September zum ersten Mal erscheinen
wird. Marina Thwaite zeichnet für den Kulturteil der Zeitschrift verantwortlich. »Es ist sehr spannend, gemeinsam
an dieser fantastischen neuen Publikation zu arbeiten«, sagt
Marina. »Es wird die Leute wirklich begeistern. Ludo ist ein
fantastischer Redakteur.«

Ihr Gatte erwidert das Kompliment. »Marina ist erst im Sommer mit an Bord gekommen und hat fabelhafte Arbeit geleistet.
Wir haben ein hervorragendes Team, und ich denke, die Zeitschrift wird die Leser überraschen – es ist etwas absolut Neues.«

Bei der Launch-Party, die dieser Hochzeit ähneln wird
und kaum weniger exklusiv ausfallen dürfte, wird es sich
mit Sicherheit um eins der großen gesellschaftlichen Events
dieses Herbstes handeln. »Sie wird ein wenig aufwändiger
ausfallen«, gesteht Ludo. »Wir wollten eine stillere Hochzeit
in einem intimeren Rahmen.«

Der Vater der Braut, Murray Thwaite (dessen jüngstes
Buch *When the Fat Lady Sings* kürzlich erschienen ist) hat noch
keinen der in *The Monitor* erscheinenden Artikel zu Gesicht
bekommen. »Aber ich habe schon manches darüber gehört.
Die Zeitschrift wird sich von allem, was man bisher kennt,
unterscheiden. Sie wird großartig.«

Wenn die Hochzeitsfeier irgendwelche Rückschlüsse zu-
lässt, ist dies ganz sicher der Fall. Die bekannten Gesichter
der New Yorker und Washingtoner Intelligenz nippten auf
dem Rollrasen an ihren Champagnerkelchen und knabberten
Kaviar-Blinis, während ein Kammermusik-Ensemble in der
Dämmerung Mozart spielte. Auch die Laubfrösche brachten
dem Brautpaar ein Ständchen; und als die Nacht hereinbrach,
wurden die Gäste in ein großes Festzelt an prächtig gedeckte
Tische geführt. Als der Moment nahte, an dem die Torte
angeschnitten werden sollte, kehrten Ms. Thwaite und Mr.
Seeley zum Sommerhaus zurück, vor dem sie ihr Ehe-Gelübde
abgelegt hatten, und umarmten sich vor der jubelnden Schar
der Gäste.

Aber es ging nicht nur gesetzt und elegant zu: Später, beim Tanz, schleuderte Ms. Thwaite ihre Riemchensandalen von sich und wirbelte auf den Rasen hinaus, dicht gefolgt von ihrem adretten Gatten, der sich seiner Fliege entledigt hatte. »Einfach ein unglaubliches Gefühl«, schwärmte Ms. Thwaite. »Wer hätte gedacht, dass Heiraten etwas so Befreiendes hat?«

»Es gilt nur den richtigen Redakteur zu finden«, witzelte Mr. Seeley, während er seine Braut zum Samba-Rhythmus im Kreis herumwirbelte.

KAPITEL ZWEIUNDFÜNFZIG
Schlafenszeit

»Wir haben's überstanden.« Murray lag auf dem Bett, die Augen geschlossen, die Hände hinter dem Kopf verschränkt. »Wir haben's geschafft. Oder vielmehr *du* hast es geschafft. Du hast es ganz allein geschafft. Brava.«

»Eigentlich nicht. Ich bin froh, dass alles gutging.«

»Die räumen immer noch auf. Halb fünf.«

»Eine gute Hochzeit.«

»Ist noch jemand da? Ich meine, haben wir noch irgendwelche Gäste?«

»Ich glaube, Danielle ist mit Julius und seinem Freund gefahren. Ich hab ihr gesagt, sie soll bleiben, aber wahrscheinlich fand sie es komisch, morgen nur mit dir und mir beim Frühstück zu sitzen. Als wären wir ihre Eltern.«

Murray hielt die Augen geschlossen. Er sah Danielle vor sich, in ihrem Apartment, einen Lichtstreif auf ihrer Wange. Er seufzte. »Sie ist ein gutes Mädchen. Sie liebt Marina.«

»Aber sie wollte nicht, dass sie Ludovic heiratet.«

»Wer hat das schon gewollt?«

»Red keinen Unsinn. Deinen Ansprüchen hätte *keiner* genügt. Er liebt sie abgöttisch.«

»Wirklich? Diesem aalglatten Typen ist doch nicht zu trauen.«

»Genau das denkt auch Danielle.«

»Er hat uns quasi im Doppelpack gekauft.«

»Gekauft?«

»Gewonnen. Wenn dir das lieber ist. Er hat sich unsere Marina geangelt und ist jetzt auch noch mit mir verwandt.«

»Das ist selbst für dich ein bisschen zu egozentrisch, Liebling.«

Murray reckte sich, öffnete die Augen und begann sein Hemd aufzuknöpfen. »Ich wünschte, ich könnte das so sehen wie du. Er ist der Ehrgeiz in Person, dieser glatte, hinterhältige Typ mit seinen zu engen Hemden. Er will etwas Spektakuläres tun, und glaub mir, mich zu erledigen würde ihm genügen. Je näher er einem kommt, desto tödlicher der Stoß.«

»Wovon redest du eigentlich?«

»Von dem Artikel. Dem Artikel des Jungen.«

»Was ist damit?«

»Er hat es mir selbst gesagt, der Junge, er hat mir gesagt, dass Seeley ihn drucken möchte. Und vermutlich will er das immer noch. Ich bin nicht verrückt.«

»Das hat er sich doch sicher nur ausgedacht, um sich an dir zu rächen. Bootie. Frederick. Der arme Junge. Er hat dich verehrt.«

»Und hatte eine verdammt komische Art, mir das zu zeigen.«

Annabels Kleid glitt herab, sie stand jetzt im Slip in einer Lache aus Seide. »Sie lieben einander. Sie sind noch jung.«

»Ich gehör auch noch nicht zum alten Eisen, Baby.« Murray umschlang seine Frau, hob sie aus ihrem Kleid und ließ sie aufs Bett plumpsen.

»Nein, das glaube ich auch nicht«, sagte sie lachend. »Aber es ist schon halb fünf Uhr morgens.«

»Schlafen können wir noch, wenn wir tot sind.«

KAPITEL DREIUNDFÜNFZIG

Tiger Woods

Danielle erwachte auf dem Boden des Hotelzimmers, am Fußende von Julius' und Davids Bett, in den Bettüberwurf gewickelt, etwas klamm, in Unterwäsche. Die beiden schliefen noch, einer schnarchte leise, und Julius' Fuß hing in der Luft, gefährlich nah an ihrem Kopf. Irgendetwas – entweder der Bettüberwurf oder der Teppich (verblassendes Karminrot mit einem Muster aus großen Wappenschilden), sehr nah an ihrer Wange – roch muffig. Sie überlegte, ob sie leise aus dem Zimmer schlüpfen sollte, bevor die beiden erwachten; aber dann fiel ihr ein, dass sie in Stockbridge festsaß und auf sie angewiesen war. Alle – das heißt Marina und Annabel – hatten damit gerechnet, dass sie bei den Thwaites bleiben würde, nachdem die beiden Frischvermählten in ihrem blumengeschmückten Wagen mit Chauffeur nach Lenox aufgebrochen waren, um dort in einem Nobelhotel zu übernachten. Vielleicht hatten sie auch erwartet, dass Danielle mit Murray und Annabel in die Stadt zurückfahren und vom Rücksitz aus gutgelaunte Konversation machen würde. Das hätte sie nicht geschafft. Während sie unter der Dusche stand, erinnerte sie sich bruchstückhaft an den vorangegangenen Abend: die Zeremonie, die Reden, der Streit zwischen Braut und Bräutigam im Treppenhaus, als sie dachten, es sei niemand in der Nähe. Zu Beginn der Party hatte Marina angespannt, fast ärgerlich gewirkt – vermutlich hing es mit Murray zusammen, mit der zwiespältigen Haltung ihrem Vater gegenüber –, aber sie hatte sich mustergültig zusammengerissen, und Danielle hatte beobachten können, wie sie allmählich mit ihrer Rolle verschmolz, bis sie tatsächlich die ausgelassene, unbekümmerte junge Schönheit war, die sie zu sein vorgab. Bei dem Streit im Treppenhaus schien es um die Lifestyle-Redakteurin der *Times* zu gehen. Seeley forderte Marina auf, sie nicht abzuweisen. »Es nutzt dem *Monitor*«, sagte er. »Vergiss das nicht.«

»Es ist unser Hochzeitstag, Ludo, verdammt nochmal! Ich

hab keine Lust, dieser blöden Kuh mit ihrem Notizblock Rede und Antwort zu stehen.«

»Es handelt sich um die *New York Times*!«

»Ist mir scheißegal. Schlimm genug, dass sie überhaupt hier ist. Von mir aus kann sie uns beobachten, so viel sie will. Aber ich hab keine Lust, mit ihr zu reden.«

Worauf Danielle vorgetreten war und sich im Scherz erboten hatte, sich um die Journalistin zu kümmern.

»Sie möchte sich nur fünf Minuten mit Marina unterhalten«, sagte Seeley verkniffen. Die Rose in seinem Revers schien zu beben, so erbittert war er. »Das ist doch nicht lange!«

»Hey, M« – entgegen ihrem Gefühl beschloss Danielle, beschwichtigend einzugreifen –, »fünf Minuten? Damit dein Hochzeitsabend gerettet ist? Komm schon, du schaffst das. Für Ludo. Für die Liebe?«

Marina warf ihr einen sonderbaren Blick zu, so, als glaube sie, Danielle mache nur Spaß; vielleicht war er auch prüfend. Als hätte Marina, dachte Danielle unter der Dusche, geglaubt, sie, Danielle, finde, dass Seeley sich jetzt als wahrer Zyniker entpuppe. Selbst die Hochzeit diente nur dazu, seine Karriere zu fördern. Gestern war ihr der Gedanke gar nicht gekommen; und vielleicht handelte es sich ja auch nur um eine Projektion. Jedenfalls hatte Marina sich wieder gefasst, war lächelnd hinausgestürmt und hatte ihre Pflicht für die Liebe und *The Monitor* erfüllt.

Was ihr an dem Abend natürlich vor allem in Erinnerung geblieben war, war Murray. Nach ihrer Unterhaltung beim Lunch hatten sie kaum noch ein Wort miteinander gewechselt, aber Danielle war sich seiner Gegenwart ständig bewusst gewesen, als trage er einen elektronischen Sender bei sich; aus der Ferne hatte sie registriert, wie beängstigend perfekt er den Gleichgültigen spielte, wie perfekt es ihm gelang, in die jeweils erforderliche Rolle zu schlüpfen. Er und Marina glichen sich vollkommen.

Und dann war da Julius gewesen, der lange Zeit Verschollene, und hatte am Arm seines Liebhabers nicht mal allzu verlegen gewirkt. David schien sich wohl zu fühlen. Eigentlich kam ihr David absolut unbedeutend vor, ein junger – eindeutig jüngerer – vollendet höflicher, ziemlich attraktiver, etwas langweilig wirkender Geschäftsmann aus Westchester, der Typ Mensch, den man im College fröhlich an der Salatbar begrüßt, sogar mit einem herzlichen Lächeln, mit dem man sich aber nicht weiter befasst, weil man spürt – an seiner Kleidung, seinen Freunden, seinem Haarschnitt, seinem Hauptfach (vermutlich Politologie oder Volkswirtschaft), ja, selbst an seiner hohen Stimme –, dass er nichts Interessantes zu sagen hat. Noch am meisten faszinierte Danielle der Umstand, dass David vollkommen durchschnittlich wirkte, absolut normal, fast heterosexuell: die Stoffhosen tragende Mitte der privilegierten Nation. Was vielleicht zumindest teilweise erklärte, warum Julius sich zu ihm hingezogen fühlte; aber weshalb sie eine derart intensive Beziehung führten und sie so lange geheim gehalten hatten – das fand Danielle unbegreiflich. David wirkte keineswegs feindselig, sondern – »Ich hab schon viel von Ihnen gehört, ja, toll«, hatte er gesagt, als er ihr bei der Vorstellung ziemlich schlaff die Hand gab – einfach nur unbedeutend. Großzügiger ausgedrückt: Er blieb freundlich-reserviert. Ihr fiel auf, dass er einer dieser Typen war, die nie tanzen, und dass er stattdessen mit einem Bourbon on the rocks und mit nachsichtiger, aber gelangweilter Miene am Rand saß und zusah, wie Danielle und Julius wilde Verrenkungen machten. Angesichts der Vorgeschichte hatte Danielle eigentlich erwartet, dass Julius seinem Liebhaber blind ergeben sein würde, dass er sich in diesem Kreis alter Freunde, zu dem David nicht gehörte, vor allem auf David konzentrieren würde, aber in diesem Punkt erwies sich Julius als erfrischend – juliushaft – kaltschnäuzig und überließ David oft lange Zeit sich selbst, während er mit Leuten plauderte, die er seit Jahren nicht mehr gesehen hatte.

Tanya Reed zum Beispiel: Danielle hatte sie nie besonders leiden können, und alle hatten immer behauptet, Tanyas herbe Art entspringe nur ihrer Unsicherheit – Danielle ließ solche Ausflüchte nicht gelten: »Wir sind alle unsicher«, pflegte sie zu sagen, »nur sind manche Leute eben höflich und andere grob.« Dies war einer von Danielle Minkoffs unerschütterlichen Grundsätzen. Doch trotz des Erfolgs wirkte Tanya, die jetzt teurer gekleidet und frisiert war als früher (mit dem Ergebnis, dass sie nicht mehr ganz so dämlich aussah, denn jetzt wurde ihr schmales Pferdegesicht durch die aufgebauschte braune Mähne optisch verbreitert) genauso mürrisch wie früher; und nachdem sie Julius zehn Minuten lang von ihrer Karriere erzählt hatte (*Newsweek*, Buchvertrag, das Angebot einer Dozentur an der Georgetown University), zog sich Danielle etwas zurück, beobachtete Tanyas geradezu spastische Versuche, ihren Körper, der in einem violetten Satinanzug steckte, rhythmisch zur Musik zu bewegen, ruckartig fuchtelnd, und flüsterte Julius, als er von der Tanzfläche zurückkehrte, zu: »Typisch weiße Weiber. Haben alle keinen Arsch in der Hose.«

Julius wiederholte diesen Satz David gegenüber, der darüber so heftig lachen musste, dass Danielle es als frauenfeindlich empfand: Sie hatte das Gefühl, er lache aus dem falschen Grund. Doch Danielle schien David nach diesem Vorfall besser zu gefallen, und er gab sich mehr Mühe, sich mit ihr zu unterhalten.

Dass er allerdings sein Hotelzimmer mit ihr teilen sollte, hatte ihm nicht behagt. Nachdem Danielle mit dieser Bitte an Julius herangetreten war, hatten die beiden die Köpfe zusammengesteckt und sich flüsternd beraten. Danielle wusste, dass sie um einen großen Gefallen bat – vermutlich hatten sich die beiden ihren Aufenthalt in dem urigen alten New England-Inn als romantischen Kurzurlaub vorgestellt, und nicht als Pyjamaparty –, aber sie sah keine andere Möglichkeit. Während die Männer miteinander konferierten, schüttelte Julius einmal den Kopf; ein andermal sah es fast so aus, als wolle er David mit dem Finger drohen. Natürlich könne sie gern bei ihnen übernachten, versicherte er ihr dann. Kein Problem. Und David half ihr tatkräftig, ihre Sachen aus dem kleinen blauen Zimmer in den silbernen Grand Am zu verfrachten. »Wenig Auto für viel Geld!«, sagte er gedehnt und verdrehte die Augen.

Als sie aus dem Bad kam, frisch umgezogen und mit nassem Haar, saß David mit nacktem Oberkörper im Bett, an das hölzerne Kopfbrett gelehnt. Anders als am Abend zuvor trug er jetzt eine Brille. Julius, der noch nicht wach war, zuckte leicht im Schlaf.

»Ich kann Sie zum Zug bringen, wenn Sie wollen«, sagte David.

»Jetzt gleich?«

David zuckte die Achseln. »Wann, wenn nicht jetzt.«

»Ich kenne den Fahrplan nicht.«

»Amtrak? Die fahren bestimmt regelmäßig.«

»Aber heute ist Sonntag.«

»Trotzdem, morgens, mittags und so weiter.«

»Sie würden mich gerne *jetzt* hinbringen.«

»Das wäre das Beste.«

Danielle fand dies geradezu beeindruckend. Obwohl David auf seine Art recht freundlich war, spürte man genau, dass er keinerlei Widerspruch dulden würde. Er wollte, dass sie ging bevor der Tag – sein Tag mit Julius – begann. »Wie es für Sie am günstigsten ist«, sagte sie. Sie würde sich nicht auflehnen – immerhin war sie unaufgefordert in das Liebesnest der beiden eingedrungen –, würde diesen Vorfall aber auch nicht vergessen. Und ihr war klar, dass sie ihn auch nicht vergessen *sollte*: Er hatte ihr die Grenzen aufgezeigt. Er hatte ihr stillschweigend signalisiert, dass eine zweite solche Störung nicht erwünscht war.

Die Bahnstation in Albany lag fast eine Stunde entfernt. David fuhr schnell, hatte Musik laufen – etwas Aktuelles, vage Bekanntes, aber Danielle konnte es nicht einordnen. Er schien nicht besonders gesprächig, aber sie unternahm immer wieder mal einen Versuch.

»Was macht die Jobsuche?«, fragte sie zum Beispiel.

Er warf ihr einen Blick zu, als könne er kaum glauben, dass sie ausgerechnet diese Frage stellte. »Okay«, sagte er. »Das heißt, wer weiß? Eigentlich nicht okay, in dem Sinne, dass ich noch keinen Job habe.«

»Nein.«

Von ihm kam nichts mehr. Nach einer Weile sagte sie: »Wie finden Sie Julius' Wohnung?«

»Trostlos«, sagte er. »Absolut trostlos. Unbeschreiblich trostlos.«

Sie nickte. »Ich war schon ewig nicht mehr dort, aber so war sie schon immer.«

»Entsetzlich trostlos. Nicht für den menschlichen Aufenthalt geeignet.«

»So schlimm doch sicherlich nicht?«

»Ich hab den Untermieter gestern Morgen ausziehen sehen. Großer, dicker Junge mit riesiger Brille, Mondgesicht, so stand er an der Straßenecke. Sah aus, als habe er nur knapp überlebt.«

»Das ist Bootie – Frederick – Tubb. Marinas Cousin. Dass der so aussah, hatte andere Gründe. Hat garantiert nichts mit der Wohnung zu tun.«

»Und was wären das für Gründe?«

»Hat Julius Ihnen nicht davon erzählt?«

»So unglaublich es scheinen mag – das Leben Bootie Tubbs ist bei uns nicht das alles beherrschende Thema.«

»Es ist eine lange Geschichte. Er hätte eigentlich zur Hochzeit kommen sollen, aber dann gab es Krach.«

»Mit Marina?«

»Mit allen.« Jetzt war die Reihe an Danielle, wortkarg zu werden. »Er ist eben noch jung«, sagte sie. »Intelligent und durchgeknallt. Wie wir alle damals.«

»Sie vielleicht.«

»Welches von beidem waren Sie damals nicht?«

Er warf ihr einen vernichtenden Blick zu. Dann herrschte wieder Stille.

»Was war denn Ihr Hauptfach, beim Studium?«, versuchte sie es nach einiger Zeit erneut.

»Politologie.«

»Mm-hmm.«

»Sie hatten sicher Englisch, stimmt's?«

»Merkt man das so deutlich? Wir alle hatten English. Bei mir kam noch ein zweites Fach dazu. Englisch und Philosophie. Ich kann mich an nichts mehr erinnern.«

»Das geht nicht nur Ihnen so.«

»Nein, im Ernst. Ich sehe die Bücher in meinem Regal und weiß genau, dass ich sie gelesen habe, damals, aber ich kann mich nicht mehr an den Vorgang des Lesens erinnern und habe keinen blassen Schimmer mehr, was drinsteht.«

»Dann lesen Sie sie noch einmal?«

Danielle seufzte. »Nicht jetzt. Eines Tages vielleicht. Ich betrachte sie und frage mich, wer ich damals war, verstehen Sie? Es liegt so lang zurück. Ich bin *dreißig*.«

»Sie sollten diese Bücher wegwerfen.«

»In den Müll?«

»Genau.«

»Das wäre ein Sakrileg.«

»Heben Sie auch Kleider auf, die Sie zehn Jahre lang nicht getragen haben? Oder Pasta-Tüten, oder Bohnenkonserven?«

Danielle brauchte nicht zu antworten.

»Was ist das nur mit Büchern? Völlig rationale Menschen drehen wegen ihren Büchern durch. Wer hat denn Zeit für so was?«

»Ich bemesse mein Leben danach, welche Bücher ich gelesen habe.«

»Sie sollten Ihr Leben danach bemessen, wie sie gelebt haben. Ich korrigiere: Man sollte sein Leben überhaupt nicht bemessen. Was hat das für einen Sinn?«

»Julius bemisst sein Leben auch.«

»Das glaube ich nicht.«

»Früher aber schon.«

»Wir ändern uns alle. Gott sei Dank.«

Danielle, die sich stellvertretend für Julius ein wenig

gekränkt fühlte, holte tief Luft. »Apropos – Sie haben ihm einen neuen Anzug geschenkt.«

»Bevor ich gefeuert wurde, ja. Sieht gut aus, nicht? Italienisch.«

»Keine abgewetzten Ärmelaufschläge mehr. Ich hab den alten Agnès B. vermisst, seinen »Lieblingsanzug«, das heißt, sein einziger. Aber der neue steht ihm gut.«

»Er sieht ein bisschen aus wie Tiger Woods, nicht wahr?«

»Der Gedanke ist mir noch gar nicht gekommen.« Danielle überlegte kurz. »Ein bisschen vielleicht, ja.« Sie kaute auf ihrer Unterlippe. »Sie interessieren sich also für Golf?«

»Ich spiele auch selber.«

»Wow. Ich glaube, ich hab noch nie einen richtigen Golfer kennen gelernt.«

»Was ist daran so erheiternd?«

»Gar nichts – ich hab nur nicht gewusst, dass man das heute, also, dass jüngere Leute das heute noch spielen.«

David schwieg.

»Ich weiß, das klingt idiotisch. Ich hab einfach noch nie drüber nachgedacht. Richtig nachgedacht.« Im Wagen, der noch ganz neu nach Plastik roch, trat Stille ein, in der man dank der modernen Technik nicht einmal mehr den leistungsstarken AC-Servomotor hörte. Danielle überlegte, dass man sich mit dem Erwachsenwerden, dem Aufbau einer Beziehung eigentlich immer mehr von der Fröhlichkeit entfernte, so, als ändere man wie ein amphibisches Lebewesen seine Art zu atmen: Das Lachen, einst Lebenselixier, proteische Linderung, einziges Mittel, um Einsamkeit, Krisen und Angst zu lindern, wurde abgelöst durch schwerfällige Erstarrung: Nach außen hin angstfrei und mit seinem Schicksal zufrieden, fürchtete man Scherze, und ihr Potential, einen aus dem Gleis zu werfen. Wo früher Gelächter geherrscht hatte, pfiff jetzt ein kalter Wind. Wie kam Julius dazu, mit einem golfspielenden Geschäftsmann zusammenzuziehen? Noch vor einem Jahr hätte er bei dieser Vorstellung brüllend gelacht. Sie alle drei: Noch vor einem Jahr waren sie einander verbunden gewesen, eisern, und hatten geglaubt für immer. Vermutlich war es ja besser so – jeder von ihnen hatte nun seinen Liebsten gefunden –, aber lachten sie noch so viel wie all die Jahre zuvor? Würden sie jemals wieder so miteinander lachen, oder war das vorbei, aus dem *Reich erwachsener Nüchternheit* verbannt?

Während sie über den Highway rasten, betrachtete sie David so verstohlen wie möglich. Er sah nicht aus, als habe er jemals viel gelacht. Er sah aus, als sei er schon immer ein golfspielender Geschäftsmann gewesen, schon als kleiner Junge in kurzen Hosen. Kaum zu glauben, dass dieser Mensch Julius glücklich machte, dass er der Pierre oder die Natascha zu Julius' Pierre bzw. Natascha war. Was auch immer sie gegen Ludovic Seeley hatte, sie hielt ihn zumindest nicht für eine Null. Er würde – oder sollte – Marina wenigstens zum Lachen bringen; er war das personifizierte Böse, obwohl das außer ihr offenbar niemand erkannte; aber in dieser einen Hinsicht taugte er etwas. Und Murray: Zwar war sie befangen; aber er war amüsant; Marina hatte schon immer gesagt, von Anfang an, dass er sie alle zum Lachen bringe. Gern Unfug treibe.

Die Hochzeit jedoch war frei von jeglichem Unfug gewesen. Keinerlei Handgreiflichkeiten; keine Tränenausbrüche; keine der Reden verletzte den guten Geschmack, auch ihre eigene nicht. Sie rechnete dauernd damit, dass der Name Bootie Tubbs fallen würde – am Vormittag, als Marina gerade beim Umziehen war, hatte jemand vom Catering-Personal gemeldet, es stehe ein junger Mann vor der Tür, und Marina war hundertprozentig überzeugt gewesen, dass das Bootie sei; aber es war nur ein Blumenlieferant aus Great Barrington gewesen, mit einer purpurfarbenen Hängeorchidee, einem Präsent der kalifornischen Freunde von Marinas Mutter, adressiert an: »Marina & Hugo, dem glücklichen Paar« –, aber natürlich erwähnte ihn niemand. Auch seine Mutter wurde nicht erwähnt. Sie waren nur bedeutsam durch ihre Abwesenheit: Wären sie da gewesen, hätte kein Mensch Notiz genommen von dem stillen, ziemlich verloren wirkenden Jungen, der allein an einem Tisch gesessen, Kuchen gemampft und die Braut angeschmachtet hätte; und von ihr, seiner Mutter, in Danielles Vorstellung eine Frau in Bluse, rosig, etwas beschwipst, die schließlich in Tränen ausgebrochen wäre, ein Spitzentüchlein gezückt und sentimentales Zeug geplappert hätte, über ihre Nichte, über die Blutsbande, über die Kindheitserinnerungen, die Murray und sie teilten. Nein, Marinas perfekte Hochzeit war für die beiden zu exquisit gewesen; sie hatten dort nichts zu suchen gehabt, die armen Verwandten beim Festbankett. Der Streit – die Familienfehde – war schon aus diesem Grund notwendig gewesen.

Aber auch dies hatte niemand ausgesprochen. Murray, der Einzige, zu dem man so etwas hätte sagen können, war gefühlsmäßig zu stark involviert, um darüber lachen zu können. Während dieser Fahrt in Davids Mietwagen merkte Danielle, wie sehr sie sich danach sehnte, wieder einmal richtig lachen zu können, so heftig, dass einem beinahe die Luft wegblieb, so heftig, dass man sich fast in die Hosen machte, dass einem die Tränen kamen, dass man keuchte, sich krümmte. Einmal waren sie während des Studiums zusammen in einem italienischen Restaurant gewesen – es hatte wohl einer von ihnen Geburtstag gehabt –, und da war Julius, der perfekte, beherrschte Julius, vor lauter Lachen vom Stuhl geplumpst, auf allen vieren aus dem Lokal gekrochen und hatte sich draußen, immer noch ganz außer sich, hilflos auf dem dreckigen Gehweg gewälzt. Oder ein anderes Mal, bei einer Uni-Tanzaufführung mit Marina, hatten sie diese Veranstaltung beide so komisch gefunden, dass sie, unter den Zuschauern sitzend, losgeprustet hatten wie die Trüffelschweine, immer wieder, unkontrollierbar, bis sie schließlich türenschlagend aus dem Saal gerannt und im Foyer in lautes Gelächter ausgebrochen waren. (Damals hatte ihnen ein Professor einen Verweis erteilt und sie aufgefordert, sich schriftlich bei den Tänzern zu entschuldigen.) War dies alles für immer vorbei? War diese Art von Gelächter ein Zeichen von Unreife? Etwas, das Erwachsene nicht taten, vor allem nicht zu zweit. Etwas, das für immer verloren war. Wie unaussprechlich traurig.

David ließ sie am Eingang des Bahnhofs aussteigen und fuhr davon, mit einem Winken, das fröhlicher war als jede Geste, die sie bis dahin an ihm gesehen hatte, so sehr freute er sich, sie endlich loszuwerden, und sie musste in dem kahlen, faden Warteraum noch eine Stunde und zwanzig Minuten totschlagen, in Gesellschaft zweier Automaten (aus denen sie sich nach längerem Studium der Bedienungsanleitung, einen alten, von grüner Folie umhüllten, nicht mehr besonders knusprigen Granola-Riegel zog) und einer gehetzten Mutter von zwei Kindern, deren dralles Baby und wacklig laufendes Kleinkind ein solches Spektakel veranstalteten – heulend, rasselnd, stampfend, brüllend –, dass man nicht einmal Zeitung lesen konnte. Irgendwann flüchtete Danielle sich auf den Bahnsteig, setzte sich dort auf eine schattige Bank und dachte wieder verdrossen über ihre sonderbare, unnötige Einsamkeit nach. Sie hätte jetzt vor einen Zug fallen können, und niemand hätte überhaupt gewusst, dass sie sich hier befand, in Albany, um Himmelswillen, am Sonntag des Labor-Day-Wochenendes, ganz allein, ohne jede Bindung, auf dem Heimweg zu den Kunstfehlern – sie hatte für den Lipo-Report grünes Licht gekriegt –, auf dem Heimweg in die ohrenbetäubende Stille ihres Singlelebens.

Murray, Murray, Murray. Sie zog das Handy aus der Jackentasche, warf einen Blick darauf, steckte es zurück. Sie stellte sich vor, dass er noch schlief – Annabels Arm lag besitzergreifend auf seiner Brust, das wundervolle Licht fiel auf das Fußende ihres Betts, im Haus herrschte endlich Stille, jene köstlich verwunschene Stille, als seien sie ins Paradies zurückgekehrt, in ein Leben ohne Kinder, als könnten sie sich überall entkleiden, nackt durchs Gras tollen, einander im Bett mit Trauben und süßem Honigkuchen füttern wie ein römischer Kaiser und seine Kaiserin. Eine Vorstellung, bei der Danielle zu einem bedeutungslosen Etwas schrumpfte, einem schal gewordenen Zeitvertreib. Dies war das eine von zwei unvereinbaren, doch ähnlich konkreten Szenarios, die sie sich gleichzeitig ausmalte. Im zweiten Szenario – wie sollte es anders sein? – hatte er endlich, verspätet, seine Seelengefährtin gefunden, seine platonische andere Hälfte, und verzehrte sich nach ihr, wachend und schlafend, und wenn sie das Zimmer betrat oder auch nur das Haus, spürte er es, erregt von ihrer Gegenwart, obwohl seine innere Stimme sowieso ständig mit ihr sprach und sich telepathisch danach sehnte, gehört zu werden. Danielle wollte, dass er sich nach ihr sehnte, selbst jetzt im Bett mit Annabel, dass er sich danach sehnte, nach seinem Handy greifen zu dürfen und eine Verbindung herzustellen: die Verbindung zwischen ihm und ihr.

Und doch: Vielleicht spielte es keine Rolle, welches der beiden Szenarien der Wirklichkeit entsprach, denn er *würde nicht* – darum ging es sicherlich: Er würde nicht – nach seinem Handy greifen. Also war der Wunsch, egal ob Fakt oder Hirngespinst – und doch kam ihr der Umstand, dass er real existierte, dass man nie wusste, ob er erfüllt werden würde, ungeheuer bedeutsam vor –, letztlich nicht einmal wichtig. Wie war sie nur in diese Lage geraten? Ein warmer Windstoß wehte Bonbonpapierchen und Sand über den Bahnsteig, wie aus Empörung über Danielles Schwäche. Und durch welches entgiftende Mittel konnte sie wieder zu sich selber finden? Selbst der Gedanke an ihr Apartment – an die Rothkos, die, wie das Bett, warteten, warteten – war jetzt vergiftet. Sie würde ihr Handy anschalten, von Penn Station aus direkt zu ihrem Büro gehen und das Sich-Freuen den anderen überlassen. Und so grässlich dieser Koksi auch sein mochte – er war ihr so unsympathisch gewesen wie erwartet –, hoffte sie doch, er möge Julius, den guten alten Julius, glücklich machen.

KAPITEL VIERUNDFÜNFZIG

Ein Abend in der Stadt

Alles in allem genossen sie die Zeit in Stockbridge. Ein ruhiges Wochenende auswärts, von der Hochzeit nur für ein paar turbulente, aber schöne Stunden unterbrochen. David war charmant gewesen, hatte sich gnädigerweise bereit erklärt, Danielle für die Nacht zu beherbergen, hatte sie galanterweise am frühen Morgen bis nach Albany gefahren. Er verzichtete auf spitze Bemerkungen über Marina und Danielle – obwohl er sich ein paar boshafte Sticheleien nicht verkneifen konnte: zum Ehe-Gelübde, zu Murray (»Dieser mürrische alte Dinosaurier, der so tut, als würde ihm die ganze Welt gehören. Fehlte nur noch die Kapitänsmütze«), und, mit einem gewissen Schauder, auch über Ludovic Seeley –, aber letztlich behauptete er sogar, er habe sich gefreut, sie endlich alle mal kennenzulernen. Julius nahm ihm das ab, und auch wieder nicht, war einerseits erfreut und andererseits enttäuscht. Es schien tatsächlich so, als bringe das Zusammenleben mit einem Partner nicht dauerhaften Frieden, sondern, zumindest für Julius, dauerhaften, ermüdenden Widerspruch.

Zu den Themen, die Julius und David an jenem Wochenende diskutierten, zählte auch der Zustand ihrer Partnerschaft: Sie hatten ein »Beziehungsgespräch«. David stieß es an, im Zusammenhang mit der Hochzeit: Was bedeutete es schließlich zu heiraten, und worin unterschieden er und Julius sich zum Beispiel von Marina und Ludovic? Sie beide waren doch schon viel länger zusammen, und ihre Beziehung, so betonte er, sei doch keineswegs weniger intensiv. Wenn sie heiraten konnten – vielleicht würde eines Tages ja die Möglichkeit dazu bestehen: Immerhin war die eingetragene Partnerschaft in Vermont bereits möglich, und von da waren es wohl nur noch ein paar Schritte –, würden sie das wirklich wollen, und was würde es bedeuten? Julius hatte erwidert, selbst wenn sie eines Tages heirateten, würde das etwas anderes sein als eine heterosexuelle Hochzeit.

»Absolut«, stimmte David zu, »aber wieso?«

»Also, erstens würde ich kein Chiffonkleid tragen. Aber, nun ja, schwules Bewusstsein erlaubt einen subtileren Zugang zu einer Beziehung.« Er hatte dies gesagt, während sie auf der Veranda des Hotels lagen und zuschauten, wie ein Mann und eine Frau – beide mit breiten Hintern, in Shorts, phlegmatisch – ihr Gepäck aus dem Kofferraum eines kastanienbraunen Lexus holten, während sie sich fast lautlos zankten. »Zum Beispiel: So wie die da würden wir nie enden. Zum Teil schon deshalb, weil wir den Unterschied zwischen Liebe und Begehren kennen, nicht wahr?«

David betrachtete das Paar mit zusammengekniffenen Augen.

»Mein Gott. So einen Fummel würde ich nie tragen«, sagte er. »Das zumindest bleibt dir erspart.«

»Aber was Beziehungen betrifft, die funktionieren bei uns deshalb, weil jedes schwule Paar die Regeln neu formulieren muss. Man bekommt die Regeln nicht von der Gesellschaft geliefert.«

»Nein.«

Julius schwieg einen Moment. Das Paar schlurfte an ihnen vorbei ins Hotel, und die Tür kreischte unnötig laut in den Angeln. »Wie sehen sie denn aus, unsere Regeln?«, fragte er und sah wieder auf die Straße, mit ihrem New-England-Charme und den Eis essenden Touristen.

»Wie meinst du das?«

»Gegenseitiger Respekt, Toleranz, die Bereitschaft zu verzeihen…«

»Natürlich.«

»Und wie gesagt, wir wissen, dass Liebe und Begehren nicht dasselbe sind.«

»Klar.«

Julius sah David an, der jetzt eine *Vanity Fair* durchblätterte, die Gäste auf der Veranda liegengelassen hatten. »Hörst du mir überhaupt zu?«

»Liebe und Begehren«, wiederholte David und blickte

auf. »Ein fantastisches schwules Paar kennt den Unterschied genau.«

»Und wir?«

»Sind ein fantastisches schwules Paar.«

Dabei hatten sie es belassen und sich stattdessen dem Profil von Mark Wahlberg zugewandt, den sie neulich in *Planet der Affen* gesehen hatten, nur weil sie ihn beide attraktiv fanden. Julius hatte das Gefühl, dass dies ein Moment unglaublicher Offenheit gewesen war, sie hatten sich ihre Bedürfnisse eingestanden, das Bedürfnis nach einem Lewis oder einem Dale. Es war elektrisierend gewesen, bis zu einem gewissen Grad zumindest, nicht völlig offen, aber doch so klar über ein derart heikles Thema zu sprechen. Er fühlte sich erleichtert und nahm an, David gehe es genauso.

Wieder zurück in New York – wo die stressige Jobsuche, die Bruchbude in der Pitt Street auf sie warteten, über die David sich endlos beklagte –, schien es sehr wichtig, an diesem Gespräch festzuhalten, an der Erinnerung, was diese Beziehung trotz aller Zankerei (das kam jetzt ziemlich häufig vor) und allen Schmollens (auch das gab es jetzt ziemlich oft) so stark und einzigartig machte. Denn Julius fühlte sich nach wie vor unterdrückt. Er empfand David und dessen Ansprüche als Last. Zum Beispiel wollte David Sex, aber auch wieder nicht, er schien zu wollen, dass Julius Begehren signalisierte, nur um ihn dann abzuweisen, und setzte damit eine unerfreuliche, etwas erniedrigende Dynamik in Gang, eine dramatische Abwärtsspirale, der nicht leicht zu entkommen war. In einem Telefonat mit Danielle (und er ertappte sich immer häufiger dabei, wie er ihre Nummer wählte – wie sich herausstellte, kannte er die immer noch auswendig), erwähnte er mit schlechtem Gewissen, dass David ohne Arbeit und ohne Geld nicht mehr der lustige, lebenshungrige Mann von einst sei. Er sei missmutig, entpuppe sich als übellaunig, ja, sogar pessimistisch.

Eines Morgens, nach einer Nacht vergeblicher Annäherungsversuche, die David sämtlich zurückgewiesen hatte, konnte Julius seinen Lover nur unter Zwang dazu bringen, sich anzuziehen. David lag bäuchlings da, alle viere von sich gestreckt, nackt auf dem Futon, wie gekreuzigt, etwa an der Stelle, die die Mitte des Zimmers bildete. Julius, der sich anziehen und durchstarten wollte – er hatte beschlossen, sich mit dem Laptop ins Café zu setzen, um Marinas Artikel (okay, die verschiedenen ethischen Grundsätze der einzelnen Gay-Club-Generationen waren nicht gerade Proust; aber es brachte Geld in die Kasse) so schnell wie möglich fertig zu schreiben –, musste mindestens ein halbes Dutzend Mal umständlich über die ausgestreckten Gliedmaßen seines Freundes steigen. Irgendwann knurrte David: »Lass mich in Ruhe, verdammt noch mal, okay?«

»Ich versuche ja, dich in Ruhe zu lassen, wobei ich allerdings nicht ganz verstehe, warum du allein in diesem Apartment bleiben möchtest, das du so hasst.«

David grunzte.

»Steh auf, dann gehen wir frühstücken. Wir können im Times Café auf der Terrasse sitzen. Fettarmes Omelett? Chai Latte?«

»Ich hab gesagt verpiss dich!«

Julius stemmte die Hände in die Hüften. »Wenn du dich jetzt nicht sofort aufsetzt und mich anschaust, gehe ich. Ich gehe!«

Und David setzte sich auf, übernächtigt, bleich, sein Blick verschleiert von Elend und Schlaf.

»Steh auf«, sagte Julius.

David rührte sich nicht.

»Du kommst jetzt mit frühstücken. Steh auf.«

»Verpiss dich«, wiederholte David, aber er stand auf, zog sich an, ohne sich zu waschen, und folgte Julius verschwitzt und mit finsterer Miene zur Tür hinaus. Er sagte nichts, kam nicht mit zum Frühstück; sondern wandte sich brüsk ab und ging Gewichte stemmen. Er behauptete, dass selbst die Dusche in der Pitt Street kakerlakenverseucht und zu verdreckt sei, und bestand darauf, sich im Fitnesscenter zu waschen. Der

Gang zum Fitnesscenter hatte sich in der Woche nach dem Labour Day schon fast zu einem zwanghaften Verhalten entwickelt, manchmal blieb er für drei, vier Stunden dort. Als sei er verabredet. Als sei er der Geschäftsführer des Crosstrainers, eines Nautilus Nero. Am Freitagnachmittag fuhr Julius ihn an: »Glaubst du, du findest dort einen Job? Siehst du dich vielleicht als künftigen Privattrainer?« Aber gleich darauf schlug er reuevoll vor, abends gemeinsam Essen zu gehen.

»Und wer bezahlt das, Gräfin Koks? Du vielleicht?«, sagte David.

»Dieser Text für Marina ist so gut wie fertig, und dann habe ich noch einen Artikel in der *Voice*, und wahrscheinlich auch was in *Slate*. Die müssen sich nur noch melden. Deshalb, ja, bezahle ich. Wir müssen uns heute was Gutes tun.« Stockbridge lag zwar erst eine Woche zurück, aber sie hatten es tatsächlich nötig. *Er* hatte es nötig. »Und wenn du ganz brav bist, lade ich dich hinterher noch zu einem Drink ein.«

Und wären sie nach dem Essen direkt nach Hause gegangen, dann wäre alles gut gewesen. Okay, nicht gut, aber zu überstehen. Im Restaurant – ihrem Restaurant, in das sie bis vor einem Monat jede Woche gegangen waren – wurden sie mit offenen Armen empfangen: der lustige, o-beinige Oberkellner kam auf sie zugewuselt, mit einem Grinsen in seinem Krötengesicht; und Inge, die Kellnerin, das lange, pferdehafte Mädchen aus Berlin mit dem Nasenring und der tollen Marlene-Dietrich-Stimme raunte ihnen mit ihrem köstlichen Akzent heiser zu: »Wo habt ihr bloß gesteckt, ihr beiden? Drinks aufs Haus für euch, okay? Zur Begrüßung?«

David deutete an, sie seien den ganzen August auf Reisen gewesen, und zwar in Europa, woraufhin Inge dramatisch mit den Augen rollte und heiser raunte: »Ist ja toll! Unglaublich toll!«

Sie aßen Salat – Frisée mit Speckstreifen – und Steak mit Pommes frites, Davids Standard-Order; und sie tranken jeder zwei Scotch und zusammen zwei Flaschen teuren Barolo, und in dem Restaurant mit seiner intimen Atmosphäre, den dichtgedrängten Tischen, summte und klirrte es um sie herum (aber es lief keine Musik: Dies war einer der Gründe, warum David so gern hierherkam; dies und die mitteleuropäische Fünfziger-Jahre-Atmosphäre), und als Julius dann mit seiner Kreditkarte die – für ihn – astronomische Summe bezahlte, waren sie in bester, ja, sogar witziger Stimmung, und Julius dachte: »Darum sind wir zusammen, ich hab's gewusst. Dafür.«

Und deshalb schlug er die Bar an der First Avenue vor, eine ziemlich gesetzte Schwulenbar mit Granittischen und Lederbänken, spektakulär nur durch die karminrote Beleuchtung, in der die Gäste wirkten, als seien sie blutüberströmt, ein Heer von Statisten aus einem Stephen-King-Film. Aber alles kein Problem, die Bar war okay, und sie trafen dort einen Freund von David, Jan, ein nordischer Typ, Exmodel, mit einem albernem Akzent – zu diesem Zeitpunkt hatte Julius, obwohl schon alles leicht verschwamm, gedacht, sie würden nach ihrer Heimkehr noch ein bisschen herumblödeln mit diesem Akzent, um sich vor dem Schlafengehen noch etwas zu amüsieren und von der Umgebung abzulenken – und es war schließlich Jan, der gegen eins die Kneipe in der Avenue C vorschlug, rauer, dafür aber amüsanter als diese langweilige Bar, auch wenn der Lärmpegel hier jetzt zusehends stieg. Die Kneipe war eine Art Club, hatte eine Eisentür mit einem Türsteher davor und bot den zusätzlichen Thrill, dass man hinabsteigen musste wie in einen Bunker. Dort unten herrschten Hitze und drangvolle Enge, es wimmelte von tanzenden Männern, manche fast unbekleidet, perfekte Körper, Oberarme wie pralle Früchte, nebst vielen weniger attraktiven Typen, die ihre Shirts lieber anbehielten. Jan fand einen Tisch; er begrüßte einen weiteren Freund, einen winzigen Mann mit kurzgeschorenem schwarzen Bart, eine Mischung aus Gnom und Teufel, der zwar aussah, als habe ihn die Unterwelt ausgespien, der aber eine helle, flötende Knabenstimme hatte. Er trug ein Lederhalsband über seinem T-Shirt, und Julius hätte ihm furchtbar gern gesagt, wie albern das wirkte: Du bist klein wie ein Schoßhündchen, hätte er gern zu ihm gesagt und wollte es auf jeden Fall später David erzählen, das solltest du nicht auch noch unterstreichen. Sie tranken und tanzten und schnupften auf der Toilette der Reihe nach Koks – Julius wusste nicht, ob es von Jan oder dem Zwerg stammte, vielleicht hatten beide was dabei, aber spielte das überhaupt eine Rolle? Hauptsache, es gab welches. Und die Musik war sehr aufdringlich, eindringlich, auf ihre Weise sexy, ein Hämmern und Dröhnen, das im ganzen Körper vibrierte, und an irgendeinem später nicht mehr zu rekonstruierenden Punkt dachte Julius plötzlich, dass sich *so* am nächsten Morgen auch sein Kopf anfühlen würde; und dann, etwas später, als er in dem blauen Dämmerlicht zu dem schwitzenden David hinübersah, kam ihm – so, wie in die Lichtung eines Dickichts plötzlich gewaltig, kristallklar das Sonnenlicht dringt – blitzartig die Erkenntnis, dass sie als Paar keine Zukunft hatten. Der Gedanke huschte so schnell vorbei, wie er gekommen war, vertraut und fremd zugleich, unzulässig, und erst später würde Julius sich daran erinnern und sich fragen, ob es nicht vielleicht jener Gedanke gewesen war, der das, was nachfolgte, erst ermöglicht oder gar bewirkt hatte.

Er war zur Bar gegangen, um noch eine Runde Drinks zu bestellen, als er den Mann erblickte, er würde seinen Namen nie erfahren, ein schlanker, aber muskulöser Mann, dunkeläugig, vielleicht zehn Jahre älter, mit fast kahlrasiertem Kopf, die Lippen voll und dunkelrot, als seien sie geschminkt. Er wirkte südländisch, Grieche vielleicht, oder Italiener, und wenn er lächelte, sah man, dass einer seiner Vorderzähne schief stand, und dadurch, durch die hervorlugende Spitze des Zahns, wurde er plötzlich zu dem verlockendsten Anblick, den man sich vorstellen konnte. Während Julius auf die Drinks wartete, sah er erneut hinüber, und noch einmal, und jeder seiner Blicke wurde mit diesem Lächeln erwidert, diesem Aufblitzen des Zahns, und die dunklen Augen waren dichtbewimpert, wie die Augen eines Zigeuners, eines Piraten.

Von da bis zu ihrem Rendezvous auf der Toilette dauerte es vielleicht noch eine Viertelstunde: Später, in der Erinnerung, war es schwierig, den Austausch von Signalen, die stillschweigende Verabredung über die Menge hinweg zu rekapitulieren, und David, Jan und der kleine Satan wichen ihm ja nicht von der Seite. Irgendwie schien es unglaublich, so dreist vor aller Augen flirten zu können, ohne dass es jemand merkte, vor allem nicht David; aber vielleicht betäubten ihn – ihn, Julius – der Alkohol, die Musik, die Hitze mehr, als ihm bewusst war; und als er sagte, er müsse pinkeln gehen, wurde er, ohne es zu wissen, doch von jemandem beobachtet.

Auch später noch betrachtete Julius dies als eines der aufregendsten sexuellen Abenteuer seines Lebens: die Dreistigkeit, das Risiko, das Exotische daran. Dass sein Liebhaber am Tisch jenseits der Wand saß, kaum zehn Meter entfernt, dass die Toilette muffig und schäbig war – keine Fenster, purpurroter Beton, Metallkabinen wie in einer dieser grässlichen Junior High Schools –, schmälerte das Erlebnis nicht, sondern steigerte es sogar noch. Es unterstrich die Dringlichkeit ihrer Zusammenkunft. Sie fielen beide wie benommen übereinander her, umklammerten sich, entblößten sich, keuchten, der schöne Mann überraschend stark, aufstöhnend bei Julius' Anblick, wie ein vor Gier sabberndes Tier, und Julius war so gefangen von all dem, dass er erst gar nicht merkte, dass David im Raum stand, in der Kabine, und jetzt zerrte David sie beide, mit offenem Hosenschlitz, heraushängendem Schwanz, brutal in den Vorraum und schlug auf Julius ein, und der andere Mann brachte hektisch seine Kleidung in Ordnung, und Julius hatte Blut am Kinn, seine Lippe war aufgeplatzt, das Blut rann ihm übers Kinn, David hatte ihn geschlagen, mit der Faust, und schrie immer noch, brüllte wie ein Elefant, und Julius wollte zur Tür, aber David hielt ihn fest, grub ihm seine Nägel ins Fleisch, zerkratzte ihm die Arme, die Brust, packte ihn – an den Haaren, er packte Julius an den Haaren, und plötzlich, ein sengender Schmerz, punktuell und doch auf der ganzen Hälfte des Kopfs, und ein Geräusch, ein schreckliches Geräusch, fast wie ein Knirschen, und dann war seine Kopfhaut nass, nass vom Blut, das herablief, weil David eine ganze

Haarsträhne samt Wurzeln ausgerissen hatte, und Julius hob die Hand, weil er versuchen wollte – weil er versuchen wollte, den Schmerz zu stillen, oder das Blut, falls das überhaupt Blut war an seinem Kopf – er wusste nicht, ob er blutete oder nur das Gefühl hatte zu bluten, und in diesem Moment bemerkte er, dass die Wände aus Beton waren und purpurn, aubergine, weil David ihn gegen sie knallte, und plötzlich fuhr ihm ein Rohr, ein Wasserrohr ins Kreuz und quetschte ihm die Nieren, und da war die Wand, die purpurne Wand neben seinem Auge, und sein verletzter Kopf, die klebrige, haarlose Stelle an den kalten Beton gepresst, und er merkte, dass der andere Mann, der schöne Mann, verschwunden war, dass niemand mehr da war – wie konnte das sein? – und immer noch das elefantenhafte Gebrüll, keine menschliche Stimme, und doch war das David, waren es *Worte* – Du Scheißkerl! Du Scheißkerl! Du Scheißkerl! – und er zerrte immer noch an ihm und knallte seinen Kopf gegen die Wand, und der Schmerz in den Nieren explodierte, schlimmer jetzt als der Schmerz auf der Kopfhaut, oder vielleicht auch nicht, denn ihm tat alles weh, sein ganzer Körper schmerzte, und dann stürzte sich David auf ihn, wie ein Tier, mit weit offenem Mund, und biss zu. Er biss Julius in die Wange und man hörte das Geräusch, wie die Haut riss, die Zähne ins Fleisch drangen, es ging nicht schnell, wie man vielleicht denken würde, es ging merkwürdig, grässlich, quälend langsam, beängstigend langsam, als sei Julius eine Beute im Dschungel, zum Tode verurteilt, dazu bestimmt, bei lebendigem Leib gefressen zu werden.

David trat zurück, spie aus, keuchte. »Du Scheißkerl«, wiederholte er heiser, und Julius sah seine Chance, sah, dass es noch nicht zu Ende war, und rammte David sein Knie in die Eier, so heftig es ging, trat nach ihm, als er hinfiel, und stolperte dann blutend, blutend und weinend, obwohl er sich kaum bewusst war, dass ihm Tränen und Rotz übers Gesicht, in den Mund liefen, stolperte durch die Hitze und den Lärm und die Leiber die Treppen hinauf auf die Straße.

Er taumelte an den Nachtschwärmern vorbei; er mied die beleuchteten Straßen, strebte im Schatten wie ein Insekt seiner Wohnung zu, die zitternden Finger – nass, rot, wie das Licht in der Bar vor so langer Zeit – an die verletzte Wange gepresst.

Aber es war noch nicht vorbei, er hatte sich getäuscht. Er starrte sich im Spiegel an, die immer noch blutende Wunde, das linke Auge blau und zugeschwollen, die kahle Stelle an seiner Schläfe nässend, pochend; sein Gesicht war fast nicht wiederzuerkennen. Othello, dachte er die ganze Zeit. Die rasende Wut hatte in David geschlummert, so wie er es immer befürchtet hatte, und jetzt war sie ausgebrochen, hatte sich an ihm ausgetobt, er konnte von Glück sagen, dass er noch laufen konnte, dass er zu Hause war, völlig durcheinander, blutend. Wie, fragte er sich, sollte es jetzt weitergehen? Und während er dastand und wie versteinert sein entstelltes Gesicht anstarrte (das konnte doch nicht er, Julius, sein? Wie hatte es nur so weit kommen können?), hörte er einen Wagen vorfahren, sah den Reflex des Blaulichts an der Wand und wurde von einem Polizisten an die Tür gerufen. David, dessen Gesicht bleich glühte vor wahnsinnigem Triumph, lauerte im Hintergrund, verhöhnte ihn.

»Dieser junge Mann behauptet, Sie seien im Besitz seiner Sachen –«

»Ich verstehe nicht –«

»Bitte treten Sie zur Seite, Sir, bitte treten Sie zur Seite, und lassen Sie uns herein.«

»Aber ich verstehe nicht –«

»Befinden sich in Ihrer Wohnung Sachen, die diesem Mann gehören?«

»Ja natürlich – er ist – er wohnt hier.«

»Er gibt an, Sir, dass er Schutz benötigt, um seine Sachen zu holen, Sir.«

»Das ist doch lächerlich. Ich bin nicht –«

»Er gibt an, Sie hätten ihn angegriffen, Sir.«

»*Ich* hätte *ihn* angegriffen?«

»Wenn Sie bitte beiseitetreten würden, Sir. Ich werde hier warten, bis der Herr seine Sachen gepackt hat, Sir. Er sagt, er wolle auf eine Anzeige verzichten, fürchte aber um seine Sicherheit, Sir.«

David grinste.

»Seine Sicherheit? *Seine* Sicherheit?«

»Es wird nicht lange dauern, Sir. Bitte verhalten Sie sich ruhig.«

Und Julius stand da, mit dem Rücken an die offene Tür gepresst; der mit scheppernden Abzeichen behängte Oberkörper des feisten Polizisten war keine zwei Meter entfernt, seine dicke, sommersprossige Hand spielte mit dem Halfter, während David systematisch die Kleiderhaufen und Papierstapel sichtete, ordentlich seine Tasche packte, unablässig lächelnd, in absolutem Schweigen. Es dauerte vielleicht zwanzig Minuten; Julius kam es vor wie eine Ewigkeit, und das Pochen in seinem Kopf wurde zu einem lauten Dröhnen, einem Dröhnen, das klang wie vorhin Davids Gebrüll, denn jetzt sickerten die einzelnen Wunden ineinander, verschmolzen zu einem allumfassenden, unerträglichen Dröhnen. Ihm wurde schlecht, aber er musste sich nicht übergeben; wartend beobachtete er Davids sonderbare Ruhe und war sich auch jetzt wieder sicher, dass Triumph in dieser Ruhe lag – der Kater, der den Kanarienvogel gefressen hat, die Sahne, einen ganzen Eimer davon vielleicht. Julius sah es ihm an. Dort, wo er keine Schmerzen hatte, stand er wie unter Strom, beherrscht von dem adrenalingesteuerten Impuls zu fliehen, so dass er sich, obwohl er reglos dastand – wie auch der Polizist reglos dastand, bis auf die tiefen Atemzüge, unter denen sich seine Brust mit den Abzeichen hob und senkte – fühlte, als ob sich alles bis zur letzten Zelle, zum letzten Teilchen, in rasendem Wirbel drehte.

Am Schluss, als sie gingen, David, immer noch schaurig lächelnd, und der Polizist, ohne eine Regung seines in Höflichkeit erstarrten, verkniffenen Gesichts, begann Julius zu zittern, als habe er Schüttelfrost, und er hörte kaum, wie der

Polizist sagte: »Gute Nacht, Sir. Danke für Ihre Kooperation, Sir. Ich an Ihrer Stelle würde zu einer Notaufnahme fahren, Sir, mit dieser klaffenden Wunde.«

»Er hat mich gebissen«, flüsterte Julius, aber der Polizist drehte sich nicht um, und David auch nicht, und als Julius seinen langen Nacken mit den dunklen Locken im Treppenhaus verschwinden sah, überflutete es ihn heiß vor Wut und Leid und, immer noch, Begehren, und er wusste, dass er David Cohen nie wiedersehen würde.

Die blasse Morgendämmerung glitt über die karge Einrichtung der Wohnung, die Wand entlang, und in der Ferne hörte Julius die Geräusche der am Samstagmorgen erwachenden Stadt. Er wusch sich, zog sich um, sachte, unter Schmerzen, und machte sich auf den Weg zur Notaufnahme des St. Vincent, das zwar ein ziemliches Stück entfernt lag, aber das nächste Krankenhaus war, das er kannte.

KAPITEL FÜNFUNDFÜNFZIG

Verheiratet

Wenn der Trubel der Launch-Party erst einmal vorüber sei, werde es vielleicht besser, sagte sie zu Danielle. Doch im Moment, am Sonntagabend, eine Woche nach der Hochzeit, habe sie das Gefühl, als sei sie nicht mit einem Mann, sondern mit *The Monitor* verheiratet; oder vielmehr, als sei *Ludo* mit *The Monitor* verheiratet, sie jedoch mit überhaupt niemandem, denn es sei schon nach neun Uhr abends und sie habe vor Stunden aufgehört zu arbeiten – die fantastische Erstausgabe müsse nicht vor Dienstagabend in die Druckerei, und sie habe ihre Aufgaben erledigt, zumindest für dieses erste Heft, und auch die Artikel für ihren Teil des zweiten Hefts seien schon fertig redigiert, und nur Ludo wirbele noch herum, hektisch, beinahe zwanghaft, ehrlich gesagt, die Ausgabe sei doch schon fertig, selbst für ihn gebe es nichts mehr zu tun, am *Sonntag-*

abend, um Himmels willen, und die letzten Korrekturen könnten doch noch am Montag erfolgen, oder sogar Dienstag, notfalls sogar am späten Dienstagabend. Aber das sei eben sein Fimmel, er sei ein Kontrollfreak; sie habe ihn ja von Anfang an als Perfektionisten kennen gelernt. Sie bewundere seine hohen Ansprüche. Deshalb habe sie sich ja in ihn verliebt. Aber heute habe er sie, ehrlich gesagt, barsch angefahren, als sie nach Hause wollte, fast grob, als sie ihm vorschlug, doch mitzukommen – sein Ton sei anders gewesen als sonst, ein neuer, erboster Ton, den sie noch nie gehört habe, jedenfalls habe er so zu *ihr* noch nie gesprochen, ganz sicher, und jetzt frage sie sich, ob es *das* heiße, verheiratet zu sein? – und auf dem Heimweg sei ihr zum Heulen zumute gewesen, ja, sie habe fast geweint, weil man in einer *normalen* Beziehung jetzt doch in den Flitterwochen gewesen wäre, an einem Strand in Thailand zum Beispiel, statt Tag und Nacht in diesem blöden klimatisierten Büro zu hocken, mit seinen beigen Teppichböden und den bis zur Decke reichenden Fenstern und dieser eklig schnippischen, blasierten Sekretärin, Lizbeth, die es immer noch fertigbrachte, Marina anzustarren, als sei sie mit Ebola infiziert, wo sie jetzt doch offiziell Mrs. Seeley war (obwohl sie natürlich ihren eigenen Namen behalten hatte – nicht aus politischen Gründen, aber Thwaite klinge einfach besser als Seeley, oder?).

»Oh, Danielle«, sagte sie, »wird das jetzt jeden Sonntag so sein? Was habe ich getan, habe ich einen schrecklichen Fehler begangen?«

Und Danielle sagte, natürlich nicht, und sie hätten doch alle schon lange gewusst, dass es diese Woche wie im Tollhaus zugehen werde, man könne ihm doch keinen Vorwurf machen, dass er alles ganz perfekt haben wolle, wo er doch auf diesen Moment, diesen Donnerstag, das ganze Jahr hingearbeitet habe; und es sei ja nicht nur der Start der Zeitschrift, sondern auch sein eigener Start in Amerika – sie wisse schon, Unser Chefkoch ist in London sehr berühmt. Was sie Marina aber erst erklären musste, denn sie erinnerte sich nicht mehr an den Hintergrund der Anspielung; aber es war tatsächlich so: In Sydney wäre er verehrt worden wie Jesus Christus, aber selbst im Zeitalter des Global Village galt er in New York erst dann etwas, wenn er auch in Manhattan Wunder vollbrachte, denn die meisten New Yorker schauten nun mal nicht über den Tellerrand hinaus.

»Er muss die Leute im Sturm erobern, oder er hat seine Chance verpasst«, sagte sie. »Verstehst du.«

Marina seufzte. »Natürlich versteh ich das, im Prinzip. Und weißt du, Mom hat gesagt, ich soll das Ganze keinesfalls idealisieren, sondern realistisch bleiben. Aber eine Woche? Es ist doch erst eine Woche her.«

»Warte einfach, bis du ein fertiges Exemplar in Händen hältst, kein Muster, sondern die echte Zeitschrift.«

»Ja. Ich kann es aber kaum erwarten.« Marina stellte den Fernseher an, ohne Ton. »Und was machst du so?«, fragte sie und hätte sich am liebsten auf die Zunge gebissen. Die arme Danielle hatte ja niemanden, auf den sie warten konnte.

»Julius kommt nachher vorbei.«

»Julius? Was ist passiert? Hat David ihn sitzengelassen?«

»Ich glaube, es ist ein bisschen komplizierter. Er hat mich heute Nachmittag angerufen und mir in groben Zügen erzählt, was passiert ist.«

»Warum hat er *mich* nicht angerufen?« Sie waren schon immer alle drei eng befreundet gewesen, aber *sie* hatte Julius in jener ersten College-Woche kennen gelernt und ihn deshalb immer in erster Linie als *ihren* Freund betrachtet. Den ganzen Sommer über hatte er *sie* angerufen, nicht Danielle.

»Du bist frisch verheiratet. Er wollte euer junges Glück mit seiner traurigen Geschichte nicht stören.«

»Wie traurig denn?«

»Ziemlich traurig.« Danielle wiederholte die Geschichte, die Julius ihr erzählt hatte, einschließlich der Worte der Assistenzärztin in der Notaufnahme von St. Vincent, die ihm prophezeit hatte, dass er, trotz aller ärztlichen Bemühungen, auf der Wange eine imposante Narbe zurückbehalten werde.

»Wenn ein Hund Sie so zugerichtet hätte«, hatte sie gemeint, »müsste man das Tier einschläfern. Wollen Sie wirklich nicht Anzeige erstatten?«

»Findest du nicht, er sollte es vielleicht tun?«, fragte Marina. »Dieser Typ – mir hat er bei der Hochzeit nicht gefallen, dir? –, der darf doch nicht einfach so davonkommen. Was ist, wenn er so etwas wieder macht, bei jemand anderem? Was geht bloß *vor* in so einem Typen?«

»Ich hab dich zum Fressen gern«, erklärte Danielle. »Und Julius hat *nein!* gesagt.«

»Das ist nicht lustig.«

»Ein kleines bisschen schon. Aber schon klar, hauptsächlich ist es furchtbar schrecklich. Surreal. Irgendwie fasst man es kaum, dass das jemandem passiert ist, den man kennt. Ich meine, es geschah am frühen Samstagmorgen. Wo waren wir da gerade? Am Freitagabend war es noch nicht passiert, und jetzt ist er sein Leben lang entstellt. Das gibt einem doch zu denken, oder?«

»Vermutlich ist es so, wenn jemand stirbt«, erwiderte Marina. »Ganz unerwartet. Im einen Moment ist er noch da, und im nächsten nicht mehr, und man kriegt es einfach nicht auf die Reihe. Surreal.«

»Oder real. Falls du verstehst, was ich meine.« Danielle ging mit der ganzen Sache merkwürdig flapsig um, fand Marina.

»Wann kommt er vorbei?«

»So in der nächsten halben Stunde. Ich hab eine Flasche Scotch da und denke, dass wir die zusammen leeren. Er klang am Telefon ziemlich aufgelöst.«

»Seit wann trinkst du Scotch?«, fragte Marina. Und dann: »Weißt du was, ich könnte doch auch rüberkommen? Ludo bleibt noch ewig weg. Und wie lang ist es her, dass wir zusammengesessen haben, einfach nur wir drei?«

Marina, die den Eindruck hatte, als zögere Danielle eine Sekunde, war schon fast eingeschnappt, aber dann sagte Danielle, in etwas zu munterem Ton: »Klar. Tolle Idee. Komm einfach rüber.«

»Es sei denn, ihr zwei wolltet den ganzen Abend über die Hochzeit tratschen?«

»Unsinn. Komm einfach gleich rüber.«

Keiner konnte sich mehr daran erinnern, wann sie sich zum letzten Mal zu dritt getroffen hatten. Sie kletterten auf Danielles tadellos gemachtes Bett (nicht ohne vorher ordentlich die Schuhe auszuziehen).

»Das ist deine schöne Bettwäsche«, bemerkte Marina. »Ein besonderer Anlass?«

»Trostpreis«, sagte Danielle. »Die von uns, die kein Liebesleben haben, müssen sich das Schlafengehen doch irgendwie versüßen.«

»Ich würde mein Liebesleben sofort gegen diese Bettwäsche tauschen«, sagte Julius.

»Es ist ziemlich schlimm, nicht? Tut es weh im Moment?«

»Sieben Stiche«, erwiderte er. »Die haben mir gestern im Krankenhaus Kodein gegeben, das benebelt. Aber wenn die Wirkung nachlässt, fängt es an zu pochen.«

»Pass auf mit dem Scotch.«

»Entspann dich, Süße. Ich brauche heute eine anständige Dröhnung.«

»Wird dein Haar ganz normal nachwachsen?«, erkundigte sich Danielle.

»Scheint so. Aber erst mal laufe ich ein paar Monate lang wie ein räudiges Frankenstein-Monster mit einem Loch im Kopf durch die Stadt.«

»Ich finde, es sieht faszinierend aus.«

»Na toll. Eine faszinierende Zeitarbeitskraft. Genau das, was kein Mensch braucht.«

»Du suchst einen Job als Zeitarbeitskraft?«

»Ich rufe morgen die Agentur an. Es ist zum Weinen, aber ich brauche die Kohle. David hat sogar nach seinem Rausschmiss noch die Miete bezahlt. Klar, Mommy und Daddy.«

»Meinst du, er ist nach Larchmont rausgefahren?«

»Eigentlich Scarsdale, ihr Lieben. Was völlig anderes. Woher soll ich das wissen?«

»*Scars*-dale? Das soll wohl ein Witz sein. *Scars*, wie in Narbe? Wie ist das möglich?«

»Er sollte in den Knast wandern, echt. Für wen hält er sich, verdammt nochmal, dass er sich so benimmt?«

»Er glaubt eben, es steht ihm zu«, sagte Danielle. »Es geht um das Gefühl, dass einem etwas zusteht. Oder?«

»Was steht einem eigentlich *nicht* zu?«, sagte Julius.

»Wie meinst du das?«

»Ich meine, es hat doch den Anschein, als ob Privilegien, diese geheimnisvolle Gabe, alles erklären würden, was heute so passiert. Und ich würde gern wissen, warum man mich übergangen hat, als die Privilegien verteilt wurden. Gibt's das nur im Mittleren Westen? Danny, klär mich auf.«

»Du hast geglaubt, du seiest berechtigt, mit diesem Typen in der Toilette Sex zu haben«, sagte Marina.

»Berechtigt? Ich stand unter Zwang! Aber gerade das Wissen, dass ich nicht dazu berechtigt war, machte das Ganze ja so sexy.«

»Wir alle sind privilegiert«, sagte Danielle. »Vergleichsweise. Wir wissen ja gar nicht, wie gut es uns geht.«

»Kennen wir überhaupt jemanden, dem es nicht so gut geht?«

»Du meinst persönlich? Das ist ja rührend. Natürlich kennen wir solche Leute.«

Einen Augenblick später sagte Danielle: »Dein Cousin. Marina, dein Cousin. Bootie. Er hat bestimmt nicht das Gefühl, privilegiert zu sein. Ich glaube, das kann man wirklich so sagen.«

»Und was ist aus ihm geworden?«

»Er ist nach Brooklyn gegangen, nicht? Der Ärmste.«

»Shake your Booty. Genau. Er hat eine Nachsendeadresse in Fort Green hinterlassen. Aber keine Telefonnummer.«

»Wie er wohl zurechtkommt?«

»Ich hab ihn auf meine Zeitarbeitsagentur hingewiesen«, meinte Julius. »Guter Scotch übrigens!«

»Genau die Sorte, die mein Vater trinkt; hast du das gewusst, Danny?«

»Nein, hab ich nicht gewusst.«

»Es gibt keine anderen Sorten«, sagte Julius.

»Er war verliebt in dich, M«, sagte Danielle.

»Ist es vermutlich noch immer«, meinte Julius.

»Und was soll ich jetzt machen? Ludo sagt: Liebe muss immer auf Gegenseitigkeit beruhen; wenn sie einseitig ist, handelt es sich um puren Narzissmus. Meine Schuld ist es nicht, dass er sich verliebt hat. Ich habe ihn nicht dazu ermutigt.«

»Das hat ja auch niemand behauptet. Aber irgendwie steckt er in einer traurigen Lage, vielleicht solltest du ihn mal anrufen.«

»Julius hat doch gerade gesagt, dass er keine Nummer hinterlassen hat. Und, sorry, ich marschiere nicht bis nach Fort Greene, um nachzuschauen, ob er auch genügend isst.«

»Nein. Aber irgendjemand –«

»Übernimm du das doch, Danny! Du könntest ein Projekt daraus machen. Du könntest sogar einen Film über ihn drehen: The Pilgrim's Progress. Ein Autodidakt in New York.«

»Na ja, wenn sich sonst niemand findet, vielleicht sollte ich das wirklich tun. Allerdings bin ich hier im Raum diejenige, die am wenigsten mit ihm zu tun hatte. Julius, immerhin hat er in deinem Apartment gewohnt.«

»Meine Begegnungen mit ihm waren –« Julius machte eine Pause. »Verhängnisvoll. Ich frage mich, ob er mich verhext hat oder meine Wohnung. Ihr müsst zugeben, dass er ein bisschen unheimlich ist.«

»Das gebe ich überhaupt nicht zu«, erwiderte Danielle. »Bedauernswert, ja. Unheimlich, nein. Aus irgendeinem Grund habt ihr beide was gegen ihn. Überlegt doch mal, wie es sein muss, als Junge – er ist ja noch ein Junge – hier festzusitzen, ohne Verwandte jetzt und ohne Freunde. Was glaubt ihr, mit wem er den ganzen Tag über redet?«

»Warum machst du dir überhaupt Gedanken?«

»Ich weiß nicht. Mir kommt er so rührend vor. Irgendwie habe ich das Gefühl, er sei ich oder ich sei er. Oder ich hätte er sein können. Klingt das albern?«

»Ein bisschen.«

»Julius, er könnte du sein. Bei Marina liegt die Sache anders. Aber du oder ich?«

»Fürs Leben gezeichnet mag ich ja sein.« Julius legte dramatisch die Hand auf seinen Verband. »Aber fett war ich noch nie.«

»Er ist nicht fett«, sagte Danielle. »Nur ein bisschen pummelig.« Sie wandte sich an Marina. »Hast du dich nie gefragt, ob dein Dad früher, als er jung war, vielleicht ein bisschen wie Bootie gewesen sein könnte? Schließlich kommt er auch von dort, und –«

»Ehrlich gesagt glaube ich nicht, dass mein Dad so war. Und außerdem hat er versucht, meinen Dad zu vernichten. Er würde ihn gerne vernichten. Euch mag das egal sein, aber in unserer Familie war das eine ziemlich große Sache.«

»Ja natürlich.«

»Oh, Danny bitte nicht diesen Ton!«

»Welchen Ton denn?«

»Diesen gönnerhaften Therapeutinnen-Ton. Ich hasse das!«

»Hey, Mädchen, Mädchen! Wir wollen uns bei unserem Wiedersehen doch nicht streiten!«

»Nein, aber in der Kürze liegt die Würze, und ich sollte jetzt lieber gehen. Ludo hat gesagt, er ruft an, wenn er das Büro verlässt, aber vielleicht vergisst er's, und ich will da sein, wenn er nach Hause kommt.«

»Das Heimchen am Herd?«

»Wohl kaum. Aber ich kriege ihn im Moment sonst nicht zu sehen.«

»Das geht vorbei«, sagte Danielle. »Nur diese Woche noch.«

»Pass auf mit deiner Backe, Julius. Wer hätte gedacht, dass er verrückt ist?«

»Verrückt? Ich weiß nicht.«

»Verrückt«, sagte Marina energisch. »Es gibt doch immer

einen Punkt, wo man trotz aller Wut genau weiß, dass man das Falsche tut. Und dann reißt man sich eben zusammen. Man reißt sich einfach am Riemen. Man hat die Wahl, man muss seiner Wut nicht freien Lauf lassen. Das ist verrückt.«

»Na ja«, meinte Danielle, »er hat eben lieber an etwas anderem gerissen.«

»Das ist nicht lustig.«

»Doch, ich finde es ziemlich lustig«, sagte Julius. »Auch wenn es einen wunden Punkt berührt.«

KAPITEL SECHSUNDFÜNFZIG

Nichts verraten

Nachdem Marina gegangen war, lag Julius mit ausgestreckten Armen und Beinen auf Danielles Bett und schloss die Augen.

»Warum kann ich nicht hier wohnen?«, sagte er. »Hier ist es viel schöner als in der Pitt Street.«

»Wenn du einen richtigen Job hättest«, meinte Danielle, »könntest du dir das leisten.«

»Nachdem du Marina ins Berufsleben getrieben und auch noch verheiratet hast, nimmst du dir jetzt mich vor?« Er seufzte. »Wer nimmt sich eigentlich *dich* vor?«

»Wie meinst du das?«

»Die Bettwäsche«, sagte er und strich mit der Hand über die Bettdecke. »Mmm. Der Scotch. Ich weiß nicht, aber irgendwas ist hier anders als sonst. Man könnte fast meinen, es riecht nach Zigaretten, aber vielleicht sind das nur deine Nachbarn.«

»Du bist schon sehr lange nicht mehr hier gewesen.«

»Und auch an dir ist irgendetwas anders.« Er blinzelte sie träge an, mit seinem blauen Auge, das sich schon gelb verfärbte. »Marina hat gedacht, du seiest in ihren Ludovic verliebt; aber bei der Hochzeit hab ich gemerkt, dass du ihn nicht magst.« Er machte eine Pause. »David mochtest du auch nicht besonders, oder? Ist ja auch egal.«

»Ich hatte vor allem den Eindruck, dass er seine Ruhe haben wollte.«

»Stimmt. Wenn es also nicht Ludovic Seeley ist?«

»Wieso glaubst du, dass es überhaupt jemanden gibt?«

»Bitte, Danielle Minkoff. Wie lange kennen wir uns schon?«

Danielle hätte ihm so gern davon erzählt. Er von allen Menschen würde es am besten verstehen, würde die Freude, die Erregung nachempfinden können. Und falls er sich, was gelegentlich vorkam, auf seine Einfühlungsgabe besann, sah er vielleicht sogar die andere Seite, diesen Wahnsinn, ewig zu warten, sich ewig zu sehnen. Gelassenheit und Enthaltsamkeit gegen einen Zustand chronischen, unstillbaren Hungers eingetauscht zu haben. Den Wahnsinn dieser ganzen Situation, diese unaussprechliche süße Qual. Aber Julius konnte nichts für sich behalten; und wenn sie ihm davon erzählte, würde sie ihm irgendwann auch verraten, wer es war; und wenn sie ihm das sagte, war alles vorbei. Er würde der Versuchung sicherlich nicht widerstehen können. Ach, hätte sie doch irgendjemandem sagen können, dass er morgen, Montag, für eine Nacht, bei ihr blieb; dass sie Blumen kaufen wollte und eine Flasche exzellenten Weins, und dass sie bei einem französischen *traiteur* etwas zu essen bestellt hatte, das sie nachmittags abholen würde; und dass sie fürs Frühstück Croissants, Himbeeren, Sahne und frischgepressten Orangensaft besorgen würde; und dass sie sich zahllose Male den perfekten Ablauf des gemeinsamen Abends vorgestellt hatte, die nicht unterbrochene gemeinsame Nacht, das gemeinsame Erwachen. Zu Julius sagte sie nur: »Diesen Jemand gibt es nur in deinen Träumen. Oder vielleicht sollte ich sagen, in meinen. Nur in meinen Träumen.« Und sie lachte etwas bitter, denn manchmal – wie in dieser letzten Woche, wo sie ihn kein einziges Mal gesehen hatte; sie hatte zwar jeden Tag mit ihm gesprochen, klar, aber die Hoffnung, ihn zu sehen, war immer wieder aufgekeimt, um immer wieder zerstört zu werden – hatte sie das Gefühl, als ob diese große Leidenschaft, diese Verbindung, die unter anderen Umständen so vollkommen gewesen wäre, nur in ihren Träumen existierte.

KAPITEL SIEBENUNDFÜNFZIG

Ein Vortrag

In all den Jahren, während all seiner Affären hatte er dies noch nie getan. Nie seine Taschen gepackt, den Wagen bestellt und sich zum Flughafen bringen lassen, nur um dort in ein Taxi zu steigen und wieder in die Stadt zurückzufahren. Er hatte alles genau durchdacht, hatte das Handy dabei, würde sie spätabends anrufen, gegen elf. Er hatte ihr gesagt, er wisse nicht, wo man ihn unterbringen werde – das passierte ziemlich oft – und das große Dinner werde bis Mitternacht dauern, sie solle sich also nicht wundern, wenn er sie aus dem Restaurant anrufe. Er hatte sich sogar an ein Dinner erinnert, das vor zwei Jahren tatsächlich in Chicago stattgefunden und das er noch einigermaßen im Kopf hatte, falls sie sich nach Einzelheiten erkundigen würde. Das Restaurant, die Einrichtung, die Sitzordnung. Es war gar nicht so schwer. Gott sei Dank besaß er für solche Dinge ein gutes Gedächtnis.

Ein komisches Gefühl. Er war, in gewisser Hinsicht, kein Lügner. Ein Schauspieler, ja; ein guter sogar. Schuldig gemacht hatte er sich, bei zahllosen Gelegenheiten, der Sünde des Verschweigens, zutiefst überzeugt, dass einen das, was man nicht wusste, auch nicht verletzen konnte (ein Diktum, von dem ihn die Perfidie seines Neffen eigentlich hätte kurieren müssen: denn wie gut, dass er vorher davon erfahren hatte; was wäre gewesen, wenn er Frederick Tubbs Gedankenspiele zum ersten Mal in gedrucktem Zustand gesehen hätte?); er war jemand, der die Wogen glättete und von dem bekannt war, dass zu seiner Methode eine sanfte Umformung der Fakten gehörte. Und fairerweise musste man sagen, dass Annabel nie Fragen stellte. Ihre Würde, seine Würde, ihrer beider Würde basierte auf Vertrauen, worunter vielleicht jeder von ihnen etwas anderes verstand (seine Definition von Vertrauen, was seine Frau betraf, war die, dass sie sich stets am meisten von allen geliebt wissen durfte und stets – ach: bis jetzt! – sicher sein konnte, dass er am Ende des Tages treu zu ihr zurückkehren würde, um sein Haupt neben ihres zu betten. Wogegen er manchmal das Gefühl hatte, dass Annabel stillschweigend eine möglicherweise viel strengere Auffassung von Vertrauen hatte), das aber doch einen gemeinsamen ehelichen Wert darstellte, der beiden ziemlich viel Unabhängigkeit gewährte. Er erforschte Annabels eigenes Leben nicht allzu gründlich, hatte zum Beispiel nicht das Bedürfnis gehabt, den berühmten DeVaughn kennenzulernen (obwohl er ihm damals, im Sommer, zufällig begegnet war) oder einen der anderen Klienten, die die engelsgleiche Hilfsbereitschaft seiner Frau so gnadenlos ausnutzten. Natürlich wusste er, dass dies nur ein Rechtfertigungsversuch war: Ihre und seine Geheimnisse ließen sich nicht vergleichen. Für ihn ging es darum, jenes Gefühl zu lindern, das er für zwecklos hielt und das man nur als Schuldbewusstsein bezeichnen konnte.

Er empfand kaum Schuldbewusstsein, als er in der Limousine zum LaGuardia-Airport hinausfuhr, glaubte während der Fahrt fast selbst an seine Lüge. Doch auf der Rückfahrt im Taxi – einem besonders schlecht gefederten, eklig riechenden Vehikel, in dem er schmerzhaft durchgerüttelt wurde, weil es mit hohem Tempo über zahllose Schlaglöcher bretterte – litt er Höllenqualen. Es war, auf dieser Fahrt, noch nicht zu spät, den Fahrer umzudirigieren, es war noch nicht zu spät, zum Central Park West zurückzufahren, Annabel abends zu erwarten und ihr erleichtert mitzuteilen, alles sei in letzter Minute abgeblasen worden. Aber trotz allem hatte er eigentlich keine Lust dazu. Mehr Leben, mehr: Das war es, was er wollte, er dachte zwar an sein behagliches Zuhause, doch der Gedanke an Danielles jungen Körper drängte sich in den Vordergrund, ihre geröteten Wangen, auf denen sich ein paar dunkle Strähnen ringelten, die sich gelöst hatten aus dem üppigen Wust ihres Haars. Er sah die Rothkos vor sich, den Blick aus dem Fenster, südwärts, bei Sonnenuntergang, die funkelnden Türme vor dem vergoldeten Himmel – in Danielles Apartment kam er sich vor wie an Bord eines Schiffs, viele Stockwerke über der Erde. Jedes Mal, wenn er dort war, hatte er das Gefühl, dass man mit so wenig so glücklich sein konnte, dass all die Insignien seines Erwachsenenlebens nichtig und überflüssig waren. Vor ihrem Haus einzutreffen, mit seinem eleganten Handköfferchen und einem knallbunten Gerberastrauß vom Koreaner an der Ecke, um zwei Uhr an einem Montagnachmittag, sie zu erblicken, wenn er aus dem Aufzug trat, wie sie unter der Tür stand, lächelnd, etwas verlegen, schüchtern den Kopf mit der widerspenstigen Mähne gesenkt, ein Mädchen noch, mit der charmanten Befangenheit – jener köstlichen Befangenheit – der Jugend, dies alles würde ihn zurückversetzen in frühere Zeiten, ihn unerwartet jünger, freier machen, während er seine Rolle als gesetzter Elder Statesman erstaunlicherweise beibehalten konnte, ganz in der Nähe wartend, auf dem Korridor vielleicht, wie ein aufgehängter Regenmantel, in den man jederzeit sofort hineinschlüpfen konnte. Er schwelgte in der Vielfalt all dessen, was er war, auch für sie, Danielle – ein bedeutender Journalist, Gatte, Vater ihrer besten Freundin, potentieller Mentor, alternder Mann – all diese Dinge hinweggefegt von ihrem wechselseitigen Begehren, das ihn in diesem Zeitreiseschiff in einen Jüngling verwandelte, den die Geister all seiner anderen Ichs zwar besuchten, aber nicht heimsuchten. Dieser Zustand war so verlockend, dass er immer wieder danach strebte, ihn zu erreichen: Warum konnte er nicht für immer dort bleiben, in dieser Puppenstubenwohnung, in den Armen dieser wunderbaren jungen Frau? Aber er war nicht so naiv, um nicht zu wissen, dass das Verlockende dieser Erfahrung teils gerade in ihrer Flüchtigkeit bestand. Er liebte das, er liebte sie und konnte sich nicht vorstellen, dies alles aufzugeben, nur, weil er es bereits immer wieder aufgab, um es – noch köstlicher – beim nächsten Mal wiederzufinden.

»Ich dachte, wir könnten heute Nachmittag unseren Rundflug machen«, sagte er. »Ich habe ihn gebucht. In der Abenddämmerung.«

»Welcher Rundflug?«

»Der Helikopterflug«, erwiderte er. »Weißt du noch? Um alles mal von oben zu betrachten. Was sagst du dazu?«

»Ich hasse fliegen.«

»Du hältst es doch nicht etwa für *gefährlich*?«

»Ein Hubschrauber? Kommt mir ziemlich gefährlich vor. Alles, was einen in der Luft hält, sind ein paar sausende Rotorblätter, so was wie ein Deckenventilator.«

»Du wirst dich dein ganzes Leben lang daran erinnern.«

»Na klar. Wenn wir in den East River stürzen, werde ich mich daran erinnern, wie sehr es mir gefallen hat.«

»Lass uns essen gehen«, schlug er vor, »und denk jetzt einfach nicht mehr drüber nach. Du hast den ganzen Nachmittag Zeit, es dir zu überlegen. Aber ich weiß, dass du die richtige Entscheidung treffen wirst.«

»Am Boden zu bleiben ist immer die klügste Entscheidung.«

»Wirklich?« Er zog eine Augenbraue hoch. »Ich hatte von jeher das entgegengesetzte Bedürfnis. Höher. Schneller. Weiter.«

Trotz ihrer Angst – und auch diese Angst entzückte ihn und erlaubte es ihm, ihre Hand zu halten, sie fühlte sich beinahe an wie die weiche Hand eines Kindes und zitterte leicht – gingen sie hin. Geduckt liefen sie unter dem Propeller hindurch, kletterten in die brummende Glaskugel des Helikopters auf dem Landeplatz in der West Side, kurz nach sieben, und dann, eingehüllt in das grandiose Getöse, stiegen sie auf, schwankend, senkrecht empor, bevor sie seitlich abdrehten und davonflogen. Er versuchte mit ihr zu sprechen, er wollte sagen »Rothko hätte das wahnsinnig gefallen! Das wäre vielleicht seine Rettung gewesen!«, aber seine Stimme verlor sich im dröhnenden Lärm, und sie starrte ihn an, die Augen weit aufgerissen vor Entsetzen, ihr wehendes Haar nicht zu bändigen, als sie dem leuchtend gestreiften Himmel entgegenflogen, zu Beginn eines trunkenen spätsommerlichen Rothko-Sonnenuntergangs, golden, pink, rot, weiß, lavendel und lichtestes Blau, und sie flogen über den glitzernden Fluss, die mächtigen Gebäude, auf die sich schon die Abendschatten senkten, tiefer, in einem Bogen zur zwinkernden Freiheitsstatue und zurück um die Inselspitze, und überall flackerten die Lichter auf, unzählige Glühwürmchen im schwindenden Tag. Die Sonne sank am westlichen Horizont, als sie dem East River nordwärts folgten, und Danielle hielt immer noch fest seine Hand, doch in ihren Zügen, den weit geöffneten Augen spiegelte sich jetzt eher kindliches Staunen als Furcht, und als sie sich ihm mit verschwörerischem Lächeln zuwandte – sie waren Verschwörer, ja – erfüllte ihn bis in die letzten Verästelungen seiner Lunge, bis hinab in seine vibrierenden Fußsehnen, bis ins Herz hinein eine bisher nie gekannte Freude.

Beim Abendessen – sie hatte beim *traiteur* Lammkoteletts und Dauphinkartoffeln bestellt und den Spinat selbst sautiert – verstummte er eine Weile. Er hatte nicht mehr daran gedacht, welche Sünde er beging, und dann war es ihm wieder eingefallen.

»Woran denkst du?«, fragte sie mit etwas zu strahlendem Lächeln.

»Ich habe überlegt, wie mein Vortrag läuft. Der imaginäre Vortrag, den ich gerade halte.«

»Du wirst sie später anrufen.«

»Ich muss.«

»Was wirst du ihr sagen?«

»Keine Sorge. Ich gehe ins Treppenhaus. Oder runter. Es ist unwichtig.«

»Aber du denkst die ganze Zeit daran.«

Er zuckte die Achseln.

»Du bereust es doch nicht?«

»Man soll nichts bereuen, mein Schatz. Ich bereue nie. Das ist Zeitverschwendung.«

Aber der Schatten senkte sich auf sie herab, unmerklich, und wich erst wieder, als Danielle aufstand, um Musik anzustellen, eine spanische Sopranistin, die Canteloube sang; die reinen, traurigen Melodien durchwoben, die Mollharmonien erfüllten den kleinen Raum, als sollten sie beide daran erinnert werden, dass Schönheit und Verlust untrennbar ineinander verschlungen sind.

KAPITEL ACHTUNDFÜNFZIG
Der Morgen danach

Am nächsten Morgen, nach dem Erwachen – für beide ziemlich spät, denn sie waren, unabhängig voneinander, Frühaufsteher –, schob Danielle die Croissants in den Backofen und ging duschen. Wenigstens hatten sie noch den größten Teil des Tages für sich: Der Wagen, der ihn nach Hause bringen würde, wartete erst um drei Uhr am LaGuardia-Airport. Sie war gerade dabei, sich die Route für einen Spaziergang auszudenken – war Lower Manhattan sicheres Terrain? Ludo und Marina vergruben sich garantiert den ganzen Tag in der Redaktion; aber Murray kannten viele Leute, er konnte jederzeit jemandem über den Weg laufen, der Annabel dann von dieser Begegnung erzählte –, als sie seinen Aufschrei hörte. Zuerst dachte sie, als sie sich flüchtig abtrocknete und aus dem Bad rannte, er habe einen Herzinfarkt erlitten, sie müsse den Notarzt rufen und alles fliege auf. Doch als sie ins Zimmer stürzte, stand er am Fenster, in seinen Boxershorts, die nackte graue Brust Lower Manhattan zugewandt – sie wollte schon einen Witz darüber machen, irgendwas mit Striptease, als sie sah, dass er auf das Fenster deutete: »Schau dir das an«, sagte er. »Ein riesiger Brand! Das muss eine Bombe sein oder so ähnlich, so hoch oben!«

Sie griff nach der Fernbedienung, richtete sie auf den Fernseher, und die nächsten anderthalb Stunden erlebten sie die Welt in Stereo, starrten durchs Fenster – der spektakuläre Blick, grauenhaft unverstellt – und auf den Bildschirm, als befänden sie sich gleichzeitig in Manhattan und sonst wo auf dem Planeten, vielleicht sogar in Columbus, und alles, was sie sahen, schien im Fernsehen realer zu sein, aber auch irrealer, denn was sie mit eigenen Augen erblickten, konnten sie kaum fassen. An einem Punkt dachte Danielle benommen, dass das wie mit den Hexen war, die man nicht fotografieren konnte – daran hatte sie als Kind unerschütterlich geglaubt –, woran man erkannte, dass es sich um Hexen handelte; genauso hätte man das, was sich draußen vor dem Fenster abspielte, für Zauberei halten können, eine optische Täuschung, fast komisch, völlig absurd, wenn es nicht gefilmt worden wäre – der Film als Versicherung, dass das alles real war: Die ganze Welt sah das in diesem Augenblick, und auch das Pentagon, und daran erkannte man, dass es wirklich stimmte. Die Sirenen auf dem Bildschirm waren, mit irritierender Verzögerung, das Echo der Sirenen vor dem Fenster. Die Kakophonie im Fernsehen schien erträglicher, weniger verstörend, weil sie von einer kleinen Kiste umschlossen war; anders als bei den Sirenen, dem Geschrei und dem dumpfen Grollen draußen konnte man sich wenigstens vorstellen, es einfach abzuschalten. Besser, sie beobachteten beides, gaben sich der Illusion hin, dass sie, wenn sie nur wollten, der Katastrophe jederzeit Einhalt gebieten konnten.

Es dauerte lange, bis sie sich anzogen. Sie starrten hinaus, fast nackt, wie gelähmt. Die Croissants verbrannten und wurden hart, aber egal; sie hatten keinen Hunger.

»Ich muss sie anrufen«, war der erste Satz, den Murray sagte, nach so langem Schweigen, dass der Klang seiner Stimme sie beide überraschte.

»Natürlich«, sagte Danielle.

»Ich kann rausgehen, wenn du willst.«

»Was wirst du ihr sagen? Dass du hier bist?«

»Ich weiß nicht.«

Er versuchte sie vom Hausflur aus anzurufen, aber es war ständig belegt.

»Du könntest es von meinem Telefon aus versuchen«, sagte sie. »Das könnte klappen.«

»Ich müsste … sie würde … die Nummer wird angezeigt.«

Im Fernsehen wurde gerade erklärt, dass sämtliche Inlandsflüge gestrichen worden seien. Dass man Flüge aus Europa über den Atlantik zurückgeleitet habe. Dass alle festsäßen. Danielle hatte das Gefühl, Murray werde gleich weinen.

»Ich bin in Chicago«, sagte er, während er in Hemd, Unterhosen und dunklen Socken auf der Bettkante saß, und nicht Danielle, sondern den Bildschirm ansah. »Niemand kann weg. Ich bin angeblich in Chicago.«

»Du kannst bei mir bleiben«, sagte sie. »Bis du, na ja, von Chicago wieder zurückfliegen kannst.«

»Wahrscheinlich versucht sie mich in diesem Moment zu erreichen.«

»Sie würde dich auf dem Handy anrufen. Man kommt nicht durch. Niemand kommt durch.« Sie ging zum Fenster hinüber, lehnte sich an die Scheibe und spähte auf die Straße hinab. »Es sind Massen von Menschen dort unten. Die Straßen sind – tja. Vielleicht sollten wir rausgehen.«

»Warum?«

»Einfach so. Keine Ahnung. Weil es einem so verrückt vorkommt, hier oben eingepfercht zu bleiben.«

»Ich muss nach Hause.«

»Wie meinst du das?«

Er hatte sich erhoben. Er hatte seine Hose angezogen, seinen Gürtel umgeschnallt. Danielle empfand Erleichterung: Sie, die es sonst elektrisierte, wenn er sich einmal verletzlich zeigte, wollte an diesem Morgen nicht, dass er verletzlich war. Sie wollte, dass er seine Schuhe anzog.

»Annabel«, sagte er.

»Ja, aber du bist in Chicago, schon vergessen?« Danielle

wusste, was er ihr sagen wollte, aber der Gedanke daran war zu schrecklich.

Er seufzte. »Vielleicht auch nicht.«

»Du willst es ihr sagen? Du kannst es ihr nicht sagen!« Eine flüchtige Sekunde lang glaubte sie eine neue Chance zu sehen, eine Chance, wie sie und Murray richtig zusammen sein konnten: Er würde es Annabel sagen, sie würden sich trennen, dann wäre alles ganz natürlich und richtig. Aber sie erkannte ebenso rasch, dass dies absurd war; er würde es Annabel nur deshalb sagen, weil er sich so sehr danach sehnte, zu ihr zurückzukehren. Er hatte sich entschieden.

»Das schaffe ich zu Fuß«, sagte er. »Es sind nur ein paar Meilen. Wahrscheinlich kommt man so jetzt am besten hin.« Er fuhr sich mit den Fingern durchs Haar, sah aber immer noch verstrubbelt aus. Er war unrasiert, seine Silberstoppeln schimmerten im Sonnenlicht. »Und frag mich nicht, was ich ihr erzählen werde – ich könnte es dir nicht sagen.«

Sie biss sich auf die Lippe.

»Was immer ich ihr erzähle, du kommst nicht darin vor. Eine Zufallsbekanntschaft am Flughafen. So was Ähnliches.«

»Du musst aber nicht gehen.«

Beide sahen aus dem Fenster auf den schwarzen Rauch, der immer noch über der Stelle schwebte, wo einst die Türme gestanden hatten.

»Es tut mir leid«, sagte er. »Kommst du allein zurecht?« Worauf es eigentlich keine Antwort gab. Sie hätte beinahe ungläubig gelacht.

Er küsste sie, bevor er ging, ein kleiner, keuscher Abschiedskuss. Seine Wange war rau, die ihre feucht, und Danielle hatte das Gefühl, alles zu spüren, als sei ihre Haut plötzlich überempfindlich, fast unerträglich empfindlich. Er sagte noch einmal, es tue ihm leid, und ging. Eine Zeitlang stand sie am Fenster, die Fingerkuppen ans Glas gepresst und schaute hinab – sie sah ihn nicht gehen, als habe er sich in Luft aufgelöst –, doch sah sie immer noch staubbedeckte, verwirrte, teils weinende Menschen die Straße heraufströmen, massenweise, wie Kriegsflüchtlinge, dachte sie, und ihr fiel das berühmte Vietnam-Foto ein, das nackte kleine Mädchen, das vor dem Napalm flieht, die Arme merkwürdig seitlich weggestreckt; und im Fernsehen hinter ihr ging es um die Flugzeuge, man müsse sich mal vorstellen, wie groß die gewesen seien, es war alles zu viel und zu schwer zu begreifen und jetzt hätte sie gern abgeschaltet, hätte das Ganze gern abgeschaltet – und dann schleuderte sie ihre Schuhe von den Füßen und stieg mit hochgerutschtem Rock in ihr schönes Bett und zog die Decke – so weiche Baumwolle, so wunderbar, extra für Murray, und alles roch nach ihm – über den Kopf, wie früher als Kind, und sie dachte, vielleicht würde sie weinen, vielleicht würde sie später weinen; aber während sie vor wenigen Minuten noch alles so intensiv gespürt hatte, war sie jetzt wie betäubt, sie spürte nichts mehr, gar nichts mehr, man hätte ihr einen Arm oder ein Bein amputieren können, es wäre egal gewesen. Sie hatte das zweite Flugzeug gesehen, wie einen glühenden Pfeil, und die Explosion, seltsam ästhetisch vor dem Blau, und den Rauch, überall, und sie hatte die Menschen aus den Fenstern springen sehen, von weitem, Pünktchen am Himmel, und dass dies Menschen waren, wusste sie nur aus dem Fernsehen, dem großen Realitäts-Check, und sie hatte gesehen, wie die Türme zu Staub zerfielen, sie konnte es sogar hier drinnen riechen, selbst bei geschlossenem Fenster, das brennende Asbest-Rauch-Benzin-Gemisch, ein wenig nach Flugzeug, ein wenig nach Feuer, all das hatte sie gesehen und war verlassen worden, für immer, denn angesichts dieser Dinge war sie nicht mehr wichtig, musste man sich entscheiden, musste man am Boden bleiben – aber mein Gott, der Himmel gestern Abend, welche Pracht, die Farben, das Licht, die Türme, und nachdem ihre Angst sich gelegt hatte, welch ein Vergnügen! –, man musste am Boden bleiben, und es gab keinen Grund etwas zu spüren, es gab nichts mehr zu spüren, weil man nichts bedeutete, niemandem etwas bedeutete, es war einem das Herz herausgerissen worden, oder die Gedärme, oder beides, man war ausgeweidet worden, das war das Wort, und die spanische Sängerin gestern Abend, sie hatte es gewusst, sie hatte es die ganze Zeit gewusst, jetzt gab es nur noch Kummer, und so würde es bleiben, für immer.

KAPITEL NEUNUNDFÜNFZIG

The Monitor

Dienstagmittag hatte Ludo dann beschlossen, die Launch-Party abzusagen. Er rief alle zusammen, die in die Redaktion gekommen und dageblieben waren – angesichts der Ereignisse erstaunlich viele – und sprach sehr eloquent darüber, dass nun alle bei ihren Lieben sein sollten, statt im Büro, das habe jetzt absoluten Vorrang, und es sei schwer zu beurteilen, wie es jetzt weitergehen werde, aber vor allem müsse sich nun jeder vergewissern, dass seine Familie und seine Freunde in Sicherheit seien, und falls dies nicht der Fall sein sollte, was der Himmel verhüten möge, werde *The Monitor* da sein, um jedem Einzelnen beizustehen, und natürlich sei jetzt reichlich Zeit, sich neu zu organisieren und alles neu zu planen, und es stehe nicht fest, wann die Zeitschrift nun erscheinen werde – der Drucker sei nicht erreichbar und außerdem in Brooklyn, also hätte man die Startauflage sowieso nicht drucken können, so sei es nun mal –, aber keine Sorge, ein Team, ein so starkes Team werde mit jeder Notsituation fertig.

Später in seinem Büro, an seinem Schreibtisch, stützte er den Kopf in die Hände und sagte zu Marina: »Wir sind am Ende.«

»Alle sind am Ende«, konnte sie nur erwidern. In der Ecke lief leise der Fernseher, CNN. Sie zeigten immer wieder dieselben Bilder, die schon den ganzen Vormittag gesendet worden waren, unterbrochen nur von besorgten, aber beflissenen Kommentaren. »Und was jetzt?«

Ludovic richtete sich auf. Erst jetzt merkte sie, wie elend er aussah, die Ringe unter seinen schönen Augen waren schwarz wie Ruß, sein Gesicht wirkte gelblich-blass. Unter der dünnen Haut an seiner Schläfe pulsierte eine Ader. Er hatte seit den Tagen vor der Hochzeit nicht mehr richtig geschlafen.

»Keine Ahnung«, sagte er.

»Du warst fantastisch. Du hast genau die richtigen Worte gefunden. Es ist, als würde die Erde stillstehen.«

»Tut sie ja auch.« Er ordnete Papiere auf seinem Schreibtisch. Das Cover der Startausgabe, die Überschrift in schwarzen Lettern und das Logo – er hatte am Entwurf mitgearbeitet – in Form eines allessehenden Auges, lag ganz oben auf dem Stapel. Die Grafik in Zinnoberrot, Orange und Gelb – ein plötzlicher Sonnendurchbruch, die bemerkenswerte Aufnahme eines plötzlichen Sonnendurchbruchs –, die suggerieren sollte, dass The Monitor explosionsartig wie ein Komet auf der Bildfläche erschien, Wahrheiten erhellte, anders war als der Rest, bis hin zu den Bildern; diese Grafik wirkte bereits veraltet und irgendwie verloren, wie das achtlos liegengelassene Kunstwerk eines Kindes.

»Was sollen wir machen? Ich meine, jetzt? Du und ich?« Sie setzte sich auf die Tischkante und streckte die Hand aus, um ihm übers Haar zu streichen.

»Wahrscheinlich sollten wir rausgehen, auf die Straße, downtown. Es mit eigenen Augen sehen.«

»Weil wir Journalisten sind?«

»Oder weil es Geschichte ist. Weil man nicht einfach nach Hause gehen kann, als sei nichts geschehen.«

»Meinst du, es stimmt, was alle sagen – all diese Leute, im Fernsehen –, dass nichts mehr so sein wird wie zuvor?«

Ludovic gab keine Antwort. Er zog sein Jackett an, fuhrwerkte herum, damit ihm die aufgekrempelten Manschetten nicht bis zu den Oberarmen hochrutschten. Dann begann er Papiere zu sichten, steckte manche davon in seine Aktentasche, um sie mit nach Hause zu nehmen. Als sei es ein ganz normaler Tag.

»Meinst du, es ist jemand dabei, den wir kennen?«

Er gab keine Antwort.

»Wahrscheinlich schon. Leute, mit denen ich auf dem College war, oder ihre Eltern ... Soviel ich weiß, hat die Mutter von diesem Jungen, DeVaughn, im WTC gearbeitet.«

»Wer?«

»DeVaughn. Der Junge, um den sich meine Mutter immer solche Sorgen macht. Der Brandstifter.«

»Der Brandstifter?«

»Ja. Seine Mom hat in den Türmen gearbeitet. Eine Poststelle. Sie leitet die Poststelle in so einer Firma.«

»Das muss nicht in den Türmen sein. Downtown Manhattan ist erstaunlich groß.«

»Bis zu fünfzigtausend Menschen in diesen Gebäuden, Ludo. Ganz sicher kennen wir jemanden.«

Später, von ihrer Wohnung aus, liefen sie zum Union Square hinüber, wo die Menschen sich zu Nachtwachen versammelt hatten und wo schon vor Einbruch der Dunkelheit Unmengen von Kerzen flackerten. Die Menschen standen zusammengedrängt und gingen umher, wie durch Aspik, als könnten sie ihre Glieder nicht schneller bewegen, viele in neuen Anordnungen, etwa die Leichtverletzten, zwei Frauen, die eine dritte, völlig fassungslose Frau stützten, ein Mann, der ein ernst blickendes Kind riskant auf der Hüfte balancierte, zwei glattrasierte junge Männer, die einander am Hals umklammert hielten und deren Stirn sich berührte, wie bei siamesischen Zwillingen, zusammengewachsen durch das Leid. Die Zettel und Plakate mit den Suchmeldungen, die alles immer dichter bedeckten wie bizarres Laub – jeder Zettel, jeder Karton mit einem Foto, irgendeinem unbekümmerten Schnappschuss, auf einer Hochzeit, am Strand, beim Picknick und einem bittenden Appell – leuchteten weiß in der Dämmerung, und die Menschen gingen herum, schweigend, mit tränenüberströmten Gesichtern, und lasen. Auch Marina weinte und blieb immer wieder stehen, um eine Fülle von Details zu erfassen (VERMISST! VERMISST! VERMISST! Sie hat ein sternförmiges Tattoo auf dem Rücken. Sie trägt ein goldenes Kruzifix und Ohrringe. Er hat auf der linken Wange drei tränenförmige Windpockennarben. Trug zuletzt ein weißes Hemd und eine Krawatte mit Elefanten), ging weiter.

»Das ist schändlich«, murrte Ludo, als sie sich einem Baum näherten, dessen Stamm man vor Zetteln kaum noch sah. »Das ist nekrophile Pornographie.«

»Wie meinst du das?«

»Was glaubst du wohl?«, rief er unbeherrscht. »Die sind alle tot! Natürlich sind sie alle tot. Okay, vielleicht gräbt man fünfzehn, zwanzig oder sogar hundert Leute aus diesem Trümmerhaufen aus. Aber welchen Sinn hat es, so zu tun, als würden die alle wieder heimkommen, als würden die orientierungslos in Manhattan umherirren, unter posttraumatischem Schock? Verdammt nochmal, die sind tot, Marina! Tot!«

»Sprich leiser!« Sie bemerkte, dass zwei Frauen und ein junger Mann kopfschüttelnd zu ihnen herübersahen.

»*Darüber* sollten wir eine Titelgeschichte bringen«, fuhr er wutschnaubend fort. »Darüber, dass man sich in diesem Land für alles ein Happy End wünscht! Bis hin zur Verlogenheit – als könnten diese Plakate das, was gerade passiert ist, irgendwie ungeschehen machen oder wieder in Ordnung bringen oder ändern. Wer sagt diesen Leuten: ›Geht nach Hause und blickt den Tatsachen ins Auge! Euer Sohn, eure Mutter, eure Nichte sind tot, Staub, nicht mehr am Leben. Es ist nichts mehr übrig‹?«

»Das können wir nicht wissen.«

»Ach nein? Dann lass uns doch mal *hier* den Tatsachen ins Auge blicken.«

»Ich weiß, dass es dich aufregt, Schatz, aber das ist nicht der richtige Ort dafür.«

»Wir sind hier doch in diesem verdammten Land der Lügen, oder? Aber keiner spricht es aus. Und auch wir sprechen es nicht aus, weil es mit dieser verdammten Zeitschrift nicht geklappt hat.«

»Es *wird* klappen. Sei nicht albern. Wir sind alle durcheinander. Es war ein harter Tag. Es war irreal. Wir müssen jetzt nach Hause.«

»Du glaubst, es klappt, weil nächste Woche vielleicht ein guter Starttermin wäre? Oder nächsten Monat? Oder vielleicht nächstes Jahr? Komm, mach dir nichts vor. Alles ist wie eine Seifenblase zerplatzt. Es ist vorbei. Wir sind am Ende.«

»Wir müssen einfach abwarten, und dann sehen wir schon.«

»Tu das, wenn du willst. Ich sehe mir die Dinge lieber gleich an und warte dann ab. Und was ich sehe, ist genau das, was passieren wird, das garantiere ich dir.«

Marina legte den Arm um ihn und zog ihn weg. Er ging langsam, widerstrebend mit, wand sich in ihrer Umarmung, sie führte ihn energisch und liebevoll davon; sie wusste, dass sie geduldig wirkte, und sah an den mitfühlenden Blicken ringsum, dass die Leute dachten, auch er habe einen Zettel angeschlagen, eines der lächelnden Gesichter der Vermissten gehöre zu ihm – die Mutter vielleicht? Die Schwester, der Bruder? Die Ehefrau? –, und er versuche, mit zwar bescheidenem, aber doch löblichem Erfolg, sich von ihr trösten zu lassen.

KAPITEL SECHZIG

Zu Hause

An jenem schrecklichen Tag wartete sie auf seinen Anruf, obwohl ihr ziemlich rasch klar wurde – irgendjemand sagte das im Fernsehen –, dass er sie nicht anrufen konnte. Alle Leitungen waren belegt, das Telefonnetz war zusammengebrochen, der Sendemast war oben auf den Türmen, oder so ähnlich. Sie stand auf dem Schulparkplatz, hatte in der zweiten Stunde Unterricht und holte gerade Lernmaterial aus dem Kofferraum, als Joan auf sie zugerannt kam und ihr sagte, was passiert war, und ihr erster Gedanke galt Bootie.

Der Unterricht in Watertown fiel aus, doch auch als die Kinder schon alle nach Hause gegangen waren, blieb sie noch eine Weile im Lehrerzimmer und sah fern. Ihr brach der Schweiß aus angesichts all dieser Filmaufnahmen, und als die Türme erst zusammengefallen waren, zeigten sie wieder und wieder, wie sie zusammenfielen, immer wieder die gleichen Szenen, immer vor dem herrlich blauen Himmel – so sonnig war es auch in Watertown, aber es hätten eine Million Meilen dazwischenliegen können.

Sie überlegte die ganze Zeit, ob es unheimlich war oder eher beruhigend, dass dieser Tag so normal wirkte, obwohl niemand wusste, wo der Präsident steckte (in North Dakota?), und sich selbst der Vizepräsident irgendwo versteckt hielt – an einem sicheren Ort, wie es im Fernsehen hieß, und Joan, die mit ihrer Meinung nie hinterm Berg hielt, sagte: »Sicherer Ort, so ein Quatsch! Ein Sarg – *das* wäre ein sicherer Ort!«, und sie wiederholte es so oft, bis Hal Speed, der in der Unterstufe Physik gab, ihr über den Mund fuhr und sagte, so etwas sei in einer Krisensituation respektlos, ganz egal, welche politische Haltung sie habe. Joan lud Judy zum Lunch in den Imbiss am Markt ein, aber Judy sagte, sie wolle lieber nach Hause, Bootie versuche bestimmt, sie zu erreichen, er könne sich ja denken, dass sie sich Sorgen machte – natürlich wisse sie, dass New York riesig sei, sie sei ja nicht naiv, aber trotzdem, ehrlich gesagt, habe das was Zermürbendes, und sie wolle einfach nur seine Stimme hören, um sicher zu sein, dass es ihm gutging.

Es war sehr ruhig im Haus, was sie schrecklich fand – irgendwie fand sie sogar das helle Sonnenlicht schrecklich, das so friedlich und still durchs Fenster auf den Küchentisch fiel – und sie überlegte, ob sie den Fernseher überhaupt einschalten sollte, tat es aber doch, man musste ja informiert sein, oder? Sie öffnete eine Dose Hühnersuppe mit Nudeln und machte sich ein Schinkensandwich – mit Mayo und ein paar Gurkenscheiben, wie sie es gerne aß –, aber dann hatte sie keinen rechten Appetit, was nicht verwunderlich war, weil sie ja immer noch wartete. Gegen drei Uhr läutete das Telefon, und sie hob erleichtert ab, aber es war nur Sarah, die von Alexandria Bay aus anrief, um zu fragen, ob Bootie schon angerufen habe und ob sie okay sei? Ob sie, Sarah, vielleicht vorbeikommen solle, mit den Kindern, denn bei so einer Katastrophe habe man einfach den Wunsch, beieinander zu sein, nicht wahr?

Warum warten wir nicht ab und telefonieren später, wenn ich mit ihm gesprochen habe, sagte sie, man weiß zwar nie, aber so lang konnte es doch nicht dauern, bis die Telefone wieder funktionierten; und als sie aufgelegt hatte, dachte sie, Was soll's, ich versuche es jetzt einfach, was hab ich zu verlieren, und wählte die Nummer, die er ihr mal gegeben hatte, diese Wohnung irgendwo in der Innenstadt, aber doch sicher nicht in der Nähe der Türme, er hatte gesagt auf der anderen Seite der Insel, sie war ziemlich sicher. Zu ihrer Überraschung kam sie schon beim ersten Versuch durch, hatte aber nur den Anrufbeantworter dran, mit der Stimme dieses anderen Jungen, natürlich, dem Freund von Marina, dem die Wohnung gehörte, also hatte das keinen Zweck. Vielleicht bekam sie in jenem Moment zum ersten Mal richtig Angst, denn sie stellte sich vor, dass er nicht geborgen zu Hause gesessen hatte, sondern irgendwo in der Stadt herumgelaufen war, aber das war albern, weil jetzt da unten natürlich alle unterwegs waren, um sich zu sehen und sich zu vergewissern, dass der Rest der Welt noch stand.

Weil das Leben irgendwie weitergehen musste, zwang sie sich, ins Auto zu steigen und zu ihrem Friseurtermin um vier zu fahren. Dolly plapperte munter drauflos, auf ihre merkwürdig oberflächliche Art, während sie an Judys Nackenhaaren herumschnippelte. Judy nahm sie in ihrem rosa Kittel verschwommen aus dem linken Augenwinkel wahr. Jetzt schüttelte Dolly den Kopf und sagte: »Fürchterlich, nicht? Einfach fürchterlich. Das sind diese Araber. Meine Schwester Lily wohnt in Buffalo und sagt, da oben wimmelt es nur so von denen, und die leben genau so, als seien sie noch in Arabien. Können kaum Englisch, tragen diese Kopfbedeckungen und so weiter. Die würden jeden von uns töten, wenn sie könnten. Gruslig, nicht?«

»Klar«, stimmte Judy zu, obwohl sie wusste, dass Dolly ziemlich extreme Ansichten über Ausländer hatte. Deshalb würde sie sich ab jetzt von jemand anderem die Haare schneiden lassen, obwohl Dolly wahrscheinlich die beste Friseuse in ganz Watertown war.

Um sechs war Judy wieder zu Hause, mit einer etwas komischen Frisur (sie hatte heute auf die Dauerwelle verzichtet und sie auf nächstes Mal verschoben. Irgendwie hätte sie das heute nicht durchgehalten), aber jedenfalls besser als vorher, und sie war stolz auf sich, dass sie den Termin trotz allem eingehalten hatte, denn was nutzte es, sich um Dinge zu sorgen, die man sowieso nicht ändern konnte?

Es war kurz vor sieben, als sie erneut die Nummer wählte und dieser Bursche ans Telefon ging – Julius Clarke, den Namen würde sie sich merken – und sagte, er habe keine Ahnung, wo Bootie stecke (sie fand es etwas seltsam, dass er ihren Sohn Bootie nannte, normalerweise hatte Bootie das nicht besonders gern), er sei nach Brooklyn gezogen, aber seines Wissens gebe es keine Telefonnummer. Jetzt fiel ihr wieder ein, dass Bootie etwas von einem Umzug gesagt hatte, aber sie hatte gedacht, das sei noch eine Weile hin. Momentan arbeitete er ja auch in einem Restaurant, aber sie konnte sich beim besten Willen nicht erinnern, wie es hieß. Mexikanisch vielleicht? Ein gehobenes mexikanisches Lokal, exzellentes Essen, hatte er gesagt. Jedenfalls ausländisch. Sie war überrascht gewesen.

Julius sagte, davon wisse er nichts. Er habe ihm die Telefonnummer einer Zeitarbeitsagentur gegeben, wisse aber nicht, ob Bootie dort angerufen habe. Klar, die Nummer könne er ihr geben. Er bedaure, dass er ihr nicht weiterhelfen könne, aber er kenne Bootie nicht besonders gut.

»Wen kennt er denn?«, fragte sie und gab sich Mühe, eher forsch als traurig zu klingen.

»Tut mir sehr leid, Ma'am«, sagte er – er war ein höflicher junger Mann: Er sagte ›Ma'am‹. »Aber ich habe nicht die geringste Ahnung.«

Nach diesem Gespräch versuchte sie sich selber zu beruhigen. Sie regte sich einfach zu sehr auf! Dass sie nach New York telefonieren konnte, hieß noch lange nicht, dass man auch aus New York heraustelefonieren konnte, nicht wahr, so was gab es doch manchmal, oder? Sie wählte die Nummer der Zeitarbeitsagentur, die Julius Clarke ihr gegeben hatte, aber es war nur der Anrufbeantworter dran. Und dann rief sie Sarah an, weil sie es nicht mehr aushielt, so allein zu warten, und Sarah sagte, sie komme vorbei, aber erst morgen, nach der Schule, jetzt müsse sie die Kinder baden und ins Bett bringen.

»Mach dir nicht so viele Sorgen, Mom«, sagte sie. »Bootie ruft ganz bestimmt noch an! Zumindest weißt du jetzt, dass er nicht ausgerechnet dort war, um diese Zeit am Morgen. Er ist eben manchmal ein bisschen egoistisch; ich bin sicher, ihm kommt nicht mal der Gedanke, dass du dir Sorgen machst. Kannst du dir vorstellen, wie es jetzt dort zugeht? So ähnlich wie in dem Film *Independence Day*, stimmt's? Wahrscheinlich ist er mit anderen Leuten zusammen, mit Freunden, und versucht das alles auf die Reihe zu kriegen. Ich bin sicher, dass er morgen anruft, falls er heute nicht anrufen kann.«

Danach ging es ihr etwas besser. Sarah hatte ganz recht: Zumindest wusste sie, dass er nicht dort gewesen war. Das Restaurant war irgendwo anders – hatte er damals nicht Fifth Avenue gesagt? War das nicht ziemlich weit weg? Wenigstens nicht in der Nähe – und außerdem, kein Hilfskellner musste morgens um diese Zeit auf der Matte stehen. Aber wenn er bei seinen Freunden war, wer waren diese Freunde? Sie begriff nicht ganz, warum ihr das Leben ihres Jungen so ein Rätsel geworden war, wo er noch vor wenigen Wochen bei Murray gewohnt hatte und sie gewusst hatte – okay, nur ungefähr, aber immerhin –, was er tagsüber trieb.

Aber er rief auch nicht am Abend an und nicht am nächsten Morgen, und als sie aus der Schule kam, wo es die ganze Zeit im Unterricht nur um das Desaster gegangen war, fand sie keine Nachricht von ihm vor. Und wie sie sagte, als Sarah vorbeikam: Das Schreckliche war, nichts als abwarten zu können. Einfach nur warten. Wem lag das schon? Als Bert krank gewesen war, hatte sie so oft warten müssen, in Krankenhäusern und zu Hause, und sie hatte es gehasst, die Ohnmacht, die Vergeblichkeit, aber dies hier war in gewisser Weise schlimmer, weil sie wusste, wie lächerlich es war, sich Sorgen zu machen, aber was sollte sie tun? Sie schaffte es nicht, das Haus zu verlassen, ohne dass jemand da war, der ans Telefon ging, deshalb erledigte sie ihren Supermarkteinkauf (sie brauchte Milch und Brot, ein paar Grundnahrungsmittel), während Sarah für die Kinder im Garten das Spielhaus aufbaute.

Am Donnerstag konnte sie nicht mehr und rief Murray an. Sie wusste nicht genau, wer von ihnen beiden Reue zeigen sollte, deshalb versuchte sie so gut es ging, gleich am Anfang Klarheit zu schaffen.

»Ich weiß, wir hatten Streit, Murray«, sagte sie. »Aber du bist mein einziger Bruder, und wir müssen das hinter uns lassen. Mein Bootie hat eine große Dummheit begangen, und er hat das seitdem bitterlich bereut, aber er ist doch noch so jung, und ich finde immer noch, du hättest nicht so hart mit ihm ins Gericht gehen sollen.«

»Judy. Ich hätte dich auch noch angerufen. Diese ganze Sache –«

»Ich weiß. Eine solche Katastrophe gibt einem zu denken. In einer Familie sollte kein Streit herrschen. Das ist nicht gut. Und ich brauche deine Hilfe.«

»Hilfe?«

»Ich hab noch nichts von ihm gehört, Murray. Es sind jetzt schon zwei Tage, und er hat noch nicht angerufen. Wahrscheinlich ist es dumm von mir – so ist die Jugend nun mal, und Sarah meint, er denkt einfach nicht dran, aber ich hab nichts anderes mehr im Kopf.«

»Oje.«

»Könntest du für mich nach ihm schauen? Murray, bitte?«

»Natürlich, Judes, ich weiß nur nicht, wo.«

»Es gibt keine Telefonnummer. Das ist das Problem. Dieser Julian hat mir eine Adresse gegeben – ich weiß, wo er wohnt. Offenbar heißt das Fort Greene. Kannst du mir sagen, wo das liegt? Irgendwo in Brooklyn?«

»Ich bin sicher, dass wir es finden.«

»Na ja, vielleicht könnte einer von euch – ich weiß, es ist irgendwie peinlich, nach allem, was vorgefallen ist. Aber es sind jetzt achtundvierzig Stunden, und ich hab noch nichts von ihm gehört.« Sie war den Tränen nahe.

»Du glaubst doch nicht etwa, dass ...«

»Natürlich nicht. Natürlich nicht. Ich meine, dieses Fort Greene, das liegt doch nicht in dieser Gegend, oder?«

»Nein.«

»Also kann er ja gar nicht ... aber als Mutter macht man sich eben Sorgen, Murray. Du kennst das doch. Frag Annabel.«

»Ich weiß, dass du dir Sorgen machst. Aber das ist nicht nötig, Judy. Ich bin sicher, es geht ihm ausgezeichnet, aber trotzdem wird einer von uns mal dort vorbeischauen. Weißt du was: Ich schicke Marina hin. Die beiden verstehen sich bestens. Wäre das nicht eine gute Idee?«

»Lasst nichts unversucht, ja? Notfalls kann ich auch selber runterkommen.«

»Unsinn, Judes. Das ist das Letzte, was wir jetzt brauchen können. Die Leute strömen in Scharen hierher – mit dem Bus, mit dem Zug, auf jede erdenkliche Weise –, um mitzuhelfen, die Menschen aus den Trümmern zu bergen. Um nach Überlebenden zu suchen, weißt du.«

»Sag mir eins, Murray: Kann man es riechen? Wie riecht das, um Himmels willen?«

»Wir sind hier oben zu weit weg. Ich gehe morgen hin. Ich muss erst noch was fertig schreiben. Aber Marina war schon dort. Ich glaube, es riecht ziemlich stark, je nachdem, wie der Wind steht. Hauptsächlich nach verbranntem Staub und irgendeinem anderen Zeug, Benzin. Nach allem möglichen. Massenhaft Staub.«

»Aber es wird nach Verwesung riechen, nicht wahr? Bald, vielleicht schon jetzt? So ein riesiges Grab. Es wird bestimmt bald nach Verwesung riechen.«

KAPITEL EINUNDSECHZIG
Fort Greene

Als Marina und Julius zusammen zu dem Haus in Fort Green hinausgefahren waren, standen sie nach dem Klingeln zwei bis drei Minuten vor der Haustür. Julius, dessen Auge jetzt gelb und grün umrandet war, zupfte an seinem Gesichtsverband.

»Keiner da«, sagte er. »Es ist Freitagmittag. Wer ist Freitagmittag schon zu Hause? Shake your Booty ist wahrscheinlich auf der Arbeit. Zeitarbeit, verstehst du? Ich hab ihm die Nummer gegeben.«

Marina kräuselte die Lippen und drückte erneut lange auf den Klingelknopf. Sie hörten es drinnen läuten.

»Das sind riesige Häuser«, meinte Julius und spähte durch die verzierte Glasscheibe der Tür. »Wenn ich Millionär wäre, würde ich diese Bruchbude kaufen und renovieren. Früher oder später wird das eine Menge wert sein.«

»Ich bin sicher, das ist jetzt schon der Fall«, sagte Marina. »Hast du nicht gesehen, einen Block weiter sehen alle Häuser renoviert aus.«

Julius spähte immer noch ins Treppenhaus. »Ich glaube, wir haben jemanden geweckt«, sagte er. »Sieht aus wie ein Axtmörder.«

Der Mann, der an die Tür kam, hatte auf seinen feisten Hängebacken genauso viele Stoppeln wie auf seinem Kopf. Seine Schultern sahen aus wie Schinken, rund und massig unter dem schmuddeligen, enganliegenden T-Shirt. »Was wollen Sie?« Er sprach mit Akzent.

Marina bot ihren ganzen Charme auf und erklärte die Sache mit Bootie – sie seien überzeugt, dass es ihm gutgehe, wollten aber doch mal nachsehen.

»Er ist nicht hier.«

»Sind Sie sicher?«

»Ich wohne unter ihm. Man glaubt, das Haus ist solide gebaut, aber die Heizungsventile sind alle offen. Der Kerl furzt. Ich weiß es.«

»Dann wollen wir Sie nicht länger belästigen – Sie haben ihn seit Dienstag doch sicher mal gehört?«

Der Mann kratzte seinen stoppeligen Nacken, als denke er nach. »Keine Ahnung«, sagte er. »Ist mir gar nicht aufgefallen, aber seit ein paar Tagen hab ich ihn nicht mehr gehört.«

»Seit den Flugzeugen? Haben Sie seit dem Anschlag noch was von ihm gehört?«

»Keine Ahnung.«

Sie baten darum, Booties Zimmer sehen zu dürfen. »Verstehen Sie, wenn die Mittwochzeitung im Abfall liegt, brauchen wir uns keine Sorgen zu machen.«

»Klar.« Der Mann betrachtete sie mit halbherzigem Argwohn. Als wisse er zwar, dass er sie eigentlich nicht hereinlassen sollte – vielleicht aus Prinzip, obwohl er nicht sehr prinzipienfest wirkte –, finde andererseits aber auch nichts dabei.

»Ich bin seine Cousine«, wiederholte Marina. »Seine Mutter – meine Tante – ist in großer Sorge.«

»Die Tür ist abgeschlossen«, sagte er. »Die Tür zu seinem Zimmer.«

»Haben Sie nicht irgendwo ein Set mit Generalschlüsseln?« frage Julius.

Der Mann nickte, fast schüchtern jetzt, und winkte sie herein. Als Marina an ihm vorbeiging, schlug ihr sein knoblauchstinkender Schweißdunst ins Gesicht.

Das Treppenhaus war schäbig und nicht gerade sauber. Die Gummimatten lösten sich von den Stufen, und unter den Schuhsohlen knirschte der Dreck. Der bröckelnde Putz war vor langer Zeit einmal mit glänzender hellblauer Farbe getüncht worden, was vermutlich heiter wirken sollte und leicht zu reinigen gewesen war, aber offenbar hatte sich seit Jahren niemand mehr die Mühe gemacht, mit einem feuchten Tuch über die Wände zu wischen, denn sie waren streifig und schmutzig. Die fensterlosen Korridore oben waren fast dunkel, nur durch die Türschwellen drang etwas Tageslicht. Der Mann blieb im ersten Stock stehen, sagte, sie sollten warten, schlüpfte ins hintere Zimmer und machte so schnell die Tür hinter sich zu, dass sie nicht hineinschauen konnten. Er kam mit einer Handvoll Schlüssel zurück, die an einem Band hingen.

»Eigentlich sollte ich das nicht tun«, sagte er achselzuckend als er sie noch eine Treppe höher führte. »Jeder Mensch braucht doch seine Privatsphäre.«

Der Korridor im obersten Stock war enger, vollgestopfter als die Flure in den anderen Stockwerken, aber wenigstens stand eine Badezimmertür offen. Marina bemerkte, dass jemand eine Grünlilie auf den Fenstersims gestellt hatte; der dekorativ gestreifte Duschvorhang passte zur Badmatte. Sah gar nicht schlecht aus.

Beim Anblick von Booties Zimmer blieb ihnen fast die Luft weg. Es war nahezu leer: ein Haufen zusammengeknüllter Laken unter dem Fenster, ein nicht angeschlossener Computer auf dem Boden in der Ecke, daneben einige Bücher, ein paar jämmerliche, beliebig an die Wand gepinnte Postkarten. Ansonsten ein schmutziger Becher und ein mit Tomatensoße verkrusteter Teller. Ein paar Scheiben vertrocknetes Schnittbrot in einer Plastiktüte leisteten ein paar Dosen Gesellschaft, auf denen, sorgfältig platziert, ein Löffel und ein Büchsenöffner lagen. Marina blickte auf die Dächer hinaus und drehte sich dann mit dem Rücken zum Fenster. Weder gab es hier Zeitungen noch einen Papierkorb, in den man sie hätte werfen können.

»Vielleicht ist er ausgezogen?«, meinte Julius und trat leicht gegen die Laken. »Die gehören mir«, sagte er. Dann deutete er auf ein Handtuch, das über dem Griff der Schranktür hing, »und das auch. Dein Cousin ist ein Dieb.«

Der bullige Mann stand in der Zimmermitte, seine Arme hingen unbeholfen seitlich herab. Sie waren nicht nur kurz, sondern auch dick. »Okay«, sagte er.

Marina öffnete den Kleiderschrank. Auf dessen Boden lagen Booties Koffer, deren Inhalt hervorquoll: Unterhosen, lauter verschiedene Socken, ein paar zerknitterte Hemden, die verdrehten Hosenbeine einer Jeans.

»Er ist nicht ausgezogen«, sagte Marina. »Er besitzt einfach nichts.« Sie schüttelte den Kopf. »Ich fühle mich so schlecht.«

»Ist doch nicht deine Schuld.«

»Ich hätte versuchen können, Dad zu überreden, dass er ihn behält. Aber ich hatte so eine Stinkwut.«

»War's das jetzt?« Der Mann klirrte ein paar Mal mit den Schlüsseln. »Er ist nicht da.«

»Nein.« Marina bestätigte das Offensichtliche. »Aber danke.«

Drunten an der Haustür wandte sie sich an Julius. »Und jetzt?«

»Vielleicht ist er arbeiten. Rufen wir doch einfach mal die Agentur an.«

»Und wenn nicht?«

»Dann überlegen wir uns den nächsten Schritt. Wahrscheinlich steht er gerade in irgendeinem Midtown-Imbiss und isst ein Sandwich. Nur weil er nicht da ist und so ein deprimierendes Zimmer hat – das muss noch lange nichts heißen.«

»Es wirkte so … Ich weiß nicht. Verlassen. Das Zimmer. Fürchterlich.«

»Er hat auf dem Fußboden gepennt, na und? Es gibt Schlimmeres.«

»Und wenn wir ihn nicht finden? Rufen wir dann die Polizei?«

»Immer mit der Ruhe. Nur nichts überstürzen.« Er legte ihr den Arm um die Schulter, und sie gingen die Straße zurück, die immer noch in der Sonne lag und trotzdem plötzlich eintönig und traurig wirkte. Auf dem Weg zur U-Bahn kamen sie an einem flachen, in schwarzen Krepp gehüllten Ziegelbau vorbei, eine Feuerwache, vor der sich Blumensträuße häuften, die meisten gelb, und Marina stöhnte leise auf.

»Julius«, sagte sie, »ich habe zu Ludovic gesagt, gleich an dem Tag, kurz nachdem es passiert war, habe ich zu ihm gesagt: ›Es ist bestimmt jemand dabei, den wir kennen.‹ Ich dachte an die Väter von Freunden oder an jemanden, mit dem wir auf dem College waren, oder sogar an die Mutter dieses Jungen, den meine Mom vertritt, und –«

»Und ihr geht es gut, stimmt's?«

»Nein. Das ist es ja, ihr geht es nicht gut. Sie wird vermisst. Sie war im hundertsten Stockwerk oder so, und man hat nichts mehr von ihr gehört.«

»Wow. Wie alt ist der Junge?«

»Es ist eine Katastrophe, mein Gott, das ist eine Katastrophe, weil er erst vierzehn ist, und weit und breit kein Dad, nur dieser grässliche Stiefvater, der ja der Grund für all seine Probleme ist. Meine Mom sagt, der Junge sei völlig fertig, spricht kein Wort und kriegt kaum noch Luft. Normalerweise strickt er immer, um ruhig zu bleiben – komisch, ich weiß –, aber meine Mom sagt, nicht mal das kann er jetzt mehr, obwohl seine Finger ständig in Bewegung sind, als hätten sie ein Eigenleben. Er spricht nicht, aber die Finger bewegen sich die ganze Zeit.« Sie seufzte. »Sie wird also immer noch vermisst, aber o Gott, Julius, es ist so furchtbar.«

»Es *ist* furchtbar«, stimmte er zu und drückte sie so fest an sich, dass sein Kragen ihr Ohr kitzelte. »Es ist absolut grauenvoll. Aber es hat nichts mit Shake Your Booty zu tun. Versprochen.«

Sie schniefte ein bisschen, zog ein fussliges Papiertaschentuch aus ihrer Jeans und fuhr sich damit über die Lippen, die Wange. »Ist meine Nase rot?«, fragte sie. Und dann: »Ist dir klar, dass die Welt, als ich dieses Taschentuch eingesteckt habe, noch vollkommen anders war?« Und schließlich, mit veränderter, dünnerer Stimme: »Wir müssen ihn finden. Das weißt du, nicht wahr? Wir müssen ihn finden.«

Als Julius die Agentur anrief, verweigerte man ihm die Auskunft. »Es tut mir wirklich leid, aber das ist gegen die Vorschriften«, sagte die Frau. »Selbst wenn Sie bei uns registriert sind. Die Anfrage muss von offizieller Seite erfolgen. Durch die Polizei. Könnten Sie sich nicht an die Polizei wenden?«

»Na toll, so wie außer mir noch fünftausend andere Leute?« blaffte Julius sie an. »Glauben Sie, die Polizei hat nicht schon genug um die Ohren?«

»Es tut mir leid«, sagte die Frau mit sichtlichem Bedauern. »Ich weiß, das sind schwierige Zeiten.«

Schließlich marschierte Julius einfach in das Büro der Agentur, zusammen mit Marina, und sie trafen nicht die Empfangsdame an, sondern nur eine ältere Frau, eine kleine, knollennasige Fünfzigerin in einem eleganten roten Hosenanzug. Julius kannte sie.

»Alle sind weg«, sagte die Frau. »Ich glaube, es ist besser, Sie kommen am Montag nochmal. Da sollten wir endlich wieder vollzählig sein. Manche waren die ganze Woche weg.« Sie seufzte.

»Aber das kann nicht bis Montag warten«, sagte Marina. »Tut mir leid, aber das kann nicht warten.«

Die Frau hörte sich ihre Geschichte an, nickte und sah Julius scharf an. »Natürlich«, sagte sie, »Sie waren schon bei uns. Ich erinnere mich an den Namen. Ein ungewöhnlicher Vorname. Fidelity, Fidelity, stimmt's? Sie fangen nächsten Donnerstag an. Drei Monate. Sie werden immer wärmstens empfohlen.« Sie machte eine Pause. »Eine schlimme Verletzung haben Sie da.«

Er nickte traurig. Vielleicht dachte sie, es sei bei der Tragödie passiert.

Schließlich erklärte sie sich bereit, in ihren Unterlagen nachzusehen. Und tatsächlich, Frederick Tubb war direkt nach dem Labor Day eingetragen worden, er hatte am Dienstag angefangen, eine Vermittlung für zwei Wochen, an eine Finanzfirma in der Cedar Street. Normale Arbeitszeiten, von neun bis fünf, fünf Tage die Woche. »Da ist eine Notiz bei seinen Unterlagen«, sagte sie. »Und jetzt erinnere ich mich, dass Mary von ihm gesprochen hat. Er kam letzten Freitag mit seinem Arbeitszeitnachweis und wollte sofort ausbezahlt werden. Sie sagte, er sei ganz verzweifelt gewesen und habe ihr so leidgetan, dass sie ihm einen Scheck aus dem Portokassenkonto ausgestellt hat, was strikt gegen die Vorschriften ist. Ich hätte sie dafür entlassen können. Aber zumindest war sie ehrlich, und wir haben uns darüber unterhalten, und ich denke, jetzt weiß sie, wie wichtig das ist. Er hat gesagt, er hätte für den Rest der Woche nichts zu essen, könne seine Metrokarte nicht bezahlen und so weiter. Ganz jung noch, hat sie gesagt. Er habe sehr ernst gewirkt.«

»Oje!«, sagte Marina.

»Hat die Firma angerufen? Hat irgendjemand angerufen und gesagt, er sei nicht erschienen?«

»Diese Woche, meinen Sie? Ich glaube nicht, dass dort schon wieder gearbeitet wird. Wissen Sie, wo die Cedar Street liegt?«

»Nicht genau.«

Sie stand auf, um sie ihnen auf der Karte von Manhattan zu zeigen, die an die Wand neben der Rezeption gepinnt war. »Nur ein paar Blocks entfernt«, sagte sie. »Ich bin sicher, dass dort alle Fensterscheiben zertrümmert wurden, überall giftiger Staub. Kein Strom, vermutlich nicht mal Wasser. Da arbeitet jetzt keiner.«

»Selbst wenn er in ein Büro gegangen ist, das nur zwei Blocks entfernt liegt, hatte er keinen Grund, sich in der Nähe von Ground Zero aufzuhalten«, meinte Julius, als sie im Aufzug standen. »Es ist nicht seine U-Bahn-Haltestelle. Wann etwa wurde der erste Turm getroffen, zehn vor neun, richtig? Das heißt, wenn er nicht aberwitzig früh dran war, wäre er erst in die Gegend gekommen, als es schon passiert war. Die Leute wurden aufgefordert, die Gebäude zu verlassen. Das hat er sicherlich getan und ist dann uptown gelaufen oder zurück nach Brooklyn. An dem Tag sind die Leute massenhaft nach Brooklyn geströmt.«

»Also glaubst du, dass er vom Mob auf der Brooklyn-Bridge niedergetrampelt wurde?«

»Du magst lachen, aber er könnte mit einem Beinbruch oder so was im Krankenhaus liegen. Leicht.«

»Was soll ich meinem Dad sagen? Was sollen wir Tante Judy sagen?«

»Das ist nicht der Weltuntergang. Er wird irgendwo auftauchen. So ist das Leben.«

»So war das Leben mal. Aber jetzt kenn ich mich nicht mehr aus, mit nichts.«

»Nein«, sagte er und berührte seine Wange. »Fürs Leben gezeichnet, und wir haben keine Ahnung, wie alles enden wird.«

KAPITEL ZWEIUNDSECHZIG
Weckruf

Am Freitagnachmittag nahm Bootie sein erstes Bad seit Tagen, in einer Plastikwanne, die zu seinem Zimmer gehörte, im Clarion, eine halbe Meile von der Busstation Miami entfernt. Er ließ ziemlich kühles Wasser einlaufen, weil es draußen so heiß war und weil ihm selbst auch heiß war. In dem Bad, das kein Fenster besaß, schien sich die Hitze zu stauen. Tagelang hatte er sich schmutzig und verschwitzt gefühlt, denn er trug immer noch die Sachen am Leib, die er am Dienstagmorgen angezogen hatte, sein gestreiftes gutes Hemd von Brooks Brothers und seine Baumwollhosen, jetzt mit Ketchup und Fett bekleckert, und dasselbe Paar schwarzer Socken, die sich so schweißfeucht und klebrig anfühlten, als würden sie nie mehr trocknen. Im Bus, als seine Bartstoppeln immer länger wurden und das Haar ihm schlaff am Kopf klebte, hatte er gemerkt, dass er stank, als ströme dieser Geruch durch jede Pore seines Körpers und werde an die Luft zwischen den Sitzen abgegeben. Komischerweise schenkte ihm dies ein Gefühl von Lebendigkeit, so präsent hatte er sich seit Wochen nicht gefühlt, als würden alle Busfahrgäste durch diesen Gestank gezwungen zuzugeben, dass er, Bootie Tubb, *existierte*; und als ein alter Mann, ein kleiner drahtiger Schwarzer mit Filzhut, nachdem er eine Weile neben ihm gesessen hatte, weil kein anderer Platz frei gewesen war, seine glänzende Nase rümpfte und sicherheitshalber schon mal die Finger an die Nasenlöcher legte, empfand Bootie gleichzeitig Scham und Stolz. Noch nie war er sich seiner Wirkung so bewusst gewesen.

Als er an jenem Morgen erwacht war, hatte er natürlich keine anderen Pläne gehabt, als ins Büro von Reading and Lockwood zu fahren, wo er schon den Großteil der Woche damit verbracht hatte, endlose Zahlenkolonnen zu überprüfen, mit Hilfe einer kleinen Additionsmaschine, die alles auf einem Papierstreifen ausdruckte. Seine Aufgabe bestand darin, die Summen zu kontrollieren, den richtigen Abschnitt des Streifens an das jeweilige Dokument anzuhängen und seiner Chefin zurückzugeben, einer in Leder gekleideten Frau mit wuscheligem Haar, die stark nach Parfüm und Zigaretten roch. Es war keine anstrengende Arbeit, aber knifflig und öde, und das Büro – er hatte noch nie längere Zeit in solch einem Büro zugebracht – kam ihm ungesund vor, denn man atmete hoch über dem Boden die Umluft ein. Die ersten paar Tage war er sehr pünktlich gewesen, aber dann merkte er, dass es seiner Chefin, Maureen, egal war, wann er kam, solange nur bei Büroschluss alle Papiere vom Posteingang in den Postausgang gewandert und die Streifen ordentlich daran befestigt waren. Trotz seiner dicken Finger bediente er die Additionsmaschine sehr geschickt und wurde mit der Arbeit schneller fertig, als die Chefin glaubte, was ihm zeitliche Spielräume ließ. In der Mittagspause saß er mit krummem Rücken an seinem Schreibtisch, las Musil und futterte dabei eine Tüte Chips. Er kaufte die größte Tüte, die es gab im Deli ein paar Häuser weiter, um Geld zu sparen, und dazu eine 2-Liter-Flasche Cola, und diese beiden Dinge verstaute er zu seinen Füßen. Deshalb war die Cola immer warm und wurde immer schaler, so dass sie schließlich schmeckte wie ein giftiges Gesöff, als sei sie aus zuckerbeschichteten Autoreifen gepresst oder aus einer tödlichen Pflanze im Amazonasgebiet. Er las Musil und kam erst spät ins Büro, weil in der U-Bahn, die ihm so verhasst war, nach neun Uhr etwas weniger Gedränge herrschte.

An jenem Morgen war er sehr spät dran gewesen. Zweimal war er bereits nach einer Haltestelle wieder ausgestiegen, weil beide U-Bahnen zu voll gewesen waren und er Herzrasen und Atemnot bekommen hatte. In den dritten Zug zu steigen kostete ihn große Überwindung, und er ertrug die Unterquerung des Flusses (er hasste das, er glaubte das Gewicht des Wassers zu spüren, das auf dem Tunnel, auf dem Waggon lastete), auch nur deshalb, weil er wusste, dass es absolut keine Alternative dazu gab. Unmittelbar danach jedoch, Whitehall Street, war er ausgestiegen, schwitzend und keuchend an die Oberfläche gestiegen, um den Rest des Weges zu Fuß zu gehen. Was für eine Schande, so sehr hatte er sich noch nie verspätet, es war schon 9.10 Uhr, und er war sonst immer um 9.25 Uhr oder 9.30 Uhr dagewesen. Maureen war sicher schon unten auf der Straße bei ihrer ersten Zigarettenpause, wenn er ihr also nicht direkt in die Arme lief, würde sie nichts merken.

Irgendetwas stimmte nicht hier oben. Die Luft. Der Rauch. Die Sonne, der helle Himmel waren von Rauch verdunkelt, massenhaft schwarzer Rauch, der sich zwar hoch oben ballte, aber dennoch alles verhüllte. Menschen rannten herum und deuteten auf etwas, und als er sich umdrehte, sah er, alle anderen Gebäude überragend, die Spitzen der Türme in Flammen und nahm den Brandgeruch wahr. Er konnte kaum atmen, weil er sowieso schon um Luft gerungen hatte; aber das hier, was war das? Er fand keine Erklärung dafür. Der Weltuntergang. Ein göttliches Zeichen.

Er fragte einen Mann, der einen Anzug und teure schwarze Schuhe trug, nicht wie die guten Schuhe, die er in Watertown gelassen hatte, sondern Schuhe aus edlem, glänzendem Leder – Bootie ertappte sich dabei, dass er vor allem auf diese Schuhe starrte –, und der Mann erzählte ihm von den Flugzeugen, zwei, nicht nur eins, und das zweite, na ja, die

Leute hier hatten es direkt miterlebt – hatte Bootie es denn nicht gehört? Er war in der U-Bahn gewesen? Ach so. Besser als hier oben, sagte der Mann, denn das hier ist die Hölle. Es seien Menschen dort oben eingeschlossen, sagte er, sie könnten nicht mehr herunter. Menschen, die jetzt bestimmt im Rauch erstickten. Und ein weiterer Mann kam auf sie zu, mit verstörtem Blick, ein Mann in den Fünfzigern mit einem akkuraten weißen Haarkranz und sagte: »Sie springen. Ich habe gehört, dass sie springen.«

Und der erste Mann sagte: »Wer würde das nicht tun. Mein Gott, mein Gott. Würden Sie nicht springen?«

Da begann Bootie zu laufen. Er trug den Musil in einer Plastiktüte, seine feuchten Finger umklammerten den Griff, und auf seinen Brillengläsern lag Nebel oder Staub, aber er lockerte nur seine Krawatte, machte den oberen Hemdknopf auf und lief Richtung Norden.

Er spürte, dass es ihn zu den Gebäuden zog, dass er sie gern aus der Nähe gesehen hätte; aber sie machten ihm Angst, so viel Tod machte ihm Angst, und die Angst war stärker als die Verlockung, und am meisten Angst machte ihm der Rauch. Nicht atmen zu können. Er ging die Nassau Street entlang, dann die Lafayette. Die Straßen wimmelten von Menschen, den ganzen Weg über, und schließlich senkte er den Kopf, heftete den Blick auf seine Füße, seine mit weißem Staub bedeckten Schuhe, setzte mechanisch einen Fuß vor den anderen. Die Leute stürmten alle in die gleiche Richtung, wie Scharen von Komparsen, die sich aneinanderdrängten, aber nicht hektisch, seltsamerweise wie eine riesige Prozession, ein träger Strom, in dem einzelne Personen, wie Felsblöcke, für eine Weile stehenblieben und den Strom der anderen Menschen ruhig an sich vorbeiziehen ließen. Er wollte es nicht wissen. Er hatte die Canal Street erreicht, als der erste Turm einstürzte. Alle schrien entsetzt auf, da blieb er stehen, wandte sich um, starrte hin: Die ganze Welt versank in Rauch und Staub. Er sah weg, zu Boden. Da er niemanden bei sich hatte, mit niemandem sprach, sondern alles nur mit seinen eigenen Augen wahrnahm, beschlich ihn ein Gefühl, als ob dies vielleicht gar nicht in Wirklichkeit passiere, vielmehr ein Wachtraum sei, dem er, wenn er sich nur bemühte, entrinnen konnte. In der Menge fühlte er sich vollkommen vereinsamt, mehr noch als zuvor. Er fühlte sich nicht verbunden mit diesen Gesichtern, diesen Stimmen, die wie von weit her zu ihm drangen. Er kam sich vor wie ein Mensch in einem fremden Land, und manchmal klangen die Schreie nicht wie Worte, sondern nur wie Lärm. Eine Geschichte, die man einem Trottel erzählt. Mit gesenktem Kopf schob er sich durch die stehende Menge. Der Strom, der ihn umgab, war gefroren, während er absurderweise weiterlief.

In seiner Hosentasche befand sich sein ganzes Geld, das, was noch von dem Gehaltsscheck übrig war, den ihm die freundliche Frau in der Agentur vorschriftswidrig ausgehändigt hatte. Während er weiter Richtung Norden ging, unter dem klaren, hellen Himmel, wie betäubt in einem Zustand scheinbarer Normalität – die Atmosphäre auf den Straßen wurde, je weiter er kam, immer feiertäglicher, gedämpft aber doch ziemlich ungewöhnlich, als sei gerade der Tod eines geliebten Königs verkündet worden, und die Bürger könnten es, bei aller Trauer, noch nicht richtig fassen, dass sie aus ihrer Alltagsroutine entlassen worden waren –, bestürmten ihn unablässig Gedanken. Als lasse das dröhnende Toben in seinem Kopf allmählich nach, zum ersten Mal seit Wochen, als sei in seinem Hirn ein Schalter umgelegt worden, konnte er sich diesen Gedanken nicht entziehen. Es war eine fixe Idee gewesen, zu glauben, Marina könne ihn jemals lieben, werde ihn jemals lieben. Sie hatte ihre Wahl getroffen, diesen blöden Australier, und das war's: Ihre Freundlichkeiten hatten nie etwas bedeutet, hatten nie etwas bedeuten *sollen*. Von der ersten Fahrt in die Stadt an – sie hatte ihn zweifellos nur mitgenommen, weil ihre Mutter dies als ein Gebot der Höflichkeit betrachtete – bis zu dem Auftrag für *The Monitor* – zu dem sie offenbar tatsächlich die rätselhaft gütige Danielle gedrängt hatte, die trotz ihrer moralischen Verworfenheit wirklich ein gutes Herz zu haben schien – waren Marinas Handlungen nicht aus ihr selbst gekommen. Denn Marina – das sah jeder – ging es immer nur um ihren Vater. Selbst dann noch, als sie sich gegen ihn wandte oder zumindest so tat, als ob. Das Gleiche galt für alle, die Murray umgaben, ausnahmslos alle Frauen, aber auch die Männer. Selbst Ludovic Seeley befand sich, ohne es zu wissen, immer in seinem Bann. Und sicherlich lag darin die Größe dieses Mannes.

Warum hatte Bootie das nicht begriffen? Natürlich deshalb, weil sein eigenes Versagen dann unausweichlich, vorherbestimmt gewesen wäre; es hatte damals zu viel für ihn auf dem Spiel gestanden. Bis jetzt: Dies, der Untergang der Welt, wie er sie kannte, wie er sie gekannt hatte, änderte alles. Der Turm von Babel war eingestürzt. Das Ende der falschen Idole. Und Murray, dessen Größe nicht in seinen Worten oder Handlungen lag, sondern in seiner Fähigkeit, andere Menschen von dieser Größe zu überzeugen, sich selbst natürlich an erster Stelle, Murray, der in diesem Land der Verstellung, einem Land, das sich von Oswego bis zum Zentrum Manhattans erstreckte und darüber hinaus – sicherlich würde selbst Murray, vor allem Murray, durch dieses Ereignis ins Wanken geraten.

Doch Bootie wollte von dem stürzenden Idol ebenso wenig erschlagen werden wie von den Trümmern nach der Explosion downtown. Sein Überlebensinstinkt war, Gott sei Dank, wesentlich stärker ausgeprägt als seine voyeuristischen Impulse. Das hier konnte er von überall aus verfolgen.

Von überall aus: Während er einst gefürchtet hatte, dass er sich in dieser riesigen Stadt verlieren werde, als Atom, als wirbelndes Teilchen im Äther, während er mit dieser Vorstellung einst den ultimativen Schrecken der Bedeutungslosigkeit verknüpft hatte, sah er jetzt plötzlich vollkommen klar, dass sein Schicksal ihn hierhergeführt hatte. Sein Schicksal hatte ihn heute Morgen aus zwei U-Bahn-Zügen steigen lassen, hatte ihn an der Whitehall Street nach oben gehen lassen, hatte ihm die wirbelnden Atome gezeigt, die sich entwirrten, das

Ende des Lebens, lauter Menschen, gebunden durch Liebe, Gewohnheit, Arbeit, Lebenssinn, einen Lebenssinn, der plötzlich explodiert war, denn entgegen allem, was er sich vorgestellt hatte, schenkte einem der Umstand, dass man gebunden war, dass man *erkannt* wurde, keinerlei Sicherheit. Ganz im Gegenteil: Dies meinte Emerson ganz gewiss, Emerson, den er so halsstarrig, so lange missverstanden hatte: Große Genies haben die kürzesten Biographien. Selbst ihre Verwandten wissen nichts über sie. Ihn hatte nie jemand wirklich erkannt – wie auch, unter dem Panzer seiner unpassenden Namen –, aber er hatte geglaubt, dass man diesen Zustand ändern, verbessern könne. Aber natürlich: Wandlungsfähigkeit, ebendiese Fähigkeit, wie ein Atom herumzuwirbeln, ungebunden, der Kick, absolut unbekannt zu sein, war nichts, vor dem man Angst haben musste. Es war das Ziel. Absolut ungebunden zu sein. Ohne Kontext. Wahrhaftig und in jeder Hinsicht autark zu sein. Endlich.

Dies war sein Gesang über die Wandlungsfähigkeit. Das ging ihm durch den Kopf, als er sich an der Vierzigsten Straße westwärts wandte. Ihm war – sein Schicksal – die kostbare Chance geschenkt worden, wieder zu *existieren*, anders als früher. Denn alle Leute dachten, er *existiere nicht mehr*. Dies war schon seit zehn Tagen so gewesen, natürlich, aber er hatte es nicht erkannt, so wie ein Tier, das die Freiheit nicht kennt, erst einmal stehenbleibt, wenn man den Käfig öffnet. Er hatte es jetzt erst begriffen. Im Vorübergehen hatte er unwillkürlich manches aufgeschnappt. Es seien möglicherweise Zehntausende, hieß es, Menschen in den Türmen, in den Flugzeugen, manche aber auch in der Menge, in den Straßen unten und in der Nähe, dort, wo auch er gewesen wäre, wenn ihn das Schicksal nicht aufgehalten hätte. Aber alle, die nach ihm suchten (ob wohl die schöne Marina nach ihm suchte? Oder nur seine untröstliche Mutter?), würden denken, er sei da gewesen, im Windschatten der Türme, verschwunden, pulverisiert, der verhasste Bootie Tubb, ereilt von einem unsäglichen Schicksal.

Die Hafenbehörde hatte geschlossen, als er hinkam, und nirgends stand, wann sie wieder geöffnet sein würde. Auch hier drängten sich die Menschen. Sie versuchten nach Hause zu kommen, nach New Jersey oder upstate. Die Neuankömmlinge trafen auf die, deren Hoffnung sich bereits zerschlagen hatte. Bootie, der sich keine Sorgen zu machen brauchte – er hatte kein Zuhause; er musste nirgends hin; er hatte auf seltsame Weise sogar aufgehört zu existieren –, sah gleichmütig zu. Eine glatthaarige dunkelhäutige Frau in einem zerknittertem pfauenblauen Hosenanzug und neonweißen Turnschuhen riss den Mund auf wie einen Pelikanschnabel und begann zu weinen.

Eine ältere Frau, grauhaarig, untersetzt, die Bootie an seine Mutter erinnerte, legte der Weinenden den Arm um die Schultern. »Schon gut«, sagte sie tröstend. »So. Jetzt. Machen Sie sich keine Sorgen. Wir sitzen alle im selben Boot. Aber Ihre Kinder sind in Sicherheit, und Sie sind in Sicherheit, und das ist die Hauptsache. Wir kommen alle rechtzeitig nach Hause.«

Schließlich verbrachte er die Nacht auf Mittwoch im Central Park. Er war nicht allein. Es hatte nichts Beängstigendes (er dachte wieder an die grässliche Warnung seiner Mutter vor einigen Jahren: unter jeder Brücke eine Leiche), sondern war eher wie eine Abenteuergeschichte oder etwas aus einem der Science-Fiction-Romane, die er mit dreizehn gelesen hatte, nur harmloser. Immerhin hatte er ein Cornedbeef-Sandwich und eine große Flasche Cola dabei, auch eine Minipackung Oreo-Kekse, um sich bei Laune zu halten; und trotz der Geschehnisse hatte der Mann im Deli an die Gurkenscheibe im Sandwich gedacht, was – dachte Bootie, als er in der Abenddämmerung, unter einem Baum am Rand des Sheep's Meadow saß und die Gurke geräuschvoll zerkaute – ein sicheres Zeichen dafür war, dass diese seltsame neue Welt wenigstens bis zu einem gewissen Grad der alten ähnelte. Also doch kein totales postapokalyptisches Szenario. Nachts fror er – er hatte keine Decken und trug nur seinen Blazer:

Er hatte nicht damit gerechnet, viel im Freien zu sein – und schlief schlecht. Obwohl es teuer war, ging er am nächsten Morgen in einen Diner und gönnte sich ein Omelett und acht Tassen Kaffee, saß zusammengekauert in seiner blauen Nische, las Musil, träge, schläfrig, bis sein Körper aufhörte zu zittern und er nicht mehr fröstelte. Inzwischen war Mittagszeit, und er bestellte sich einen Teller Suppe. Im Diner lief die ganze Zeit der Fernseher und in die fiktiven Impressionen von Wien und den geplanten Feierlichkeiten anlässlich des kaiserlichen Jubiläums mischten sich körnige Videoaufnahmen von einem Mann namens Mohammed Atta und einem jungen Komplizen – gutaussehend, gutgelaunt – an einem Bankautomaten, nur zwei Abende zuvor. Am Montagabend noch hatten sie das alles geplant, es existierte nur in ihrem Kopf, noch nicht auf die Welt losgelassen. Welch furchteinflößender, schrecklicher Gedanke, dass man sich einen so gewaltigen, zerstörerischen Plan ausdenken konnte, um ihn reale Gestalt annehmen zu lassen, ihn in die Tat umzusetzen. Man konnte also – zum Bösen, aber wenn zum Bösen, warum dann nicht auch zum Guten? – die Welt verändern. Wie unbedeutend wirkte Onkel Murray im Vergleich dazu; wie unbedeutend die familiären Streitereien; wie unbedeutend das Leben, das er, Bootie, bisher geführt hatte.

Die zweite Nacht hatte er in der Nähe der Hafenbehörde verbracht, weil es hieß, dass sie bald wieder geöffnet sein würde. Er schlief nicht – bis auf ein paar Stunden, die er dösend im Sitzen verbrachte, wobei ihm sehr wichtig war, dass es so aussah, als lese er geduldig in seinem Buch, falls die Polizei kam –, denn er wusste, im Bus blieb ihm genug Zeit dazu. Ein Mann in einer Windjacke, ein Athlet, jetzt, in mittlerem Alter, verlebt und auseinandergegangen – immer noch rotblond, aber zu rot im Gesicht und viel zu dick, die Finger, der Hals, der breite Brustkorb –, bot Bootie zweimal eine Zigarette an, und Bootie fragte sich beim zweiten Mal, ob der Mann vergesslich war oder, wenn auch dezent, Annäherungsversuche machte.

»Gutes Buch?«, fragte der Mann beim zweiten Mal, doch Bootie las weiter, nickte nur und hob dann lange Zeit nicht mehr den Kopf.

Er hatte sich für Miami entschieden, weil dies, wenn der Busbahnhof um fünf Uhr aufmachte, das erstmögliche und am weitesten entfernte Reiseziel war; darüber hinaus ein warmer Ort für seine schmerzenden Knochen. Er zahlte bar, nahm sich drei Donuts (zwei mit Honigglasur und einen mit Puderzucker, mit Erdbeermarmelade gefüllt) und noch ein paar Flaschen Cola mit und suchte sich, als man einsteigen durfte, gleich einen Platz. Der Bus fuhr um sieben Uhr los, eine Neunundzwanzig-Stunden-Fahrt, wieder in ein anderes und gewiss besseres Land.

Aber diese Stunde, Freitagnachmittag, in der Plastikbadewanne des Clarion Hotels, war wirklich wie ein Neubeginn. Eine Taufe. Er hatte beschlossen, sich einen anderen Namen zuzulegen, um die Leiden des alten abzuwerfen. Ulrich bot sich an, natürlich, aus dem Musil-Roman: Gar nicht so viel anders als Frederick, aber im Vergleich dazu erfreulich ungeeignet für Abkürzungen. Was den Nachnamen betraf: Tubb hatte ihm nie gefallen. Wem hätte dieser Name schon gefallen – gefallen können? Er war in Versuchung, sich für ›Thwaite‹ zu entscheiden: Er fühlte sich dazu berechtigt, hatte das Gefühl, den Namen zu dem machen zu können, was ihm zustand. Andererseits war der Name nicht neu genug. Neu. New. Ulrich New. Was wusste er? Wie man zu einem neuen Menschen wird. New.

Er stieg aus dem schmutzigen Wasser und rubbelte sich mit den dünnen Clarion-Handtüchern trocken. Er brauchte drei davon; doch welcher Luxus, drei Handtücher zu haben. Welcher Luxus, ein Zimmer zu haben, mit einem Bett – so groß –, einem Fernseher, fließendes Wasser. Er hatte einen Teppich unter den Füßen, borstig, aber immerhin. Es war das schönste Zimmer seit Monaten. Er würde sich einen Job suchen, er würde weiterlernen, er würde den richtigen Augenblick abwarten und sich dann wie Phönix aus der Asche erheben, stärker als zuvor. Würden die anderen – würde *sie* – ihn dann verstehen? Vielleicht würde sie, zur rechten Zeit, imstande sein, ihn zu begreifen, ihn so zu sehen, wie er wirklich war. Oder vielmehr, wie er dann sein würde. Denn Ulrich wusste, dass er am Anfang einer langen Straße stand, einer langen, heißen Straße. Das war ihm klar, trotz der Klimaanlage hier im Clarion Hotel; aber zumindest würde es – ohne Bindungen, unabhängig – der richtige Weg sein. Ein Weg zu einem Gipfel, der erst noch benannt werden musste: Macht, Enthüllung, oder Wahrheit, oder alle drei. Sein eigener Weg.

Schamlos nackt stand er am Fenster, in der Nachmittagssonne Miamis, die Handtücher lagen hinter ihm auf dem Boden, die Klimaanlage wimmerte, und er sah, wie ein zerbeulter blauer Taurus auf den Parkplatz fuhr, sah, wie zwei schwarze Jungs ausstiegen, etwa in seinem Alter, und zur gläsernen Eingangstür gingen. Sie waren in seinem Bewusstsein gespeichert, wie die einstürzenden Türme, sein Kino im Kopf. Das Wichtigste war, die Kontrolle zu behalten. Ulrich würde die Realität in seinem Kopf gestalten und sie dann, wenn die Zeit gekommen war, zur Welt bringen, und dann würden ihn endlich alle verstehen, er würde alle überraschen.

Er würde keinen Schatten werfen, in dieser neuen Inkarnation; aber das war okay, einfach okay. Er würde sein eigenes Idol sein, das Idol, das er bisher noch nicht gefunden hatte. Es würde ihm gutgehen.

NOVEMBER

KAPITEL DREIUNDSECHZIG

Die Toten begraben (1)

Judy plante den Gedenkgottesdienst für die Woche vor Thanksgiving, weil sie, wie sie zu Joan sagte, das alles unbedingt zu einem Abschluss bringen wollte. Und weil sie Sarahs Kindern Thanksgiving, und darüber hinaus Weihnachten, nicht verderben wollte, jedenfalls nicht noch mehr als ohnehin schon. Alles war verdorben, für immer, aber man durfte das nicht laut sagen. Sie war in New York City gewesen, sie war an den Ort des Geschehens gegangen, sie hatte gedacht, es könnte ihr helfen; aber der riesige Krater kam ihr vor wie die äußere Entsprechung ihrer eigenen Verzweiflung. Sie hatte andere Angehörige kennen gelernt, aber die meisten waren anders gewesen als sie, unzugänglich, verschlossen, teils vielleicht deshalb, weil sie einen Anspruch hatten auf diesen furchtbaren Ort, weil sie wussten, warum ihre Ehemänner und Töchter und Brüder sich dort aufgehalten hatten: Bei ihnen war es kein flüchtiger, schrecklicher Zufall gewesen, sie fühlten sich auf trostlose Weise berechtigt. Den Familien vermisster Touristen oder vermisster Ausländer, die sich auf einer kurzen Geschäftsreise befunden hatten, war sie nicht begegnet, aber sie fühlte sich ihnen verwandt: »Wie konnte der Zufall, das Schicksal, Gott, sich so bösartig gegen *meine* Lieben richten? Warum ausgerechnet wir?« Murray und die Seinen, wie hätte sie ihnen keinen Vorwurf machen sollen, diesem herzlosen, lieblosen Mädchen und diesem Scheusal von Bruder, vor anderen würde sie nie schlecht über ihn reden, aber er war schon immer so gewesen, mit seinem aufgeblähten Ego, ihre Mutter hatte ihn so verhätschelt, von Anfang an, ihn mit Küssen überhäuft und mit Schlagsahne verwöhnt, ihren Erstgeborenen, ihren Augapfel, ihr wurde übel bei dem Gedanken an diesen ganzen Mist, Murray, wie ein gemästetes Kalb, nur dass er jetzt nicht selbst abgeschlachtet worden war, sondern seinen Neffen geopfert hatte. Murrays Eitelkeit hatte ihren Bootie umgebracht, so viel stand fest; und im Innersten wusste sie noch nicht, ob sie ihm das jemals verzeihen konnte: sein ganzes Leben, und jetzt auch noch ihres. Er hatte ihr *ihren* Augapfel geraubt, das Kostbarste, was sie besaß.

Die Inschrift auf Booties Stein hatte sie von einem viel älteren Grab übernommen, am anderen Ende des Friedhofs, und es machte ihr nichts aus, diese Worte zu wiederholen, die so viel Wahrheit enthielten: »Hier wurde kein ganzes Leben, sondern ein Stück Kindheit vergeudet.« Ihm hatte alles offengestanden; er hätte seinen Onkel übertreffen können. Er hatte eine Zukunft gehabt.

Aber sie war nicht wie ihr Bruder, zeigte ihm trotz ihres Leids nicht die kalte Schulter, tat nicht, als seien sie nicht verwandt. Man konnte dem nicht entrinnen, egal wie sehr man es versuchte. Deshalb hatte sie, als er fragte, ob sie kommen dürften, ja gesagt; sie konnten ja auch kommen, obwohl sie ihnen nicht verziehen hatte: Außer Sarah und Tom und den Kindern waren sie alles, was sie jetzt noch an Familie hatte.

Und es würde ein passender Abschied von Watertown werden. Sie wollte das Jahr an der Schule noch beenden, denn sie war sehr pflichtbewusst, hatte sich noch nie vor etwas gedrückt (sie hatte nur ein halbes Jahr gefehlt, als es mit Bert zu Ende ging, und danach waren ihr fürchterliche Dinge über ihre Vertretung zu Ohren gekommen, ein junger Mann, direkt vom College, der gestottert und die Schüler nicht im Griff gehabt hatte), aber jetzt hatte sie gemeinsam mit Sarah beschlossen, dass sie nicht im Haus bleiben konnte, dass sie es im kommenden Frühjahr verkaufen würde – mit wie vielen Geistern konnte man zusammenleben, auch wenn man sie über alles liebte?

Seine Schuhe! Wie viele Male seit jenem Tag hatte sie seine guten Schuhe in der Hand gehabt und an ihre Brust gepresst? Sie konnte sie nicht putzen, obwohl sie es nötig gehabt hätten, aber sie brachte es nicht über sich, das Leder abzuwischen, das seine Hände berührt hatten. Sie spielte mit den Schnürsenkeln, redete mit ihnen – das war verrückt, aber was blieb ihr sonst von ihm? Und diese Schuhe würden sie begraben, es gab nichts anderes mehr, denn im Schutt hatte sich bislang noch keine Spur von ihm gefunden. Ein paar Schuhe, ein Stein: ein vergeudetes Stück Kindheit. Sie war in das trostlose Zimmer in Brooklyn gegangen, nicht mit Murray, aber mit Annabel, die freundlich besorgt gewesen war und deren hohe Stimme sie abwechselnd getröstet und genervt hatte, und sie hatte geweint, als sie sah, welch kümmerliche Existenz Bootie zuletzt geführt hatte: auf dem Boden geschlafen, in geborgtem Bettzeug, vermutlich nichts oder kaum etwas gegessen, seine wenigen Habseligkeiten ein dürftiges, unzulängliches Zeugnis seines kurzen Lebens.

Sie hatten seine Koffer gepackt, die Bücher und Karten in einer Papiertüte, den Computer, eingewickelt in Laken und Handtuch, in einem Karton verstaut. Erst hatte sie daran gedacht, ihn einfach wegzugeben; Annabel kannte über ihre Tätigkeit ja sicher einen bedürftigen jungen Menschen; doch dann kam ihr der Gedanke, dass er vielleicht auf dem Computer etwas hinterlassen hatte, das ihr verraten würde, zu wem er sich entwickelt hatte, während dieser seltsamen, einsamen, verhängnisvollen Reise, zu der er vor Monaten aufgebrochen war. Aber sie brachte nicht den Mut auf, den Computer anzuschalten, und so stand er jetzt, immer noch im Karton, auf dem Boden von Booties Zimmer in Watertown. Annabel und Murray hatten sie eingeladen, während ihres Aufenthalts in New York bei ihnen zu wohnen, aber sie hatte abgelehnt, war in ein Motel gezogen, weit im Westen der Stadt, in eine Gegend, in der sie nur ungern allein draußen herumgelaufen war. Dennoch war es die richtige Entscheidung gewesen; und auch sie sollten nicht bei ihr wohnen, wenn sie nach Watertown kamen. Judy hatte Zimmer für sie gebucht, im Hampton Inn am anderen Ende der Stadt. Es war wie bei Berts Beerdigung: die gleiche Jahreszeit; und sie kamen zu dritt, Annabel, Murray, Marina, auch wie damals. Der neue Ehemann hielt sich in Europa auf – England, oder? –, was sie ein bisschen komisch fand, aber es ging sie ja nichts an. Auch in anderer Hinsicht war es wie bei Bert. Bootie war damals noch ein Junge gewesen, aber er hatte ihr Halt gegeben, so ruhig und stark. Er war der Grund gewesen, dass sie morgens aufstand und sich das Gesicht wusch. Diesen Grund gab ihr heute niemand mehr. Wenn sie nicht aufpasste, würde sie in all dem keinen Sinn mehr erkennen, würde sie vergessen, nicht nur, warum man lebte, sondern auch, wie. Dabei hatte sie das früher so genau gewusst.

KAPITEL VIERUNDSECHZIG
Die Toten begraben (2)

Marina graute es davor, nach Watertown zu fahren. Das Ganze war so unglaublich, so düster absurd – fast wie in einem Stück von Beckett, hatte sie zu Julius gesagt –, und Watertown, dieses Kuhnest, schien die surreale Krönung zu sein. Aber vielleicht passte das ja: dass sie der Grablegung ihres seltsamen, verwirrten, unglückseligen Cousins an diesem seltsamen, unglückseligen Ort beiwohnen würden(»Es war einfach Pech. Einfach *verdammtes* Pech«, hatte Ludo mehrfach gesagt, um Marinas Schuldgefühle zu lindern. »Wenn du in der Lotterie gewonnen hättest – würdest du dann auch jemanden suchen, dem du die Schuld in die Schuhe schieben kannst?«). An den Friedhof erinnerte sie sich noch vom Tod ihres Onkels her: gruslig nah am Stadtzentrum, ein Fastfood-Restaurant – war es nicht ein KFC gewesen? – direkt daneben. Ein trostloses, sturmgepeitschtes Gräberfeld – unter einem endlos weiten, kalten Himmel. Natürlich war Bootie gar nicht richtig da. Man beerdigte nur die Vorstellung von Bootie, sonst war ja nichts mehr übrig. Es geschah Tante Judy zuliebe. Als ihr Vater sie gebeten hatte, mitzugehen, und sie, kaum merklich, gezögert hatte, weil sie es so schrecklich fand, hatte er schmallippig gesagt: »Du tust es für deine Tante Judy«; aber natürlich sagte er das nur, weil er Schuldgefühle hatte. Sie wusste, dass er ganz davon erfüllt war, ihr ging es ja genauso. Aber sie kannte ihre Tante gar nicht richtig und hatte keine Ahnung, wie sie mit ihr über all das reden sollte. Bei der Begegnung vor einigen Wochen in New York war Judy ihr schmächtiger vorgekommen, die Kleider schlabberten ihr am Leib, ihr runder Kopf saß schwankend auf dem faltigen Hals und sie wirkte einerseits alt, anderseits viel jünger, als Marina sie in Erinnerung gehabt hatte, als sei etwas, ein wesentlicher Teil von ihr, verlorengegangen. Und so war es ja auch.

Marina verübelte es Ludo, dass er sich jetzt in London befand, statt mit ihr auf dem Weg nach Watertown, aber sie wusste, dass ihm keine Wahl blieb. Er hatte ein Vorstellungsgespräch für einen Zeitungsjob dort drüben; er musste hin. Es ging ja nicht nur ums Geldverdienen – ihre Eltern hätten ihnen eine Weile unter die Arme greifen können –, sondern, natürlich, auch um seine Karriere. Nur wenige Tage nach den Ereignissen hatte er gesagt: »Die werden hier jetzt keine Ausländer mehr wollen. Es ist Zeit, meine Connections nach Großbritannien zu nutzen. Ich kann es mir nicht leisten, hier zu stranden.«

»Und was ist mit mir?«, hatte sie gefragt.

»Mit dir?«, hatte er erwidert. »Wie kannst *du* stranden? Du bist immer noch die Tochter deines Vaters, oder?«

Sie hatte nicht gewusst, wie sie das verstehen sollte. Was er vermutlich meinte, war zu abscheulich – wäre von ihm zu abscheulich gewesen –, als dass sie darüber nachdenken wollte. Aber dann dachte sie, dass er ja nur aus Verwirrung und Schmerz so sprach, und deshalb verzieh sie ihm, tröstete ihn sogar. Sie liebte ihn doch, nicht wahr?

Sehr gut möglich, dass auch ihr keine Wahl bleiben würde und dass sie beide auf die andere Seite des Atlantiks wechseln mussten. Sie wollte gar nicht daran denken: Sie wusste, dass sich alles in ihr dagegen sträubte. Sie konnte nicht von Manhattan weg, vor allem nicht jetzt. Aber den *Monitor* würde es, genau wie Ludo es prophezeit hatte, wirklich nicht geben, jedenfalls nicht zum jetzigen Zeitpunkt. Laut Merton konnte man die Hunderttausende von Dollar, die man schon investiert hatte, vergessen: Niemand in dieser neuen Welt wollte eine solche Zeitschrift haben, eine so frivole, satirische Zeitschrift. Ludo sagte, das habe geklungen, als spreche Merton von einem Modemagazin, nicht von einem Organ für einen radikalen Kulturkommentar. Aber nicht einmal Ludo, der meisterliche Disputant, hatte Merton dazu gebracht, seine Meinung zu ändern, und damit war die Sache erledigt. So viel zum Thema ›New York im Sturm erobern‹. So viel zum Thema Revolution. Um die Revolution kümmerten sich jetzt andere Leute, weit von ihnen entfernt, und sie vollzog sich im realen Leben.

Marina wusste, wie enttäuscht Ludo war und wie wütend: Er war den ganzen Weg von Australien hierhergekommen, hatte monatelang Tag und Nacht geschuftet um (sozusagen) aus dem Nichts diese Zeitschrift zu schaffen, die, davon war er überzeugt, ein für alle Mal seinen Weltruhm begründet hätte. Er hatte im Lauf der Zeit viele Szenarien erwogen, inklusive widrige Umstände, aber kein Szenario war so schlimm gewesen wie dieses hier. Das hatte niemand vorhersehen können. Er sprach darüber nur mit Marina und selbst mit ihr nur wenig – sie wussten beide, dass durch Booties Tod eine offene Diskussion irgendwie unmöglich, unmoralisch geworden war –, aber man merkte seiner Miene, seiner Stimme an, wie unglücklich er sich fühlte. Gereizt warf er Marina vor, sie kleide sich schlecht, kritisierte ihren Vater – dessen Ruhm durch die nationale Tragödie neuen Auftrieb bekommen hatte, da Murray Thwaites Meinung nun überall gefragt war, in der Presse, im Fernsehen, in dem Medium, das Ludo das »verfluchte« Radio nannte – und er kritisierte sogar ihre Freunde.

Ihre Freunde: Ludo mochte Danielle nicht mehr (falls er sie je gemocht hatte), vielleicht, weil sie es von allen am schwersten nahm, und er doch wusste, dass sie am wenigsten Grund dazu besaß. In den Tagen nach dem elften September hatten Marina und Julius sie buchstäblich aus dem Bett holen müssen: Natürlich hatten alle am Dienstagabend miteinander telefoniert, um sich zu vergewissern, dass alles in Ordnung war; aber als sie zum ersten Mal bei Danielle vorbeischauten, Mittwochnachmittag, stellte sich heraus, dass sie, verstrubbelt, schlampig, mit kleinen, verklebten Augen, seit dem Ereignis, offenbar nicht mehr das Haus verlassen hatte. Zu dritt standen sie an ihrem Panoramafenster und starrten zu dem Loch in der Skyline hinüber, in die leere Luft, und Danielle wollte sofort wieder ins Bett zurück. Vielleicht, hatte Marina zu Ludo gesagt, war es eine traumatischere Erfahrung gewesen, alles so klar mitzuverfolgen, wenn auch von weit weg; aber Ludo meinte, sie lasse sich einfach nur gehen. Seit damals verhielt Danielle sich sonderbar, wich aus, ging in Therapie, nahm Antidepressiva, wie sicherlich die halbe Stadt; darüber hinaus jedoch hatte Marina das Gefühl, sie verloren zu haben, als sei jene Danielle, die sie so lange kannte, abgesaugt worden und nur eine langweilige, einsilbige Hülle übrig geblieben. Danielle rief Marina nicht an, und wenn Marina anrief, verlief das Gespräch verkrampft und dauerte nur kurz. Marina war das Risiko eingegangen – sie hatte gedacht, es tue ihnen beiden gut – Danielle zu fragen, ob sie sie zu Booties Begräbnis begleiten wolle. Schließlich war Danielle immer besorgt um ihn gewesen, hatte hinter der nervenden Maske des Einzelgängers offenbar einen verletzten, verzweifelt mit sich ringenden Menschen entdeckt, hatte versucht, ihm zu helfen, oder zumindest Marina dazu gedrängt. Doch Danielle hatte die Lippen gekräuselt, wie zu einem höhnischen Grinsen, und erwidert: »Ich glaube kaum, dass ich da hingehöre, oder? Es ist ja keine Party, sondern eine Leichenfeier.« Und als Marina den Mund aufmachte, um etwas zu sagen, fuhr Danielle fort: »Außerdem bin ich wahrscheinlich sowieso nicht da.«

»Wo gehst du hin?«

»Keine Ahnung. Fort. Ich glaube, ich muss einfach fort.«

Dieser Austausch, diese Kälte, brachte Marina irgendwie aus der Fassung. Weit schlimmer als der Verlust Booties, der ihr nur manchmal zwischendurch bewusst wurde, und dann meistens abstrakt, nicht als schmerzliche Lücke – es fiel ihr schwer zu glauben, dass er nicht mehr da war, irgendwo in

Brooklyn, und man einfach nicht mehr mit ihm sprechen konnte –, war das Gefühl, ihre beste Freundin verloren zu haben. Man konnte für jemanden, den man kaum gekannt hatte, nicht die gleiche Art von Trauer empfinden, auch wenn es ein Blutsverwandter war, hatte Ludo ihr in Bezug auf Bootie erklärt. Dass man sich schuldig fühlte: Das war etwas anderes, eher ein Instinkt, nichts Persönliches. Und was Danielle betreffe, bleibe nur zu hoffen, dass sie nach dem Absetzen der Medikamente wieder zu sich komme. Obwohl sich jetzt natürlich jeder frage, warum – und wie – wieder etwas so werden sollte wie zuvor.

Wenigstens Julius war ganz der Alte. Oder vielmehr war der alte Julius zurückgekehrt. Mehr oder weniger. Das gab Marina Hoffnung. Die Koksi-Episode schien ihn in jeder Hinsicht ernüchtert zu haben – er wirkte zynischer, falls das möglich war. Und er wusste immer noch nicht, was er tun sollte, statt sein Talent für Bagatellen zu vergeuden, wie den Artikel über die Nightclubs, den er jetzt an *Interview* verkauft hatte. Die Wunde an seiner Wange, immer noch ziemlich frisch, gab ihm einen verwegenen Anstrich, der ihn amüsierte, wenn er ihn nicht gerade deprimierte. Julius sagte, durch die Narbe wirke er offenbar verführerischer – Männer kommentierten sie wie einen Schönheitsfleck –, aber an schlechten Tagen gab er zu, er könne nicht glauben, dass er nun für immer so aussehen werde, entstellt durch Davids Narbe, ein Brandzeichen.

»Überleg doch mal«, sagte er beim Kaffeetrinken Anfang November. »Man selber betrachtet sich nicht als entstellt. Man vergisst es. Und man denkt, man könne weiterhin so sein wie bisher. Aber alle sehen dich, und sie sehen einen veränderten Menschen, und wer die Geschichte kennt, sieht dich auf eine ganz spezielle Weise verändert, und das ist nicht gerade angenehm. Und dann erinnern sie dich daran, wieder und wieder, und irgendwann veränderst du dich tatsächlich, glaube ich, von außen nach innen, du musst es absorbieren, irgendwie.«

»Es ist ein bisschen wie in meinem Buch«, hatte Marina bemerkt. »Man ändert die Kleidung und ändert damit die Person. Hört sich albern an, trifft aber zu.«

»M«, hatte Julius ziemlich ärgerlich erwidert, »eine Narbe im Gesicht ist *nicht* wie ein neues T-Shirt oder ein Paar Cowboystiefel. Man hat keine Wahl.«

»Nein, so hab ich das auch nicht gemeint«, hatte sie gesagt, aber er war immer noch sichtlich verstimmt.

Er hatte sich bereit erklärt, sie nach Watertown zu begleiten, der Gute. Weil auch er sich schuldig fühlte: An jenem Nachmittag, im Starbucks, hatte er ihr von dem Zwischenfall mit Lewis erzählt und dass er Bootie damals fett genannt hatte.

»Du warst high, du warst betrunken. Es war nicht okay, aber du musst dir das verzeihen«, sagte sie.

»Er ist in diesem Drecksloch gelandet, weil ich ihn aus meinem Apartment rausgeschmissen habe, falls du dich erinnerst.«

»Schätzchen«, sagte Marina, »dein Apartment *ist* ein Drecksloch.«

»Danke.«

»Ist doch wahr. Für nächstes Jahr setzen wir uns zum Ziel, dass wir dir eine richtige Wohnung suchen.«

»Und einen richtigen Job?«

»Ich bin selber arbeitslos, schon vergessen?«

»Arbeitslos, wenn man bald ein Buch veröffentlicht, na toll.«

»Schon, aber ...«

»Das ändert doch alles. Ist doch großartig!«

»Oder es verschwindet genauso schnell wieder aus den Buchhandlungen. Und ändern wird sich nichts.«

Julius zog eine Augenbraue hoch.

»Glaub mir, ich kokettiere nicht damit. Das ist vollkommen plausibel. Es passiert ständig. Eine schlechte Kritik in der *Times*, und das war's.«

»Es ist noch lange hin – wann nochmal, September nächstes Jahr? Könntest du dich nicht einfach darauf freuen?«

»Manchmal verstehe ich dich nicht, Julius. Ich meine, moralisch. Hallo? Wo hast du denn die ganze Zeit gesteckt?

Momentan würde es an ein Wunder grenzen, wenn wir es überhaupt bis September schaffen würden.«

»Ach, komm.«

»Doch, ich meine es ernst. Wenn Ludo einen Job in England kriegt, wer weiß, wo ich dann sein werde oder was aus mir wird. Und wenn wir in Manhattan bleiben, könnte wieder was passieren, eine schmutzige Bombe zum Beispiel, und rums!«

»So wirst du nicht leben, mit dieser Haltung. Weil ich dann nichts mehr mit dir unternehme. Ich meine, wenn du das so siehst, dann zieh doch nach Michigan, zu meinen Eltern.«

»Oder nach Watertown, New York?«

An dieser Stelle hatten sie sich angeschaut und einen Moment geschwiegen.

»Glaubst du«, sagte Julius, »dass er jetzt irgendwie ein besserer Mensch ist als wir, weil er nicht mehr lebt?«

»Du meinst, weil er auf diese Weise ums Leben kam?«

»Weil er unglücklich war und jetzt tot ist. Wogegen wir – na ja, mal ehrlich, im Großen und Ganzen haben wir verdammtes Glück gehabt und einfach weitergemacht.«

»Danielle denkt, dass er ein besserer Mensch war, das weiß ich.«

»Hat sie das gesagt?«

»So, wie sie von ihm spricht. ›Würde‹, ›Streben‹, ›Integrität‹. Du weißt schon.«

»Sie idealisiert die Jugend. Das ist so *typisch* für sie. Hin- und hergerissen zwischen großen Ideen und der nächsten Party. So war sie schon immer.«

»So waren wir doch alle.«

»Nein, nein.« Julius lachte. »Wir wären gern auf der Party der großen Ideen. Oder würden sie am liebsten gleich selber geben. Darin sehen wir keinen Widerspruch.«

»Nur die Unleidlichen leiden um der Kunst willen, sagt Ludo. Das sei ›so déclassé‹.«

Sie lachten, ein bisschen unbehaglich.

»Findet er das wirklich?«

»Er glaubt nicht ans Leiden, nein.«

»Als könnte man sich das Leiden aussuchen!«

»Wie auch immer.« Marina war aufgestanden, hatte die leeren Kaffeebecher in den Abfall geworfen, und dann waren sie in die Kälte hinausgegangen.

KAPITEL FÜNFUNDSECHZIG

Die Toten begraben (3)

Der siebzehnte November, ein Freitag, der Tag des Gedenkgottesdienstes, war frisch und klar. Murray erwachte früh, trotz der Dunkelheit im Motelzimmer, wusch sich und zog sich an, ohne Annabel zu stören, und ging spazieren. Der Blick, vom Hampton Inn, das direkt an der Autobahn lag, war nicht berauschend: Es hätte überall sein können. Der Asphalt war schon winterlich ausgebleicht, die Straßenränder von salzweißem Reif bedeckt, und im Rinnstein lagen durchweichte Müllreste. Die riesigen Neonreklamen der Firmenketten bildeten die einzigen Farbtupfer: die goldenen Bögen, die bimmelnde Glocke, das fröhliche Grinsen des Colonels. Selbst jetzt, am frühen Morgen, lag das Rauschen des Highway-Verkehrs in der Luft wie Hintergrundmusik. Murray war der einzige Fußgänger weit und breit. Sie waren am Abend zuvor in Syracuse gelandet, mit Marina und ihrem Freund, und waren dann noch eine Stunde im Dunkeln nach Norden gefahren. Nach ihrer Ankunft hatte er Judy angerufen, hatte aber nicht mehr bei ihr vorbeigeschaut: Sarah und Tom waren bei ihr gewesen und hatten gerade die Kinder ins Bett gebracht, und Judy hatte ihn nicht eingeladen. Zum Abendessen, in einem Restaurant auf der anderen Seite des Parkplatzes, in einer Nische unter einer Tiffanylampen-Imitation, hatte es einen ungenießbaren Fraß gegeben. Es bediente sie ein pickliges Highschool-Mädchen mit verstörend strahlendem Lächeln und einem imposant gespaltenen Kinn. Julius war sehr munter aufgelegt gewesen: »Für mich ist das so, als wäre ich nach

Hause gekommen«, sagte er. »Ich finde immer, dass man solche Restaurants respektieren muss, auf ihre Weise. Wenn man mal überlegt, was gab es hier denn vor Bennigan's and Applebee's? Wahrscheinlich nichts.«

»Nicht viel«, meinte Murray, der an die wenigen Steakhouse-Exkursionen seiner Kindheit zurückdachte – wie aufregend war es gewesen, wenn es Shrimp Cocktails oder Melonen-Eis gegeben hatte.

»Dann muss das doch gut sein, oder? Die wollen nicht mehr sein, als sie sind.«

»Ich habe einen weiten Weg zurückgelegt, um dem zu entrinnen«, erwiderte Murray. »Und ich wette, Sie auch.«

»Frederick ebenfalls«, sagte Annabel, und alle schwiegen einen Moment.

»Wer kommt denn morgen alles?«, fragte Marina.

»Keine Ahnung.« Murray seufzte. Er wusste nichts vom Leben seiner Schwester, was ihm aber nur jetzt und nur einen Moment lang unerhört vorkam.

Als er jetzt am Morgen an der Straße entlanglief, an Tankstellen, Fast-Food-Restaurants und ein paar weiteren Motels vorbei (Z M ER FRE ! S HON AB $ 39,9 !), über einen rauen Teppich aus Kies und Gestrüpp, versuchte Murray sich vorzustellen, dass die Erinnerung an Bootie hier in Frieden ruhen könnte, schaffte es aber nicht. Er dachte daran, wie der Junge am Esstisch gesessen hatte und in seinem Büro, er hatte sich so sehr bemüht und war doch so schlecht für diese Existenz ausgerüstet gewesen. Eine Frage des Selbstvertrauens, zweifellos. Er hätte viel lernen können, im Lauf der Zeit, wenn er hart genug gewesen wäre. Was er nicht gewesen war – Murray fühlte sich zu diesem Gedanken berechtigt, weil die Geschichte dieses Jungen beendet war; keine mögliche Wende mehr, kein Neubeginn. Murrays Nase rötete sich im Wind, und er spürte seine Ohren, zwei Henkel links und rechts an seinem Kopf. Härte hieß, dass man das tat, was getan werden musste. Nicht bereuen, sich nicht verzetteln, nicht kapitulieren. Der Junge hatte kapituliert, zu oft. Wer konnte wissen, was in seinem Kopf vorgegangen war, aber egal, was es war, es hatte ihn umgebracht. Murray hatte viel darüber nachgedacht: Die Firma, in der der Junge arbeitete, war mehrere Blocks entfernt gewesen. Er war nicht im Büro erschienen, bevor die Türme getroffen wurden – dies hatte seine Vorgesetzte, Maureen, gesagt. Und das hieß, dass er sich der Stelle absichtlich genähert hatte, fasziniert vom Grauen; er musste im Epizentrum gestanden haben, er war offenbar hingegangen, hatte dort gestanden und war geblieben. Was zu einem Jungen wie ihm doch eigentlich gar nicht passte. Murray empfand widerwillige Bewunderung, aber das stand auf einem anderen Blatt. Natürlich hatte niemand damit gerechnet, dass die Türme einstürzen würden, aber dennoch, es hatten ja so viele Zuschauer – sogar die meisten – überlebt. Murray würde sich nicht für einen Vorfall verantwortlich fühlen, mit dem er nichts zu tun hatte. Der Junge hätte sich jeden Moment abwenden und gehen können. Sicher hatten ihn die Feuerwehrleute und Polizisten sogar dazu gedrängt. Doch stattdessen hatte er sich selbst den Flammen ausgeliefert. Wie in einer griechischen Tragödie.

Man konnte über sein Handeln bestimmen, wenn man wollte. Man musste wie ein Versicherungsmathematiker ständig die Chancen abschätzen. War es effizient? War es rentabel? Überwog der Nutzen das Risiko? So viele Menschen scherten sich nicht darum – eine Art Dummheit, fand Murray, ein Mangel an Weitblick oder Zielstrebigkeit. Wer behauptete, er sei aufgewacht und habe sich zufällig genau an dem Platz befunden, den er sich erträumt hatte, war ein Lügner; und wer einem solchen Menschen glaubte, war ein Narr. Es schien alles eine Frage des Willens zu sein.

Er war heimgelaufen, am Elften, hatte sich geduscht und war in sein Arbeitszimmer gegangen, um zu warten, in dem Bewusstsein, dass seine Berechnung fehlgeschlagen war. Sein Wunsch, bei Annabel zu sein, hatte letztlich nie in Frage gestanden: Sie war sein Leben. Er hatte Marina telefonisch erreicht, am späten Nachmittag, hatte aber Chicago nicht erwähnt. Und sie selbst schien sich gar nicht mehr daran zu erinnern. Annabel war schließlich gegen acht nach Hause gekommen, bleich und erschöpft, den Jungen, DeVaughn, im Schlepptau. Wie sich herausstellte, hatte sie den ganzen Tag mit ihm verbracht; seine Mutter wurde vermisst, sie war an jenem Morgen um 6.45 Uhr von Harlem aufgebrochen, zu ihrer Arbeitsstelle im Nordturm. Im Gegensatz zu anderen hatte sie danach nicht mehr ihre Familie angerufen, nicht einmal mehr ihren Mann. Was sie nun alle hoffen ließ – vielleicht war sie irgendwo aufgehalten worden, hatte irgendetwas besorgt, einen Bagel gekauft, vielleicht sogar im Einkaufszentrum im Untergeschoss, vielleicht würde sie überraschend aus der U-Bahn kommen, mit ihrem müden Lächeln, etwas Staub auf ihrem langen dunkelgrünen Regenmantel, aber unversehrt. Annabel hatte DeVaughn geholfen, Suchplakate anzufertigen, mit einem Bild seiner Mutter bei ihrer letzten Geburtstagsfeier – sie trug einen funkelnden goldschwarzen Pulli, ihr kurzer Afro-Schnitt glänzte im Licht, man sah die mädchenhaften Sommersprossen auf ihren Wangen. Auf dem Foto lächelte sie breit mit strahlendem Gebiss, und da DeVaughn das Bild aufgenommen hatte, lagen in den von Fältchen umringten Augen seiner Mutter Liebe, Sorge und auch Hoffnung. Jedenfalls hatte Annabel das so empfunden und erzählte es Murray an jenem Abend weinend im Bett. Sie hatte mit DeVaughn die Suchplakate gemacht (Geb. 12. Dez. 1968, besondere Kennzeichen: Sommersprossen, Brandnarbe am rechten Handgelenk etc.) und ihm dann beim Aufhängen geholfen, downtown oder jedenfalls so nah wie möglich, und deshalb waren sie erst so spät nach Hause zurückgekehrt. Sie hatten die Krankenhäuser angerufen, waren aber nicht durchgekommen. Für morgen war geplant, wieder zurückzugehen und nach ihr zu suchen.

»Ich habe gar nicht mit dir gerechnet, Liebling«, sagte sie, als Murray sie in die Arme schloss. Er hielt sie lange fest, während der Junge wartend hinter ihr stand, auf den Boden starrte, an die Wand, überallhin, nur nicht auf sie beide, und seine Hände sich wie Vögel im Schatten bewegten. »Wie bist du denn hergekommen?«

»Das ist eine lange Geschichte«, hatte er erwidert. »Erzähl ich dir später.« Und dann hatte er, eine für ihn ganz ungewohnte Leistung, für alle Rührei auf Toast gemacht, mit Tomatenscheiben, und sie hatten zu dritt in surrealem, quälendem Schweigen im Esszimmer gesessen, der große Junge, dessen Gesicht blanke Panik widerspiegelte, und Annabel, die fast die ganze Zeit an die Wand starrte, als säßen nur noch ihre leeren Hüllen da.

Im Bett versuchte er etwas zu sagen; aber Annabel brachte ihn zum Schweigen. »Ich bin einfach nur froh, dass du da bist. Dass du da bist, ist das Einzige, was zählt. Halt mich ganz fest. Sag jetzt nichts.«

Und als er am Morgen, während DeVaughn noch in Booties ehemaligem Zimmer schlief, wieder zu einer Erklärung ansetzte, sagte sie: »Nein. Du hast dich entschieden, nach Hause zu kommen. Das genügt mir.«

»Aber ich habe nie, das möchte ich dir doch sagen, nie –«

»Es ist egal. Eines Tages vielleicht, okay? Aber nicht jetzt. Jetzt zählt nur, dass du da bist. Gestern Morgen habe ich wirklich fast gebetet. Jedenfalls habe ich dem Gott, der nicht existiert, mein Leid geklagt. Warum ist er nicht da, habe ich gesagt, in einer solchen Zeit sollte er bei mir sein. Ich war wütend. Und dann warst du zu Hause. Einfach so. Wie durch ein Wunder. Wenn man da an den armen DeVaughn denkt. Er hat auch gebetet, aber bisher vergeblich.«

»Deshalb sollte man nicht an Gott glauben«, sagte Murray. »Weil es auf das Problem der Theodizee keine Antwort gibt.«

»Sie könnte im Krankenhaus sein, während wir hier sprechen.«

»Könnte.«

Und dann war DeVaughn in die Küche gekommen, trug die gleichen Sachen wie am Tag zuvor und seine Turnschuhe und seine Jacke. Er hatte die Hände in den Taschen, nickte Murray zu und murmelte: »Morgen, Sir.«

»Murray, bitte Murray.«

»Wir sollten besser gehen.« Annabel hatte sich über dem Ausguss die Muffin-Krümel von den Händen gestreift. »Wir haben einen langen Tag vor uns. Du musst was essen. Hier, nimm einen Muffin. Fettarme Kleie-Muffins, mit Rosinen. Es könnten Nüsse drin sein – du hast doch keine Nussallergie?« Sie hielt ihm den Muffin hin, und nach kurzem Zögern zog DeVaughn eine Hand aus der Tasche und nahm ihn entgegen. Er machte ein Gesicht, als handle es sich um ein Stück von einem Meteoriten, dann ließ er die Hand, die den Muffin umschloss, seitlich herabfallen.

»Wir kommen dann später wieder, Liebling«, sagte sie zu Murray. »Oder ich. Vielleicht kommt Aurora heute – hängt wahrscheinlich von der U-Bahn ab. Aber ich komme zurück so bald ich kann. Ich liebe dich.« Sie küsste ihn voll auf den Mund, einen besitzergreifenden Kuss, und Murray wusste, dass sie auf diese Weise sagte, was sie sagen wollte.

Nachdem sie gegangen waren, hatte er kurz gewartet und dann Danielles Nummer gewählt. Als der Anrufbeantworter ansprang, hinterließ er eine Nachricht, entschuldigte sich für seinen überstürzten Aufbruch und bat sie, ihn wissen zu lassen, ob es ihr gutgehe. Eine ähnlich lautende Nachricht hinterließ er auf ihrem Handy; aber sie reagierte nicht, und als Stunde um Stunde verging, begann er sich Sorgen zu machen. Er rief erneut an, und dann noch einmal, hinterließ allerdings beim dritten Mal keine Nachricht mehr. In den folgenden Tagen nagte ihr Schweigen an ihm, schlimmer, als es Worte je vermocht hätten; und obwohl ihn ihre Nachricht – auf seinem Handy, eine Woche später – »Lass mich bitte in Ruhe« – nicht überraschte, wirkte sie auch nicht befreiend. Ihm wurde klar, dass er auf eine ungesunde Weise von ihr besessen war. Noch öfter als in der Zeit, in der sie seine Geliebte gewesen war, dachte er jetzt an sie, hörte ihr Lachen, drehte sich auf der Straße um, weil er glaubte, sie gesehen zu haben. Er saß an seinem Schreibtisch, angeblich um Artikel über die Ereignisse zu schreiben – und er verfasste tatsächlich zahlreiche Artikel, weil man sich plötzlich moralische, ethische Orientierung von ihm wünschte, weil er verwirrten und verängstigten Liberalen einen Weg durch den wahnwitzigen Aufruhr und die Selbstgeißelungen dieser grauenhaften, turbulenten Wochen weisen sollte – während er in Wirklichkeit nur die Wand anstarrte und in Gedanken wieder und wieder ihren Namen sagte. Es war, als stehe sie direkt vor ihm, so dass sie ihm nicht nur die Sicht verstellte, sondern er sie auch nicht als Ganzes sehen konnte. Er konnte nicht akzeptieren, dass sie jedes weitere Treffen verweigerte; er konnte nicht glauben, dass er, der jetzt über so viele, so wichtige Dinge nachdenken musste, von dieser unwichtigen, sirenenhaften Frau so vollkommen in Anspruch genommen wurde. Doch nachdem sie ihm ihre Nachricht hinterlassen hatte, rief er nicht mehr an. Er blieb hart. Einem Gespräch mit Marina entnahm er, dass Danielle in eine Depression gefallen war, dass es ihr schlechtging, und er hätte beinahe kapituliert; aber da er auch seinen Stolz hatte, schrieb er ihr zwar täglich E-Mails, schickte sie aber nicht ab, sondern speicherte sie im Ordner »Später abschicken«.

Und währenddessen wartete er die ganze Zeit darauf, dass Annabel sich nach der Nacht des Zehnten erkundigen würde. Manchmal kam es ihm so vor, als sei dies seine Strafe, ständig rätseln zu müssen, was sie wohl dachte, wusste, vermutete. Die alltäglichsten Gespräche zwischen ihnen waren, so empfand er es zumindest, von Annabels Schweigen erfüllt, dem Schweigen, mit dem sie dieses Thema belegte; aber er spürte weder Wut noch Bitterkeit. Sie war nicht gereizt, sah ihn nicht misstrauisch an, zankte nicht mit ihm. Sie war wie immer, eher noch nachgiebiger, wenn auch zerstreut. In ihm erweckte das den Wunsch, ihr alles zu beichten, die ganze Wahrheit, und manchmal, spätnachts, mit einem Glas Scotch neben sich, konnte er sich vorstellen, dass sie ihn, seine Geschichte, ruhig akzeptieren, ihn liebevoll umarmen, ihm Absolution erteilen würde. Aber auch hier blieb er standhaft, denn er wusste, dass seine harmonische Vorstellung womöglich reine Fantasie war. Er verriet nichts.

Und sie war weiterhin mit ihren Gedanken woanders. Nach Tagen und Wochen wurde klar, dass DeVaughns Mutter nicht zurückkommen konnte, weil sie genau dort gewesen war, wo sie hatte sein sollen, nämlich im 101. Stock des Nordturms, unter jenen Unglücklichen, die sich – Danielle und er hatten es aus der Ferne beobachtet – zwischen zwei Höllen entscheiden mussten, wie die lebendig gewordene Darstellung einer byzantinischen Ikone. Irgendwann würde man vielleicht einen Ring identifizieren oder einen Knochensplitter; vielleicht auch nichts. Und der Junge, sagte Annabel, sei überhaupt nicht mehr aggressiv, sondern still und gefügig, doch ob dies nur die Ruhe vor einem neuen, schrecklicheren Sturm der Wut sei, könne niemand sagen. Man hatte eine Verwandte gefunden, in White Plains, die ihn vielleicht bei sich aufnehmen würde, die Scherben seines Lebens und seines Ichs, ihm einen Neubeginn ermöglichen würde, falls das überhaupt möglich war. Der Stiefvater hatte, als DeVaughns Mutter verschwunden blieb, umgehend das Feld geräumt. Murray sah Annabel um diesen Jungen weinen, diese verlorene Seele, und auch um Bootie.

Denn auch diese Bürde nahm größtenteils Annabel allein auf sich – Judy zu helfen, die Krankenhäuser abzuklappern, Namenslisten durchzusehen und Booties Habseligkeiten abzuholen, sie zu dem rauchenden Krater downtown zu begleiten, der ihren einzigen Sohn verschlungen hatte. Murray wurde von seinem Publikum gefordert. Er musste viel schreiben, viel reden. Er bezog einen ausgewogenen Standpunkt irgendwo in der Mitte, ging zwar nicht so weit wie jene, die behaupteten, Amerika habe genau das verdient, erinnerte seine leidenden Landsleute aber dennoch behutsam an das endlose Leid in der West Bank, oder an die ständig wachsende Masse entrechteter junger Muslime rund um den Globus. Er empfahl eher Verständnis als blinde Feindseligkeit, riet ausdrücklich nicht zu einer Beschwichtigungspolitik, sondern zu einer produktiven Neuausrichtung, zu neuen Prioritäten in der amerikanischen Außenpolitik, die vielleicht die antiamerikanische Stimmung in der Welt beeinflussen konnten und den Vereinigten Staaten gleichzeitig potentielle Partner aus dem Mittleren Osten und aus Asien bescheren würden. Er war nicht gegen die Invasion in Afghanistan, kritisierte aber teils die angewandten Methoden. Er hielt fest an bürgerlichen Freiheiten, Menschenrechten und internationaler Souveränität. Dies tat er nicht nur in gedruckter Form, im Radio, in Diskussionsrunden auf CNN, sondern schon zu einem frühen Zeitpunkt in einem Fernsehinterview, spätabends, in dem er, der heimlich einen Scotch on the rocks neben sich stehen hatte, einen Moment aus der Fassung geriet. Die Interviewerin, eine dick geschminkte, alternde Blondine hatte ihn verwundert gefragt: »Mich würde interessieren, Murray – verzeihen Sie mir, wenn ich an dieser Stelle persönlich werde –, wie Sie es schaffen, mit all dem so intellektuell, so distanziert umzugehen, wo diese Tragödie Ihnen doch, soviel ich weiß, Ihren Neffen geraubt hat? Trifft es zu, dass diese Verbrecher den einzigen Sohn Ihrer Schwester umgebracht haben?« Er hatte geblinzelt, war sich dessen auch bewusst gewesen, weil er sich im selben Moment an Booties Tick mit dem Blinzeln erinnerte, dann hatte er sich geräuspert und seinen silberhaarigen Kopf gesenkt – eine Geste, die als Zeichen des Respekts oder der Resignation oder der Bestürzung über die plumpe Zudringlichkeit der Interviewerin gedeutet werden konnte – und gesagt: »Manche Dinge sind rein familiäre Angelegenheiten. Es ist ein unglaublicher Verlust. Und unser Verlust ist nur einer von Tausenden.« Darüber wurde dann geschrieben. Andere Journalisten zeigten sich erstaunt, dass diese Tragödie ihn nicht zum Falken gemacht hatte, dass er nicht nach Blut dürstete, und sahen darin, ungeachtet ihrer politischen Couleur, ein Zeichen für Murrays unerschütterliche Integrität; und Murray wurde zwangsläufig bewusst, welche Ironie darin lag, dass Booties Tod ihn noch honoriger wirken ließ, ihm den Anstrich gab – er wusste, dass es nicht zutraf –, ein Mann des Rechts zu sein, unbeeinflusst von den Pfeilen des Schicksals. Aber vielleicht wäre Bootie, wenn er es hätte sehen können, doch noch stolz auf seinen Onkel gewesen.

Und was das Buch betraf: Es wartete. Vor den Ereignissen hatte er erwogen, es möglicherweise gar nicht zu publizieren, doch jetzt sah er, dass dies nur kleinmütige Furcht gewesen war. Er hatte Angst gehabt, und dabei sah er jetzt so klar, ganz ohne Eitelkeit, dass seine Worte, auch wenn sie vielleicht nicht genial sein mochten, doch tiefere Wahrheiten und tiefere Gedanken enthielten als die der meisten Männer und Frauen um ihn herum. Seine Worte waren gut genug; und man erwartete von ihm, dass er sie niederschrieb. Durchaus möglich, dass er das Buch seinem Neffen widmen würde. Er machte sich im Lauf der Wochen Notizen, in dem Wissen, dass sein Bemühen durch die Tragödie ein völlig neues Gepräge erhalten würde: *Wie man leben sollte*, war jetzt eine ganz andere Frage. Viel drängender. Und es gab weniger Antworten darauf. Er würde neu beginnen und deshalb, er wusste es, ein besseres Buch schreiben.

Als er ins Motel zurückkam, traf er seine Familie – Annabel, Marina: Sie waren seine Familie, sie waren alles für ihn – und Julius beim Frühstück an. Julius, schon immer eine seltsame Erscheinung, sah jetzt wirklich bizarr aus, mit dem kahlen Fleck am Haaransatz, aus dem neuer Flaum spross, und der schlimmen Wunde an der Wange, eine Piratennarbe in seinem jungenhaften Gesicht. Zu allem Überfluss hatte er sein Haar stachelschweinartig mit Gel gestylt, doch Murray enthielt sich jeden Kommentars; er dachte, mit dreißig Jahren könne man Marinas Freunde ja nicht mehr wie Kinder behandeln, auch wenn sie sich so benahmen. (Er dachte, verdrängte den Gedanken aber sofort, an Danielles flachen blassen Bauch, an ihre vorstehenden Hüftknochen, wenn sie sich hinlegte.) Alle waren in gedämpfter Stimmung, grau wie der Tag mit seinen hoch oben dahintreibenden Wolken.

»Sind wir so weit?«, fragte Murray.

Annabel griff über den Tisch aus Holzimitat hinweg nach Marinas Hand, und da merkte Murray, dass seine Tochter geweint hatte. Ihre violetten Augen waren rot gerändert und verquollen, ihr Make-up etwas streifig. Plötzlich dachte er daran, wie sie als kleines Kind, drei Jahre alt vielleicht, auf seinem Schoß herumgezappelt hatte, ihr kleiner warmer Körper, ihr schwarzes Haar, das ihm in seidigen Strähnen am Kinn klebte, ihr aufgedrehtes, ansteckendes Gelächter: Welch schlichtes Glück. So hatte auch Judy sich an Bootie erfreut, bevor er dick und mürrisch wurde und wütend auf die Welt, die ihm so viel vorenthalten hatte. Es war, spürte Murray, wirklich ein unbeschreiblicher Verlust; und auch *seine* Augen füllten sich – endlich und nur dieses eine Mal – mit Tränen.

Aber auch diese ließ er nicht zu. Er durfte nicht so viel empfinden. Er war zu Höherem berufen als Empfindungen; und wenn seine Wachsamkeit nachließ und er sich Gefühle erlaubte, würde er sich vielleicht ganz darin verlieren. Judy hatte ihn nicht um eine Ansprache während des Gottesdienstes gebeten – er wusste, dass sie ihm die Schuld gab; wie hätte ihm das entgehen können? Als sein Blick auf Marina fiel, dachte er, dass er sich an Judys Stelle ebenso verhalten hätte –, aber er war vorbereitet, falls Bedarf bestand. Er hatte ein paar Worte auf eine Karteikarte notiert, die er bei sich trug: »Berts Begräbnis. Booties Ehrgeiz. Der Artikel. Integrität.« Falls er sprach, würde er hier die ganze Wahrheit sagen. Nicht, dass es irgendjemanden interessierte, außer Bootie selbst, der nicht da sein konnte. Murray wollte die Geschichte ihres Streits erzählen, und wie er sich verraten gefühlt hatte und dann seinerseits den Jungen verraten hatte. Er konnte es nicht ungeschehen machen, würde mit diesem Bericht nicht etwa rührselig die Schuld an Booties Tod auf sich nehmen (der Junge hatte seinen eigenen Weg gewählt: Das würde Murray betonen), aber er wollte, dass alle es hörten. Die Wahrheit war der einzige Halt, der einem blieb.

Die Kirche – St. Pauls im Stadtzentrum, die Kirche seiner Kindheit, er war so dankbar gewesen, ihr entronnen zu sein, ihren gewachsten Bänken, ihrer mit Sonnenstäubchen gesättigten Luft, ihrem modrigen Geruch, der sich all die Jahre hindurch nicht verändert hatte – war viel voller, als er erwartet hatte. Die Kirche stand nicht weit von der breiten Hauptstraße entfernt mit ihrem Streifen kärglichen Rasens, den klapprigen Bänken, dem Ehrenmal in Form eines Marmorpfeilers, alles ehemals vornehm und gepflegt, jetzt aber so heruntergekommen, dass in der Stadt eine wahrhaft trostlose Atmosphäre herrschte: Hier im Zentrum drängte sich einem unweigerlich der Gedanke auf, dass Watertown jegliche Hoffnung verloren hatte. Die Kirche allerdings stand nach wie vor und war erstaunlich voll. Nicht nur die Kids aus der Highschool, Booties alte Klassenkameraden und ein paar heutige Schüler in schlecht sitzenden Sonntagskleidern, manche mit ihren Eltern; nicht nur die Lehrer, Judys ehemalige Schüler und ihre Familien; sondern überraschenderweise auch Gesichter aus seiner, Murrays, verlorener Vergangenheit; Judys Freundin Susan, die Rothaarige, die den weiten Weg von Kingston, Ontario, hierhergekommen war, und andere von Judys Kindheitsfreundinnen – Margaret und Eleanor, einst eine Schönheit, jetzt hager, fast zerfurcht, mit faltigem Hals, und die komische kleine Rose, noch kleiner geworden im Alter, mit ihrem winzigen Gatten, Vito, dem der Spirituosenladen am Ostrand der Stadt gehörte, von seinem Vater geerbt; Vito, von der Größe Napoleons, damals ein Großmaul, ein notorischer Schulschwänzer, war jetzt ein Glatzkopf mit trauriger Miene und Tränensäcken, doch wirkten seine dunklen italienischen Augen seltsam weise. Eine junge Frau schob eine Alte im Rollstuhl herein, in der Murray erst beim zweiten Hinsehen Mrs. Robinson erkannte, die beste Freundin seiner Mutter, ihrerseits Mutter von sechs Kindern, von denen zwei Jungen in Vietnam verschollen waren; sie musste weit über neunzig sein, die Kopfhaut schimmerte durch ihr dünnes, seidiges Haar, und ihre Ohren, an denen sie Hörgeräte trug, waren riesengroß. Murray sah auch die Bekannten aus seiner Jugend, zu denen Judy über die Jahre hinweg offenbar nie den Kontakt verloren hatte und die sie im Supermarkt oder auf dem Postamt begrüßte: Lester Holmes und Betty, Ed Bailey und vermutlich seine Tochter; sowie Jack Jackson, früher fast albino-blond, mit dem Murray als ganz kleiner Junge immer Frösche gefangen hatte, im Fluss in der Nähe von Jacks Elternhaus.

Judy stand an der Kirchentür, sehr würdevoll in ihrer Trauerkleidung, und begrüßte jeden mit Namen, als sei sie es, die die anderen trösten müsse. »Danke fürs Kommen, danke fürs Kommen«, flüsterte sie jedem Einzelnen zu. Tom war mit den Kindern draußen, ließ sie bis zum letzten Moment herumrennen, aber Sarah stand neben ihrer Mutter, mit hängenden Armen, ein Taschentuch in der Faust, ihr schwarzes Kleid wie ein Sack und das Gesicht von Gram verzerrt. Murray stellte sich nicht zu ihnen, man hatte ihn nicht darum gebeten. Er umarmte seine Schwester und seine Nichte, sah, wie Judy leicht die Lippen zusammenpresste, als spanne sich eine Schnur, dann führte er Annabel, Marina und Julius, der gar nicht hierherpasste (was tat der Bursche hier eigentlich? Warum war er überhaupt mitgekommen?) zu einer Bank vorne rechts. Als sie sich gesetzt hatten, war Murray in Versuchung, sich umzudrehen, um zu sehen, wer noch so alles kam; aber auch dieser Versuchung widerstand er. Schließlich handelte es sich nicht um irgendeine Schulveranstaltung – ein Hockeymatch oder eine Theateraufführung –, sondern um einen Gedenkgottesdienst.

Reverend Mansfield, den manche (Murray allerdings nicht) Billy nannten, hatte Frederick getauft, ihn konfirmiert. Er sagte – und es sah aus, als stünden ihm Tränen in den Augen; jedenfalls versagte ihm die Stimme –, er habe wahrlich nicht damit gerechnet, Frederick beerdigen zu müssen. Murray – den es, wie immer, wenn er religiösen Zeremonien beiwohnen musste, in den Beinen zuckte, als habe er den Veitstanz – musste denken, dass dies ein Irrtum war: Bootie wurde nicht beerdigt. Hier ging es nur um Artefakte, die an seiner statt im Grab liegen würden. Ein namengebendes, aber kein wirkliches Bootie-Begräbnis.

Judy sprach als Nächstes, über das Geschenk des Lebens und über den Lebensmut, den sie – was Murray nicht ganz ehrlich fand – ihrem Sohn zuschrieb. Sie sprach über seine Hoffnungen und seine Pläne, und darüber, dass er in letzter Zeit von seinem Weg abgekommen sei. »Aber vom Weg abzukommen gehört mit zum Erwachsenwerden«, sagte sie – sie, die bis auf die College-Zeit in Binghampton ihr ganzes Leben lang nur bis Syracuse gekommen war, und da auch nur drei Jahre lang gelebt hatte, Anfang zwanzig; sie, die sich so sehr an den vorgezeichneten Weg gehalten hatte, dass sie gar keine anderen Wege wahrgenommen hatte –, »und man würde doch nicht denken, dass man das gleich mit dem Leben bezahlen muss.« Nachdem sie ihrer Bitterkeit Ausdruck verliehen hatte, fuhr sie geläutert fort: »Gott muss einen Sinn darin gesehen haben», worauf sich leise zustimmendes Gemurmel erhob. »Ich habe nur noch nicht erkannt, welchen. Ich weiß, dass mein Bootie rechtschaffen, liebevoll, stark war und eine große Zukunft gehabt hätte.« Sie trat einen Schritt vom Mikrophon zurück, bis sie sich wieder gefasst hatte. »Und ich möchte dafür sorgen, dass sein Geist lebendig bleibt.«

Murray spürte, dass ringsum genickt wurde, dass die Gemeinde vollkommen damit einverstanden war. Aber was meinte Judy damit? Wie wollte sie erreichen, dass Booties Geist lebendig blieb? Sein Geist war noch ungeformt gewesen, ein Embryo, ein Samenkorn. Es ergab keinen Sinn.

Dann sprach Sarah – größtenteils über Erinnerungen – und ein Mädchen, das mit ihm in Oswego gewesen war, eine Ellen Soundso. Es folgte eine befreundete Kollegin von Judy – war es Joan? – und dann der Vikar, mit erhobenen Händen, die Handflächen der Gemeinde zugekehrt, in einer dieser geistlichen Gesten, die Murray so abstießen. Es hielt ihn kaum auf seiner Bank, während sich der dumme Billy Mansfield in seinem langen weißen Gewand am Sarg zu schaffen machte und einige Gebete sprach. Marina und Annabel saßen reglos da; Julius zupfte an seinen Fingernägeln herum. Murray sehnte sich nach einer Zigarette. Er hatte keine Ansprache gehalten; Judy wollte nicht, dass er etwas sagte. Alles sehr traurig natürlich, aber das Entscheidende war, dass sie Angst vor der Wahrheit hatte, vor dem Leben selbst, wie immer: sogar jetzt, wo sich das Allerschlimmste ereignet hatte – was konnte schlimmer sein als der Verlust eines Kindes? –, war sie immer noch voller Angst und voller Reue.

Das durfte nicht sein. Nicht für ihn. Er hatte seine Pflicht erfüllt, und sobald das hier vorbei war, würden sie zurückfahren. Er hatte gehofft, hier die Wahrheit sagen zu dürfen, aber niemand wollte sie hören, Judy am allerwenigsten, sie wollte, dass er log, dass er behauptete, es sei seine Schuld, sie brauchte einen Sündenbock, um all das zu verarbeiten. Murray hatte nicht damit gerechnet, hier seine Vergangenheit vorzufinden, unberührt, wie eine Schachtel, die man fünfundvierzig Jahre nicht geöffnet hatte, manches natürlich in Mitleidenschaft gezogen (Mrs. Robinsons Ohren! Vitos kahler Schädel!), aber alles vorhanden, eine Zeitkapsel, dieselben Gerüche, dasselbe fahle Licht, dasselbe würgende Gefühl, dasselbe Zucken in den Knien, ein so starker Fluchtimpuls, dass es sich anfühlte wie ein Geschmack im Mund, ein bitterer Geschmack. Genau dies hatte auch Bootie empfunden, Murray wusste es, konnte es auf einmal richtig spüren, das Bedürfnis, dieser grässlichen Sicherheit zu entrinnen; irgendwie waren sie sich ähnlich gewesen. Und Murray hatte ihm zu helfen versucht und war gescheitert; und einen Moment lang kam es ihm vor, als verkörpere er nicht nur sich selbst, sondern auch Bootie, als seien Bootie und er eine Seele, und als werde *Watertown* beerdigt, dieses seltsame, ewige Reich der Unmöglichkeit. So dass sie sich nun vielleicht wieder der weiten Welt zuwenden konnten: angesichts des Todes, mehr Leben, immer mehr.

Nur sehr wenige Trauergäste gingen mit zum Friedhof, vielleicht, weil dies so Sitte war, vielleicht, weil es sich ja nur um ein fingiertes Begräbnis handelte. Aber die Thwaites waren dabei. Wie sie da standen, nachdem man noch weitere Gebete gesprochen hatte, nachdem der Sarg in das kalte, feuchte Grab hinabgelassen worden war, nachdem man symbolisch Blumen und Erde auf den Sarg hinabgeworfen hatte (aber worin genau bestand die Symbolik?), schloss Murray seine Schwester fest in die Arme, küsste ihre feuchte Wange und sah ihr in die Augen, wie um ihr zu sagen, dass es ihm leidtue, nicht, weil er sich schuldig fühlte, sondern einfach, weil er verstand, ehrlich verstand, welch tiefen Schmerz sie empfinden musste, und dann trat er beiseite und sah zu, wie Annabel sanft mit Judy flüsterte und ihren kolossal dicken Arm ergriff, immer die richtige Geste, Gott sei Dank gab es Annabel (aber es gab ja keinen Gott). Und dann Marina, die in einem, wie er fand, ungewöhnlichen Gefühlsausbruch ganz aufgelöst in Judys Armen lag und unter einem Schwall von Tränen immer wieder hervorstieß: »Es tut mir so leid!«, als habe sie Bootie persönlich erdolcht. Murray fand dies zwar ungehörig, hatte aber den deutlichen Eindruck, dass Judy, weinend, mit laufender Nase, Marinas Haar im Gesicht, die behandschuhten Hände fest auf Marinas zuckenden Rücken gepresst – ja, er hatte den deutlichen Eindruck, dass es Judy freute und irgendwie tröstete und stärkte.

Während sich dieses kleine Drama abspielte, bemerkte Murray, dass Julius, der neuerdings so makaber wirkende Julius, sich abgewandt hatte und zwischen den Grabsteinen umherwanderte; die Hände auf dem Rücken verschränkt beugte er sich vor, um die Inschriften zu lesen, und schlenderte dann gemächlich weiter. Wie ein Tourist: wie ein Tourist, der auf den Pfaden des Todes wandelt. Julius' entstelltes Gesicht sah erschreckend aus und die Frisur mit den glänzenden Stehhaaren lächerlich; aber sein langer marineblauer Stoffmantel war ziemlich vornehm und machte, zumindest von hinten, einen offiziellen Eindruck. Also vielleicht ein Deputierter: zur Beerdigung geschickt als *Stellvertreter*. Stellvertretend für Ludovic ganz offensichtlich; aber auch noch für etwas anderes. Sie waren alle Deputierte, und Touristen, aus einer anderen Welt. Man erkannte sie schon an ihren Mänteln.

KAPITEL SECHSUNDSECHZIG

Die Toten begraben (4)

Bevor es dir selbst widerfährt, weißt du nicht, wie es sein wird. Dass du dich in dem Apartment aufhalten wirst, in dem du schon seit langem wohnst, es aber nur noch wie einen Alptraum empfinden wirst. Dass die Rothkos aussehen werden, als bluteten die Wände, dass das Licht – so viel Licht – schmerzen wird, dass sich deine Glieder bleischwer anfühlen werden, das Essen staubtrocken schmecken wird, zu trocken, um es hinunterzuwürgen, dass dir sehr kalt sein wird, so kalt, als wärst du tot. Und du kannst ihn nicht anrufen, obwohl er dich immer wieder anruft, als stehe er am anderen Ufer eines breiten Flusses – des Styx vielleicht – und verspotte dich? Er ist ins Land der Lebenden gegangen, hat dich zurückgelassen, und du hast alles brennen und einstürzen sehen, kannst es immer noch riechen, so viele Wochen später, die Laken riechen danach, das Sofa riecht danach, sogar dein Haar, egal wie oft du es gewaschen hast. Und du kannst nicht telefonieren, mit niemandem, und du kannst nicht lesen, und du bemühst dich zwar, schaffst es aber nicht mal zur Arbeit. Denn natürlich weiß niemand, kann niemand wissen, dass du deine andere Hälfte, deine platonische Ergänzung gefunden hast und dass dein Ich – er war zu ihrem *Ich* geworden, obwohl sie immer noch nicht begriff, wie rasch sich das ereignet hatte und wie vollständig – auseinandergerissen wurde, und jetzt ist da eine tiefe eiternde Wunde mit zerfetzten Rändern, eine Wunde, die niemand sieht und über die du mit niemandem sprechen kannst. Und das Leben geht, trotz größerer Katastrophen oder vielleicht gerade deshalb, stoisch weiter, du kannst die hektischen Menschen von deinem Fenster aus sehen, und wenn du auf die Straße gehst (nur wenn es sein muss), wirst du geschubst und angerempelt, als sei nicht nur deine Wunde unsichtbar, sondern auch du selbst, als wäre es überhaupt besser, einfach nicht mehr da zu sein. Womit du, wenn jemand dich fragen würde, von Herzen einverstanden wärst. Es ist lächerlich. Und irgendwie, nachdem das Tage oder sogar Wochen so gewesen ist, und die ganze Zeit alles so fürchterlich wehgetan hat, unerträglich – wer kann so etwas ertragen?, stehst du um drei Uhr morgens, du könntest nicht mal sagen, welcher Tag es ist, auf dem angegrauten Badvorleger, in einem zerrissenen T-Shirt und deinen ältesten Trainingshosen, frierend, weil du barfuß bist, und deine armen kleinen Zehen krümmen sich und bohren sich wie Maden in die Bademate – es ist beinahe lustig; alles ist beinahe lustig, das Problem ist nur, dass nichts mehr wirklich lustig ist – und auf dem Waschbecken vor dir steht ein Zahnputzglas fast randvoll mit Scotch (*sein* Scotch natürlich, aber er braucht ihn ja nicht mehr oder kommt nicht mehr zurück, um ihn zu trinken, und die Tatsache, dass du den Geschmack immer noch nicht magst, spielt, bei diesem zweiten Glas, keine Rolle mehr).

Sie hatte schon eine Zeitlang – sie zerfloss, die Zeit – damit zugebracht, sich im Spiegel anzustarren, war bei ihrem Anblick zusammengezuckt, hatte eingehend ihre Poren untersucht, ihre ungepflegten Augenbrauen, das einsame, nicht ausgezupfte Härchen unterm Kinn. Sie hatte es sogar entfernt, dabei war das doch völlig egal. Sie hatte ihre Wange straffgezogen, um zu prüfen, ob sie immer noch, wie er einmal gesagt hatte, wie aus Porzellan aussah, noch nicht faltig oder fleckig. Es war eine hübsche Wange. Eine hübsche, aber nutzlose Wange. Wie oft hatte sie seit ihrer Kindheit so dagestanden und sich angestarrt, um sich besser kennenzulernen oder in der Hoffnung, sich plötzlich verändert zu finden, schöner; und wie enttäuschend, selbst jetzt, das gleiche Gesicht zu sehen, das die gleichen Dinge wie immer ausdrückte, nur dass jetzt niemand mehr da war, auf den sich dies alles bezog, ein Zeichen ohne Referenz, eine Maske. Vor ihr auf dem Waschenbeckenrand stand auch eine kleine Untertasse, der dazugehörigen Tasse beraubt (ein Geschenk ihrer Großmutter, eine Spode-Tasse mit Pfingstrosen drauf, sie war schon vor langer Zeit zerbrochen), in der sie Pillen sammelte: Schlaftabletten, Schmerztabletten, langjährige Vorräte und neu gekaufte Medikamente,

Pillen aus Flaschen, Pillen aus Durchdrückpackungen, eine kleine Pyramide aus Pillen, fast gedankenlos gesammelt, weil ein Teil von ihr beschloss, sie zu schlucken, und ein anderer Teil (vielleicht der Teil, der ihre Zehen als Maden sah) sich ganz unbeteiligt, fast amüsiert darüber wunderte, wie banal das alles war, wie absurd sie sich benahm und was für eine Idiotin sie gewesen war. Jener Teil, der unbeteiligte Teil, sah, wie sich ihre blutunterlaufenen Augen (welch gespenstisches Licht in diesem Bad – sie musste für eine andere Beleuchtung sorgen, um weniger hässlich zu wirken) mit Tränen füllten, und spottete über sie und fand, dass dies hier eindeutig einer Parodie des Wahnsinns glich. Wurde es dadurch schon zu einer Parodie? Waren manche Menschen, nach ihrem Selbstmord, ganz im Hier und Jetzt? Und wenn ja, was sagte es über sie, dass sie diese Stimme nicht zum Schweigen bringen konnte, nicht aufhören konnte, sich zuzuschauen? Und falls sie sich weiterhin zuschauen musste, würde sie es fertigbringen, sich auch *dabei* zuzuschauen, konnte sie sich wirklich eine Pille in den Mund schieben – nur eine, nur mal versuchen – und sie hinunterschlucken? Ja, offenbar konnte sie es – wenn auch nicht, ohne vor Ekel das Gesicht zu verziehen; es war immer noch der Geschmack des Scotch, wie ein Möbelreinigungsmittel. Schaffte sie das ein Dutzend Mal? Schaffte sie das siebenunddreißigmal, bis keine Pillen mehr in der Untertasse lagen? Nein, unvorstellbar. Sie sah wieder auf ihre Zehen hinunter, die sich unheilvoll krümmten, schluckte eine weitere Pille – diesmal eine Tylenol 3, die sie vor drei Jahren für ihren Weisheitszahn bekommen hatte; das wusste sie, weil es ein Riesending war und ihr fast im Hals steckenblieb – und dazu einen großen Schluck Scotch, an dem sie fast erstickte, und sie sah sich ins Gesicht und dachte: wie dumm das alles. Wer sie jetzt hätte sehen können, hätte sie gnadenlos verspottet, weil sie so blöd gewesen war, überhaupt in diese Situation zu geraten, und sich jetzt auch noch lächerlich benahm. Wenn sie schon selber wusste, dass sie blöd war, gab es keine Entschuldigung. Sie trank weiter, starrte wieder in den Spiegel.

Ihr linkes Auge war viel zu nah an ihrer Nase. Schon immer. Sie konnte nichts dagegen tun. Es war das Auge ihrer Mutter, Randy Minkoff, und es begannen sich schon dunkle Ringe abzuzeichnen, die sie durch ihren Single-Malt-Nebel hindurch ein wenig ärgerten.

Ihre Mutter. Randy Minkoff. Auch über sie ließ sich leicht spotten, aber sie war immer munter und tapfer und hatte sicher schon Schlimmeres durchgemacht. Man konnte es ihr nicht erzählen, und es gab keine Garantie, dass sie so klug sein würde, nicht zu fragen – natürlich würde sie fragen, ganz bestimmt. Aber man konnte ja ausweichen. Und das Wichtigste, sie würde kommen. Sie würde jetzt kommen und sich um einen kümmern und einen wegbringen und vermutlich in den Wahnsinn treiben, aber sie trieb einen ja immer in den Wahnsinn, und da man sich momentan selber in den Wahnsinn trieb, war es vielleicht nicht so schlimm. Möglich, dass sie einen überraschen würde. Randy Minkoff überraschte einen sogar dann, wenn man genau wusste, was sie tun würde – und sie hatte sowieso kommen wollen, um einen zu holen, sie wolle, dass man bessere Luft atme, hatte sie gesagt, offenbar ohne zu wissen (woher hätte sie es auch wissen sollen?), dass man sowieso kaum atmen konnte, dass man ja kaum noch lebte. Erst hatte sie sich Sorgen wegen des Anthrax gemacht – es konnte mit der Morgenzeitung in die Wohnung gelangen, es reichten ein paar tödliche Sporen – und jetzt machte sie sich Sorgen wegen der Luft. Sie glaubte nicht, dass es stimmte, wenn die Behörden sagten, die Luft sei sicher – wahrscheinlich gelogen, aber was sollte man machen, und wenigstens war man nicht direkt im Zentrum, also alles nicht so tragisch – und sie wollte einen gern in Sicherheit bringen. Obwohl sie eigentlich keine Sekunde lang geglaubt hatte, dass man in der Nähe dieser Türme gewesen sein könnte, hatte sie es zwei Tage lang nicht geschafft, einen anzurufen, hatte das Ganze, hysterisch, wie sie war, so durchlebt, als sei man verschwunden und durch ein Wunder wieder aus der Asche auferstanden, und das sagte eine ganze Menge darüber, wie einem so eine Erfahrung zeigen konnte, was Liebe ist – ach, die arme Mutter von Frederick Tubb, diese arme, am Boden zerstörte Frau! –, und sie wollte unbedingt helfen.

Also. Also trank Danielle noch einen Schluck Lagavulin und nahm das Glas mit aus dem Bad, um sich dran festzuhalten, und setzte sich auf die Bettkante mit Blick auf die trostlose, aber nun schon vertraute Skyline – wie hatte die vorher ausgesehen? Wie hatte überhaupt irgendetwas vorher ausgesehen? Aber das war jetzt melodramatisch: Ihr lästiges Gesicht, das zu nah an der Nase sitzende Auge hatten sich überhaupt nicht verändert – und dann rief Danielle Minkoff ihre Mutter an.

»Mom«, sagte sie mit schwacher Stimme, die ihr gleichzeitig wahrhaftig und wie eine Parodie vorkam, wie jene Minuten im Bad. »Mom«, sagte sie, »ich weiß, es ist spät, aber du musst kommen.«

Und Randy Minkoff stellte keine Fragen, sie sagte nur: »Ich wusste es, Baby. Ich wusste, dass etwas nicht stimmt.« Und Danielle war verblüfft, weil ihre Mutter »Baby« sagte, es klang so tuntenhaft; wie konnte ihre Mutter so tuntenhaft sein? Julius wäre begeistert gewesen. Und dann sagte sie: »Ich bin gleich da, meine Kleine. Ich bin gleich da.« Und zehn Minuten später rief sie zurück und sagte, um sieben Uhr gehe ein Flieger, und Danielle steckte sich vorsichtshalber den Finger in den Hals, es war abscheulich, und der Scotch brannte auf dem Weg nach oben, und die Riesenpille kam fast intakt zum Vorschein, aber die andere Pille, was immer das gewesen war, die kleine, kam nicht mehr herauf; und dann fühlte sich Danielle auf einmal furchtbar müde und musste schlafen – es war so ein trostloser, trauriger Tag, Tagesanbruch –, und sie erwachte, als ihre Mutter mit ihrem neuen Handy aus dem Taxi anrief, um zu sagen, dass sie in zwanzig Minuten da sei. Was Danielle Zeit genug ließ, die Pillen ins Klo zu schmeißen und das Glas zu spülen und sich, obwohl sie sich beschissen fühlte – wie eine aufgewärmte Leiche, hatten sie in Columbus immer gesagt –, anzuziehen und sogar noch dieses blöde Gesicht zu waschen, ohne es anzuschauen.

Und drei Tage später waren sie am South Beach. Durch eine Freundin hatte Randy einen Platz in einem Apartment-Hotel am Strand ergattert, eine Stornierung nach dem elften September, alles sehr luxuriös – bei ihrer Ankunft entdeckten sie in der Küche einen Entsafter und eine Schale mit Orangen, und über die hohen Bettpfosten im Schlafzimmer war, orientalisch, ein transparenter Musselin-Schleier drapiert – und die Wohnung lag über einem Restaurant, aus dem schon um 8.00 Uhr morgens Bob Marley ertönte, die ganze Szenerie blendend hell, türkis und surreal, und Danielle fühlte sich wie neugeboren, nackt, als sei alles bisher Geschehene gelöscht. Sie lagen, im Badeanzug, eingeölt, auf flauschigen Hotelhandtüchern am weißen Sandstrand, betrachteten die dickbauchigen winzigen Kreuzfahrtschiffe am Horizont, während unerschrockene Touristen (weniger vielleicht als in früheren Jahren, aber doch recht zahlreich) fröhlich um sie herumtollten, überall tätowierte Rücken und Fußknöchel, überall fuchtelnde, rudernde Arme und Beine, und Randy fragte unter ihrem breitkrempigen Sonnenhut hervor: »Gehst du zurück?«

»Ob ich zurückgehe?«

»Du musst nicht«, sagte sie. »Ich glaube nicht, dass du weiter dort leben kannst.«

»Weil?«

»Weil es dort nicht sicher ist, und das weißt du auch. Das ist erst der Anfang.«

»Der Anfang?«

»Erst der Anfang. Vor allem für New York. All diese Polizisten, die Soldaten, die sie dorthin geschickt haben – jemanden, der wirklich entschlossen ist, hält niemand auf. Eine schmutzige Bombe, so heißt das doch, davon wird jetzt oft gesprochen.«

»Wer spricht davon?«

»Ach komm, Danny, lass das. Das ist nicht witzig. Schau, es

hat dich schon fast zerstört. Du kannst – du könntest hierher-
kommen, du könntest eine Weile bei mir wohnen.«

»Hier?« Danielle wies auf den Sand, das Wasser.

»Nicht am Strand. Natürlich nicht! Bitte. Du könntest zu
mir kommen. Bei mir wohnen.«

»Ich kann nicht bei dir wohnen, Mom.« Danielle blinzelte
ihre Mutter an. »Guck nicht so. Ich weiß, dass du mich bemut-
tern würdest. Aber ich bin dreißig Jahre alt.«

»Und?«

»Und ich habe einen Job.«

»Den findest du auch woanders. Du kannst dir einen anderen Job suchen.«

»Ich mag meinen Job.« Und in dem Moment hatte sie das
Gefühl, das sei die Wahrheit.

»Okay, dann könntest du doch nach Australien gehen
und diese Sendung machen? Jetzt ist eine gute Zeit für
Australien. Ich könnte mitkommen und mich um dich kümmern.«

»Die wollen diese Sendung nicht. Nicky hat sie schon vor
Monaten gekippt.«

Randy schnaubte empört. »Ich glaube, jetzt brauche ich
eine Zigarette«, sagte sie. »Zum ersten Mal, nach so vielen
Jahren.«

»Dann rauch eben eine.«

»Begreifst du denn nicht?«

»Was?«

»Du hast mich angerufen. Weil du mich gebraucht hast.«
Danielle beobachtete zwei Mädchen – Teenager wahrscheinlich –, die in hochhackigen Pantoletten vorbeistaksten,
immer wieder im Sand ausglitten, tapfer weiterstolperten.
Sie trugen Tanga-Bikinis und Perlen-Piercings im Nabel und
eine von ihnen hatte puppenblaue Augen mit angeklebten
falschen Wimpern. Beide waren geschminkt – Make-up, Eye-
liner, üppige, feucht glänzende Lippen. Das Mädchen mit den
künstlichen Wimpern hatte auf ihrem ziemlich eingedellten
Hintern ein Tattoo in Form eines kleinen Segelschiffs. Sie

lachte und rutschte aus, als sie an Danielle vorbeikamen, ein schrilles Lachen, das plötzlich abbrach.

»Hörst du mir überhaupt zu?«

»Sorry.«

»Ich sage nur, was ich denke, Ich bin immer noch deine Mutter.«

»Natürlich gehe ich zurück.« Auch das entsprach der Wahrheit. Sie musste ihren Film über die Fettabsaugung machen. Das schien zwar in mancher Hinsicht trivial, war es aber nicht. Wenn sie fertig war, hatten die Leute sicherlich genug von den größeren Tragödien und waren wieder bereit, ihren Film anzuschauen. Sie tat das Richtige.

Randy stand auf und bürstete sich den Sand ab. »Ich geh schwimmen«, sagte sie. »Ich weiß nicht, was das alles soll, wenn du mir nicht mal zuhörst.«

»Ich bin dir dankbar, Mom. Wirklich.«

Randy beugte sich hinunter und küsste Danielle auf den Kopf, auf die News-Café-Baseballkappe, die sie gleich nach ihrer Ankunft gekauft hatten. Danielle fragte sich, auf was ihre Mutter wohl tippte – nicht auf wen, aber dass da etwas war, oder jemand, ein innerer Kummer –, denn Randy hatte keinerlei Fragen gestellt. Vielleicht dachte sie auch nur, es sei wegen Marinas Hochzeit mit Ludovic Seeley. Oder wegen Frederick Tubb. Bootie.

Danielle sah zu, wie ihre Mutter sich einen Weg zum Strand bahnte, sich gegen das Wasser wappnete. Klein und gedrungen stand sie an einer seichten Stelle, die Ellbogen abgewinkelt, die Hände ausgestreckt, als wolle sie sich die sanfte Brandung vom Leib halten. Die Träger des Badeanzugs schnitten in ihre sommersprossigen Schultern; ihre Brüste, gepanzert, hatten keinerlei Bewegungsspielraum, ihr Bauch wölbte sich rebellisch gegen die Korsettage. Sie behielt den Sonnenhut auf, die Brille. Danielle wusste, sie würde nicht viel tiefer ins Wasser gehen und bald zurückkommen, mit tropfenglitzernden Beinen, betont erfrischt. Randy winkte; Danielle winkte zurück, ein kleiner Gruß, legte sich wieder hin und schloss die Augen.

Sie hätte so gern jemandem davon erzählt, von ihm, von allem, was bis zu jenem Tag geführt hatte, und von dem Tag selbst. Sie hätte es so gern ihrer Mutter erzählt, hätte sich gern von ihr trösten lassen, umarmen lassen, sich von ihrer Mami küssen lassen, bis es nicht mehr wehtat, wie in ihrer Kindheit, als das Küssen noch geholfen hatte. Wie konnte Randy, die doch ihre Mutter war, diese gewaltige Veränderung entgehen, dieser klaffende Krater in ihrem Ich? Danielle stellte sich ein paar Minuten lang vor, welche Worte sie wählen, wie das Gespräch verlaufen würde; aber nicht einmal in Gedanken konnte sie ihm die gewünschte Richtung geben. Und wusste deshalb, dass sie es niemals laut führen würde. Es war kein Gespräch über ihr reales Leben. Vielleicht war nichts von alldem – hier zu liegen, fast nackt, auf dem heißen Sand, das schien ihr gerade noch möglich – real gewesen. Hier lag sie, ausgelöscht, neugeboren, und ihre tapfere – wenn auch blinde – Mutter passte auf sie auf, und es gab die Chance eines Neubeginns, neuen Vergessens; und das war alles, was ihr blieb. Das Sonnenlicht schimmerte dunkelrosa durch ihre Augenlider, und sie folgte den kleinen transparenten Wesen – wie entstanden die eigentlich? –, die durch ihr Blickfeld schwammen, hin und her. Das hatte sie schon als Kind getan, in der Sonne am Pool gelegen, im Country Club in Columbus, das Spiel hinter ihren Augenlidern beobachtet und gespürt, wie das Wasser auf ihrer Haut verdunstete. Es war beruhigend. Es ließ alles andere in weite Ferne rücken. Danielle überlegte, ob Randy vielleicht Recht hatte; vielleicht war es wirklich besser, wenn sie nicht zurückging. Aber natürlich würde sie zurückgehen, denn sonst wollte sie nirgendwohin. Sie wusste, dass dort ihr Leben – ihre Zukunft – lag.

Später, gegen Abend, machten Danielle und Randy einen Spaziergang. Sie trugen Sandalen und bunte, schwingende Röcke, als gebe es etwas zu feiern. Sie gingen landeinwärts, entfernten sich von der Strandpromenade, von all den Muskeln und Bäuchen und knackig goldgebräunten Leibern. Beim

Aufbruch hatte aus dem Restaurant unter ihrem Apartment Frank Sinatra geplärrt, und ein einsamer Kellner, der mit vor der Brust verschränkten Armen auf der Terrasse stand, hatte ihnen zugenickt. Er sah nicht aus, als erwarte er besonders viele Gäste: Das Restaurant war laut, aber nicht beliebt.

Die Gegend abseits des Strands wurde bald holprig, wie in einer Pionierstadt im Wilden Westen, in der die Gehsteige direkt in die Prärie münden. Die erste Straße war belebt, alle Läden waren hell erleuchtet und zur Straße hin geöffnet, extravagante Boutiquen und Cafés und Kitsch. In der zweiten Straße wimmelte es von kleinen, frisch renovierten Hotels und ruhigeren Restaurants, doch rechts unten sahen sie Neonlichtpfützen vor einem schäbigen Supermarkt und einem Fischstand, inmitten einer Reihe leerstehender Geschäfte. Der Block dahinter, offenbar ein Wohnviertel, lag gespenstisch still im schwindenden Licht. Keines der Häuser wirkte bewohnt, nur manchmal war ein Zimmer hinter den Vorhängen trüb beleuchtet, wie von einer kleinen Lampe, die man brennen lässt, um Einbrecher fernzuhalten.

»Sollen wir umkehren?«, schlug Randy vor. »Vielleicht irgendwo was trinken?«

»Ja, warum nicht.«

Die Zutaten fürs Abendessen – Salat und Obst, für Randys ständige Schlankheitskur – lagen auf dem Küchentisch neben der Orangenpresse bereit. Heute würden sie, wie Randy scherzte, mit Sinatra dinieren.

Aber zuerst wählte Randy das Lokal für den Cocktail, das Gartenrestaurant eines dieser kleinen Hotels, mit Palmwedeln und bunten Lichterketten dekoriert. Eine linde Brise raschelte im Laub, ließ die Kerze flackern, die auf ihrem Tisch aus Metallgeflecht stand.

»Es ist schön hier, Liebes, nicht wahr?«, sagte Randy. »Einfach was Besonderes.«

»Stimmt. Ein wunderbarer Urlaub. Danke, Mom.«

»Ich bin froh, dass wir uns diese Zeit genommen haben.

Meine Kleine.« Sie nippte an ihrem fruchtig bunten Drink. »Das haben wir jahrelang nicht mehr gehabt.«

»Nein.«

»Dein Vater wäre neidisch. Wird es sein.«

»Sei doch nicht so schadenfroh.«

»Ich bin nicht schadenfroh. Aber ich kann doch nichts dafür, wenn ich dankbar bin.« Sie hielt inne. »Du kannst natürlich jederzeit zurück nach Columbus gehen, wenn dir das lieber wäre. Ich hätte Verständnis dafür.«

»Ich werde nach Hause gehen, Mom. Sobald ich so weit bin. Lass uns jetzt bitte nicht mehr drüber reden.«

Sie verstummten. Danielle hatte das Gefühl, dass es ein freundschaftliches Schweigen war. Eine kleine Eidechse huschte über die Steinplatten, und einige Tische entfernt brüllte ein Mann vor Lachen.

Danielle drehte sich nach ihm um. Er war dick, mit einem Heiligenschein aus blonden Engelslocken. Sein Bauch sah aus, als sprenge er gleich das karierte Hemd, ein kurzärmliges Kleidungsstück, aus dem die dicken Arme wie sandgefüllte Strümpfe quollen. Er hatte eine etwas zu lange Oberlippe und war puterrot im Gesicht, schwer zu sagen, ob von der Sonne oder vom Trinken oder von dem Gelächter. Ein Deutscher, dachte Danielle. Genau so stellte sie sich Deutsche vor.

Etwas hinter dem Mann fiel ihr ins Auge. Eine Geste. Eine besondere Art, sich mit der Faust die Brille auf die Nase zu schieben. Eine besondere Haltung des Arms. Er stand im Dämmerlicht an der Tür zur Lobby, in einer Uniform, schwarz, ein wenig zen-artig, mit orangerotem Kragen. Keine Locken, der Kopf fast kahlgeschoren, und von der Figur her dünner; aber er musste es sein.

Sie wandte sich wieder ihrer Mutter zu, die leicht vor sich hin lächelte und wieder an ihrem Drink nippte. »Mom«, sagte sie. »Ich bin gleich wieder da, okay?«

Aber als sie die Treppe erreicht hatte, war er verschwunden. Sie trat ein, ging an dem riesigen, leise blubbernden, mundwasserblauen Aquarium mit den knallbunten Fischen vorbei zur Rezeption. Ein weiterer uniformierter Mann werkelte an etwas herum. Er war älter, ein Latino, attraktiv.

»Entschuldigung«, begann sie. »Ich glaube, ich habe gerade einen Freund von mir gesehen. Vielleicht arbeitet er hier? Frederick? Frederick Tubb?«

Der Mann hörte auf zu werkeln und hob mit müdem Blick den Kopf.

»Ich hab ihn gerade gesehen. In Uniform. Junger Typ, Brille? Frederick?«

»Ich weiß nicht, Miss. Frederick? Wir haben hier keinen Frederick.«

»Bootie vielleicht? Manchmal wird er auch Bootie genannt.«

Der Mann kicherte leise. »Nein, Miss. Nicht in diesem Hotel.«

Danielle legte die Hände flach auf die Theke, in Brusthöhe. Der schwarze Stein fühlte sich kühl an. »Dann hat er vielleicht einen anderen Namen«, sagte sie. »Aber ich hab ihn gerade noch gesehen.«

Im selben Moment, als der Mann den Kopf schüttelte, trug Bootie Tubb – er war es ganz sicher – einen feucht beschlagenen Metallkrug voll Wasser durch die Lobby. Er hielt den Kopf gesenkt und umklammerte mit beiden Händen den Krug, als müsse er sich ganz darauf konzentrieren, um nichts zu verschütten.

»Bootie?«

Er lief unbeirrt weiter, stockte vielleicht; unmerklich.

»Bootie Tubb?«

Jetzt beschleunigte er eher seinen Schritt.

Sie folgte ihm wieder nach draußen, wartete auf der obersten Stufe, bis er am Tisch des Fettwansts Wasser eingeschenkt hatte. Sie wollte seine Augen sehen. Als er zurückkam, sagte sie wieder, diesmal fast flüsternd: »Bootie Tubb. Was machst du hier?«

»Ich heiße Ulrich«, sagte er, immer noch den Krug in den Händen. Er sah sie nicht an.

»Alle glauben, du seiest tot!«

Er schwieg.

»Deine arme Mutter. Am Boden zerstört. Ich glaube, Marina ist gerade jetzt bei deinem Gedenkgottesdienst.«

Sein Körper beschrieb eine leichte Drehung. Fast hätte er Danielle angeschaut. Tat es aber doch nicht. »Alles okay mit ihr?«

»Ein relativer Begriff. Was zum Teufel soll das alles?«

Jetzt wandte er sich ihr doch zu. Seine Augen hinter den dicken Brillengläsern waren riesig groß und ein bisschen wässrig. »Lass mich einfach in Frieden, bitte.«

»Aber deine Familie – alle – wie konntest du nur?«

»Wie konnte ich was?«

»Sie alle in dem Glauben lassen, du seiest tot?«

Er starrte in den Krug, als schwimme etwas Interessantes darin herum. »Ich versuche nur«, er schniefte, »zu überleben. Ich muss tun, was nötig ist, um zu überleben. Du würdest es nicht kapieren.«

»Versuch es.«

»Nein. Frederick existiert nicht mehr; und für mich, Ulrich, existierst du nicht mehr. Ich schulde dir keine Erklärung.«

»Da bin ich anderer Meinung.«

Sie merkte, dass er jetzt wütend wurde. Er fauchte sie beinahe an. »Ich musste gehen! Sonst wäre ich jetzt tot. Ich musste – ich habe nichts Falsches getan. Wenn ich mich umgebracht hätte, wäre ich jetzt tot, wirklich tot. Vielleicht wäre das besser. Wärst du dann zufrieden?«

»Nein«, antwortete sie. Sie hätte gern gesagt, dass sie zumindest das verstand, aber er sah sie nicht an. Sie streckte die Hand aus und berührte seinen Arm, aber er zuckte zusammen, fuhr so heftig zurück, dass in seinem Wasserkrug die Eiswürfel aneinanderklirrten.

»Ich bin nicht mehr derselbe Mensch«, sagte er. »Mein Name ist Ulrich.« Er richtete sich gerade auf, seine Stimme wurde energischer. »Tut mir leid wegen dem Chaos. Und wegen deiner Freundin.«

»Mir auch«, sagte sie. Sie empfand es wieder wie einen Schnitt, eine weitere unsichtbare Wunde. Wie viele davon waren nötig, um all dem ein Ende zu machen? Was würde der Todesstoß sein? *Sauve qui peut*, dachte sie. »Meinst du, ich weiß das nicht?«, sagte sie. »Wie das ist? Murray – ich hab ihn auch geliebt. Genauso sehr wie du. Vielleicht mehr.«

»Ich weiß.« Er zuckte leicht die Achseln. »Aber er ist nicht der, für den du ihn gehalten hast, oder?«

»Ich weiß es nicht. Ich glaube, ich weiß nicht mal, für wen ich *mich* halten soll.«

Bootie – Ulrich – sah sie kurz an. Er hielt nach wie vor den Krug umklammert. Sein Gesicht war völlig ausdruckslos. »Dann geht es uns offenbar allen so«, sagte er. »Marina würde uns empfehlen, einfach mal die Kleider zu wechseln.« Er deutete auf seine eigene Zen-Uniform.

»Ja, vielleicht.«

»Ich gehe jetzt«, sagte er. »Ich hab zu tun.« Er machte eine Pause. »Schön, dass wir uns getroffen haben«, sagte er, als hätten sie sich noch nie zuvor gesehen, und als meine er es wirklich ernst. »Und alles Gute.«

»Was war das denn?«, fragte Randy kurz darauf am Tisch. Ihr bunter Drink war fast leer, und ihre Arme überzogen sich in der kühler werdenden Brise mit einer Gänsehaut.

»Ich dachte, ich kenne ihn.« Danielle schüttelte den Kopf.

»Das ist wirklich komisch hier. Ich hätte schwören können dass Lauren Hutton vorbeigegangen ist, während du weg warst. Gleich da vorn auf dem Gehweg. Das ist sie doch, oder? Die mit der großen Zahnlücke? Wahrscheinlich kaum jünger als ich?«

»Mhm.« Danielle beobachtete Bootie aus den Augenwinkeln, während er zwischen den Tischen umherging. Es waren jetzt mehr Gäste da, die alle ihr Essen bestellten, und der Lärm nahm zu, ein papageienhaftes Gezwitscher inmitten des Grüns. Bootie – Frederick – Ulrich – sah kein einziges Mal zu ihr herüber. Zwar war er immer noch etwas linkisch und pummelig, hatte sich aber ansonsten stark verändert, wirkte fast attraktiv in dem Jackett mit dem orangeroten Kragen, mit seinem kurzgeschorenen Haar. Sie dachte, wenn die Zeit gekommen war, würde ihn vielleicht jemand lieben. Und sie auch. Sie dachte an seine Mutter und an ihren fürchterlichen, unsäglichen Kummer; und sie langte über den Tisch und ergriff die Hand ihrer eigenen Mutter.

Es war eine kleine Hand, der ihren so ähnlich, aber knochiger, trockener, mit ausgeprägteren Adern. Ihre Mutter trug große Fingerringe, deren unechte Steine sich jetzt in Danielles Handfläche gruben, als sie fest Randys Hand drückte, und es tat weh, aber das machte nichts.

KAPITEL SIEBENUNDSECHZIG
Sie alle überraschen

Nachdem er von ihr weggegangen war, hatte er den ganzen Abend lang nur zwei Sätze im Kopf: bei der Arbeit, in seinem Zimmer, auf der Straße. Sie waren jetzt sowieso immer in seinem Kopf, aber heute Abend nachdrücklicher denn je, denn er wünschte sich, er hätte diese Sätze zu ihr gesagt. Dann hätte sie ihn vielleicht verstanden. Vielleicht verstand sie ihn ja sowieso, aber wahrscheinlich nicht. Ausgerechnet sie. Sie, die ihm am ähnlichsten war. Was machte das schon? Würde sie etwas sagen? Es war noch nicht alles vorbei: Er würde einfach weiterziehen. Wenn sie etwas sagte, wer würde ihr glauben? Was hatte er Falsches getan?

In seinem Zimmer packte er ein paar Sachen in den navyblauen Nylonrucksack, den er für alle Fälle gekauft hatte. Er dachte daran, ein Bad zu nehmen, das letzte Mal in der Plastikwanne, die er so gernhatte; aber dafür blieb keine Zeit. Er ließ den Musil, Band 1, auf dem Nachttisch zurück, damit ihn vielleicht jemand anderes entdeckte, und verabschiedete sich schweigend von dem erstaunten, verschwommenen Gesicht. Er ließ die Hände leicht, wie ein Heiler, über den Fernseher, die Frisierkommode gleiten, über die Paisley-Tagesdecke aus Synthetik. Zuletzt, der Fenstersims: Es war nach Mitternacht, der Parkplatz, mit seiner einsamen sirrenden Straßenlampe, lag menschenverlassen da, und alles wirkte still wie auf einem Gemälde. Draußen auf dem Asphalt atmete er tief durch und war sich seines tiefschwarzen Schattens bewusst, hinter sich, aus Kunstlicht geboren. Er würde sich an den Geruch der Luft hier erinnern und an die verheißungsvolle Brise auf seiner Haut. Er würde ihre Botschaft mitnehmen und all die anderen auch.

Dieses Mal war er bereit. Zu diesem Menschen im Aufbruch würde er werden, und das klang nicht schlecht: ein Mann, irgendwann einmal, mit Eigenschaften. Ulrich New. Große Genies haben die kürzesten Biographien, sagte er sich; man muss sie alle überraschen. Ja. Das hatte er vor.